Ingo-Michael Feth · Confiteor

Ingo-Michael Feth

CONFITEOR

Ich bekenne

Roman

FSC
Mix
Produktgruppe aus vorbildlich bewirtschafteten Wäldern, kontrollierten Herkünften und Recyclingholz oder -fasern

Zert.-Nr. GFA-COC-1229
www.fsc.org

„Dieses Softcover wurde auf FSC-zertifiziertem Papier gedruckt. FSC (Forest Stewardship Council) ist eine nichtstaatliche, gemeinnützige Organisation, die sich für eine ökologische und sozialverantwortliche Nutzung der Wälder unserer Erde einsetzt."

Bibliografische Information der Deutschen Nationalbibliothek:
Die Deutsche Nationalbibliothek verzeichnet diese Publikation in der Deutschen Nationalbibliografie. Detaillierte bibliografische Daten sind im Internet über http://dnb.d-nb.de abrufbar.

Gestaltung und Satz: Martin Heise
Umschlagfoto:
www.pixelio.de – C. Nöhren
Printed in Germany
Literareon im Herbert Utz Verlag GmbH
Tel. 089 – 30 77 96 93 | www.literareon.de

ISBN 978-3-8316-1330-4

Für meinen geliebten Stern,

ohne den ich dieses Buch nie begonnen
und ohne den ich es nie vollendet hätte.

Prolog

Der Journalist wechselte die Kassette seines Aufnahmegeräts. Der ältere Herr ihm gegenüber blinzelte in die tiefstehende Sonne des späten Nachmittags, deren Strahlen sich auf den unzähligen kleinen Wellen des Meeres tausendfach brachen und die Küste in ein silbrig schimmerndes Licht tauchten. Er liebte diese Stimmung. Bald würde die Brise aufleben und den Dunst des heißen Tages vertreiben. Der Himmel würde aufklaren, die Sonne milder, die Farben der Natur frischer werden. Die totale Stille der Siesta würde den Geräuschen des wiedererwachenden Lebens weichen. Das Lachen der Kinder, die lauten Stimmen aus den Gassen, das Knattern der Vespas, das Läuten der Glocken – alles würde sich zu einem melodischen Klangteppich vereinen, der gewöhnlich aus der Bucht bis nach oben zum Hause drang. Es wurde Zeit für einen *caffè,* klein, schwarz und süß. Danach würde er sich vielleicht einen roten Bitter als Aperitif gönnen.

Er seufzte tief. Sein Blick wanderte zurück zu dem Journalisten, der noch immer umständlich mit dem kleinen silberfarbenen Apparat hantierte.

„Sie haben das Band falsch herum eingelegt“, sagte er wie beiläufig und massierte sich mit Daumen und Zeigefinger die grauen Schläfen. Die Unterhaltung ging schon über Stunden und hatte ihn erschöpft.

*

Der Reporter sah erstaunt zu ihm auf, dann auf den Miniaturapparat vor ihnen auf dem Tisch. Er wurde verlegen. „Sie haben Recht, Eminenz. Eigentlich sollte ich die Technik beherrschen. Aber die

Gespräche mit Ihnen sind so faszinierend", er sog tief die Luft ein, „ich bin ganz gefangen von Ihrer Geschichte."

Sein Gesprächspartner verzog keine Miene. „Es ist keine Geschichte. Es ist die Wahrheit. Und ich möchte, daß die Welt die Wahrheit erfährt. Über mich, über Alessandro und die Wahrheit über die Kirche."

„Warum schreiben Sie Ihre Memoiren nicht selbst?"

„Ich bin Theologe, kein Schriftsteller. Ich weiß vielleicht viel über Gott, aber wenig über die Menschen. Sonst wäre mein Leben anders verlaufen. Aber ich bereue keinen Tag und keine Sekunde." Er beugte sich in seinem Stuhl vor. Seine Stimme wurde leise und eindringlich. „Das müssen Sie wissen, ich bereue nichts. Ich bin völlig im Reinen mit mir und mit Gott."

Er wandte seinen Kopf wieder dem Meer zu. Die Riviera, dieses Haus, diese Terrasse, sie hatten eine wichtige Rolle in seinem Leben gespielt. Freilich, Rom, die Toskana, Amerika, an diesen Orten hatte sich sein Schicksal entschieden. Aber dieses Haus hier hoch über der Küste der Ponente war wie eine Konstante in seinem unruhigen Leben gewesen. Die Villa war im Besitz der Principessa dell'Agnese gewesen, Alessandro's Mutter. Deren Vater wiederum hatte das halb verfallene Gemäuer zwischen den Weltkriegen erworben und wiedererrichtet, noch bevor Mussolini Italien durch seinen Bund mit Hitler ins Unheil stürzte, als die Monarchie noch stabil und das Leben des italienischen Adels unbeschwert war. Wie merkwürdig: Nun, fast 20 Jahre nach dem Tod der Principessa, gehörte das stattliche Anwesen ihm, dem amerikanischen Geistlichen.

„Möchten Sie lieber morgen weitermachen?" Die Stimme des Journalisten riß ihn aus seinen Gedanken.

„Sicher. Es gibt noch so viel zu sagen. Kommen Sie morgen wieder."

Er reichte ihm die Hand. Sein Händedruck war fest und verbindlich.

„Gestatten Sie mir eine persönliche Bemerkung", sagte der Redakteur des Time-Magazins respektvoll. „Ich habe große Hochachtung vor Ihnen. Sie werden damit ein bislang verborgenes Kapitel der Kirche der Dunkelheit entreißen, ohne Rücksicht auf Ihr eigenes Ansehen und die Konsequenzen. Das ist Charakter."

Der Priester winkte ab. Im Stehen war er noch immer eine stattliche Erscheinung, hochgewachsen und schlank, seine blauen Augen lebhaft, sein Teint glatt und gebräunt, sein Gesichtsausdruck voll Sanftheit. Er mußte früher ein attraktiver Mann gewesen sein, mutmaßte der Journalist.

„Nein, das hat nichts mit Charakter zu tun. Wäre ich charakterlich über alle Zweifel erhaben, so hätte ich das Priesteramt zur rechten Zeit aufgeben müssen. Schon früh, als mir klar wurde, daß ich ohne die Liebe jenes Mannes nicht weitermachen konnte und wollte." Er machte eine ausholende Geste mit den Armen, um seine Hände über dem Herzen zu verschränken und sprach: „Nein. Was mich treibt, was mich am Leben erhält, das ist noch immer die Kraft der Liebe, von der ich vor vielen Jahren einen Funken verspüren durfte."

Dann lächelte er wie jemand, der in der Ferne einen Freund erspäht.

I

Es waren weniger Menschen als sonst im Gottesdienst an diesem kalten, grauen Januarsonntag in der Saint John the Baptist Church von Baltimore, Maryland. Der Gesang der Gemeinde klang nicht so laut und so kraftvoll wie sonst, wenn er bis auf die Straße hallte und vorübereilende Passanten gemahnte, daß es der Tag des Herrn war. Vielleicht lag es daran, daß in wenigen Stunden der Super Bowl, das Endspiel der amerikanischen Football Liga, beginnen würde, und die großen Kabelsender das nationale Spektakel aus Miami schon vor dem Anpfiff lang und breit mit Live-Schaltungen, Shows und Vorberichten abfeierten. Super Bowl Day, das war wie Thanksgiving mit Erdnüssen und Donuts anstelle von Truthahn und Kürbis, ein amerikanisches Familienfest.

Den jungen Priester focht das nicht an. Als einer von zwei Kaplänen in der Pfarrei war er heute mit der 12-Uhr-Messe dran und zelebrierte die Eucharistiefeier mit Ruhe und Würde. Seine Bewegungen waren geschmeidig und routiniert, als sei er mit dem Ritus der Heiligen Messe seit Jahrzehnten vertraut. Einem erst vor wenigen Jahren geweihten Priester würde man zugestehen, seine Rolle erst finden zu müssen, doch bei diesem Kaplan verhielt es sich anders. Das weiße Meßgewand fiel tadellos von seinen breiten Schultern und umspülte weich seine stattliche, fast athletische Statur. Als er zur Eucharistie nacheinander Hostie und Kelch in die Höhe hob, blieben seine kraftvoll blauen Augen konzentriert auf Brot und Wein gerichtet, die sich nach katholischer Lehre in diesem Augenblick zu Leib und Blut Christi verwandeln. Wirkten nicht seine Gesichtszüge so sanft und freundlich, so hätte man ihn auch für stolz und unnahbar halten können. Die Perfektion seines Äußeren und seiner Bewegung wurde gemildert durch ein paar braune Haarsträhnen, die ihm, obgleich das kurze Haar akkurat gekämmt und gescheitelt war, widerspenstig in die Stirn fielen.

*

David O'Connor war ein Priester, der sich abhob vom Durchschnitt der Mitbrüder seines Alters. Wenn er am Ende der Meßfeier, nach dem Segen, so wie jetzt zum Portal schritt, um am Kircheneingang jedes Gemeindemitglied einzeln zu verabschieden, für jeden ein gutes Wort oder einen Scherz parat, fiel er durch seine Souveränität und Wortgewandtheit auf. Die meisten Gläubigen mochten ihn, viele bewunderten ihn. Einigen wenigen war er suspekt, ohne daß sie je hätten ausdrücken können, warum. War es seine große Selbstsicherheit, die Überlegenheit, die er ausstrahlte? War es gar ein verborgener Mangel an Demut?

Auch Father Robert Macy, Dekan von Saint John's, hatte sich darüber Gedanken gemacht, sie aber als unfair verworfen. Schließlich konnte man einem jungen engagierten Priester, der gerade die ersten Jahre der Bewährung in der Seelsorge durchlief, nicht vorwerfen, seine Sache ausgezeichnet zu machen. Nein, er war stolz darauf, solch einen fähigen und talentierten Kaplan seit nunmehr zwei Jahren in seiner Gemeinde zu haben. Da er selbst bereits nicht mehr weit von Siebzig war, überließ Pfarrer Macy nur allzu gern viele seiner Aufgaben David O'Connor. Dennoch wußte er, daß gemäß den Gepflogenheiten die Zeit gekommen war, David ziehen zu lassen. Er mußte neue Erfahrungen sammeln, sein Wissen verbreitern, seine Fähigkeiten weiterentwickeln. Saint John's konnte ihm das nicht bieten. Und so hatte Macy vor ein paar Wochen seinem Studienfreund Joseph Walsh, dem Erzbischof von Baltimore, einen Besuch abgestattet. Sie hatten sich über alte Zeiten unterhalten, über einige Mitbrüder ausgetauscht und ihre Athrosebeschwerden beklagt. Und sie hatten über David gesprochen.

„Ich werde sehen, was ich tun kann“, hatte ihm Erzbischof Walsh zum Abschied versichert. Diesen Satz sagte er immer, wenn man ein Anliegen vorbrachte, und Macy wußte, daß man sich in den meisten Fällen auf das Geschick und den Einfluß seines bischöflichen Freundes verlassen konnte. Er hatte sich nicht getäuscht, wie der Brief mit dem eingeprägten Wappen des Bistums belegte, der gestern im Pfarrbüro angekommen war. Er mußte mit David darüber reden.

*

Am Sonntag pflegten Dekan Macy, seine Kapläne und Schwester Carmen, die den Haushalt führte, gemeinsam zu Mittag zu essen. Es war wie in jeder anderen Familie auch; man erzählte sich von den Ereignissen der Woche, beratschlagte über Alltagsprobleme, diskutierte Themen aus der Presse, oder, wie heute, den bevorstehenden Super Bowl. Unter der Woche war dies aufgrund der unterschiedlichen Aufgaben, die jeder zu erfüllen hatte, vom Religionsunterricht über Krankenbesuche bis zu Verwaltungstätigkeiten, kaum möglich. Es war eine fröhliche Runde im Pfarrhaus, was durchaus damit zu tun hatte, daß Father Macy nach Dessert und Dankgebet gewöhnlich eine Flasche seines selbstgebrannten Blaubeerlikörs öffnete und großzügig einschenkte.

Heute bat er, nachdem alle Gläser gefüllt waren, David für einen Augenblick nach draußen. „Father David und ich haben etwas zu besprechen, bitte entschuldigt uns“, sagte er geheimnisvoll und gab David einen Wink, ihm in sein Arbeitszimmer zu folgen.

Robert Macy war mit Leib und Seele Pfarrer, respektiert und wohlgelitten sowohl bei seiner Gemeinde als auch bei seinen Mitbrüdern. Sein runder, leicht geröteter Kopf war von schütteren weißen Haarsträhnen bekränzt, sein fülliger Leib zeugte von seiner Vorliebe für gutes und reichliches Essen, und auf seiner Nase thronte meist eine altmodische Lesebrille mit Hornfassung. Er strahlte Güte und Freundlichkeit aus; vielleicht war er eben deshalb vor gut zehn Jahren zum Dekan seines Sprengels gewählt worden. Er setzte sich an seinen mit Papieren und Büchern zugedeckten Schreibtisch und rückte die Brille zurecht.

„Falls Sie mit mir die Fastenaktion besprechen wollen, die Vorbereitungen sind bereits in vollem Gange", erklärte David und nahm gegenüber Platz.

„Nein nein, David, das ist es nicht. Es geht um etwas viel wichtigeres. Es geht um Ihre Zukunft in der Kirche." Macy setzte eine bedeutungsschwere Miene auf und kostete den Augenblick der Spannung aus.

„Sind Sie nicht zufrieden mit mir? Habe ich irgendeinen Anlaß zur Beschwerde gegeben?" fragte David. Er fühlte sich wie ein College-Schüler vor dem Rektor.

„Das Gegenteil ist der Fall, David. Sie sind ein außerordentlich begabter junger Mann, der es in der Kirche noch weit bringen kann. Ich habe Sie in den vergangenen zwei Jahren beobachtet. Sie sind intelligent, belesen und beredt. Ja, ich würde sogar sagen, daß Sie über Charisma verfügen. Das ist eine große Gabe, wenn man sie in rechter Art und Weise nutzt." Macy zog einen Umschlag aus seinem Schreibtisch und ließ ihn bedächtig durch seine Hände gleiten. Es waren die gekrümmten, knöchernen Hände eines Priesters, der sich sein Leben lang in der Seelsorge aufgearbeitet hatte und wie ein guter Familienvater dafür sorgen wollte, daß es sein Sohn besser habe. „Sie müssen von hier fortgehen, David, Sie müssen neue Wege einschlagen. Ich kann Ihnen in Saint John's nichts mehr bieten."

David war unsicher, worauf sein Pfarrer hinaus wollte, bis sich dieser feierlich erhob, um den Schreibtisch herumschritt und ihm eine Hand auf die Schulter legte, während er ihm mit der anderen Hand den Brief mit dem erzbischöflichen Siegel reichte. „Das ist der Schlüssel zu Ihrer Zukunft."

David faltete das Schreiben auseinander. Er las die entscheidende Stelle zweimal, dreimal:

„... kann die erzbischöfliche Kanzlei heute mitteilen, daß Father David O'Connor, Kaplan in der Pfarrei Saint John the Baptist zu Baltimore für würdig und für geeignet befunden wurde, seine Studien fortzusetzen und zu vertiefen. Seine Exzellenz, Erzbischof Joseph Walsh hat nach Rücksprache mit dem Rektorium der Päpstlichen Universität Gregoriana und dem amerikanischen Kolleg entschieden, Fr. O'Connor befristet von seinen Funktionen im Klerus der Diözese Baltimore freizustellen und für die nächsten drei Jahre nach Rom zu entsenden. Pfarrer Macy wird darum gebeten, den Kaplan so bald wie möglich in Kenntnis zu setzen und zur Abstimmung der Modalitäten einen Termin zu vereinbaren. Die Entsendung beginnt mit dem kommenden Sommersemester ...“

David schluckte, dann begann sein Gesicht zu leuchten. „Ich ..., was soll ich sagen, ich bin einfach sprachlos“, stammelte er und starrte auf den Brief, als wenn er sich von dessen Echtheit überzeugen wollte.

„Sie haben das Zeug dazu, ich gratuliere Ihnen von Herzen.“ Aus Macy sprachen Stolz und Rührung.

David sprang auf und umarmte ihn. Ein Gefühl inniger Zuneigung und Verehrung überkam ihn. „Danke Father, ich danke Ihnen. Ich weiß, daß Sie das für mich arrangiert haben. Sie sind mein großes Vorbild. Ich verspreche Ihnen, ich werde Sie nicht enttäuschen.“

Macy klopfte seinem Schützling väterlich auf den Hinterkopf. „Davon bin ich überzeugt. Aber das mit dem Vorbild, ich weiß nicht. Da gibt es geeignetere Vorbilder als mich.“

„Kommen Sie!“ David packte Macy am Arm. „Das müssen wir den anderen erzählen.“

Er stürmte zurück ins Eßzimmer, wo Schwester Carmen und Kaplan Kelly, ein schmächtiger junger Mann, der seine ersten Gehversuche als Seelsorger machte, noch bei Tisch saßen und sich unterhielten.

„Silenzio bitte, wir haben etwas zu verkünden!" unterbrach er. „Ich werde ab sofort gründlich Italienisch pauken müssen. Vor Euch steht ein künftiger Student der *Gregoriana*. Ich werde schon Ostern in Rom sein!"

In die anfänglich Stille platzte ein Freudenjauchzer von Schwester Carmen. Ihr schwarzes Häubchen verrutschte, als sie David umarmte und herzte. „Ich freue mich so für Dich, David. Aber Du wirst uns ganz schrecklich fehlen!" rief sie. Mit dem jungen Kaplan verband sie ein ganz besonderes Vertrauensverhältnis. Sie war nur ein paar Jahre älter als David, eine kleine Person voll Energie und Lebenslust. Wo immer sie hinkam, verbreitete sie gute Laune. Das Temperament hatte sie wohl von ihrer hispanischen Mutter geerbt. David liebte sie und nannte sie „unseren kleinen Sonnenschein".

„Wenn ich erst mal Bischof bin, nehme ich Dich mit!" sagte er scherzhaft und kniff sie in die Wange.

„Na, da kann ich ja lange warten", gab Carmen mit einer Ironie zurück, die insgeheim auf das Gegenteil schließen ließ.

„Keine unlauteren Abwerbungsversuche bitte!" schaltete sich Macy aus dem Hintergrund ein und öffnete zur Feier des Tages eine zweite Flasche Blaubeerlikör. „Und außerdem werden wir alle einen Betriebsausflug nach Europa machen, um Father David in Rom zu besuchen, darauf können Sie sich gefaßt machen. Die ganze Gemeinde wird mitkommen."

David wehrte lächelnd ab. „Um zu sehen, wie ein armer Student Kirchenrecht büffelt? Wie uninteressant." Er wurde ernst. „Ich werde Euch alle schrecklich vermissen. Ich habe mich hier sehr wohl gefühlt. Ihr seid in den letzten zwei Jahren mein Zuhause gewesen."

*

Ja, es war ein Zuhause gewesen, vielleicht das einzige, das er je gehabt hatte. Sogleich verwarf er den Anflug von Sentimentalität wieder und dachte an den neuen Lebensabschnitt, der vor ihm lag:

Rom. Es war wohl der Traum eines jeden Priesteramtskandidaten, eines Tages in Rom zu studieren. Nicht nur, daß ein Studium an einer der päpstlichen Fakultäten die Türe zu einer Kirchenkarriere öffnete. Ein Aufenthalt als junger Mensch in der Ewigen Stadt prägte Geist und Seele dauerhaft. Fast jeder Geistliche kehrte von einem längeren Aufenthalt in Rom verwandelt zurück. Es war wie eine heilige Magie, der sich kaum jemand entziehen konnte. Wer als Priester in Rom studiert hatte, gehörte zur Elite der Kirche und blieb Zeit seines Lebens wie durch ein geheimes Band mit dessen geistlichem Zentrum, dem Vatikan, verbunden. Und nun sollte er nach Rom gehen, sollte diese Erfahrung in sich aufnehmen, sollte sich dieser Verwandlung unterziehen. Als er spätabends, nachdem er die Kirche geschlossen hatte, vor dem Marienaltar in einer Seitenkapelle von Saint John's im dämmrigen Schein der Kerzen kniete, murmelte er: „Herr, ich weiß nicht, warum Du gerade mich erwählt hast, obwohl Du so viele Bessere, Geeignetere hast. Ich bin Deiner Gnade nicht würdig. Was immer Du mit mir vorhast – ich werde Deinen Beistand und Deinen Segen ziemlich nötig haben. Also laß mich nicht im Stich."

*

Es war der letzte Schnee des Jahres an der US-Ostküste. Obgleich schon März, hatte ein Blizzard über Nacht weite Teile des Landes bis hinab nach Virginia in seine eisige Pracht gehüllt. Besonders die Kirschblüte, die in den südlicheren Staaten um diese Zeit vor der Entfaltung stand, war arg in Mitleidenschaft gezogen worden. Zwar hatte es aufgehört zu schneien, die Straßen und sogar die Highways waren jedoch noch immer weiß und rutschig. Den Schnee jedenfalls würde er nicht vermissen, dachte David, als er hinterm Steuer des alten Pontiac nach Silver Springs fuhr. Seine Mutter hatte Geburtstag und auch seine beiden Brüder wollten kommen. Das gab ihm Gelegenheit, sich von seiner Familie zu verabschieden, bevor er in zehn Tagen die Reise nach Italien antreten sollte.

Seine Familie war für David Trost und Kummer zugleich. Keinesfalls war sie, was man sich gemeinhin unter einem gut katholischen Elternhaus vorstellen mochte. Seine Mutter Madelaine war kurz vor Ausbruch des Zweiten Weltkrieges mit ihren Eltern aus der damaligen Tschechoslowakei über abenteuerliche Umwege in die Vereinigten Staaten gelangt, wo sie sich zunächst in einem Vorort von Philadelphia niedergelassen hatten. David erinnerte sich gern an seinen Großvater Jan Kovak, der in Brünn Professor für Philosophie gewesen war und später Europäische Geschichte am College lehrte. Von ihm hatte David sein Interesse für fremde Kulturen und Kunstgeschichte geerbt. Madelaine, die als Kind einer mitteleuropäischen Akademikerfamilie ganz anders aufgewachsen war, mußte sich als junges Mädchen erst an die rauheren amerikanischen Sitten und Gebräuche gewöhnen. Vielleicht suchte sie Rückhalt und Schutz, als sie dem Werben eines irischen Burschen namens Sean O'Connor nachgab, dessen Vater in der Baubranche reüssiert hatte. Was sie nicht ahnte war, daß sie einen notorischen Schürzenjäger geheiratet hatte, der das väterliche Vermögen in diverse Freundinnen von Baltimore bis Boston investierte. Als David zehn war, ließen sich seine Eltern scheiden und sein Vater, der schon zuvor kaum mehr bei seiner Familie gewesen war, ließ sich überhaupt nicht mehr blicken. So war für ihn und seine Brüder Madelaine der gute Geist, der die Familie zusammenhielt und für das Fortkommen ihrer Jungs sorgte. Dafür liebten die drei ihre zierliche, aber energische Mutter über alles. Vor ein paar Jahren hatte sie wieder geheiratet, einen Arzt aus der Umgebung, der sich mit all der rührenden Aufmerksamkeit um sie kümmerte, die sie so lange hatte entbehren müssen.

*

Ihre Kinder hatte Madelaine zwar wertebewußt, aber nicht betont religiös erzogen, so daß David seinen Weg zur Kirche eher zufällig gefunden hatte: In einem Rundbrief an die Gemeindemitglieder hatte der Pfarrer um neue Ministranten geworben, und David, angelockt von den sinnlichen Reizen der Liturgie, war in die Sakristei marschiert und hatte angeheuert. Eine geheimnisvolle Welt tat sich ihm auf, eine Welt voll Mystik, Pracht, Gesang und Weihrauchduft, die den Alltag vergessen machte und in ihm neue Saiten zum Schwingen brachte. Immer tiefer drang er in die Welt der Kirche ein, trug mit Stolz seinen weißen Chorrock, verrichtete die Handreichungen der Heiligen Messe mit Sorgfalt und Hingabe. Noch etwas lernte er: Verantwortungsgefühl. Nie wäre er, wie gelegentlich andere Meßdiener, zu spät zum Gottesdienst gekommen, nie hätte er bei der Vorbereitung ein Gerät oder ein Buch vergessen, nie an der falschen Stelle die Glocken geläutet. Er ging in seiner Aufgabe voll und ganz auf, auch wenn sich seine Brüder, die ihre Freizeit lieber mit Baseball und Mädchen verbrachten, oftmals über ihn lustig machten. Seine Motivation ließ sich jedoch nicht allein durch den Eindruck der Äußerlichkeiten erklären. Er fühlte sich zur Mystik des Glaubens hingezogen. Er begann, auf die Kraft des Gebets zu vertrauen. Er fand in seinen Aufgaben inneren Halt. Es wurde zu einem Stück Sinnerfüllung seines jungen Lebens und eroberte sich mehr und mehr Platz in seinem Innern. Manch einer würde es wohl als *Berufung* bezeichnen.

Den Weg ins Priesterseminar fand David jedoch erst nach ein paar Jahren der Selbstprüfung und der Zweifel. Er schloß das College ab und bewarb sich um ein Stipendium für Philosophie in Princeton. Als er die Förderung nicht erhielt, ging er für ein Jahr nach New York City, jobbte in Buchhandlungen und in einem Antiquitätengeschäft für sakrale Kunst. Er genoß seine Freiheit und das pulsierende Leben in der Weltmetropole in vollen Zügen. Es war in New York, wo er mit einer schlummernden Seite seiner Persönlichkeit konfrontiert wurde, die er erstmals in seiner Jugend entdeckt hatte. Eine Seite, die er vor sich selbst nicht länger verleugnen konnte.

*

Ein Schneeball landete mit dumpfem Prall auf seiner Seitenscheibe.

„Hey Schwarzrock! Schwebst Du schon oder gehst Du noch?"

David parkte den Wagen und stieg aus. Ein zweiter Schneeball pfiff an seinem Ohr vorbei. „Brian, tätlicher Angriff auf einen Priester. Das ist der schnellste Weg, um in der Hölle zu landen!" schalt er lachend seinen jüngeren Bruder, der auf ihn zukam und sich die Handschuhe abklopfte.

„Ab und zu muß man euch geistige Wesen ja in die Realität zurückholen", stichelte Brian. „Wir warten schon eine ganze Weile auf unseren kleinen Star."

David nahm ihn am Arm und ging mit ihm zum Haus. Es hatte eine Fassade aus rotem Backstein und eine weiße Holzveranda. Die gewaltige Schneehaube auf dem Dach ließ es wie ein kleines Zuckerbäckerhäuschen wirken. Madelaine trat auf die Veranda und winkte.

„Happy Birthday, Mum! Tut mir leid, daß ich nicht eher da war, aber das Wetter hat den Verkehr völlig lahmgelegt."

Madelaine O'Connor schloß ihren Sohn in die Arme. „Jetzt bist Du da. Gott sei Dank ist nichts passiert. Wir haben mit dem Essen auf Dich gewartet." Sie führte ihn herein, und es gab ein großes Hallo. Sein Bruder Jack mit Frau Amy und den Kindern waren da, sein Stiefvater Morris, dessen erwachsene Tochter Janett und Madelaines alte Freundin Barbara Stern, die Dozentin am Wellesley College und Kettenraucherin war.

„Du weißt, daß ich für das Recht auf Abtreibung, für die Pille und für das Selbstbestimmungsrecht der Frau bin, David. Die Ehe in ihrer überkommenen Form lehne ich als Schutzinstrument männlicher Vorrechte ab, und die Kirche ist für mich ein seniler Altherrenclub zur Volksverdummung!" rief sie mit kratziger Stimme. „Trotzdem finde ich es wunderbar, daß Du nach Rom gehst, die haben dort Verjüngung dringend nötig! Außerdem wollte ich schon immer eine Anlaufadresse in Rom haben und drei Münzen in diesen phantastischen Brunnen werfen!"

„Frauen wie Dich haben wir früher als Hexen auf dem Scheiterhaufen verbrannt." gab David trocken zurück und prostete Barbara zu.

Es ging gewohnt fröhlich zu im Haus seiner Mutter. Hier war er trotz seiner 33 Jahre noch immer einer von Mums drei kleinen Jungs, den weißen Stehkragen nahm keiner sonderlich ernst, jeder redete wie ihm der Schnabel gewachsen war und er selbst konnte sich entspannt zurücklehnen und ein paar Brandys kippen. Er übernachtete in seinem ehemaligen Zimmer unter der Mansarde, zog sich am nächsten Tag Jeans und Daunenjacke über und lieferte sich eine Schneeballschlacht mit Brian und den zwei wilden kleinen Kindern von Jack und Amy.

Am Nachmittag machte Madelaine mit ihrem Sohn einen Spaziergang zum Fluß.

„Eigentlich bin ich todtraurig, daß Du künftig so weit weg bist."

„Aber Mum, es ist doch nur für drei Jahre. Die werden wie im Flug vergehen. Wenn ich Glück habe, kann ich anschließend am Seminar in Baltimore oder Washington unterrichten, dann wäre ich in der Nähe. Oder ich werde Pfarrer in Silver Springs, dann hast Du mich am Ort."

„Oh nein, so meine ich es nicht David. Ich fürchte vielmehr, daß Du nicht mehr zurückkommen wirst, wenn Du erst mal in Rom Fuß gefaßt hast. Du hattest schon immer einen Drang hinaus in die Welt. New York zum Beispiel, das hat Dir gut getan. Raus aus der Enge der Provinz. Du warst anschließend viel selbstbewußter und eigenständiger, wie ausgewechselt."

Sie betrachteten die schäumenden Fluten des Chappaka River.

„Ich wollte immer hinaus aus der Enge der Vorstädte Philadelphias", fuhr sie fort. „Ich wollte Medizin studieren, meinen Doktor machen, nach Kalifornien ziehen. Und reisen. Die ganze Welt wollte ich kennen lernen, besonders Spanien, Italien, Griechenland. Doch dann habe ich Deinen Vater getroffen und geheiratet und Schluß war mit all meinen Träumen."

„Aber Mum!" David legte ihr tröstend den Arm um die Taille.

„Ich sage das ohne jede Bitterkeit, David. Darüber bin ich längst hinweg. Und mit Morris habe ich immerhin schon ein paar sehr schöne Reisen unternommen, seitdem wir uns kennen. Ich will damit sagen: Es ist nichts verkehrtes daran, nach seinen Träumen zu greifen, nach Zielen zu streben, sich zu verwirklichen. Und ich glaube, daß gilt genauso für einen Priester."

„Danke Mum. Das tut gut zu hören."

Madelaine wandte sich ihm zu. „Ich hoffe nur, daß Du nicht einsam bist dort drüben. Jeder Mensch braucht doch zuweilen Nähe, Wärme und Freundschaft."

„Ich bin doch nicht der einzige junge Priester dort. Es gibt genug andere, die in der gleichen Situation sind wie ich. In Rom kann man nicht einsam sein."

„Ach, da fällt mir ein: Morris hat erzählt, daß Simon Prescott seit einem Jahr in Rom lebt. Er ist jetzt im diplomatischen Dienst und arbeitet an der Botschaft. Ein netter Bursche. Du hattest ihn mal übers Wochenende mit hierher gebracht."

David schwieg. Natürlich erinnerte er sich an Simon Prescott, wie auch nicht. Sie waren zusammen in New York gewesen. Sie hatten zusammen die Stadt unsicher gemacht. Sie hatten zusammen gewohnt. Sie hatten miteinander geschlafen.

„Welch ein Zufall", sagte er verlegen und lenkte geschmeidig vom Thema ab. Sie machten sich auf den Heimweg.

Es war Zeit, sich zu verabschieden. Er lud seine Tasche ins

Auto. Es folgten Umarmungen, Tränen und gute Wünsche. Natürlich versprach jeder, innerhalb der nächsten drei Jahre mindestens einmal auf Besuch nach Italien zu kommen.

*

Er ließ Silver Springs hinter sich und machte sich mit gemischten Gefühlen auf den Weg zum Highway. Es war merkwürdig, daß seine Mutter wie beiläufig Simon Prescott erwähnt hatte. War es eine zufällige Bemerkung gewesen oder hatte sie eine Ahnung, daß Simon und er damals in New York mehr als nur gute Bekannte gewesen waren? David überkamen Gedanken, von denen er glaubte, sie zumindest in den letzten beiden Jahren fast vollständig aus seinem Geist verbannt zu haben. Es war die dunkle, die verborgene Seite seiner Persönlichkeit, die sich zu Wort meldete. Simon war Davids erster Mann gewesen, vor etwa zehn Jahren. Ein intelligenter, attraktiver blonder Zwanzigjähriger, spontan, unverklemmt. Sie hatten zusammen heiße Nächte erlebt, erotisch, lasziv. Simon hatte ihn, den Novizen, gelehrt, wie erfüllt Sex unter Männern sein konnte. Es war eine gute Zeit gewesen mit ihm.

Er bog auf den Beltway ein, um den Großraum des District of Columbia zu umfahren. Nach der Abzweigung Richtung Baltimore steuerte er einen Rastplatz an; seine Blase meldete sich. Er sperrte den Wagen ab und ging in das Blockhaus, das als WC diente. Es war sonst niemand zu sehen. Nachdem er sich erleichtert hatte, sog er die frische Abendluft in sich auf. Ein paar Plätze weiter vorn parkte ein Chevrolet, an dessen Motorhaube ein Mann lehnte. Verstohlen blickte er zu David hinüber, taxierte ihn. Schließlich schlenderte er auf ihn zu. Er schien ein sportlicher junger Typ, trug Baseballmütze und Anorak.

David, der auf dem Weg zurück zum Auto war, blieb stehen. Ein Schauer überlief ihn. Lässig kam der Typ zu ihm heran, so dicht, daß er seinen Atem im Gesicht spüren konnte. Im gleichen

Moment fühlte er, wie eine Hand nach seinem Glied tastete und es zu massieren begann. David hielt den Atem an.

„Los, gehen wir rüber in mein Auto", raunte der Mann. Er folgte ihm. Sein Verlangen war geweckt.

Sie stiegen in den Chevrolet. Die Standheizung stotterte. Der Typ mit der Baseballmütze öffnete seine Jeans und zog seinen prallen Schwanz heraus. Dann wandte er sich David zu und begann zu masturbieren.

Es ging schnell und unkompliziert. Nach zehn Minuten verließ David den Wagen, schloß seine Jacke, ging hinüber zu seinem alten Pontiac und setzte die Fahrt fort.

*

Die verbliebene Woche bis zu seiner Abreise nach Rom verging wie im Flug. Es gab ein Abschiedsfest der Pfarrgemeinde, bei dem der Kirchenchor Sinatras „Bye bye, my love" und „Roman Nights" sang, Schwester Carmen mit der Jugendgruppe von Saint John's ein paar Sketche aufführte, die bestimmte Gewohnheiten von David aufs Korn nahmen, und Father Macy eine rührend-humorige Ansprache auf seinen scheidenden Kaplan hielt. Am vorletzten Tag hatte er im Bischofshaus von Baltimore eine Audienz bei Erzbischof Joseph Walsh.

„Sie sollen wissen, warum ich Sie nach Rom schicke und was ich von Ihnen erwarte, mein Sohn", begann er seine Ausführungen. Sein Tonfall war väterlich-freundlich, während er vor David stand und auf den Fußspitzen auf und ab wippte. Er trug einen schlichten schwarzen Anzug, darunter den weißen Stehkragen. Nur sein goldenes Brustkreuz wies ihn als Bischof aus. Sein Alter war ihm nicht anzusehen, Walsh wirkte agil und energisch.

„Sie wissen, daß sich die katholische Kirche in den Vereinigten Staaten und die römische Kurie in den vergangenen anderthalb Jahrzehnten entfremdet haben. Man versteht uns nicht in Rom.

Man versteht einfach nicht, wie heterogen nicht nur die amerikanische Gesellschaft, sondern auch die Kirche selbst geworden ist. Zuerst, im 19. Jahrhundert, war unsere römische Kirche von den irischen Einwanderern dominiert, die Schwerpunkte lagen in den Ballungsräumen der Ostküste. Boston war die wohl katholischste Stadt Nordamerikas. Dann, zwischen den Weltkriegen, kamen die Polen. Es ist ja kein Geheimnis, daß Chicago heute die größte polnischsprachige Diözese der Welt ist. Mittlerweile sind es die Einwanderer aus Süd- und Mittelamerika, die das Bild der Kirche in den USA mehr und mehr prägen; ob in Los Angeles, in Texas oder auch hier an der Ostküste."

David nickte stumm. Er war sich des Spannungsverhältnisses, das innerhalb der katholischen Kirche Amerikas bestand, bewußt.

„Man kann die Kirche in diesem Land nicht so einheitlich leiten, wie vielleicht in Spanien oder in Polen. Es ist sogar schwer, die unterschiedlichen Strömungen in einer Diözese wie Baltimore zusammenzuhalten! Vielleicht werden Sie das ja eines Tages am eigenen Leib erfahren, David." Walsh blinzelte vielsagend unter seinen buschigen Augenbrauen hervor. „Ja, ich habe hohe Erwartungen an Sie."

„Verzeihung, Sir, aber ich fürchte, ich verstehe nicht ganz."

„Amerika ist im Vatikan schlecht vertreten. Wir haben dort keine nennenswerte Stimme, die unsere Positionen deutlich macht, das ist die Realität. Das war im Pontifikat von Johannes-Paul II. so, und das hat sich unter Papst Marini kaum geändert. Wir spielen dort keine Rolle. Leute wie Sie, David, müssen das ändern. Priester wie Sie sind die Hoffnung der amerikanischen Katholiken."

David wehrte verlegen ab. „Da muten Sie mir viel zu viel zu, Exzellenz. Ich fürchte, ich bin nicht erfahren genug, um solchen hohen Erwartungen gerecht werden zu können."

Der Erzbischof verschränkte die Arme.

„Dekan Macy, mein Studienfreund, sagt mir, Sie sind es. Und ich glaube ihm. Er ist ein vorzüglicher Menschenkenner und der beste Seelsorger, den ich im Bistum habe. Von Rechts wegen sollte er auf meinem Stuhl sitzen, aber wer weiß schon, was Gott mit uns im Leben vorhat."

„Ich liebe und achte Father Macy wie einen Vater. Ich werde sein Gebet brauchen und Ihren guten Rat, Exzellenz."

„Ich habe ja auch ein paar römische Erfahrungen und möchte Ihnen einige Empfehlungen mit auf den Weg geben." Walsh räusperte sich. „Es gibt Priester, die kommen nach Rom und versuchen geradezu getrieben von Ehrgeiz in die Nähe der Mächtigen an der Kurie zu gelangen. Das ist der sicherste Weg, um sich möglichst schnell die Finger zu verbrennen. Denken Sie an die Sage von Ikarus, der der Sonne zu nahe kam. Halten Sie sich auf Distanz! In Acht nehmen sollten Sie sich insbesondere vor dem Umfeld von Kardinal Franz Berninger, dem Präfekten des Heiligen Offiziums. Und auch mit Kardinal Luis Fernando Reyes ist nicht zu spaßen. Er gehört zur Seilschaft des Opus Dei. Eine gefährliche Umgebung, diese Leute, auch wenn Sie inzwischen nicht mehr die Unterstützung des Papstes genießen. Ein guter Freund ist Erzbischof Silvanelli, ein undogmatischer und umgänglicher Italiener; er ist im Staatssekretariat für die Belange der Weltkirche zuständig. Uns wohlgesonnen ist auch Kardinal Kennedy, ein Australier. Er leitet den päpstlichen Rat für Kommunikation, eine wichtige Aufgabe. Mit dem Direktor des amerikanischen Kollegs, Monsignore Wendell, ein liberaler, weltoffener Mann, werden Sie ebenfalls gut auskommen. Er gewährt seinen Studenten großen Freiraum. Sollten Sie Probleme haben zurechtzukommen – was ich nicht glaube – ist er ein guter Ansprechpartner."

Der Erzbischof ließ sich in einen tiefen Sessel sinken.

„Danke für die sehr offenen Einblicke, Sir. Das ist mehr als ich erwartet habe. Ich werde versuchen Ihre Ratschläge zu beherzigen."

„Sie brauchen sich nicht zu bedanken, David. Ich bin zu alt, um mit meiner Meinung hinter dem Berg zu halten. Außerdem liegt es nicht in meinem Interesse, Sie auf dem glatten römischen Parkett stolpern zu sehen."

„Wo steht er dabei, der neue Papst? Wo steht Papst Paul VII.?"

Walsh legte die Stirn in Falten. „Der Heilige Vater? Das weiß wohl niemand wirklich. Eigentlich wurde er für den großen Reformer gehalten. Zum ersten Mal ein Jesuit auf dem Stuhl Petri, lange Jahre Erzbischof von Mailand, modern, sozial, fortschrittlich. Er muß einerseits das bedeutende weltpolitische Erbe seines Vorgängers Johannes-Paul II. bewahren, zum anderen die Kirche in die Realitäten einer neuen Zeit führen. Vielleicht ist das einfach zu viel verlangt, eine fast unmögliche Aufgabe. Manche sind jetzt enttäuscht. Marini ist ein umsichtiger und kluger Mann, ich habe meine Begegnungen mit ihm in angenehmer Erinnerung. Die Schuhe des Fischers sind groß, sehr groß. Man sollte Geduld haben."

Die Tür öffnete sich und der Sekretär trat ein. Er reichte Walsh eine Notiz. Überrascht starrte der Erzbischof auf das Papier.

„Kardinal Conally von New York ist tot. Ein Herzinfarkt. Furchtbar," murmelte er, „das wird für Aufregung sorgen. Er war so außerordentlich beliebt. Einer der Besten."

*

Am folgenden Tag nahm David den Expreßzug von Baltimore nach New York, um am John F. Kennedy Airport den Alitalia-Flug nach Rom zu besteigen. Schwester Carmen hatte ihn zur Central Station gebracht. Tränen liefen über ihre Wangen. Mit David fühlte sie sich durch ein besonderes Band verbunden. Es war ein tiefes Verständnis ohne Worte, es war, als könnten sie einander in die Herzen sehen. Sie würden einander fehlen. Am liebsten hätte er sie kurzerhand mit nach Rom genommen, aber jeder von ihnen hatte die ihm von der Kirche zugedachte Aufgabe zu erfüllen.

„Sollte ich je eine Haushälterin benötigen, sei es hier, in Rom oder sonst wo, ich werde Dich holen!" versprach er zum Abschied.

Sie malte ihm ein Kreuzzeichen auf die Stirn. „Gott und unsere Madonna mögen Dich auf allen Wegen behüten. Bleib gesund und stark. Und wenn Du mal Ärger, Sorgen oder einfach nur Heimweh hast: Vergiß nie, daß es hier Menschen gibt, die Dich lieben!“

„Wie könnte ich das. Ihr bleibt doch immer meine geistige Heimat.“

Als er den Waggon bestieg, reichte sie ihm ein Päckchen. „Nimm, bewahre es immer bei Dir.“

Später, im Flugzeug, hoch über dem Atlantik, öffnete er die flache Schachtel. Es war ein gerahmtes Foto von der Marienstatue in jener Seitenkapelle von Saint John's, in welcher er viele Stunden des Gebets und der Meditation verbracht hatte. Die Madonna würde ihn nun in einen neuen Lebensabschnitt begleiten.

II

Eine besinnliche Ruhe lag über den sattgrünen Hügelrücken. Die morgendlichen Nebel hatten sich verzogen und bis auf wenige Schwaden, die in den Talsohlen hängen geblieben waren, den Blick auf die pittoreske Schönheit der toskanischen Landschaft freigegeben. Wie die Wellen eines zu Landmasse erstarrten Meeres reihten sich die endlosen Kuppen aneinander, bekrönt von den scharfen Silhouetten spitz aufragender Zypressenreihen, ausladender Schirmpinien oder silbriger Olivenhaine, die sich mit den gleichmäßigen, langen Reihen der Weinstöcke abwechselten. Unterbrochen nur von den steinernen Quadern der Gehöfte und Gutshäuser, Weinpressen und Wehrtürme, hin und wieder überragt von archaisch schlichten Kirchen und Klöstern, jahrhundertealten Monumenten des Glaubens und der Geschichte. Es war eine stille Erhabenheit, die das Land ausstrahlte, nicht protzig und aufdringlich, sondern würdevoll und zurückhaltend. Die klare Frühlingssonne verlieh Erde, Grün und Stein eine beinahe greifbare Intensität der Farben. Die letzten Tautropfen funkelten im Licht des Vormittags. Ein paar Hähne krähten, irgendwo in der Ferne knatterte ein Ape durch die Weinberge. Es war Karsamstag.

Ein Spaziergänger wanderte einen von Ölbäumen bestandenen Hügelkamm entlang. Er wurde von einem Schäferhund begleitet, der weit vorausgeeilt war und nun mit aufgestellten Ohren auf den Zuruf seines Herrn wartete. Es hatte viel geregnet in diesem Winter, und so erschien die Natur frisch und sinnlich wie nach einer Verjüngungskur. Rosa geäderte Magnolienblüten wie aus Marzipan reckten sich der Sonne entgegen, Lavendelbüsche entfalteten ihr typisches Blauviolett, Ginster leuchtete in kräftigem

Gelb zwischen den Oliven hervor. Die meisten Obstbäume waren schon verblüht, nur hier und da stellte ein Nachzügler sein üppiges Blütenkleid zur Schau. Der Duft wilden Salbeis und Rosmarins lag in der weichen Frühlingsluft. Die Wiesen waren gespickt mit weißer Kamille und Margeriten, und die Blätter der Quitten und Feigen trieben kraftvoll aus. Flieder wucherte wie Unkraut über Steinmäuerchen und Dächer, seine weißen und blauen Blütenblätter bedeckten Wege und Terrassen.

„Marco, veni qui!" Der Spaziergänger rief seinen Hund. Als wenn er den Befehl erwartet hätte, galoppierte dieser in großen Sprüngen auf sein Herrchen zu und blieb unmittelbar vor ihm stehen, erwartungsvoll mit dem Schwanz wedelnd. Er wurde nicht enttäuscht. Der Mann zog einen roten Ball aus der Tasche seiner dunkelblauen Steppjacke, holte aus und warf ihn in hohem Bogen in ein Wiesenstück. Es war das Startsignal für ein unermüdliches Spiel. Begeistert jagte der Schäferhund dem Ball hinterher, schnappte ihn in der Luft, rollte ihn durchs Gras, nahm ihn zwischen die Zähne, brachte ihn wieder zurück, damit die Jagd von Neuem begänne. Auch der Hundebesitzer schien an dem Spielchen Freude zu haben. Eine gute halbe Stunde tobte er mit dem Hund über die Felder. Dann nahm er ihm den Ball aus der Schnauze und kehrte um. Mit hängender Zunge trottete das Tier neben ihm her.

*

Sie steuerten querfeldein auf eine Zypressenallee zu, die sich von der Landstraße in einer großen S-Kurve einen Hügel hinaufwand. Oben thronte weithin sichtbar ein quadratischer Bau aus hellem Naturstein, flankiert von zwei niedrigen Seitenflügeln mit Arkadengängen, die links zu einem baufälligen Aussichtsturm, rechts zu einer verglasten Loggia führten. Der Dachstuhl des mächtigen Haupthauses war mit hellroten, teils verblaßten Tonziegeln verkleidet und verlieh dem zweistöckigen Gebäude Höhe. Umgeben war es von ein paar alten, knorrigen Pinien und Ölbäumen. Weinstökke in frischem Grün reichten die Anhöhe hinauf bis zum Garten. So selbstverständlich schien das Gut in seine Umgebung eingebettet, als stünde es seit zweitausend Jahren just an dieser Stelle.

Herr und Hund näherten sich dem Anwesen, dessen Fassade mit den dunkelgrünen Palisaden an den schmalen hohen Fenstern klassisch schlicht erschien. Die Auffahrt mündete auf einen mit hellen Kieselsteinen aufgeschütteten Vorplatz. Palmengewächse und Oleanderbüsche in mächtigen, verzierten Amphoren aus Terrakotta flankierten die Zugänge im Erdgeschoß. Von einem seitlichen Wandbrunnen plätscherte Wasser aus einem bronzenen Löwenkopf in ein moosbewachsenes Travertin-Bassin. Eine flache, breite Treppe führte zum Haupteingang, über dem zwei reich verzierte Kandelaber aus Schmiedeeisen baumelten.

Aus einem Lieferwagen, der vor einem der beiden Nebengebäude parkte, wurden Bistrotische und Kisten nach Innen getragen. Neugierig sprang der Schäferhund auf die Lieferanten zu und beschnupperte sie kritisch.

„Keine Angst, Marco interessiert sich mehr für den Inhalt der Kisten als für Euch“, rief der Mann den Leuten zu. Er trat zu ihnen.

„Du bist ein hübsches Tier, *muolto carino.* Braver Marco!“ sagte anerkennend ein älterer Mann mit Schürze.

„Ciao Vincenzo, *come vai.* Alles bereit für die Präsentation?“ Sie schüttelten sich die Hand.

„Perfekt, Conte, wir haben alles genauso hergerichtet, wie Sie gesagt haben.“

„Danke, ich werde es mir nachher ansehen.“ Er pfiff nach Marco und eilte mit ihm die Treppe hinauf.

In der hohen Eingangshalle erstreckte sich ein marmorner Mosaikboden. Goldene Spiegelkonsolen und schwere geschmiedete Kerzenleuchter säumten die ansonsten schmucklosen Wände. Sie waren aus glattem, sandfarbenen Naturstein. Ein zerfressenes Dekkenfresko zeigte Allegorien aus der römischen Sagenwelt, umrankt von Weinblättern und Lorbeerkränzen. Auf den beiden Schmalseiten der Halle führten zwei mit roten Läufern belegte Treppen ins Obergeschoß und vereinigten sich zu einer Galerie.

Alessandro di Vallescura zog seine Jacke aus und warf sie auf eine Konsole.

„Ab mit Dir, Marco!" Er gab dem Schäferhund einen liebevollen Klaps, öffnete eine Flügeltür und trat in den Salon. Unter der riesigen gemauerten Kaminhaube, die fast eine ganze Wand des Zimmers einnahm, glimmte ein Feuer. Das Gesims war mit Ölzweigen und frischem Grün geschmückt, die ein Osterlamm aus bemaltem Mattone einrahmten.

„Hier sind ein Cappuccino und eine Focchaccia, Conte Alessandro", flötete Lidia und stellte ein Tablett auf die Anrichte. Lidia war Hausdame auf Santa Croce, rundlich, alterslos und mit sonnigem Gemüt. Seit über dreißig Jahren gehörte sie quasi zum Inventar des Gutes. „Sie sehen prachtvoll aus! Es tut Ihnen gut, regelmäßig mit Marco zu laufen."

Alessandro lächelte dankbar. Lidia hatte es noch immer verstanden, ihn aufzuheitern. Schon als er noch ein Kleinkind war, hatte sie sich rührend um ihn gekümmert, ihm kleine Naschereien zugesteckt, ihn gedeckt, wenn er mal wieder etwas angestellt hatte.

„Was wäre aus mir nur geworden ohne Dich!" Er nahm einen gehäuften Löffel Zucker und rührte den Kaffee um.

*

Alessandro di Vallescura, der *Conte,* war Herr auf der Domäne von Santa Croce. Ein attraktiver junger Mann von 36, elegant, weltgewandt und stolz. Ein Mann, der trotz seines geringen Alters Reife und Verantwortungsgefühl ausstrahlte, überlegt und warmherzig wirkte. Er gehörte zu jenen Menschen, die automatisch Blicke auf sich zogen, wenn sie einen Raum betraten oder auf der Straße vorübergingen. Nicht nur, weil er – wie viele italienische Männer – modische Korrektheit mit nonchalanter Lässigkeit zu verbinden wußte; er verfügte über Ausstrahlung. Sein Profil war markant wie das einer römischen Statue: Die braunen Augen lagen tief in ihren Höhlen und umflorten ihn mit einem Hauch von Melancholie. Hohe Wangenknochen, gerade, schmale Nasenflügel und ein starkes Kinn verliehen ihm geradezu klassische Konturen. Die sanft geschwungenen Lippen und die kurzen schwarzen Locken milderten seinen Gesichtsausdruck. Auf dem olivefarbenen Teint warf ein Dreitagebart seine Schatten und gab ihm eine verwegene Note.

Alessandro war der italienische Mann, in den sich Mitteleuropäerinnen und Nordamerikanerinnen auf der Stelle verlieben würden. Er war sich dessen nicht bewußt, und wenn, so ließ er es sich niemals anmerken. Seine Umgangsformen waren höflich und zuvorkommend, egal, wen er vor sich hatte. Das Bewußtsein, einer alten Familie der italienischen Nobilità anzugehören, war ihm eher Bürde als Privileg. Das hatte freilich seine Gründe.

Alessandro kippte den restlichen Cappuccino in einem Zug hinunter und ging durch den langen Arkadengang des Seitenflügels zum Wintergarten hinüber.

Es war Tradition auf Santa Croce, am Vorabend des Ostersonntags Familie und Freunde einzuladen, um den ersten ausgereiften Wein der Vorjahresernte zu kredenzen. Neben Vernaccia und dem obligatorischen Chianti Colli Senesi, den angestammten Weinen der Region, gab es heute einen reinrassigen Zinfandel zu kosten, eine Rebsorte, die vor allem im kalifornischen Nappa Valley wächst und die Alessandro vor Jahren von seinem Studienaufenthalt in San Francisco nach Italien zurückgebracht hatte. Im letzten Jahr hatten die Reben erstmals so viel getragen, daß es sich zu keltern lohnte. Er war gespannt, wie sich der Wein entwickelt hatte.

„Ciao bello, wo bist Du gewesen?“ begrüßte ihn eine elegante junge Dame, als er die Loggia betrat. Sie besaß die gleichen edlen

Gesichtszüge wie Alessandro, wache dunkle Augen und trug ihr dunkelbraunes langes Haar offen. Dezenter Modeschmuck zierte ihren filigranen Hals und ihre zarten Arme. Mit Jeans und Turnschuhen bekleidet war sie gerade dabei, Weinkisten zu öffnen und Flaschen auszupacken, so wie Vincenzo neben ihr. Seine Leute bauten die Stehtische auf und schleppten Kartons und Paletten durch die Gegend.

„Ciao Schwesterchen, hier sieht es ja richtig nach Arbeit aus." Alessandro gab ihr einen Kuß auf die Wange. „Ich war mit Marco unterwegs."

„Habe ich mir gedacht. Mamma wollte Dich sprechen, aber sie ist jetzt zum Friseur in die Stadt gefahren. Meinst Du, die Kisten hier werden reichen?"

Alessandro nickte. Seine Schwester Daniella war voller Schwung und Elan. Sie war der Temperamentsbolzen der Familie, offen, geradeheraus, zupackend, das Herz immer auf der Zunge.

„Damit könnten wir eine komplette Kompanie bewirten. Außerdem bin ich mir nicht sicher, wie der Zinfandel aufgenommen wird. Für italienische Gaumen könnte er zu beerig schmecken," sagte er.

„Mach Dir keine Sorgen, mir schmeckt er ausgezeichnet."

„Mir ja auch. Ist aber nun mal nicht jedermanns Geschmack. Ich bin gespannt, wie er sich im Verkauf machen wird."

„Einen Kunden haben wir bereits. Carlo hat angerufen, wir sollen ihm ein Dutzend Kartons reservieren; er will sie morgen gleich mitnehmen. Die Touristen sind über die Osterferien in Florenz eingefallen, und sein Lokal ist ausgebucht."

„Was ist übrigens mit Deinem Dottore? Bekommen wir ihn heute Abend endlich zu Gesicht?" Seit ein paar Wochen war Daniella mit einem Arzt aus Florenz liiert, hatte ihn der Familie jedoch bislang nicht vorgestellt.

„Gemach, Brüderchen. Ja, Franco wird heute Abend kommen. Nein, daraus wird kein offizieller Vorstellungstermin. Ich werde ihn Euch nicht zum Fraß vorwerfen. Er ist einfach nur ein Gast unter vielen."

„Na hör mal, wir sind doch kein Käfig wilder Raubtiere."

Daniella nahm ihren Bruder am Arm und zog ihn nach draußen. „Von wegen. Du weißt ganz genau, wie ihn Mamma sezieren würde, wären da nicht die anderen Gäste. Also bitte sei nett zu ihm! Ich liebe ihn wirklich und ich möchte nicht, daß er am Ende des Abends die Nase voll hat von meiner Familie."

Alessandro schmunzelte. „Ich kann ihm ja mal etwas auf den Zahn fühlen. So wie Du das bei meinen Freunden machst."

„... *che cosa?* Ich habe bis jetzt jedes Mal Recht behalten. Jedes Mal!" betonte sie.

„*Ecco,* schon gehst Du wieder unter die Gürtellinie. Du bist herzlos."

„No no no, ich bin nicht herzlos. Ich bin nur ein Stück realistischer als Du und verschenke mein Herz nicht an den Nächstbesten."

„Das wird sich ja heute zeigen."

„Du kannst froh sein, wenn es zwischen mir und Franco klappen sollte! Damit bist Du fein aus dem Schneider, weil es dann endlich einen Erben gibt im Hause Vallescura."

„Das wäre in der Tat ein Befreiungsschlag zu unser beider Wohl!"

Sie lachten über ihren kleinen Temperamentsausbruch.

„Du wirst eines Tages auch jemanden finden, der zu Dir paßt", sagte sie. „Das Glück kommt bekanntlich immer dann, wenn Du es am wenigsten erwartest."

„Ach Daniella, ich habe die Suche schon fast aufgegeben. Wie sollte es auch funktionieren? Wir leben hier in unserer eigenen Welt, bestimmt von Tradition, Etikette und familiären Zwängen. Und das Weingut muß auch geführt werden. Welcher Partner wollte sich freiwillig auf so etwas einlassen! Abgesehen von den gesellschaftlichen Implikationen. In Kalifornien wäre das in der heutigen Zeit kein Problem, aber hier? Manchmal wünschte ich, ich wäre einfach dort geblieben. Keine Erklärungen, keine Entschuldigungen, keine Ausflüchte." Er seufzte.

„Du tust geradezu, als befände sich Italien noch im Mittelalter. Auch hier haben sich die Zeiten geändert. Schau nach Mailand oder Rom. Selbst bei uns. Man ist nur einfach dezenter als etwa in Deutschland, Frankreich oder den Staaten. Als vor zwei Jahren Außenminister di Gianni geoutet wurde, hat es keinen Aufschrei der Empörung gegeben, im Gegenteil: überall wurde die Geschmacklosigkeit der Presse kritisiert, das Thema hoch zu stilisieren. Und er ist noch immer im Amt."

„Wir sind in der toskanischen Provinz, nicht in Rom. Hier bedeutet der Schein alles."

„Der schöne Schein ist ziemlich löchrig. Im übrigen ...", Daniellas Stimme nahm einen spöttischen Klang an, „im übrigen giltst Du hier ohnehin als der *traurige Graf*."

„Madonna mia, wer sagt so etwas? Das ist schlimmste Niedertracht! Ein Abgrund!" ereiferte sich Alessandro in gespielter Empörung. „So weit ist es gekommen: ich bin eine tragische Gestalt!"

„Unser ganzes Leben ist eine griechische Tragödie. Der einsame Prinz, die einfältige Prinzessin und die Göttermutter allein im Olymp – was für eine Familie!"

„Eine völlig durchgedrehte Familie seid Ihr!" rief Carlo, der den letzten Satz aufgeschnappt hatte, als er ums Eck gebogen war.

„Carlo, was machst Du denn schon hier? Sonst kommst Du immer Stunden zu spät, diesmal Stunden zu früh!"

„Ich hatte eben Sehnsucht nach Euch!"

Carlo Lucchese umarmte beide und küßte sie auf die Wangen. Er war ein kräftiger Mann Anfang Vierzig, eine angenehme Erscheinung, wenngleich er zu Leibesfülle neigte, mit lebhaften Augen und fröhlichen Lachfalten. Sein dunkles Haar war blond gesträhnt. Der enge schwarze Versace-Anzug wirkte leicht overdressed und machte sein Verlangen, jünger auszusehen, offenkundig. Er war Besitzer eines der prominentesten Lokale von Florenz, des *Don Camillo,* und ein guter Freund der Familie.

„Du kommst gerade recht, ich werde Deine Hilfe beim Wein brauchen", sagte Alessandro.

„Was immer Du willst – wenn ihr Eure Familienangelegenheiten geklärt habt, natürlich."

„Meinen Bruder plagt wieder der Weltschmerz, Carlo. Du solltest ihn aufheitern. Oder den richtigen Mann für ihn finden."

Carlo betrachtete ihn abschätzend und schüttelte den Kopf. „Ich fürchte, unser Conte ist schwer vermittelbar. Da müßte man ihm schon einen backen. Gibt es einen *caffè?*"

Sie gingen zurück ins Haus.

*

Das Fest begann wie immer mit einem Aperitif im Wintergarten, bei dem es sich um eine Loggia mit großen Rundbogenöffnungen zu allen Seiten handelte, welche die Principessa vor Jahren hatte verglasen lassen, um einen zusätzlichen Raum zu gewinnen. Sein schützendes Gewölbe diente als kühle Oase in der Sommerhitze und als warme Zuflucht für Zitruspflanzen und Geranien in den kälteren Monaten; schließlich konnte der Winter auf den Höhen der Toskana durchaus frostig sein.

Die *Principessa,* wie sie von allen genannt wurde, Alessandros und Daniellas Mutter, war eigentlich die Contessa Margherita di Vallescura, Ehefrau des früheren Patrons auf Santa Croce. Sie hatte ihren Ehemann – den sie jung, entgegen aller Widerstände ihrer eigenen Familie, geheiratet hatte, da er nur zum einfachen Landadel gehörte, während sie einer alten römischen Fürstenfamilie angehörte – früh verloren: Er starb an Krebs, als Alessandro gerade acht Jahre alt war. Margherita hatte das Gut weitergeführt, um ihren Kindern das Erbe zu bewahren, bis sie selbst alt genug waren, um eine Entscheidung über ihre Zukunft zu fällen. Beide hatten sich für Santa Croce entschieden und es in den vergangenen zehn Jahren zu einem anerkannten und modernen Weingut gemacht. Sie war stolz auf ihre Kinder. Sie selbst hatte ihren Lebensmittelpunkt in den vergangenen Jahren mehr und mehr in ihre Villa bei San Remo verlegt, wo sie mit Maurizio Fontana, einem reichen Mailänder Fabrikanten liiert war. Nur Ostern und Weihnachten verbrachte sie regelmäßig in der Toskana.

Zur Begrüßung wurde umarmt, geküßt, gestikuliert, jeder sprach mit jedem und alle durcheinander – es war die perfekte italienische Harmonie.

Margherita di Vallescura war der absolute Mittelpunkt der Gesellschaft. Mit ihrem vollen schwarzen Haar, durch das ein paar vereinzelte silberne Strähnen schimmerten, ihrem alterslosen, perfekt geschminkten Gesicht und ihrer hohen, schlanken Figur wirkte sie wie eine Filmdiva vom Schlage einer Gina Lollobrigida. Eine abgetönte, randlose Brille unterstrich ihre natürliche Eleganz. Sie trug stets Schwarz, die modische Strenge ihrer Kleider und Kostüme aufgelockert von bunten Seidenschals und Tüchern, die sie lose über die Schultern zu drapieren pflegte. Wertvoller Familienschmuck zierte reichlich ihren Hals und ihre Handgelenke.

„Dottore, seien Sie mir willkommen", sagte sie mit kehliger Stimme und reichte Franco Cassini grazil ihre Hand.

Der Arzt aus Florenz deutete eine Verbeugung an und gab ihr einen formvollendeten Handkuß. „Es ist mir eine Ehre, Principessa. Sie sind ebenso charmant wie Ihre Tochter. Daniella hat viel von Ihnen erzählt."

„Das muß ziemlich langweilig für Sie sein, wenn meine Tochter von ihrer Mutter erzählt. Sie haben hoffentlich spannendere gemeinsame Themen. Die Zukunft zum Beispiel."

„Also Mamma!" warf Daniella ein. Franco Cassini, ein eher zurückhaltender, feinsinniger Internist von Anfang Vierzig, der an der Universität von Florenz dozierte, lächelte vielsagend.

„Jedenfalls kann ich Ihnen versichern, daß ich es gerne sehe, wenn Sie Zeit mit meiner Tochter verbringen. Kommen Sie nach Santa Croce, so oft Sie möchten."

„Das ist sehr freundlich von Ihnen, Principessa, und ich werde diese Einladung gerne annehmen, wann immer Daniella dies wünscht." antwortete Franco und blickte dabei liebevoll in die Augen seiner Freundin.

Sie gab ihm einen flüchtigen Kuß auf die Schläfe und zog ihn fort, bevor ihre Mutter sie noch in Verlegenheit brachte. Sie war sich darüber im Klaren, daß Margeritha ihre Tochter lieber heute als morgen gut verheiratet wissen wollte und ein Enkelkind herbeisehnte. Das Enkelkind, das von Alessandro wohl kaum mehr zu erwarten war. Ein anerkannter Arzt als Schwiegersohn wäre da genau das Richtige. Schließlich ging es um nichts weniger als den Fortbestand derer von Vallescura.

Franco ahnte, wie die Dinge lagen, und nahm es sportlich. „Deine Mutter ist eine einzigartige Person. Es war ausgesprochen nett, diese Einladung auszusprechen."

„Natürlich ist sie wundervoll, aber man muß sie von Zeit zu Zeit bremsen. Für Mamma läuft es noch immer nach dem Muster verliebt, verlobt, verheiratet."

„Und was wäre daran so schlimm?"

Daniella schaute ihn entgeistert an. „Wie meinst Du das?"

„Immerhin sind wir beide im heiratsfähigen Alter, warum sollte man Gedanken daran außen vor lassen?"

Daniella wollte etwas erwidern, doch er legte einen Finger auf ihre Lippen.

„Sag jetzt nichts. Wir werden darauf noch zurückkommen."

Als sich die Gäste zum Essen in den Speisesaal begaben, zupfte die Principessa ihren Sohn im Vorbeigehen am Ärmel und nahm ihn beiseite.

„Wir sollten alles tun, um diese Verbindung zu fördern, meinst Du nicht? Der Dottore scheint der ideale Ehemann für Daniella zu sein", raunte sie ihm zu.

„Mach nicht gleich die Pferde scheu, Mamma, gib ihnen Zeit! Laß sich die Sache entwickeln. Wir tun das Beste, indem wir uns so wenig wie möglich einmischen."

„Gott bewahre, ich habe nicht vor, mich irgendwie einzumischen. Aber man kann ja – wie sagen die Franzosen? *Corriger la fortune.* Das muß erlaubt sein."

Alessandro warf ihr einen mahnenden Blick zu.

„Schau mich nicht so strafend an", insistierte Margherita, „ich tue das schließlich auch für Dich, mein Schatz. Wenn wir Deine Schwester gut verheiraten und so für einen Erben sorgen, dann bist Du frei! Frei von Konventionen und Verpflichtungen der Familie. Dann kannst Du in Deinem Privatleben tun, was immer Dich glücklich macht." Sie kniff ihrem Sohn zärtlich in die Wange.

„Wenn alles so einfach wäre. Aber auch Du bist keine gute Fee, die mit ihrem Zauberstab nur *pling* zu machen braucht, und alles löst sich in Wohlgefallen auf. Und nun komm! Sonst fallen wir nur auf mit unserem Getuschel."

Sie gingen hinüber und nahmen an einer langen, weiß gedeckten Tafel Platz. Das Menü bestand aus marinierten Flußkrebsen, einer mit grünem Spargel und Ricotta gefüllten Pasta in Salbeibutter, Safranrisotto mit gerösteten Pinienkernen und schließlich dem traditionellen Lammbraten. Zu den verschiedenen Gängen wurden die Weine degustiert. Alessandros Zinfandel fand bei allen Anerkennung und Zuspruch. Er war stolz auf sich. Vielleicht würde aus ihm ja doch noch ein richtiger Weinbauer, vielleicht mochte das seine Bestimmung sein.

Nach dem Dessert, einem *Panforte* aus gedörrtem Obst, der zu den Spezialitäten der Gegend um Siena gehörte, begab sich die Gesellschaft nach draußen auf die Terrasse, wo ein knisterndes Osterfeuer entzündet wurde. Es war nach Mitternacht. Man trank einen Vin Santo und wünschte sich frohe Ostern.

Alessandro umarmte seine Schwester. „Ich glaube, Du bist in guten Händen. Ich wünsche Dir viel Glück!"

Daniella strahlte. „Frohe Ostern! Ich danke Dir. Ich bin unendlich glücklich. Ich glaube, ich habe den richtigen gefunden."

Er nickte. „Ja, ich glaube, Du hast tatsächlich den Richtigen gefunden."

„Kopf hoch, bellissimo, für Dich finden wir auch noch jemanden, frohe Ostern!" Carlo umarmte seinen Freund. „Du kommst morgen Abend erst mal mit mir nach Florenz. Etwas Ablenkung nach all der bedeutungsschweren Familientradition."

Die Gäste warfen Ölzweige ins Osterfeuer, als Zeichen der Hoffnung. Die Flammen prasselten in der mondhellen Frühlingsnacht. Als sich die auswärtigen Gäste verabschiedet hatten, ging die Principessa zu Bett, um noch ein paar Stunden Schlaf zu finden, bevor die Familie am frühen Morgen gemeinsam die Auferstehungsfeier im Dom von San Gimignano besuchen würde. Daniella und Franco, Alessandro und Carlo blieben wach, erzählten Geschichten und sahen bis zur Morgendämmerung dem herunterbrennenden Feuer zu.

*

Zehntausende von Pilgern füllten Lorenzo Berninis weites Rund vor dem Petersdom. Der Himmel über der ewigen Stadt strahlte festlich in hellem Blau. Von den Balustraden und Giebeln der Basilika und ihrer Säulengänge hoben sich die Figuren der Apostel, Märtyrer und Kirchenlehrer so plastisch ab, als würden sie gleich miteinstimmen in den österlichen Lobgesang, der über den Petersplatz und seine Umgebung schallte. Die roten Federbüsche auf den Helmen der Schweizergarde, die in ihren farbenprächtigen Uniformen neben schmucken Einheiten der italienischen Streitkräfte Aufstellung bezogen hatte, bewegten sich im zarten Frühlingshauch, der vom nahe gelegenen Meer nach Rom herüberwehte. In der Ferne, hinter der steinernen Silhouette der Kuppeln, Türme, Palazzi, Dachgärten und Tempelruinen leuchteten die letzten

Schneereste von den Gipfeln der Sabiner Berge. Zur Rechten der Arkaden, die den Petersplatz zu beiden Seiten umschlossen, ragten die verschachtelten Gebäudeteile des Apostolischen Palastes mit den Gemächern des Papstes, seinen weitläufigen Höfen und Loggien empor. Links wurde die elliptische Piazza, in deren Mittelpunkt ein steiler Obelisk aufragte, von den schattigen Pinien und Gärten auf dem Gianicolo-Hügel bewacht. Vor Kopf erhob sich die massige Fassade von Sankt Peter, von ihrem Architekten mit Säulenportalen, Balkonen und überlebensgroßen Statuen gegliedert. So mächtig wuchs sie in den Himmel, daß beim Näherkommen die größte Kirchenkuppel der Christenheit völlig dahinter verschwand. Die Glocken in den Turmstühlen zu beiden Seiten sandten ihren Klang über die römischen Dächer und Gassen.

Fasziniert blickte David zur Mittelloggia, die mit dem päpstlichen Wappen und grünen Girlanden geschmückt war. Das große Osterhochamt auf dem Petersplatz war gerade zu Ende gegangen und die Menge wartete gespannt auf das Erscheinen des Papstes auf dem Balkon der Petersbasilika, wo er seine Osterbotschaft verkünden und den traditionellen Segen *urbi et orbi,* der Stadt und dem Erdkreis, spenden würde. David und die anderen Priester des amerikanischen Kollegs standen vor ihren Plätzen zu Füßen des Altaraufbaus, der von einer künstlichen Gartenlandschaft aus Osterglocken, weißen Tulpen und Palmenzweigen umgeben war. Sie trugen ihre lange schwarze Soutane und einen weißen Chorrock. David setzte seine Sonnenbrille auf, um sich gegen das blendende Licht zu schützen.

Fanfaren ertönten, die Garden, die in ihren Uniformen um die Wette funkelten, nahmen Haltung an, die Carabinieri zückten ihre Säbel. Auf der Loggia erschien der Altardienst mit Kreuz und Kerzen, gefolgt von zwei Kardinälen. Dann trat Papst Paul VII. heraus, deutlich zu erkennen an der hohen spitzen Mitra, dem goldfarbenen Meßgewand und dem silbernen Kreuzesstab, den alle seine unmittelbaren Vorgänger getragen hatten. Jubel und Applaus ging durch die Masse. Eine Musikkapelle der Streitkräfte intonierte die päpstliche Hymne, gefolgt von der italienischen Nationalhymne, die bei den anwesenden Italienern unter der Menge wie immer Begeisterungsstürme hervorrief. Der Heilige Vater winkte gutgelaunt den Gläubigen zu, bevor er sich auf dem Thronsessel niederließ, um seine diesjährige Osterbotschaft zu verlesen. Der Lärm auf dem Platz legte sich, es wurde still.

Die Mikrofone knarzten und die Kameras der RAI schwenkten hektisch durch die Gegend, bevor die Stimme des Papstes aus den Lautsprechern drang. Nach seiner Predigt grüßte er gemäß der Tradition in vielen Sprachen die Völker auf der ganzen Erde und überbrachte ihnen seine Osterwünsche. Unter seinem polyglotten Vorgänger, dem seligen Papst Johannes-Paul II., hatte dieser Teil einen Umfang angenommen wie niemals zuvor. Giuseppe Marini hingegen machte es etwas kürzer, gab dafür seinen Ausführungen in Englisch, Französisch und Spanisch ein größeres Gewicht. Seine Stimme klang melodisch und akzentuiert. Zum Abschluß erteilte er den Ostersegen, den die Gläubigen auf dem Platz mit dankbarem Applaus quittierten. Routiniert winkte er hinunter. Auf zwei überdimensionalen Bildschirmen an den Seiten des Altars sah David in Nahaufnahme das Gesicht des Papstes. Es war kantig mit einer großen gebogenen Nase, die Züge tief eingegraben. Man merkte ihm an, daß er mit über Siebzig relativ alt zum Stellvertreter Christi auf Erden gewählt worden war. Der Papst ergriff nochmals das Mikrofon und sprach: „Nun geht und eßt das Osterlamm. Teilt es mit denen, die sich keines leisten können. Gebt ihnen zu essen. Nicht nur heute, sondern alle Tage. Gebt reichlich. Das ist die neue Zivilisation der Liebe. *Christus resurrexit – Christus ist erstanden, Alleluja!*“

Noch einmal brandete Jubel auf, bis das Oberhaupt der katholischen Kirche die Loggia verließ. Die Garden salutierten und begaben sich in Abmarsch-Formation.

David ließ die Szene auf sich wirken. Es gab so viele Eindrücke in sich aufzunehmen, daß er gar nicht wußte, wo er anfangen sollte. Aber glücklicherweise hatte er Zeit, viel Zeit.

„Wie hat es Ihnen gefallen, Father?" Monsignore Wendell, der Leiter des Kollegs, stand neben ihm. Für einen Rektor schien er recht jung und unkompliziert zu sein.

„Es war beeindruckend, fast erdrückend. Die Stimmung auf dem Platz, die vielen Kardinäle, Bischöfe, Priester. Der Papst ..."

„Ja, ich glaube, beim ersten Mal ist man von der Inszenierung ganz erschlagen. Von Dramaturgie verstehen die Italiener wirklich etwas. Einen starken Abgang hat sich unser Heiliger Vater diesmal gewählt – den Satz mit dem Lamm meine ich." Wendell grinste spöttisch. „Apropos, das ist das Stichwort. Ich habe für uns alle einen Tisch in einem hervorragenden Restaurant auf der Isola Tiberina reservieren lassen. Dort gibt es den besten Lammbraten von ganz Rom. Also meine Herren: Lassen Sie uns die Chorröcke zurück in die Sakristei bringen, dann gehen wir los."

Die Gruppe von zwölf jungen Priestern, die meisten von ihnen aus den USA und Kanada, ein Australier, ein Lette und zwei Asiaten, schlenderte durch die römischen Gassen, in denen festlich gekleidete Römer in großer Familie promenierten, Priester in Habit und Hut zu ihren Kirchen eilten, und Pilger aus aller Welt zu den Sehenswürdigkeiten strömten. Die Auslagen der Konditoreien und Feinkostgeschäfte waren angefüllt mit riesigen Ostereiern aus Schokolade und Zuckerguß, reichlich verziert wie barocke Kunstwerke; andere Schaufenster waren mit prachtvollen Gestecken aus Lorbeer und Palmzweigen versehen, in deren Mitte bemalte Lammfiguren und Friedenstauben Osterstimmung verbreiteten. Bunte Wimpel waren über Gassen und Plätze gespannt und flatterten im Wind, viele Fassaden mit gelb-weißen Fahnen geschmückt.

Die Studenten waren beeindruckt. „Es ist wie bei uns in der Weihnachtszeit", sagte einer der nordamerikanischen Studenten.

„Ja, hier wird Ostern tatsächlich als das höchste Fest des Jahres gefeiert, fröhlich, bunt und üppig. Weihnachten dagegen vollzieht sich hier stiller und familiärer, ohne den bei uns üblichen Trubel. Wirklich wohltuend." erklärte Wendell.

David fühlte sich wie am Ziel seiner Träume. Er ließ die festlich turbulente Stimmung auf sich wirken, genoß die vielfältigen Eindrücke, beobachtete die Menschen, hörte auf den vielsprachigen Hall der Stimmen in den Straßen. Sie passierten die Engelsbrücke, hinter sich die gewaltige runde Festung, die den Päpsten Jahrhunderte lang als Schutzburg diente, tauchten ein in das Gassengewirr westlich der Piazza Navona und schlenderten über den Campo dei Fiori. Sie überquerten die Ponte Fabricio und kehrten auf der Isola Tiberina ins Ristorante Sora Lella ein. Sie waren nicht die einzigen Geistlichen in dem Lokal. Manchmal hätte man meinen können, in Rom gebe es mehr Priester als gewöhnliche Einwohner.

Sie nahmen an dem reservierten Tisch Platz, und der Patrone eilte persönlich zu ihnen, um die Bestellung entgegenzunehmen. Da noch nicht alle seiner Studenten die italienische Sprache mehr oder weniger gut beherrschten, übernahm der Monsignore diesen Part. Das Palaver, das er mit dem Restaurantchef führte, hätte man für komplizierte politische Verhandlungen halten können, aber das Ergebnis konnte sich sehen lassen: Nacheinander zauberte das Personal immer neue Platten in die Mitte des Tischs; fritierte Glasaale, eingelegte Gemüse, gefüllte Artischocken, marinierter Octopus. Darauf folgten verschiedene Pastagerichte. Krönung war das *abbacchio in brodetto,* eine zusammen mit Rosmarin, Knoblauch und Kartoffeln in gestocktem Ei geschmorte Lammschulter. Sie tranken Weißwein aus Frascati und Roten aus den Abruzzen, sie diskutierten und lachten.

„Wir haben das Glück, in einer äußerst genußfreundlichen Stadt zu sein. Kostverächter und Asketen hatten es hier schon immer schwer." meinte Wendell wohlgelaunt nach dem Essen. Der Patron stellte lächelnd eine Flasche hausgebrannten Amaro auf den Tisch.

David hatte Rektor Steven Wendell sofort gemocht und Vertrauen zu ihm gefaßt. Er stand mitten im Leben, hatte eine gesunde Distanz zu den Dingen um ihn herum, verfügte über Lebensart und ermunterte seine Studenten zu selbstständigem Denken. Er war groß und sportlich und hätte in den Staaten genauso gut als Baseballspieler sein Geld verdienen können. Jeden Morgen joggte er durch die Parks auf dem Gianicolo, wo das amerikanische Kolleg in einer ehemaligen Kardinalsresidenz untergebracht war.

„Selbst die strengsten Sittenwächter unserer Mutter Kirche entsagen in Rom nicht sämtlichen weltlichen Freuden, wie Sie dort hinten in der Ecke beobachten können." Der Rektor deutete mit seinem Kopf unmerklich zu einer Nische am hinteren Ende des Lokals, in dem zwei ältere, distinguiert erscheinende geistliche Herren speisten, auf dem Tisch eine Flasche Nobile di Montepulciano.

David, der neben Wendell saß, schaute verstohlen in die Ecke hinüber. „Der mit den weißen Haaren und der Goldrandbrille, das ist wirklich …?"

„Ja, das ist Kardinal Franz Berninger, wie er leibt und lebt, der oberste Glaubenswächter der Kirche." raunte der Monsignore. „Und der Mann gegenüber mit der Habichtnase, das ist Erzbischof Luiz Fernando Reyes aus Kolumbien, Präfekt der Kongregation für die Bischöfe, sozusagen der Personalchef der Kirche. Er ist mit Sicherheit der konservativste Mann im Vatikan."

„Kardinal Berninger wirkt nicht unsympathisch, gar nicht wie der *deutsche Panzer,* wie er in den Medien immer beschrieben wird."

„Berninger ist eine Sphinx; man weiß nie, wie er wirklich denkt. Er ist ein belesener, intellektueller Mann, ein Philosoph und Humanist. Er ist auch nicht unfreundlich. Aber in Glaubensfragen ist er ein Dogmatiker, hart und unerbittlich. Ein typischer Fall von Gesinnungsethiker eben, die reine Lehre um jeden Preis verteidigen. Aber man kann ihm nicht nachsagen, daß er ein Karrierist sei.

Als ihn Johannes-Paul II. seinerzeit nach Rom holte, ist er dem Ruf nur sehr widerstrebend gefolgt."

„Jedenfalls anders als Reyes, der hat seine Position nur dem Opus Dei zu verdanken." warf Ralph Bell, der Australier, ein.

Wendell warf ihm einen warnenden Blick zu. „Sie sollten sich vor solchen Äußerungen hüten, wenn Sie nicht ins nächstbeste offene Messer laufen wollen. Es gibt Dinge, über die spricht man nicht in dieser Stadt."

Die zwei hohen Würdenträger hatten die Rechnung bezahlt und waren aufgestanden, der Patron leitete seine prominenten Gäste unter gestenreichen Bekundungen der Ehrerbietung persönlich zur Tür. Als sie an der langen Tafel der jungen Priester vorbeikamen, hielt Kardinal Berninger inne und wandte sich ihnen zu.

„Ah, eine ganze Schar Jungpriester. Das sieht man gerne. *Felice Pasqua!*" bemerkte er mit heller Stimme und nickte huldvoll in die Runde.

Monsignore Wendell erhob sich und deutete eine Verbeugung an. „Die Studenten des amerikanischen Kolleg, Eure Eminenz."

Der Kardinal betrachtete die Runde wohlwollend prüfend. „Das ist gut. Wir brauchen tüchtige und rechtgläubige Priester in Amerika. Ich erteile Euch allen meinen Segen."

Er malte mit der rechten Hand das Kreuzzeichen in die Luft und ging weiter. Erzbischof Reyes war bereits zur Türe vorausgeeilt und hatte die Studenten keines Blickes gewürdigt.

Wendell atmete spürbar aus. David war der versteckte Seitenhieb in Berningers Bemerkung nicht entgangen. Er erinnerte sich an die Worte von Joseph Walsh, den Kirchenfürsten möglichst nicht zu nahe zu kommen. Das war in Rom wohl leichter gesagt als getan.

III

Simon Prescott saß an seinem Arbeitsplatz in dem eleganten Palazzo an der Via Veneto, der die Botschaft der Vereinigten Staaten von Amerika beherbergte. Draußen, vor dem Sicherheitszaun, brauste der alltägliche römische Verkehr, auf den schmalen Trottoirs drängelten sich Touristen und Geschäftsleute gleichermaßen. Auf dem Bildschirm seines Notebooks hatte er das Vatikanische Bulletin. Er klickte eine Meldung aus der Rubrik *Ernennungen* an und druckte sie aus. Es schien ihm angebracht, die Nachricht rasch dem Chef vorzulegen, und er machte sich auf den Weg durch die weitläufigen Hallen und Flure zum Trakt des Botschafters. Vor einem guten Jahr war Prescott aus dem State Department nach Rom entsandt worden, und er hatte bislang keine Sekunde hier bereut. Es war einer der diplomatischen Traumposten nach Italien versetzt zu werden. Nicht auszudenken, wenn sie ihn etwa nach Moskau oder, noch schlimmer, in eine der ehemaligen Sowjet-Republiken geschickt hätten. Das mediterrane Lebensgefühl entsprach ihm da schon wesentlich besser. Er war ein attraktiver Bursche, drahtig, blond und blauäugig. Sein Auftreten war eher leger, der blaue Nadelstreifenanzug leicht abgewetzt und die gelbgepunktete Krawatte hing schief an seinem Hals. Sein Haar fiel ihm locker in die Stirn.

Im Vorzimmer des Botschafters herrschte Hektik, der Außenminister würde morgen zu einem Besuch in der italienischen Hauptstadt eintreffen.

„Lizzie, hier ist eine Meldung vom Heiligen Stuhl, die sollte der Boss bald sehen", sagte er zur Chefsekretärin des Botschafters und legte ihr das Papier vor. „Der Papst hat einen neuen Erzbischof von New York City ernannt. Es ist Joseph Walsh aus Baltimore."

Lizzie legte den Kopf schief und schaute ihn über den Rand ihrer Lesebrille an. „Muß man den Namen kennen, Schätzchen? Ich bin Methodistin, wie Du weißt."

Simon lächelte nachsichtig. „Und selbst wenn Du orthodoxe Jüdin wärst: Es ist schon eine Nachricht von Interesse für die Administration, wer künftig Oberhirte von New York und Sprachrohr der amerikanischen Katholiken wird. Ich wette, daheim in Washington hätten ein paar Leute die Info gern schnell auf ihrem Tisch. Also sei so lieb, reich sie dem Chef hinein."

„Er ist gar nicht im Büro, er kommt erst am Spätnachmittag von einer Konferenz zurück."

„Na, dann laß sie ihm irgendwie zugehen. Ich zähl auf Dich, Lizzie!"

Er setzte sein unwiderstehliches Lächeln auf und verschwand. Simon wußte, wer sich außerdem brennend für diese Personalie interessieren würde. Zurück in seinem Büro griff er zum Telefon und wählte die Nummer des amerikanischen Kolleg.

*

David befand sich gerade auf dem Rückweg von einer Vorlesung im Gebäude der Gregoriana nahe der Piazza dei Santi Apostoli. An der Piazza Venezia, zu Füßen des gewaltigen Nationalmonuments, bestieg er den Linienbus und fuhr damit den Corso bis zur Tiberbrücke hinunter, die auf den Borgo Santo Spirito mündete. Von dort setzte er seinen Weg durch die Gassen zu Fuß fort. Er lief soviel wie möglich durch die römischen Straßen, benützte die öffentlichen Verkehrsmittel nur auf längeren Strecken oder wenn er in Eile war. Er wollte sich keinen Winkel dieser Stadt entgehen lassen, keine Kirche, keinen Brunnen, keinen Innenhof, denn überall warteten künstlerische Kleinode darauf, entdeckt zu werden. Oft bummelte er auf dem Rückweg durch die Marktstände des Campo dei Fiori, wo die eingesessenen Händler mit ihren Kunden lautstark über die Qualität von Obst, Gemüse und Blumen debattierten und um die Preise feilschten. Nahm er den Weg über die Piazza Navona, versäumte er es nicht, in den Antiquitätenlagern der Via dei Coronari zu stöbern. In den Seitengassen rund um das Pantheon konnte er kaum an den zahlreichen Pasticcerien vorbeilaufen, ohne eine Schachtel Konfekt zu erstehen. Und sobald sein Auge auf eine adrette kleine Bar fiel, nahm er sich, den Römern gleich, die Zeit, im Vorübergehen einen Espresso zu trinken, klein, schwarz, süß und schaumig. Wie würde er das vermissen, wenn er in die Staaten zurückkehrte; man konnte süchtig danach werden.

An der Päpstlichen Universität studierte David im Hauptfach Kanonisches Recht und hatte Internationale Beziehungen als Nebenfach belegt. Zudem besuchte er regelmäßig einen Kursus für kirchliche Kunstgeschichte. Die regelmäßigen Vorlesungen fanden am Vormittag statt, die gelegentlichen Vorträge von Gastdozenten meist am späten Nachmittag oder Abend. Am frühen Morgen feierten die Bewohner des amerikanischen Kolleg gemeinsam die Heilige Messe. Punkt zwei Uhr gab es im Kolleg Mittagessen für die Studenten, die es nicht vorzogen, ihre Mahlzeit irgendwo in der Stadt zu nehmen. An den Abenden, nach dem gemeinsamen Gebet, war zwanglose Geselligkeit angesagt. Zweimal in der Woche nahmen sie das Abendessen gemeinsam mit Monsignore Wendell ein, erzählten von ihren Studien, stellten Fragen, philosophierten. Wendell führte das Haus ohne Zwang und Enge. Wer sich abends mit Freunden oder Kommilitonen verabreden wollte, durfte das ohne weitere Kontrolle tun; schließlich sollten seine Priester zu Eigenverantwortung und Charakterstärke finden, und zu diesen Zielen konnte man nur durch den freien Willen gelangen.

David hatte es sich zur Gewohnheit gemacht, die Stufen vom Tiberufer zum Kolleg oben auf dem schattig grünen Gianicolo im Laufschritt zu nehmen und so war er ziemlich außer Atem, als er an der Pförtnerloge vorbeikam. Der alte Concierge, der seine Aufgabe bereits seit über vier Jahrzehnten versah, reichte ihm eine Telefonnotiz. David nahm den Zettel hinauf auf sein Zimmer.

Simon Prescott! Fast schien es, als habe er diesen Anruf erwartet. Er wählte die Nummer.

„Hallo Simon, hier ist David."

„David, alter Junge! Es tut gut, Deine Stimme zu hören, nach so vielen Jahren."

„Ja, wer von uns beiden hätte wohl je daran gedacht, daß wir uns in Rom wieder begegnen?"

„In der Tat. Komm, wir müssen uns so bald wie möglich sehen. Wann hast Du Zeit?"

Sie verabredeten sich für den nächsten Abend, gegen sieben, auf dem Pincio, der Aussichtsterrasse hoch über der Piazza del Popolo.

*

David hatte den Priesterkragen unter seinem Anzug abgelegt, als er am frühen Abend den Pincio hinaufeilte. Er fürchtete, Simon würde ihn sonst vielleicht nicht wiedererkennen, schließlich hatte er sich seit den unbeschwerten Tagen in New York nicht nur mental verändert, sondern war schlichtweg älter geworden. Sie hatten sich seit ihrer gemeinsamen Zeit nur noch einmal wiedergesehen, beim Geburtstagsfest eines gemeinsamen Freundes, der bei den Bundesbehörden in Washington arbeitete. Von ihm wußte David auch, daß sich Simon für eine Karriere im Diplomatischen Dienst entschieden hatte. Danach jedoch hatten sie sich aus den Augen verloren. Es war ein purer Zufall gewesen, daß eines Tages Simons Vater, ein angesehener Herzchirurg aus Pittsburgh, auf einem Ärztekongreß mit Morris Gould zusammengetroffen war, Madelaines Ehemann.

Er hatte Simon sehr gern gehabt, damals. Er war seine erste romantische Liebe gewesen, spontan und ungestüm, wie man war in diesem Alter. Sie waren gemeinsam im Kino und im Theater gewesen, auf Vernissagen und Parties, hatten die Szene in Greenwich Village unsicher gemacht und wilde, ausschweifende Nächte erlebt. David erschien diese Zeit so fern und entrückt wie aus einem anderen Leben. Als er seinen Entschluß faßte, ins Seminar einzutreten, trennten sich ihre Wege. Die Romantik der ersten Liebe mußte der Erkenntnis seiner geistlichen Berufung weichen. Es war kein leichtes Opfer für ihn gewesen, aber irgendwann hatte er Simon Prescott vergessen.

Unten auf der Piazza stieg ein blonder Mann aus einem Taxi, groß, schlank, die Anzugjacke locker nach hinten über die Schulter geworfen. Er eilte die Stufen hoch und suchte mit seinen Augen die Menge der Leute ab, die im Dämmerlicht die Aussicht über die Ewige Stadt bewunderten.

„Bevor Du noch irgendeinen fremden Touristen in Verlegenheit bringst – hier bin ich!“ gab sich David zu erkennen und trat von der Seite an seinen früheren Freund heran.

„Da seh’ ich doch glatt den Wald vor lauter Bäumen nicht, dabei stehst Du fast neben mir! Mann, David, mir fehlen die Worte ...!“ Sie umarmten sich herzlich.

Simon musterte ihn. „Wow, Junge, verdammt gut siehst Du aus! Bist ja noch viel attraktiver als früher.“

„Danke. Das Kompliment kann ich nur erwidern. Aus dem wilden Twen ist ein richtiger Gentleman geworden.“

„Täusch Dich mal nicht, mein Freund, der Gentleman ist nur nach außen. In meinem Herzen bin ich noch immer ein Glücksritter und Rebell. Komm, laß uns einen kleinen Spaziergang durch den Borghese-Park machen, danach gehen wir essen. Ich bin so froh, daß Du hier bist und es gibt so unendlich viel zu erzählen.“

Sie bummelten über den kurzen Rasen der Villa Borghese, setzten sich unter einer Pinie ins Gras – wie das die Römer bei milden Temperaturen gern nach Feierabend taten – und redeten, arbeiteten die Geschehnisse der vergangenen zehn Jahre auf.

„Ich habe es nie wirklich kapiert, warum Du das Leben in New

York aufgegeben hast, um ins Priesterseminar zu gehen. Ich habe mich oft gefragt, was in Dir vorgegangen ist, ohne daß ich es bemerkt habe."

„Es ist wohl schwer zu erklären für jemanden, der nicht besonders religiös ist." David blickte nachdenklich in den dämmrig roten Himmel. „Nach knapp zwei Jahren stellte ich fest, daß mir etwas Entscheidendes im Leben fehlte; nenn' es Sinnstiftung. Das hektische Leben in dieser Megastadt, die Schnellebigkeit in den zwischenmenschlichen Beziehungen, die erdrückende Dominanz des Materiellen – mir wurde klar, daß ich das auf Dauer nicht ertragen konnte. Die Zeit war wie ein innerer Reifeprozeß für mich. Mir waren die Äußerlichkeiten, die hippen Parties, die wechselnden Moden und Trends, das permanente Schaulaufen, plötzlich egal. Ich brauchte es nicht mehr. Also begann ich wieder regelmäßig die Heilige Messe zu besuchen, zu meditieren, theologische Bücher zu lesen; Thomas von Aquin zum Beispiel. Es war wie eine Offenbarung, die mich zurückführte auf den wahren Inhalt meines Lebens."

„Wie konnte das an mir vorbeiziehen? Du hast nie viel mit mir darüber gesprochen."

„Ich habe es gelegentlich versucht, aber ehrlich gesagt, Deine Resonanz war nicht sonderlich ermutigend. Du warst Teil des pulsierenden Lebens im Big Apple geworden, zu beschäftigt mit anderen Dingen. Die große Welt war Deine Bühne. Ich spürte, daß Du mir bei meinem Entscheidungsprozeß nicht würdest helfen können."

Simon schaute betreten. „Da war ich wohl nicht gerade mit einem Übermaß an Sensibilität gesegnet. Du hast schon Recht: Die Glitzerwelt von Greenwich Village hatte mich ziemlich in Bann geschlagen. Ich wollte dort meinen Weg machen. Aber als Du Deine Sachen gepackt hattest und gegangen bist, war da eine große Leere. Seitdem fühlte ich mich auch nicht mehr richtig wohl in New York. Ich habe Dich ziemlich vermißt damals."

„Es ist mir nicht leicht gefallen, unser damaliges Leben aufzugeben, aber ich war es mir schuldig. Es war gut so. Auf Dauer wäre das mit uns beiden ohnehin nicht gut gegangen. Wir waren viel zu verschieden."

„Jetzt klingst Du aber verdammt nüchtern und unromantisch. Aber was soll ich dazu sagen? Du hast Recht, wie meistens."

David lächelte. „Und wie ist es bei Dir nach New York weitergegangen?"

„Nun ja, mein Vater reiste eines Tages aus Pittsburgh an und bedeutete mir, es würde einen Skandal geben, der ganz Pennsylvania erschüttert, wenn ich nicht endlich zur Ernsthaftigkeit zurückfinden und ein Studium aufnehmen würde. Er stellte mich vor die Wahl: Medizin an der Columbia oder was Staatstragendes in Georgetown; so entschied ich mich für Internationale Beziehungen in Washington DC. Im diplomatischen Dienst sieht man wenigstens die Welt, dachte ich. Und es hat sich als richtig erwiesen. Obwohl, das scheint ja auch für den Dienst in der Kirche zu gelten ..."

„Immerhin ist der diplomatische Dienst des Heiligen Stuhls der älteste der Welt."

„Dann sind wir ja künftig in der gleichen Branche tätig", lachte Simon. „Komm, wir gehen in ein nettes kleines Lokal nahe der Via Veneto, ein echter Geheimtipp."

Sie spazierten an den Gärten der Villa Medici und an der Spanischen Treppe vorbei, auf deren Stufen Touristen, Liebespaare und Einheimische die abendliche Stimmung genossen und dem Treiben der Andenkenverkäufer auf den Stufen zusahen. Sie bogen in die Via Sistina ein und betraten in einem Durchgang ein winziges, einfaches Lokal, das nur drei Tische aufwies. Kein Ortsunkundiger würde sich hierher verirren. Es gab keine Speisekarte. Gegessen wurde, was die Küche vorbereitet hatte. Sie ließen einen Krug Frascati kommen.

„Du hast übrigens sicher schon gehört, daß der Papst Joseph Walsh zum neuen Erzbischof von New York ernannt hat?" erkundigte sich Simon und prostete David zu.

„Ja, die Nachricht kursiert schon seit Tagen bei uns im Kolleg. Ein Mitbruder war unter Kardinal Conally, Walshs Vorgänger, Sekretär in der erzbischöflichen Kanzlei und verfügt über gute Kontakte in die Kurie. So wußten wir schon seit einiger Zeit, daß Joseph Walsh im Gespräch war."

„Und was hältst Du von ihm?"

„Er ist absolut die beste Wahl, integer, unprätentiös, erdverbunden. Er sagt was er denkt, auch wenn er damit aneckt und steht mit beiden Beinen fest in der Welt von heute. Er verfügt zudem über einen guten Draht zu Papst Marini, was den Anliegen der amerikanischen Katholiken sicher nicht schaden dürfte. Für Walsh ist es die Krönung seiner bisherigen Laufbahn. Schade nur, daß er mit 68 schon relativ alt ist. Aber ich denke, er wird seine neue Aufgabe nutzen."

„Dein ehemaliger Chef also jetzt Oberhirte von New York. Dann kannst Du ja auf seinen Rockschößen richtig Karriere machen. Ist doch gut für Dich!"

„Nur mal langsam", dämpfte David, „die Kirche funktioniert nicht wie die Regierung in Washington. Außerdem bin ich Priester geworden, weil ich mich um Menschen, ihre Sorgen und Nöte kümmern, ihnen den Weg zu Gott zeigen will. Nicht, um irgendwann eine violette Schärpe zu tragen. Als Priester stellt man die Verkündigung Christi in den Mittelpunkt seines Tuns, nicht sich selbst."

„Ist ja schon gut", wehrte Simon ab. „Das wollte ich nicht in Zweifel ziehen. Aber umgekehrt würdest Du kaum in Rom studieren, wenn Du einfacher Landpfarrer bleiben wolltest. Ganz so fremd ist Karrieredenken auch den Kirchenkreisen nicht, was ich bisher so in Rom erfahren habe. Das Ganze nennt man Personalpolitik – hier wie dort."

„Tja, vielleicht hast Du ja recht. Mal sehen, wie ich diese Dinge nach ein paar Jahren sehe. Im Moment jedenfalls verschwende ich keinen Gedanken an die Zukunft. Die Gegenwart ist schon wie ein Traum für mich."

„Du bist eben ein Idealist, David. Das bist Du schon immer gewesen. Du solltest stolz darauf sein und Dir Deinen Idealismus bewahren. Ich hingegen war immer ein Realist, und jetzt hat mich die Politik, fürchte ich, endgültig verdorben. Wie Du schon festgestellt hast: wir beide hätten ohnehin nie dauerhaft zusammengepaßt." Simon grinste breit, während eine große Platte mit Saltimbocca alla Romana aufgetragen wurde.

„Dennoch hatten wir eine gute gemeinsame Zeit, an die ich mich immer erinnern werde. Bleiben wir Freunde – ganz unschuldig?" fragte David und reichte Simon seine offene Hand.

„Und das fragst Du mich zehn Jahre später, Sweety! Okay, Freunde." Er schlug ein.

Sie quatschten unbeschwert von alten Zeiten und genossen das Essen. Simon erzählte von seinen bisherigen Erlebnissen im diplomatischen Dienst in Washington, in Amman, Tokyo und Rom. Er erzählte von Festen in Beduinenzelten, japanischen Teezeremonien und römischen Nächten. Er erzählte von diversen Freundschaften und Liebschaften.

„Leider erlaubt es mein Job nicht, mich so richtig mit Haut und Haaren zu verlieben und mein Herz zu verlieren; schließlich werde ich spätestens alle drei Jahre versetzt, und wohin, darauf habe ich fast keinen Einfluß. Also muß ich nolens volens Single bleiben. Obwohl, die römischen Männer ...", er seufzte, „... ich habe da vor ein paar Monaten einen ganz süßen Carabiniere kennengelernt, in einer Kneipe in Testaccio. Er heißt Lucio, ein Bild von einem Mann! Überhaupt, in Sachen Männer kommt man hier wirklich auf seine Kosten. Du mußt auch mal ausgehen, David. Erzähl mal, wie hältst Du es eigentlich mit Sex? Du lebst doch wohl nicht enthaltsam, ich meine, da müssen einem ja die Eier schrumpfen!"

David mußte aus vollem Halse lachen. Der Wein war ihm ein wenig zu Kopf gestiegen, und Simons Bemerkung gab ihm den Rest. „Tut mir leid, Du bist so drollig! Danke für Deine Sorge, aber ich kann Dir versichern: meine Eier sind noch voll intakt."

„Na dann still' schon meine Neugier: Wie ist das bei Euch Priestern?"

„Natürlich gilt grundsätzlich das Gebot der Enthaltsamkeit. Ich sehe es als Ideal, verkörpert von Heiligen, gelebt von Menschen mit einer besonderen inneren Stärke, von Gott gesegnet. Aber auch wir Priester sind unterschiedlich veranlagt. Für mich gesprochen: Mal hält man es durch, mal eben nicht. Ich bin nur ein schwacher Mensch. Ich brauche zuweilen körperliche Nähe, das Gefühl, berührt zu werden. Ja, ich sehne mich hin und wieder nach Sex und gebe dem Verlangen nach. Es ist ein Widerspruch, der sich nur schwer auflösen läßt. Ich habe einfach gelernt, mit diesem Widerspruch zu leben, zu akzeptieren, daß ich nicht perfekt bin und wohl nie sein werde. Es gab Zeiten, da habe ich mir über diese Fragen das Hirn zermartert, stundenlang meditiert und gebetet, vor der Versuchung bewahrt zu werden. Bis ich erkannt habe, daß mich dieser ständige Konflikt von meinen wesentlichen Aufgaben als Seelsorger ablenkt. Es kann nicht richtig sein, in Gedanken ständig um sich selbst zu kreisen. Also habe ich irgendwann aufgegeben, meinen inneren Konflikt lösen zu wollen und stattdessen meine Gefühle zugelassen. Und ich sage Dir eines – was mich vermutlich als Häretiker auf den Scheiterhaufen bringt: Auch diese Gefühle sind gottgewollt. Eines Tages in der Zukunft wird das auch unsere Mutter Kirche erkennen."

Er nahm einen Schluck Wasser. „Sorry, jetzt habe ich zu viel geredet."

Simon wehrte ab. „Nein nein, das war gut, Kleiner, richtig gut sogar. Wie ein Plädoyer vor der heiligen Inquisition. Eine Verteidigungsrede. Aber bei mir völlig an der falschen Adresse, denn ich bin ja in der Sache auf Deiner Seite."

„Nun ja, soviel zum Stichwort *geschrumpfte Eier.*"

Sie kippten einen Averna und brachen auf.

„Ich glaube, ich muß Dir Rom mal von einer Seite zeigen, die Du sicher noch nicht kennst", stellte Simon fest. „Es gibt da einige echt schicke schwule Lokale, die mußt Du gesehen haben! Übrigens wirst Du dort sicher nicht der einzige Priester sein. Wollen wir ein Taxi nehmen?"

Sie waren beide in Stimmung und schließlich mußte ihr Wiedersehen gefeiert werden. Sie machten einen Streifzug durch die einschlägigen Clubs und Kneipen in Testaccio und am Campo dei Fiori, tranken, tanzten, beobachteten, flirteten mit gutaussehenden Römern. Für David war es eine überfällige Abwechslung, ein wohltuender Kontrast zu seinem Alltagsleben in dem geistlichen Kokon, in dem er sich seit seiner Ankunft in Rom bewegt hatte. Er war jung und kraftvoll, und seine Natur mußte ab und an zu ihrem Recht kommen. Es war eine glückliche Fügung, daß er jetzt mit Simon Prescott einen Freund hatte, der ihm das römische Leben jenseits der kirchlichen Welt zeigte. Sie verabredeten sich infolge öfters, machten gemeinsame Ausflüge in die Umgebung der Stadt, bestaunten die Gärten der Villa d'Este und der Hadrianvilla in Tivoli, fuhren ans Meer und in die Campagna. Ihre intime Beziehung aus alten Tagen war einer soliden Freundschaft gewichen.

*

Die Ernennung von Joseph Walsh zum neuen Oberhirten von New York war allseits mit Überraschung aufgenommen worden. Zum einen war er aufgrund seines Alters nicht gerade als heißer Kandidat gehandelt worden, zum anderen hatte er sich innerhalb der amerikanischen Kirche den Ruf eines unerschrockenen Progressiven erworben, weshalb er während seiner sechzehnjährigen Amtszeit als Erzbischof von Baltimore so manches Mal mit dem Vatikan im Clinch gelegen hatte. Unter dem langen Pontifikat Johannes-Pauls II. wäre ein weiterer Aufstieg des liberalen Kirchenmannes deshalb schier unmöglich gewesen. Doch der Wind der Modernisierung hatte unter seinem Nachfolger Paul VII. zu wehen begonnen, zunächst als zarter Hauch zwar, aber inzwischen zunehmend kraftvoller. An der vatikanischen Kurie war dieser Luftzug durch die geöffneten Fenster so manchem ein Dorn im Auge; die Bewahrer und Traditionalisten, für die jede Öffnung zur modernen Welt hin einem Verrat an der katholischen Lehre gleichkam, stellten noch immer eine mächtige Gruppe dar, die ihren Einfluß mit Zähnen und Klauen verteidigte.

So war das persönliche Gespräch, das Joseph Walsh bei seinem Antrittsbesuch in Rom, wenige Wochen nach seiner feierlichen Amtseinführung in der Saint Patrick's Cathedral von Manhattan, mit Kardinal Franz Berninger führte, nicht gerade von herzlicher Zuneigung geprägt. Das Spannungsverhältnis zwischen beiden lag greifbar in der Luft.

Der Präfekt der Glaubenskongregation, besser bekannt als das *Heilige Offizium,* hatte sich in seinem goldverzierten Sessel nach hinten gelehnt, während Walsh auf einem ungemütlichen Barocksofa hin und herrutschte.

„Mit Ihrer Ernennung durch den Heiligen Vater verbinden sich hohe Erwartungen an Sie, verehrter Mitbruder im Bischofsamt", ging Berninger mit salbungsvollem Habitus in medias res. Seine italienische Aussprache verriet nur bei genauem Hinhören seine deutsche Herkunft. Seine vollen weißen Haare, sorgfältig gefönt, umrahmten ein alterslos glattes Gesicht. Man hätte nicht angenommen, daß er bereits über Siebzig war. Walsh hingegen, mit seinem zerfurchten Gesicht, den widerspenstigen grauen Haaren, die trotz Pomade nicht richtig anliegen wollten, und den wachen Augen, die unter buschigen schwarzen Augenbrauen hervorblitzten, wirkte dagegen wie ein betagter irischer Schafhüter.

Der Kardinal fuhr fort: „ Die Erzdiözese von New York harrt dringlich neuer Impulse der sichtbaren Frömmigkeit und Treue zum Wort unseres Herrn Jesu Christi. Wir beobachten in den vergangenen Jahren eine beträchtliche Reihe von Entwicklungen und Vorgängen, die vom Ungeist der modernen Zeit zeugen. Worte des Ungehorsams gegen die kirchliche Lehrmeinung durch Priester, Ordensleute und führende Laien in der Öffentlichkeit und in den Medien; Verirrungen wie Demonstrationen gegen das Zölibat und für das Priesteramt der Frau; Forderungen nach einer Zulassung sogenannter gleichgeschlechtlicher Ehen. Derart bedauerliche Äußerungen könnte man ja noch der typischen Sensationslust der amerikanischen Medien zuschreiben. Aber wir hören auch von vernachlässigten Gemeinden, Ordensleuten, die ihre Gelübde brechen, von Mißbrauchsfällen an katholischen Schulen und von offen bekennenden Homosexuellen, die zu Priestern geweiht wurden. Diese Vorfälle wurden in der Kurie mit großer Bestürzung zur Kenntnis genommen. Leider – und es fällt mir schwer, das so formulieren zu müssen – wurde von Seiten der Bistumsleitung nur wenig, ja zu wenig dagegen unternommen. Wir sind uns bewußt, daß sich ihr Vorgänger, der selige Kardinal Conally, großer Beliebtheit erfreute. Wir fürchten jedoch, daß diese Beliebtheit zu einem Teil von seiner Sorglosigkeit und seiner übergroßen Nachsicht herrührte, mit der er den Gegnern der Heiligen Mutter Kirche begegnete."

Er hielt inne und ließ sein goldenes Brustkreuz durch die Finger gleiten.

Walsh, der sich den Monolog des Präfekten bislang schweigend angehört hatte, hakte ein: „Worauf wollen Sie hinaus, Eminenz? Sie verbreiten schwerwiegende Vorwürfe."

„Nun, der neue Erzbischof sollte über diese Vorgänge im Bilde sein. Er sollte zudem im Bilde sein, daß die Kurie die weitere Entwicklung in unserer geliebten Erzdiözese von New York wachsam begleitet und beobachtet und – wenn es Not tut – Ihnen jederzeit mit Rat und Tat bei schwerwiegenden Entscheidungen zur Seite steht."

„Ich danke für das großzügige Angebot. Aber ich weise darauf hin, daß ich nicht erst seit gestern Bischof bin und durchaus mein Bistum zu leiten verstehe. Und ich habe die Absicht, zu Ihrer Kenntnisnahme verehrter Mitbruder, dies auf meine Art und mit meinem Stil zu tun. Ich bin fest davon überzeugt, daß mir unser hochgeschätzter Heiliger Vater das Pastoralamt in New York nicht übertragen hätte, wenn er Zweifel in meine Fähigkeiten als Hirte hegte."

Kardinal Berninger ließ das Brustkreuz aus seiner Hand fallen und beugte sich vor. Seine Stimme klang nicht mehr süßlich, sondern schneidend.

„Der Heilige Vater hat Sie für eine bestimmte Mission berufen, verehrter Mitbruder, und diese Mission gebe ich Ihnen mit auf den Weg. Sie lautet: Reinigen Sie das Ihnen anvertraute Bistum von Lüge und Ungehorsam und führen Sie die Kirche von New York zurück auf den Weg der Wahrheit und Treue!"

Walsh sprang zornig auf. „Es kommt Ihnen nicht zu, über Millionen katholische Gläubige ein solches Urteil zu fällen, Eminenz. Die Kirche besteht nicht nur aus uns allein, die Kirche ist das ganze Volk Gottes. Ob hier, ob in New York oder in irgendeinem anderen Sprengel in der Welt. Rom kann sicher sein, daß ich meine Aufgabe nach bestem Wissen und Gewissen erfüllen werde; aber ich werde die mir anvertrauten Menschen nicht verunglimpfen lassen – auch nicht vom Heiligen Offizium!"

Für einen Augenblick herrschte betretene Stille unter dem Deckenfresko mit dem Leben des Heiligen Augustinus, welches das Amtszimmer des Präfekten schmückte. Berninger hatte den Kopf in eine andere Richtung gedreht und blickte auf einen purpurroten Aktendeckel.

„Ich habe Euch Euere Mission dargelegt, Mitbruder Walsh. In wenigen Monaten wird Seine Heiligkeit, der Papst, die Namen zwanzig neuer Kardinäle bekannt geben." Er legte die linke Hand auf die Akte. „Es liegt an Euch, ob auch der Name des neuen Erzbischofs von New York auf der Liste zu finden sein wird."

„Sie wollen mir im Ernst mit der Verweigerung des Kardinalstandes drohen? Sie kennen mich wirklich schlecht, Mitbruder." Walsh schüttelte den Kopf.

„Der Kardinalshut ist ein Zeichen der besonderen Treue seines Trägers zum Papst. Diese Treue muß man unter Beweis stellen, um sie zu verdienen."

„Der Heilige Vater weiß von meiner unerschütterlichen Treue zu ihm. Er allein verleiht die Kardinalswürde, nicht irgendein Kurienpräfekt. Gelobt sei Jesus Christus." Walsh sprach ruhig und klar. Ohne ein weiteres Wort Berningers abzuwarten, verließ er den Raum. Er wußte, daß er sich einen dauerhaften Feind gemacht hatte.

*

Joseph Walsh, sonst ein besonnener und gütiger Mann, war aufgebracht. Seinen Antrittsbesuch in seiner neuen Eigenschaft als New Yorker Erzbischof hatte er sich wahrlich angenehmer vorgestellt. Der Präfekt der Glaubenskongregation hatte ihm quasi den Fehdehandschuh hingeworfen, und er hatte ihn aufgehoben. Das ärgerte ihn. Er hatte sich doch tatsächlich aus der Reserve locken lassen. Umgekehrt war Kardinal Berninger spätestens jetzt klar, daß er mit dem neuen Oberhirten aus den Staaten nicht einfach so umspringen konnte. Er wollte sich von dem Vorfall nicht weiter beirren lassen, doch ihm war klar, daß er auf der Hut sein mußte.

Am selben Abend gab er in den Räumlichkeiten des amerikanischen Kollegs einen Stehempfang, zu dem er neben den Studenten alte Freunde und Würdenträger in Rom eingeladen hatte. Auch der US-Botschafter war mit seiner Frau erschienen. Zudem Kardinal Kennedy, Erzbischof Silvanelli und als Ehrengast der Kardinalstaatssekretär, Jean Raymond Lavalle, ein hünenhafter Franzose, der alle Anwesenden um Haupteslänge überragte. Seine Funktion war etwa die eines Premierministers des Papstes; er stand der römischen Kurie vor und repräsentierte den Heiligen Stuhl nach außen.

Als Joseph Walsh unter den Anwesenden David entdeckte, winkte er ihn sogleich zu sich.

„David, ich freue mich, Sie hier wohlauf zu sehen. Von Father Macy höre ich, daß Sie sich anscheinend gut eingelebt haben. Wie laufen die Studien?"

„Danke, Exzellenz, ich komme ganz gut zurecht, glaube ich", antwortete er bescheiden. „Oh, und natürlich meine aufrichtigen Segenswünsche für Ihr großartiges neues Amt. Wir haben uns hier alle über die Nachricht sehr gefreut."

„Ich werde auf jeden guten Wunsch angewiesen sein, David. Für mich wird es wohl mehr Bürde als Freude. Wenn ich jedoch hier all die prächtigen Burschen sehe, die unser Priesternachwuchs sind, dann ist mir nicht bange. Kommen Sie, ich stelle Sie Erzbischof Silvanelli vor", sagte er und wandte sich zu einem kleingewachsenen, schmalen Italiener um, in dessen Gesicht sich ein freundliches Lächeln spiegelte. Eine filigrane goldene Lesebrille saß auf seiner Nasenspitze, so daß seine kleinen, wachen Augen neugierig darüber hinwegblinzelten.

Walsh machte die beiden miteinander bekannt. „Das ist David O'Connor, ein Priester aus meiner früheren Diözese Baltimore, den ich nach Rom entsandt habe. Ich halte große Stücke auf ihn, Achille."

Erzbischof Achille Silvanelli, im Päpstlichen Staatssekretariat Substitut für die Inneren Angelegenheiten der Kirche – so sein offizieller Titel, hinter dem sich die Funktion eines Innenministers verbarg – strahlte, als ob in just diesem Moment David O'Connor der wichtigste Mensch auf diesem Empfang wäre. „Seien Sie gegrüßt, junger Freund, willkommen in Rom. Wir brauchen fähige Männer aus allen Teilen der Welt, um uns zu helfen, die Kirche zu regieren. Es ist immer angenehm, frischen Wind in diesen Gemäuern zu spüren."

„Sehr erfreut, Exzellenz. Erzbischof Walsh spricht sehr gut von Ihnen", sagte David ein wenig verlegen.

„So? Mein lieber Freund Joseph spricht über alle Menschen gut. Er wäre gar nicht fähig, schlecht über jemanden zu sprechen.

Er ist die Güte und Geduld in Person." Silvanelli sprach artikuliert und melodisch, jedes Wort mit einer Geste seiner Hände unterstreichend.

„Das war mal so, bis heute", knurrte Walsh leise. „Ich habe vorhin ausgiebig Bekanntschaft mit einem Mitbruder gemacht, über den es mir schwerfallen würde, gute Worte zu finden."

„Laß mich raten, Joseph. Du hattest ein Gespräch beim Präfekten der Glaubenskongregation, oder irre ich mich?"

„Eine Begegnung der unheimlichen Art. So etwas ist mir in vierzig Priesterjahren noch nicht passiert!"

David versuchte, sich unauffällig zu entfernen, denn die Unterhaltung schien eine heikle Wendung zu nehmen, die sicher nicht für seine Ohren bestimmt war.

„Bleiben Sie hier, David, ich will kein Geheimnis daraus machen. Es ist lehrreich für Sie zu erfahren, mit welchen Karten hier zuweilen gespielt wird. Kardinal Berninger hat mir ziemlich unverhohlen damit gedroht, meine Kardinalserhebung zu blockieren, wenn ich in meinem neuen Amt nicht einen erzkonservativen Kurs einschlage."

„Aber das ist glatte Erpressung!" entfuhr es David. „Das können Sie vor den Papst bringen, Exzellenz."

„Nein, nein, junger Freund", unterbrach ihn Silvanelli und legte ihm beschwichtigend den Arm auf die Schulter. Er führte Walsh und David in eine Ecke des marmornen Salons. „So werden Konflikte an der Kurie nicht gelöst. Es gibt Dinge, die kann man einfach nicht vor den Papst tragen. Die muß man mit anderen Mitteln ausfechten. Du solltest Kardinal Berningers Äußerungen zunächst ignorieren, Joseph. Versuche, den Konflikt auszusitzen. Wenn man neu in ein Amt kommt, steht einem traditionell eine gewisse Zeit der Eingewöhnung und Bestandsaufnahme zu. Im Augenblick kann also gar nichts passieren. Auch der oberste Glaubenshüter der Kirche müßte ausnehmend überzeugende Argumente haben, um beim Pontifex persönlich Veto gegen die Ernennung eines Kardinals einzulegen. Zudem besitzt Berninger bei unserem derzeitigen Heiligen Vater nicht mehr den gleichen direkten Zugang wie unter dessen Vorgänger. Also: Gelassenheit, meine Freunde."

„Du bist eben Italiener, Achille. Euch liegt die Gelassenheit in der Natur. Ich bin hingegen nur ein aufbrausender Ire." Walshs Stimmung hatte sich wieder gebessert.

David fügte hinzu: „Außerdem, mit Verlaub, ist zu bedenken: Seit fast 120 Jahren ist jeder Erzbischof von New York City irgendwann zum Kardinal erhoben worden. Ein Bruch dieser Tradition wäre ein Affront gegen die gesamte katholische Kirche in den USA. Das kann sich auch ein Kardinal Berninger nicht leisten."

„Ausgezeichnet, ausgezeichnet!" Silvanelli lachte und kleine Fältchen verteilten sich von seinen Augenwinkeln über das ganze Gesicht. „Der junge Pater David hat exakt erkannt, wie im Vatikan gedacht und gehandelt wird. Bravo. Sie werden es weit bringen."

Erzbischof Walsh lud David ein, am nächsten Tag gemeinsam mit ihm die Heilige Messe für eine amerikanische Pilgergruppe in der Lateranbasilika zu zelebrieren. Eine Aufforderung, der David nur zu gern nachkam.

*

Nach dem feierlichen Gottesdienst am Mittelaltar, der in seinem kostbaren Reliquienschrein die angeblichen Schädel der beiden Apostel Petrus und Paulus birgt, legten Walsh, David und der übrige Altardienst in der freskengeschmückten Sakristei ihre Meßgewänder ab. Einige Angehörige der Pilgergruppen, die von der Ostküste kamen, hatten sich Einlaß verschafft und bedrängten den neuen New Yorker Erzbischof mit Autogrammwünschen. Für jeden hatte Walsh ein gutes Wort übrig und setzte unverdrossen seine Unterschrift auf Liedheftchen, Pilgerführer, Stadtpläne und persönliche Fotos. Als auch der letzte Teilnehmer zufrieden gestellt war, setzte er sein violettes Barett auf und bat David, ihm zu folgen, während die übrige Entourage zurückblieb. Sie betraten durch eine Seitentüre den Kreuzgang, ein Oase der Ruhe und des Friedens in dem hektischen Verkehrsgewühl, das die ursprüngliche Kathedrale der Bischöfe von Rom unbarmherzig umflutete.

„Ich will die Gelegenheit nutzen, um Ihnen eine Entscheidung mitzuteilen, die Sie nicht von Dritten erfahren sollen," bemerkte Walsh, während sie durch das ornamentreiche Gewölbe schritten. „Ich habe mir einen neuen Sekretär gewählt, der mich bei meinen neuen Aufgaben unterstützen und beraten soll. Meine Wahl ist dabei auf Patrick Leary, Ihren Kollegen aus dem nordamerikanischen Kolleg gefallen."

David nickte stumm. Es war wohl doch ziemlich vermessen von ihm gewesen, sich selbst für diese Aufgabe in Betracht zu ziehen. Andererseits, so durfte er in Rom bleiben. Ein Abschied gerade jetzt, wo er begann, sich heimisch zu fühlen, wäre ihm schwergefallen.

„Sie werden sich vielleicht fragen", fuhr Walsh fort und strich sich über seine widerspenstigen Augenbrauen, „warum ich mich nicht für Sie entschieden habe, David. Schließlich kommen Sie aus meiner alten Diözese Baltimore, besitzen mein Vertrauen und haben alle persönlichen Voraussetzungen für eine Aufgabe als erzbischöflicher Sekretär. Die Wahrheit ist, so muß ich gestehen, nicht uneigennützig: Ich brauche Sie hier in Rom dringender als in New York. Sie werden in Zukunft mein Mittelsmann an der Kurie sein."

Er war stehen geblieben. David horchte auf. „Was erwarten Sie von mir, Exzellenz?"

„Sie erinnern sich an unser Gespräch mit Erzbischof Silvanelli gestern? Sie begreifen die Zusammenhänge, Sie beherrschen das römische Parkett, Sie lernen schnell, David. Wir müssen Traditionalisten wie Kardinal Berninger die Stirn bieten und unseren Einfluß im Vatikan ausweiten. Wir müssen Präsenz zeigen, unser Gewicht in die Waagschale werfen. Amerikas Katholiken müssen ihr Selbstbewußtsein und ihren Erfahrungsschatz innerhalb der

Weltkirche einbringen. Und nicht zuletzt: Ich brauche einen Menschen hier, dem ich unbedingt vertrauen kann."

„Sie wissen, daß Sie mir uneingeschränkt vertrauen können. Immer."

„Ich weiß das zu schätzen, David. Wir müssen Ihre Zukunft planen. Mit Achille Silvanelli habe ich besprochen, daß Sie zunächst neben dem Studium ein Praktikum im vatikanischen Staatssekretariat aufnehmen. So können Sie die Funktionsweise des Apparates am besten begreifen. Später, wenn Sie sich eingewöhnt haben, wird Sie Silvanelli zum Assessor in der Inneren Abteilung des Staatssekretariates machen und mit Fragen der Kirche in Nordamerika betrauen. Das Studium können Sie natürlich nebenher weiterführen. Sie werden sich dann in einer Schlüsselposition befinden und uns dabei bestimmt sehr hilfreich sein. Was halten Sie davon?"

David holte Luft. „Ich bin perplex, Sir. Ich war ursprünglich davon ausgegangen, drei Jahre zum Studium in Rom zu verbringen. Jetzt sieht es so aus, als sollte ich eine ganze Weile länger hier bleiben und eine vatikanische Laufbahn einschlagen."

„Bedenken Sie Father, es hat sich viel geändert im vergangenen halben Jahr. Als ich Sie nach Rom schickte, tat ich dies noch als Bischof von Baltimore, der für qualifizierten Priesternachwuchs in seinem eigenen Bistum sorgen wollte. Ich hatte mich darauf eingestellt, noch sechs, sieben Jahre auf meinem Posten zu bleiben, bevor mich der Papst in den Ruhestand schicken würde. Doch dem Heiligen Vater hat es gefallen, mich stattdessen zum Oberhirten von New York zu machen und mir damit eines der größten und schwierigsten Ämter unserer Kirche zuzuweisen. Ich war darauf nicht vorbereitet. Aber im Gehorsam gegenüber dem Nachfolger des Heiligen Petrus und im Vertrauen auf die Kraft des heiligen Geistes habe ich diese Herausforderung angenommen. Und ich werde allen zeigen", er ballte entschlossen die Faust, „daß ich mehr als nur eine Übergangslösung bin, auch wenn mich so manch einer dafür halten mag."

Sie hatten den Kreuzgang umrundet und waren wieder an der Pforte angelangt, die zum weitläufigen Kirchenschiff führte.

„Ich werde dort meinen Dienst tun, wo man mich braucht, Exzellenz. Wenn Sie mir sagen, daß es der Vatikan ist, dann werde ich mich nicht dagegen sperren. Sie können jederzeit auf mich bauen." bekräftigte David. „Übrigens, ich freue mich für Patrick Leary. Er ist eine ausgezeichnete Wahl als Sekretär."

Er war sich bewußt, daß sein Leben soeben eine unerwartete Wendung erfahren hatte.

*

Der römische Sommer stand vor der Tür und kündigte sich mit drückend heißen Temperaturen an. Die Touristen fielen in Scharen über die antiken Monumente, Kirchen und Plätze her, während sich die Römer darauf vorbereiteten, ihre alljährliche Flucht an die Küste anzutreten. Davids erstes Semester neigte sich dem Ende zu. Unter den Studenten der Gregoriana war die Gestaltung der langen Sommerpause das Hauptgesprächsthema neben den anstehenden Prüfungen. Viele der jungen Priester zogen es vor, für einige Wochen in ihre über die ganze Welt verstreuten Heimatländer zurückzukehren. Andere hatten sich um Urlaubsvertretungen in italienischen Pfarreien und im benachbarten Ausland bemüht oder sich für eine Zeit der Ruhe und Einkehr in einem Kloster entschieden. Manche packten einfach nur ihren Rucksack und trampten, wie unzählige andere Studenten auch, durch Europa.

David hatte sich entschlossen, für den Sommer nicht in die Staaten zurückzukehren, sondern in Italien zu bleiben. Stattdessen wollte er lieber Weihnachten zu seiner Familie an die Ostküste fliegen. Im August war er für vier Wochen zu einem Sprachintensivkurs in Assisi angemeldet, um sein Italienisch zu verbessern. Er durfte in einem Gästehaus der Franziskaner kostenlos wohnen, unterrichtete dafür seinerseits Jugendliche aus mittellosen Familien, die an der jährlichen Sommerschule des Klosters teilnahmen, in englischer Sprache. Daneben hatte er Gelegenheit, sich im Weltzentrum des Franziskanerordens mit Leben und Idealen des Heiligen Franz vertraut zu machen, dessen sterbliche Überreste in den Katakomben der trutzigen Basilika aufbewahrt wurden.

Er mochte es, in der lichtdurchfluteten Oberkirche des Sakralbaus stundenlang in einer der Bankreihen zu sitzen, den Blick nach oben gerichtet, und die leuchtend bunten Szenen und Darstellungen aus dem Leben des Heiligen Franziskus im Deckengewölbe zu bewundern, die der frühe Freskenmaler Giotto der Nachwelt hinterlassen hatte. Ein heftiges Erdbeben hatte Mitte der neunziger Jahre den kunstgeschichtlich einmaligen Schatz schwer zerstört. Allein Dank des Einsatzes von Kunsthistorikern, Restaurateuren und Sponsoren aus allen Kontinenten konnte Giottos Werk rekonstruiert und bewahrt werden.

Ein älterer Franziskanerpater in brauner Kutte und Sandalen, der David schon öfters in Betrachtung versunken beobachtet hatte, näherte sich und setzte sich neben ihn. Er wirkte hager und asketisch, auf seiner Nase saß eine runde Nickelbrille. Seine Augen drückten freundliche Neugier aus.

Er wies auf die Fresken nach oben. „Giotto hat uns den Himmel auf die Erde gebracht. Seine Gabe kam direkt von Gott. Uns allen ist eine Gabe geschenkt. Glücklich, wer sie in sich findet, nicht?"

David wandte sich zu ihm um. „*Suchet, und Ihr werdet finden.* Viele von uns jedoch suchen ein Leben lang."

„Wonach sucht wohl Ihr, mein lieber Bruder?"

Er blickte in das gütig freundliche Antlitz des Paters und versuchte seine Gedanken zu ordnen.

„Ich, ... ich weiß es nicht", antwortete er etwas ratlos. Zu viele Eindrücke schwärmten durch seinen Kopf. „Nach Liebe, nach Gnade vielleicht."

Der Mönch deutete ein Lächeln an und wies abermals nach oben. „Seht ihr dort oben rechts, wie der Heilige Franz auf einer

Wolke schwebt? Er ist ganz und gar in Meditation entrückt. Seine Mitbrüder reden auf ihn ein und gestikulieren, aber er kann sie nicht hören. Er lauscht allein Christus, der ihm von oben die Hand reicht und ihn segnet. Wir finden die Liebe nur, wenn wir uns auf seine Stimme konzentrieren."

„Wenn das nur immer so gut gelingen würde. Wir werden viel zu viel abgelenkt durch die Einflüsse und Erfordernisse des Alltags. So viele Stimmen, die uns sagen, was angeblich richtig sei, wie unser Weg auszusehen habe ..."

„Auf den Ruf unseres Inneren sollen wir hören. Auch Franziskus hat sich nicht beirren lassen. Es ist die heilige Einfalt, die ihn trieb. Hätte er auf alle Einflüsterungen, Warnungen und Ratschläge seiner Gefährten gehört – er wäre nie zur Heiligkeit gelangt. Das ist die große Lehre aus seinem Leben. Die Liebe und die Gnade finden wir mit Sicherheit nicht dort, wo sie alle vermuten, sondern da, wo wir innehalten und lauschen und sehen. Wir finden sie in jedem Menschen, der uns begegnet. Wir finden sie in jedem Morgen, an dem die Sonne aufgeht. In jedem Schmetterling. In jeder Blüte. Achte auf die einfachen Dinge, Bruder, nicht die großen. Jede kleinste Geste, die unser Herz erfreut, jeder glückliche Zufall birgt die ganze Liebe Christi in sich."

David nickte stumm. Der Pater ahnte vermutlich nicht, daß er einen Priester vor sich hatte, denn er war sommerlich leger gekleidet; sonst hätte er anders zu ihm gesprochen. Doch seine Worte waren voller Schönheit und Wahrheit.

„Gott segne Euch, Pilger", sprach der Franziskanerbruder und erhob sich. „Und denkt im rechten Moment an die Erfahrungen des Heiligen Franziskus."

*

Nach vier Wochen, der September hatte gerade begonnen, waren endlich Ferien angesagt. Gemäß ihrer Verabredung kam Simon

Prescott nach Assisi, um David zu einer zweiwöchigen Tour durch Umbrien und die Toskana abzuholen. Sie wollten Perugia, Siena und Florenz besichtigen und unterwegs in den kleinen Dörfern und Höfen der Crete und des Chianti einkehren, danach noch ein paar Tage an der versilischen Küste verbringen. Er fuhr mit einem schicken schwarzen Alfa im Kloster der Franziskaner vor, was David fast ein wenig peinlich erschien. Doch Simon, unbekümmert und gutgelaunt, wie er war, machte sich nichts daraus. Er war stolz auf seinen neuen italienischen Sportwagen mit den roten Ledersitzen, den er vor ein paar Wochen erstanden hatte und der nun unbedingt eingeweiht werden mußte.

David warf seine Reisetasche in den Kofferraum und ließ sich auf den Beifahrersitz fallen. „Okay, wenn wir hier unbedingt Aufsehen erregen müssen, dann richtig. Zeig mir, was in der Karre steckt."

„Ist mir ein Vergnügen, Heiligkeit."

Simon schob seine verspiegelte Sonnenbrille auf die Nase. Mit einem Kavalierstart im weißen Kies brauste er los, gefolgt von den bewundernd staunenden Augenpaaren einiger Mönche. Ein paar Tage unbeschwerter Lebensfreude lagen vor ihnen, befreit von den Zwängen des römischen Parketts. Für eine kleine Zeitspanne konnten sie sich fühlen wie zwei Teenager, die mit dem Rucksack ein fremdes Land erkundeten und sich von den neuen Eindrücken treiben ließen.

IV

Doktor Franco Cassini gehörte nicht zu den Menschen, die leicht aus der Ruhe zu bringen waren, doch diesmal hatte sich eine leichte Nervosität seiner bemächtigt. Was durchaus verständlich war, denn schließlich hielt man nicht jeden Tag im Leben bei einer leibhaftigen Prinzessin um die Hand ihrer Tochter an. Selbst für einen abgebrühten Mediziner wie ihn, der sonst keinen Unterschied machte, wer da vor ihm auf dem Operationstisch lag, handelte es sich dabei um eine Ausnahmesituation. Sein heller Anzug saß tadellos, und die dezent gestreifte Krawatte, die er angelegt hatte, paßte ebenso gut zu seiner Erscheinung wie sein glattes, graumeliertes Haar. Margherita di Vallescura empfing ihren Besucher im Wohnzimmer, dessen große runde Panoramafenster sich zur Küstenlandschaft der Ponente hin öffneten. An der Decke sorgte ein Ventilator mit ausgreifenden weißen Flügeln für einen angenehmen Luftzug. Die Principessa trug ein schwarz-weiß gemustertes, knöchellanges Kaftankleid aus luftiger Seide, auf ihrem Haupt thronte passend ein weißer Turban. Auch für sie war es ein besonderer Moment, der in ihr Freude und Erleichterung auslöste, hatte sie eine Verbindung zwischen ihrer Tochter Daniella und Dottore Cassini schließlich nach Kräften befördert.

Dennoch ließ sie sich ihre Emotionen nicht allzu sehr anmerken, als sie Franco die Hand reichte und ihm einen Platz anbot, nicht ohne vorher an dem duftenden Rosenbukett gerochen zu haben, das ihr der Besucher eingangs formvollendet überreicht hatte.

„Ich habe zwar eine gewisse Vorahnung, verehrter Dottore, weshalb Sie mich unter vier Augen sprechen wollen, doch bitte reden Sie ganz unbefangen – ich höre Ihnen gerne zu." eröffnete Margherita di Vallescura die Konversation und bestückte ihr perlmuttfarbenes Mundstück mit einer Zigarette.

Franco gab ihr Feuer. „Nun, ich könnte jetzt lange Ausführungen machen und verschnörkelte Vorreden führen, aber – offen gestanden – das liegt mir nicht. Als Arzt lernt man, direkt zu sein; ich hoffe, Sie legen mir das nicht als schlechte Manieren aus."

„Aber Dottore, Sie kennen mich doch schon ein wenig. Ich sage immer, was ich denke und schätze es sehr, wenn andere das gleiche tun. Nur zu!"

„Verehrte Principessa, ich möchte Sie in aller Form um die Hand Ihrer Tochter bitten. Ich liebe sie über alles und ich glaube, sie empfindet für mich ähnlich."

Er atmete hörbar aus.

Margherita drückte ihre Zigarette aus. Franco kam es wie eine halbe Ewigkeit vor, bis sie erwiderte: „Das ist eine sehr schöne Nachricht. Haben Sie mit Daniella schon darüber gesprochen?"

„Sicher. Wir sind beide fest entschlossen, im kommenden Jahr zu heiraten."

„Ich werde darauf verzichten, Ihnen die übliche Frage zustellen, ob Sie imstande sind, meine Tochter und eine Familie zu ernähren, Franco. Davon gehe ich ohnehin aus. Für mich ist es wichtig, daß Sie Daniella aufrichtig lieben und daß Sie die Absicht haben, eine Familie zu gründen."

„Das haben wir zweifelsohne vor."

„Ich erwarte natürlich einen Enkel und Erben für Santa Croce. Es wird Ihnen nicht verborgen geblieben sein, daß dieses Thema seine besondere Bewandtnis für uns hat. Sehen Sie, als Daniella und Alessandro noch klein waren, haben sie ihren Vater verloren, meinen Mann, Filippo di Vallescura. Er starb an Krebs. Damals konnte man medizinisch noch nicht so viel tun wie heute", sie lächelte ihn an, „aber das wissen Sie selbst ja viel besser. Jedenfalls stand ich allein mit dem Gut da, eine verwöhnte Prinzessin aus Rom mit einer

Landwirtschaft in der toskanischen Provinz. Stellen Sie sich das mal vor – es war keine erquickliche Situation. Wäre ich nicht von meinem Elternhaus her vermögend, so hätte ich Santa Croce wohl oder übel verkaufen müssen. So aber setzte ich alles daran, meinen Kindern das Erbe ihres Vaters zu bewahren."

„Das war sehr mutig und edel von Ihnen."

„Jede Mutter hätte genauso gehandelt. Natürlich soll das Weingut auch für die nächste Generation erhalten werden. Sehen Sie, mein Sohn Alessandro liebt Santa Croce und er versteht etwas vom Weinanbau. Er hat in Österreich und in Kalifornien Agrarökonomie studiert und seine Erfahrungen haben bisher gut gefruchtet. Santa Croce ist ein rentabler Betrieb. Alessandro hat jedoch sein Herz zu meinem Kummer nicht den Frauen zugewandt. Ich habe keine Hoffnung mehr, daß sich daran noch etwas ändern wird. Ich fürchte, er wird auf immer Junggeselle und ohne Nachkommen bleiben. Also: Euere Kinder werden einmal die Erben von Santa Croce sein. Deshalb solltet ihr beide schnell damit anfangen, schließlich möchte ich es noch erleben, Großmutter zu werden!"

Franco verbiß sich ein Lachen und gab artig zurück: „Machen Sie sich keine Sorgen, Principessa, Daniella und ich sind gesunde, junge Menschen. Dem Nachwuchs sollte nichts entgegenstehen. Zudem liebe ich Kinder."

„Daniella ist so ein positiver, optimistischer Mensch. Sie ist wie ein Sonnenschein. Es gab Momente, nach dem Tod meines Mannes, da war ich sehr einsam. Daniella hat mich oft darüber hinweg getröstet und mich abgelenkt. Sie gibt sehr gerne. Und ich hoffe, Franco, Sie geben ihr alles zurück. Aber ich möchte Sie warnen: Wir sind eine Familie starker Frauen. Schon meine Mutter und ihre einzige Schwester haben in meiner Familie den Ton angegeben. Wußten Sie, daß meine Tante Annunziata die Geliebte von Graf Ciano, dem Außenminister Mussolinis war? Ihr Galan verlor bekanntlich seinen Kopf und die Verbindung ist ihr politisch nicht sonderlich gut bekommen, aber sie ist wieder aufgestanden und hat nach dem Krieg ihrem Leben eine neue Richtung gegeben. Sie ging nach Paris und wurde eine bekannte Modefotografin. Meine Mutter wiederum hielt die Familie zusammen und übernahm die Kontrolle über die Bücher, bevor mein Vater, der Principe dell'Agnese, das Familienvermögen in den Spielcasinos der Riviera völlig durchbringen konnte. Mut und Disziplin, das sind die Tugenden der Frauen aus unserem Haus. Etwas von diesem Blut fließt auch in Daniellas Adern."

Margherita zündete sich eine neue Zigarette an und hoffte innig, daß ihre Tochter in ihrem künftigen Leben weniger würde kämpfen müssen als es ihrer Mutter aufgegeben war.

Franco, der seiner zukünftigen Schwiegermutter fasziniert zugehört hatte, bekräftigte: „Glauben Sie mir, Principessa, ich habe fest vor, Daniella zur glücklichsten Frau der Welt zu machen. Sie ist ein Schatz, den ich ehren und bewahren werde."

Margherita beugte sich vor. „Franco – ich darf Sie doch so nennen, ich denke, es ist an der Zeit, daß Sie dieses alberne *Principessa* weglassen und mich Margherita nennen. Das erleichtert in Zukunft die Konversation."

„Mit dem größten Vergnügen!" Galant griff er nach Margheritas Hand und setzte einen Kuß auf ihren Handrücken.

„Sie sind ein Charmeur, Franco. Wo würdet Ihr denn nach der Hochzeit wohnen?"

„Ich denke, zunächst in meiner Wohnung in Florenz, aber wir werden sehen."

Draußen auf der Eingangsseite schlug eine Autotüre. Daniella hatte in San Remo einige Besorgungen gemacht. Sie wußte, daß Franco heute mit Mutter über ihre gemeinsamen Pläne sprechen wollte, hatte es aber vorgezogen, den beiden allein genügend Zeit zu geben und nicht in der Nähe zu sein. Jetzt aber war sie voll Neugierde und Spannung, wie das Gespräch verlaufen war. Als sie das Zimmer mit den Aussichtsfenstern betrat, sah sie in Francos strahlende Augen und bemerkte bei Margherita ein zufriedenes Lächeln.

„Kann es vielleicht sein, daß hier drinnen gerade über mich gesprochen worden ist?"

„Aber nein, wo denkst Du hin?" antwortete Franco. „Ich habe mit Deiner Mutter über das Wetter geplaudert und Kochrezepte ausgetauscht."

Daniella schüttelte den Kopf und gab ihm einen Kuß. „Du bist ein schlechter Lügner, zum Glück."

„Dein Kavalier hat soeben um Deine Hand angehalten." Margherita stand auf und kam in ihrem wallenden Kleid auf die Beiden zu. „Und ich bin sehr glücklich darüber!"

Sie öffneten eine Flasche Spumante und stießen auf das Ereignis an.

Später am Abend rief Daniella ihren Bruder auf dem Telefonino an, um ihm die Neuigkeit mitzuteilen. Dann zog sie im Badezimmer die raffinierte weiße Spitzengarnitur an, die sie heute in San Remo gekauft hatte, nahm ein paar Spritzer Kenzo aus dem Flakon und zog den Lippenstift nach, bevor sie ins Schlafzimmer zurückschlich, wo Franco auf sie wartete.

Er stieß einen Pfiff aus. „Mamma mia, was für eine Wahnsinns-Frau!"

„Und Du bist der Einzige, der sie anfassen darf!"

*

Alessandro seufzte, als er das Gespräch beendet hatte und sein Handy in der Jackentasche verstaute. Er freute sich aufrichtig für seine Schwester und Franco, paßten beide doch wunderbar zueinander. Daniella hatte einen Mann verdient, der sie auf Händen trug und auf den sie sich in jeder Lebenslage verlassen konnte. Schließlich hatte sie schon die eine oder andere schmerzliche Enttäuschung hinnehmen müssen. Franco schien ein aufrichtiger und verantwortungsbewußter Mann zu sein, reif und ernsthaft, was sicher auch in seinem Beruf begründet lag. Für das bisherige Leben auf Santa Croce würde das natürlich einschneidende Veränderungen mit sich bringen. Wahrscheinlich würde das Paar nach der Vermählung in Florenz leben, zumal Franco beruflich dort unabkömmlich war. Margherita lebte ohnehin den größten Teil des Jahres an der Riviera. Es würde von nun an einsam um ihn werden, mutmaßte er und schnippte seine Kippe in den Rinnstein.

Seine melancholischen Gedanken verloren sich in dem lauten Stimmgewirr der Party, auf der er eingeladen war. Die kleine Galerie in der Via Guelfa platzte aus allen Nähten, so viele Gäste waren zur Vernissage erschienen. Draußen, auf der engen Gasse, standen die Leute genauso palavernd und gestikulierend, wie sie sich im Innern auf die Füße traten. Das frenetische Knattern der vorbeiflitzenden Motorräder und die Bässe aus den Boxen der Musikanlagen verschmolzen zu einem vibrierenden Geräuschteppich, der von den Fassaden der Häuserzeilen zurückgeworfen und vervielfältigt wurde. Eine Geruchsmischung aus Abgasen, Küchendämpfen und dem charakteristischen Moder der alten Gewölbe waberte durch die Luft. Florenz, die Stadt der Kunst und Schönheit, konnte genauso abstoßend wie anstrengend sein, befand Alessandro. Vielleicht war heute ganz einfach nicht sein Tag.

Ein freundschaftlicher Klaps auf die Schulter riß ihn aus seiner trüben Gedankenwelt.

„Was sinniert mein feingeistiger Freund, statt sich des Lebens zu freuen?“ fragte Carlo Lucchese. „Du solltest Spaß haben! Hier gibt es eine Menge hübscher Männer, findest Du nicht?“

Alessandro lächelte gequält. „Ist schon gut. Daniella hat gerade angerufen. Sie und Franco werden heiraten.“

„Na, wenn das kein Grund zur Freude ist! Franco ist eine fabelhafte Partie, und die beiden lieben sich, daß einem ganz warm ums Herz wird, wenn man sie zusammen beobachtet. Seit wann hast Du ein Problem damit?“

„Ich habe kein Problem damit, im Gegenteil. Es ist fabelhaft, daß sie heiraten werden, ich gönne es Daniella von ganzem Herzen. Sie hat endlich den Mann gefunden, mit dem sie glücklich ist und eine Familie gründen kann. Das widerfährt schließlich nicht jedem von uns."

Carlo zog die Brauen hoch. „Ach daher weht der Wind! Du bist unglücklich, weil Du diese Erfahrung im Leben nie machen wirst – fürchtest Du zumindest."

Alessandro zuckte mit den Schultern. „Zumindest werde ich keine eigene Familie haben, es sei denn, ich verstecke mich hinter einer gutbürgerlichen Fassade und mache irgendeine Frau unglücklich. Oder spiele der Welt Theater vor. Oder adoptiere ein Kind. Das ist alles Krampf! Ich will weder meine eigene Persönlichkeit verstümmeln, noch andere in mein Schicksal hineinziehen. Aber ich habe tatsächlich Angst, Carlo; Angst davor, den Rest meines Lebens allein verbringen zu müssen, Angst davor, in Santa Croce auf der Terrasse zu sitzen und mit niemandem reden zu können außer zu Marco, der außer *Sitz* und *Platz* nichts von dem versteht, was ich sage. Ein schrulliger Kauz wird mal aus mir werden, der sich jeden Abend betrinkt. Irgendwann packt mich dann die midlife crisis und ich werde anfangen, junge Männer auszuhalten und mich durch die Schwulenclubs Europas zu vögeln, um mich von meinem eintönigen Leben abzulenken. Glaubst Du im Ernst, Carlo, diese Aussicht läßt mich in Entzücken ausbrechen? Nein, das ist eine schaurige Perspektive. *Scusame,* ich bin 36 Jahre alt und ich habe noch eine andere Erwartung an mein weiteres Leben."

„Mmh. Die midlife crisis von der Du sprichst, habe ich schon seit Mitte zwanzig, und bislang hat sie mir Spaß gemacht."

„Du bist ein Idiot, Du nimmst mich nicht ernst!"

„Na komm schon, ich habe nur einen Witz gemacht, um Dich aufzuheitern. War nicht böse gemeint. Natürlich nehme ich Dich ernst, aber ich werde Dich deshalb jetzt nicht in einen Sack packen und in den Arno werfen. Das wäre viel zu schade um einen so attraktiven Mann wie Dich. Aber ich habe eine Idee. Diese Party hier ist öde, laß uns verschwinden. Ich zeige Dir den neuen Club, der am Lungarno aufgemacht hat; heißt *Tabasco.* Sie spielen dort gediegenen Dancefloor, das Publikum ist gepflegt und so in unserem Alter, kein Kindergarten. Ich war selbst vor zwei Wochen das erste Mal dort und es hat mir gut gefallen. Du wirst es mögen."

„Ein guter Club bei uns in Florenz? Das wäre in der Tat mal was Neues." Sie standen auf der Gasse. Durch die Fenster der Galerie fiel grelles Licht, der Lärm dröhnte Alessandro in den Ohren. Er schüttete den abgestandenen Prosecco aus dem Glas und stellte es auf einem Mauervorsprung ab. „*Va bene,* laß uns gehen."

*

Simon Prescott wurde ärgerlich. „Dann muß eben jemand anderes morgen ins Parlament gehen", bellte er in sein Handy. „ Ich lasse mir doch nicht den Urlaub versauen, weil in Rom mal wieder eine Regierungskrise ausgebrochen ist. Das passiert hier alle drei Monate!"

Er rollte die Augen und machte David Zeichen, deutete auf das Mobiltelefon, tippte sich an die Stirn.

„Der Botschafter ist aber nicht da. Also kann es doch völlig egal sein, wer den Bericht an Washington macht; von mir aus kann die Putzfrau ans State Department kabeln!"

David saß auf der Bettkante des kleinen Hotelzimmers und verfolgte die Szene teils amüsiert, teils besorgt. So wie es sich anhörte, könnte dieser Anruf das Ende ihrer gemeinsamen Urlaubsfahrt sein.

Gestern Abend waren sie in Florenz angekommen und hatten sich in einem netten kleinen Hotel am Ufer des Arno einquartiert; es war um einen arkadengesäumten Innenhof gruppiert, in dessen Mitte eine ausladende Palme Schatten spendete. Die Tage zuvor waren wie im Flug vergangen und hatten eine schier unübersehbare Menge an Eindrücken hinterlassen: die stolzen Mauern von Perugia, die stillen Ufer des Lago di Trasimeno, die kühlen Weinkeller von Montepulciano, die prächtigen Kirchen von Siena oder die heiligen Zedernhaine von San Monte Oliveto. Heute die Renaissancepaläste von Florenz, der gewaltige Dombau mit der Kuppel Brunelleschis, die schier endlosen Korridore der Uffizien. Unerschöpfliche Schätze. David fühlte sich ermattet und an der Grenze der Aufnahmefähigkeit. Heute Abend war Kontrastprogramm angesagt, nämlich gutes Essen, Trinken und Flanieren.

„... gut, gut, okay, ich habe verstanden. Ich werde morgen Nachmittag in Rom sein, wenn ihr verdammt noch mal nicht fähig seid, ohne mich auszukommen. Bis dann." Simon warf das Handy mit Wucht aufs Bett.

„Was war denn das für ein Auftritt?" fragte David.

„Das war der Geschäftsträger der Botschaft. Die italienische Regierung steht vor dem Aus, morgen gibt es eine Vertrauensabstimmung im Parlament, und wir müssen dazu einen aktuellen Bericht nach Washington liefern. Ich bin der Blöde, den sie sich ausgeguckt haben, weil offenbar alle anderen unabkömmlich oder noch auf Heimaturlaub in den Staaten sind."

„Das bedeutet nichts Gutes, nehme ich an."

„Nein, ich muß morgen nach Rom zurückfahren. Tut mir echt leid, David. Du wirst wohl die Reise ohne mich fortsetzen müssen. Eventuell könnte ich ja in ein paar Tagen ans Meer nachkommen, aber genau kann ich das jetzt nicht sagen. Wenn Du willst, lasse ich Dir den Alfa da und nehme morgen den Zug."

David lachte. „Danke für das Angebot, aber Du solltest Deinen Wagen lieber mitnehmen, falls Du ihn heil wiedersehen möchtest. Keinen Meter würde ich in diesem Verkehrschaos fahren wollen. Ich werde noch ein paar Tage hier bleiben, und dann sehen wir weiter."

„Okay, dafür werden wir uns heute Abend so richtig amüsieren. Ich kenne ein ausgezeichnetes Lokal in einem historischen Kellergewölbe am Arno, dort werden wir speisen. Vorher trinken wir einen Aperitivo an der Piazza della Signoria und schauen uns die Leute an."

„Klingt gut. Laß mich vorher noch unter die Dusche springen, mir klebt alles am Leib."

Simon öffnete das Fenster. „Du hast Recht, es ist wirklich stikkig hier drin."

Die sommerliche Hitze hatte den Talkessel von Florenz fest im Griff, und auch die Abende brachten keine wesentliche Abkühlung. Der Arno bestand nur mehr aus einem schlammfarbenen Rinnsal, das sich seinen Weg durch breite Kiesbänke bahnte. Der modrige Gestank des Flusses verband sich mit dem beißenden Geruch der Abgase, der vom stockenden und hupenden Verkehr auf den beidseitigen Uferstraßen aufstieg.

David ignorierte die unangenehmen Seiten der Kunstmetropole und widmete sich den faszinierenden Seiten dieser Stadt. Sie bummelten im Dämmerlicht über die Ponte Vecchio mit ihren winzigen Goldschmiedeläden, bestaunten die Auslagen und wehrten aufdringliche fliegende Händler ab. Sie prüften das Angebot in den Seidengeschäften und kauften ein paar Krawatten. Sie staunten über die Einheimischen, die sich durch den Trubel der Touristen bewegten, gelassen und elegant, als wären die Menschenmassen überhaupt nicht vorhanden. Sie machten sich über fremde Reisegruppen lustig, die sich kamera- und regenschirmbewehrt hinter bunten Fähnchen scharten, ängstlich damit beschäftigt, den Anschluß nicht zu verlieren. Sie genossen einen Campari Soda mit Blick auf den Palazzo della Signoria und die Loggia mit den berühmten Statuen Michelangelos. Sie betrachteten, wie die Dunkelheit hereinbrach, und die Bauten und Monumente von Scheinwerfern in ein gelbliches Licht getaucht wurden.

Simon hatte nicht zu viel versprochen vom Essen im *Ristorante Camillo*. Der Salat aus frischen Steinpilzen, Rucola und gehobeltem Pecorino schmeckte knackig aromatisch, das mit schwarzen Oliven und roten Trauben geschmorte Kaninchen war zart und herzhaft, der weiße Gavi harmonisch rund. Die Einrichtung des Lokals war simpel und unaufdringlich, so daß die Aufmerksamkeit nicht von den intensiven Farben der Gewölbemalerei abgelenkt wurde, die von im Mauerwerk versteckten Deckenflutern beleuchtet wurde.

„Es ist sehr stimmungsvoll hier, woher kennst Du das Restaurant?“ fragte David und schaute sich um.

„Es wurde mir von einem Bekannten aus Rom empfohlen, der wohl mal eine Beziehung mit dem Inhaber hatte. Ich kam das erste Mal her, als ich an einem Kongreß in Florenz teilnahm, und habe dem Besitzer, Carlo heißt er, Grüße von seinem römischen Freund ausgerichtet. Er hat mich dann auf einen Drink eingeladen, und wir hatten einen netten Abend.“

David verkniff sich die Frage, wie nett der Abend genau gewesen sei, hatte er doch mittlerweile erkannt, daß Simon selten eine Gelegenheit ausließ, auf seine Kosten zu kommen. „Ist er nicht hier?“

„Nein, ich habe vorhin schon den Kellner gefragt, Carlo ist bei einer Veranstaltung oder so ähnlich; genau habe ich es nicht verstanden, mein Italienisch ist nach zwei Jahren immer noch schlechter als Deines nach sechs Monaten.“

„Nun ja, ich werde die italienische Sprache in gewisser Weise mein ganzes Leben lang brauchen. In Deinem Job hingegen kann man kaum alle drei, vier Jahre eine neue Sprache vollständig erlernen. Im Übrigen“, David grinste, „Deine Grammatik ist zwar ganz ordentlich, aber die Aussprache – puh! Italienisch mit New Yorker Slang!“

„Jetzt tu mal nicht so überheblich, ich bin in guter Gesellschaft. Euer früherer Papst Wojtyla sprach Italienisch mit polnischem Akzent.“

„Gut, ich gebe mich geschlagen. Wie wäre es mit einem Amaro für die Verdauung?“

„Eine gute Idee, David. Aber ich mache Dir einen Vorschlag: den trinken wir nicht hier, sondern in der neuen Bar, die hier vor einiger Zeit eröffnet hat. Soll sich lohnen, wurde mir gesagt.“

„Was für eine Bar? Ist es etwa das, was ich denke?“

„Yeahp. Voller hübscher *ragazzi.* Das wäre doch ein krönender Abschluß des Tages!"

David stöhnte. „Nein, Simon, wirklich. Denkst Du eigentlich nie an etwas anderes? Wir sind in Florenz, der Stadt der Renaissance, der Kunst und Kultur!"

„Hab Dich bitte nicht so. Erstens habe ich über eine Woche lang keinen Mann auch nur angeschaut – mit Deiner Ausnahme natürlich, Honey. Zweitens tut die Abwechslung auch Dir ganz gut, bevor Du wieder in Deiner Mönchszelle im Vatikan eingeschlossen wirst und den Keuschheitsgürtel umschnallen mußt."

„Ist es weit von hier? Ich will mir nicht mehr die Füße wundlatschen."

„Keine Sorge, das *Tabasco* liegt nur um ein paar Ecken."

*

Sie zahlten und bummelten durch die engen abendlichen Gassen, vorbei an der massig aufragenden Steinfassade des Palazzo Pitti und dem wohlproportionierten Marmorbau der Kirche Santo Spirito. Um die Ecke drängte sich eine Gruppe Männer vor einem unscheinbaren Eingang. Ein paar Stufen führten hinunter in ein weitläufiges Gewölbe, in dessen Mitte sich eine kreisrunde Bartheke befand. Die Beleuchtung war spärlich, die Musik laut, aber nicht dröhnend. Die Wände waren mit kitschigen Landschaftsbildern aus Südamerika – oder was immer man dafür hielt – bemalt, die Bedienungen trugen rote Schärpen zu weißen Hosen. Das Publikum erschien jung, aber nicht zu jung, modisch und trendy ohne albern zu wirken. Getanzt wurde wenig, wenn, dann waren es ausländische Touristen. Die vorwiegend italienischen Männer standen zumeist in Grüppchen beisammen, redeten mit Händen und Füßen, wobei sie es erstaunlicherweise schafften, weder den Inhalt ihrer Gläser zu verschütten noch Zigarettenasche auf ihre Kleidung zu krümeln.

„Ist doch ganz angenehm hier“, befand Simon und ließ seinen Blick umherschweifen.

„Zumindest ist es nicht ganz so laut hier drin. Man kann sein eigenes Wort noch verstehen.“

„Die Männer sind auch nicht übel. Warum haben die Italiener alle so eine knackige Figur?“

„Gesunde Ernährung, keine Burger und Fritten, vermute ich.“

David bestellte einen Averna auf Eis mit Limone, während Simon zu einem Gin Tonic griff. Sie prosteten sich zu, als Simon einen Rempler erhielt und sein Drink auf Davids hellblaues Langarmshirt schwappte.

„Welcher Idiot ..., so ein Mist! Sorry, David, war nicht meine Schuld.“

„Scusate ragazzi, scusate mille“, murmelte der Unbekannte hinter ihnen beschwichtigend, der seine Unterhaltung mit schwungvollen Armbewegungen unterstrichen und Simon dabei touchiert hatte.

„Ist schon in Ordnung“, sagte David mißmutig, „ich gehe eben mal auf die Toilette und trockne mich ab.“

Er hätte einen ruhigen Ausklang des Abends bei weitem vorgezogen, doch nachdem ihn Simon zehn Tage lang durch ganz Mittelitalien kutschiert hatte, wollte er ihm heute das Vergnügen nicht verwehren. Außerdem mußte er ehrlich zugeben, daß es in diesem Club durchaus einiges an männlicher Anmut zu bewundern gab. Die Blicke, die ihm zugeworfen wurden, während er vor dem Spiegel die feuchten Spritzer auf seinem Shirt mit Papiertüchern trocknete, entgingen ihm nicht. Die ganze Szenerie kam ihm von seinem priesterlichen Leben in Rom etwa soweit entfernt vor wie der Mond, und so achtete er nicht weiter auf die anderen Männer, die kamen und gingen. Der feuchte Fleck war zwar nicht ganz verschwunden, als er den Waschraum wieder verließ, fiel aber nicht mehr weiter auf.

David suchte nach Simon und sah ihn am anderen Ende der Bar

mit zwei Italienern im Gespräch. Er bahnte sich einen Weg durch das Gedränge rund um die Theke und wollte sich dazugesellen, als er über ein Hindernis stolperte und der Länge nach hinschlug.

Was für eine Peinlichkeit! Was für ein idiotischer Abend! dachte er und versuchte, sich aufzurichten.

Jemand beugte sich zu ihm hinunter und half ihm wieder auf die Beine. „*Tutto bene?* Ist alles in Ordnung?" fragte der Mann.

David nickte und rieb sich die Hände. „Danke, *sto bene.* Es geht mir gut."

„Hey, was machst Du wieder für Sachen", rief Simon und klopfte ihm auf die Schulter. „Darf ich Euch einander vorstellen, das ist David, ein alter Freund aus New York, den es ebenfalls nach Rom verschlagen hat. David, das ist Carlo, der Patron vom *Ristorante Camillo.* Ich hatte Dir von ihm erzählt. Was für ein Zufall!"

Er deutete auf den kräftigeren der beiden Männer, der auf einem Barhocker saß und dessen Bauchansatz sich unter seinem zu engen schwarzen T-Shirt abzeichnete.

„Ciao, David. Tut mir sehr leid, ich fürchte, es waren meine ausgestreckten Beine, über die Du gestolpert bist. Und neben mir, der hübsche Bursche, der Dich aufgehoben hat, das ist Alessandro."

„Ciao, und vielen Dank auch. Jetzt brauch ich endlich was zu trinken." David bestellte einen Campari Soda.

„Der geht natürlich auf meine Rechnung. Und alles andere heute Abend. Als kleine Entschuldigung für das ungewollte Malheur," erklärte Carlo.

„Gerade noch waren wir in Deinem Lokal zum Abendessen, prompt treffen wir uns hier. Florenz ist wirklich eine kleine Stadt." Simon klopfte Carlo auf die Schulter. Offensichtlich waren sie über ihre Begegnung hocherfreut und vertieften sich sogleich in eine angeregte Unterhaltung.

„Ist wirklich alles okay?" wandte sich Alessandro an David. Er sprach ein tadelloses Englisch.

„Das rechte Schienbein tut ein wenig weh, aber das vergeht

schon wieder." David blickte in zwei tiefe dunkle Augen, voller Wärme und Eindringlichkeit.

„Möchtest Du vielleicht noch etwas trinken? Die beiden da sind ohnehin beschäftigt." Alessandro deutete lächelnd mit einer Kopfbewegung auf Simon und Carlo.

„Sieht ganz so aus. Ja, gerne."

Während sich Alessandro zur Theke begab, um dem Barkeeper seine Bestellung zuzurufen, musterte ihn David verstohlen. Ihm fiel das edle Profil auf, die markanten Gesichtszüge, die Grübchen um die Mundwinkel. Seine gepflegten Hände. Die Eleganz seiner Bewegungen. Er trug ein schwarzes Ledersakko über einem weißen Hemd, wirkte natürlich und selbstsicher. Er strahlte eine virile Schönheit aus.

Alessandro reichte im ein Glas. „Das ist ein Bellini auf Eis. Schmeckt erfrischend. Mein Lieblingsgetränk. *Salute.*"

David probierte den Cocktail aus Prosecco und Pfirsichmark. Er nahm wahr, daß ihn Alessandro dabei nicht aus den Augen ließ.

„Du bist Amerikaner, David. Habe ich Recht?"

„Benehme ich mich denn so auffällig? Ich stolpere sonst praktisch nie über fremde Beine."

„Mir ist bislang auch noch kein Mann vor die Füße gefallen."

„Also Premiere für uns beide. Ja, ich bin Amerikaner. Ich komme aus Baltimore, Maryland. Das liegt an der Ostküste."

„Das ist mir durchaus bekannt", sagte Alessandro und rückte näher zu David heran. „Ich kenne Amerika."

„Ach deshalb sprichst Du so ein perfektes Englisch! Es ist mir gleich aufgefallen."

Alessandro wehrte bescheiden ab. „Nein, nicht perfekt. Ich kann mich verständigen, bin aber völlig aus der Übung. Vor zehn Jahren war mein Englisch viel besser. Ich habe ein paar Semester in San Francisco studiert, an der California State. Agrarwirtschaft und Volkswirtschaft."

„Was fängst Du mit Agrarwirtschaft an?"

„Ich hatte mich auf Weinanbau spezialisiert. Ich bin nämlich Weinbauer von Beruf."

David betrachtete das makellose Gesicht. Es war schwer vorzustellen, daß es einem Farmer gehören sollte.

„Jetzt bist Du schockiert", stellte Alessandro fest und lächelte ihn an. Der zurückhaltende Amerikaner hatte sein Interesse geweckt. Er war groß und gutaussehend, mit feinen, sensiblen Gesichtszügen und einem athletischen Körper, der sich unter dem T-Shirt abzeichnete. Er war der Typ Mann, den er schon während seiner Studienzeit in Amerika geschätzt hatte; noch dazu intelligent und mit guten Manieren, eine seltene Kombination.

„Nein, ganz und gar nicht. Entschuldige, wenn das so gewirkt haben sollte. Ich dachte nur gerade, daß Du vom Typ her gar nicht in die Rolle eines Landwirtes paßt." Zugleich überlegte David angestrengt, wie er auf die obligatorische Frage nach seinem eigenen Beruf antworten solle. Katholischer Priester? Unmöglich. Er mußte sich etwas anderes einfallen lassen, eine kleine, läßliche Notlüge.

„Ich bin ja auch nicht der typische Farmer. Ich bin Winzer. Das ist ein kleiner Unterschied. Mein Land liegt in der Nähe von San Gimignano, Richtung Siena."

„San Gimignano, die Stadt der Türme. Wir sind auf unserer Fahrt dort vorbeigekommen. Leider haben wir nur kurz Halt gemacht."

„Das ist meine Heimat. Das nächste Mal solltest Du länger dort bleiben, David. Ich habe ein nettes Haus, in dem auch für Gäste immer Platz ist. Und Du mußt Marco kennenlernen."

„Marco – ist das Dein Freund?"

Alessandro lachte und berührte Davids Arm. „Nein, ich habe keine feste Beziehung, falls Du das meinst. Marco ist mein Schäferhund."

David spürte die sanfte Berührung. Er entzog sich nicht, aber er verspürte Nervosität. Hunde – ein großartiges Thema zur Ablenkung!

„Wir hatten als Kinder immer Hunde. Ich erinnere mich gut an Benny, unseren Golden Retriever. Er holte mich jeden Tag, wenn ich aus der Schule heimkam, an der Bushaltestelle ab und begleitete mich nach Hause. Eines Tages, ich stieg gerade aus dem Bus aus, lauerte mir eine Gruppe Jungs auf, um mich zu verprügeln. Ich rief um Hilfe, und wie aus dem Nichts tauchte Benny auf und stürzte sich auf die Übeltäter. Er hat mich verteidigt und die anderen Kinder in die Flucht geschlagen. Dann kam er zu mir und leckte mich ab. Ich liebte diesen Hund."

„Warum wollten sie Dich schlagen?"

„Vielleicht, weil ich anders war. Ich spielte nur selten mit den anderen Jungs Football oder Baseball. Ich machte mir nicht viel daraus. Ich interessierte mich mehr für Bücher, versah meinen Dienst als Ministrant oder machte mit Benny ausgedehnte Wanderungen durch die Wälder. Meine Brüder konnten damit nur wenig anfangen und ließen mich gewähren. Für die Jungs in meinem Alter war ich ein Außenseiter. Der Vorfall am Schulbus hat jedoch auch eine gute Seite gehabt. Ich mußte lernen, mich selbst zu verteidigen, und so brachte ich meinen Körper in Schwung."

„Du wirkst in der Tat ziemlich fit."

„Danke. Du aber genauso. Fast wie die Figur einer römischen Statue." Er stöhnte innerlich auf; was hatte er da wieder albernes von sich gegeben?

Alessandros Augen leuchteten. „Das ist ein sehr gewagtes Kompliment. Darf ich Dir auch eins machen? Ich habe noch nie so blaue Augen wie Deine gesehen, David. Ich könnte darin ertrinken." Er legte seine Hand auf Davids Handrücken. *„Tu sei un ragazzo bellissimo."*

Ein Schauer lief über Davids Rücken. Er wollte seine Hand wegziehen, aber er brachte es nicht fertig. Ein Impuls drängte ihn, die Flucht zu ergreifen, doch eine höhere Macht hinderte ihn daran. Es war eine unwirkliche Situation, wie eine Filmszene, die vor ihm ablief, aufregend, prickelnd, emotional betörend. Und doch war alles echt.

Er holte tief Luft, um seine Unsicherheit zu verbergen.

Alessandro spürte sein Unbehagen und versuchte, die Situation abzumildern, indem er noch zwei Bellinis orderte. „Verzeih, es war nicht meine Absicht, Dich zu erschrecken. Ich bin nicht hier, um jemanden aufzureißen. Carlo hat mich mitgeschleppt, weil er meinte, ich müßte mich etwas ablenken. Aber offensichtlich hat es sich gelohnt, daß ich mich habe überreden lassen."

„Welch ein Zufall. Ich bin nur hierher gekommen, um Simon einen Gefallen zu tun. Nun, ich bereue es nicht. Es ist schön, Dich kennenzulernen." Zum ersten Mal erwiderte David Alessandros Geste und umfaßte zaghaft dessen Hand. „Du bist so erfrischend anders als die meisten anderen Männer, die in solche Clubs gehen. Die wollen nur jagen oder selbst gejagt werden. Das ist so simpel, so ohne jede Romantik."

„Ah, David, Du bist also ein romantischer Mann? Du gefällst mir von Minute zu Minute besser. Sicher hast Du auch einen Beruf, in dem sich Deine romantische Ader widerspiegelt. Laß mich raten: Du bist bestimmt Schriftsteller."

David lachte lauthals.

„Nicht? Gut. *Ecco,* Du bist Künstler, ein Maler, und Du lebst einige Zeit in Italien, um Dich inspirieren zu lassen."

David schüttelte belustigt den Kopf. Er hatte nicht die Absicht, sein Geheimnis preiszugeben.

Alessandro überlegte weiter. „Also gut. Du bist weder Banker, noch Computerfachmann, noch ein Rechtsanwalt. Diese Berufe passen nicht zu Deiner Persönlichkeit. Du bist intelligent, kreativ, ein Mensch des Geistes. Ja, ich weiß! Du bist Universitätsdozent und lehrst Philosophie, und Deine Studenten sind begeistert von Dir und lieben Dich. Wie in diesem Film: *Club der toten Dichter.* Obwohl", er legte abschätzend die Stirn in Falten, „dafür bist Du noch zu jung. Du bist wohl eher selbst noch Student. Habe ich diesmal Recht?"

David ging erleichtert darauf ein. „Du hast gewonnen. Ich bin für drei Jahre in Rom, um meinen Doktor in Philosophie zu machen; außerdem besuche ich einen Kursus in Kunstgeschichte."

„Na bitte, das paßt zu Dir. An welcher Universität?"

„Ähm ..., an der American University."

„Das ist großartig. Ich bin hin und wieder in Rom, meine Cousine hat ein Haus auf dem Aventin, da bin ich manchmal zu Gast. Ich werde Dich besuchen kommen."

Da war es wieder, dieses Strahlen in den tiefliegenden braunen Augen. In diesem Blick schienen sich Herzenswärme, Natürlichkeit und Ehrlichkeit zu verbinden. Er hatte das Gefühl, noch nie in solche Augen gesehen zu haben. Es war wie eine Offenbarung. David schluckte und hörte sich selbst antworten: „Das wäre ganz wundervoll."

Alessandro erwiderte nichts. Stattdessen nahm er Davids Hand und führte sie auf seine Wange, hauchte einen Kuß auf die Innenfläche, umschloß sie mit seinen beiden Händen. „Ich werde wirklich nach Rom kommen. *Veramente!*"

Die flackernden Lichter, das Dröhnen der Bässe, die Stimmen der Laute, die Geräusche der Bar – alles trat in den Hintergrund und drang nur leise von Ferne an beider Ohren.

„Ich ..., ich muß gehen!" versuchte sich David loszureißen. „Simon muß morgen früh raus und nach Rom zurückfahren. Wir können nicht länger bleiben."

Alessandro schaute sich um. „Simon und Carlo sind längst gegangen. Die werden wir nicht wiedersehen. Wir sind allein. Laß uns nach draußen gehen, es gefällt mir hier nicht mehr."

David warf einen Blick auf die Uhr. „Es ist schon fast vier! Ich muß ins Hotel zurück."

„Wir gehen zu Fuß. Ich werde Dich begleiten."

Alessandro zahlte die Bellinis, nahm seine Lederjacke und griff

David am Ellbogen. „Komm, *carissimo,* Du bist zu schade für hier."

Auf der Gasse holte David tief Luft und glaubte, gleich würde er aus diesem Traum erwachen, die Seifenblase zerplatzen und der Prinz sich in einen Frosch zurückverwandeln.

„Wo ist Dein Hotel?"

„Weiter unten am *Lungarno,* am Torre Michelangelo. Du mußt Dir nicht die Mühe machen, mitzukommen, Alessandro, ich finde allein hin."

„Kommt nicht in Frage, ich werde Dich nicht mitten in der Nacht allein den Straßen von Florenz überlassen. Viel zu gefährlich – die Mafia, die Taschendiebe ..., Du brauchst meinen Schutz!" Wie zur Bestätigung legte Alessandro lässig den Arm um ihn.

So schlenderten sie schweigend den Borgo entlang, auf der gegenüberliegenden Seite des Arno die klassischen Fassaden der Palazzi, die aufragenden Türme der Kirchen, die Arkadengänge der Uffizien, die verschachtelten Häuschen auf der Ponte Vecchio. Gelblich fahl beschienen vom zunehmenden Mond am Firmament, der von der Laterna auf der Domkuppel in Richtung der Boboli-Gärten wanderte.

Alessandro führte David auf einen terrassenartigen Ausblick am Fluß, der von ein paar ausgedörrten Platanen umgeben war. „Stell Dich genau hier an diese Stelle, David, und schau auf die andere Seite hinüber. Blicke durch den mittleren Bogen der Uffiziengalerie. Siehst Du, was ich meine?"

Sanft umgriff er Davids Schultern und rückte ihn in die richtige Position. Seine Wange kam dabei ganz dicht an Davids Wange heran, und er konnte Alessandros Atem an seinem Hals spüren. „Die Symmetrie ist absolut perfekt. Beide Arkadengänge laufen auf den Turm der Signoria zu und scheinen ihn exakt in ihre Mitte zu nehmen."

David genoß den Anblick. „Es stimmt. Diese Perspektive. Es ist die Perfektion in Vollendung. Wie alles an diesem Abend."

Er wandte sich um und Alessandro umfing ihn mit den Armen.

Er zog ihn eng an sich heran. Ihre Gesichter kamen sich nahe, ganz nahe, bis sich ihre Lippen berührten. Zuerst zögerlich und ängstlich, dann zärtlich und hingebungsvoll, schließlich heiß und leidenschaftlich. Es war wie ein Ende ohne Anfang und ein Anfang ohne Ende. Es war Himmel. Es war Phantasie. Es war Glückseligkeit. Es war zwar nur ein Kuß. Doch in diesem Kuß lag all die Liebe, derer zwei Menschen auf dieser Erde fähig waren. Es war der Kuß, der ihr Leben verwandeln würde.

Mein Gott, kann der Mann küssen! dachte David, als sich die beiden nach endlosen Minuten voneinander lösten. Er war überwältigt. Es war wie ein Geschenk, für das er das Leben um ihn herum vergaß.

„David ...", flüsterte Alessandro, „... David, ich kann Dich nicht fort lassen. Nicht jetzt. *Tu sei una stella* – Du bist ein Stern, der mir vor die Füße gefallen ist."

„*E tu sei un donato divino* – Du bist wie ein Geschenk Gottes."

Ihre Lippen trafen erneut aufeinander. Die Sterne flimmerten und der Mond tanzte.

David wurde schwindelig. Er versuchte, wieder den Boden unter den Füßen zu finden, in die Realität zurückzufinden. „Alessandro, es tut mir leid. Ich muß jetzt gehen!"

„Ich muß Dich wiedersehen! Bitte!"

Er war hin- und hergerissen. „Ich weiß nicht, ich ..."

„Schscht!" Alessandro legte seinen rechten Zeigefinger auf Davids Lippen. „Es wäre eine Sünde, wenn wir uns nicht wiedersehen, verstehst Du? Ich werde Dich jetzt bis vor den Hoteleingang bringen, David. Dann werde ich gehen. Für heute."

David lenkte ein. „Für heute? Okay."

Sie legten sich die Arme um die Hüften und bummelten den Arno entlang zum Hotel.

„Ich muß heute noch nach Mailand fahren, David. Leider. Ich bin für zwei Tage auf dem Forum Vini, der großen Weinmesse. Wie lange wirst Du in Florenz bleiben?"

„Ich weiß es noch nicht. Eigentlich wollten wir übermorgen ans Meer fahren, an die Levante. Doch Simon hat einen Anruf von der Botschaft bekommen; er ist nach Rom zurückbeordert worden. Ehrlich gestanden, ich habe mir noch gar keine Gedanken darüber gemacht, wie mein Urlaub weitergeht."

Die Morgendämmerung machte sich am Horizont bemerkbar. In den Baumkronen begannen die ersten Vögel zaghaft zu zwitschern, das fahle Mondlicht wurde schwächer, die Farbe des Himmels wechselte von dunklem Blau zu einem silbrigen Lila. Alessandro überlegte. Wie gern hätte er den Termin in Mailand kurzum abgesagt, aber sein Pflichtgefühl war stärker; er mußte noch heute Nachmittag fahren. Andererseits fühlte er, wie ihn diese Nacht verwandelt hatte. Das Glück hatte ihn quasi im Vorübergehen berührt, und nun war es an ihm, es mit beiden Händen festzuhalten. Er konnte es sich kaum eingestehen, aber so war es: er hatte sich in einen amerikanischen Studenten verliebt!

„Ich wäre so glücklich, wenn ich Dich nach meiner Rückkehr aus Milano noch vorfinden würde. Ich schäme mich, daß ich nicht bei Dir bleiben und Dir die Stadt zeigen kann. Du wirst denken, es sei mir nicht ernst, und ich sei nur so ein typischer Italiener, der viele Worte um nichts macht. Aber so ist es nicht!"

Als Antwort packte ihn David im Nacken und küßte ihn. Er war wie in Trance, fernab der Wirklichkeit. „Ich werde auf Dich warten. Versprochen!" flüsterte er.

Die ersten Motorräder knatterten durch die Straßen. Die städtischen Reinigungskräfte tuckerten mit ihren Minivehikeln über die Plätze. Vor dem Hotel angekommen, tauschten David und Alessandro ihre Handynummern aus. Sie küßten sich nochmals zum Abschied.

„*Ciao, Carissimo.* Warte auf mich. Übermorgen werde ich zurück sein!"

Als David durch die Drehtüre im Hotel verschwand, fühlte sich Alessandro euphorisch und niedergeschlagen zugleich. Er würde alles daransetzen, seinem Stern, den er soeben entdeckt hatte, zu folgen.

*

Im Hotelzimmer ließ sich David erschöpft aufs Bett fallen. Simon war, wie er erwartet hatte, von seinem nächtlichen Ausflug noch nicht zurück. Er schaffte es gerade noch, seine Schuhe auszuziehen. In einer Mischung aus wonniger Euphorie, Überreizung der Sinne und schierer Müdigkeit schlief er sofort ein.

Es war früher Vormittag, als er neben sich Schritte, Rascheln und das Schnappen von Kofferschlössern wahrnahm. David hob den Kopf.

„Oh Simon, was machst Du da um diese Uhrzeit?“ fragte er benommen.

„Na was wohl, ich packe zusammen. Schließlich muß ich in ein paar Stunden in der Botschaft sein.“ entgegnete Simon lakonisch und warf seine Sachen in den Koffer. „Ich wundere mich ohnehin, Dich hier zu finden, wo Du so eine tolle Bekanntschaft gemacht hast. Ihr beiden seid so ins Gespräch vertieft gewesen, als hättet ihr alles andere um Euch herum vergessen. Ihr habt nicht mal bemerkt, als Carlo und ich aufgebrochen sind.“

David rieb sich die Augen und schaute auf die Uhr. „Es war ein wundervoller Abend. Ich kann gar nicht ausdrücken, wie wundervoll.“

„Seid Ihr miteinander im Bett gewesen?“

„Du bist unmöglich! Nicht jeder ist so schwanzgesteuert wie Du! Bei Dir dreht sich alles nur um Sex, rein mechanisch, ohne jegliches Gefühl.“

Simon band sich ungerührt den Schlips. „Wow, jetzt hast Du's mir gegeben. Ich hatte für einen Augenblick vergessen, daß Du Priester bist. Deine unwirsche Reaktion zeigt mir eines: Dich hat's ganz schön erwischt!“

Priester! Das Wort traf David wie ein Schlag. Er war Priester und hatte sich soeben in einen Mann verliebt. Wie hatte er es nur dazu kommen lassen können? Wie sollte er das Alessandro beibringen? Wie konnte er das vor sich selbst verantworten? In seinem Kopf drehte sich alles. Er fühlte sich mit der Situation überfordert. Eine Situation, die er selbst verschuldet hatte. Er hatte arglos hingenommen, daß sich der attraktivste und gefühlvollste Mann, dem er wohl je begegnet war, auf ihn eingelassen hatte. Es war fatal.

„Simon, ich komme mit. Ich werde mit Dir nach Rom zurückfahren. Der Urlaub ist zu Ende."

„Was?" Simon schaute ihn entgeistert an. „Warum das denn?"

„Ich muß zurück, bevor Dinge geschehen, die sich nicht mehr rückgängig machen lassen."

„Von welchen Dingen sprichst Du? Was ist heute Nacht geschehen?"

„Ich ..., tja, ach, es ist kindisch! Ich habe mich verliebt."

„Verliebt? In diesen Alessandro?"

David nickte. „Und ich befürchte, er sich auch in mich."

Simon ließ sein Jackett fallen und sich aufs Bett plumpsen. „Donnerwetter! Du überraschst mich. Ein ziemlich attraktiver Bursche, dieser Alessandro, sehr sympathisch. Ich verstehe gar nicht, was Du hast, das ist doch großartig!"

„Simon, wie soll das funktionieren? Seine und meine Welt: das geht niemals zusammen. Ich bin schließlich Priester."

„Das scheint ihn ja bis jetzt nicht zu stören." Simon blickte David eindringlich an. „Oder hast Du ihm das etwa nicht gesagt?"

„Was erwartest Du? Hätte ich mich in einem einschlägigen Club auf die Theke stellen und rufen sollen: Seht mal alle her, ich bin katholischer Priester? Nein, er hält mich für einen Gaststudenten."

„Puh! Das ist vertrackt. Wie seid Ihr denn verblieben, Alessandro und Du?"

„Er muß heute nach Mailand fahren und hat mich beschworen,

bis übermorgen in der Stadt zu bleiben. Er will mich unbedingt wiedersehen."

„Und was ist mit Dir? Willst Du ihn auch wiedersehen?"

David zögerte nur kurz. „Ja, das will ich. Und genau deshalb muß ich gehen."

„Diese Logik ist entsetzlich. Ich werde Dich natürlich mitnehmen, wenn Du partout willst, aber ich meine, Du machst einen echten Fehler, Honey."

Schweigend ging David ins Bad und machte sich frisch. Dann holte er die Reisetasche und packte wie ein Schlafwandler seine Klamotten zusammen.

Sie gingen hinunter zum Frühstücksraum und nahmen einen Cappuccino, bevor sie an der Rezeption die Rechnung bezahlten.

„Ah, Signore O'Connor." Der Empfangschef bückte sich und holte eine große braune Papiertüte unter dem Tisch hervor. „Dies ist für Sie vorhin abgegeben worden. Bitte sehr."

David stellte seine Reisetasche ab und nahm die Packung in Empfang. Er lief zu einer kleinen Sofagruppe in einer Nische der Lobby und spähte hinein. Zum Vorschein kam ein geflochtenes Weidenkörbchen, üppig gefüllt mit roten Weintrauben, in durchsichtiger Folie verpackt und mit einer Schleife versehen. Dazwischen steckte ein Umschlag. Er öffnete ihn und las die schwungvollen, handschriftlichen Zeilen:

„Carissimo David,

Dich zu treffen war wie ein Geschenk. Ich möchte sorgsam damit umgehen und Dich besser kennenlernen. Ich habe das Gefühl, Du bist ein ganz besonders wertvoller Mensch. Bitte warte auf mich, ich werde Dich nicht enttäuschen. In Gedanken schließe ich Dich in meine Arme. Tanti Baci, Alessandro.

PS: Die Trauben sind von meinem eigenen Weinberg und sollen Dir die Wartezeit versüßen."

Davids Augen begannen zu glänzen, als er die Karte betrachtete. Solche Worte hatte noch nie jemand für ihn gefunden. Ein überwältigendes Gefühl der Sehnsucht überkam ihn. Sehnsucht nach Alessandro.

Simon näherte sich, den Koffer in der Hand. „Also ich bin so weit. Wir können los."

„Ich werde nicht mitkommen." hörte sich David sagen. Dann ging er hinüber zur Rezeption und fragte den Portier: „Ist das Zimmer noch frei?"

V

Alessandro tastete nach der Freisprecheinrichtung in seinem Wagen. Er wählte die Handynummer seiner Schwester. Die Autobahn zwischen Mailand und Parma war dicht befahren. Die endlosen Felder und vereinzelten Gehöfte der Poebene schwirrten am Fenster vorbei. Er fuhr schnell, wie immer. Zwar herrschte auf der Strecke ein Tempolimit von 130 Stundenkilometern, doch wer sich pflichtbewußt daran hielt, wurde schnell von nachrückenden Fahrzeugen, die sich für kleine *Ferraristi* hielten, mit Lichthupe und Blinker auf die Seite gedrängt. Es war früher Nachmittag.

„Ciao Daniella, ich bin es", rief er in die Lautsprechervorrichtung. „Ich bin auf dem Rückweg von Mailand ...... Wie? Ja, ich bin schon einen Tag früher gefahren. Wir haben größere Mengen vom Zinfandel abgesetzt, das war die Hauptsache ...... Warum? Ach, ich weiß gar nicht, wie ich das sagen soll. Vielleicht so: Ich habe mich verliebt. Es war so ein Zufall, daß es in Wahrheit gar kein Zufall sein kann. Er ist mir einfach so vor die Füße gefallen ...... Nein, ich mache keine Witze, so war es." Die Verbindung rauschte.

„Hallo Daniella, bist Du noch dran? ...... Er ist Amerikaner. Lebt in Rom ...... Anfang Dreißig ...... Er ist nicht nur wahnsinnig attraktiv, er ist auch intelligent. Ich hatte gleich nach den ersten paar Minuten das Gefühl, unsere Schwingungen stimmen überein. Verrückt, nicht? ...... Es ist anders. Er ist sehr zurückhaltend, niemand, der leicht zu haben wäre. Hat Stil und Esprit ...... Ich werde es versuchen, deshalb komme ich schon eher zurück. Ich habe Angst, ihn sonst nie wieder zu sehen. Ich werde ihn heute Abend nach Santa Croce einladen, dort sind wir ungestört und haben Zeit für uns ...... Ja, gute Idee. Und bei Euch? Schon über ein Datum gesprochen? Im Frühjahr, fein. Darüber sollten wir uns gemeinsam Gedanken machen ...... Daniella? Ich kann Dich kaum noch hören. Ich mache jetzt Schluß. Grüße an alle. *Ciao, à dopo!*"

Er drückte die Taste zur Beendigung und bog bei Parma auf die Strecke durch den Apennin Richtung La Spezia ab. Dann wählte er die Mobilfunknummer, die ihm David gegeben hatte. Es läutete, aber nur die Mailbox meldete sich. Er zögerte, rang um die richtigen Worte, legte auf. Schließlich wählte er die Nummer noch einmal und sprach seinen Text auf:

„*Ciao David, carissimo,* hier ist Alessandro. Falls Du vergessen hast, wer ich bin: Du bist mir vorgestern Nacht vor die Füße gefallen. Ich hoffe, Du hast meine Nachricht im Hotel bekommen und bist mir nicht davongelaufen. Ich bin auf der Rückfahrt von Mailand und möchte Dich unbedingt sehen. Ich fahre direkt nach Florenz durch. Wollen wir uns gegen fünf treffen? Da gibt es ein kleines Café, oben auf der Piazzale Michelangelo, es heißt *Café Buonarotti.* Sehen wir uns dort? Gib mir Bescheid, bitte. Ich vermisse Dich. Ich *muß* Dich sehen. *Ciao, bacio.* Bis bald!"

Ob er die richtigen Worte gewählt hatte? Ob es richtig war, was er vorhatte? Er wollte David nicht in Verlegenheit bringen, geschweige denn eine Zurückweisung riskieren. Er war ihm zu wertvoll. Andererseits wollte er es wissen. Er wollte wissen, ob es Sinn hatte, sich näher auf diesen Amerikaner einzulassen, sich ihm zu öffnen. Er wollte wissen, ob seine Liebe erwidert würde, und ob es eine Chance auf Gemeinsamkeit gäbe. Er wollte wissen, ob seine Gefühle eine Perspektive hätten. Von langen Spielchen und Koketterien hielt er nicht viel, dafür war es ihm zu ernst. Für ihn war es ein Zeichen, was da mit ihnen passiert war, und er mußte erfahren, ob es David ähnlich empfand. Vielleicht machte er sich auch nur etwas vor, befand sich in einem emotionalen Ausnahmezustand. Dann jedoch, so sagte sich Alessandro, sei es besser, sofort Klarheit darüber zu haben, anstatt Illusionen zu hegen.

Die Erkennungsmelodie seines Telefonino drang an sein Ohr. Er schaltete auf Lautsprecher.

„David, hallo, es tut so gut, Deine Stimme zu hören. Wo bist Du? ...... Da bin ich froh! Ich hatte eine unbestimmte Angst, Du könntest mir weglaufen ...... Ja, meine Termine waren schon früher zu Ende, also dachte ich ...... geht klar. Du hast mir gefehlt ...... Ja? Das ist schön. Du bist wundervoll ...... *un grande bacione!* Ich kann es kaum erwarten. *Ciao mio carissimo, ciao.*"

Alessandro bebte vor Glück. Er drückte aufs Gas und brauste beseelt durch die lange Abfolge von Tunnels, Brücken und Serpentinen. In ein paar Stunden würde er David wiedersehen.

*

Er kam so schnell voran, daß er noch vor der verabredeten Zeit auf der Piazzale Michelangelo vorfuhr und seinen Range Rover abstellte. Nervös steckte er sich eine Zigarette an und ließ seinen Blick von der Aussichtsterrasse über die Dächer der Stadt schweifen. Es war dunstig und roch nach Gewitter. Im Westen ballten sich turmhohe Wolken zusammen. Er warf die Zigarette zu Boden und trat sie aus, bevor er das Café Buonarotti betrat und einen Platz in einer Ecke unter der Markise suchte. Er lockerte den Knoten seiner Krawatte und orderte einen Espresso, als er David im Eingang erblickte.

David sah sich auf der Caféterrasse um. Es dauerte einen Moment, bis er Alessandro entdeckte, der auf ihn völlig verändert wirkte. In seinem dezenten dunkelblauen Anzug mit modisch gestreifter Krawatte und passendem hellblauen Hemd sah er aus wie ein Modell für Herrenmode. Seine lockigen schwarzen Haare glänzten, seine dunklen Augen strahlten.

Davids Herz klopfte, als er sich näherte. Wie sollte er ihm gegenübertreten? Sie waren in einem öffentlichen Lokal, eine intime Begrüßung verbot sich von selbst. Gleichwohl war es in Italien durchaus üblich, daß sich Männer bei der Begrüßung nicht nur herzlich umarmten, sondern auch deftige Wangenküsse austauschten, vornehmlich bei Verwandten und alten Freunden.

David räusperte sich. „Ciao, Alessandro. Wie Du siehst, bin ich nicht weggelaufen." sagte er leicht verlegen, als er zum Tisch trat.

Alessandro war aufgesprungen. Nach italienischer Sitte schloß er ihn in die Arme, kurz und fest. „Ich bin so froh, daß ich Dich wiedersehe." flüsterte er dabei.

David orderte ebenfalls einen Espresso und konnte seinen Blick nicht von Alessandro abwenden. Minutenlang lächelten sie sich an ohne ein Wort zu sagen.

„Verzeih, ich bin ganz schön nervös. Es ist kindisch." entschuldigte sich Alessandro.

„Mir geht es genauso. Das ist nicht kindisch. Ich finde das schlichtweg süß."

„Das ist für mich nicht ein Date wie irgendein anderes, David, *carissimo.* Ich bin sonst nicht der Mensch, der die Dinge überstürzt, trotz meines italienischen Temperaments. Aber das hier ist eine besondere Situation für mich. Ich muß Dir etwas gestehen: Meine Termine in Milano waren nicht beendet, ich habe meinen Aufenthalt bei der Weinmesse abgebrochen. Ich habe so etwas noch nie zuvor getan, doch ich hatte Angst, Du könntest fort sein, bis ich wiederkomme."

David war verunsichert und geschmeichelt zugleich. „Zugegeben, ich war mir nicht sicher. Es kam alles so überraschend, so unverhofft. Es ging mir zu schnell. Aber meine Gefühle waren stärker. Ich habe es einfach nicht übers Herz gebracht abzureisen. Vor allem, nachdem Deine Nachricht im Hotel eintraf. Das war die wohl netteste Karte, die ich je von einem Mann erhalten habe. Ich danke Dir. Du bist anders, als jeder Mann, den ich bisher kennengelernt habe. Ich kann Dir nur zurückgeben, was Du mir geschrieben hast: Du bist ein ganz besonderer Mensch!"

Es herrschte ein Moment der Stille, in dem beide in liebevoller Intensität in den Augen des anderen forschten.

„Du mußt wissen, das ist kein Spiel für mich, David." sagte Alessandro und klapperte mit dem Löffel in seiner Tasse. „Ich weiß, es gibt eine Menge Vorurteile über italienische Männer: viel Anmache, keine Ernsthaftigkeit, kein Verlaß und so weiter; über schwule Männer erst recht. Das mag auch oft stimmen, aber glaube mir, ich bin anders. Ich habe im Ausland gelebt, ich habe in Kalifornien gelernt, zu mir selbst zu stehen. Und ich habe den Traum noch nicht aufgegeben, den Mann meines Lebens zu finden. Mir liegt nichts an einem kurzfristigen Abenteuer. Du hast also keinen Grund, vor meiner Zuneigung zurückzuweichen. Ich werde Dich nicht enttäuschen, wenn Du Dich ernsthaft auf mich einlassen und mich näher kennenlernen willst. Sag, willst Du?"

David schluckte. Wie hätte er Nein sagen sollen oder davonlaufen können? Wenn einem soviel Gutes und Schönes entgegenströmte, durfte man sich nicht leichtfertig abwenden. Ein Geschenk war ihm zu Füßen gelegt worden. Sollte er es etwa zurückweisen? Er hatte später oft den Gedanken hin und her gewälzt, ob sein Leben anders verlaufen wäre, wenn er sich damals an dieser Stelle von Alessandro verabschiedet hätte. Die Antwort blieb stets ein Ja. Ja, sein Leben wäre ärmer, trister, kälter gewesen; sein Herz dunkler und trauriger. Und so sagte er jenen Satz, der sein Leben von Grund auf verändern würde. „Laß uns gehen, Alessandro. Jetzt gleich."

Sie traten hinaus. Ein heftiger Gewitterregen hatte die Piazzale Michelangelo entvölkert und in eine riesige Wasserlache verwandelt. Es prasselte, blitzte und donnerte.

Alessandro nahm sein Sakko und warf es schützend über ihre Köpfe. „Komm, dort vorne steht mein Wagen, wir fahren zu mir nach Hause."

Sie sprangen über die regengetränkte Piazza in den Rover und lachten. Sie waren patschnaß, das Wasser klebte ihnen an Stirn und

Schläfen. David zog Alessandro zu sich hinüber. Sie küßten sich die Tropfen von den Lippen, vom Kinn, von den Lidern.

„David, *carissimo,* ich habe mich in Dich verliebt." flüsterte Alessandro und strich ihm die feuchten Haarsträhnen aus der Stirn.

Davids Herz pochte. „Ich weiß. Du hattest mich schon beim ersten *Ciao.*"

*

Die Superstrada von Florenz in Richtung Siena war wie leergefegt, als hätte das heftige Gewitter alle anderen Autos vertrieben. Der Range Rover brauchte gerade zwanzig Minuten von der Auffahrt in Florenz bis zur Abfahrt in Poggibonsi. Das Wolkenspiel am Himmel bescherte bizarre Ausblicke auf die spätsommerlich gelbe Hügellandschaft um San Gimignano. Die mittelalterlichen Türme des Städtchens wirkten aus der Ferne wie die moderne Hochhauskulisse einer amerikanischen Metropole, je nach Lichteinfall dunkel bedrohlich oder, im Lichtschein unvermittelt durch die Wolkendecke stoßender Sonnenstrahlen, leuchtend orange. Sie umrundeten den weithin sichtbaren Berg mit der festungsartigen Stadtmauer und steuerten auf ein benachbartes Hügelensemble zu.

Alessandro legte seine rechte Hand auf Davids Knie. „Gleich sind wir da. Ich freue mich so sehr, daß Du hier neben mir sitzt."

David erwiderte die Zärtlichkeit. Er sah aus dem Fenster, beobachtete das Wechselspiel zwischen finsteren Gewitterwolken und vereinzelten Lichtpyramiden, erfreute sich des Naturspektakels und dachte nicht an das Morgen. Er bewunderte Alessandros klassisches Profil und warf ein paar scheue Seitenblicke aus dem Fenster auf die engen Kurven. „Ich freue mich genauso. Es ist wie ein irrer Traum. Aber tu mir einen Gefallen: Laß bitte beide Hände am Steuer."

Alessandro lachte auf. „Keine Angst, ich weiß, daß ich wertvolle Fracht an Bord habe. Dies ist meine Hausstrecke, die fahre ich beinahe täglich."

Sie bogen von der Landstraße auf die Zufahrt ein, die in mehreren Kurven zum Haus führte. *Strada privata* warnte ein Schild, bevor der Weg von einem Zypressenspalier verdunkelt wurde. Oben auf dem Hügel erkannte David die *casa padronale,* das schloßartige Herrenhaus. Der Rover hielt auf dem gekiesten Vorplatz.

„Wo sind wir hier?" fragte David. Er war sich nicht sicher, ob Alessandro hier wegen der Aussicht gehalten hatte.

„Willkommen in meinem Haus, *mi amore.*"

Sie stiegen aus. Es nieselte noch leicht, und der Boden dampfte. David schaute sich staunend um. Es war, als wäre er in einem Märchenfilm aufgewacht. Diese quaderförmige Villa mit den Seitenflügeln und den Arkaden schien aus einem Fernsehfilm zu stammen.

Er stieß einen anerkennenden Pfiff aus. „Das hätte ich nicht erwartet. Bist Du sicher, daß Du hier nicht nur der Butler bist?"

„Das ist Santa Croce", sagte Alessandro und legte ihm den Arm um die Schultern. „Ich werde alles tun, damit Du Dich hier wohlfühlst. Komm hinein, wir müssen uns erst mal abtrocknen."

Er führte David ins Haus.

In der Eingangshalle schoß Marco, der das vertraute Wagengeräusch gehört hatte, um die Ecke, sprang freudig an Alessandro hoch und leckte ihm die Hand. „Marco, das ist mein Freund David. Du solltest Dich an ihn gewöhnen." scherzte er.

David bückte sich hinunter und kraulte den Schäferhund zwischen den Ohren. „Wir werden bestimmt Freundschaft schließen, Marco. Du bist ja ein ganz hübscher Kerl."

Alessandro nahm Davids Gepäck und ging mit ihm ins Obergeschoß. Daniella und er bewohnten jeweils einen eigenen Flügel, während sich im Mittelteil eine Zimmerflucht befand, die der Principessa als Domizil diente, wenn sie sich auf Santa Croce aufhielt. Zwei durch einen Rundbogen verbundene Zimmer und ein großes Bad stellten Alessandros privaten Bereich dar. In seinem Wohnzimmer stapelten sich Bücher und Zeitschriften. Vor einem offenen Kamin standen sich zwei tiefe, von den Jahrzehnten abgewetzte Ledersofas gegenüber. Das Kaminsims war mit Familienfotos bestückt. Hohe, schmale Fenster öffneten den Blick in die Landschaft. Der Raum strahlte Behaglichkeit aus und zeugte von Geschmack. Nebenan befand sich das Schlafzimmer, in hellen Farben eingerichtet und mit einem breiten Doppelbett.

Alessandro warf Tasche und Kleidersack aufs Bett. Es wurde von einem geschmiedeten Kopfteil überragt, hinter das ein Moskitonetz geschlagen war. Er holte ein Handtuch aus dem Bad, faltete es auseinander und trocknete David zärtlich Haar und Gesicht ab.

„Du bist ein faszinierender Mann, David. Dein Gesicht ist zart und edel, Dein Körper männlich und stark. Genau der Typ, von dem ich immer geträumt habe."

Er nahm Davids Kopf zwischen seine Hände und bedeckte Stirn, Augen und Nase mit Küssen. David drückte Alessandro an sich. Ein ungekanntes Hochgefühl ergriff ihn. Er war sich sicher; er wollte ihn, mehr als alles andere auf der Welt. Er begehrte ihn mit Leib und Seele. Er wollte ihn in sich spüren. Er war wie in Trance.

Die Umgebung verlor ihre festen Konturen, löste sich auf. Sie umschlangen sich, preßten ihre feuchten Lippen aufeinander und liebkosten sich gegenseitig mit ihren Zungen. Ihr Atem wurde schwer. Unter ihrer feuchten Kleidung ertasteten sie ihre Körper; ihr Puls war schnell, ihr Herzschlag erregt. Sie spürten ihr Verlangen, ihre ungebremste Begierde. Sie spürten ihre erigierten Glieder, ihre angestaute Kraft und Energie. Draußen zuckten Blitze über den Abendhimmel. Donner krachte, schwere Regentropfen prasselten aufs Dach.

Sie fielen aufs Bett. Das Gepäck purzelte polternd zu Boden. Sie rissen sich die Hemden vom Leib und erkundeten die erogenen Zonen des anderen. Sie leckten sich Hals, Schultern, Brust und Lenden. Sie griffen nach ihrem Gemächte und gaben sich lustvoll all der Sinnlichkeit hin, welche die griechische Liebe zu bieten hatte. Sie stöhnten, vibrierten ob dieses Fests der Männlichkeit. Die ungehemmte Leidenschaft derer, die wissen, daß sie füreinander bestimmt sind, trieb sie weiter an und führte sie zu einem Höhepunkt voll wonniger Ekstase.

Sie sanken zurück in die Kissen, ihre Körper glänzten naß von Schweiß und Sperma. Sie holten Luft. Sie strahlten sich an. Sie lachten. Sie hielten sich fest in den Armen und ruhten, erschöpft, glücklich.

Für beide war es ein Befreiungsschlag der Liebe gewesen.

„Wir sind füreinander bestimmt, *amore.*" flüsterte Alessandro.

David drückte ihn wortlos an seine Brust. Und dachte unvermittelt an jenes Gespräch mit dem Franziskanermönch in Assisi.

*

Während sich David im Badezimmer frischmachte, zog Alessandro einen Morgenmantel über und ging hinunter in den Seitenflügel, in dem die Küche und die Wirtschaftsräume untergebracht waren. Das Haus war leer. Lydia hatte frei, da er ja erst übermorgen aus Mailand zurückerwartet wurde. Die Principessa, Daniella und Franco befanden sich noch an der Riviera. Alessandro betrat die Küche, öffnete beschwingt eine Flasche Rotwein und begann zu kochen.

David wickelte sich ein Badetuch um die Hüften und schaute sich um. Das Bad war mit Terrakottakacheln ausgelegt, die verschnörkelten Wasserhähne und Armaturen glänzten in Antikmessing. Auf der Ablage über dem marmornen Waschtisch stand ein Flakon Envy von Gucci, der Duft, nach dem Alessandro so unwiderstehlich roch. Es war lange her, daß er im Bad eines anderen Mannes gestanden hatte. Fast schmerzlich kam ihm zu Bewußtsein, daß er jenseits der Leidenschaft, die er für Alessandro empfand, in einer höchst unberechenbaren Situation gelandet war. Er konnte die Problematik zwar für diesen Augenblick höchsten Glücks ausblenden, doch irgendwann würde er ihr nicht länger entgehen können. Noch hatte er rund zehn Tage Ferien vor sich; zehn Tage der Liebe, der Sorglosigkeit und der Freuden. Diese Tage, so war er fest entschlossen, würde er in vollen Zügen genießen.

„Was machst Du da? Es riecht phantastisch!" fragte er, als er hinunter in die Küche kam.

„Nichts großes, nur eine Pasta mit Oliven, Sardellen und Salbei, dazu Salat. Wenn Du möchtest, kannst Du die Tomaten schneiden. Fühlst Du Dich wohl?"

David gab ihm einen Kuß in den Nacken. „Danke. Ich fühle mich sogar sehr wohl."

Sie hantierten mit Schüsseln und Pfannen, scherzten liebevoll miteinander, tranken Wein und setzten sich schließlich im Küchengewölbe an einen großen rustikalen Holztisch, an dem man mit einem ganzen Dutzend Leute bequem Platz gehabt hätte. Es war dunkel geworden. Alessandro zündete Kerzen an. Es war gastlich und behaglich, während draußen das abziehende Gewitter seine letzten Regenschauer niedergehen ließ.

„Ich hätte nie gedacht, daß es so harmonisch sein könnte", sagte David nach einer Weile.

Alessandro lächelte sein unwiderstehlich charmantes Lächeln. „Ich habe nie einen Zweifel daran gehabt."

„Weshalb bist Du Dir meiner so sicher?"

„Der Schein trügt. Ich bin mir Deiner ganz und gar nicht sicher, liebster David. Ich habe keine Ahnung, was Du von uns beiden hältst. Ich weiß nicht, ob in Deinem Leben Platz für mich ist. Du wirst vermutlich irgendwann ein Flugzeug besteigen und nach Amerika zurückfliegen. Dennoch; tief in meinem Inneren fühle ich, daß wir zusammengehören. Die Zeit, die Du noch in Italien verbringen wirst, ist meine Chance, Dich davon zu überzeugen. Und diese Chance werde ich nutzen."

David hielt inne. Alessandros Wort rührten ihn an. Warum

hatte er diesem Mann nicht früher in seinem Leben begegnen können, etwa noch vor seiner Priesterweihe? Hatte er es nicht längst aufgegeben, nach der großen Liebe seines Lebens zu suchen und dies sogar als Zeichen gewertet, daß in seinem Herzen eben nur Platz für Gott allein sein sollte? Und nun, da seine Wahl längst getroffen war, und sich eine großartige kirchliche Karriere für ihn abzeichnete, von der er früher nicht zu träumen gewagt hätte, gerade jetzt sollte sein Leben erneut auf den Kopf gestellt werden? Welche Kräfte waren da am Werke?

Er sah das Strahlen in Alessandros Augen, spürte seine Warmherzigkeit und Zärtlichkeit, die keinen Zweifel an seiner Aufrichtigkeit zuließen. Und er selbst? Er setzte sich ins Unrecht, indem er diesem wunderbaren Menschen Hoffnungen machte, die er nicht erfüllen konnte, ihn in einem falschen Glauben ließ, ja ihre Beziehung von vornherein mit einer Lüge belastete. Einer Notlüge zwar, geboren aus der ungewöhnlichen Situation, aber eben doch einer Lüge. Wann wollte er ihm die Wahrheit beichten? Wie lange wollte er zuschauen, wie ein Mann sein Herz an ihn verlor, nur um schließlich unglücklich zu werden?

Seine Augen glänzten feucht. Er griff nach Alessandros Hand. „Du beschämst mich."

Alessandro erhob sein Glas. „Auf die Zukunft, *mi carissimo!*"

„Ja", bestätigte David, „auf die Zukunft!"

Als sie sich später, weit nach Mitternacht, zärtlich im Bett aneinander schmiegten, lag David mit pochendem Herzen lange wach.

*

Am nächsten Morgen wurde er von Alessandro mit einem Frühstückstablett geweckt. Der Milchkaffee duftete kräftig, und auf dem Teller befanden sich neben Weißbrot, Joghurt und Honig zwei Spiegeleier.

„Ich dachte, als Amerikaner magst Du sicher ein gebratenes Ei zum Frühstück." Er deutete auf den Teller und setzte sich zu ihm aufs Bett.

David mußte lachen. „Das ist wirklich süß von Dir. Ein Spiegelei habe ich in der Tat seit Monaten nicht mehr gegessen."

Das Unwetter vom Vorabend hatte die staubige Luft gereinigt, und so erschienen die anmutigen Konturen der Hügel, Felder und Dörfer gestochen scharf. Sie verbrachten den Vormittag mit einem langen Spaziergang über die Weinberge und Oliventerrassen, spielten dabei mit Marco und erzählten von ihrer Kindheit, ihren Familien, ihren früheren Träumen. Alessandro berichtete von seinem Aufenthalt in Kalifornien, David von seinen bisherigen Erfahrungen mit dem italienischen Alltag, wobei er sorgfältig jede Andeutung vermied, die den Schluß nahe legen könnte, er sei mehr als nur ein Student der Geisteswissenschaften.

Nachmittags machten sie einen Ausflug ins nahegelegene Siena, bummelten über den Campo, besichtigten die anmutige Kathedrale und das Haus der Heiligen Katharina, streiften durch die schattigen Gäßchen und beobachteten beim Espresso den sommerlichen Trubel der Touristengruppen.

„Wann mußt Du in Rom zurück sein, David?" fragte Alessandro.

„In acht Tagen. Dann beginnt wieder mein römischer Studienalltag."

„Ich habe mir etwas überlegt: wollen wir ans Meer fahren? Ich kenne ein gemütliches kleines Hotel an der Küste der Maremma; es hat nur fünf oder sechs Zimmer, und der Strand gehört uns ganz allein."

„Das klingt sehr gut. Laß uns hinfahren."

Sie aßen in einer winzigen sienesischen Trattoria, deren Spezialität *cinghiale,* gebratenes Wildschwein war, zu Abend; Alessandro telefonierte mit dem Hotel, und am nächsten Vormittag brachen die zwei Verliebten ans Meer auf.

Sie genossen die Stille und Intimität der kleinen Bucht, deren heller Sandstrand von duftenden Pinienwäldern umgeben war. Außer einem anderen Pärchen waren sie die einzigen Gäste, und die freundlichen Hotelbesitzer hielten sich dezent im Hintergrund. David und Alessandro gingen schwimmen, tauchten in die Wellen ein, badeten in der Sonne, Salz und feinen Sand auf der Haut, schlenderten den Strand entlang, suchten nach Muschelschalen und Treibgut. Nachmittags, wenn es draußen zu heiß war, suchten sie ihr schattiges Zimmer auf und liebten sich unter dem Moskitonetz, ihr rhythmisches Stöhnen übertönt vom Surren und Rattern des Deckenventilators.

Eines Morgens, sie waren gerade nach dem Frühstück an den Strand gegangen, erhielt Alessandro auf dem Telefonino einen Anruf von Carlo Lucchese. Sie scherzten miteinander und Alessandro erzählte seinem Freund angeregt von den vergangenen Tagen, bis er plötzlich sehr einsilbig wurde und sich von David entfernte. Schließlich schlug er den Weg zum Hotel zurück ein. David schob die Sonnenbrille auf die Nase und blieb zurück. Er wollte nicht stören, wenn beide augenscheinlich ein wichtiges Thema zu besprechen hatten.

Alessandro klappte sein Handy zu. Er war völlig verunsichert, wie er reagieren sollte. Er stand eine Weile unschlüssig vor der Hotelveranda und schwankte, ob er aufs Zimmer oder zurück an den Strand gehen sollte, um David zur Rede zu stellen. Was sollte es überhaupt bedeuten, was ihm Carlo da berichtet hatte? Welche Konsequenzen hatte es? Plötzlich schien alles in Frage gestellt, alle Ereignisse der vergangenen Woche erschienen in einem anderen Licht. Der Verdacht des Zweifels war gesät und nagte an ihm.

Alessandro wollte Gewißheit. Entschlossen lief er auf ihr gemeinsames Zimmer, schloß die Tür und stellte mit einem Handgriff Davids Reisetasche aufs Bett. Nach einem Moment des Zögerns öffnete er den Reißverschluß und begann, mit zitternden Händen die Tasche zu durchwühlen.

Er mußte nicht lange suchen. Aus einem Seitenfach zog er ein schwarzes flaches Ledermäppchen, das mit einem eingeprägten ☧ versehen war; er öffnete den Reißverschluß. Zum Vorschein kamen eine kleine, sorgsam zusammengefaltete violette Stola, ein vergoldetes Kruzifix im Miniaturformat, ein Gebetsbüchlein und ein daumengroßes, silbernes Ölgefäß. Alessandro mußte nicht lange raten, um was es sich handelte; er wußte, daß dies die Notfallausrüstung war, die in der Regel jeder Priester bei sich führte, falls er unvermittelt die letzten Sakramente spenden mußte. Er starrte ungläubig auf den Inhalt.

Es war wie ein Schlag auf den Kopf, alles drehte sich.

Er hielt das geöffnete Etui noch in den Händen, als die Tür aufging. David stand im Zimmer. Er begriff die Situation. „Alessandro!" brachte er heiser hervor. Er spürte einen dicken Knoten im Hals und verstummte. Was hätte er noch sagen sollen?

„Du bist Priester!" rief Alessandro außer sich. „Ich habe mit einem Priester geschlafen!"

Er schleuderte das Mäppchen aufs Bett. Seine sonst so strahlenden Augen waren von Tränen verschleiert. „Wie konntest Du mir das antun? Wie konntest Du mich so belügen? Du hast mich getäuscht! Die ganze Zeit über hast Du mich über Deine wahre Identität getäuscht!"

David schluckte. Er fühlte sich elend. „Alessandro, warte, bitte laß Dir erklären ..."

„Was willst Du noch erklären? Du bist ein Lügner! Ich habe Dir mein Herz geöffnet, wie ich es noch nie zuvor gegenüber einem Mann getan habe ... und Du hast es mir vergolten, indem Du mir die Wahrheit über Dich vorenthalten hast. Und schlimmer: Du stehst nicht zu Dir selbst! Das ist erbärmlich."

Jedes dieser Worte traf David wie eine Gewehrkugel. Er knickte zusammen und ließ sich auf einen Stuhl sinken, das Gesicht in den Händen vergraben. Ihm war schlecht.

Ja, er hatte es kommen sehen und es geschah ihm ganz recht. Er hatte geglaubt, sich irgendwie vor der Wahrheit drücken, die

Problematik verdrängen zu können. Nun hatte ihn das Thema, das ihn beschwerte, mit voller Wucht eingeholt.

„Alessandro, es war nie meine Absicht, Dich zu verletzen oder Dir Schaden zuzufügen." versuchte er sich matt zu rechtfertigen. „Ich habe mich mit Haut und Haaren in Dich verliebt. Es war ein so wunderbares Gefühl. Irgendwann wußte ich nicht mehr, wie ich es Dir sagen sollte. Ich hatte Angst. Verzeih mir."

Alessandro wandte sich ab. „Ich habe von gemeinsamer Zukunft gesprochen, während Du genau wußtest, daß es nie eine geben würde."

„Das ist nicht richtig. Ich hatte noch gar keine Zeit, darüber in Ruhe nachzudenken."

„Mach mir bitte nichts vor! Du hattest nie ernstere Absichten. Du wolltest Deinen Spaß haben, ein geiles Abenteuer mit einem Italiener erleben ... war ja völlig gefahrlos für Dich. Nach einer Woche bist Du zurück in Rom, irgendwann wieder in den Staaten und niemand hätte je etwas von Deiner kleinen schmutzigen Liebschaft erfahren, oder? *Ecco,* das hast Du ja jetzt gehabt."

„Alessandro, werde nicht ungerecht. Du liegst falsch. Bitte glaube mir!"

„Dir glauben?" Er winkte ab. „Das ist reichlich viel verlangt, meinst Du nicht, *Padre?* Oder heißt es *Hochwürden?* Oder besser: *Heuchler?*"

David schüttelte gequält den Kopf. Er hatte nichts mehr zu entgegnen. Er wußte, es war vorbei. Die Seifenblase war zerplatzt. Er hatte seinen Traumprinzen gefunden und wieder verloren. Von nun an würde er wissen, was ihm in seinem Leben als Priester entging. Diese Hypothek würde immer bleiben, bitter und süß zugleich.

Er erhob sich. Seine Knie fühlten sich weich an. Wortlos ging er hinüber zum Bett und begann, seine Reisetasche zu packen. Alessandro sah ihm eine lange Minute schweigend zu, gepeinigt von seinen Gefühlen. Dann drehte er sich abrupt um und verließ das Zimmer. Die Tür fiel mit einem dumpfen Knall ins Schloß.

Als er seine sieben Sachen zusammengepackt hatte, suchte David den Padrone in dessen winzigem Bürozimmer auf und fragte nach dem nächsten Bus.

„Schlechte Nachrichten, Dottore?“ fragte er.

David nickte niedergeschlagen. „Si si, schlechte Nachrichten. Ich muß zurück nach Rom.“

„Die nächste Bushaltestelle ist erst in Talamone. Von dort müssen Sie den öffentlichen Bus nach Albinia nehmen, das ist die nächste Eisenbahnstation.“ Er blickte David mitfühlend an. Wahrscheinlich glaubte er an einen Unglücksfall in der Familie oder ähnliches. „Wissen Sie Dottore, ich muß ohnehin zum Markt. Ich werde Sie nach Albinia bringen.“

Auf dem Weg durch die Maremma sprachen sie kaum ein Wort und David war dankbar dafür. An der Station des kleinen Küstenstädtchens Albinia, unweit des Monte Argentario, bestieg er den Regionalzug nach Rom. Er war allein im Abteil. Als er aus dem Fenster blickte und das Glitzern des Meeres sah, füllten sich seine Augen mit Tränen.

VI

Father Robert Macy keuchte, als er vom Pfarrhaus die kleine Anhöhe zur Kirche hinaufstieg. Es war der Weg, den er seit vielen Jahren mehrmals täglich zurückgelegt hatte, seit er Pfarrer von Saint John the Baptist geworden war. Auf halber Strecke verharrte er für einen Augenblick und verschnaufte. Sein ohnehin stets leicht gerötetes Gesicht war puterrot angelaufen. Er atmete schwer. Um sich zur Ruhe zu bringen, betrachtete er den schweren neugotischen Backsteinbau mit dem spitzen Turm. Im Radius dieser Kirche hatte sich ein wesentlicher Teil seines priesterlichen Lebens abgespielt. Als ihn damals sein bischöflicher Freund Joseph Walsh vor die Wahl gestellt hatte, Generalvikar der Diözese Baltimore zu werden oder diese Großstadtpfarrei mit mehr als zehntausend Katholiken zu übernehmen, hatte er sich ohne zu zögern für die Seelsorge entschieden. Verwaltungskram, das war nie seine Sache gewesen. Er hatte sich stets unter den normalen Menschen am wohlsten gefühlt. Er versah gerne seinen Dienst als Gemeindepfarrer, und die Gemeindemitglieder dankten es ihm mit Zuneigung und Respekt. Saint John's war eine vorbildlich funktionierende Pfarrei, in der das Wort Gemeinschaft keine leere Floskel war. Dies war nicht unbemerkt geblieben, weshalb seine Mitbrüder im Bezirk Baltimore Nord Father Macy zu ihrem Dekan gewählt hatten, der die Anliegen des Sprengels gegenüber der Verwaltung des Erzbistums vertrat. Sein guter persönlicher Draht zum Bischof hatte ihm bei dieser Aufgabe natürlich nicht geschadet. Mit Walshs Nachfolger an der Spitze der Diözese von Baltimore konnte er dagegen nur wenig anfangen; zu glatt, zu distanziert, zu weit weg von den Menschen.

Nein, er würde sein Amt als Dekan sobald wie möglich abgeben. Und auch Saint John's brauchte auf Dauer einen neuen Geistlichen. Er war müde geworden. Eine kleine, ruhige Landpfarrei, das war es, was sich Macy zum Ausklang seiner langen Jahre als Seelsorger wünschte. Weg aus der Großstadt, nach draußen, wo die Welt noch ein Stück mehr in Ordnung war.

Mit langsamen Schritten setzte er seinen Weg fort. Es war ihm nicht entgangen, daß seine Energie und seine Kräfte in letzter Zeit schwanden. Vielleicht würde ihm ein Kuraufenthalt gut tun, oben, an den großen Seen. Eines jedoch wollte er vorher noch schaffen: die Romwallfahrt, die er mit Saint John's und einigen benachbarten Pfarreien im November antreten wollte.

Er stieg die kleine Treppe hinauf zur Sakristei. Es war bereits fünf vor acht, Zeit für die Morgenmesse, wie immer an Wochentagen. Willy, der alte Küster, ein Afroamerikaner mit weißem krausen Haar und einem hinkenden Bein, wartete bereits auf ihn. Er hatte Schultertuch, Albe und das grüne Meßgewand zurecht gelegt.

„Wir haben heute keine Ministranten, Father. Soll ich Ihnen bei der Eucharistie assistieren?"

Macy band das Zingulum um seine weiße Albe. „Sehr freundlich, Willy. Aber das muß nicht sein. Stell mir Wasser und Wein griffbereit auf den Altar. Ich werde es heute kurz machen. Bin etwas aus der Puste."

„Wie Sie wünschen, Father."

„Ach, und Willy: rufen Sie Schwester Carmen an. Sie möchte den Termin um zehn bitte absagen und verschieben."

„Geht in Ordnung Father."

„Dann lassen Sie uns jetzt anfangen." Er bekreuzigte sich. „Unsere Hilfe ist im Namen des Herrn ..."

„... der Himmel und Erde erschaffen hat." Willy läutete die Glocke. Die Messe begann.

Macy betrat gemessenen Schrittes den Chorraum. In der Mitte, vor dem Hochaltar, hielt er inne und machte als Zeichen der Ehrerbietung die Kniebeuge.

Es fiel ihm schwer. So schwer wie noch nie. Er schwitzte.

Er rang nach Luft und nahm all seine Kraft zusammen, um wieder hoch zu kommen. Es war eine unglaubliche Anstrengung. Um seine Rippen schien sich ein eiserner Ring zu legen, der es ihm unmöglich machte zu atmen. Er fühlte einen stechenden Schmerz in der linken Brusthälfte. Er verkrampfte die gefalteten Hände über seinem Herz.

Sein Blick fiel auf das Altarkreuz, hielt sich fest an der gewundenen Gestalt des Heilands im Todeskampf. *Wie mußt Du Dich gefühlt haben!* dachte er und taumelte. *Bleib bei mir, Herr!*

Der stechende Schmerz wurde stärker. Seine Sinne schwanden.

Willy, der eben im Chorgestühl Platz genommen hatte, bemerkte, daß etwas nicht stimmte. Statt sich, wie üblich, der Gemeinde zuzuwenden, verharrte der Father auf der Stelle und krümmte sich merkwürdig. Er streckte seine Hand aus, wie um sich festzuhalten. Doch er griff ins Leere.

Willy sprang auf. Doch noch bevor er bei ihm sein konnte, fiel Robert Macy's massige Gestalt zu Boden wie ein Sack.

Ein spitzer Schrei hallte durchs Kirchenschiff. Schwester Carmen hatte in letzter Minute die Kirche betreten und sich in die letzte Bankreihe gesetzt. Sie eilte durch den Mittelgang zum Altar, ihr schwarzer Schleier rutschte vom Kopf. Die verstreuten Leute in den Bänken, vornehmlich ältere Frauen, reckten die Hälse. Sie nahm den Kopf des Pfarrers in ihre Arme, versuchte vergeblich, ihn aufzurichten.

„Holt einen Arzt, schnell! Einen Arzt!" schrie sie in die Kirche hinein.

Macy's Augen starrten sie an. Friedvoll, nicht panisch, den Mund leicht geöffnet, als wenn ihm ein Wort auf der Zunge läge.

„Nein, Father, nein! Nein!“ Ihre Stimme war schrill. Sie schüttelte den vom Meßgewand umhüllten Körper. Vergebens. Father Robert Macy war seinen irdischen Weg zu Ende gegangen.

*

Als der Rettungswagen vor dem Portal von Saint John's eintraf, lag er leblos vor den Stufen des Altares, an dem er fast täglich die heilige Messe gelesen hatte. Die Sanitäter übernahmen mit ihren Gerätschaften das Kommando, starteten Wiederbelebungsversuche, preßten eine Sauerstoffmaske auf sein Gesicht. Eine halbe Stunde lang gaben sie ihr Bestes.

„Es ist zwecklos. Der Father ist tot. Tut mir leid.“ sagte der Notarzt zu den Umstehenden und zuckte mit den Achseln.

Schwester Carmen hielt seinen Kopf in ihren Armen. Behutsam gab sie ihm einen Kuß auf die Stirn und schloß seine Augen. Sie nahm das grüne Meßgewand, das die Rettungshelfer aufgeschnitten hatten, und deckte ihn damit zu. Sie faltete seine noch warmen Hände zusammen und legte ihren Rosenkranz hinein. Benommen erhob sie sich und wandte sich ab. Tränen füllten ihre Augen, sie schluchzte und zitterte.

Dekan Macy, das Pfarrhaus, das war seit zehn Jahren ihre Familie gewesen, fest und unverrückbar. Ihre Eltern und Geschwister daheim in Puerto Rico hatte sie in all der Zeit nur sporadisch gesehen. Seit sie der Kongregation der Palottinerinnen beigetreten war, einer der Welt zugewandten Ordensgemeinschaft, die sich im kirchlichen Laiendienst engagierte, und ihre Ausbildung zur Pastoralreferentin an der Ordensschule in Maryland absolviert hatte, war sie in den Staaten geblieben. Sie hatte in der Krankenhausseelsorge in Brooklyn gearbeitet, in einem katholischen Seminarhaus für Erwachsenenbildung bei Philadelphia, und seitdem hier in der Stadtpfarrei Saint John's in Baltimore.

Nun war alles in Frage gestellt. Ihr Leben hatte sich innerhalb einer Viertelstunde während der Morgenmesse grundlegend verändert.

Willy, der Küster, legte ihr tröstend den Arm um die Schulter.

„Kommen Sie, Schwester, kommen Sie. Wir können nichts mehr tun. Nur noch beten für die Seele vom guten Father Macy. Er hat seinen Frieden."

Carmen nickte stumm.

Als sie die Stufen von der Kirche hinab zum Pfarrhaus ging, war die Luft klar und herbstlich kühl. Bunte Blätter segelten von den Bäumen herab und bedeckten die Straßen und Wege.

Sie informierte zunächst die zwei Kapläne über den Tod des Pfarrers, dann rief sie in der erzbischöflichen Kanzlei an, um den Generalvikar vom Geschehen in Saint John's zu unterrichten. Es war nun seine Sache, die weiteren Schritte einzuleiten.

Sie machte sich einen starken Kaffee. Dann griff sie zum Hörer und ließ sich vom Amt mit Italien verbinden. Es knackte und rauschte in der Leitung, bis schließlich abgehoben wurde.

„David", sagte sie gefaßt, „Du mußt nach Hause kommen."

*

Der römische Himmel war grau verhangen, als er am Aeroporto Fiumicino seine Maschine nach Washington-Baltimore International bestieg. Die Sitzreihen im Flugzeug waren nur spärlich besetzt, und so hatte er eine Dreierreihe am Fenster bequem für sich alleine. Die Kanäle und Gräben, von denen die quadratischen und rechteckigen Felder der Küstenebene um Ostia durchzogen waren, entschwanden unter Wolkenschwaden.

Er hatte sich seine Rückkehr in die Staaten wahrlich anders vorgestellt. Acht Monate waren seit seiner Ankunft in Rom vergangen, doch es kam ihm wie eine halbe Ewigkeit vor. So vieles war passiert in der Zwischenzeit, daß es ihm fast schwindlig wurde. Statt über Weihnachten nach Hause zu fliegen, wie geplant, kam er nun zu einer Beerdigung zurück. Father Robert Macy war für ihn der einzige Vater, den er je gehabt hatte. Ohne seine Fürsorge und Zuwendung hätte er seine ersten schwierigen Jahre als frischgebackener Priester nicht überstanden. Ohne seine Intervention und Unterstützung wäre er nicht nach Rom entsandt worden. Ohne Father Macy hätte er das Idealbild eines liebevollen, menschenfreundlichen und gutherzigen Seelsorgers nie kennengelernt. Durch ihn wußte er, was es wirklich bedeutete, Geistlicher, ein Mann Gottes zu sein. Und gleichzeitig wußte er, daß er selbst dieses Idealbild priesterlichen Dienstes nie würde erreichen können. Daran würde auch ein Studium in Rom nichts ändern können. Die Nähe zum Grab des heiligen Petrus machte nicht automatisch heiliger.

Die Anschnallzeichen in der Kabine erloschen, die Stewardeß kam mit dem Getränkewagen vorbei. David ließ sich einen Campari geben, das war gut für das flaue Gefühl, das er im Magen verspürte.

Er kramte in der schwarzen Ledertasche, die er als Handgepäck mit sich führte, und zog einen handschriftlichen Brief heraus. Er faltete ihn auseinander und las zum wiederholten Male.

David carissimo,

... möchte ich Dir wenigstens erklären, warum ich so verstört auf meine Entdeckung reagiert habe. Ich bin so viel Falschheit begegnet in den letzten Jahren, daß mir der Gedanke unerträglich schien, ich könnte mich in Dir getäuscht haben. Ich fühlte mich verletzt, daß Du mir nicht das gleiche Vertrauen entgegengebracht hast, wie ich umgekehrt Dir von Anfang an. Ich hatte Dir mein Herz zu Füßen gelegt, während Du mir Deine wahre Identität verschwiegen hattest. Ich war darauf nicht gefaßt gewesen. Zudem war es natürlich ein zusätzlicher Schock zu erkennen, daß ich mich ausgerechnet in einen Priester verliebt hatte. Du mußt zugeben: das macht die Sache nicht einfacher!

Dennoch will ich mich nicht rechtfertigen. Meine Reaktion war überzogen, falsch und gemein. Es war nicht recht, was ich alles zu Dir gesagt habe.

Ich weiß nicht, ob Du das Verlangen hast, mich je wiederzusehen. Aber ich wünschte, Du könntest mir verzeihen. Es ist einsam ohne Dich …

In Liebe,

Alessandro

David betrachtete lange die filigrane, geschwungene Handschrift und dachte zurück an die unbeschwerten Tage in der Toskana, die ihm so viel bedeutet hatten. Er dachte an den Mann, den er lieben gelernt hatte, er dachte an Alessandro. Die wundervolle Zeit, die sie zusammen verbracht hatten, die neue Welt, die er ihm eröffnet hatte.

Die Erinnerung schmerzte. Er hatte keine Ahnung, ob er Alessandro je wiedersehen würde, genauso wenig wie er wußte, was er mit dem Brief in seinen Händen tun sollte; zerreißen, vernichten? Ungeschehen machen? Sollte er ihm antworten? Ihm verzeihen? Das war seine christliche Pflicht. Ohnehin war er an der Situation am Meer selbst Schuld gewesen, schließlich hatte er Alessandro bewußt getäuscht. Auch er fühlte sich ohne Alessandro einsam. Er hatte innerhalb einer Woche die Liebe gewonnen und wieder verloren.

David steckte den Brief zurück in die Tasche.

So sehr ihn Alessandros Worte berührten – im Moment waren andere Dinge wichtiger. Er war auf dem Weg, um Abschied zu nehmen.

Bei der Ankunft in Washington-Baltimore wurde er bereits von Schwester Carmen erwartet.

Er schloß die zierliche Ordensfrau in die Arme.

„David. Ich bin so froh, daß Du hier bist."

„Ich bin so schnell gekommen wie es ging. Ich wünschte, wir hätten uns unter anderen Umständen wiedergesehen."

Er nahm sein Gepäck und sie bahnten sich ihren Weg zum Ausgang.

„Warum, Carmen? Warum kam das so plötzlich? Hatte es irgendwelche Warnzeichen gegeben?" fragte er auf der Autofahrt. Er starrte hinaus auf den schreiend bunten Wald von Schildern und Werbetafeln, auf das endlose Gewirr der Strom- und Telefonleitungen, auf die kitschigen bunten Wimpel an den Tankstellen und Imbißlokalen. Fast kam ihm seine Heimat fremd vor.

„Da war nicht viel. Jetzt, im Nachhinein, reime ich mir einiges zusammen. Seine Schmerzen im linken Arm, seine Schweißausbrüche auf dem Weg hinauf zur Kirche ... Er hatte das immer abgewiegelt und auf mangelnde Kondition geschoben. Niemand hat ahnen können, daß er herzkrank war."

„Ich denke, er hat es vor uns allen verborgen. Er war erfüllt von seiner priesterlichen Pflicht. Du weißt selbst: krank sein, das kam für ihn nicht in Frage. Ich habe nicht erlebt, daß er auch nur einmal das Bett gehütet hätte, nicht mal, wenn ihn die Grippe gepackt hatte."

„Ja. So war er. Ach David, er hätte so gerne die Rom-Wallfahrt in drei Wochen gemacht. Es hat ihm soviel bedeutet. Er war so neugierig zu sehen, wie es Dir in Rom ergeht."

David schwieg betreten, bis sie sich dem Pfarrhaus näherten.

*

Er betrat seine alte Wirkungsstätte, begrüßte die beiden jungen Kapläne. Nach einem Abendessen und einem Gespräch mit dem Kirchenvorstand ging er hinüber zur Kirche.

Auf den Stufen des Altares ruhte der violett umhüllte Katafalk mit dem Sarg Father Macys. Darauf standen, nach katholischer Tradition, Kelch und Hostienschale, Sinnbild des priesterlichen

Dienstes. Hinter dem Sarg brannte inmitten von Blumenschmuck die Osterkerze.

David kniete auf einem Betstuhl neben dem Katafalk nieder, verbarg seinen Kopf in den Händen und betete.

Macy war es gewesen, der dafür gesorgt hatte, daß er nach Rom geschickt wurde. Nach Rom in ein neues Leben. Ausgesetzt einer überwältigenden Fülle von Eindrücken, Erfahrungen, Gefühlen und Gefahren. Konfrontiert nicht nur mit einer völlig neuen Welt, in der er sich bewegte und bewähren mußte, konfrontiert auch mit all den inneren Konflikten, die er mit sich herumtrug und denen er sich stellen mußte. Rom war ihm innerhalb kurzer Zeit zum Schicksal geworden.

Ihm war klar, daß Macy von seiner Neigung zum eigenen Geschlecht geahnt und ihn dennoch für Rom vorgeschlagen hatte. Robert Macy hatte im Menschen stets das Wesentliche erblickt. Niemand war für ihn je deshalb wertlos gewesen, weil er der falschen Konfession, dem falschen Geschlecht oder der falschen Rasse angehört hätte. Genauso war es für ihn unerheblich gewesen, wie ein Mensch sein Liebesleben gestaltete, solange er ehrliche und aufrichtige Liebe im Herzen spürte. Er war kein Pfarrer gewesen, der je eines seiner Schäfchen verurteilt hätte. Nach seinem Verständnis der Theologie war es Gott allein, der richten konnte. Und davor stand die Barmherzigkeit und die Vergebung, die Jesus durch sein Opfer den Menschen hinterlassen hatte. Nein, Macy hatte das Gute in den Menschen gesehen und gesucht. Er hatte ihm so unendlich viel zu verdanken.

Da kniete er nun vor den sterblichen Überresten seines Mentors und versuchte, sein eigenes Leben richtig einzuordnen, seine geistige Mitte zu finden. Und ihm war bewußt, daß er sie ohne die Kraft der Liebe nie würde finden können. Denn er war schwach, zu schwach für Askese und Heiligkeit. Er bildete sich auch nicht ein, ein guter Priester zu sein, schon gar nicht im Angesicht des Sarges eines wahrhaft guten Seelsorgers wie Robert Macy. David war klar, daß er bestenfalls ein fähiger Verwalter innerhalb der Kirche des Herrn sein konnte. Für mehr reichte seine innere Stärke wohl nicht aus. Mit dieser bitteren Wahrheit mußte er zu leben lernen und dabei auf die Kraft der göttlichen Barmherzigkeit vertrauen.

Es war dunkel im Kirchenschiff und nur der flackernde Schein der Altarkerzen und der Osterkerze, die von der Auferstehung Christi kündete, erhellten den Chorraum. David blickte auf den goldenen Kelch. War dies vielleicht das Erbe, das ihm Father Macy hinterlassen hatte? Daß man gemäß seiner eigenen bescheidenen Gaben und Fähigkeiten den priesterlichen Dienst ausüben sollte? Daß es vermessen war, einen überzogenen Anspruch auf Makellosigkeit an sich selbst zu stellen? Daß auch ein Diener Gottes letztlich nur ein Suchender auf dem Weg nach einem heiligmäßigen Leben war? Daß Gott seine Priester in ihrer ganzen menschlichen Schwachheit und trotz ihrer Unvollkommenheit annahm? Daß auch ein Priester kein übermenschliches Wesen, sondern nur ein Mensch in all seinem Widerspruch war? Und daß er trotzdem – trotz alledem – den Plan Gottes erfüllte? Als kleiner, ängstlicher, schwächlicher Arbeiter im riesigen Weinberg des Herrn ...

Wenn das die Botschaft war, die ihm Father Macy durch sein Vorbild und Handeln versucht hatte zu vermitteln, dann war sie tröstlich und hilfreich.

Ein tiefes Empfinden der Dankbarkeit überkam David. Er stand auf und legte seine Hand auf den polierten Sargdeckel.

„Ruhe in Frieden, mein Vater, mein Lehrer." sprach er sanft und bekreuzigte sich.

*

„Das kommt gar nicht in Frage!" polterte Erzbischof Joseph Walsh. Es war zehn Uhr in der Früh. In der Bibliothek des Pfarrhauses hatten sich der Generalvikar von Baltimore, die Mitglieder des Kirchenvorstandes von Saint John's, die zwei Kapläne, Schwester Carmen und David versammelt.

Mr. Sean O'Malley, der Vorsitzende des Kirchenvorstandes, hatte soeben den hochwürdigen Generalvikar im Namen der Gemeinde darum gebeten, David O'Connor zum neuen Pfarrer von Saint John the Baptist zu bestellen.

„Ich habe Father O'Connor nach Rom entsandt und dabei bleibt es!" wiederholte Walsh nachdrücklich. Er wandte sich an den Generalvikar, der seinen ehemaligen Chef und Oberhirten erstaunt anstarrte. „Verzeihen Sie, wenn ich mich damit in die Angelegenheiten meiner früheren Diözese einmische. Aber in diesem Fall muß es sein!"

„Wir dachten, Exzellenz, dieser Vorschlag sei in Ihrem Sinne?" Der Generalvikar schien seine Stimme wiedergefunden zu haben.

„Ich habe dafür meine Gründe. Zudem, meine Damen und Herren vom Kirchenvorstand, ist der Tag des Begräbnisses meines alten Freundes und Weggefährten, der Ihnen viele Jahre lang ein guter Pfarrer war, nicht der ideale Zeitpunkt für solche Debatten. Ich will davon jetzt nichts mehr hören."

Niemand wagte, dem Machtwort des Erzbischofs von New York zu widersprechen. Die Runde blickte betreten zu Boden.

Schwester Carmen rettete die Situation. „Möchten Sie noch einen Kaffee, Exzellenz?"

Ohne auf Antwort zu warten, griff sie nach der Kanne und schenkte Walsh eine Tasse nach.

Die übrige Runde machte sich inzwischen auf den Weg zur Kirche.

David räusperte sich. „Exzellenz, ich wußte nichts von dem Vorstoß O'Malleys. Zwar hatte mir der Kirchenvorstand angedeutet, daß man es sehr begrüßen würde, wenn ich die Nachfolge von Pfarrer Macy anträte; doch ich hatte keinen Schimmer, daß man dies ausgerechnet heute vorbringen würde."

„David!“ Walsh stellte seine Tasse ab. „Ich habe Ihnen schon vor Monaten in Rom gesagt, weshalb ich Ihren Verbleib am Vatikan wünsche. Daran hat sich nichts geändert. Mir ist der Wunsch der Pfarrgemeinde durchaus verständlich, nach diesem Schock einen Pfarrer zu erhalten, der den Leuten vertraut ist und mit dem ein reibungsloser Übergang erfolgen würde. Aber es wäre genau das Verkehrte. Ihre Bestimmung liegt woanders, die Notwendigkeiten liegen woanders. Das haben wir alle zu akzeptieren. Um es klar zu formulieren: Father Macy hat sich nicht bei mir persönlich für Sie verwandt, damit Sie die nächsten zwanzig oder dreißig Jahre in einer Vorstadtpfarrei von Baltimore versauern!“

„Bei allem Respekt, Exzellenz: Ich glaube nicht, daß man den wunderbaren Dienst, den Father Macy hier so lange an den Menschen geleistet hat, mit dem Begriff *versauern* bezeichnen sollte!“

„Seien Sie kein Wortklauber, David, Sie wissen genau, was ich meine. Und glauben Sie mir eines: Auch ich persönlich habe einen engen Freund und Weggefährten verloren, den ich zutiefst betrauere; sonst wäre ich jetzt und heute nicht hier. Und nun lassen Sie uns gehen, um ihm den letzten Dienst zu erweisen.“

Es wurde eine ergreifende Feier. Die Kirche war überfüllt, so viele Gemeindemitglieder waren gekommen, um ihren Pfarrer zur letzten Ruhe zu betten. Das Requiem zelebrierte Erzbischof Walsh gemeinsam mit dem Generalvikar von Baltimore, mit David sowie den beiden Kaplänen von Saint John's. Auch zahlreiche Mitbrüder aus dem Sprengel gaben ihrem bisherigen Dekan die letzte Ehre.

In einem langen Trauerzug wurde der Sarg zum alten Kirchfriedhof von Saint John's ein paar Straßen weiter geleitet. Die Blaskapelle der Irischen Vereinigung spielte Choräle und alte Weisen aus der Heimat. Als der Sarg nach der Aussegnung in die Tiefe gelassen wurde, ertönte zu aller Überraschung statt eines Kirchenliedes *Irish Eyes are smiling.* Es war Macys Lieblingssong und er hätte seine Freude daran gehabt. Es war ein rührender Abschied von einem einfachen Mann mit dem Herzen am rechten Fleck, der Zeit seines Lebens versucht hatte, den ihm anvertrauten Menschen den Glauben ein kleines Stückchen näher zu bringen.

*

Drei Tage nach der Beisetzung Father Macys mußte David nach Rom zurückkehren; eine längere Dispens war ihm nicht gewährt worden. So besuchte er am Tag nach dem Begräbnis seine Mutter und Morris in Silver Springs, die sich ein paar Wochen später der geplanten Rom-Wallfahrt der Diözese anschließen wollten, um David an seiner neuen Wirkungsstätte zu besuchen. Am Tag vor dem Abflug traf er sich im nahe gelegenen Washington mit Simon Prescott, der – wie der Zufall es wollte – zur Berichterstattung ins Außenministerium gerufen worden war. Es war eine willkommene Abwechslung nach den Tagen der Trauer.

Sie machten einen ausgedehnten Spaziergang durch die Grünanlagen rund um das Jefferson Memorial. Der weiße Rundtempel mit der Bronzestatue des dritten US-Präsidenten glänzte in der herbstlichen Sonne.

„Sie werden mich nächsten Sommer aus Rom abziehen", erzählte Simon von seinen Gesprächen im State Department und zündete sich eine Zigarette an. „Mein Turnus von drei Jahren ist dann um. Ich habe erst mal um Verlängerung für ein weiteres Jahr gebeten, aber ich habe keine Ahnung, ob das hinhaut. Wenn nicht, muß ich entweder zurück nach DC oder weiß der Teufel wohin. Das ist das Los der Diplomaten."

„Ihr müßt hingehen, wohin die Regierung euch schickt, wir Priester, wohin der Bischof uns schickt. Die Kirche und der Diplomatendienst sind sich gar nicht so unähnlich."

„Und da wärst Du also um ein Haar zurückgekehrt, um Pfarrer in einer grauen Vorstadt von Baltimore zu werden? Du solltest Walsh zutiefst dankbar sein, daß er Dir diesen Quatsch ausgetrieben hat. Wer würde je freiwillig Rom verlassen? Ich würde glatt meinen Botschafter ermorden, um dort bleiben zu können."

David lachte. „Ja, für den Rest Deines Lebens; im römischen Staatsgefängnis von Regina Coeli nämlich. Aber im Ernst; auch ich bin froh, daß es so gekommen ist. Ich habe mich innerhalb kurzer Zeit schon so an den italienischen Lebensstil gewöhnt, daß mir der amerikanische Kaffee überhaupt nicht mehr schmeckt. Ich sehne mich nach einem echten Espresso."

„Nur nach einem echten Espresso? Sehnst Du Dich nicht nach mehr?"

„Was meinst Du damit?"

„Na, beispielsweise nach dem hübschen Conte aus dem Märchenbuch? Was war da los zwischen Euch beiden? Ich hatte einen Anruf von Carlo Lucchese, und der hat mir ziemlich abenteuerliche Sachen über Dich und Alessandro erzählt."

„So? Dann bist Du ja bestens im Bilde, Cowboy. Gib mir eine Zigarette." Simon gab David Feuer. „Ich gehe in den letzten Wochen durch ein wahres Wechselbad der Gefühle. Du machst Dir keine Vorstellung."

„Das klingt verdammt schwer nach Liebe."

„Es war wie im Märchen. Aber die Landung in der Realität war umso härter. Vielleicht ist es ganz gut, wie es gekommen ist."

„Ganz gut wie es gekommen ist? Was soll gut daran sein, wenn sich zwei Menschen offensichtlich lieben, aber nicht zueinander finden? Du kannst mich gerne korrigieren, aber so wie ich die Sache gehört habe, seid Ihr beide ziemlich töricht gewesen. Du wolltest es Dir einfach machen und hast deshalb rumgeschwindelt, er hat es rausgefunden und total überreagiert." Simon schüttelte den Kopf. „Besonders souverän habt Ihr Euch beide nicht verhalten. Ich würde sogar sagen, ziemlich kindisch."

David hielt inne. „Simon, Du begreifst es noch immer nicht. Hier ging es um keine harmlose Schwindelei; das Problem liegt darin, daß ich katholischer Priester bin. Verstehst Du? Ein Priester darf keine Liebesbeziehung führen, nicht mit einer Frau, und schon gar nicht mit einem Mann. Ich habe einen doppelten Tabubruch begangen!“

„Gänzlich unbeleckt von Wissen um die katholische Kirche bin ich nach über zwei Jahren in Rom auch nicht mehr. Eines habe ich dabei gelernt: Wenn es die Kirche bei ihren eigenen Priestern tatsächlich so genau nehmen würde wie sie vorgibt, könnte sie ihren Betrieb einstellen. Tausende von Priestern leben in irgendeiner festen Beziehung – Hauptsache, die Fassade nach außen stimmt. Aber was soll's? Ist in der Politik ja ganz ähnlich!“

„Klingt ziemlich opportunistisch.“

„Opportunistisch? Nein, nur realistisch. Ich versuche, mich mit Tatsachen, die ich ohnehin nicht ändern kann, abzufinden und das Beste daraus zu machen.“

„Ich bin nicht Geistlicher geworden, um mich mit den Realitäten dieser Welt abzufinden, Simon.“

„Dann betrachte es eben positiv: Du findest Dich nicht mit der absurden Realität ab, daß Priester nicht lieben dürfen.“

David trat seine Zigarette aus. „Ich wäre für Alessandro eine einzige Enttäuschung. Wir könnten nie die Art von Beziehung führen, die er sich vorstellt. Am Ende würde ich ihn todunglücklich machen. Soll ich das zulassen?“

„Warum läßt Du ihn das nicht selbst entscheiden? Er ist reif genug, um zu wissen, worauf er sich da einläßt.“

„Ich denke, wie er reagiert hat, war ziemlich eindeutig. Ich habe zehn wundervolle Tage mit einem wundervollen Mann verbracht, und das an den schönsten Plätzen Italiens. Vielleicht sollte ich das als eine ganz besondere Erinnerung in meinem Herzen bewahren. Nach mehr zu streben, wäre vermessen, ja geradezu eine Sünde.“

„Was willst Du ihm auf seinen Brief antworten?“

„Ich weiß es nicht.“ David zuckte mit den Schultern. „Daß wir uns nie wiedersehen werden, vermutlich.“

Simon betrachtete ihn kopfschüttelnd. „Du bist eine Narr, David." sagte er.

*

Im Pfarrhaus von Saint John's herrschte seit Father Macys Tod eine düstere Stimmung. Auch Schwester Carmen, sonst der Sonnenschein, der mit Humor und Frohsinn stets für gute Laune sorgte, war von den tragischen Ereignissen noch immer mitgenommen und niedergeschlagen. Dazu kam die Unsicherheit über ihre eigene Zukunft. Würde auch ein neuer Pfarrer mit ihr, der Palottiner-Schwester aus Puerto Rico, zusammenarbeiten wollen? War es vielleicht ein Einschnitt in ihrem Leben, der eine Neuorientierung beinhaltete? War ihre Aufgabe hier etwa erfüllt? Falls ja, wo lag ihre künftige Aufgabe?

Fragen über Fragen. In der kommenden Woche würde sie darüber ein Gespräch mit der Ordensleitung in Philadelphia führen. Bis dahin mußte sie sich darüber im Klaren sein, ob sie ihre Arbeit in der Pfarrei fortsetzen oder sich neuen Herausforderungen stellen wollte.

„Noch würde ich nichts übereilen", riet ihr David am Abend vor seinem Rückflug nach Rom. „Du bist in der Gemeinde beliebt und angesehen, erfüllst eine wichtige Funktion und bist hier zuhause. Gib das nicht vorschnell auf. Warte zumindest ab, bis feststeht, wer der neue Pfarrer sein wird."

Sie standen in der Küche. Carmen hatte zum Abendessen ihre berühmten Enchiladas gemacht und räumte nun das Geschirr zusammen.

„Es ist so schade, daß Du nicht bleibst und die Gemeinde übernimmst, David."

„Die Lösungen, die auf den ersten Blick so ideal erscheinen, erweisen sich nicht immer als die besten, Carmen. Ehrlich gesagt habe ich keine Ahnung, ob ich je ein guter Pfarrer wäre. Ich vermute, ich kann der Kirche an anderer Stelle besser dienen."

„Aber das stimmt doch gar nicht!" widersprach sie. „Du wärst ein ganz hervorragender Pfarrer. Du kannst auf Menschen zugehen. Du bist modern und stehst mit beiden Beinen fest in der Welt. Darauf kommt es doch heute an. Du bist weder ein durchgeistigter Theologe, noch ein weltfremder Bürokrat. Von denen gibt es in unserer Kirche leider zu viele, von Priestern wie Dir leider zu wenige."

David nahm die zierliche Ordensfrau in den Arm. „Das ist ein ganz liebes Kompliment. Ich danke Dir sehr. Du weißt gar nicht, wie viel mir das bedeutet."

„Laß Dich nicht verbiegen, David. Bleib, wie Du bist. Vermeintliche Schwächen sind beim näheren Hinsehen oft die wahren Stärken eines Menschen."

Sie kniff ihm in die Wange.

Carmens Worte blieben David im Ohr. Als er am nächsten Tag nach Rom zurückflog, tat er dies gestärkt und zuversichtlich.

*

Bald nach seiner Ankunft im amerikanischen Kolleg bat ihn Monsignore Wendell zum Gespräch.

Er hielt sich, ganz wie es seiner direkten Art entsprach, nicht mit langen Vorreden auf. „David, ich habe Ihnen eine Mitteilung zu machen, die für Sie einerseits hocherfreulich sein wird, Sie andererseits jedoch vor eine neue Herausforderung stellen wird. Ich hatte in Ihrer Abwesenheit einen Anruf vom Sekretär des Erzbischofs Silvanelli. Dort hat man Sie in den ersten Wochen Ihres Praktikums offenbar sehr schätzen gelernt. Kompliment."

David wehrte ab. „Das ehrt mich, aber ich habe kein Kompliment verdient. Ich habe nur eingehend alle Vorgänge und Abläufe beobachtet und versucht, mich nützlich zu machen."

„Nun, anscheinend waren sie tatsächlich nützlich. Wie mir Silvanellis Sekretär berichtete, hat es im Staatssekretariat kurzfristig eine Vakanz gegeben. Kurzum: diesen Posten will man mit Ihnen besetzen."

„Mit mir? Aber das Studium, das Praktikum ... Ich bin doch noch ein Anfänger in Rom."

Wendell beugte sich vor und legte die Stirn in Falten. „David, wollen Sie meinen Rat zu dieser Geschichte hören?" fragte er.

„Sicher, darauf lege ich großen Wert!"

„Dann hören Sie zu: das mag alles sehr überraschend für Sie kommen, und ein bißchen ungewöhnlich ist der Vorgang schon – Sie scheinen mächtige Förderer zu haben. Ein solches Angebot schlägt man nicht aus. Sie sind dazu ausersehen worden, Mitglied der Kurie zu werden, das bedeutet, für den Papst zu arbeiten! Im Zentrum der Weltkirche zu sein! Es ist der Traum der meisten Priester, die irgendwann nach Rom kommen. Ihr Studium werden Sie nicht völlig aufgeben müssen, da werden wir eine Lösung finden."

David fühlte, wie sich alles um ihn herum drehte. Das Jet Lag steckte ihm noch in den Knochen, er war übermüdet und abgespannt. Und nun dies – die Ereignisse prasselten nur so auf ihn nieder. Normalerweise hätte er außer sich sein müssen vor Begeisterung, aber dazu fehlte ihm heute einfach die Energie.

„Fehlt Ihnen irgendetwas, David? Sie sehen nicht erfreut aus."

„Oh nein, nein, es geht schon. Ich bin nur etwas müde. Der Flug, die Anstrengungen der vergangenen Tage – ich muß das erst verdauen."

„Das kann ich verstehen, ruhen Sie sich erst mal aus. Wir werden noch Gelegenheit haben, darüber zu sprechen. Silvanelli hat Sie für nächste Woche zu einem Gespräch geladen; Sie haben also noch eine Art Bedenkzeit. Ich stehe Ihnen natürlich für alle etwaigen Fragen zur Verfügung."

David nickte dankbar. Was er jetzt brauchte, war ein starker Espresso.

VII

Aus dem Ende des dünnen, durchsichtigen Schlauchs tröpfelte eine hellrote Flüssigkeit, naturtrüb und moussierend, die Farbe je nach Lichteinfall von zartem Rosé zu einem kräftigem Rubinton wechselnd. Sie fing sich in einem zylinderförmigen Glas, schäumend und in kreisenden Bewegungen an die Innenwände des Gefäßes schwappend, ein frisches Aroma von Waldbeeren und Fruchtnoten verbreitend. Es war Mitte November. Der *Novello,* der junge Wein war da. Auch wenn sein Säuregehalt noch auf der Zunge prickelte, so ließ er doch das Potential eines sonnenverwöhnten und aromatischen Tropfens erkennen, zu welchem er in den nächsten Monaten heranreifen würde. Die Männer inmitten der Fässer prosteten sich zu und tranken auf ein gutes und erfolgreiches Weinjahr.

Alessandro di Vallescura lobte Vincenzo, den Kellermeister, und dessen Gehilfen für ihre harte Arbeit in diesem Herbst. Hinter ihnen lagen Lese, Verarbeitung und Abfüllung, die Hauptarbeiten im Jahreskalender des Weinanbaus, die nach wie vor hauptsächlich von Hand verrichtet wurden und den Winzern ihre ganze Sorgfalt abverlangten.

„Laßt uns auf einen Jahrgang trinken, der nach Sonne, Lebenslust und Wärme schmeckt und uns in der kühlen Jahreszeit daran erinnern mag, daß der Sommer auch im nächsten Jahr wiederkehren wird. *Alla Salute!*“ beendete Alessandro seinen Trinkspruch und erhob sein Glas.

Daniella kniff ihren Bruder unbemerkt in den Oberarm. „Du hast die Liebe vergessen“, flüsterte sie. „Man trinkt beim Novelle immer auf die Liebe.“

„*Scusate*", rief Alessandro, „ich möchte noch etwas nachtragen. Ich trinke auf das schönste Brautpaar, das Santa Croce je gesehen hat: meine bezaubernde Schwester, die Contessa Daniella, und meinen Schwager in spe, den Dottore Cassini. Mögen Euch die Winternächte bis zur Hochzeit im Frühling nicht zu lange werden!"

Die Gesellschaft in der *Cantina* lachte fröhlich und machte sich über die Platten mit Bruschette, Wildschweinsalami, Pecorino und Oliven her.

Als Alessandro, sein Glas in der Hand, durch die Gewölbe der Cantina spazierte und die Eichenfässer begutachtete, in denen sein Zinfandel lagerte, gesellte sich Carlo Lucchese zu ihm. „Und?" fragte er. „Hast Du schon eine Antwort erhalten?"

„Was für eine Antwort?"

„Tu nicht so, Du weißt genau, wovon ich spreche. Hat Dir David schon auf Deinen Brief geantwortet?"

Alessandro betrachtete gedankenverloren sein Glas. „Nein. Und vermutlich werde ich auch keine Antwort mehr erhalten. Es ist vorbei."

„Mmh. Dafür, daß Du noch vor acht Wochen verliebt bis über beide Ohren warst, wirfst Du die Flinte ziemlich schnell ins Korn, mein Freund. Willst Du wieder ins alte Selbstbedauern verfallen?"

„Du bist ziemlich gefühllos, Carlo. Ich bin nicht derjenige, der nonchalant sagt: Was soll's, Schwamm drüber, der Nächste bitte. Du kennst mich, das ist nicht meine Art."

„*Ecco.* Davon ist ja auch keine Rede. Du solltest nur nicht so schnell aufgeben. Etwas mehr Ausdauer mußt Du schon an den Tag legen, wenn Du Dich ausgerechnet in einen Priester verliebst. Was hast Du eigentlich erwartet? Du schreibst ihm, nachdem Du Dich voll daneben benommen hast, einen Brief, bittest um Verzeihung, und schon läßt er alle Gelübde sausen, legt sein Amt nieder, um fortan mit Dir auf Santa Croce zu leben? Das kann nicht im Ernst Deine Erwartung gewesen sein!"

Alessandro mußte grinsen. Carlo schaffte es wie kein anderer, ihm unangenehme Wahrheiten nahe zu bringen und ihn damit noch zu erheitern. „Keine Angst, ganz so weltfremd, wie Du es darstellst, bin ich auch wieder nicht. Aber was soll ich tun? Nach Rom fahren, ihn abfangen und zu einem Gespräch zwingen?"

„Warum nicht? Das wäre vielleicht genau das Richtige."

„Nein. Ich möchte keinesfalls, daß er sich irgendwie kompromittiert fühlt."

„Mamma mia! Du sollst ja nicht in eine Heilige Messe platzen, zum Altar stürmen und in die Gemeinde rufen: David, ich liebe Dich! Es geht darum, daß Du einen Schritt auf ihn zu machst. Und vor allem: Daß Du ihm signalisierst, daß Du ihn trotz aller Hindernisse und Schwierigkeiten, die sich mit seinem Priesteramt verbinden, liebst und respektierst. Dann ist es an ihm zu entscheiden, ob es einen Weg gibt, die Hindernisse zu bewältigen, oder ob es gänzlich sinnlos ist. Wichtig ist, daß Du somit Klarheit gewinnen würdest. Immer noch besser, als Dich hier mit hypothetischen Fragen zu quälen."

Alessandro nahm einen Schluck. „Findest Du, daß er bitter schmeckt?"

„Wer, was?"

„Der Novello. Ich finde, daß er eine leicht bittere Note hat. Ich bin noch nicht dahintergekommen, warum."

Carlo roch an seinem Glas. „Nein, ich finde ihn eher süßlich. Wie schwarze Schokolade." Er hielt inne und blickte Alessandro an. „No, no, no. So billig kommst Du mir nicht davon. Ablenkungsversuch gescheitert."

Alessandro lachte. „Also gut. Message angekommen. Ich werde ernsthaft über Deinen Vorschlag nachdenken. Aber nun laß uns dieses Thema beenden."

Sie gingen zurück zur großen Runde, die an mehreren gedeckten Tischen Platz genommen hatte, um sich den Gaumenfreuden des Novello-Mahls hinzugeben.

Das Bistecca alla Fiorentina wurde aufgetragen, frisch vom Rost und tagelang mariniert. Es war außen krustig und innen zart rosa, duftete nach Rosmarin und Knoblauch. Lidia schnitt es in hauchdünnen Scheiben auf und reichte die ersten Teller gemäß der Tradition an Alessandro und Daniella.

„Habt Ihr Euch eigentlich schon Gedanken über den genauen Hochzeitstermin gemacht?“ fragte Alessandro seine Schwester und Franco.

„Wir hatten das letzte oder vorletzte Wochenende im Mai ins Auge gefaßt. Ich habe mir jedenfalls die Zeit vom 15. Mai bis zum 15. Juni komplett für Hochzeit und Flitterwochen freigehalten. Keine Operationen, keine Vorträge!“ antwortete Franco.

„Das habe ich durchgesetzt“, sagte Daniella. „Ich lege nämlich Wert auf richtige Flitterwochen, gleich nach der Hochzeit. Griechenland oder Ägypten.“

„Da seht Ihr, wer bei uns die Hosen anhat.“

„Habt Ihr schon mit Don Romano gesprochen? Er muß Euch die Kirche reservieren.“

„Ja, ich habe ihn wegen der Termine schon vorgewarnt. Aber Mamma möchte, daß Onkel Achille die Trauung vornimmt; deshalb müssen wir den Termin auch mit ihm koordinieren.“

„Unter einem leibhaftigen Erzbischof machen es die Vallescura eben nicht!“ warf Franco spöttisch ein. „Mir wäre das ja egal, wie Ihr wißt bin ich ohnehin kein Freund großen kirchlichen Brimboriums. Ich würde schlicht mit dem Ortspfarrer vorlieb nehmen.“

„Das können wir Mamma nicht antun. Als junger Priester hat Achille Silvanelli sie und Papa getraut, außerdem hat er uns beide getauft. Sie legt großen Wert darauf, daß er auch unsere Hochzeit vornimmt.“

Alessandro wurde neugierig. „Sag Schwesterherz, ist Achille eigentlich noch immer am Vatikan? Ich habe das in den letzten Jahren nicht mehr so genau verfolgt.“

„Soviel ich weiß, ja. Er ist dort sogar ein hohes Tier, leitet irgendeine Abteilung ganz nahe am Papst. Mamma weiß das ganz genau."

Franco nahm sein Glas und prostete seiner Verlobten zu. „Na, dann lassen wir uns eben von der hohen Kirchenprominenz trauen, mir soll's recht sein. *Salute mia carissima!*"

Es war Nacht geworden. Alessandro beschloß, den Weg von der Cantina im Tal zurück nach Santa Croce zusammen mit Marco zu Fuß zurückzulegen. Die Sterne leuchteten am Firmament. Stille hatte sich über die toskanische Landschaft gelegt. Er atmete tief durch und dachte an sein Gespräch mit Carlo. Ja, er vermißte David ganz furchtbar. Er war sich im Klaren, daß er einen großen Fehler gemacht hatte; und das in einem Augenblick, als sie sich näher waren denn je zuvor. Er war wütend und verletzt gewesen, als er entdeckt hatte, daß er von David belogen worden war. Er hatte ein perfektes, vielleicht zu perfektes Bild von dem Mann gehabt, in den er sich verliebt hatte. Doch letztlich: Was änderte die Tatsache, daß David Priester war, an der Tatsache, daß er ihn liebte, und umgekehrt?

So einfach ließ es sich eben nicht wegleugnen – dies war eine total andere Ausgangslage für eine eventuelle Beziehung. Es bedeutete, daß sie von Normalität stets weit entfernt sein würden, daß sich ihnen Schwierigkeiten über Schwierigkeiten in den Weg stellen würden. Wenn es denn überhaupt so weit kam.

Alessandro war sich bewußt, daß es ein Hürdenlauf werden würde, aber er war ebenso entschlossen, es wenigstens zu versuchen. Er erspähte den großen Wagen und den Pegasus am Sternenhimmel. Was war in seinem Leben schon normal? Was war in seinem Leben einfach? Es schien ihm geradezu vorbestimmt zu sein, stets die Umwege gehen zu müssen. So würde er es auch diesmal tun. Er würde nach Rom fahren. Bald.

„Marco, veni qui!" rief er nach seinem Hund, der irgendwo abseits der Böschung einer Fährte nachspürte.

*

Der Schweizergardist in seinem bunten Harnisch und mit dem glänzenden Helm stand unbeweglich wie eine Statue vor der großen Flügeltüre, die von den Loggien des Raffael ins vatikanische Staatssekretariat führte. Nur der rote Federbuschen auf der mittelalterlichen Kopfbedeckung, der sich durch den sanften Luftzug, der durch die endlosen Hallen und Korridore wehte, unmerklich bewegte, ließ erahnen, daß es sich bei diesem Wachsoldaten nicht um den Bestandteil der farbenprächtigen Fresken handelte, mit denen einst der große Raffael die Loggien rund um den Damasus-Hof des Apostolischen Palastes verziert hatte. Gegenüber, auf der anderen Seite des Innenhofes, führte ein marmornes Portal in die Sala Regia, eine Empfangshalle, die direkt zu den päpstlichen Gemächern führte. Hier schlug das Herz der katholischen Weltkirche. Hier gingen Könige und Präsidenten, Regierungschefs und Minister, Diplomaten, Kardinäle und Prälaten aus allen Teilen der Welt ein und aus, um nach strengem Zeremoniell dem Pontifex Maximus, dem Stellvertreter Christi auf Erden, ihre Aufwartung zu machen. Hier durfte nur eintreten, wer entweder zum unmittelbaren päpstlichen Haushalt gehörte oder zur Audienz geladen war. Hier kulminierten sich zweitausend Jahre Kirchen-, ja sogar Weltgeschichte.

Auf der anderen Seite, am Zugang zum päpstlichen Staatssekretariat, herrschte ein reges Kommen und Gehen, die Flügeltüre stand kaum still. Mitarbeiter in schwarzen Soutanen, Schwestern im Habit, Bischöfe aller Ränge in ihren Ornaten, Besucher in dunklen Anzügen gaben sich die Klinke in die Hand. Der Schweizergardist nahm das mit stoischer Gelassenheit zu Kenntnis. Wenn sich allerdings ein Kardinal, kenntlich an der purpurnen Schärpe, näherte, ließ er seine Hellebarde krachend auf den Boden fahren und salutierte.

David war die ersten Male erschrocken zusammengezuckt, wenn er unverhofft Zeuge dieses militärischen Aktes der Ehrerbietung wurde. Mittlerweile, nachdem er ein paar Wochen Praktikum absolviert hatte, war er an gewisse protokollarische Eigenheiten gewöhnt. Dennoch schlug sein Herz jedes Mal höher, wenn er die Loggia hinunter schritt und der Hall seiner eigenen Tritte von den marmornen Wänden widerschallte. Warf er dabei einen Blick aus den überdimensionalen Rundbogenfenstern, so konnte er das weite Rund des Petersplatzes mit seinem Obelisken in der Mitte, den Kolonnadengängen, Brunnen und Statuen übersehen; dahinter erstreckten sich, so weit das Auge reichte, die Hügel mit dem Dächermeer der Ewigen Stadt.

David fühlte sich in eine fremde, geheimnisvolle Welt hineinkatapultiert, die auf den ersten Blick nur wenig mit dem priesterlichen Leben eines Gemeindeseelsorgers gemein hatte; der Vatikan erschien ihm viel eher als eine Art Vereinte Nationen auf katholisch. Er war fasziniert, wie viele Geistliche aus allen Kontinenten und Ländern im Innern des Machtzentrums der Kirche wirkten. Er würde sich daran gewöhnen müssen, denn dies war sein künftiger Arbeitsplatz. Und so betrat er das Vorzimmer von Erzbischof Silvanelli in dem Wissen, daß sich sein Leben zum zweiten Mal in einem Jahr entscheidend verändern würde.

Die Sekretärin, eine italienische Ordensfrau im züchtigen, dunkelblauen Kostüm mit Häubchen, bat David Platz zu nehmen.

„Sie müssen sich noch einem Moment gedulden, Padre, seine Exzellenz hat noch Besuch."

Er setzte sich auf einen jener steilen mittelalterlichen Holzstühle, wobei ihm einmal mehr der Gegensatz zwischen den antiken Deckenfresken und der modernen Bürotechnik ins Auge sprang. Sämtliche Büros im Apostolischen Palast waren mit den neuesten Kommunikationstechnologien ausgerüstet.

Die Tür öffnete sich. Zwei afrikanische Prälaten wurden hinausgeleitet.

„Ecco, Padre O'Connor!" begrüßte ihn Monsignore Amicelli, der leicht mollige Sekretär Silvanellis, und lächelte ihn durch eine runde Nickelbrille an. „Schön, daß Sie hier sind. Wir können gleich eintreten."

Er schob ihn hinein. Erzbischof Achille Silvanelli erhob sich hinter seinem ausladenden Schreibtisch und reichte David die Hand. Hinter ihm an der Wand prangte ein wuchtiges Ölgemälde, das eine Szene aus dem Leben des heiligen Paulus zeigte. Sie setzten sich zu dritt in eine barocke Sofagruppe.

„Mein junger amerikanischer Freund", begann Silvanelli, „Monsignore Wendell hat Sie vorinformiert, warum Sie hier sind. Sie waren vielleicht überrascht oder sogar überrumpelt. Sie werden sich vielleicht gefragt haben: Warum Ich? Nun, ich habe unsere kleine Unterredung zusammen mit Erzbischof Walsh vor einigen Monaten nicht vergessen. Sie sind mir bei dieser Gelegenheit aufgefallen. Sie fassen schnell auf. Sie lernen rasch. Sie verfügen über Umgangsformen. Sie sind neugierig und interessiert. Das ist gut."

„Sie machen mich verlegen, Exzellenz. Ich fürchte, diesem Bild werde ich nicht gerecht."

„Ah, auch die Bescheidenheit steht Ihnen gut." lobte Silvanelli in seinem typisch melodischen Tonfall und musterte David über seine goldene Lesebrille hinweg. „Bescheidenheit ist das erste, was wir im Dienst an der Kurie lernen müssen. Wir mögen bedeutende, ja wichtige Ämter bekleiden, aber in Wirklichkeit sind wir alle nur kleine Rädchen in Gottes ewigem Uhrwerk. Im Angesichte von zweitausend Jahre Kirchengeschichte sind wir alle nur eine Fußspur im Sand. Sobald der Wind darüber weht, ist sie verschwunden. Wir arbeiten hier zur Ehre Gottes, nicht zu unserer eigenen; auch wenn das der eine oder andere in diesen Mauern zuweilen vergessen mag."

Silvanelli lächelte verschmitzt.

„Exzellenz, mir wurde bestimmt nicht in die Wiege gelegt, eines Tages im Vatikan zu arbeiten."

„Mir auch nicht, glauben Sie mir. Und für jeden von uns kommt einmal der Tag, an dem wir uns wünschten, ein kleiner Landpfarrer geblieben zu sein." Er schlug die Beine übereinander und nahm einen Schluck Wasser. „Aber nun will ich Ihnen umreißen, welche

Aufgabe ich Ihnen zugedacht habe, und was ich von Ihnen erwarte ..."

„Natürlich."

„In der Abteilung Nummer eins des Päpstlichen Staatssekretariates sind wir, wie Sie durch Ihr Praktikum schon wissen, für die internen Angelegenheiten der Weltkirche zuständig. Die Zuständigkeiten sind dabei nach Kontinenten und Ländergruppen geordnet. So gibt es ein eigenes Referat, das für die US-amerikanische Bischofskonferenz zuständig ist. Dessen Leiter, Monsignore Ryles, soll in die Vereinigten Staaten zurückkehren und neuer Weihbischof in der Erzdiözese New York werden; sein bisheriger Stellvertreter Francis Cooper, der ihnen schon aus dem Praktikum bekannt ist, wird ihm auf dem Posten nachfolgen. So entsteht eine Vakanz, die wir reibungslos füllen müssen." Er lächelte. „Amerika ist wichtig für uns."

David blickte fragend in die kleinen wachen Augen Silvanellis. „Ich nehme an, Erzbischof Walsh hat Monsignore Ryles nach New York zurückgeholt?"

Amicelli räusperte sich. „Wie Sie wissen, werden auch Weihbischöfe ausschließlich vom Heiligen Vater selbst ernannt. Allerdings müssen ihm die entsprechenden Namen vorgeschlagen werden. Dies tun natürlich in der Regel die Diözesanbischöfe."

„David, mein Sohn, Sie werden zunächst als Assessor im amerikanischen Büro anfangen; wenn Sie sich bewähren, können Sie die stellvertretende Leitung übernehmen. Das bedeutet die Aussicht auf eine Karriere in der Kurie. Eine solche Chance wird nicht jedem geboten."

David war verblüfft. Er erkannte, daß hier sehr reale Personalpolitik betrieben wurde. Und Personalpolitik war auch im Vatikan letztlich Machtpolitik. Er wußte nicht recht, ob er sich wie ein Bauer auf dem Schachbrett oder eher wie das As beim Pokerspiel fühlen sollte. Wahrscheinlich war er ein wenig von beidem.

„Ich bin mir der hohen Ehre und der Gelegenheit bewußt. Es

ist mir ein Privileg, an der Kurie zu dienen. Ich hoffe nur, daß ich für Sie keine Enttäuschung sein werde, Exzellenz. Schließlich werde ich noch viel lernen müssen."

„Keine Angst, dazu werden Sie ausreichend Gelegenheit erhalten; schließlich sind wir alle unser Leben lang Lernende. Offiziell werden Sie Ihren Posten zum 15. Januar antreten; bis dahin ist genug Zeit, Sie in die Gepflogenheiten der Kurie einzuweisen; Monsignore Amicelli wird das übernehmen."

„Und mein Studium?"

„Das können Sie selbstverständlich begleitend weiterführen, dafür haben wir Regelungen. Sie sind nicht der einzige Priester, der hauptamtlich im Vatikan arbeitet und nebenbei studiert."

Silvanelli erhob sich und trat wieder hinter seinen Schreibtisch.

„Das Gelübde, Exzellenz ...", mahnte Amicelli.

„Ach ja, das Schweigegelübde. Es ist Pflicht, David, daß sämtliche Geistliche, die an der Kurie dienen, am Altar des Herrn einen Treueeid schwören, der beinhaltet, kein Sterbenswort über interne vatikanische Vorgänge nach außen zu verlieren. Eine Zuwiderhandlung hätte nicht nur die unmittelbare Entlassung des Betroffenen, sondern auch die Exkommunikation aus der Kirche zur Folge."

„Dieser Eid muß geleistet werden, noch bevor Sie hier zu arbeiten beginnen", ergänzte Amicelli. „Um sechs Uhr abends schließen die Pforten der Petersbasilika; dann könnten wir an einem Altar das Gelübde vornehmen. Die Regel verlangt, daß zwei Priester als Zeugen zugegen sind."

Silvanelli blickte auf die Uhr. „Es wird mir eine Freude sein, selbst zugegen zu sein. Heute Abend, um halb sieben, vor dem Altar der Pietà."

David verabschiedete sich. Bevor sie an der Türe waren, vernahm er Silvanellis melodische Stimme: „Ach David, ich habe eine Nachricht, die Sie bestimmt interessieren wird. Erzbischof Walsh steht auf der Purpurliste. *Sia lodato Gesú Christo.*"

„*Sempre sia lodato, Amen.*" vollendete er die kirchliche Grußformel. „Das ist eine gute Nachricht. Danke, Exzellenz."

Amicelli führte David nach draußen.

„Ich hoffe, Sie kommen sich nicht allzu sehr überfallen vor", grinste er. „Manche Dinge hier dauern Jahrhunderte, andere machen sich in Minuten. *Ecco,* so ist das."

*

Als David auf den Damasushof hinaustrat, holte er tief Atem. Wie ein Wirbelsturm war das Gespräch über ihn hinweggerollt und hatte seinem priesterlichen Leben eine neue Wendung gegeben. Ihm dämmerte, daß Erzbischof Walsh nicht unschuldig daran, ja sogar der Urheber war; mit Geschick und Beziehungen hatte er David auf jene Position gehievt, auf der er ihm am meisten nützlich sein könnte. Der knorrige alte Mann, dessen Berufung zum Erzbischof von New York City für alle eine Überraschung gewesen war, entpuppte sich als kleiner Machiavelli. Und nun würde er Kardinal, trotz der Drohungen Berningers.

Er überquerte den Petersplatz. Zurück im Kolleg informierte er Monsignore Wendell von seiner Unterredung und bat ihn, ihn am Abend zu der Zeremonie zu begleiten.

„Ich bin stolz auf Sie, David", sagte er. „Sie haben diese Chance verdient. Es ist eine Herausforderung. Beten Sie zum Heiligen Geist – Sie werden ihn gut brauchen können!"

Er hörte einen warnenden Unterton in Wendells Bemerkung.

„Warum sind Sie nicht an den Vatikan gegangen?" fragte er ihn.

„Hier bin ich unabhängig. Das Kolleg ist eine Einrichtung der amerikanischen Bischöfe und wird von ihnen finanziert. Ich darf als Geistlicher in Rom wirken und arbeiten, ohne dem Vatikan zu unterstehen. Diese Freiheit haben nur wenige; und das wollte ich immer aufrecht erhalten."

„Was ist so schlimm am Vatikan?"

Wendell dachte intensiv nach, bevor er antwortete. „Ich habe in den vergangenen Jahren schon manch vielversprechenden jungen Priester an die Kurie gehen sehen. Ich habe sie alle im Auge behalten und beobachtet. Ich habe versucht, für sie da zu sein, wenn sie Rat und Hilfe brauchten. Ich habe dabei immer wieder festgestellt: Der Vatikan besitzt dich mit Haut und Haaren, wenn du erst mal Teil von ihm geworden bist. Er läßt dich nicht mehr los. Er verschlingt dich, beherrscht dich. Er dringt in dein Denken ein. Er verändert dein Wesen. Es ist sehr schwer, sich dem zu entziehen. Fast unmöglich. Tja, ich wollte das nie riskieren."

David betrachtete ihn verwundert.

„Ich weiß, daß Sie jetzt überrascht sind, und ich will Ihnen damit gewiß nicht die Freude an Ihrer neuen Aufgabe verderben. Deshalb mein Rat: beten Sie zum Heiligen Geist, David, auf daß er Ihnen den Geist der Freiheit erhalte."

*

Am Abend stiegen David, Monsignore Wendell und George Pell, der Mitbruder im Kolleg, mit dem David am meisten vertraut war, den Gianicolo hinab und liefen hinüber zum Petersdom. Es nieselte leicht, und obwohl November, war es mit über zwanzig Grad geradezu schwülwarm. Die Pilger und Touristen verließen den Vorplatz, nachdem sich die Tore von Sankt Peter für die Besucher geschlossen hatten; nur wer angemeldet war, oder Bürger des Vatikanstaates, durfte jetzt noch am Wachpersonal der vatikanischen Vigilante passieren. Es war fast dunkel, Scheinwerfer erhellten die prachtvolle Fassade, während in den Schiffen, Umgängen und Kapellen des Inneren ein von Kerzen, Laternen und ewigen Lichtern spärlich erleuchtetes Halbdunkel herrschte, das den Eindruck von Intimität und Andacht vermittelte.

Die täglichen Heerscharen von Pilgern und Tagesbesuchern waren weg. Reinigungskräfte säuberten den Mosaikboden. In einigen Seitenkapellen wurde Gottesdienst gefeiert; manchmal still von einem einzelnen Priester, manchmal gemeinsam von einer kleineren Versammlung. Im linken Querschiff probte der Knabenchor der Cappella Sistina gregorianische Choräle für die nächste Messe mit dem Papst. Vom Petrusgrab unter dem mächtigen Mittelaltar, an dem nur der Heilige Vater selbst zelebrieren durfte, stiegen Gesänge auf. In der Seitenkapelle rechts vom Hauptschiff, in der Michelangelos Pietà die Menschen in eine geheimnisvolle Verzückung versetzte, warteten Erzbischof Silvanelli, Monsignore Amicelli und ein Kirchendiener. Auf dem Altar vor der steinernen Figurengruppe brannten die Kerzen, das Meßbuch lag aufgeschlagen in der Mitte.

Die kleine Gruppe Geistlicher begrüßte sich. Amicelli reichte David eine weiße Stola, die er über seine schwarze Soutane legte.

„Laßt uns, liebe Mitbrüder, zunächst den Heiligen Geist anrufen, und von ihm Führung, Kraft und Rat für unsere Berufung erbitten. In besonderer Weise erflehen wir den göttlichen Geist für unseren Bruder David O'Connor, den die Vorsehung heute hierher geführt und zum Dienst im Zentrum der Kirche berufen hat." begann Silvanelli.

Er stimmte den alten lateinischen Hymnus *Veni Creator Spiritus, Komm Heil'ger Geist, Kehr bei uns ein,* an. Dann sprach er ein Fürbittgebet.

Zusammen mit Amicelli stieg David zum Altar empor. Er war ernst und angespannt. Der Monsignore reichte ihm eine brennende Kerze. David sprach den vorbereiteten lateinischen Text, mit dem alle Mitarbeiter der päpstlichen Kurie seit Jahrhunderten dem Nachfolger des Apostel Petri Gehorsam schworen und sich verpflichteten, das sogenannte Papstgeheimnis zu wahren, also nichts, was der Geheimhaltung unterlag, je nach außen dringen zu lassen. Er trug die traditionellen Zeilen halblaut vor. Sein Latein war nicht so perfekt, daß er jedes Wort von dem verstand, was er rezitierte, und vielleicht war es auch besser so; aber er vertraute darauf, daß ihm der Herrgott seinen guten Willen schon abnehmen würde. Im Stillen versprach er, sein Bestes zu geben und bat gleichzeitig um Nachsicht für seine Schwächen und Fehler.

Anschließend beteten sie gemeinsam das *Pater Noster* und sangen das *Magnificat.* Zum Abschluß der kurzen Zeremonie erteilte Silvanelli allen seinen Segen.

„Nun Padre David, heiße ich Sie als Mitglied der Kurie willkommen. Möge Ihr Wirken auf fruchtbaren Boden fallen." wünschte er.

Für David waren diese Minuten die Krönung seines bisherigen Lebens als Priester. Er wünschte, seine Mutter und seine Brüder hätten dabei sein können. Er hatte einen langen Weg zurückgelegt von seinen Meditationsabenden in New York, über das Priesterseminar in Baltimore und Washington, verschiedenen Pfarrpraktika in New Jersey und Maryland, seine Kaplanszeit in Saint John's bis hin zum Studium im fernen Rom, die Stadt, die nun zu seinem Schicksal wurde.

Während sich Erzbischof Silvanelli zurückzog, klopfte Wendell David auf die Schulter und sagte: „Dieser Anlaß muß natürlich gebührend gefeiert werden. Ich habe mir erlaubt, einen Tisch bei Fabrizio in Trastevere zu bestellen. Amicelli, kommen Sie auch mit?"

Der rundliche Amicelli, dessen Körperfülle allein schon die Lust an guter Küche verriet, mußte nicht zweimal gebeten werden. So verließ die Runde die heilige Stätte von Sankt Peter, sprang jenseits der Kolonnaden ins nächste Taxi und fuhr zu der Osteria, in der noch zwei weitere Kollegen Davids warteten, mit denen er in gutem Kontakt stand.

*

Es war voll und sie hatten einen Sechsertisch in einer Nische des gemütlichen Backsteingewölbes, unter dem sich der Geruch von Gebratenem, Knoblauch und Gewürzen mit dichtem Tabakqualm mischte. Priester waren nichts außergewöhnliches in römischen Trattorien, und so erregte die Gruppe in ihren langen schwarzen Soutanen nur unwesentlich Aufsehen, als sie das Ristorante betraten.

„Wendell, bestellen Sie!" bat David. „Sie sind der große Kenner der italienischen Küche."

„Nein, nein. Heute ist Monsignore Amicelli dran. Er ist als großer Conaisseur bekannt. Er wird die Verhandlungen über das Menü führen."

Amicelli errötete leicht ob der Anspielung, fühlte sich jedoch geschmeichelt.

„*Va bene.* Ich werde das übernehmen. Mitbruder Wendell, Sie sind ein Schelm!" säuselte er.

Er erwies sich in der Tat als Kenner. Der Patron brachte Ihnen zunächst zwei große Platten mit gebackenen Artischocken, fritierten Zucchiniblüten, gefüllten Oliven, Kichererbsensalat und mit verschiedenen Pasteten bestrichene Crostini.

„Warum ist fast jeder, der im Vatikan arbeitet, so besessen vom guten Essen?" fragte George Pell scherzhaft. „Mir reicht ein Burger an der Ecke."

„*Ecco.* Einmal ist Essen eine der großen Sinnesfreuden, die der Herr uns geschenkt hat. Zweitens ist gute Küche bei uns genauso ein Stück Kultur wie beispielsweise die Kunst oder die Musik." antwortete Amicelli liebenswürdig. „Aber ich befürchte, daß man in Australien davon nicht allzu viel weiß."

Alle lachten. Es wurde ein fröhlicher, heiterer Abend. Der Frascati schmeckte ebenso wie die Pasta: Tagliolini mit Steinpilzen und Flußkrebsen, in Peperonciniöl geschwenkt und mit frischer Minze serviert, sowie Rigatoni alla Carcerata, Nudeln mit Käse, Pilzen und schwarzem Trüffel.

„Padre O'Connor, da wir demnächst eng zusammenarbeiten werden, schlage ich vor, wir nennen uns beim Vornamen. Das ist bei Ihnen in den USA doch so üblich?" erkundigte sich Amicelli nach dem zweiten Gang. Seine Pausbäckchen glühten.

„Nur zu, ich würde mich sehr freuen", entgegnete David.

Amicelli hob sein Glas. „Also, *Davide,* ich bin Antonio, aber alle sagen Tonio."

Sie prosteten sich zu. Offenbar hatte David einen neuen Freund gefunden.

Als Hauptgericht wurden zwei frische Doraden vom Grill aufgetragen, mit Kräuteröl und Zitrone beträufelt. Es war ein perfektes Mahl, das als Nachtisch von römischem Ricottakuchen gekrönt wurde.

„Feiert man so im Vatikan immer Einstand?" erkundigte sich David, als der Patron der Tischrunde zum Abschluß eine Flasche Sambuca auf den Tisch stellte.

Amicelli lächelte ihn selig an. „Das machen wir nur mit ganz besonderen Menschen."

„Ein Trinkspruch!" Auch Wendell hatte mittlerweile einen glasigen Blick. „Auf die Freiheit! David, laß Dich nie verbiegen, bleibe der Mensch, der Du bist! *Salute!*"

Als sie gegen Mitternacht vor die Tür des Lokals traten, hatten sich die Regenschauer verzogen. Wendell nahm mit den Studenten des amerikanischen Kolleg ein Taxi, während sich David erbot, erst Amicelli nach Hause zu bringen, der dem Sambuca etwas zu heftig zugesprochen hatte. Er wohnte in einem Priesterhaus nahe der Via della Conciliazione. Der Taxifahrer fegte durch die leeren Gassen als wolle er das Rennen von Monza gewinnen. Amicelli klammerte sich an Davids Arm.

Am Ziel stieg David mit aus, um den beschwipsten Monsignore bis zur Pforte zu bringen, als Amicelli stehen blieb, ihn umarmte und mächtig an sich drückte.

„*Davide,* Du darfst mich jetzt nicht allein lassen. Weißt Du, daß Du ein ganz Süßer bist?" brachte er mit schwerer Zunge hervor und versuchte, ihn mit verschwommenen Blick aus seiner runden Nickelbrille zu fixieren.

David stöhnte überrascht auf. „Tonio, ich bitte Dich! Wenn uns jemand sieht!"

„Aber ich habe Dich sooo lieb."

„Ist ja gut. Ich Dich auch, Tonio."

„Komm mit mir rauf!"

„Das geht wirklich nicht. Du mußt wieder nüchtern werden, Tonio! Wir sind vor Deiner Wohnung. Hast Du Deinen Schlüssel?"

Amicelli kramte unsicher in seiner Tasche, bis er ihn schließlich hervorzog. David sperrte auf und brachte den anlehnungsbedürftigen Mitbruder bis zu seiner Wohnungstür.

„Küß mich zum Abschied!" forderte Amicelli und schürzte die Lippen.

„Nein Tonio, nicht gleich beim ersten Mal. Wir müssen jetzt artig sein. Vielleicht ein andermal." beschied ihn David bestimmt und schubste ihn zur Tür hinein. Er drehte sich um und lief zum wartenden Taxi hinunter.

Während der kurzen Fahrt zum Kolleg hinauf lachte er in sich hinein. Was für eine Vorstellung! Nun war er sicher, daß er im Vatikan auch seinen Spaß haben würde.

*

Zwei Wochen später kamen Madelaine und Morris wie angekündigt nach Rom. Sie waren zusammen mit einer Pilgergruppe aus Baltimore herübergeflogen und freuten sich riesig, so die Möglichkeit zu haben, Davids Leben aus der Nähe zu betrachten und die Ewige Stadt kennenzulernen. Morris kannte sich ein wenig aus, war er doch vor Jahren schon einmal zu einem Ärztekongreß in Rom gewesen und hatte im Cavalieri Hilton genächtigt. Für Madelaine war es ein Traum, die Stadt zu erleben, die sie sonst nur aus alten Hollywoodschinken wie *Drei Münzen im Brunnen* oder *Ein Herz und eine Krone* kannte.

David nahm sich die Zeit, seine Mutter und seinen Stiefvater durch Rom zu führen. Er zeigte ihnen den Petersdom und die Sixtinische Kapelle, die großen Patriarchalbasiliken, Forum Romanum und Kolosseum, führte sie durch die frühchristlichen Katakomben und machte mit ihnen einen Ausflug zu den Gärten und Wasserspielen der Villa d'Este und der Hadriansvilla im nahen Tivoli. Als Höhepunkt nahmen Madelaine und Morris an der Generalaudienz des Papstes für die Pilger teil, die jeden Mittwoch in der vatikanischen Audienzaula stattfindet, sofern sich der Heilige Vater in Rom aufhält. Selbst für Morris, der methodistisch getauft und eher ein Agnostiker war, stellte die Begegnung mit dem Papst einen Höhepunkt ihrer Reise dar.

Am letzten Tag zelebrierte David für die Pilgergruppe aus seiner Heimatstadt einen Gottesdienst in Santa Maria Maggiore, der bedeutendsten Marienkirche Roms. Er freute sich an den kräftigen, fröhlichen Liedern in seiner Heimatsprache, an der vitalen, direkten Art seiner Landsleute und früheren Gemeindemitglieder, die allesamt mit Stolz erfüllt waren, daß es einer der ihren innerhalb der Kirche soweit gebracht hatte. Davids Freude über den Besuch aus der Heimat wurde nur durch die Tatsache getrübt, daß Schwester Carmen nicht mit über den großen Teich gekommen war. Die Aufregung und der Streß nach dem Tod Father Macys waren zuviel für ihre Gesundheit gewesen. Eine Woche vor Beginn der Pilgerfahrt mußte sie mit einem schweren Asthma-Anfall ins Hospital gebracht werden; die Ärzte hatten ihr mehrere Wochen strikte Ruhe verordnet. Zudem sollte sie zu einer Reha-Kur in ein geistliches Erholungszentrum nach Florida geschickt werden.

Beim Hochgebet am Altar schloß David seinen geistlichen Vater Robert Macy ins Totengedenken ein und betete für Carmens Gesundheit.

Er erhob die Hände und sprach: „Herr, wir empfehlen Dir in besonderer Weise die Seele Deines Dieners, unseres Pfarrers, Freundes und Lehrmeisters Robert Macy. Nimm ihn gnädig an vor Deinem Angesicht und vergelte ihm sein Leben in Treue zu Dir und in Güte zu den Menschen mit Deiner ewigen Liebe. Hilf uns, die wir zurückgeblieben sind, die Leere in unseren Herzen zu füllen und unsere Trauer zu lindern."

Nach der Messe mußte David unzählige Hände schütteln und alte Bekannte begrüßen. Während sich Morris zu einem Nickerchen ins Hotelzimmer zurückzog, machte David mit seiner Mutter einen Spaziergang über die Piazza Navona. Sie setzten sich in ein Café auf dem Platz, bestellten einen Cappuccino und genossen das Treiben.

„Ich bin unendlich stolz auf Dich, David, auch wenn Du mir schrecklich fehlst!" stellte Madelaine fest. „Aber ich habe immer geahnt, daß Dein Leben außergewöhnlich verlaufen würde. Unsere Familie hat nie ein normales Durchschnittsleben geführt, es war stets voll ungeahnter Wendungen, Abenteuer und Schicksalsschläge; es war immer spannend und voller Herausforderungen. Dazu scheinen wir geboren zu sein."

David wehrte ab. „Es ist nicht mein Verdienst, daß ich hier bin. Für mich ist das ganze manchmal noch immer wie ein Traum, und wenn ich aufwache, befinde ich mich wieder in meinem Zimmer im Pfarrhaus von Saint John's."

„Bist Du denn glücklich, Sohn?" Sie nippte an ihrem Cappuccino.

„Warum nicht?"

„Ich meine nicht Deine geistliche Karriere, den Vatikan und all das. Ich meine, ob Du im Herzen glücklich bist. Gibt es einen Menschen in Deinem Leben?"

David betrachtete seine Mutter liebevoll. Sie hatte eine herrlich diplomatische Art, die Dinge auf den Punkt zu bringen.

„Es gibt, oder ... vielmehr es gab da einen Menschen. Er lebt bei Florenz. Ich habe ihn in den Sommerferien kennengelernt, aber unser Kontakt ist abgerissen. Es war ihm wohl peinlich, sich ausgerechnet in einen Priester verliebt zu haben. Vielleicht ist es auch besser so."

„Du kennst meine Einstellung. Jeder Mensch braucht einen anderen Menschen. Auch ein Priester. Egal, ob Mann oder Frau. Niemand soll die Liebe eines anderen Menschen entbehren müssen."

„Du überraschst mich, Mum."

„Meine Ansicht beruht schlichtweg auf Lebenserfahrung. Ich selbst habe wirkliche Liebe leider erst spät im Leben erfahren; nicht zu spät, Gott sei Dank." Sie lächelte. „Deshalb wünsche ich für Dich, daß Dir jemand diese innige Liebe gibt, die ein wundervolles Geschenk des Lebens ist. Ich habe das Zölibat nie verstanden, und auch nicht, daß die Kirche gleichgeschlechtliche Liebe verdammt. Dein Onkel Lewis war genauso veranlagt wie Du. Und er litt furchtbar daran, damals, in jener prüden Zeit. Ich will nicht, daß Du fast ein halbes Jahrhundert später ähnliches erleiden mußt. Es geht dabei nicht um Gott oder die Kirche – es geht ausschließlich um Dich!"

Er nahm Madelaines Hand. „Was habe ich für ein Glück mit meiner Mutter. Du bist so vernünftig und lebensklug. Ich danke Dir von Herzen."

Sie betrachteten, wie die barocke Fassade der gegenüberliegenden Kirche Sant'Agnese in Agone rosig im Licht der tiefstehenden Sonne schimmerte. Elegante Römer mischten sich zur *la passagiata* unter die Touristen auf der Piazza, während Souvenirverkäufer und Aquarellmaler gemächlich ihre Sachen packten, und sich die Tauben an den Bassins des Vier-Ströme-Brunnens ein Stelldichein gaben. David fühlte Frieden und Heiterkeit in sich aufsteigen.

*

Am darauffolgenden Tag begleitete er Madelaine und Morris zum Flughafen nach Fiumicino.

Er gab ihnen einen Brief an Carmen mit auf den Weg, in dem er anbot, für sie – so sie denn wollte – nach einer geeigneten Aufgabe in Rom Ausschau zu halten. Er tat dies nicht gänzlich uneigennützig; schließlich würde er sich auf diesem Wege quasi ein Stück

Heimat mit nach Rom holen. Für Carmen könnte es nach den schwierigen Wochen eine neue Motivation sein. Er würde sehen, was er für sie tun konnte.

Nach den aufregenden letzten Monaten sehnte sich David nach ruhigeren Fahrwassern, nach Routine und Geborgenheit. Er stürzte sich in den geordneten Alltag seiner neuen Aufgabe im Staatssekretariat, arbeitete sich gründlich ein und versuchte, sich so wenig wie möglich davon ablenken zu lassen.

Für seine Erheiterung sorgte Monsignore Amicelli, der zwei Tage nach dem nächtlichen Vorfall zu David ins Büro stürzte, die Türe schloß, und ihn wortreich bestürmte, über die kleine Episode kein Wort zu verlieren.

David beruhigte ihn. „Tonio, alles, was ich weiß ist, daß ich Dich mit dem Taxi nach Hause gebracht habe. An mehr kann ich mich nicht erinnern."

„Ah, ... ich verstehe. Davide, Du bist ein wahrer Freund. Danke. Wir müssen zusammenhalten."

„Das werden wir, Tonio, das werden wir."

VIII

Erzbischof Walsh schäumte. Mit hochrotem Kopf stand er vor dem Schreibtisch im Amtszimmer seiner Residenz unweit von Saint Patrick's Cathedral. Im Raum befanden sich neben ihm sein Sekretär Patrick Leary und Generalvikar Novak; außerdem der stellvertretende Generalstaatsanwalt von New York City, ein ehrgeiziger junger Mann namens Donald Fletcher. Die Stimmung war gedrückt.

„Warum erfahre ich erst jetzt davon? Warum wurde ich nicht umgehend unterrichtet, nachdem die Ermittlungen eingeleitet wurden?!" polterte Walsh.

Seine Mitarbeiter zuckten unter seinen Worten zusammen, während Fletcher ein Pokerface aufsetzte.

„Exzellenz, bisher war das in solchen Fällen nicht der übliche Weg ...," erklärte Monsignore Novak hilflos.

„Nicht der übliche Weg?" Das Gesicht des New Yorker Oberhirten lief puterrot an. „Hier geht es um sexuellen Mißbrauch von Minderjährigen durch Priester dieser Diözese, und niemand hält es für nötig, den Erzbischof darüber zu informieren? Das ist ungeheuerlich!"

Fletcher schaltete sich ein. „Nun, Herr Erzbischof, aus Sicht der Staatsanwaltschaft war es sogar gut, daß Sie nicht von Anfang an informiert worden waren. Das hätte zuviel Staub aufgewirbelt und womöglich unsere Ermittlungen behindert. Außerdem wollten wir ganz sicher sein, schließlich handelt es sich um eine ... äh, nun sagen wir um eine delikate Angelegenheit."

„Sie verstehen gar nichts, Herr Staatsanwalt. Ich bin es, der nun auf einem Skandal sitzt und ihn in der Öffentlichkeit ausbaden muß. Von den internen Implikationen ganz zu schweigen. Ich will Aufklärung! Ich will alle Ergebnisse Ihrer Ermittlungen. Hier geht es nicht allein um weltliches Recht, hier geht es auch um Kirchenrecht. Was vorgefallen ist, ist schändlich! Ich werde damit aufräumen." Walsh ließ sich in seinen Sessel sinken. „Herr Staatsanwalt, haben Sie Dank für Ihre Informationen. Würden Sie uns nun bitte entschuldigen."

Fletcher nickte stumm und zog sich zurück.

Wie begossene Hunde blieben Novak und Leary regungslos vor dem Schreibtisch stehen.

„Mit wie vielen derartiger Fälle müssen wir rechnen?" fragte Walsh scharf.

Der Generalvikar seufzte. „Nach unseren Nachforschungen etwa ein Dutzend. Geht man noch weiter zurück, dürfte die Dunkelziffer noch weitaus höher liegen."

„Wer sind die Betroffenen?"

„Ministranten, Seminaristen, Jugendliche aus kirchlichen Gruppen ..."

„Woher wissen wir, daß sie alle die Wahrheit sagen?"

„Nur bei denen, die polizeilichen Ermittlungen unterlagen. Bei den anderen wissen wir es nicht definitiv. Wir sind in einer äußerst schwierigen Lage."

„Was Sie nicht sagen, Monsignore." Walsh stützte seinen Kopf auf die rechte Hand und überlegte.

Patrick Leary räusperte sich. „Exzellenz. Ich glaube, Sie sollten mit den Beteiligten selbst sprechen, um sich ein Bild machen zu können."

Novak blickte ihn entsetzt an. „Das können wir nicht machen! Denken Sie an die Medien, an die Bilder, die gesendet würden. Wir müssen den Erzbischof aus dieser unseligen Geschichte heraushalten."

„Sie wollen mich da raushalten? Seit der stellvertretende Generalstaatsanwalt dieses Zimmer betreten hat, bin ich voll in diese Sache involviert. Glauben Sie, das könnte man rückgängig machen? Nein, ich will mich selbst überzeugen." Walsh sprang auf. „Patrick, schaffen Sie mir die beschuldigten Priester heran, einen nach dem anderen. Und dann will ich ein Gespräch mit den Betroffenen. Ich muß – nein, *wir* müssen die Wahrheit herausfinden und Konsequenzen ziehen! Es geht hier nicht ums Medienecho, das wird schrecklich genug, es geht hier um die Reinheit der Kirche."

„Wir werden Rom über die Vorfälle informieren müssen", warf Leary ein.

Walsh stöhnte auf. „Oh ja, ausgerechnet Kardinal Reyes als Präfekt der Kleruskongregation ist dafür zuständig. Das wird eine schöne Begleitmusik zu meiner Kardinalserhebung im Februar. Ich werde mich persönlich darum kümmern." Er wandte sich an Novak: „Ich will alle erforderlichen Gespräche umgehend führen und wünsche, daß die schändliche Angelegenheit noch vor Weihnachten bereinigt wird. Sorgen Sie dafür, Monsignore, oder Sie finden sich ab Januar in einer Pfarrei der Bronx wieder."

Der Generalvikar zuckte zusammen. „Natürlich Exzellenz, ich werde alles tun, was möglich ist."

„Vielleicht müssen wir gar nicht sofort Kardinal Reyes involvieren", schlug Patrick Leary vor. „Sie könnten zunächst Erzbischof Silvanelli informieren. Dann ist Rom offiziell in Kenntnis gesetzt, ohne das Reyes seine Schlingen auswerfen kann."

„Mmh. Das ist ein weiser Vorschlag, Patrick. Ich sehe, Sie waren nicht umsonst in Rom."

„Was wollen wir der Presse sagen, Exzellenz?" fragte Novak.

„Die Wahrheit, Monsignore. Ich wünsche nicht, daß irgendetwas verschleiert wird. Ich will, daß wir die Wahrheit sagen."

Nach diesem bischöflichen Machtwort und einem unmißverständlichem Wink verließen Leary und Novak den Raum. Joseph Walsh griff zum Telefon.

*

Während sich in New York und anderen Metropolen die überbordende vorweihnachtliche Glitzerwelt ausbreitete, kam die Adventszeit in Italien auf leiseren Sohlen. In der Toskana war es die Zeit von Fasan, Polenta und Pannettone, von Ribollita, gefüllten Crespelle und Kastanienkuchen. Auf den Piazze der Dörfer fanden sich statt üppiger Weihnachtsbäume kunstvolle Krippenszenen, statt vorweihnachtlicher Hektik Ruhe und Beschaulichkeit. Die Touristen waren weg, die Städte und Orte gehörten wenigstens für ein paar Wochen wieder den Einheimischen.

In den Kellereien von Santa Croce wurde der Vin Santo abgefüllt und verpackt. Die Principessa weilte zu Weihnachtseinkäufen mit ihrem Kavalier in Mailand, Franco befand sich bei einem Ärztekongreß in Wien, und Daniella kümmerte sich um die Buchhaltung für den bevorstehenden Jahresabschluß. Alessandro hatte seinen Kleidersack aufs Bett geworfen und überlegte, was er für die Woche in Rom einpacken sollte.

Daniella stand in der Tür. „Ich bin Dir so dankbar, daß Du die Terminabsprache mit Silvanelli übernehmen willst. Ich stecke kopfüber in Rechnungen, Belegen und Lieferverträgen. Bis Ende der Woche soll alles in der Steuerkanzlei in Florenz sein."

Alessandro strich seiner Schwester übers Haar. „Und ich bin Dir dankbar, daß Du Dich um die Abrechnungen kümmerst; für mich war das immer ein Horror. Du verstehst von den Finanzen viel mehr als ich."

„Dafür bist Du der bessere Verkäufer. Niemand hat so ein Talent für den richtigen Umgang mit Kunden wie Du. Ich treffe da selten den richtigen Ton."

„Ach, ich versuche nur *bella figura* zu machen, das ist alles."

Daniella lächelte vielsagend. „Ich hoffe, Du wirst auch in Rom *bella figura* machen. Und finden, was Du suchst."

„So, so. Was suche ich denn dort?"

„Dein Glück, mein Lieber. Habe ich Recht?"

„Meine neugierige Schwester.“ Alessandro zuckte die Schultern. „Ich weiß nicht, ob er mich sehen will. Ich hatte ihm vor ein paar Wochen einen Brief geschrieben; bislang hat er nicht geantwortet. Natürlich werde ich ihn anrufen, wenn ich in Rom bin, und versuchen, ihn zu sehen. Aber ich habe keine Ahnung, ob er überhaupt bereit ist, mich zu treffen.“

„Wo liegt das Problem zwischen Dir und …“

„… David. Er heißt David.“

„Also zwischen Dir und David. Du warst so glücklich im vergangenen Sommer.“

Alessandro sah seiner Schwester in die Augen, bevor er es unumwunden aussprach: „David ist Priester.“

„Oh. *Madonna mia!*“

„Bist Du jetzt sehr schockiert? Dein charmanter vorbildlicher Bruder hatte ein Verhältnis mit einem Priester. Und weißt Du was? Ich bereue es nicht. Im Gegenteil, ich würde alles darum geben, ihn zurückzuhaben.“

Daniella schluckte. „Wie heißt es so schön: Wo die Liebe hinfällt …“

„Ja. Manchmal fällt sie daneben.“

„Nein, so habe ich es nicht gemeint. Zugegeben – der Gedanke ist gewöhnungsbedürftig. Aber jeder hat ein Recht auf Liebe. Sie kommt einfach über Dich, und Du bist ohnmächtig. Man kann sich wehren, doch das ist meist umso schmerzlicher. Ich weiß, wovon ich rede. Wenn es jemanden gibt, der Dich glücklich macht und der Dich liebt, dann ist das an sich das Wichtigste. Alles andere ist zweitrangig.“

„Für mich mag das schon so sein, aber für David ist es weitaus schwieriger. Es widerspricht der Lehre der Kirche. Die Frage ist, ob es auch seiner eigenen inneren Überzeugung widerspricht. Wenn ja, dann ist es aussichtslos.“

Sie nahm ihren Bruder am Arm. „*Ascolta,* Du mußt es zumindest herausfinden. Doch dazu müßt Ihr Euch Zeit nehmen. Warum lädst Du ihn nicht über die Feiertage nach Santa Croce ein? Dann könntet Ihr herausfinden, ob Ihr zueinander paßt."

Alessandro schüttelte heftig den Kopf. „Das wird er niemals tun!"

„Auf diese Weise hättest Du wenigstens Gewißheit – so oder so. Außerdem muß ich zugeben, bin ich schrecklich neugierig!"

Er zwickte sie ins Kinn. „So läuft der Hase, meine Schwester will sich den Lover ihres Bruders anschauen."

„Warum nicht? Er kann uns ja auch die Weihnachtsmesse lesen."

Alessandro sah sie verdutzt an, dann brachen sie beide in schallendes Gelächter aus.

*

Als Achille Silvanelli den Anruf seines Mitbruders aus New York erhielt, war er sehr bekümmert; wußte er doch nur allzu genau, daß manche interessierte Kreise in der Kurie versuchen würden, die skandalösen Vorfälle – für die sein Freund Joseph Walsh nach seiner Meinung keine Verantwortung trug, zumal sie sich vor seiner Ernennung zum New Yorker Oberhirten zugetragen hatten – nur allzu gerne instrumentalisieren würden. Sie könnten damit einem führenden Vertreter der liberalen Linie innerhalb der amerikanischen Bischofskonferenz Schaden zufügen und ihn öffentlich diskreditieren. Nicht einmal der Papst würde Walsh dann helfen können. Was sollte man also tun? Er durfte nicht zulassen, daß diese unschöne Sache überhaupt die Ebene des Vatikan erreichte; es mußte eine „inneramerikanische Angelegenheit" bleiben.

Silvanelli trat in sein Vorzimmer hinaus.

„Schwester Agata, rufen Sie mir bitte Padre O'Connor."

„Er ist gerade zu einer Besprechung ins amerikanische Pilgerzentrum gefahren. Das wird ein paar Stunden dauern", antwortete die Schwester. „Zudem bekommen Sie gleich Besuch, Excellenza, der Conte di Vallescura ist angemeldet."

„Ah, das hatte ich beinahe vergessen." Silvanelli blickte aus dem hohen Fenster hinaus auf den Petersplatz.

Graf Alessandro war Margheritas Sohn, der Frau, die er in seiner Jugend verehrt hatte wie keine andere. Ja, er hatte sie geliebt. Der Gedanke an sie berührte ihn und führte ihn zurück in eine Zeit, die er lange hinter sich gelassen hatte.

Ja, er war wahrlich Margheritas Sohn, dachte er sich, als er den eleganten jungen Mann begrüßte und in sein Amtszimmer führte. Die gleichen tiefgründigen Augen, die markanten Wangenknochen, die Anmut der Bewegungen. Sicher war die Principessa sehr stolz auf ihren Sohn.

„Ich kenne Ihre verehrte Frau Mama aus früheren Tagen", sagte er liebenswürdig und versuchte, seinem Besucher die unterschwellige Befangenheit zu nehmen, die viele erfaßte, sobald sie nach einem langen Gang durch die freskengeschmückten Korridore in einem der prächtigen Amtsräume Platz genommen hatten. „Ich war junger Kaplan in ihrer Gemeinde, und die Principessa sehr in der Wohltätigkeit engagiert. Ich habe die besten Erinnerungen an sie. Ich kannte auch Ihren Vater."

Alessandro lächelte verlegen. „Ich weiß, daß sich auch Mama sehr gerne an Sie erinnert. Sie erzählt in rührender Weise von Ihnen. Nicht zuletzt, wie Sie mich und meine Schwester getauft haben. Aber ich muß gestehen, soweit reicht mein Gedächtnis natürlich nicht zurück."

„Mir ist, als sei es gestern gewesen – die Zeit fliegt dahin. Nach all diesen langen Jahren scheint ein prächtiger junger Bursche aus Ihnen geworden zu sein. Die Taufe scheint also ihre Wirkung nicht verfehlt zu haben."

„Naja, offenbar bin ich ja auch von einem ganz besonderen Priester getauft worden."

Silvanellis Augen lachten herzlich über den goldenen Brillenrand.

„Wie geht es Ihrer Frau Mutter?"

„Sie hatte nach dem Tod meines Vaters eine schwere Zeit, die sie mit Bravour gemeistert hat. Mittlerweile hat sie sich ein wenig zurückgezogen und lebt zu einem großen Teil des Jahres am Meer."

„Hat sie denn je wieder geheiratet?"

„Nein, Excellenza. Vielleicht sollte ich das vor Ihnen nicht sagen, aber sie ist seit einigen Jahren mit einem Mailänder Fabrikanten liiert. Es tut ihr gut."

„Es tut immer gut geliebt zu werden, mein junger Freund", seufzte Silvanelli. „Sie hat es verdient, nach allem, was sie familiär durchmachen mußte. Haben Sie ein Foto von ihr dabei?"

Alessandro kramte in seiner Brieftasche und zog mehrere Familienfotos heraus. Der Erzbischof betrachtete sie eingehend.

„Ihre Mutter ist noch immer eine anmutige Dame, genauso wie damals", murmelte er. „Ich habe sie seit vielen Jahren nicht mehr gesehen. Das letzte Mal wohl anläßlich meiner Bischofsweihe hier in Rom. Und das ist Ihre Schwester Daniella, nehme ich an?"

„Jawohl. Sie ist auch der Grund meines Vorsprechens. Daniella ist mit dem Arzt Dr. Franco Cassini aus Florenz verlobt; sie wollen im Mai heiraten."

„Das ist eine gute Nachricht, ich freue mich für das junge Paar."

„Mama, und natürlich auch Daniella würde viel daran liegen, wenn Sie die kirchliche Trauung vornehmen könnten. Schließlich haben Sie bereits unsere Eltern getraut und uns getauft. Es wäre eine wunderschöne Geste."

Silvanelli ließ sich in den Sessel zurücksinken und blinzelte. Für einen kurzen Moment herrschte Stille, bis er antwortete: „Es wird mir eine besondere Freude sein, Daniella zu vermählen. Wo soll die Hochzeit stattfinden?"

„In der Toskana, auf Santa Croce. Der Gottesdienst sollte auf Wunsch meiner Mutter im Dom von San Gimignano sein. Wäre Ihnen das Recht?"

„Ich werde nur allzu gerne kommen. Ich war schon zu lange nicht mehr dort. Es wird wie ein Ausflug zurück in meine Anfänge als Seelsorger sein – übrigens meine schönsten Jahre."

„Sie schmeicheln, Excellenza. Sie sind ein bedeutender Mann im Vatikan, im Zentrum der Kirche. San Gimignano ist ein nur ein liebenswertes Provinzkaff."

Silvanelli legte seine Hand auf Alessandros Arm und lächelte nachsichtig. „Nein, letztlich geht es um die Menschen. Ich war stets ein Seelsorger. Die Schicksale der mir anvertrauten Menschen lagen mir immer am meisten am Herzen. Hier bin ich trotz aller Pracht nur ein kleines Rädchen in einem 2 000 Jahre alten Getriebe. Als Priester einer Gemeinde jedoch ist man für so Manch einen ein paar Minuten oder Stunden seines Lebens der wichtigste Mensch – bei seiner Taufe, Kommunion, in Lebenskrisen und spätestens wieder in der Todesstunde. Also lassen Sie sich nicht von Äußerlichkeiten täuschen, junger Graf. Es zählt, was wir im Herzen tragen. Was zählt, ist allein die Liebe zu den Menschen."

Alessandro schluckte. Die Worte des Erzbischofs hallten in seinen Ohren.

„Verzeihen Sie, wenn ich etwas Falsches gesagt habe ..."

„Aber nein, ich muß mich entschuldigen. Ich wollte Ihnen keine Vorträge halten. Übrigens, ich habe noch gar nicht gefragt: Gibt es auch eine Dame Ihres Herzens?"

Es war die Frage, die er befürchtet hatte, vor der es sich immer fürchtete. Alessandro fühlte sich unwohl.

„Nun, es gibt keine ... *Person* meines Herzens. Nicht im Moment." antwortete er vieldeutig.

„Für jeden von uns gibt es einen Menschen dort draußen, der auf uns wartet. Nicht verzagen, hören Sie auf Ihr Herz."

Die Gegensprechanlage summte. Silvanelli hob ab. *„Si, grazie.* Einen Moment noch."

Er wandte sich an Alessandro: „Ihr Besuch bei mir hat mich hocherfreut. Wegen des genauen Termins für die Hochzeit sprechen Sie bitte mit Schwester Agata, sie ist sozusagen mein lebender Terminkalender. Und vergessen Sie mir ja nicht, Ihre verehrte Mutter zu grüßen. Ich sehe einem Wiedersehen im nächsten Frühjahr mit großer Freude entgegen."

„Vielen Dank, daß Sie mich empfangen haben. Es war mir eine Ehre!" verabschiedete sich Alessandro.

Der Erzbischof brachte ihn bis zur Tür, winkte freundlich und wandte sich im Vorzimmer Schwester Agata zu. Neben ihr stand ein Kurier, der soeben verschiedene Dokumente zugestellt hatte und eine Unterschrift erbat.

Alessandro nickte Silvanellis Sekretärin zu, warf noch einen flüchtigen Blick auf die reiche Ornamentik des Deckenfreskos, die üppigen umrahmenden Blütengirlanden und prunkvollen Wappendarstellungen. Er wollte sich gerade auf den langen Rückweg durch die Korridore der päpstlichen Macht nach draußen machen, als unmittelbar vor seiner Nase die Flügeltüre aufflog und ein Priester in wehender Soutane schwungvoll hineineilte. Er hatte einen ganzen Stapel von Akten und sonstigen Unterlagen unter seinen Arm geklemmt, und noch bevor Alessandro ausweichen konnte, kam es unvermeidlich zur Kollision. Die Papiere verteilten sich auf den Intarsien des Marmorbodens. Der junge Priester blickte erschrocken auf.

Für ein paar lange Sekunden, die wie eine halbe Ewigkeit anmuteten, sahen sie sich wortlos in die Augen; staunend, ungläubig, von Gefühlen verwirrt.

Es war Alessandro, der zuerst die Fassung wiedergewann.

„*Che brutto,* entschuldigen Sie bitte vielmals, was bin ich nur für ein Trottel!" sagte er, während er den Priester nicht aus den Augen ließ.

David errötete und fuhr sich nervös durchs Haar.

Das Chaos war inzwischen nicht unbemerkt geblieben. Schwester Agata rief von ihrem Platz hinüber: „*Mamma mia,* was haben Sie da nur angestellt, Padre David!"

Erzbischof Silvanelli wandte sich um und besah sich amüsiert das kleine Chaos in seinem Vorzimmer.

„Warum seid Ihr Amerikaner immer so stürmisch?“ fragte er schelmisch und näherte sich.

„Oh nein, Excellenza, das war allein meine Schuld. Ich habe in die Luft geschaut und die Fresken bewundert.“ warf Alessandro ein.

„Darf ich vorstellen? Padre David, das ist der Conte di Vallescura, den ich vor vielen Jahren einmal getauft habe. Und dies ist Pater David O’Connor, einer meiner engsten Mitarbeiter, und noch ziemlich neu in Rom.“

David rang sich ein Lächeln ab, Alessandro nickte artig.

„Vielleicht gehen Sie mal zusammen einen Espresso trinken, Pater O’Connor täte es sicher gut, auch andere Bekanntschaften zu machen, als nur geistliche Mitbrüder. Er ist ein polyglotter und gebildeter Mensch.“ Der Erzbischof klopfte Alessandro freundschaftlich auf die Schulter und drehte sich um. „Ach David, bitte kommen Sie zu mir, wenn Sie mit dieser Bescherung fertig sind. Wir haben etwas zu besprechen.“

Sie standen wie angewurzelt da, bis Silvanelli gegangen war. Dann bückte sich David schnell, um die Papiere aufzusammeln.

Er spürte den Hauch von Alessandros Atem in seinem Nacken und roch den Duft seines Eau de Toilettes – *Envy* von Gucci, wie in jener Nacht, in der sie sich kennengelernt hatten. Er bekam eine Gänsehaut. Alessandro hatte sich ebenfalls zum Boden hinuntergebeugt, um ihm beim Aufsammeln zu helfen.

„Ruf mich bitte auf meinem Handy an. Ich bin noch für mehrere Tage in Rom. Bitte ruf mich an!“ flüsterte er wie beiläufig, als ihre Gesichter auf gleicher Höhe waren und sich ihre Wangen fast berührten.

David schwieg. Der Widerstreit der Gefühle loderte in ihm und er wollte um jeden Preis die Contenance behalten. Die Situation hatte ihn kalt erwischt. Kleine Schweißperlen standen auf seiner Stirn.

„Nun Padre, es war nett Sie kennenzulernen, und ich hoffe, Sie tragen mir unseren kleinen Zusammenstoß nicht nach", sagte Alessandro nun wieder in normaler Tonlage. „Und wenn Sie Lust haben, lassen Sie uns in der Tat mal einen *Caffè* trinken."

David ordnete die Akten in seinen Händen. „Vielleicht werde ich darauf zurückkommen. Im übrigen war es meine Schuld, ich bin unachtsam gewesen. Es tut mir leid. Bitte entschuldigen Sie mich jetzt."

Ihre Blicke trafen sich noch einmal kurz, unsicher, forschend, bevor Alessandro zusah, wie der junge Priester in der Tür zum Büro des Erzbischofs verschwand. Er blieb für einen Augenblick versonnen stehen, zupfte sich die Manschetten zurecht und verließ das Päpstliche Staatssekretariat.

*

Die Sonne blinzelte durch eine lockere Wolkendecke, als er über den Petersplatz schlenderte. In sich eine Mischung aus Glücksgefühl und Unsicherheit, noch immer voll Staunen über die unvermittelte Begegnung mit dem Mann, an den er sein Herz verloren hatte. Gut hatte er ausgesehen, elegant, dynamisch, anmutig. In seiner spürbaren Verunsicherung jedoch hatte er auch verletzlich und sensibel gewirkt. Eine Welle warmer Gefühle bemächtigte sich Alessandros, während er an David dachte. In Höhe der Engelsburg bog er in eine Seitenstraße und nahm einen Espresso.

Während sich Alessandro seiner Gefühle klar wurde, mußte David seine widerstreitenden Emotionen erst mal zurückstellen und sich im Gespräch mit Silvanelli einem ernsten Thema widmen, den Vorgängen in der Erzdiözese von New York City.

Neben ihm war auch Monsignore Francis Cooper, der neue Chef der Nordamerikaabteilung, bei der Besprechung zugegen.

Silvanelli bat zunächst um absolute Vertraulichkeit, bevor er den Inhalt seines Telefongesprächs mit Joseph Walsh umriß und die Problematik deutlich machte.

„Das ist eine sehr ernste Situation mit mehreren Facetten. Da ist die schwere Verfehlung des sexuellen Mißbrauchs durch Priester der römisch-katholischen Kirche an sich – ein intolerabler Vorgang, der an unser Selbstverständnis rührt. Daß hier rigorose Konsequenzen notwendig sind, falls sich die Vorwürfe als wahr erweisen, ist unbestreitbar. Zum zweiten geht es um den Ruf der Kirche und die Darstellung in den Medien. Es besteht die Gefahr, daß eine gewisse Medienhysterie um sich greift, bei der es nicht um die tatsächlichen Opfer geht, sondern darum, die gesamte Kirche zu beschädigen; wir haben derartige Phänomene in den vergangenen Jahren auch in anderen Ländern beobachten können. Drittens geht es um die heikle Frage, wie verhindert werden kann, daß der Skandal innerkirchlich – und hier meine ich auch die Kurie – instrumentalisiert wird, um den pastoralen Kurs des Papstes zu unterminieren. Ich resümiere: Wir brauchen eine Strategie, um von diesen Ereignissen nicht überrollt zu werden."

Cooper stöhnte angewidert auf und kratzte sich am Kopf. „Das ist ja eine schöne Bescherung, so ein Mist!"

Über den Brillenrand hinweg schaute Silvanelli fragend zu David. Er hatte einige Mühe, sich auf das Thema zu konzentrieren, in seinem Kopf hämmerte und pochte es. Er strich über die Schläfen und versuchte, sich einen Ruck zu geben. „Wie will Erzbischof Walsh reagieren?" fragte er.

„So wie ich verstanden habe, hat er alle notwendigen internen Schritte eingeleitet."

„Dann muß er sich jetzt der Öffentlichkeit gegenüber als radikaler Aufklärer erweisen, als Erneuerer seiner Diözese. Das ist die einzige Art und Weise, wie er Herr des Verfahrens bleiben kann. Und er muß selbst mit den Medien reden."

Cooper pflichtete David bei. „Pater O'Connor hat recht, Exzellenz, so ist das Spiel mit der Presse in unserem Land. Füttere sie selbst, oder du wirst von ihnen zerrissen. Walsh muß vor den Medienvertretern alle Informationen auf den Tisch legen."

Silvanelli runzelte die Stirn. „Mir ist durchaus bewußt, daß der Umgang mit der Presse in den Vereinigten Staaten besonderes Geschick erfordert. Aber wertet man so das Thema nicht erst ungebührlich auf?"

„Im Gegenteil. Je höher die Wogen anfangs schlagen, umso schneller geht der Sturm vorüber."

David räusperte sich. Er war zutiefst unglücklich darüber, daß der Skandal ausgerechnet seinen Mentor erfaßt hatte. „Wie können wir verhindern, daß der Vorgang ausgerechnet bei den Kardinälen Reyes und Berninger auf dem Tisch landet? Als Chef der Kongregation für den Klerus könnte sich Reyes zuständig fühlen, und Berninger mischt sich ohnehin in alles und jedes ein."

In der Runde entstand kurzes Schweigen.

„Das ist in der Tat schwierig", hob Silvanelli den Gesprächsfaden wieder auf. „Ich sehe nur eine Möglichkeit, um das zu verhindern: Wir müssen die Sache an uns ziehen. Ich werde meinem Freund Walsh einen Brief schreiben, in dem ich ihn offiziell bitte, alle erforderlichen Maßnahmen zu ergreifen und das Staatssekretariat weiterhin über alle nachfolgenden Schritte auf dem Laufenden zu halten. Damit wird zwar publik, daß sich der Vatikan eingeschaltet hat, aber wenigstens liegt der Vorgang dadurch formal bei uns."

„Das schein vernünftig", sagte Cooper. „Nicht auszudenken, wenn Reyes die Sache an sich ziehen würde; er wäre glatt im Stande, einen Apostolischen Visitator für New York zu entsenden und Walsh als Erzbischof zu entmachten."

„Dennoch wird Kardinal Reyes die Angelegenheit früher oder später auf den Tisch bekommen. Auch er informiert sich aus den Medien", warf David ein.

Silvanelli lächelte hintergründig. „Bis er aktiv werden könnte, ist unser Freund Joseph Walsh längst Kardinal und damit nur mehr dem Heiligen Vater verantwortlich. Das ändert die Situation erheblich."

Cooper und David sahen sich verblüfft an; wie es schien hatte Achille Silvanelli, der gerissene Diplomat, vorerst mal wieder einen Ausweg gefunden.

*

Alessandros Herz pochte wild, als er am frühen Abend den Klingelton seines Handys vernahm. Würde er es sein? Auf dem Display war keine Nummer ausgewiesen. Er holte tief Luft, bevor er auf die Taste zur Gesprächsannahme drückte.

„David, Du bist es! Ich bin so froh, daß Du anrufst. Ich hatte das Gefühl, der Auftritt heute Nachmittag sei Dir peinlich gewesen. Ich wollte Dich nicht in Verlegenheit bringen. Wir müssen uns treffen, bitte. Ich muß einfach mit Dir sprechen!"

Sie verabredeten sich für den gleichen Abend in einer Bar am *Campo dei Fiori.*

Alessandro wartete bereits draußen, als David, diesmal im Zivil mit blauer Steppjacke und heller Freizeithose bekleidet, erschien. Welch ein Unterschied zum Nachmittag, als er plötzlich in langer Soutane in der Tür gestanden hatte, dachte Alessandro. Als wenn es sich um zwei verschiedene Menschen handelte.

Er lächelte und wollte David mit einem doppelten Wangenkuß – was in Italien nicht unüblich gewesen wäre – begrüßen, doch der wehrte diskret ab. Noch immer brannte in ihm die Verletzung, die ihm Alessandro bei ihrem gemeinsamen Urlaub am Meer zugefügt hatte, der so abrupt zu Ende gegangen war. Es hatte ihm einen Stich ins Herz versetzt, als er ihn vorhin unverhofft im Vorzimmer Silvanellis antraf. Er war auch nicht wütend oder nachtragend; vielmehr mußte er sich eingestehen, wie viel er noch immer für diesen Mann empfand. Gleichzeitig versuchte er sich gegen diese Empfindung zu wehren.

„Was führt Dich nach Rom?“ fragte er förmlich, während sie sich setzten.

„Ja, warum bin ich hier? Da sind im wesentlichen zwei Gründe: Meine Schwester Daniella heiratet im nächsten Frühjahr. Achille Silvanelli ist ein alter Freund der Familie; er soll auch die Trauung vornehmen. Das wollte ich mit ihm besprechen. Schließlich bin ich so etwas wie das Familienoberhaupt. Wie wär's mit einem Aperitif?“

David nickte. Alessandro orderte zwei Bitter.

„Ich freue mich für Deine Schwester. Und der andere? Du hast von zwei Gründen gesprochen, weshalb Du hier bist.“

„Der andere Grund ...“, Alessandro beugte sich vor und schaute David eindringlich in die Augen, „... der andere Grund: *sei tu* – das bist Du! Und Du weißt es sehr wohl.“

Für Sekunden verschmolzen ihre Blicke ineinander.

David kippte seinen Bitter mit einem Schluck herunter und sagte: „Laß uns spazieren gehen.“

Sie schlenderten fast wortlos zum Tiberufer hinunter, passierten das Marcello Theater und erreichten die Parkanlagen des Palatinischen Hügel. Es war fast völlig dunkel geworden, und am römischen Nachthimmel zogen die ersten Sterne auf. Das flackernde Licht vereinzelter Laternen erhellte die Fußwege durch die grün überwucherte Ruinenlandschaft der alten Kaiserpaläste.

„Du hast nie auf meinen Brief geantwortet“, nahm Alessandro das Gespräch wieder auf. „Jeden Tag habe ich auf eine Antwort, auf ein Zeichen von Dir gewartet. Aber Du bist stumm geblieben. Habe ich Dir so sehr wehgetan?“

David blieb stehen. „Es hat sehr, sehr wehgetan. Du hast mich als Lügner und Heuchler abgestempelt, ohne mich anzuhören. Ohne mir eine Chance zu geben, Dir die Zusammenhänge zu erklären. Ich fühlte mich furchtbar mißverstanden. Es war eine demütigende Situation.“

„Ich weiß. Es tut mir unsagbar leid, was ich zu Dir an jenem

Vormittag alles gesagt habe. Es war voreilig, falsch und grausam von mir. Ich fühlte mich getäuscht und habe mich selbst in Rage geredet, ohne zu bedenken, welche Hintergründe die Sache haben könnte. Meine Reaktion war kindisch. Ja, ich habe wie ein verstörtes, zorniges Kind reagiert. Ich habe damit ausgerechnet den Menschen, in den ich mich so sehr verliebt habe wie nie zuvor in einen anderen, vor den Kopf gestoßen und verletzt." Er stand mit gesenktem Kopf wie ein Büßer vor ihm und fügte hinzu: „Ich kann es mir selbst nicht verzeihen. Wie könnte ich also erwarten, daß Du mir verzeihst?"

David sah forschend in die schönen dunklen Augen; sie glänzten feucht.

Er schluckte und sagte mit leiser Stimme. „Ich habe Dir längst verziehen. Noch bevor überhaupt Dein Brief eintraf. Ich konnte Deine heftige Reaktion durchaus nachvollziehen."

„Warum hast Du dann nie geantwortet, *carissimo?*"

„Weil es so viele Fragen gab, die ich an mich selbst zu stellen hatte. Weil sich inzwischen Dinge ereignet haben, die mein Leben stark beeinflussen, und die es mir nicht gerade leichter machen, mir über so manches klar zu werden. Ich brauchte Zeit. Ich habe bis zum heutigen Nachmittag gar nicht gewußt, was ich Dir hätte antworten sollen, um ehrlich zu sein."

„Ein Satz von Dir hätte mir schon genügt."

„Nein Alessandro, ein Satz hätte nicht gereicht. Ein einziger Satz wäre eine Beleidigung gewesen, nach allem, was zwischen uns gewesen ist. Ich war mit der Situation mindestens genauso überfordert wie Du." Er lächelte. „Auch ein Priester fühlt sich manchmal überfordert. Auch ich bin nur ein Mensch mit all seinen Fehlern."

Alessandro streckte seinen Arm aus und berührte David zaghaft mit dem Rücken seines Zeigefingers an der Schläfe. „Ich bin so froh, daß Du auch nur ein Mensch mit all seinen Fehlern bist. Ein Heiliger wäre selbst mir auf Dauer zu anstrengend."

David stutzte, zog die Mundwinkel nach oben und begann

herzlich zu lachen. Alessandro fiel ein, und beider Anspannung löste sich und fiel von ihnen ab. Schließlich zog er David an sich, dessen anfänglicher Widerstand schnell in sich zusammenbrach, umfaßte seinen Kopf mit beiden Händen. Sie waren allein unter dem funkelnden Firmament, das sich über den Kuppeln und Säulen der Ewigen Stadt wölbte. Umgeben nur von den machtvollen Mauerresten der palatinischen Palastanlagen, beschützt von gewaltigen Schirmpinien.

Sie spürten den Atemhauch des anderen auf ihren Gesichtern, als sich ihre Lippen aufeinanderzubewegten. Sie küßten sich. Für ein paar lange Minuten schien die Zeit still zu stehen, die Stadt zu schweigen. Sie küßten sich wie beim ersten Mal, engumschlungen, die Lippen aufeinandergepreßt, zärtlich, leidenschaftlich, überirdisch. Alle Probleme, Verstrickungen und Zweifel traten für einen kostbaren Augenblick zurück und machten Platz für Liebe, Gefühle und Begehren.

Als sie sich wieder voneinander lösten, schwindelte ihnen. Sie holten Luft wie beim Auftauchen aus einer Welle, die einen mit sich fortgerissen hatte. Er war zurück, der Zauber, der sich bei ihrer ersten Begegnung eingestellt und sie umfangen hatte.

„*Cuore mio,* ich habe nicht aufgehört, Dich zu lieben, nicht aufgehört, an Dich zu denken. Der Gedanke an Dich hat mir den Schlaf geraubt, so sehr habe ich mich nach Deiner Gegenwart gesehnt." flüsterte Alessandro.

„Und ich fühle jetzt, was ich so lange entbehrt habe. Mein Gott, es tut so gut. Es kann nicht falsch sein."

„Weshalb sollte es?"

Da war sie wieder, die häßliche Gegenwart, die sich auf leisen Sohlen in die Welt der Liebe zurückschlich.

David seufzte. „Ich bin Priester. Weißt Du eigentlich, was das für uns beide bedeutet?"

„Erkläre es mir!"

„Das bedeutet in erster Linie, daß ich Dir niemals all das werde geben können, was Du von mir erwartest. Ich verstoße gegen die heiligsten Gebote der Kirche. Nicht genug damit, daß ich schwul bin und meine Sexualität praktiziere, womit ich mich ohnehin außerhalb der moralischen Leitlinien der Kirche befinde – damit könnte ich gut umgehen! Nein, ich bin zudem geweihter Priester der heiligen römisch-katholischen Kirche; ich arbeite in der vatikanischen Kurie. Ich habe einen Eid abgelegt. Ich habe gelobt, keusch und gehorsam zu leben. Ich habe versprochen, die Lehren der Kirche nach außen zu verteidigen. Und hier stehe ich nun und handle so ziemlich allen Maximen zuwider, die mein geistliches Leben bestimmen. Aber okay, auch mit diesem Widerspruch könnte ich leben lernen!"

„Wo ist dann das Problem?" Alessandro schaute ihm liebevoll prüfend in die Augen.

„Das Problem bist Du, mein Liebster. Das Problem ist, daß ich Dich in eine ganz schwierige Situation bringen würde. Weil Du nicht zufrieden wärst. Weil Du um meinetwillen leiden würdest. Weil wir nie eine normale Beziehung aufbauen könnten. Es würde uns auszehren. Es wäre die permanente Ausnahmesituation und eines Tages wärst Du der Sache müde."

Der Mond warf sein fahles Licht auf die Steine und Pinien.

„Glaubst Du, daß ich so wenig Ausdauer habe, so wenig Stärke? Glaubst Du nicht, daß ich mir in den vergangenen Wochen und Monaten immer und immer wieder Gedanken genau darum gemacht habe? Ich hatte genug Zeit, um mir den Kopf zu zerbrechen und mich zu fragen: Willst Du das wirklich? Kann das überhaupt gut gehen? Hast Du die Kraft, um dafür zu kämpfen?" Er packte David an den Schultern. „Die Antwort war jedes Mal: Ja, ja, ja!"

„Aber es wäre ein fortwährender Kampf, der all unsere Ausdauer, all unsere Kräfte fordern würde. Könnten wir das je schaffen?"

„*Mi amore,* ich bin kein kleines Kind mehr, das sich für ein neues Spielzeug interessiert. Ich bin ein Conte di Vallescura, kein Gigolo. Ein erwachsener Mann, der vielleicht mehr Verantwortung trägt, als ihm lieb ist. Ich weiß genau, worauf ich mich einlasse. Und ich habe davor mindestens genauso viel Angst wie Du. Hast Du eine Ahnung, weshalb ich dennoch um jeden Preis mit Dir zusammensein möchte? Weil ich mir niemals verzeihen könnte, wenn ich es nicht täte. Denn ich liebe Dich, wie ich noch nie zuvor jemanden geliebt habe!"

Davids Augen wurden feucht. Da war soviel Liebe, soviel Inbrunst und Gefühl, die ihm entgegenschlugen; er fragte sich, wie er das Glück verdient hatte, einem Menschen wie Alessandro zu begegnen, der ihm all jene Zuneigung schenkte, nach der sein Herz verlangte. Die Ängste und Zweifel wichen einem unbekannten Empfinden seelischer Harmonie. Ein wohliger Schauer überkam ihn.

„Gott hat uns nicht zufällig zusammengeführt, davon bin ich zutiefst überzeugt. Ich weiß nicht, ob er es getan hat, um uns eine Prüfung aufzuladen oder uns das Geschenk vollkommener Liebe zu machen. Aber wir werden es wohl niemals erfahren, wenn wir uns nicht darauf einlassen. Du bist der außergewöhnlichste Mann, dem ich je begegnet bin. Ich habe mich vom ersten Augenblick, im Sommer, in Florenz, in Dich verliebt. Und ich konnte seitdem nicht mehr aufhören, an Dich zu denken. Ich mußte diese Gedanken gewaltsam beiseiteschieben, um mich auf meine Berufung konzentrieren zu können. Jetzt will ich das nicht mehr. Ich möchte Deine Nähe in meinem Leben zulassen, mich auf Dich einlassen. Wirst Du mir dabei helfen?"

„Jede Stunde, jeden Tag! Mit jeder Faser meiner Seele!"

Alessandro warf die Arme um ihn. Sie liebkosten sich, küßten sich. Sie drückten sich an sich, so fest, damit nie wieder etwas zwischen ihnen stünde. Es war einer jener kostbaren Augenblicke im Leben, in denen ein sehnsuchtsvoller Traum Wirklichkeit wird.

*

Die römische Dezembernacht war jung und mild. Sie schlenderten den Palatin hinunter zum Circus Maximus und weiter zur Piazza an der Basilika Santa Maria in Cosmedin.

„Kennst Du den *bocca della verità* – den Mund der Wahrheit?" fragte Alessandro.

David lachte. „Ja, ich habe davon schon gehört. Ich kenne die Legende aus alten Filmen, aber seit ich in Rom lebe, war ich noch nie dort."

„Dann komm mit! Er befindet sich gleich um die Ecke, im Vorhof der Kirche."

Sie traten durch eine schmale Pforte in einen Arkadengang, der einen Vorplatz umschloß. Er war menschenleer. An der Stirnseite befand sich eine Art antiker Wandbrunnen, geziert von einer steinernen Maske, die einem Löwenhaupt glich.

„Du weißt, was es mit der Legende auf sich hat?" Alessandro grinste. „Wenn Du Deine Hand in den Mund der Maske legst und dabei eine Lüge erzählst, dann beißt sie zu."

„Das ist purer Aberglaube!"

„Wenn Du Dir dessen so sicher bist, dann laß es uns ausprobieren. Ich schlage vor, jeder von uns darf dem anderen drei Fragen stellen, auf die er wahrheitsgemäß antworten muß, während er seine Hand in die Öffnung hält."

„Also gut. Jede Frage ist erlaubt. Wenn Du willst, werde ich den Anfang machen."

David faßte sich ein Herz und ließ seine Finger über die glatten Reliefs der Maske gleiten.

„Bist Du bereit?"

„Okay, fang an." Vorsichtig schob David seine Hand ins Maul.

Alessandro überlegte kurz. „*Bene, numero uno:* Wie ist der Mädchenname Deiner Mutter?"

„Kovak."

„Das war einfach. Jetzt wird es schwieriger. *Numero due:* Seit wann weißt Du, daß Du auf Männer stehst?"

David dachte angestrengt nach. „Etwa seit sechzehn ..., nein, halt, seit ich vierzehn war."

„Das war aber knapp. Den Spätzünder hätte ich Dir auch nicht abgenommen." Alessandro lächelte schalkhaft. „Jetzt kommt die große Gewissensfrage, *numero trè:* Wirst Du mich jemals wieder belügen?"

David spürte, wie seine Finger kribbelten. Der Stein fühlte sich seltsam an, wie elektrisierend.

„Nein, niemals wieder. Ich verspreche es!" antwortete er und zog schnell seine Hand zurück.

„Du hast ja Schweißperlen auf der Stirn stehen. Gib es zu, *carissimo:* Etwas mulmig war es Dir schon!"

„Na ja, der Stein fühlt sich irgendwie merkwürdig an. Wie aufgeladen. Das läßt sich bestimmt physikalisch erklären. Jetzt bist Du dran."

Mit lockerem Selbstbewußtsein legte Alessandro seine Hand in den *bocca della verità* und wartete auf die drei Fragen.

„Schauen wir uns an, wie es Dir ergeht", sagte David und dachte nach. „Erste Frage zum Aufwärmen: Warst Du als Kind brav und wohlerzogen?"

„Nein. Ich war ein ziemlich frecher Bengel."

„Aha, das habe ich mir fast gedacht. Zweitens: Stimmt es, daß alle Italiener gut im Bett sind?"

„Diese Frage ist wirklich hinterlistig. Ich bin ein Patriot, deshalb lautet die Antwort: Ja, natürlich!"

Kaum hatte Alessandro ausgesprochen, durchzuckte ein Ruck seinen Körper und er heulte auf. „*Madre mia,* meine Hand!" jammerte er.

David erschrak. Alessandro drehte sich um und hielt ihm den Ärmel seines Sakkos entgegen, die Hand darin verborgen. Als David den Scherz nach einer Schrecksekunde bemerkte, schütteten sie sich vor Lachen aus.

„Das war gemein. Für einen kurzen Moment hätte ich Dir den Zirkus fast abgenommen. Du bist ein Komödiant!"

„Du kennst diesen Trick nicht? Damit veralbert jeder halbgebildete römische Touristenführer die Besucher!" Er umarmte und küßte David. „Jetzt habe ich Dich drangekriegt!"

„Warte nur, wir sind noch nicht am Ende. Die dritte Frage steht noch aus."

Alessandro steckte abermals seine Hand in die steinerne Maske.

„Da Du Dich als glänzender Schauspieler entpuppt hast, muß ich mir über einen Umstand absolute Gewißheit verschaffen." Er zögerte und blickte Alessandro eindringlich in die Augen. „Liebst Du mich wirklich? Aufrichtig und bedingungslos?"

Alessandro erwiderte seinen Blick voller Zärtlichkeit.

„*Si!* Ich liebe Dich. Ich liebe Dich aufrichtig und bedingungslos. Ich schwöre es, so wahr ich hier stehe."

Er zog die Hand aus der Öffnung und präsentierte sie David wie zum Beweis. Dann strich er ihm über die Wange. „Zweifle nicht an meiner Liebe. Du hast keinen Grund dazu. Niemals."

Und sie küßten sich erneut, innig und gefühlvoll.

„Komm mit zu mir heute Nacht. Ich wohne im Haus meiner Cousine auf dem Aventin. Es ist in Fußweite von hier."

„Ich würde gerne mitkommen, aber das Haus Deiner Cousine ..., also ich weiß nicht. Könnte das nicht peinlich sein?"

„Weshalb peinlich? Zum einen ist Anna überhaupt nicht in Rom, zum anderen verfüge ich über eine eigene Gästewohnung mit separatem Eingang. Ich wohne immer dort, wenn ich in Rom bin. Betrachte es einfach als meine Wohnung."

Sie stiegen den Aventin hinauf, vorbei an prächtigen Adelsvillen mit üppigen Vorgärten, in denen Palmen, Bougainvilien, Oleanderbüsche und Mandarinenbäume über die hohen Mauern wucherten, hier und da unterbrochen von ehrwürdigen Kirchenfassaden oder Klosterpforten. In einer kleinen Osteria an der Piazza Regina, die auch spätabends geöffnet hatte, nahmen sie ein Frittata aus Artischocken und Auberginen zu sich.

Das Haus, von dem Alessandro gesprochen hatte, befand sich nicht weit vom Priorat der Malteserritter auf dem höchsten Punkt des Hügels, und glich eher einem Palazzo aus der Belle Epoche Ära. Sie schlüpften durch ein unscheinbares Gittertor zu einem Seitenflügel, der sich auf einen Patio mit Brunnen hin öffnete.

„Wer ist Deine Cousine, daß sie sich solch ein Haus leisten kann?" fragte David im Flüsterton.

„Sie hat es von ihrer Mutter geerbt, Annunziata Cacharel."

„Der Modefotografin?"

„Stimmt. Ich wußte nicht, daß man sie auch in den Staaten kennt."

„Ich habe in meiner New Yorker Zeit mal eine Ausstellung ihrer Fotografien gesehen, sehr beeindruckende schwarz-weiß Aufnahmen."

„Ja, sie war wohl so etwas wie Italiens Antwort auf Leni Riefenstahl. Eng mit dem Mussolini-Regime verbunden. Na jedenfalls hat Anna ihr römisches Haus geerbt. Aber sie ist kaum hier. Seit sie Probleme mit der italienischen Steuer hatte, bevorzugt sie es, in der Schweiz zu leben."

Im Wohnzimmer des Gästetraktes, das mit Seidensofas und Barockmöbeln ausgestattet war, schenkte Alessandro beiden einen Amaro ein.

„Auf den Stern, der mir vor ein paar Monaten vor die Füße gefallen ist!" sagte er und erhob sein Glas.

„Auf meinen Prinzen aus dem Märchenbuch!"

Sie tranken rasch aus. Dann verbrachten sie eine Nacht voll Hingabe und Leidenschaft, ausgedürstet nach körperlicher Nähe, begierig auf die sexuellen Wonnen ihrer zurückgewonnenen Liebe.

*

David erwachte früh am nächsten Morgen. Sie waren wenig zum Schlafen gekommen in jener Nacht; dennoch befand er sich in einem Zustand glücklicher Euphorie. Er ging in die kleine, adrett gekachelte Küche des Appartements und machte einen Kaffee, mit dem er sich auf die umwachsene Veranda setzte. Ihm war, als sei er wie Alice im Wunderland unversehens in eine andere Welt gestolpert. In eine Welt der großen Häuser, der alten Adelsnamen, der gehobenen Lebensart und Traditionen, wie er sie aus seiner amerikanischen Heimat nicht kannte. Er hatte einen geheimnisvollen Mann kennengelernt, einen attraktiven und noblen Menschen, der ihm die große Liebe versprach und seinen innersten Saiten zum Schwingen brachte. Er fand sich unvermittelt in einer Realität wieder, die voller Komplexität, Widersprüche und Gefahren war. Und dennoch – er fühlte sich wohl dabei.

Er trank von dem süßen schwarzen Espresso, dessen kräftiges Aroma ihm in die Nase stieg. Alessandro kam auf die Terrasse, schlaftrunken und mit einem Handtuch um die Hüften geschlungen, was seinen athletischen Körperbau betonte.

„Du bist so früh auf, *amore.* Heute ist Samstag; Du mußt doch nicht etwa weg?"

„Ich konnte nicht länger schlafen. Mir ging so vieles durch den Kopf."

„Ist das gut oder schlecht?"

„Weder noch." David lächelte und faßte Alessandro an der Hand. „Es ist soviel auf einmal auf mich eingestürzt in den vergangenen Wochen und Monaten; aber das hier ist mit Abstand der angenehmste Teil. Ich habe es genossen, neben Dir zu erwachen. Ich bin sehr glücklich."

„Dann bleibe bei mir. Bleib, solange es geht."

„Da werden wir uns gedulden müssen. Zur Zeit wohne ich noch im amerikanischen Kolleg. Als Mitarbeiter der Kurie kann ich zwar kommen und gehen, wann ich will, aber ich muß mich vorsehen. Im neuen Jahr werde ich mich nach einer eigenen Wohnung umsehen. Der Vatikan besitzt für seine Priester Wohnungen in der ganzen Stadt."

Alessandro überlegte. „Du könntest hier wohnen. Du könntest die Gästewohnung haben."

„Aber das ist unmöglich. Die Wohnung gehört Deiner Cousine."

„Ich kann mit Anna sprechen. Sie ist froh, wenn das Haus nicht leer steht. Im Übrigen, Du brauchst keine falsche Scheu haben: Sie weiß über mich Bescheid."

„Das ist sehr großzügig von Dir, aber laß uns nichts überstürzen. Wir werden die Situation schon irgendwie meistern."

„Wie Du meinst. Du sollst nur wissen, daß ich alles für Dich tue!"

„So? Alles?" David zupfte an Alessandros Handtuch. „Na, dann zeig es mir!"

Sie küßten sich. Das Handtuch fiel zu Boden. Sie waren noch lange nicht fertig.

IX

Die Wochen vor Weihnachten waren im Vatikan von hektischer Betriebsamkeit geprägt. Es gab Jahresempfänge für die Kardinäle, die Mitarbeiter der Kurie und das diplomatische Corps. In den verschiedenen Abteilungen der Kongregationen, Kommissionen und Päpstlichen Büros galt es, Jahresberichte zu erstellen, die Ansprachen des Papstes zu den Weihnachtsmessen und Audienzen zu verfassen, die Liturgien vorzubereiten. Neben dem Obelisken im Zentrum des Petersplatzes wurde eine dreißig Meter hohe Tanne aufgestellt, die in diesem Jahr aus Slowenien gestiftet worden war. Zimmerleute waren damit beschäftigt, davor eine Hütte mit einer überlebensgroßen Krippenszene aufzubauen.

Für die Mitarbeiter der Kurie stand der traditionelle Jahresempfang beim Heiligen Vater im Apostolischen Palast an, eine der seltenen Gelegenheiten, zu denen auch die rangniederen geistlichen Ränge im Vatikan den Papst aus der Nähe erleben durften. Für David war es das erste Mal, seinem obersten Dienstherrn jenseits einer liturgischen Feier oder Generalaudienz mit Tausenden von Menschen zu begegnen. Zusammen mit Tonio Amicelli hatte er in einer der hinteren Reihen der *Sala Regia,* des Königlichen Saales, Platz genommen. Vor ihnen saßen die Prälaten und Bischöfe des Vatikan; ganz vorn, zur Rechten und Linken des Podestes, auf dem der Thronsessel des Pontifex aufragte, die Kardinäle in ihrem vollen Purpur. Wuchtige Palmentöpfe flankierten die Ecken der weitläufigen Marmorhalle und wollten so ganz und gar nicht jene weihnachtliche Stimmung verbreiten, wie sie David aus seiner Heimat gewohnt war. Über ihnen spann sich ein mächtiges Deckenfresko, das von den Heldentaten des heiligen römischen

Kaisers Konstantin erzählte, der während seiner Regentschaft im vierten Jahrhundert das Christentum im Römischen Weltreich zur Staatsreligion gemacht hatte. Die Wucht der prunkvollen Umgebung konnte einem frösteln machen, und doch glich die Atmosphäre mehr einer typisch vorweihnachtlichen Betriebsfeier, bei welcher der Chef gleich eine Rede an seine Mitarbeiter halten und das Jahr Revue passieren lassen würde.

Die Geistlichen aller Ränge schwatzten munter durcheinander, begrüßten sich und wünschten sich gegenseitig frohe Festtage.

Erzbischof Silvanelli steuerte auf seinen Platz zu und lächelte aufgeräumt zu ihnen herüber.

„Seit er sicher ist, den Hut zu kriegen, wirkt er richtig gelöst", raunte Tonio Amicelli zu David.

„Was für einen Hut?"

„Na, den Kardinalshut natürlich! Weißt Du es noch gar nicht?"

David blickte ihn fragend an. „Nein, woher denn? Das ist eine faustdicke Überraschung."

„Ich habe es vorgestern von einem Freund im Staatssekretariat erfahren, der die Liste eingesehen hat. Es gibt keinen Zweifel: der Papst wird Silvanelli zum Kardinal machen."

„Heilige Madonna, das ist ja eine richtig gute Nachricht. Das wird seine Stellung an der Kurie enorm stärken."

Amicelli grinste durch seine runde Nickelbrille. *„Absolutamente.* Gut erkannt, mein kleiner Amerikaner. Und uns, als seinen Mitarbeitern und Vertrauten, sollte seine Ernennung gewiß auch nicht schaden."

Ein Befehl schallte durch den Saal, die Schweizergardisten ließen ihre Hellebarden krachend auf den Boden fahren. Das Gemurmel erstarrte augenblicklich. Der Papst war eingetreten. Mit huldvoller Geste winkend und segnend begab er sich, begleitet von seiner Gefolgsschar, durch den Mittelgang. Freundlicher Applaus schlug ihm entgegen.

David hatte den Heiligen Vater noch nie so nahe gesehen. Er wirkte zerbrechlicher und zerfurchter, als aus der Ferne oder am Fernsehschirm. Obwohl in den Siebzigern, war sein Haar noch immer schwarz, seine Augen lebhaft, ja schalkhaft. David bemerkte den leichten Tremulus in seinen Händen; seit Jahren schon gab es Gerüchte, der Pontifex leide an Parkinson und nehme starke Medikamente.

Der Papst hatte auf seinem Thron Platz genommen, während ihm Kardinalstaatssekretär Lavalle im Namen der Angehörigen der Kurie die besten Wünsche zum bevorstehenden Weihnachtsfest überbrachte und ihm gemäß der Tradition Gesundheit und noch viele erfüllte Jahre wünschte.

Unwillkürlich mußte sich David fragen, ob Lavalle dabei wohl auch im Namen von Kirchenfürsten wie Reyes oder Berninger sprach; sie standen dem in ihren Augen zu progressiven Kurs des Marini-Papstes bekanntermaßen kritisch gegenüber.

Nach der Ansprache Kardinal Lavalles ergriff der Heilige Vater das Wort. Seine Stimme klang heiser, aber eindringlich.

Zunächst versicherte er all seine Mitarbeiter seiner persönlichen Wertschätzung, lobte ihren treuen Dienst und ließ das abgelaufene Jahr Revue passieren, sprach über seine Pastoralreisen nach Indien und Südostasien, seine Besuche bei den Vereinten Nationen und im Europäischen Parlament. Nach einem Exkurs in die politischen Gefilde kam er auf die Situation der Kirche zu sprechen:

„... sind wir uns dennoch der Probleme und Gefahren bewußt, mit denen das Gottesvolk in der heutigen Welt in immer stärkeren Ausmaß konfrontiert wird. Wie könnte die Kirche die Augen davor verschließen, wenn sich die Menschen in unserem Kulturkreis von ihr abwenden, Generationen ihr den Rücken zukehren? Wie können wir gleichgültig hinnehmen, wenn die Religion im täglichen Leben der Menschen kaum mehr eine Rolle spielt? Wie können wir wegschauen, wenn der Glaube an die Allmacht des technologischen Fortschritts den Glauben an die Allmacht Gottes verdrängt? Wie können wir schließlich moralische Führung geben, wenn unserer Autorität immer mehr der Boden entzogen wird?"

Der Papst blickte provokant über sein Manuskript hinweg auf die Versammlung.

„Manche von Euch, geliebte Brüder, werden antworten: *Die Welt ist schlecht,* und sich in Grausen abwenden. Andere von Euch werden vielleicht antworten: *Wir muten der Welt zuviel zu,* und sich mit dem Zeitgeist vermählen. Die einen werden sagen: *Wenden wir uns ab von dieser Welt, reduzieren wir uns auf einen gottgefälligen Kern.* Die anderen wiederum: *Laßt uns eins werden mit dieser Welt und uns ihren Wünschen anpassen.* Die einen wollen kompromißlos an unseren Prinzipien und Traditionen festhalten, die anderen unsere Lehren über Bord werfen und einen Kompromiß mit der Welt von heute schließen." Die Stimme des Papstes wurde lauter und hallte durch die *Sala Regia.* „Ich frage Euch, geliebte Brüder: *Ist das alles? Ist das wirklich alles, was wir als Antwort zu bieten haben?* Bewahren oder resignieren, mit wehendem Banner untergehen oder vor dem Zug der Zeit zu kapitulieren? Entweder – oder?"

Scharf wie ein Schwert stand die Frage im Raum. Einige Kardinäle und Bischöfe rutschten unruhig auf ihrem Stuhl hin und her. Was war nur in den Pontifex gefahren?

„Sind das die Alternativen? Sind wir so armselig, daß uns keine besseren Antworten einfallen? Der Nachfolger des Heiligen Petrus spricht zu Euch: Nein! So einfach dürfen wir es uns um Christi willen nicht machen. So simpel, so geistlos, so verzagt. *Gott verlangt mehr von uns!"*

David horchte auf. Die Rede des Papstes, soviel begriff er, war keinesfalls das, was bei solchen Anlässen gemeinhin erwartet wurde. Sie war pointiert, prägnant, ja geradezu konfrontativ. Sie rüttelte auf.

„Gott verlangt, daß wir der Welt gegenüber mit einer Zunge

sprechen. Nicht konservativ, nicht progressiv, sondern katholisch! Wir sind eine universelle Kirche, geschätzte Mitbrüder, weder ein exklusiver Zirkel, noch eine soziale Einrichtung. *Wir führen die Menschen zu Gott* – das ist der Auftrag, den uns Christus selbst gegeben hat. Wenn es für uns schwer ist, diesen Auftrag zu erfüllen, liegt das zuallererst an uns selbst. Nicht der Glaube der Welt ist zu gering, unser eigener Glaube ist zu kleinmütig. Es ist nicht das Versagen der Menschen, das uns quält, es ist das Versagen ihrer Hirten. Und so bleibt uns, demütig den Heiligen Geist auf uns herabzurufen, damit er unsere Herzen erleuchte und seine Kirche auf den richtigen Weg führe."

Der Heilige Vater räusperte sich. Doch wer erwartet hatte, die Philippika sei vorüber, sah sich getäuscht.

„So bitte ich Euch inständig, geliebte Brüder, fruchtlose theoretische Debatten hinter Euch zu lassen. Das neue Kirchenjahr sei uns allen Anlaß, im Vertrauen auf unseren Lehrmeister Jesus Christus nach vorn zu blicken und neue Wege der Mission zu beschreiten. *Die Welt soll sehen, was ihr die Kirche zu geben vermag!* Niemand hat so viel Liebe, so viel Hoffnung, so viel Erbarmen zu bieten wie Gott – das ist die Botschaft, die wir erfahrbar machen müssen. Deshalb habe ich mich entschlossen, im kommenden Jahr alle Bischöfe der Weltkirche zu einer außerordentlichen Synode nach Rom einzuladen, in der wir nach neuen Wegen und Strukturen suchen wollen, um das Evangelium wieder näher an die Menschen zu bringen. Dafür bitte ich Euch um uneingeschränkte Unterstützung und um Euer Gebet. *Sia lodato Gesù Christo!*"

In den ersten Sekunden, nachdem der Papst geendet hatte, herrschte Sprachlosigkeit unter den Geistlichen. Eine Weltbischofssynode? Hatten sie richtig verstanden? Der Applaus kam zögerlich und blieb eher verhalten höflich. Der Pontifex lehnte sich zurück und betrachtete die Szene regungslos. Er schien den Überraschungsmoment sogar zu genießen.

„Was ist denn los? Warum ist die Reaktion so matt?" flüsterte David zu Amicelli. „Das ist doch eine großartige Idee des Papstes!"

„Ja, David. Für mich und für Dich, und für ein paar andere hier auch. Aber der Großteil der Kurie ist damit düpiert. Der Papst hat ihnen kurzerhand das Heft des Handelns aus der Hand genommen. Daran werden einige heftig zu schlucken haben. Schau Dir doch nur ihre Mienen an ..."

„Er tut das einzig Richtige; er sendet ein Signal des Aufbruchs an die Welt."

„... und wirft den Bewahrern an der Kurie den Fehdehandschuh hin." Tonio legte besorgt die Stirn in Falten. „Hoffentlich geht das gut."

Sie erhoben sich von ihren Plätzen, während der Papst den Segen spendete. Blitzlichter zuckten durch die ehrwürdige Halle, als er sein Podest verließ und sich unter die Geistlichen mischte. Auf dem Weg zum Portal blieb er immer wieder an den Stuhlreihen stehen und richtete das Wort an einzelne Bischöfe und Priester. Als er auf ihrer Höhe angekommen war, hielt er kurz inne, haftete seinen Blick auf David und fragte: *„Sei di dovè, mio figlio?* Woher kommen Sie, mein Sohn?"

„Aus Amerika, Baltimore, Heiliger Vater," antwortete David, ergriff seine ausgestreckte Hand und küßte den Fischerring.

„Amerika? *Muolto buono.* Bete für den Papst und halte ihm die Treue." Sein Mienenspiel deutete ein Lächeln an, bevor er sich umdrehte und anderen zuwandte.

*

Sie strebten nach draußen und die breite Freitreppe hinunter, die von den Gemächern des Apostolischen Palastes auf den Petersplatz führte.

„Das war eine Bombe, oder nicht?" Monsignore Wendell packte sie von hinten an der Schulter. „Eine Weltbischofssynode! Liebe

Mitbrüder, wenn ich mich nicht irre, werden wir soeben Zeugen eines Machtkampfes zwischen dem Papst und seiner eigenen Kurie."

Sie schlenderten über den Platz.

Amicelli steckte sich eine Zigarette an und analysierte: „*Ecco,* der Heilige Vater hat bemerkt, daß er mit einem Beschwichtigungskurs gegenüber den beharrenden Kräften im Apparat nicht weiterkommt und sieht das Erbe seines Pontifikats gefährdet. Deshalb tritt er quasi die Flucht nach vorn an."

„Die Traditionalisten werden jede Chance nutzen, die sich ihnen bietet, um ihn daran zu hindern. Da wird uns ein rauhes Lüftchen um die Nase wehen", warnte Wendell. „Wir müssen uns in acht nehmen."

David wiegte skeptisch den Kopf. „Wir sprechen hier vom Papst, vom Stellvertreter Christi auf Erden! Wie sollte es jemand aus der Kurie wagen, sich ihm zu widersetzen oder seine Pläne zu hintertreiben?"

„Oh David, wachen Sie auf. Im Vatikan wirken viele Sterbliche und nur wenige Heilige. Seit 2000 Jahren geht es hinter diesen Mauern um Machtpolitik. Auch ein Papst muß Stratege sein, um seine Ziele innerhalb der Kirche durchsetzen zu können."

„*Amici,* er muß nicht nur ein Stratege sein, er muß auch mit harten Bandagen kämpfen können, wenn er nicht zu einer Marionette der Kurie werden möchte. Und wir, seine Treuen, müssen ihm dabei helfen, so gut es geht."

Sie bogen um die Ecke in den Borgo Sant'Angelo und kehrten in die Trattoria Marcello ein.

*

Kardinal Luis Fernando Reyes schäumte: „Wie konnte er das tun, ohne irgend jemanden von uns zu konsultieren! Als wenn wir Luft wären!"

Kardinal Berninger saß hinter seinem Schreibtisch im Palazzo des Heiligen Offiziums und sah zu, wie sein Kollege wutentbrannt im Zimmer auf und ab lief.

„Contenance, Luis. Contenance."

Doch Reyes ließ sich nicht beruhigen. „Der Papst ist offenkundig verrückt geworden! Er verschiebt die Gewichte innerhalb der Kirche. Er degradiert damit den Vatikan zu einer Art Sekretariat der Weltbischöfe. Das ist gegen den Geist der Heiligen Gesetze."

„Es ist nicht gegen die Heiligen Gesetze. Der Papst hat unbestreitbar das Recht, jederzeit eine Weltbischofssynode einzuberufen. Vielleicht sollten wir lieber dankbar sein, daß er nicht auf die Idee gekommen ist, etwa ein neues Konzil einzuberufen."

Reyes schnaubte: „Absurd!"

„Was sollten wir schon fürchten, Luis?" Berninger lehnte sich entspannt zurück. „Dreitausend Bischöfe werden zwei, drei Monate palavern, Anträge stellen, Kommissionen gründen, eine Papierflut produzieren. Ist dabei je etwas Produktives herausgekommen? Wenn wir nicht alle Ergebnisse und Protokolle vorformulieren und im Hintergrund Regie führen, werden sie sich nicht mal auf die Länge der Redezeit einigen können, geschweige denn auf ein gemeinsames Kommuniqué. Letztlich sind wir es, die alle Fäden in der Hand halten und dafür sorgen werden, daß kein einziger Satz gegen die Lehre verstößt."

„Ja, falls es der Papst in unseren Händen beläßt."

„In wessen Hände sollte er die inhaltliche Vorbereitung sonst legen?"

„Er könnte einen Mitbruder von außen beauftragen."

„Wir haben Mittel und Wege, alles in geordnete Bahnen zu lenken." Berninger tätschelte beruhigend den Arm seines Kollegen. „Vertrau mir."

*

Schwester Carmen fühlte sich ein wenig unwohl, als sie vor dem neugotischen Gebäude hinter der Saint Patrick's Cathedral stand.

Es war Winter, Schneeflocken rieselten auf ihr schwarzes Häubchen. Ob sie das Richtige tat? Ob sie Walsh beim Wort nehmen durfte? Ob sie illoyal handelte? Sie hatte Gehorsam geschworen, als Sie ihre Profeß abgelegt hatte, und der normale Schritt wäre gewesen, zunächst ihre Ordensleitung in Philadelphia aufzusuchen; doch sie ahnte, daß man dort nur wenig Verständnis für ihren Wunsch haben würde. Deshalb hatte sie sich entschlossen, gleich nach New York zu fahren.

Sie faßte sich ein Herz und trat ein. Wenig später saß sie im Vorzimmer des Erzbischofs.

Die Tür öffnete sich.

„Kommen Sie herein, liebe Schwester, es ist eine Freude, Sie wiederzusehen!" Walsh schob sie in sein Amtszimmer und bot ihr einen Platz auf dem wuchtigen Ledersofa an. Vor dem Fenster ragten die Wolkenkratzer entlang der Fifth Avenue in den grauen Himmel.

„Ich danke Ihnen vielmals, daß Sie mich empfangen, Eminenz."

„Ich hoffe, Sie konnten sich inzwischen von dem Schock erholen, den uns allen der Abschied von Father Macy bereitet hat."

Carmen blickte ihn traurig an. „Er fehlt schon sehr. Es ist nicht leicht, über seinen jähen Tod hinwegzukommen. Aber gesundheitlich geht es mir jetzt wieder besser."

„Nun, ich bin froh, das zu hören. Sie werden gebraucht."

„Da bin ich mir nicht so sicher."

Walsh horchte auf und schenkte ein Glas Wasser ein. „Was soll das bedeuten, Schwester?"

„Es fällt mir nicht leicht, Sie damit zu behelligen, Eminenz."

„Sie wissen, daß Sie mir alles anvertrauen können. Ich hatte Ihnen nach dem Tod meines Freundes Macy versprochen, stets eine offene Tür und ein offenes Ohr für Sie zu haben. Und so meine ich es!"

„Das ist sehr gütig von Ihnen." Sie nahm einen Schluck Wasser. „Seit dem Tode Father Macys habe ich das Gefühl, nicht mehr gebraucht und nicht mehr geschätzt zu werden. Ich gebe nach wie vor mein Bestes für die Gemeinde, kümmere mich um das Pfarrhaus, organisiere das Büro, führe die Jugendarbeit fort. Doch wie es scheint, kann ich dem neuen Pfarrer von Saint John's nichts rechtmachen. Er hat mich von der Jugendarbeit entbunden, stellt meine Büroarbeit in Frage und läßt keine Gelegenheit aus, meine bisherigen Aufgaben zu beschneiden. Faktisch bin ich überflüssig geworden. Aber was mir am meisten Kummer macht, ist dieser permanente Ausdruck der Geringschätzung. Darunter leide ich wirklich sehr."

Walsh zog seine Augenbrauen zusammen. „Wie kann man denn eine kluge Frau wie Sie geringschätzen?"

Carmen zuckte die Schultern. Ihre fröhlichen, dunklen Augen waren diesmal stumpf. „Er ignoriert mich einfach, läßt mich links liegen, als wenn ich ihm lästig wäre. Ich glaube, er wäre froh, wenn ich aus freien Stücken Saint John's verließe."

„Ich kenne ihren neuen Pfarrer zwar nicht, aber was Sie erzählen, läßt auf einen ziemlich manierlosen, selbstgefälligen Burschen schließen. Wenn der in meiner Diözese wäre ..."

„Er hat wohl ein Problem mit Frauen."

„Wenn das so ist, dann wollen wir ihm das Problem vom Hals schaffen: Was kann ich für Sie tun, Schwester?"

„Ich möchte weg aus Saint John's. Ich glaube, ich kann dort nicht mehr von Nutzen sein."

„Das wage ich zu bezweifeln. Aber wenn es Ihr Wunsch ist, so werde ich Ihnen gerne helfen."

Carmen fiel ein Stein vom Herzen. Sie hatte gewußt, daß Walsh sie verstehen würde. Langsam löste sich ihre Anspannung.

„Ich bin bisher nicht im Mutterhaus vorstellig geworden. Ich wollte mein Anliegen zunächst Ihnen vortragen, Eminenz."

„Das ist in Ordnung. Haben Sie sich schon Gedanken gemacht, welchen Aufgaben Sie sich künftig widmen möchten?"

„Nun, ich würde ungern in eine andere Gemeinde wechseln; dazu war mir Saint John's zu sehr ans Herz gewachsen. Es war eine wunderschöne Zeit dort mit Father Macy, mit David und den anderen Kaplänen. Es war für mich ein Stück Heimat. Ich bezweifle, daß es woanders ähnlich sein könnte."

Walsh nickte.

„Ich war immer gut in Sprachen", fuhr sie fort. „Ich spreche neben meiner spanischen Muttersprache Englisch, Portugiesisch und Italienisch. Vielleicht kann ich damit irgendwo von Nutzen sein. Ich verstehe mich auch gut aufs Organisieren."

Der Erzbischof strich über seine Augenbrauen und dachte nach. Schneeflocken wirbelten draußen durch die Straßenschluchten von Manhattan. Nur noch wenige Tage bis zum Weihnachtsfest.

„Schwester, ich habe Sie immer gemocht. Sie sind intelligent, aufgeweckt und haben ein gutes Wesen. Eine Ordensfrau wie Sie sollte man nicht unter Wert einsetzen. Ich habe da so eine vage Vorstellung, aber es ist noch zu früh, darüber zu sprechen." Walsh erhob sich. „Ich will jedoch eine Einladung an Sie aussprechen: Sie dürfen mich im neuen Jahr zu meiner Kardinalserhebung nach Rom begleiten."

„Nach Rom?" Carmens Gesicht erstrahlte. „Ich bin sprachlos. Das wäre wunderbar!"

„Dann sind wir uns ja einig. Patrick Leary, mein Sekretär, wird sich mit Ihnen wegen der Details in Verbindung setzen."

„Ich weiß gar nicht, wie ich Ihnen danken soll, Eminenz. Sie sind sehr gütig zu mir." Sie nahm seine knorrige Hand und küßte den Bischofsring.

„Schon gut, schon gut. Ich reise gerne in angenehmer Begleitung. Bis dahin: Frohe Weihnachten, Schwester!"

Als Carmen wieder hinaus ins Freie trat, war ihre Beklommenheit verschwunden. Die Reise nach Rom würde ihrem Leben neue Perspektiven öffnen, dessen war sie sicher. Sie betrat die Saint Patrick's Cathedral und zündete eine Kerze an.

*

Für David war es ein ungewöhnliches Weihnachtsfest. Er befand sich in einem fremden Land in einer fremden Stadt und würde zum ersten Mal an den Festtagen seine Familie nicht sehen. Selbst in seiner Zeit als Kaplan war er nach der Christmette und den feierlichen Messen am Weihnachtstag stets nach Silver Springs gefahren, um am Abend mit seiner Mutter, Morris und seinen Brüdern den traditionellen Truthahn zu verzehren. Doch diesmal war alles anders.

Rom glänzte im Festtagsschmuck. Die Wintersonne war mild, und obwohl das Thermometer vierzehn Grad Celsius anzeigte, führten die Römerinnen ihre Pelzmäntel spazieren. David wunderte sich über die offensichtliche Pelzliebe der römischen Frauen, galt in seiner amerikanischen Heimat die Zucht und Tötung von Pelztieren zu Modezwecken schon lange als unschicklich. In Italien sah man das entspannter, vielleicht weil die Italienerinnen einfach eleganter und graziler in Fellmänteln wirkten, als ihre Geschlechtsgenossinnen in anderen europäischen Ländern oder gar in den Staaten.

Den Heiligen Abend verbrachte David im nordamerikanischen Kolleg. Die Schwestern hatten für alle Bewohner, die in den Ferien nicht in ihre Heimatländer zurückgekehrt oder auswärts waren, gefüllte *Crespelle,* eine Art gerollter Pfannkuchen, gemacht. Bis zur Mitternachtsmesse gilt der 24. Dezember nach katholischem Brauch als Fasttag. Am späteren Abend schwärmten die jungen Priester aus, um in den verschiedenen Kirchen und Kapellen der ewigen Stadt die Christmette zu zelebrieren. David feierte die heilige Liturgie von Christi Geburt zusammen mit Monsignore Wendell in der amerikanischen Gemeindekirche von Santa Susanna nahe der Piazza Barberini, zu der viele Mitglieder und Familienangehörige der US-Botschaft und sonstiger amerikanischer Einrichtungen in Rom erschienen. So kam fast etwas wie heimatliche Stimmung auf, denn sie sangen ihre altbekannten englischen Weihnachtslieder und Wendell hielt die Predigt in seiner Muttersprache. Hinterher standen sie bei Fackelschein im Kreuzgang der alten Märtyrerkirche, tauschten Weihnachtswünsche aus und tranken mitgebrachten Punsch.

„Wie fühlt sich Weihnachten in Rom an, David?“ fragte der Monsignore auf dem Heimweg.

„Ich weiß nicht. Fremd und zugleich vertraut.“

„Wo werden Sie morgen feiern? Haben Sie irgendwo Anschluß?“

„Nun ...“, David zögerte kurz, „nach der Papstmesse im Petersdom werde ich nach Florenz aufbrechen. Ich bin dort in der Nähe bei Freunden eingeladen.“

Wendell nickte. „Es ist gut, wenn Sie hier jemanden haben. Jeder von uns braucht das. Es ist wichtig, auch mal Abstand vom Alltag gewinnen zu können. Ich hoffe, Sie werden angenehme Feiertage verbringen.“

*

Am nächsten Vormittag gehörte David zu den rund hundert Priestern, die beim feierlichen Weihnachtshochamt des Papstes in Sankt Peter die Kommunion an die Gläubigen austeilten. Nach dem traditionellen Segen *Urbi et Orbi,* den der Pontifex den auf dem Platz wartenden Menschen wie gewöhnlich von der Mittelloggia aus spendete, holte David seine Tasche und machte sich zur Stazione Termini auf. Im Schnellzug nach Florenz rauschten die pittoresken Dörfer und Klöster Latiums, die wilden Berge und Schluchten Umbriens an ihm vorbei, bis die Landschaft in die gewellte Hügellandschaft der Crete Senesi überging. Als sich die Waggons durch das obere Arnotal schlängelten, überkam ihn eine tiefe innere Sehnsucht. Der Lärm im Abteil, wo junge Rekruten der italienischen Armee auf Heimaturlaub lärmend Karten spielten und qualmten, machte ihm nichts aus. Seine Gedanken waren weit vorausgeeilt.

Er hatte sein römisches Leben, den Vatikan hinter sich gelassen und war nun Mensch – ein Mensch mit all seinen widersprüchlichen Gefühlen und Regungen. Ein Mensch, der fähig war, Liebe zuzulassen und Liebe zu schenken.

Auf dem Florentiner Zentralbahnhof herrschte ein tumultartiges Treiben. Reisende, Großfamilien, Touristen, mit Gepäck und Geschenken beladen, strömten in verschiedene Richtungen und traten sich gegenseitig auf die Füße. Alessandro bahnte sich auf dem Querbahnsteig einen Weg durch die Menge; der Expreß aus Rom war mit nur zwanzig Minuten Verspätung bemerkenswert pünktlich. Er hatte den Mantelkragen hochgeschlagen und blickte zur elektronischen Anzeigetafel in der Halle. Gleich würde er den Mann, den er liebte, in den Armen halten.

Die Bahnsteige waren dicht gefüllt von Menschen, die Bremsen der Züge kreischten durch die Halle. Er machte David in der Menge aus und wühlte sich durch das Gedränge zu ihm. Er drückte ihn an sich, wollte ihn küssen, doch als er bemerkte, daß David noch immer sein weißes Kollar unter der Jacke trug, besann er sich und tätschelte ihm verlegen auf die Schulter.

„Ich hatte keine Zeit mehr zum Umziehen, ich wollte den Zug nicht verpassen“, erläuterte er lächelnd, als er Alessandros unsichere Geste bemerkte.

„Den Zug verpassen?“ Alessandro lachte. „David, *carissimo,* wir sind in Italien. Kein Zug verläßt hier pünktlich einen Bahnhof!“

Sie scherzten und gingen zum Auto.

Auf der Fahrt nach Santa Croce fragte David: „Wird heute Deine ganze Familie dasein?“

„*Certamente,* es ist schließlich Weihnachten. Alle kommen an Weihnachten zusammen.“

„Was werden sie denken?“

„Denken …?“

„Ja, was werden sie von mir denken, was werden sie über uns denken? Was weiß Deine Familie von mir? Da kommst Du mit mir, einem fremden Amerikaner im Schlepptau; ich trage den

Priesterkragen; wir schlafen in einem Zimmer – wird das niemand hinterfragen? Ich würde gern wissen, wie ich mich korrekt verhalten muß."

Alessandro nahm seine rechte Hand vom Steuer und legte sie David beruhigend aufs Knie.

„Du kannst völlig entspannt sein. Meine Mutter und meine Schwester wissen, daß ich auf Männer stehe – Ihnen ist nichts Menschliches fremd. Im Gegenteil, sie sind sehr gespannt drauf, Dich endlich kennenzulernen. Carlo kennst Du ja bereits. Für die anderen bist Du ein Freund der Familie, der ein paar erholsame Tage bei uns verbringt, *basta cosi.* Sei einfach Du selbst und mach Dir keine Sorgen. Wir sind zusammen – das allein zählt."

David lächelte erleichtert und versuchte gleichzeitig, Alessandros halsbrecherischen italienischen Fahrstil zu ignorieren.

Sie passierten die mittelalterlichen Türme von San Gimignano und fuhren ins abendliche Dämmerlicht der Hügel. Der Kies knirschte unter den Reifen, während sie die bekannte Zedernallee hinauffuhren. Santa Croce war hell erleuchtet. Die Buchsbäume in den riesigen Terrakottatöpfen waren mit Lichterketten verziert, vor dem Portal brannten zwei schmiedeeiserne Fackeln.

„Buon Natale, amore!" flüsterte Alessandro, bevor sie aus dem Geländewagen stiegen und drückte seine Hand.

Marco kam aus dem Haus getrabt, sprang in die halb geöffnete Wagentür und stieß David energisch mit der Schnauze an. Der getreue Vincenzo eilte herbei, nahm David das Gepäck ab und brachte es ins Haus. *„Marco, basta! Veni, Padre, veni, veni!"*

Alessandro schob David, ohne daß er Gelegenheit gehabt hätte, sich frisch zu machen, durch die Halle in den Salon. Das Kaminfeuer prasselte unter der mannshohen Steinesse, daneben prangte auf einem samtumhüllten Postament eine farbenprächtige Krippe; die alten Keramikfiguren waren buntbemalt und mit wertvollen Brokatgewändern angekleidet, das Jesuskind von einem goldenen Sternenkranz umgeben.

Auf der anderen Seite des Kamins thronte die Principessa in einem antiken Hochlehnsessel. Sie trug ein modisches schwarzweißes Kostüm, dessen Rock gewagt über dem Knie endete, und war reichlich mit Schmuck behängt. Ihre goldenen Armreifen klimperten, als sie ihre Hand ausstreckte. „Welch lieber Gast! Willkommen Padre, willkommen auf Santa Croce“, rief sie mit rauchiger Stimme durch den Raum.

Das laute Gespräch der übrigen Gäste erstarb und alle starrten neugierig auf den Besucher im Türrahmen. David wäre ob der ungewollten Aufmerksamkeit am liebsten im Erdboden versunken.

Geschickt nahm Alessandro der Situation die Spitze. „Mamma, meine Lieben, darf ich vorstellen: Don David O'Connor, ein guter Freund aus Rom. Er arbeitet im Vatikan für Onkel Achille.“

Freundlich zustimmendes Gemurmel erhob sich im Salon, Margherita sprang auf und küßte den Besucher spontan auf die Wangen. „*Buon Natale!* Ich habe schon viel von Ihnen gehört. Ich freue mich sehr, daß Sie hier sind. Es muß schrecklich für Sie sein, Weihnachten so weit entfernt von Ihrer Familie zu verbringen.“

David lächelte verlegen. „Nun ja, als Priester ist man ohnehin gewohnt, an Weihnachten nur wenig Zeit für Familie und Freunde zu haben. Jedenfalls danke ich Ihnen für die reizende Einladung. Frohe Weihnachten!“

„Freunde meines Sohnes sind auch meine Freunde. Außerdem sind Sie ein Vertrauter von Achille Silvanelli, den ich sehr, sehr schätze. Kommen Sie, ich stelle Ihnen den Rest der Familie vor!“

Daniella blickte David aus großen strahlenden Augen an. Er hatte beim Betreten des Zimmers sofort gewußt, daß sie Alessandros Schwester sein mußte; ihr war dieselbe starke Ausstrahlung zu eigen wie ihrem Bruder. Franco nickte David freundlich zu, während ihn Carlo verschwörerisch angrinste. Außer ihnen anwesend waren noch Onkel Giuseppe, ein altes runzliges Männlein, das schwerhörig zu sein schien, und dessen Enkelin Renata, eine attraktive, wenngleich stille Mittzwanzigerin, sowie deren kleiner Sohn Oscar.

Lidia öffnete die Tür zum Speisezimmer mit einem einladenden *pronto.*

Die Principessa nahm den Gast aus Rom am Arm. „Nachdem wir nun alle vollständig sind, laßt uns zu Tisch gehen, *avanti!* Kommen Sie, Don Davide."

*

Der Wildschweinbraten duftete verführerisch. An der festlichen Tafel wurde David der Platz zur Rechten der Gastgeberin zugewiesen. Der Vino Nobile mundete harmonisch zu den Speisen und nach zwei Gläsern fühlte sich David behaglich und wohlgelaunt; seine innere Anspannung war verflogen. Der Pegel der Tischunterhaltung wurde lebhafter, der kleine Oscar sauste unablässig um den Tisch, Kerzenlicht brach sich in den schweren Kristallgläsern, Opernarien schallten laut von einem CD-Player im Hintergrund. Er war bei einer feinen italienischen Familie zu Gast, die es verstand zu feiern und den Menschen an ihrer Tafel ein Gefühl der Wärme und Herzlichkeit zu vermitteln. Es war, als sei er nicht zum ersten Mal in diesem Kreis, sondern ein Freund der Familie, der schon lange dazugehörte. Er dankte Gott für diesen Augenblick der Harmonie und begann, sich zu entspannen.

Alessandro lächelte ihn verstohlen über den Tisch hinweg an. Er war unendlich glücklich, daß ihm der Mann, den er liebte, hier gegenübersaß, um mit ihm und seiner Familie Weihnachten zu feiern; trotz aller Komplikationen und Unterschiede, über alle Seelenqualen und Traditionsbrüche hinweg hatten sie letztlich zueinandergefunden, und dieser Abend war wie eine Besiegelung ihrer Freundschaft.

Möge uns der Allmächtige gewogen bleiben! dachte er, erhob sein Glas und trank, still lächelnd, David zu.

*

Nach dem Mahl zu späterer Stunde machten die jüngeren Leute eine *passagiata,* einen Spaziergang durch die mittelalterlichen Gassen von San Gimignano. Es roch nach heißen Maroni, nach süßem *panforte* und *vinsanto,* und fast alle Einwohner des Ortes schienen auf den Beinen, bummelten in Familienformation über das Pflaster, standen in Gruppen vor den geöffneten Bars und Cafés, Gläser in den Händen, tauschten gute Wünsche und die charakteristischen Pannettone-Päckchen, genossen die trockene, wenngleich kühle Sternennacht. Auf der Mitte des Domplatzes loderte ein großes Feuer, eine Blaskapelle intonierte italienische Weihnachtslieder – oder versuchte zumindest, den Instrumenten Töne zu entlocken – und unter dem Portikus der Rathausaula spielte eine Kindergruppe die Weihnachtsgeschichte nach. *„Auguri, auguri!"* klang es von allen Seiten.

Wie anders doch Weihnachten hier war, empfand David und sog die Atmosphäre in sich ein; ungezwungen, ja lässig familiär, und das ohne den in Amerika allgegenwärtigen Kitsch und Konsumrausch.

„Es muß fremd für Dich sein, wie bei uns Weihnachten gefeiert wird. Es ist eben alles etwas bescheiden hier", sagte Daniella, als wenn sie seine Gedanken erraten hätte. „Darf ich Dich David nennen?

Er schmunzelte. „Aber klar, der weiße Kragen soll ja keine Distanz schaffen. Ich finde es wunderbar, wie hier gefeiert wird. Es ist viel ursprünglicher, natürlicher. Die Menschen sind vielmehr sie selbst, alles nicht so künstlich wie bei uns in den Staaten."

„Das mag schon sein. Aber auch hier gibt es Fassaden, hinter denen es oft anders aussieht, als auf den ersten Blick vermutet. Wir sind eine ziemlich archaische Gesellschaft."

„Muß ich Angst haben?" fragte David ein wenig amüsiert. Der Wein war ihm schon etwas zu Kopf gestiegen.

„Jedenfalls nicht vor mir. Ich gehöre zu den aufgeklärten Menschen dieses Landes. Und ich liebe meinen Bruder. Seine Freunde sind auch meine Freunde."

Als sich Alessandro und David in jener Nacht liebten, fühlten sie sich entspannt und geborgen. Ihre Leidenschaft und Hingabe füreinander war ungebrochen, doch die innere Anspannung, die sie begleitet hatte, seitdem sie sich das erste Mal getroffen hatten, fiel von ihnen ab. Ihr Liebe war nun keine Bürde mehr, die schwer und kompliziert auf ihren Schultern lastete, sondern eine Quelle der Kraft und Inspiration für ihr tägliches Leben, die ihnen Sicherheit und Halt bot. Hier, in den Hügeln der Toscana, umgeben von Ölbäumen und Weinbergen, in der atemberaubenden Landschaft mit ihren morgendlichen Nebelschwaden, schien alles gut und richtig, den bohrenden Fragen und nagenden Selbstzweifeln entzogen.

*

Simon Prescott war schlechter Stimmung. Die Weihnachtstage hatte er bei seiner Familie in Princeton, New Jersey, verbracht, nachdem er zuvor ein paar Tage zum Report in Washington gewesen war. Im State Department wurde ihm eröffnet, daß sein Antrag auf Verlängerung seiner Stationierung in Rom kein Gehör gefunden hatte. Und, was noch viel schlimmer war: statt an einen Schreibtisch im Außenministerium zurückzukehren, sollte er an die amerikanische Botschaft nach Islamabad in Pakistan versetzt werden. Ein größerer Kontrast zum ewigen Rom war kaum vorstellbar; Simon stöhnte auf, wenn er nur daran dachte.

Es war ein harter Schlag. Rom war für ihn zu seiner bisher schönsten Zeit im Diplomatischen Dienst geworden. Er fühlte sich wohl, hatte einen mächtig interessanten Job, viele Freunde, gutes Essen, guten Sex. Und nun sollte er sich in so ein puritanisches islamisches Land verpissen, in dem man ein Glas Bourbon heimlich trinken mußte und für einmal Blasen wahrscheinlich gleich die rechte Hand abgehackt bekäme, wenn nicht Schlimmeres? Es war zum Verrücktwerden.

Kaum war Weihnachten vorüber, beschloß er, nach Rom zurückzufliegen, um wenigstens seine letzten Wochen in Italien noch richtig zu genießen. Und so fand er sich zu Silvester in Florenz bei Carlo ein, seinen hübschen Carabiniere im Schlepptau. Zusammen mit Alessandro und David feierten sie alle gemeinsam den Jahreswechsel im *Don Camillo* in Florenz.

*

Am Abend des Neujahrstages hatte Alessandro eine Überraschung für David bereit: Er wollte mit ihm die verbleibenden Tage am Meer verbringen, mußte sein Freund doch am Tag nach Epiphanie wieder auf seinem Posten im Vatikan zurück sein. Sie fuhren ins Sommeranwesen der Familie bei Porto Maurizio an der Riviera Ponente. Die Villa lag oberhalb der Küste, zu erreichen nur über waghalsige Serpentinen, die sich durch endlose Oliventerrassen in die Höhe schraubten. Die tiefstehende Wintersonne glitzerte auf den Wellen, so daß man ohne Sonnengläser kaum die Augen öffnen konnte. Der Ausblick auf die Küstenlinie war atemberaubend.

„Ich könnte heulen, so schön ist es", sagte David, als sie vor einem automatischen Eisentor hielten, das sich summend öffnete und den Blick auf ein flaches, ockerfarbenes Gebäude freigab. Es wirkte wie an den steilen Hang gequetscht. Von den das Haus umgebenden Terrassen schien man direkt per Hechtsprung ins Meer springen zu können.

„Ja, ich mag es auch sehr. Mutter hat vor etwa zwölf Jahren das Anwesen gekauft. Es war nichts als ein verfallener Ziegenstall und mußte komplett abgerissen werden. Nur die alten Steinquader wurden wiederverwendet. Der Rest ist neu."

„In den zehn Monaten, die ich nun in Italien bin, habe ich so viel gesehen, daß ich schon manchmal die Orte, Klöster, Kirchen und Provinzen durcheinanderbringe. Und es hört nie auf! Wieviel Schönheit hat Gott nur auf diesem Fleckchen Erde verteilt!"

Er blinzelte in die Sonne und genoß die Aussicht.

Alessandro schob sich die Sonnebrille ins Haar. „Ja, Du hast Recht. Leider wissen wir Italiener das nur nicht immer recht zu schätzen. Schau Dir unsere Landschaft mal genauer an: wilde Mülldeponien allerorten, zersiedelte Landschaften, monströse Schwarzbauten, verdreckte Küsten. Hinter der schmucken Fassade sieht es bei uns oft trostlos aus. Du wirst schon noch dahinter kommen. Je länger Du hier lebst, um so mehr werden Dir die Schattenseiten bewußt werden."

Er pflückte eine grüne Frucht vom herunterhängenden Ast eines Limonenbaums. „Das ist nicht nur das Land, in dem die Zitronen blühen, das ist auch das Land der Mafia, der Korruption und der Scheinheiligkeit."

David betrachtete die Limone. „Das Paradies auf Erden gibt es eben nicht, sonst wäre unser Herr und Gott arbeitslos ..."

Alessandro grinste: „... und damit auch die Geistlichkeit!"

X

Die internationale Abflughalle des John F. Kennedy Airports war brechend voll. Vor den Schaltern aller Fluggesellschaften hatten sich lange Schlangen gebildet, war der frühe Abend doch eine Zeit, in der die meisten Transatlantikflüge nach Europa starteten. Die kleine Delegation konnte sich nur einen Weg durch das Getümmel bahnen, weil ein New Yorker Polizist ihr herrisch voranschritt und für Platz sorgte.

Erzbischof Walsh schwitzte unter Hut und Soutane. Es war sein Aufbruch in den größten Moment seines Lebens – nur mehr wenige Tage, und der Heilige Vater würde ihm das purpurrote Birett aufs Haupt setzen. Seine Erhebung zum Kardinal der heiligen römischen Kirche. Noch vor wenigen Jahren hätte er sich das nicht träumen lassen, hatte er doch damit gerechnet, als Oberhirte von Baltimore die höchste Stufe seiner kirchlichen Laufbahn erreicht zu haben. Für seinen Ruhestand hatte er sich bereits ein nettes ehemaliges Pfarrhaus in einem Dorf am Fuße der Appalachen ausgesucht. Eine kleine Kapelle, ein klarer Gebirgsbach, so hatte er sich seinen Lebensabend vorgestellt. Von diesem Traum zumindest hieß es Abschied zu nehmen; ein Kardinal diente der Kirche bis zum eigenen Tod. Nur Gott bestimmte also, wann es soweit war. Und dessen Wege waren ja bekanntlich unergründlich.

Am Sonntag zuvor hatte Papst Marini beim traditionellen Angelusgebet vom Fenster seines Arbeitszimmers im Apostolischen Palast der Welt die Namen der neuen Kardinäle verkündet, die er in der kommenden Woche in einer feierlichen Zeremonie, die man Konsistorium nannte, zu kreieren gedächte. Da waren zunächst die Namen von Erzbischöfen traditioneller katholischer Metropolen in aller Welt, deren Oberhirten traditionell in die Reihen der Purpurträger aufgenommen wurden. Diesmal waren es der neue Primas von Polen, der erst kürzlich berufene Partriarch von Venedig sowie die neuen Oberhirten von Köln, Lyon, Sevilla und Salzburg, von New York und Montreal, von San Salvador de Bahia, Caracas und Montevideo, Diözesanbischöfe aus den Ländern Südafrika, Indien, den Philippinen und Vietnam. Dann kam der Block der Italiener, von denen die meisten in hohen Funktionen an der Kurie tätig waren: so der vor wenigen Monaten ernannte Generalvikar von Rom, der Generalsekretär der italienischen Bischofskonferenz, der Substitut im Staatssekretariat Erzbischof Silvanelli sowie zwei Präfekten verschiedener päpstlicher Kongregationen. Außerdem hatte sich der Pontifex entschlossen, zwei international angesehene Theologen aus Deutschland und aus Brasilien in den Kardinalsrang zu erheben.

Er blieb damit im wesentlichen dem Kurs seines Vorgängers treu, der immer wieder die Universalität der Kirche betont hatte; allerdings waren die Bischöfe, die Papst Marini in aller Welt ernannte, von deutlich liberalerer Prägung. So hoffte er, mit der Zeit auch das Kardinalskollegium für seinen Kurs der Toleranz und Modernität zu öffnen, dem sich der Jesuit auf dem Stuhl Petri verschrieben hatte. Es ging ihm dabei nicht um billige Anbiederei an Modeströmungen des Zeitgeistes – dafür war der erfahrene Kirchenmann an der Spitze von mehr als einer Milliarde Katholiken zu intellektuell. Er vertrat vielmehr den Anspruch, daß sich die Kirche auf ihre zentrale Botschaft besinnen müsse – das Licht und die Liebe Christi in die Welt hinauszutragen. Auf einem Globus, der von Religionskriegen zerrissen, von Haß durchfurcht und von Angst und Hunger in vielen seiner Regionen gekennzeichnet war, wollte dieser Heilige Vater ein Leuchtfeuer der Gnade und Güte entzünden. Nur durch den demütigen Dienst am Menschen könne die Kirche in diesem Zeitalter wahrhaft Zeugnis für den Glauben ablegen, nicht durch institutionelles Anspruchsdenken und hochmütige Belehrungen, so hatte er es bei seiner Investitur gepredigt.

Nicht alle würden dem Nachfolger Petri dabei folgen, das hatte sich schon damals abgezeichnet. Die Besetzung der Bischofsstühle und die Kardinalsernennungen waren das zentrale Stück Personalpolitik, mit dem Päpste über ihren Tod hinaus wesentlichen Einfluß auf den weiteren Kurs der Kirche nehmen konnten. Der gegenwärtige Stellvertreter Christi auf Erden war jedenfalls entschlossen, diese Möglichkeit zu nutzen.

In der Maschine der Alitalia ließ sich Joseph Walsh in seinen First Class Sessel fallen und schloß die Augen. Noch bevor sie abgehoben hatten, war er eingeschlafen.

Schwester Carmen war viel zu aufgeregt, um an Bord schlafen zu können. Sie schaute aus dem ovalen Fenster neben ihrem Sitz auf die beleuchtete Küstenlinie von Massachusetts und Maine, betete über dem Atlantik den Rosenkranz oder blätterte in einem Stadtführer durch Rom und den Vatikan. Wer weiß, was diese Reise ihr bringen würde?

*

Am römischen Flughafen Fiumicino wartete am darauffolgenden Morgen eine Limousine mit dem charakteristischen Kennzeichen SCV, *Stato della Città del Vaticano,* das für den Vatikanstaat stand. Erzbischof Walsh, sein Sekretär und seine New Yorker Begleitung wohnten im Hotel Columbus in der Via della Conciliazione, nur ein paar Schritte vom Petersplatz entfernt. In dem mittelalterlichen Kardinalspalast, der zu einem Hotel umgebaut worden war, logierten häufig Kirchenfürsten und Geistliche aus aller Welt, wenn sie im Vatikan zu tun hatten. Carmen hingegen hatte in einem wesentlich einfacheren Pilgerhospiz ihres Ordens am Fuße des Gianicolo Quartier gefunden.

„Mein lieber David, was für eine Freude, Sie zu sehen!“ rief

Walsh aus, als David in der Hotelhalle auf die Delegation aus New York zueilte und wandte sich zu der kleinen Gruppe hinter ihm um. „Darf ich Ihnen Monsignore O'Connor vorstellen? Er hält in der vatikanischen Bürokratie sozusagen die Flagge Amerikas, die Flagge der Freiheit hoch!"

Die Umstehenden nickten beifällig ob der pathetischen Worte ihres Hirten und begrüßten David mit Handschlag, unter ihnen ein Weihbischof, zwei Mitglieder des Stadtrates und ein paar großzügige Wohltäter der Diözese irischer Abkunft nebst Ehefrauen, die sich den ehrenvollen Moment der Kardinalserhebung und die Begegnung mit dem Heiligen Vater nicht entgehen lassen wollten.

„Eminenz, Erzbischof Silvanelli hätte gern mit Ihnen unter vier Augen gesprochen; wenn es möglich ist, noch heute", flüsterte David seinem früheren Chef zu.

„Muß es wirklich noch heute sein? Ich bin müde vom Flug, das Jetlag ..."

„Er wäre Ihnen sehr verbunden und schlägt vor, daß Sie sich in seiner Privatwohnung zum Abendessen einfinden."

„Na gut", brummte Walsh, „dann werde ich mich jetzt aufs Ohr legen und heute Abend stehe ich zur Verfügung."

„Danke. Ein Wagen wird Sie gegen halb acht abholen."

*

Am späten Vormittag trafen sich im Büro von Monsignore Cooper in der Nordamerika-Abteilung des Staatssekretariates Steven Wendell, Patrick Leary und David, um über die anstehenden Tage zu sprechen. Cooper rührte lange in seinem Espresso, während Father Leary ausführlich von der Lage und den Schwierigkeiten zuhause berichtete.

Wendell seufzte. „Die amerikanische Kirche hat hier in Rom ohnehin keinen leichten Stand. Affairen allerorten. Jetzt auch noch der Mißbrauchsskandal in New York ... wir sind wahrlich nicht die Verbündeten, die der Heilige Vater für seinen Kurs jetzt bräuchte."

„Es ist schon von besonderer Pikanterie, daß diese Sache ausgerechnet dann an die Öffentlichkeit kommt, wenn der Papst Joseph Walsh zum Kardinal macht." warf David ein.

Leary blickte ihn verstört an. „Was willst Du damit sagen?"

„Nun ja", erläuterte Cooper, „es bedeutet, daß es gewissen Persönlichkeiten in diesen Mauern zumindest nicht ungelegen kommt. Seine Heiligkeit will mit dem Konsistorium seine Hausmacht im Kardinalskollegium stärken und die Kardinäle stärker in die Regierung der Weltkirche einbinden. Wird einer dieser Männer des Papstes – in diesem Falle Walsh – öffentlich desavouiert, fällt er weitgehend aus und wird im Kollegium bei den anstehenden Reformen keine wichtige Rolle spielen können."

Leary schüttelte ungläubig den Kopf. „Das hört sich so ..., na ja, so machiavellistisch an."

Wendell rutschte auf seinem Stuhl vor. „Patrick, das hier ist Rom. Hier ist die Machtzentrale. Hier wird Politik gemacht. Seien Sie nur nicht zu naiv!"

Der Sekretär blickte verstört David an, der stumm nickte.

„Ich verstehe das einfach nicht – Erzbischof Joseph Walsh ist ein grundgütiger, bescheidener und redlicher Gottesmann! Warum sollte man ihn derart demontieren wollen? Er leidet ohnehin fürchterlich daran, wenn Priester, die seiner Juridiktion unterstehen, derart fehlen und sündigen und die Kirche ihr Amt in den Schmutz ziehen ..."

Patricks naive Aussage rührte David. Sie zeigte, wie sehr sich die Kirche da draußen in der Welt von der römischen Zentrale unterschied. Es war für Außenstehende oftmals schwer, das Denken und Handeln innerhalb der Kurie nachzuvollziehen. „Nicht Joseph Walsh wollen sie treffen. Sondern den Papst."

„Die US-amerikanische Kirche ist seit Jahren aufgeschlossener für Reformen und Experimente, als es der Kurie lieb ist." dozierte

Cooper. „Die Traditionalisten, denen die Modernisierungsabsichten des Papstes ohnehin verdächtig sind, wittern durch die Skandale Morgenluft. Sie können die amerikanische Kirche als Hort der Sünde und des Libertinismus geißeln und damit jegliche Reformbemühungen diskreditieren. Niemand wird dann guten Gewissens einer Entwicklung Vorschub leisten können, die letztendlich Sünde und Unmoral in der Kirche fördert – so stellt es sich im Kalkül der Kritiker dar."

„Was können wir dagegen tun?"

„Es gibt nur einen Weg, Patrick: Ihr Erzbischof muß gegen die betroffenen Priester mit harter Hand vorgehen! Das bedeutet: sofortige Suspendierung vom Priesteramt, Rückversetzung in den Laienstand, eventuell Exkommunikation. Zudem müssen die Opfer großzügig entschädigt werden."

„Aber ...," Wendell wiegte nachdenklich den Kopf, „würde man sich damit nicht dem Verdacht aussetzen, das Schweigen der Opfer erkaufen zu wollen?"

„Ja. Zumal ja auch die polizeilichen Ermittlungen noch nicht abgeschlossen sind." ergänzte der Sekretär.

Cooper blieb hart. „Solche Sensibilitäten kann man sich nicht erlauben. Die Erzdiözese muß Handlungsfähigkeit unter Beweis stellen. Es ist in unser aller Interesse, daß die leidige Angelegenheit sobald wie möglich aus den Medien verschwindet – bringen Sie das Ihrem Chef bei!"

*

Die Nonne, die Joseph Walsh öffnete, nahm ihm Hut, Mantel und Schal ab. Februarnächte können kalt in der Ewigen Stadt sein, in der Zentralheizung ein Fremdwort ist. Sie bedeutete ihm mitzukommen.

Es war eine Dienstwohnung des Vatikan für hohe Kurienmitglieder, einen Steinwurf von der Porta Santa Anna entfernt. Sie umfaßte ein großzügiges Entree mit Marmortischen und alten Barockgemälden, einen Arbeitsbereich mit Bibliothek, den Privatflügel des Hauptbewohners, je ein Einliegerappartement für Haushälterin und Gäste sowie die übliche Privatkapelle. Alles in allem rund 300 Quadratmeter.

Acchille Silvanelli empfing seinen Besucher in der Bibliothek, die ein Kaminfeuer wärmte.

„*Benvenuto* mein lieber Joseph, willkommen!“ Statt Soutane mit Brustkreuz und roter Schärpe trug er einen einfachen schwarzen Anzug mit weißem Kollar.

„Du hast eine prachtvolle Wohnung, mein lieber Freund.“ staunte Walsh und tauschte mit dem Italiener Bruderküsse aus.

„Ach weißt Du, sie ist eigentlich viel zu groß für einen kleinen Mann wie mich.“

Sie lachten. Die Haushälterin, die ihm geöffnet hatte, brachte ein Tablett mit Vinsanto.

„Dann trinken wir doch auf die kommenden Kardinäle und schließen uns großzügig darin ein.“ schlug Walsh vor. Seine Augen blitzten wohlgelaunt.

„Eh va bene, salute Cardinale!“

Die beiden Kirchenmänner sprachen über die verschiedenen Kollegen, die am Sonntag gemeinsam mit Ihnen den Kardinalshut empfangen würden.

Beim Essen wurde das Gespräch ernster.

„Joseph, ich wollte mit Dir sprechen, bevor Du mit den Eminenzen Berninger und Reyes in Kontakt trittst.“

„Gern. Ich habe Anfang kommender Woche meine obligatorischen Audienzen beim *Großinquisitor* und beim Personalchef.“

„*Perfetto.* Sie werden Dir ein paar unangenehme Fragen stellen. Es geht um die schrecklichen Anschuldigungen gegen einige Priester in der Erzdiözese von New York.“

Walsh nickte grimmig. Die gute Laune war aus seinen Augen verschwunden.

„Dieser Schmutz verfolgt mich also bis hierher!"

„Ich kann Dir versichern, daß ich untröstlich darüber bin. Das Staatssekretariat hat alles dafür getan, um die schmerzliche Angelegenheit auf lokaler Ebene zu halten und eine kirchliche Investigation durch die zuständige Kongregation von Kardinal Reyes wenigstens vorläufig zu unterbinden."

„Die Ermittlungen gehören auch viel mehr in die Hände der zuständigen Polizeibehörden, und nicht in die Hände von Reyes!"

Silvanelli nippte am Weinglas. „Diese Sicht der Dinge habe ich natürlich intern auch vertreten, bislang erfolgreich. Gleichwohl stellt das Verhalten der beschuldigten Priester, sollte es sich bewahrheiten, nicht nur ein Verbrechen im weltlichen Sinne, sondern auch gegen die Ordnung der Kirche dar. Auf Dauer wird sich deshalb der Vatikan einschalten müssen, will er nicht in den Ruf geraten, die Augen zu verschließen. Besonders Kardinal Berninger hat es sich zur Aufgabe gemacht, gegen den Schmutz in der Kirche, wie er selbst sagt, mit eisernem Besen vorzugehen."

„... und Kardinal Reyes ist dabei sein Ausputzer."

„*Ecco!* Und niemand in der Kurie kann etwas dagegen haben, wenn sich die Kirche nach bestem Wissen und Ermessen selbst reinigt, nicht? Schon gar nicht der Heilige Vater. Er hat keine andere Wahl, als Berninger gewähren zu lassen und ihn für seinen Eifer, die Geistlichkeit dem reinigenden Bad des *purgatorio* zu unterziehen, zu belobigen. Schließlich will auch Seine Heiligkeit die Reihen seiner Priesterschaft von Unlauterkeit und Sünde befreit wissen."

„Und damit befreit man sich von Widerspruch und eigenständigem Denken gleich mit, oder sehe ich das falsch?"

Walsh kippte seinen Weißwein in einem Zug hinunter.

Der Italiener blickte ernst über seinen Brillenrand. „Das Klima im Vatikan hat sich im vergangenen halben Jahr sehr verschärft. Der Papst plant eine Weltbischofsynode einzuberufen. Manche bangen um ihren persönlichen Einfluß, andere sorgen sich um den Kurs des Schiffs Kirche. Man unternimmt den Versuch, die vehementen Unterstützer der päpstlichen Agenda in die Defensive zu drängen. Man kann Erzbischöfe und Kardinäle zwar nicht mundtot machen, man kann jedoch ihrer Reputation Schaden zufügen."

„Du willst mir also sagen, daß ich das Opfer einer vatikanischen Intrige bin."

„Nun, Intrige ist ein häßliches Wort für einen Vorgang in der Kirche Gottes. Formulieren wir es anders. Du bist in ein Dickicht unterschiedlicher Interessen geraten und mußt sehr umsichtig agieren, um Dich nicht darin zu verfangen."

„Der Kirchendiplomat hat gesprochen." brummte Walsh und ließ den zerrupften Rest seiner Seezunge stehen. „Was rätst Du mir?"

„*Niente.* Nichts. Ich rate Dir zu keinerlei Aktivitäten. Genieße den Augenblick Deiner Kardinalerhebung. Programmatische Äußerungen oder Interviews solltest Du unterlassen. Auch zu den Vorfällen in der Heimat solltest Du Dich gegenüber den Medien nicht äußern. Unterlaß alles, womit Du bestimmte Kreise thematisch provozieren könntest. Wie sagt man dazu in Amerika: *Keeping low profile!*"

Walsh lachte grimmig. „Keine Angst, ich werde hier den liebenswert-schrulligen alten Mann geben, vor dem sich keiner fürchten muß! Und im Zweifelsfall mußt Du mir in bewährter Weise aus der Patsche helfen, Acchille."

Silvanelli schmunzelte und spielte mit seinen Brillenbügeln. Das war die offene, unverfälschte und zugleich praktische Art, die er an seinem langjährigen Freund mochte.

„Joseph, da gibt es noch etwas. Ich fürchte, ich werde Dir in Zukunft nicht mehr in gleichem Maße helfen können wie bisher, jedenfalls nicht in dienstlicher Mission. Unser freundschaftlicher Kontakt bleibt davon natürlich unberührt. Der Heilige Vater hat mir zugleich mit der Nachricht von der Kardinalserhebung mitgeteilt, daß er mich in diesem Frühjahr zum neuen Metropolitan-Erzbischof von Florenz zu ernennen gedächte."

„Donnerwetter!" Walsh pfiff durch die Zähne.

„Er will es zu Pfingsten bekanntgeben. Ich werde den Vatikan also verlassen."

„Aber, was hat es damit auf sich? Ich hatte immer geglaubt, der Papst würde Dich mal zu seinem Kardinalstaatssekretär machen. Du bist einer seiner treuesten Verbündeten. Warum lobt er Dich weg? Wenn auch – das muß ich durchaus zugeben – auf einen der schönsten Hirtenposten der Welt."

Die Haushälterin war eingetreten, servierte das Geschirr ab und brachte frisches Obst zum Nachtisch. Der Hausherr schenkte Wasser und Wein nach. Er schwieg, bis die Schwester das mit rotem Damast tapezierte Speisezimmer verlassen hatte.

„Wie soll ich es erklären?" hob er an und faltete die Hände wie im Gebet vor seiner Nase. „Der Heilige Vater ist schwer krank. Er leidet unter Parkinson. Seinen Tagesablauf steht er nur mit starken Medikamenten durch. Und selbst dann kann es geschehen, daß er Audienzen und öffentliche Auftritte kurzfristig absagen muß, weil sein Zustand es nicht erlaubt. Das Zittern seiner Hände, seine unkontrollierte Gesichtsmuskulatur ..., es tut mir manchmal weh, ihn so zu sehen. Jedenfalls ist ihm schmerzlich bewußt, daß seinem Pontifikat nicht mehr viel Zeit vergönnt sein wird. Deshalb auch die plötzliche Einberufung der Weltbischofssynode. Er sorgt sich um sein Erbe und möchte seine Reformbestrebungen fester in der Kirche verankert sehen. Natürlich macht er sich auch Gedanken, wer sein Erbe nach ihm fortsetzen könnte. Es plagt ihn die Angst, all seine Bemühungen könnten vergeblich gewesen sein."

„Da kann man wohl nur dem Heiligen Geist vertrauen."

„Dem Heiligen Geist wohl, aber auch den ehrwürdigen Kardinälen? Sie würden in einem eventuellen Konklave kaum den Kardinalstaatssekretär eines verstorbenen Papstes wählen, in dessen Pontifikat die Kirche eine gewisse Polarisierung erfahren hat."

Walsh erblaßte: „Willst Du damit ernstlich sagen, der Heilige Vater bereitet Dich auf seine Nachfolge vor?"

Silvanelli machte eine beruhigende Handbewegung. „So direkt würde ich das nicht formulieren wollen. Doch hätte der Oberhirte eines bedeutenden alten Erzbistums, aus dem schon viele Päpste hervorgegangen sind, möglicherweise weniger Gegner zu gegenwärtigen. Das jedenfalls, oder so ähnlich, sind die Gedanken Seiner Heiligkeit, in die er mir Einblick gewährte. Es ist unnötig zu betonen, mein lieber Freund, daß diese rein hypothetischen Erwägungen, die auch mich unvorbereitet trafen, diesen Raum niemals verlassen dürfen."

„Da kannst Du unbesorgt sein!"

Walsh staunte. Doch plötzlich schien ihm der Gedanke gar nicht so abwegig – Acchille Kardinal Silvanelli auf dem Stuhl Petri. Er war gebildet, diplomatisch, souverän, strahlte Würde und Vornehmheit aus. Zugleich weltgewandt, sprachbegabt und ein Kirchenmann modernen Denkens. Warum sollte der Papst ihn nicht als seinen Nachfolger auserkoren haben? Zumindest war er *papabile,* zumal als Erzbischof von Florenz. Dennoch bedrückte ihn der schlechte Gesundheitszustand des Heiligen Vaters. Davon hatte er bis dato nichts geahnt. Das Rennen um die Papstnachfolge hatte hinter den Kulissen also längst begonnen, die möglichen Kandidaten wurden in Position gebracht.

Ihm war schwindlig.

Der Wein, all diese brisanten Informationen und Anspielungen. Er hatte genug für heute.

„Acchille, ich bin müde. Du gestattest, daß ich mich jetzt zurückziehen werde."

*

Während der New Yorker Erzbischof in den Gemächern Silvanellis speiste, saß David mit Schwester Carmen in einer kleinen Trattoria im Borgo Angelico. Hier gab es zwar nur Papiertischdecken und Hauswein aus Wassergläsern, aber die Küche des jüdischen Besitzerpaares war vorzüglich.

„Du kannst wirklich stolz sein, welchen Weg Du in so kurzer Zeit zurückgelegt hast", sagte Carmen zwischen zwei Bissen *carciofi*. „Ich meine, auch was Du hier in Rom in so kurzer Zeit erreicht hast. Vor einem Jahr, denk Dir mal, da warst Du noch Kaplan bei uns in Saint John's!"

David lächelte verlegen. „Na ja, Stolz, das sollte im geistlichen Stand eigentlich keine Kategorie sein. Sagen wir lieber, ich bin unserem Gott sehr dankbar für seine Führung; auch wenn mir noch immer nicht ganz klar ist, wohin sie eigentlich führen soll."

„Das doch sonnenklar: Du machst eine vatikanische Karriere und wirst eines Tages Kardinal."

Sie hatte von Ihrer direkten Art, die Dinge unverblümt auszusprechen, nichts verloren.

„Hältst Du das für so erstrebenswert? Bischof? Kardinal? Ich weiß es nicht."

„Aber natürlich – sie sind die Elite der Kirche, sie können etwas bewegen!"

Er legte sein Besteck beiseite. „Da bin ich mir nicht so sicher, Carmen. Nicht mehr, seit ich hier in Rom bin. Aus der Innensicht wirkt vieles anders als nach außen. Sicher, in den Mauern des Vatikan sind viele kluge und honorige Männer versammelt. Aber es gibt hier genug Würdenträger, die sind derart von Ehrgeiz zerfressen, daß sie dafür morden würden. Es gibt Kurienmitglieder, die haben nur Politik im Kopf anstatt das Gottesvolk. Und es gibt Kirchenfürsten, die sind in Wirklichkeit krank vor Einsamkeit. Ich weiß wirklich nicht, ob ich mir so eine Zukunft wünschen sollte."

Sie zuckte mit den Schultern. „Wie sagt man: Wo viel Licht, da ist auch Schatten. Davon solltest Du Dich nicht beirren lassen. Gerade deshalb braucht es im Zentrum der Weltkirche Priester wie

Dich, die ihre Aufgaben mit Hingabe und aus Liebe zur Kirche versehen, nicht?"

Er zupfte an seinem weißen Kollar. Er fühlte sich unwohl, wenn andere Menschen ihn in einem helleren Licht sahen, als er verdiente. „Mag sein. Aber ich bin nicht perfekt, Carmen. Je weiter ich in diese Welt eintauche, um so bewußter wird mir, wie unvollkommen und fehlerhaft ich bin."

„Aber das sind wir doch alle!"

„Die einen mehr, die anderen weniger. Unser einziger Trost ist, daß Gott darum weiß. Er weiß, wie unvollkommen sein irdisches Bodenpersonal ist." Er unterbrach sich. „Aber hören wir auf, von meinen Empfindlichkeiten zu reden. Mich interessiert vielmehr: Wie geht es mit Dir weiter, Carmen? Kann ich irgend etwas für Dich tun?"

Sie dachte einen Augenblick nach, dann sagte sie: „Ja, David. Hilf mir, daß ich hierbleiben kann."

„Du willst in Rom bleiben?" David staunte.

„Warum nicht? Ich spreche vier Sprachen und bin ja keine kleine naive Betschwester, der man nichts zutrauen darf."

„Natürlich nicht. Da sollte sich was finden lassen. An was hättest Du gedacht?"

„Ich würde gerne im organisatorischen Bereich arbeiten. In der Pilgerbetreuung etwa."

David dachte nach. „Ich wäre natürlich überglücklich, wenn ich Dich dauerhaft in Rom wüßte. Leider kann ich Dir nicht einfach einen Job verschaffen, dafür bin ich zu unbedeutend. Aber ich werde es eben auf die römische Art machen: Mich an jemanden wenden, der Beziehungen hat."

„David, ich verspreche Dir, wenn es funktioniert, dann kannst Du mir zeitlebens Deine Socken zum Stopfen bringen!"

*

In der päpstlichen Audienzhalle herrschte wildes Gedränge und es bedurfte schon der ganzen Autorität der vatikanischen Vigilante und der Schweizer Gardisten, um etwas Ordnung in die zehntausend Pilger zu bringen, die der Zeremonie zur Kreation der neuen Kardinäle beiwohnen wollten. Es waren neben vatikanischen Offiziellen, Geistlichkeit und Presse vor allem die Angehörigen der Delegationen, mit denen die neuernannten Kardinäle aus aller Welt nach Rom angereist waren. Zu diesen sogenannten Kardinalsfamilien gehörten in der Regel Verwandte, Mitarbeiter, verdiente Würdenträger, Laienvertreter, Politiker und Diplomaten. Viele waren zum ersten Mal in ihrem Leben in der Ewigen Stadt, für manche war es ein Höhepunkt in ihrem Leben. Menschen aus allen Erdteilen und jeder Hautfarbe mischten sich, teils in farbenfrohen Trachten, zu einem bunten Bild unter der abstrakten bronzenen Christus-Skulptur in der Mitte der Bühne – einem Kunstwerk aus den 70er Jahren, das Papst Paul VI. hatte aufstellen lassen und das beim flüchtigen Hinsehen den Eindruck erweckte, als kämpfe sich ein Waldschrat durchs dichte Unterholz.

In einer langen Prozession, das Kreuz voran, zogen die Priester, die Bischöfe und die anwesenden Kardinäle ein. Jubel brandete auf, als der Heilige Vater erschien.

David saß zusammen mit Wendell, Cooper, Carmen und Leary bei der amerikanischen Delegation. Vor ihnen hatte der US-Botschafter beim Heiligen Stuhl Platz genommen.

Auch Simon Preston war zu ihnen gestoßen.

„Hallo, was machst Du hier?“ flüsterte David überrascht.

„Na was schon, ich vertrete hier meinen Laden. Dieses Spektakel zum Abschied meiner römischen Zeit wollte ich mir nicht entgehen lassen!“ grinste er.

Oben auf der Bühne zerdrückte Erzbischof Joseph Walsh eine Träne. Dies war unzweifelhaft der Höhepunkt seines langen Lebens.

Nach seiner Ansprache überreichte Papst Paul VII. den neuen Kardinälen das purpurne Birett und die Ernennungsurkunden. Dazu kniete jeder einzeln vor dem Heiligen Vater nieder.

Joseph Walsh ließ sich vor dem päpstlichen Thron beschwerlich auf das kleine Samtkissen sinken, küßte den Fischerring und senkte das Haupt, als ihm der Pontifex mit der alten lateinischen Formel den Kardinalshut aufs Haupt setzte. Die seidene Kopfbedeckung wog gar nicht so schwer wie er gedacht hatte, sondern schwebte angenehm leicht auf seinem Haaransatz. So leicht, daß nur seine widerspenstigen buschigen Brauen den purpurnen Hutrand daran hinderten, über seine Augen zu rutschen.

Verflixt, er ist mir zu groß, fuhr es ihm durch den Kopf.

Er nahm die päpstliche Bulle in Empfang und murmelte in einer Mischung aus Italienisch und Latein: *„Grazie Santo Padre, sempre Totus Tuus.“*

Der Papst umarmte ihn milde lächelnd. *„Auguri mio caro fratello* – Gottes reichen Segen für Dein Werk und Deine Herde! Grüße mir meine Kinder in Amerika.“

Walsh erhob sich wieder, verbeugte sich noch einmal und wurde von einem Zeremoniar zu seinem Platz geleitet, während die amerikanischen Pilger Beifall klatschten. Als Nächster war Acchille Silvanelli an der Reihe, der Dank seiner angeborenen Eleganz und seiner langen Erfahrung im vatikanischen Protokoll den Akt der Kardinalserhebung wesentlich graziler absolvierte als sein amerikanischer Kollege.

Nachdem alle neuernannten Kardinäle ihren großen Auftritt mehr oder weniger anmutig über die Bühne gebracht hatten, erteilte der Pontifex feierlich seinen Segen. Ein gregorianischer Choral schloß das liturgische Zeremoniell ab. In einem farbenprächtigen Zug durch die Audienzhalle verließen Kardinäle, Papst und Gefolge unter dem Applaus der Gläubigen das Gebäude und begaben sich zum Apostolischen Palast zurück.

„Was passiert jetzt weiter? Klär mich auf, Monsignore!“ flachste Simon David an, als sich die Festgemeinde auflöste.

„Na was wohl! Wie im richtigen Leben auch: jetzt wird gegessen und gefeiert. Laß uns rüber gehen, die vatikanische Kost ist nicht zu verachten."

*

Die Hacken der Schweizergardisten am *Portone di Bronzo* knallten im Zehnsekundentakt, so viele Prälaten und Diplomaten drängten sich durch die Eingangshalle der *Scala Regia,* der Königlichen Treppe entgegen, die in die Prunksäle des Apostolischen Palastes führte. In den sonst so ehrfurchtgebietenden Gemächern wimmelte es von Menschen. Es war Sitte, daß die neuen Kardinäle ihre Gefolge, Pilger und Besucher hier empfingen, um deren Glückwünsche entgegenzunehmen. Es war ein Schaulaufen der Macht und Bedeutung im Zentrum des Kirchenstaates, wie es selbst für den Vatikan nicht alltäglich war.

Politiker, Diplomaten, Adelige und Financiers gaben sich ein Stelldichein und umschwänzelten Aufmerksamkeit heischend die Kirchenfürsten. Hier wurden politische Gespräche angebahnt, Personalien auf den Weg gebracht und Geschäfte abgeschlossen. Unbekanntere Zeitgenossen sonnten sich im Glanz des großen Protokolls und versuchten *bella figura* zu machen. Fremde Besucher erkannte man vorzugsweise daran, daß sie ihren Blick nicht von den historischen Deckenfresken und Stukkaturen lassen konnten und dabei immer wieder die Dienerschaft mit ihren vollen Tabletts in ernste Bedrängnis brachten.

Simon stieß einen leisen Pfiff aus. „Donnerwetter! Und da geht Euereiner täglich ein und aus. Kein schlechtes Ambiente!"

David, Cooper, Wendell, Simon und Carmen kämpften sich zu Kardinal Walsh durch, der in der Sala Clementina Hof hielt.

„Ah, endlich wieder vertraute Gesichter!" rief er aus und winkte sie zu sich. „Nach so viel Erhabenheit brauche ich jetzt wieder normale Menschen um mich."

„Eminenz, unsere aufrichtigen Segenswünsche!" gratulierte

Monsignore Cooper in aller Namen und deutete eine Verbeugung an. „Mit Verlaub, wir sind sehr stolz auf Sie."

„Ich danke Ihnen allen sehr. Ich habe mich gefreut, daß Sie den wichtigsten Moment meines Lebens mit mir geteilt haben."

„Steht Ihnen gut, das Rot. Herzlichen Glückwunsch!" sagte Simon.

David wandte sich zu Walsh. „Eminenz, darf ich vorstellen? Simon Prescott, Attaché an unserer Botschaft hier in Rom."

Der frischgebackene Kardinal reichte ihm die Hand. „Was haben Sie in ihren jungen Jahren geleistet, um in dieser schönen Stadt ihren Dienst versehen zu dürfen?"

„Oje, die dicke Rechnung folgt schon in ein paar Wochen, Eminenz. Dann werde ich nach Pakistan versetzt."

„Das ist ein gefährliches Pflaster, mein Sohn. Passen Sie ja gut auf sich auf!"

„Ich werde mein Möglichstes tun."

Walsh wandte sich an Carmen, die gar nicht wußte, wohin mit den vielen Eindrücken dieses Vormittags.

„Monsignore Wendell haben Sie ja schon kennengelernt, Schwester. Er ist der Mann, an den Sie sich halten müssen, falls Sie wirklich in Rom bleiben wollen." Er zwinkerte mit den Augenbrauen. „Wendell ist der oberste Strippenzieher der amerikanischen Gemeinde."

„Eminenz, ich weiß nicht ...", wehrte dieser ab.

„Monsignore Wendell, ich gebe Ihnen den Auftrag, für die ehrwürdige Schwester ein neues Aufgabenfeld hier in Rom zu suchen. Sie spricht gleich mehrere Sprachen fließend, davon konnte ich mich selbst überzeugen."

Wendell nickte. „Ich werde mich darum kümmern, Eminenz."

„Danke. Und jetzt bringe mir jemand ein ordentliches Glas Rotwein, das habe ich mir heute redlich verdient. David, Sie müssen mich am Montag unbedingt zu Gammarelli begleiten, er muß mir eine passende Robe schneidern. Diese hier zwickt an allen Ekken und Enden."

Der Kardinal von Chicago rauschte mit wehender Soutane heran. Sie überließen Walsh seinem Amtskollegen und weiteren Gratulanten.

„David, woher wußte er, daß ich gern in Rom arbeiten würde? Ich hatte es ihm gegenüber nie erwähnt." flüsterte Carmen, als sich Simon und Wendell dem Buffet zuwandten.

„Ich habe mit ihm gesprochen. Wenn er so einen Wunsch äußert, hat es mehr Gewicht, als wenn ich es tue. Wendell wird sich dem nicht entziehen können."

Sie atmete laut aus: „Heilige Gottesmutter, was für ein aufregender Tag! Ich weiß gar nicht, wie ich das alles verarbeiten soll – es ist wie ein verrückter Traum!"

Er lachte. „Dieses Gefühl hatte ich meinen ersten Wochen und Monaten hier recht oft. Aber die erste Aufregung vergeht schneller als Du denkst."

Er ließ Carmen bei den anderen am Buffet zurück und drängelte sich Richtung Benediktionsloggia. Hier sollten die neuen Kurienkardinäle ihre Gäste empfangen, und er wollte unbedingt Acchille Silvanelli gratulieren.

*

Als er auf den Eingangsstufen des langgestreckten Saales, der sich über die Vorhalle des Petersdomes erstreckte, innehielt, um nach Silvanelli Ausschau zu halten, traute er seinen Augen nicht: Neben dem neuen Kardinal stand, ein Glas in der Hand und ins Gespräch vertieft, Alessandro; bei ihm seine Mutter, die Principessa, unverwechselbar mit schwarzem Turban. Noch bevor er recht wußte, ob er zu ihnen stoßen sollte, hob Alessandro den Blick, und seine Augen begannen zu leuchten.

David nickte unmerklich und bahnte sich den Weg zu ihnen.

„Meine herzlichsten Glückwünsche zu Kardinalserhebung, Eminenz!"

Silvanelli blinzelte über den goldenen Brillenrand. „Danke, mein junger Freund, Danke. Ich glaube zu wissen, daß Sie der Principessa und vor allem dem Conte bereits begegnet sind."

„Wir hatten das Vergnügen, Don Davide an Weihnachten auf Santa Croce willkommenzuheißen", ließ sich Margherita mit rauchiger Stimme vernehmen. Sie reichte ihm die Hand. „Es ist mir ein Vergnügen, Sie wiederzusehen."

„Schön, Sie zu treffen, David. Ich hatte mir schon gedacht, daß Sie zugegen sein müßten." Alessandro schüttelte ihm förmlich die Hand. „Sie wissen ja, daß der Erzbischof – ich meine der Kardinal – unserer Familie sehr nahesteht."

David sah dem attraktiven Mann in dem edlen dunklen Anzug, der in geradezu spielerischer Leichtigkeit den Takt wahrte, in die Augen und wußte genau, warum er ihn liebte. Er mußte sich losreißen, damit der Blickkontakt nicht zu ungebührlich lange dauerte.

„Der Kardinal wird im Mai die Hochzeitsmesse für Daniella und Franco lesen", sagte die Principessa. „Sie müssen uns den Gefallen tun, und zum Fest kommen."

„Ja, unbedingt!" fügte Alessandro hinzu.

David blickte verlegen zu Silvanelli.

„Also wenn man so charmant eingeladen wird, darf man nicht ablehnen, lieber Monsignore. Und damit Sie nicht in der Rolle des Statisten sind, dürfen Sie mit mir konzelebrieren."

„Ich bin sicher, meine Tochter würde sich sehr freuen!" bekräftigte Margherita.

„Es ist mir eine große Ehre. Ich werde gerne kommen." antwortete David.

„Perfetto", konstatierte Alessandro. „Lassen Sie uns gleich hinausgehen und Daniella die gute Nachricht durchtelefonieren. Außerdem brauche ich dringend eine Zigarette."

Er nahm David am Arm und zog ihn weg.

Der Kardinal und die Principessa lächelten, bevor sie ihr Gespräch fortsetzten und sich weitere Gratulanten um den Kirchenfürsten scharten. Tonio Amicelli, der bei einer anderen Gruppe in der Nähe stand, nickte ihnen unauffällig zu.

Sie durchquerten die Säle und Loggien und gelangten über eine Seitentreppe in den Damasushof, den zentralen Platz vor dem Hauptportal des Palastes.

„Ich hatte keine Ahnung, daß Du hier bist, mein Liebster!"

„Und ich wußte genau, daß Du hier sein würdest, *carissimo!*"

Alessandro drückte David hastig in eine Treppennische und preßte seine Lippen leidenschaftlich auf die seinen.

„Alessandro, warte, ... wir müssen aufpassen!"

„Glaubst Du wirklich, Du bist der erste Priester innerhalb dieser Mauern, der geküßt wird?"

„Das nicht; aber vielleicht der erste, der von einem Mann geküßt wird."

„Nicht mal das!"

Sie küßten sich wieder.

Schritte. Zwei Gardisten näherten sich. Sie ließen voneinander ab und täuschten eine Unterhaltung vor, wobei Alessandro heftig mit seinem Handy gestikulierte. Die beiden Schweizer lenkten ihren Gleichschritt in eine andere Richtung.

David und Alessandro kicherten.

„Das war knapp." „Ja, aber wir müssen vorsichtiger sein."

Alessandro nahm sein weißes Einstecktuch, tupfte David, dann sich die Schweißperlen von der Stirn.

„Keine Angst, ich werde Dich nie in Verlegenheit bringen. Aber ich hatte solche Sehnsucht nach Dir. Als ich erfuhr, daß Mamma eine Einladung zur Kardinalserhebung von Onkel Acchille hatte, bot ich an, sie zu begleiten."

„Ich hoffe doch, Du bleibst länger in Rom?"

„Wenn Du willst, bleibe ich die ganze Woche. Die Villa meiner Cousine auf dem Aventin steht mal wieder leer ..."

*

Bei Gammarelli türmten sich die Bestellungen. Bischöfe aller Lande nutzen ihren Aufenthalt beim Konsistorium in Rom, um sich vom wohl exklusivsten Schneider der Welt neue Roben fertigen zu lassen. Seit über 200 Jahren kleidete die Familie mit dem kleinen Ladengeschäft nahe des Pantheon die Päpste ein und lieferte ihr feines Tuch an Kardinäle und Prälaten. Ernannte der Heilige Vater auf einen Schlag zahlreiche neue Purpurträger, dann ruhten bei Gammarelli sämtliche anderen Aufträge, um Tag und Nacht an der Ausstattung der neuen Kardinäle zu arbeiten.

Joseph Walsh stand auf einem kleinen Podest im hinteren Zimmer, während der Schneider an der Saumfalte seiner Soutane herumnestelte.

„David, sagen Sie ihm, er soll es kürzen, sonst trete ich ja ständig auf den Saum!" brummte er.

David übersetzte und palaverte mit dem Edelschneider, der wortreich und bedrohlich seine Nadel schwang, als wolle er damit gleich in den Allerwertesten des Erzbischofs pieksen.

„Eminenz, ich fürchte wir haben Pech. Er sagt, es sei die gleiche Länge, wie sie auch der Papst trage, und der Spann müsse vollständig verdeckt sein."

„Na gut, lassen Sie ihn machen. Hat wohl keinen Sinn zu erklären, daß ich für meine Robe selbst bezahle, und nicht der Papst."

David grinste und schüttelte den Kopf. „Nein, Eminenz, ich fürchte, das hätte keinen Sinn. Er ist eben – Gammarelli."

„Sie sollten sich auch eine neue Soutane machen lassen, David. Ihre alte wirkt etwas abgewetzt."

„Schon, aber ich kann mir die Preise eines päpstlichen Schneiders nicht leisten."

„Unsinn. Ich spendiere es Ihnen. Wenn ich fertig bin, lassen wir Ihnen ein gutes Stück anpassen."

Einen Widerspruch wehrte Walsh ab.

Aus dem vorderen Laden näherten sich Schritte. Zwei Personen wurden zur Anprobe in die Nachbarkabine geführt, nur durch einen schweren Samtvorhang getrennt. Der Schneider entfernte sich.

„... Silvanelli wird nie Papst, das wissen wir schon zu verhindern.“ hörten sie eine tiefe Stimme mit unverkennbar spanischem Akzent sagen.

„... dann müssen Sie jedoch auf der Hut sein. Er hat viele Anhänger unter den Kardinälen.“ antwortete eine zweite Stimme.

Walsh und David horchten auf. Der seltsame Dialog dauerte an.

„... man muß seine Position eben erschüttern! Sobald er Widerstand spürt, knickt er schnell ein. Silvanelli ist ein Waschlappen.“

Walsh lief puterrot an. Er hatte die Stimme erkannt – es war Kardinal Reyes! Walsh kletterte von seinem Anproben-Podest, auf dem er stumm verharrt hatte, und wollte wutentbrannt den Vorhang beiseite reißen, als ihn David geistesgegenwärtig am Arm packte und den Finger auf die Lippen legte.

„... wen würden Sie denn favorisieren, Eminenz?“ fragte die hellere Stimme.

„... ich will nicht spekulieren, aber da gäbe es schon einen naheliegenden Kandidaten: Franz Berninger. Er kennt die Kirche wie kaum ein anderer.“

„... mit Respekt, Eminenz: Sein Image ist äußerst – wie soll man sagen? – zwiespältig.“

„... zwiespältig? Vielleicht bei Häretikern! Berninger ist ein Mann unerschütterlichen Glaubens. Er wäre schon nach Wojtylas Tod der richtige Pontifex gewesen. Stattdessen haben die Kardinäle diesen liberalen Jesuiten gewählt.“

„... weil Berninger nicht vermittelbar war.“

„... weil sie feige waren, mein lieber Bischof. Zu feige, sich dem Wind der Medien entgegenzustellen. Aber die Zeiten haben sich verändert!“

Walsh preßte die Lippen aufeinander. David konnte nicht fassen, was ihnen da zu Ohren kam. Der amtierende Präfekt der vatikanischen Kleruskongregation machte gerade Stimmung gegen den amtierenden Papst, einen Mitbruder verächtlich und Wahlpropaganda für einen anderen. Es war ein Verstoß gegen alle Regeln.

Ein Schneider näherte sich der Nachbarkabine, einen Stoffballen über dem Arm. Die Unterhaltung verstummte augenblicklich.

David schob Walsh stumm durch den Samtvorhang und hinaus in den vorderen Teil des Ladens. Sie nahmen die Quittung entgegen und eilten hinaus auf den Platz, dem Pantheon entgegen.

„Das war schändlich und erbärmlich! Ein Affront! Reyes sollte sich schämen! Entlassen gehörte er wegen solcher Worte!" schäumte Walsh.

„Ja. Das war eine schäbige Vorstellung. Aber jetzt wissen wir, wie der Herr Präfekt wirklich tickt."

„Sie reden alle über den Heiligen Vater, als sei er schon tot. Das tut weh!"

Sie liefen schweigend durch die Gassen Richtung Corso.

„War Ihnen die Stimme des anderen Mannes vertraut, David?"

„Nein. Nicht, daß ich wüßte. Offenbar niemand aus dem Vatikan."

„Mmh ...", Walsh sinnierte, „mir kam sie irgendwie bekannt vor, aber ich kann sie nicht zuordnen. Ich würde zu gern wissen ..."

„Es wäre wohl angebracht, Kardinal Silvanelli über diesen Vorgang zu informieren."

Walsh schüttelte energisch den Kopf. „Wie sollte ich das tun? Erklären, daß wir heimlich einer Plauderei gelauscht haben, die nicht für unsere Ohren bestimmt war? Ihm mitteilen, daß ihn Reyes für einen Waschlappen hält? Nein, damit wären wir nicht besser als die anderen. Wir müssen schweigen David. Wir müssen schweigen."

Sie winkten an der nächsten Ecke ein Taxi herbei. Während sich der New Yorker Erzbischof zum Hotel Columbus zurückchauffieren ließ, überquerte David den Corso und ging in eine Espressobar. Wäre es wirklich richtig, zu schweigen?

*

Er schwieg. Er hatte in den darauffolgenden Wochen und Monaten ohnehin genug zu tun. Neben seiner Arbeit im vatikanischen Staatssekretariat wollte David sein Studium an der Gregoriana voranbringen und seine Promotion in Kirchenrecht abschließen.

Mit besonderer Freude erfüllte ihn, daß Schwester Carmen in Rom und somit in seiner Nähe blieb. Ihre Ordensleitung hatte die Genehmigung erteilt, sie als Organisations- und Sekretariatskraft im Amerikanischen Kolleg einzusetzen. Die Anforderung hatte Monsignore Wendell unterschrieben, der zusätzliche Unterstützung gut brauchen konnte. Carmen stürzte sich in die neue Arbeit, wirbelte durch das Haus auf dem Gianicolo und lernte eifrig Italienisch.

David brach unterdessen seine Zelte im Amerikanischen Kolleg ab, das ihm ein Jahr lang als Zuhause gedient hatte und bezog eine eigene Wohnung für Vatikanangestellte im Borgo Spirito. Damit war er erstmals seit Jahren, angefangen vom Priesterseminar über seine Kaplanszeit bis zum Kolleg, wieder Herr seines eigenen Haushaltes und genoß die Intimität seiner neuen vier Wände mit Blick auf den Tiber.

Als sich das zweite Osterfest näherte, das er in Rom verbrachte, war sein vatikanischer Alltag längst Routine geworden.

XI

Die Zeit der Mohnblumen war gekommen. Über und über waren Hügel und Olivenhaine, Straßenränder und Weinberge der mittelitalienischen Landschaft mit roten Tupfen übersät. Der Klatschmohn kündigte den Beginn der warmen Jahreszeit an. Auf Santa Croce liefen die Hochzeitsvorbereitungen für Daniella und Franco auf Hochtouren. Es sollte, besonders nach dem Willen des Brautpaares, eine kleine, bodenständige Feier werden, doch allein die Verwandtschaft der Vallescura und dell'Agnese war so zahlreich und ausufernd, daß an eine beschauliche Zeremonie nicht zu denken war. Dazu kamen Freundeskreis und Kollegen, nicht zu vergessen die Nachbarschaft aus dem Umkreis. Die Organisation hatte die Principessa persönlich in die Hände genommen; Daniella lag mit ihr im Dauerclinch wegen Einladungskarten, Gästeliste, Ablauf, Dekoration und Blumenschmuck, während sich Franco auf den nüchternen Standpunkt stellte, daß dies die Hochzeit seiner Schwiegermutter in spe sei und er nur ein Gast unter vielen, weshalb er sich lieber raus hielt und seine Dienstzeiten in der Klinik verdoppelte.

Auch Alessandro war klug genug, seiner Mutter nicht ins Handwerk zu pfuschen, und verbrachte soviel Zeit wie möglich in Rom, um in Davids Nähe sein zu können.

„Sie treibt momentan ihre gesamte Umgebung in den Wahnsinn!" frotzelte er, als er mit David an einem Maiabend im Innenhof von *Otello* saß, einer traditionsreichen Trattoria nahe der Spanischen Treppe. „Nachdem sie weiß, daß es für ihren Sohn nie eine große Hochzeit geben wird, will sie diese Tatsache mit Daniellas Vermählung kompensieren."

„Sie nicht so streng mit ihr! Es wird wohl die einzige Hochzeit bleiben, die sie ausrichten kann, also nimm ihr nicht die Freude."

„Wo denkst Du hin? Ich will meiner Mutter und meiner Schwester nicht im Weg sein, deshalb bin ich ja hier!"

David seufzte und nahm einen Schluck Rotwein. „Und ich hatte mich der Illusion hingegeben, Du wärest meinetwegen in Rom."

„Man kann ja das Angenehme mit dem Nützlichen verbinden, *Amore mio.*"

David wollte eine Bemerkung obendrauf setzen, als Alessandros Handy vibrierte.

Er schaute aufs Display. „*Ecco,* das ist Carlo. *Scusi.*"

Er stand vom Tisch auf und ging ein paar Schritte abseits vor dem Laubengang auf und ab, das *telefonino* am Ohr.

David hatte sich inzwischen daran gewöhnt, daß Italiener bei jeder passenden oder unpassenden Gelegenheit an jedem Ort und zu jeder Zeit telefonierten, und quittierte es mit einem Schulterzucken.

„... piano, piano! Nochmal, was ist passiert?" hörte er bruchstückhaft Alessandro fragen.

„... nein, noch nichts davon gehört. So schlimm?" Alessandro gestikulierte.

„... wir wissen noch gar nichts, ich höre von Dir zum ersten Mal davon!" Er blickte in Davids Richtung. Unbehagen spiegelte sich in seinen Augen.

„... *va bene!* Ich melde mich wieder!"

Er beendete das Gespräch und kehrte an den Tisch zurück.

„Ist irgendwas passiert?" fragte David. „Das Gespräch klang so ernst."

„*Si!* Das war Carlo. Sie haben wohl eben etwas in den Nachrichten gebracht. Es gab einen Bombenanschlag – in Pakistan."

David wollte eben nachfragen, als sich ein Zeitungsverkäufer den Tischreihen näherte. Über seinem Kopf schwenkte er das Titelblatt des Corriere della Sera mit der Schlagzeile:

„Terroristen sprengen US-Botschaft in Islamabad – über 100 Tote"

David starrte auf die schwarzen Lettern. „Gütiger Gott!" Er schluckte. „Ist es das, was Dir Carlo gerade berichtet hat?"

Alessandro nickte stumm. Er winkte den Austräger heran und kaufte ein Exemplar.

„Komm. Laß uns gehen!"

Im Torbogen zur Gasse las David die verstörende Meldung, die offenkundig noch auf einer vagen Informationslage beruhte:

„... schlugen die Täter, die in Islamistenkreisen vermutet werden, am frühen Vormittag zu. Zu dieser Stunde war die Botschaft vollständig mit amerikanischem und einheimischem Personal besetzt. Zudem hielten sich auch viele Besucher in dem Gebäude auf. Der mit Sprengstoff beladene Kleinlaster raste im Kugelhagel der Sicherheitskräfte direkt in den Haupteingang. Wie er auf das streng bewachte und umzäunte Gelände der Botschaft gelangen konnte, ist völlig ungeklärt. Die Wucht der Detonation zerstörte das Hauptgebäude, in dem sich das Büro des Botschafters und seines Stabes befand, fast vollständig. Bislang wurden rund 100 Todesopfer und zahllose Schwerverletzte geborgen. Unter den Trümmern werden noch etliche weitere Opfer vermutet."

David lies die Zeitung sinken. Seine Augen glänzten feucht. „Simon – ich muß wissen, was mit Simon geschehen ist!"

Alessandro legte tröstend den Arm um ihn. „Wir wissen nicht, ob er sich zum Zeitpunkt des Anschlags überhaupt in der Botschaft aufgehalten hat. Noch gibt es Hoffnung, daß Simon unversehrt ist."

„Ich weiß." David wischte sich mit der Hand übers Gesicht. „Ich werde mich bei der amerikanischen Botschaft in Rom erkundigen. Ich kenne dort einige Leute. Vielleicht wissen die mehr."

„Dann laß uns sofort hinfahren. Ich werde Dich begleiten."

*

Sie winkten ein Taxi herbei und ließen sich direkt zur US-Botschaft in der Via Veneto fahren. Der weitläufige Palazzo war hell erleuchtet. Zehn Minuten später standen sie mit Hilfe von Davids vatikanischem Diplomatenpaß im Büro von Lizzie, der Botschaftsassistentin, die bis zu dessen Versetzung nach Pakistan Simons Vertraute gewesen war. Der Fernseher im Hintergrund strahlte ununterbrochen die Bilder von rauchenden Trümmern aus, die mit dem Untertitel *breaking news* versehen waren.

Lizzie wirkte blaß und verstört. „Wir wissen hier nur, was wir übers Kabel vom State Department in Washington erfahren, Father O'Connor. Die meisten Informationen beziehen wir über CNN. Es ist so furchtbar. Warum läßt Gott das zu?"

David wollte etwas erwidern, aber er schwieg und strich Lizzie wortlos übers Haar.

„Würden Sie mich bitte anrufen, wenn Sie etwas erfahren? Sie wissen, Simon Prescott ist mein bester Freund. Rufen Sie mich jederzeit an, Tag oder Nacht!"

Lizzie nickte. „Natürlich. Beten Sie, Father. Bitte beten Sie."

„Das ist das mindeste, was ich tun kann."

Ein Mitarbeiter tauchte in der Tür auf und räusperte sich. „Guten Abend zusammen. Lizzie, der Botschafter möchte uns alle sprechen. Er hat Neuigkeiten."

Die Sekretärin deutete auf David und Alessandro. „Diese Herren sind Freunde von Simon Prescott. Father O'Connor arbeitet im Vatikan."

Der Mitarbeiter nickte ihnen zu. „In Ordnung. Wenn Sie mitkommen möchten; der Botschafter hat sicher nichts dagegen."

Sie folgten ihm durch einen langen Korridor zu einer Seitentüre, die direkt ins Botschafterbüro führte. Der US-Missionschef in Rom, ein hagerer älterer Herr, der ein Duzfreund des Präsidenten war, begrüßte sie ernst mit Handschlag. Bei ihm waren einige Mitglieder des Stabes und der Presseattaché, den David kannte.

„Gentlemen, Ladies, ich habe Sie hergebeten, weil es meine Pflicht ist, Sie über die traurigen Ereignisse in Islamabad in Kenntnis zu setzen, die auch uns hier in Rom nicht unberührt lassen. Soeben habe ich die bisherige Verlustliste aus dem State Department erhalten. Sie weist aus, daß wir zwei Kollegen verloren haben, die wir alle aus enger Zusammenarbeit hier an der römischen Botschaft persönlich kennen."

Es war mucksmäuschenstill.

Der Botschafter holte tief Luft. „Wir betrauern Colonel Thomas Velasquez, befehlshabender Offizier des Marinecorps, bis vor einem halben Jahr Vizekommandeur des Wachbataillons hier an der Gesandtschaft. Wir trauern ebenfalls um Botschaftsrat Simon Jefferson Prescott, bis vor einem Monat Attaché für politische Angelegenheiten bei uns in Rom, und Ihnen allen wie auch mir persönlich noch in bester Erinnerung."

David stand wie erstarrt. Die Angst war zur Gewißheit geworden.

„Mir ist bewußt, daß dies ein schwerer Schock für uns ist. Die grauenvolle, verbrecherische und gewissenlose Tat der Terroristen trifft und erschüttert uns alle. Besonders nahe geht sie uns, da Kollegen, Bekannte und Freunde unter den Opfern sind. Lassen Sie uns für unsere getöteten Kollegen sowie für alle Tote, Verletzte und ihre Familien beten."

Er wandte den Kopf um und blickte zu David. „Father, würden Sie bitte ein Gebet für uns sprechen?"

„Ja. Natürlich, Sir." Seine Stimme zitterte. Er kämpfte gegen eine wahre Flut von Gefühlen an. Bilder von früher, aus der gemeinsamen New Yorker Zeit mit Simon stiegen in ihm auf. Er erinnerte sich an ihre gemeinsamen Erlebnisse, an ihre Diskussionen und Gespräche. Doch er mußte seine Tränen in diesem Kreis zurückhalten und seinen Pflichten als Seelsorger nachkommen. Schweren Herzens faltete er die Hände und betete:

„Himmlischer Vater. Sprachlos und fassungslos stehen wir im Angesicht der Tragödie vor Dir. Wo all unsere Worte versagen, da sei Du unser Trost. Wo unsere Kraft nicht ausreicht, da sei Du uns nahe. Wo die Untaten dieser Welt unsere Seele verdunkeln, da sei Du uns Licht. Der Tod ist nicht das Ende aller Dinge, denn durch die Auferstehung Deines Sohnes hat der Tod keine Macht mehr über uns. So glauben wir, daß auch der Tod Deiner geliebten Söhne Simon Jefferson Prescott und Thomas Velasquez für sie nicht Ende, sondern Anfang ist. Nimm sie, die uns viel zu früh entrissen wurden, auf in Deine ewige Herrlichkeit und gewähre ihnen Deine Gnade und Deinen Frieden. Darum bitten wir durch unseren Heiland und Erlöser Jesus Christus. Amen."

Er stimmte das Vaterunser an. Danach erteilte er den Segen.

Der Botschafter schüttelte ihm die Hand. „Haben Sie vielen Dank für Ihre Worte, Father."

„Simon Prescott war ein guter Freund von mir, Sir."

„Ich weiß. Ich habe bereits mit seinen Eltern telefoniert. Es wäre Ihnen sicher ein Trost, wenn auch Sie mit Ihnen sprechen würden."

„Sicher. Ich werde anrufen."

David verabschiedete sich hastig und zog Alessandro nach draußen. Er brauchte dringend frische Luft.

*

Vor dem hohen Eisenzaun, der das Gebäude umgab, tobte der typische Spätabendverkehr auf der Via Veneto. Alessandro und David liefen zu Fuß zur Piazza Barberini hinunter. David sprach kaum ein Wort.

„Du warst eben sehr gefaßt dort drin. Ich ahne, wieviel Kraft Dich das gekostet haben muß."

David schüttelte den Kopf. „Von einem Priester wird in jeder Situation Fassung, Ruhe und Stärke erwartet. Auch wenn er selbst fassungslos und schockiert vor einer Situation steht, wenn er sich selbst die Frage stellt: *Lieber Gott, warum?* Er muß seine Gefühle stets unter Kontrolle halten, die richtigen Worte finden. Das ist nicht immer so einfach, wie die Leute meinen."

„Ich hätte Dich so gern gehalten, Deine Hand gesucht. Aber ich wußte, daß ich es nicht darf."

„Du warst da. Nur das ist wichtig."

„Ich bin immer bei Dir. Auch wenn es die Situation nicht erlaubt, es zu zeigen."

„Ich hatte Dich gewarnt, daß es nicht einfach ist, einen Priester zu lieben."

Alessandro legte seinen Arm um ihn. „Es tut mir sehr leid wegen Simon. Ich habe ihn gemocht. Er war so erfrischend offen."

Sie waren auf der Piazza angekommen. David betrachtete den beleuchteten Tritonsbrunnen. „Er war wie ein kleiner Junge. Manchmal erschreckend naiv, manchmal erstaunlich schlau, immer begeisterungsfähig. Entwaffnend ehrlich. Er war eine Art Korrektiv für mich – ohne ihn wäre ich wohl entweder so eine Art graue, blasse Kirchenmaus oder ein hemmungsloser kirchlicher Karrierist. Er hat dafür gesorgt, daß ich ein weltoffener Mensch geblieben bin."

Sie holten sich an einer kleinen Bar zwei Amari und standen vor der Türe in der warmen römischen Frühlingsluft. Alessandro zündete sich eine Zigarette an.

„Ich habe Dich nie danach gefragt – bist Du je intim mit Simon gewesen?"

„Wenn Du es unbedingt wissen willst: Ganz am Anfang. Es waren meine ersten Erfahrungen. Aber das bedeutete gar nichts. Simon liebte viele Männer. Es paßte nicht zwischen uns. Aber das, was viel wertvoller war, ist geblieben: eine tiefe Freundschaft."

„Nun, ich habe allen Grund, Simon sehr dankbar zu sein. Ohne ihn hätte ich Dich ja nie kennengelernt, in jener Nacht in Florenz, als Du mir vor die Füße gefallen bist wie ein Stern vom Himmel."

David holte tief Luft. „Tja, er hatte mir sehr ins Gewissen geredet, damals am Anfang, bei unserem großen Mißverständnis. Den Kopf hat er mir gewaschen. Gott, warum mußte er so ein schreckliches Ende finden? Er wollte doch gar nicht nach Pakistan, er hatte einen richtigen Horror davor!"

Alessandro blies den Rauch aus und strich David zärtlich über den Nacken. „Vielleicht ahnte er, daß es für ihn kein gutes Ende nehmen würde. Unser Unterbewußtsein sendet manchmal seltsame Signale aus. Die Menschen haben nur meist verlernt, darauf zu achten." Er kramte sein Handy aus der Sakkotasche. „Ich muß jetzt Carlo anrufen. Ich hatte ihm versprochen mich zu melden, sobald wir Näheres wissen."

*

Die Morgenzeitungen lieferten bereits genauere Informationen über Hergang und Opfer des Bombenanschlags in Pakistan. Die Wucht der Sprengladung hatte den gesamten Mittelteil des Gebäudes zerrissen und in sich zusammenstürzen lassen. Unter den Toten waren der US-Botschafter, der Geschäftsträger und die meisten Attachés, hatte doch zum Zeitpunkt des Attentats die wöchentliche Lagebesprechung stattgefunden. Unter den Trümmern lagen noch immer Botschaftsangehörige, einheimisches Personal und Besucher begraben.

Ein Stapel Tageszeitungen mit den schrecklichen Schlagzeilen lag auf Davids Schreibtisch im vatikanischen Staatssekretariat. Tonio Amicelli lugte betroffen durch seine runde Nickelbrille.

„Es tut mir so schrecklich leid, David. Ich ahne, wie nahe Dir dieses furchtbare Geschehen gehen muß. Simon war ein so netter

Mensch; so herrlich unbefangen und so lässig amerikanisch …", versuchte er unbeholfen zu trösten. „Jedenfalls, mein Mitgefühl für den tragischen Verlust Deines Bekannten."

„Danke, Tonio, ist schon gut. Ich habe vorhin mit Simons Eltern telefoniert, es war sehr schwer – sie sind völlig am Boden zerstört." David seufzte. Seine Augen waren dunkel gerändert. „Es ist für jedermann schwierig, in solch einer Situation die angemessenen Worte zu finden; umso mehr für einen Priester. Kennst Du dieses Gefühl, Tonio?"

Amicelli kreuzte die Hände über seinem Bauch. „Ob ich das kenne? Natürlich; ich finde ja schon bei weniger dramatischen Gelegenheiten nicht die richtigen Worte. Ich bin leider nicht so eloquent wie Du."

David klopfte ihm auf die Schulter. „Darauf kommt es nicht an, Tonio. Dafür hast Du das Herz am rechten Fleck – nur das zählt vor Gott."

Die Türe ging ohne Vorankündigung auf und Kardinal Silvanelli trat ein.

„*Buongiorno* meine Herren, wie gut, daß ich Sie beide hier antreffe." Sein ernster Blick fiel auf den Zeitungsstapel. „Welch eine Tragödie – möge sich der Herr dieser armen Seelen erbarmen. Wir müssen ein Kondolenzschreiben des Heiligen Vaters an den amerikanischen Präsidenten sowie die Angehörigen der Opfer formulieren. Seine Heiligkeit wünscht umgehend einen Entwurf. David, ich dachte, Sie könnten das übernehmen und Don Antonio wird Ihnen dabei behilflich sein."

„Natürlich, Eminenz. Das mache ich gerne."

Es war verrückt: Da war etwas Furchtbares in seinem Leben geschehen, er hatte einen Menschen verloren, der ihm lieb und teuer war. Und auf der anderen Seite sollte er zum ersten Mal in seinem Leben einen Brief für den Papst schreiben!

*

Dabei sollte es jedoch nicht bleiben, ihm wurde im Laufe der schmerzlichen Angelegenheit noch eine weitere Bürde auf die Schultern gelegt. Jene verwundeten Botschaftsangehörigen, die transportfähig waren, wurden zusammen mit den Särgen der Toten von Pakistan auf den amerikanischen Luftwaffenstützpunkt Ramstein in Deutschland ausgeflogen; von dort aus sollten sie später in die Vereinigten Staaten überführt werden. Die Leichen von Simon Prescott und Colonel Velasquez hingegen – oder was die Bombe der Fanatiker davon übrig gelassen hatte – brachte man zunächst nach Italien. Auf der NATO-Basis von Piacenza sollten die Diplomaten der römischen Botschaft Abschied von ihren ehemaligen Kollegen nehmen und die Särge an deren Familien übergeben werden.

Der Botschafter bat David als guten Freund Prescotts, zusammen mit dem methodistischen Militärgeistlichen, den Trauergottesdienst im Hangar des Stützpunktes zu leiten. Und so stand er an einem gewitterschwülen Spätfrühlingstag, angetan mit weißem Chorrock und violetter Stola, vor dem Katafalk mit den beiden fahnengeschmückten Särgen und sprach das *Libera,* das Totengebet der katholischen Kirche. In den Stuhlreihen der nüchternen Halle vor ihm Simons Eltern, der Botschafter, das diplomatische Corps, der italienische Außenminister, Militärangehörige. Soldaten der US-Marines mit ihren charakteristischen weißen Uniformmützen hielten, Gewehr präsentiert, die Ehrenwache.

Oh Simon, dachte er, *was tust Du mir hier an? Ich soll meinen besten Freund beerdigen? Wo alles in mir schreit: Mein Gott, warum? Wie soll ich Deine Eltern trösten, wo ich mich selbst kaum trösten kann? Du ahnst nicht, was für eine schwere Prüfung Du mir aufgibst. Gott, wie werde ich Dich vermissen!*

Er riß sich aus seinen Gedanken und zwang sich zur Disziplin. Neben ihm betete sein methodistischer Kollege aus den Psalmen:

„Der Herr hat's gegeben, der Herr hat's genommen.
Gepriesen sei der Name des Herrn!"

David konnte nicht verhindern, daß ihm Tränen in die Augen schossen, als das Stabsmusik Corps der Marines die amerikanische Nationalhymne intonierte.

XII

Schmerz und Freude lagen nahe beieinander in diesen Wochen. Keine zehn Tage, nachdem er in jenem trostlosen Flugzeughangar von Piacenza seinen besten Freund mit den Exequien der Kirche versehen hatte, stand David wieder am Altar. Diesmal in einem unvergleichlich prachtvolleren Rahmen in der Domkirche von San Gimignano. In der Mitte des Chorraums, im vollen bischöflichen Ornat mit Hirtenstab und Mitra, eingerahmt von David und Ortspfarrer Don Romano, sprach Kardinal Acchille Silvanelli die Segensgebete über das Brautpaar, das zu Füßen der Altarstufen kniete.

Daniellas Augen lächelten. Sie wandte ihren Blick nicht eine Sekunde von Franco ab, als sie vom Kardinal angesprochen wurde und auf die entscheidende Frage antworten sollte. Mit klarer, vernehmbarer Stimme sprach Sie: „Ja, ich will!"

Franco drückte fest ihre zarte Hand, als Silvanelli die Stola seines Meßgewandes um beider Handgelenke wand und dem Paar den Segen erteilte: „Im Namen Gottes und der heiligen Kirche bestätige ich den Bund, den Ihr geschlossen habt. Was Gott verbunden hat, das darf der Mensch nicht trennen. Im Namen des Vaters und des Sohnes und des Heiligen Geistes. Amen."

Applaus brandete durch das Gotteshaus, als der stolze Bräutigam den Spitzenschleier lüftete und die Braut innig küßte.

Davids Augen wanderten zum blauen Sternenhimmel, der das gotische Gewölbe des ehrwürdigen Gotteshauses zierte; er hatte schon mehrmals Trauungen vorgenommen, in seiner Kaplanzeit in Saint John's und einmal bei Freunden der Familie in Silver Springs. Doch diese Hochzeit war auch für ihn etwas Besonderes. Nicht, daß er Daniella und Franco um ihr Glück beneidet hätte, er gönnte es ihnen von Herzen. Vielmehr dachte er daran, daß er seine eigene große Liebe, die Verbindung seines Herzens mit dem Herzen eines anderen Mannes, verstecken mußte, und zwar gleich in doppelter Hinsicht: Die Kirche kannte grundsätzlich keine Vereinigung von zwei Männern. Zwar beharrte der Vatikan seit ein paar Jahren nicht mehr demonstrativ bei jeder Gelegenheit auf seinem tradierten Ehebild und sprach sich sogar gegen die Diskriminierung homosexueller Paare aus; ein kirchlicher Segen blieb ihnen jedoch – im Unterschied zu manchen Kirchen des Protestantismus – versagt. Zum anderen war für ihn als römisch-katholischer Priester, anders als bei Geistlichen anglikanischer und evangelischer Kirchen, jegliche Beziehung tabu – sei es zu einem Mann oder einer Frau. Der Zölibat galt ausnahmslos fort, wenn auch die Realität oftmals anders aussah. Die Kirche hatte auch unter dem neuen Pontifikat keinen Anlauf unternommen, um die immer stärkere Kluft zwischen Theorie und Praxis aufzulösen. So müßten er und Alessandro ihre Liebe weiterhin in die Herzen einschließen und würden sie wohl niemals öffentlich zeigen dürfen.

Er seufzte leise und riskierte über die Köpfe der Stuhlreihen hinweg einen Blick auf Alessandro, der neben seiner Mutter Platz genommen hatte. Wie fesch er aussah im hellgrauen Gehrock mit Weste und himmelblauer Seidenkrawatte! Die Principessa trug eine Art blumengeschmücktes Wagenrad auf dem Haupt und wann immer sie sich bewegte, mußten die Umsitzenden schnell ihre Köpfe einziehen, um nicht mit dem Kunstwerk einer florentiner Hutmacherei zu kollidieren.

Als David zur anschließenden Eucharistiefeier dem Brautpaar Kelch und Hostie reichte, raunte Margherita ihrem Sohn zu: „Dein Freund macht das mit viel *grandezza*. Jetzt haben wir einen eigenen Hauskaplan in der Familie!"

Alessandro mußte sich ein Lachen verkneifen. Dabei war es auch für ihn durchaus gewöhnungsbedürftig, seinen Geliebten im liturgischen Meßgewand am Altar zu beobachten. Die Situation flößte ihm einen gewissen Respekt ein, und er meinte zu bemerken, daß sich auch David anfänglich nicht ganz wohl in seiner Haut fühlte. Immer wieder hatte er hoch zum Gewölbe geblickt, so als hoffte er, daß die Zeremonie schnell vorübergehen möge. Doch jetzt, bei den sakralen Handlungen der Kommunion, wirkte er wie verwandelt, voller Konzentration und Hingabe. Er war ein Priester durch und durch. Und wenn er, Alessandro, diese unwandelbare Tatsache nicht respektieren und sich darauf, um ihrer Liebe willen, einstellen würde, dann gäbe es keinerlei gemeinsame Zukunft für sie.

Beim Empfang der Kommunion mied Alessandro jeden direkten Blickkontakt, er wollte seinen Freund nicht in Verlegenheit bringen.

„Corpus Christi custodiat animam tuam in vitam aeternam.“ murmelte David, als er Alessandro die Hostie auf die Zunge legte. Seine Hand zitterte unmerklich.

„Amen.“ antwortete Alessandro und seine Augen schimmerten ergriffen, als er sich umwandte und zum Platz zurückging.

Neben David stand Kardinal Silvanelli und reichte der Principessa die Kommunion. Seinem Gespür war nicht entgangen, daß zwischen den beiden jungen Männern eine seltsame Nähe bestand, über dessen Natur er sich nicht ganz im Klaren war. Doch auch er mußte über längst vergessene Emotionen aus seiner Jugend nachdenken, als er Margeritha die Vallescura die heilige Hostie reichte.

Das Orgelspiel aus der Domkirche drang noch nach draußen, als sich auf dem Vorplatz die Festgemeinde versammelte, um das frischvermählter Paar zu feiern. *„Auguri, auguri!“* schallte es ihnen entgegen.

Alessandro nahm Daniellas vor Aufregung gerötete Wangen in seine Hände und drückte ihr einen Kuß auf die Stirn. „Mein Schwesterchen, ich bin so glücklich für Dich! Ich wünsche Dir von Herzen das Beste!“

„Ich danke Dir. Ich werde schon vermissen, daß Du nicht mehr täglich in der Nähe bist."

Ihm wurde schlagartig bewußt, daß er von nun an größtenteils allein auf Santa Croce sein würde; Daniella in der gemeinsamen neuen Wohnung mit Franco in Florenz, seine Mutter ohnehin nur sporadischer Gast und der Mann seines Herzens in Rom, bislang hatte er darüber nicht nachgedacht. Doch davon wollte er sich die festliche Stimmung nicht trüben lassen. „Es wird für uns beide Zeit, einen neuen Lebensabschnitt zu beginnen. Wir werden uns immer nah sein, wo wir auch sind, Schwesterherz!"

Er wandte sich Franco zu, dessen silbernes Haar im Sonnenlicht fast so strahlte wie sein Gesicht und knuffte ihn in die Seite. „Paß mir ja gut auf sie auf, Schwager! Du weißt ja, wir sind eine Familie von Ehre: Solltest Du Daniella je unglücklich machen, bin ich gezwungen, Dich zu erschießen."

„Sollte ich Dir dazu je einen Grund geben, habe ich es nicht anders verdient." gab der Bräutigam unter allgemeiner Heiterkeit zurück.

David gab der Braut einen Wangenkuß. „Gottes Segen für Euch! Und danke, daß ich an Euerem Glück teilhaben darf."

Sie umarmte ihn und flüsterte: „David caro, Du gehörst zur Familie. Schließlich bist Du ja so was wie mein Schwager ..."

*

An der langen weißen Tafel vor der Loggia vollzog sich eine italienische Bilderbuchhochzeit. Die vielen Gänge des Festmenüs nahmen kein Ende. Lidia und ihre Helferinnen in der Küche hatte ihre gesamte Ehre in die Waagschale geworfen und für die rund hundert Gäste anscheinend sämtliche Rezepte ihres geheimen Kochbuches auf den Tisch gebracht. Es wurde den gesamten Nachmittag gespeist, getrunken, immer wieder unterbrochen von Tischreden des Bräutigamvaters, der Principessa, des Kardinals, von Alessandro, von Onkel Giuseppe, Patentante Renata und Cousine Anna, von Don Romano, vom Bürgermeister und dem Regionalpräsidenten, alles Freunde der Familie ...

Musikanten spielten auf und brachten Ständchen, forderten das Brautpaar zum Tanz heraus. Vorallem jedoch war es laut, lebhaft und sättigend. Es war schon früher Abend, als Daniella und Franco den Hochzeitskuchen anschnitten, einen Traum aus klebrigsüßem Baiser, den Carlo als Hochzeitsgeschenk im *Don Camillo* hatte anfertigen lassen.

Alessandro stellte sein Glas ab, legte die weiße Serviette neben sich auf den Tisch und stand auf. Mit einem unmerklichen Kopfnicken machte er David Zeichen, ihm zu folgen. „Laß uns spazierengehen, ich muß dringend dem Trubel hier entfliehen."

David lehnte höflich einen Nachschlag der cremigen Kalorienbombe ab, wischte sich den Mund ab und lief mit Alessandro in Richtung der Weinberge. Die ungewöhnliche Frühjahrshitze war einer wohligen Abenddämmerung gewichen.

„Jetzt ist meine Schwester endlich – wie sagt man bei Euch? – unter der Haube."

„Sie ist eine bezaubernde Braut. Und ich glaube, sie hat einen guten Ehemann bekommen. Ich habe die beiden während der Trauung beobachtet: Sie lieben sich wirklich."

„Ja. Und weißt Du was? Ich habe heute beide sehr beneidet. Sie haben großes Glück und dürfen das auch offiziell vor aller Welt zeigen. Wir hingegen sind zum Schweigen verurteilt. Zum Versteckspiel und zur Verleugnung unseres Glücks. Sag mir, ist das vielleicht gerecht?"

Alessandro zündete sich eine Zigarette an und reichte sie an David weiter, bevor er sich eine Neue nahm.

David nahm einen langen Zug. „Gerecht? Gerechtigkeit ist nur eine Illusion des Diesseits. So etwas wie menschliche Gerechtigkeit gibt es nicht, denn sie wird immer subjektiv sein. Als Gerechtigkeit bezeichnen wir für gewöhnlich, was die Gesellschaft für wahr hält. Aber wer hat schon die Wahrheit für sich gepachtet?"

„Das meinen viel mehr Leute von sich, als Du ahnst."

„Genau. Gerade das ist ja die Krux. Gerechtigkeit gibt es nur bei Gott – aber seine Maßstäbe entziehen sich unserer Dimension des Denkens. Ist es gerecht, daß wir schwul sind? Ist es gerecht, daß unser Leben dadurch schwieriger ist? Wir haben uns das nicht bewußt ausgesucht, es ist uns auferlegt worden. Ich bin zutiefst davon überzeugt, daß dies nicht durch Zufall so ist und daß es nicht ohne jeglichen Sinn ist."

„Du meinst also, eine Art besondere Prüfung?"

David überlegte kurz. „Nein, so weit würde ich nicht gehen, zumal ich theologisch die Vorstellung ablehne, daß der liebe Gott so eine Art Puppenspieler ist, an dessen Fäden wir Menschen als seine tanzenden Marionetten hängen. Nein, ich sehe das vielmehr positiv: Wir sind mit einer besonderen Gabe gesegnet, und es kommt darauf an, was wir daraus im Leben machen. Wir können sie wegwerfen und verleugnen. Wir können sie mißbrauchen und beschmutzen. Wir können sie aber auch verantwortungsbewußt leben und einsetzen. Oder uns zumindest darum bemühen. Das bedeutet natürlich, nicht immer den leichtesten Weg im Leben zu nehmen, den Weg des geringsten Widerstandes."

Alessandro trat seine Zigarettenkippe aus. „Das klingt ungemein schön, was Du da sagst – aber ist das auch die Lebenswirklichkeit? Oder nicht eher schöne Theorie?"

David schob sich die Sonnebrille ins Haar. „Ich weiß es selbst nicht. Es ist zumindest eine Maxime, nach der man versuchen kann, sein Leben zu gestalten. Ob es ein taugliches Rezept ist, das frag mich am besten in zwanzig, dreißig oder vierzig Jahren wieder. Dann habe ich ein paar Erfahrungswerte." Sie lachten.

*

Acchille Silvanelli bot der Principessa galant seinen Arm. Der weiße Kies knirschte unter ihren Sohlen, als sie den Vorplatz überquerten und den überwucherten Feldweg Richtung der kleinen romanischen Kapelle einschlugen, die zwischen den Rebstockreihen auf dem Nachbarhügel herauslugte.

„Es ist schön wieder hier zu sein nach all den Jahren. Wie wenig sich verändert hat."

„Das Land ist geblieben wie es immer war, Acchille. Wir sind es, die sich verändert haben. Wir sind alt und grau geworden."

„Das muß man sicherlich von mir behaupten. Aber Du, Margherita, Du bist nach wie vor eine anmutige Frau, so wie damals, in unserer Jugend. Ich habe die Zeit nicht vergessen und ich bewahre sie wie ein kostbares Gut tief drinnen in meinem Herzen."

Sie lächelte ihn unter ihrer breiten Hutkrempe an. „Zumindest hast Du nicht vergessen, wie man einer Frau Komplimente macht. Ich war sehr in Dich verliebt, damals. Aber mir war sehr schnell klar, daß ich Dich dauerhaft an die Kirche verlieren würde."

Sie spazierten eine Weile schweigend nebeneinander her.

„Hast Du Deine Entscheidung, in den Dienst der Kirche zu treten, jemals bereut?"

„Nein. Die Kirche ist mein Leben. Ich bin mit Leib und Seele ein Diener Gottes. Aber ich könnte nicht glaubwürdig sein, hätte ich nicht vorher die Liebe kennengelernt. Und dafür werde ich Dir ewig dankbar sein." Er betrachtete sie über seine Brille hinweg. „Und Du? Sag, bist Du mit Filippo glücklich gewesen? Hat er Dir geben können, was Du gesucht hast?"

„Filippo hat mir meine Kinder geschenkt. Er war vielleicht nicht die große Liebe meines Lebens, aber er war ein hingebungsvoller Ehemann und Vater, ein nobler Ehrenmann vom Scheitel bis zur Sohle. Ich empfinde für ihn tiefe Dankbarkeit. Er hatte es nicht verdient, so früh gehen zu müssen und seine Kinder nicht aufwachsen sehen zu können."

„Und nun? Du hast einen sehr aufmerksamen Partner, wie

ich bemerkt habe. Warum heiratet Ihr nicht? Es täte Dir sicher gut."

„Maurizio und ich? Warum sollten wir heiraten? Um irgendwelchen verstaubten Konventionen genüge zu tun?" Sie blieb stehen. „Ich bin kein Versorgungsfall. Ich war mit dem Vater meiner Kinder verheiratet und ich bin eine reiche Frau. Ich trage einen großen Namen. Es gibt schlichtweg keinen Grund für mich, nochmals zu heiraten."

Silvanelli protestierte schwach. „Nun ja. Die Ehe ist das gottgewollte familiäre Fundament, auf dem wir stehen ..."

„Nach dem Krebstod von Filippo mußte ich von heute auf morgen auf eigenen Beinen stehen, ganz allein, mit zwei kleinen Kindern. Ich habe es weiß Gott gelernt, eine selbstständige Frau zu sein, Acchille!"

„Du bist ohne Zweifel eine starke Frau, Margherita."

Sie waren vor der kleinen romanischen Kapelle angekommen und genossen den Blick auf die Landschaft. Auf dem benachbarten Hügel thronte Santa Croce, dahinter erhoben sich die historischen Türme von San Gimignano.

„Ich habe eine Neuigkeit, die ich Dir mitteilen möchte. Du wirst es vermutlich in einigen Tagen in der Zeitung lesen können: Ich kehre zurück!" nahm Silvanelli den Gesprächsfaden wieder auf. „Der Heilige Vater wird mich zum Erzbischof von Florenz ernennen."

„Du kommst zurück in Deine Heimatstadt?" staunte Margherita. „Das ist eine angenehme Nachricht. *Tanti auguri!*"

Sie hauchte ihm einen freundschaftlichen Kuß auf die Wange.

Silvanelli schmunzelte verlegen. „Zeig mir die Kapelle!"

„Gerne. Die alte Familienkirche der Vallescura. Sie ist schon lange stillgelegt."

Sie traten in das kühle Halbdunkel des kargen Innenraums.

Der Kardinal bekreuzigte sich und sprach ein stilles Gebet. Ihm fiel ein bunter Strauß aus Wiesenblumen auf dem verwitterten Altarstein auf. „Ab und zu scheint sich doch jemand hierher zu verirren."

„Spaziergänger, Wanderer vielleicht. Manchmal auch jemand von den ortsansässigen Bauern. Ich war schon lange nicht mehr hier. Laß uns gehen, die Luft riecht abgestanden."

Sie öffneten die kleine Pforte nach draußen.

Silvanelli blinzelte in die tiefstehende Sonne, als sie ins Freie traten. Offenbar waren sie nicht allein.

Alessandro und David fuhren erschrocken herum, als hinter ihnen ohne Vorwarnung die alte Holztüre in den Angeln quietschte. Sie hatten nicht erwartet, hier jemanden anzutreffen.

David befreite sich abrupt aus Alessandros inniger Umarmung. Röte stieg ihm ins Gesicht. Vor ihnen stand Kardinal Silvanelli, dahinter, mit aufgerissenen Augen, die Principessa.

„Eminenz", stammelte David unbeholfen, „... das ist eine Überraschung."

Silvanelli hielt seine rechte Hand über die Augenpartie, um sich vor der Sonne zu schützen. Die wenigen Sekunden der Wahrnehmung hatten gereicht, um ihn in seinen Befürchtungen zu bestätigen: Der junge Graf und sein Mitarbeiter waren sich näher, als es statthaft war.

„Ja, das Leben überrascht uns immer wieder." vermerkte er.

„Ah, David, hat Ihnen Alessandro gerade den berühmten Aussichtspunkt gezeigt!" versuchte Margherita die peinliche Situation geistesgegenwärtig zu überspielen. „Das ist diese eine berühmte Stelle, auf der man millimetergenau stehen muß, damit die Sonne im rechten Winkel ... oder wie war das gleich, Alessandro?"

„... die Abendsonne sich in der Fassade des Domes bricht und ihr Licht auf die Kapelle wirft." beendete Alessandro ohne mit der Wimper zu zucken den Satz.

„Genau das meinte ich! Acchille, willst Du auch mal sehen?"

„Danke. Ich habe für heute genug gesehen. Es war sehr liebenswürdig von Dir, mir die alte Kapelle zu zeigen. Aber wir sollten nun den Rückweg antreten."

„Natürlich. Sie werden sich schon alle fragen, wo wir abgeblieben sind!"

Die Principessa hakte sich bei ihrem hohen Gast unter und steuerte ihn geschmeidig auf den Pfad zurück in Richtung des Anwesens.

„Das war ja haarscharf am Rande eines Fiasko!" sagte Alessandro, als Silvanelli und die Principessa außer Hörweite waren.

„Es war ein Fiasko. Silvanelli hat es bemerkt, da bin ich mir sicher."

„Kopf hoch. Was hat er schon gesehen? Eine flüchtige Umarmung."

David seufzte. „Ich hoffe, Du hast Recht. Aber es zeigt, daß wir auf der Hut sein müssen."

*

Zurück in Rom befürchtete David täglich, von Silvanelli zur Situation bei der Hochzeit befragt und zur Rede gestellt zu werden. Doch nichts geschah. Im Juni, kurz vor dem Hochfest der Heiligen Peter und Paul, gab der Vatikan die Ernennung Kardinal Silvanellis zum Metropolitan-Erzbischof von Florenz bekannt. Es folgte ein Abschiedsempfang an der Kurie und ein gemeinsamer Gottesdienst in Silvanellis römischer Titelkirche. Danach begab sich der Papst wie jedes Jahr in seine Sommerresidenz in Castel Gandolfo, einem burgartigen Anwesen hoch über einem See in den Albanerbergen; damit begann auch im Vatikan offiziell die zweimonatige Ferienzeit. Wer immer die Gelegenheit hatte, flüchtete aus der römischen Hitze und überließ die Stadt am Tiber den Touristen und den Katzen.

Alessandro und David hatten geplant, in diesem Jahr für drei Wochen nach Kreta zu fliegen und anschließend noch zwei weitere

Wochen an der Riviera zu verbringen. Kurz vor seiner Abreise wurde David noch einmal zu Kardinal Silvanelli gerufen, der damit beschäftigt war, seinen Schreibtisch im Staatssekretariat zu räumen.

„Lassen Sie uns ein wenig durch die Vatikanischen Gärten spazieren“, schlug er vor.

Sie überquerten hinter der Petersbasilika die Piazza vor dem Governatorato und setzten sich unter einer schattigen Palme auf eine abgelegene Parkbank.

„Wenn Sie einmal Ruhe und Besinnung brauchen, dann empfehle ich Ihnen die Vatikanischen Gärten, und ganz besonders diese Stelle. Nur selten verirrt sich jemand hierher“, eröffnete Silvanelli das Gespräch und schlug die Beine übereinander. „Vielleicht das einzige Plätzchen in diesen Mauern, das mir tatsächlich fehlen wird.“

„Wir werden Sie alle ganz furchtbar hier vermissen. Die ganze Sektion wartet gespannt darauf, wer ihr Nachfolger an der Kurie wird.“

„Dies weiß zur Stunde allein der Heilige Vater, wir müssen abwarten. David, ich habe Sie hierher gebeten, weil ich mir gewisse Sorgen mache. Mir ist Menschliches nicht fremd; deshalb ist es mir nicht entgangen, daß die Gefühle, die der junge Conte Alessandro und Sie füreinander hegen, über das allgemein übliche Maß unter Männern hinauszugehen scheinen.“

David wollte etwas erwidern, doch der Kardinal gebot ihm Einhalt. „Es ist nicht an mir, darüber zu richten. Ich bin der Familie der Vallescura seit langer Zeit verbunden. Und auf der anderen Seite habe ich Sie innerhalb des abgelaufenen Jahres als zuverlässigen und fähigen Mitarbeiter zu schätzen gelernt. Erzbischof Joseph Walsh hat Sie nicht umsonst meiner Obhut überlassen. Es würde mich daher sehr schmerzen, wenn ich aufgrund irgendwelcher mißlicher Geschichten einen vielversprechenden Priester verlieren und gleichzeitig Ungemach über die Principessa und ihre Familie bringen würde.“

David schwieg betreten und blickte auf die akkurat gepflegte Rasenfläche.

„Ich verlange nichts von Ihnen. Sie sind ein verantwortungsbewußter Priester, Sie müssen selbst entscheiden, was das Richtige ist und dies vor ihrem eigenen Gewissen vertreten. Dasselbe gilt natürlich auch für Alessandro di Vallescura. Sie beide haben mein Vertrauen. Aber ich möchte Sie ganz offen warnen: Ich werde nicht mehr lange hier sein, um meine schützende Hand über Sie zu halten. Es gibt hier Kirchenfürsten“, Silvanelli deutete auf die Mauern des Apostolischen Palastes, „die deutlich weniger Vertrauen in die Eigenverantwortlichkeit ihrer Priester haben und deren Leben bis in die privatesten Ecken hinein zu kontrollieren trachten. Liefern Sie ihnen keinen Vorwand durch irgendwelche Unbedachtsamkeiten. Sie würden es bitter bereuen – für sich persönlich und wegen des Schadens, der damit auch anderen entstehen könnte.“

„Eminenz“, fragte David betroffen, „was erwarten Sie von mir?“

Silvanelli musterte ihn mit sanftem Blick. „Ich erwarte von Ihnen nichts. Gott ist es, der Erwartungen an Sie hat. Diese jedoch kennen nur Sie selbst. Ich will Ihnen nur ans Herz legen, vorsichtig und umsichtig zu sein. Sie haben das Potential, es an der Kurie noch weit zu bringen. Oder in Ihrer amerikanischen Heimat Bischof zu werden. Gefährden Sie das nicht.“

„Wie kann ich das tun, ohne die Liebe meines Herzens zu verraten?“

„Ich kann Ihnen darauf keine Antwort geben. Beten Sie um den rechten Weg. Beten Sie um die Führung und den Rat des Heiligen Geistes.“ Der Kardinal zog einen Rosenkranz aus der Tasche seiner Soutane und ließ ihn durch die Finger gleiten. „Gott schickt jeden von uns auf seinen eigenen Weg.“

Hätten die Worte Silvanellis zum Ziel gehabt, David von Alessandro zu trennen, so verfehlten sie ihre Wirkung. David konnte und wollte nicht auf die Liebe seines Freundes verzichten und er hatte dabei ein reines Gewissen. Nichts und niemand, auch die Kirche nicht, würde sie auseinanderbringen können. Als sie aus ihrem Urlaub in Griechenland zurückgekehrt waren, hatten sie den kleinen Vorfall am Rande von Daniellas Hochzeitsfeier längst vergessen.

XIII

Die Schlagzeilen der Morgenzeitungen überschlugen sich, der Skandal war perfekt.

„Wieder katholische Priester als Kinderschänder enttarnt"

„Kette von Mißbrauchsfällen in der Erzdiözese New York reißt nicht ab"

„Klagewelle gegen Kirche – Warum schweigt Erzbischof Walsh?"

So und ähnlich klangen die noch harmloseren Überschriften in der New Yorker Tagespresse. Joseph Walsh starrte aus dem Fenster auf die herbstliche Fifth Avenue. Seine buschigen Augenbrauen hatten sich zu einem Balken verdichtet. Der Mediensturm war entfacht, nichts würde ihn noch aufhalten können. Hatte er alles falsch gemacht? Hatte er der Sache zu wenig Aufmerksamkeit geschenkt? Seinen Mitarbeitern zu viel freie Hand gelassen? Wie konnte die Angelegenheit nur so außer Kontrolle geraten?

Er wandte sich brüsk um. „Die Entscheidung ist gefallen und unwiderruflich. Ich werde heute Nachmittag in einer Pressekonferenz bekanntgeben, daß ich beabsichtige, den Vatikan um die Entsendung eines Apostolischen Visitators zu ersuchen, der die Vorgänge und Vorwürfe nach kanonischem Recht untersucht. Den Rest erledigt dann die New Yorker Staatsanwaltschaft."

„Eminenz, ich wiederhole nochmals mit allem Nachdruck: Wenn Sie freiwillig um einen Visitator bitten, wird es wie ein Schuldeingeständnis aussehen. Dann sind wir erledigt!" protestierte Generalvikar Novak.

„Hätte ich in den letzten Monaten weniger auf Ihre Ratschläge gehört und wäre mehr meinem Instinkt gefolgt, wären wir jetzt nicht in dieser beschissenen Lage!“ polterte Walsh und ließ seine Faust auf den Zeitungsstapel sausen. „Sie haben die Sache aus dem Ruder laufen lassen und es versäumt, mich auf dem Laufenden zu halten. Niemand hat es für nötig befunden mir mitzuteilen, daß neue Fälle aufgetaucht sind. Mein Entschluß steht fest!“

„Es könnte aber in Rom leicht den Eindruck erwecken, daß wir nicht fähig sind, vor unserer eigenen Türe zu kehren.“ warnte Patrick Leary. „Wir spielen unseren Gegnern den Ball in die Hände.“

„Nicht, wenn wir einigermaßen geschickt vorgehen“, brummte Walsh. „Uns bleibt im Moment nur die Vorwärtsverteidigung. Allemal besser, wir bitten selbst um die Hilfe Roms, als wenn uns diese Hilfe gegen unseren Willen aufgenötigt wird. So können wir wenigstens Handlungsfähigkeit demonstrieren.“

„Ihr alter Freund Silvanelli ist nicht mehr an der Kurie. An wen wollen Sie sich wenden, Eminenz?“

„Solange der Papst keinen Nachfolger für Silvanelli ernannt hat, werde ich mich direkt an Kardinalstaatssekretär Lavalle wenden. Er ist ein einsichtiger und kluger Mann.“

Novak räusperte sich. „Wir spielen mit dem Feuer, Eminenz. Wir haben keine Ahnung, wen Lavalle als Visitator vorschlagen könnte.“

„Ich werde ihm einen entsprechenden Vorschlag unterbreiten.“

„Darf man fragen, an wen Sie denken?“

„Das werden Sie noch früh genug erfahren, Herr Generalvikar. Und jetzt haben Sie die Güte mich allein zu lassen, ich muß ein paar wichtige Telefonate führen.“

Novak und Leary verließen das Büro mit gemischten Gefühlen.

„Glauben Sie, daß der Kardinal das Richtige tut?“ fragte Novak skeptisch.

„Nicht wirklich. Aber wir haben uns schon so manches Mal in

ihm getäuscht; er ist gewiefter als wir denken. Ich hoffe, das ist auch dieses Mal so."

*

Der große Sitzungssaal in der erzbischöflichen Kanzlei war brechend voll, als der Oberhirte von New York am Nachmittag den Raum betrat. Zeitungsreporter und ein rundes Dutzend Kamerateams drängten sich zusammen, um den Kardinal zu den neuesten Entwicklungen im Mißbrauchsskandal zu grillen.

„Lassen Sie mich zunächst folgende Erklärung abgeben, bevor ich Ihre Fragen beantworte", beschied Walsh die Journalisten, als er sich hinter dem Stehpult mit dem Mikrofonwald plaziert hatte. „Die Erzdiözese und ihre Gläubigen sind erschüttert und schokkiert über die neuen Nachrichten von Vorgängen in der Priesterschaft, die wir eigentlich für aufgearbeitet gehalten hatten. Ich stelle klipp und klar fest: Sollten sich diese Gerüchte und Anschuldigungen als richtig erweisen, ist es eine Schande für die Kirche. Um uns ein vollständiges und wahrheitsgemäßes Bild von der Situation zu machen, werden wir zum einen eng mit der Justiz des Staates New York kooperieren, zum anderen unsere eigenen Nachforschungen intensivieren. Ich habe daher entschieden, den Vatikan um die Entsendung eines Visitators zu bitten, der unvoreingenommen und sachgerecht die einzelnen Fälle von Klerikern, die sexueller Verfehlungen und Übergriffe beschuldigt werden, überprüft. Ich kann Ihnen ferner versichern, daß jeder Geistliche, der sich des Rechtsbruchs schuldig gemacht hat, ohne Ansehen der Person den zuständigen Behörden überantwortet wird. Ich betrachte es als meine Pflicht und Aufgabe als Erzbischof, die Reinheit der Kirche in dem mir anvertrauten Bistum wiederherzustellen und die Reihen der Geistlichkeit von sündhaftem Verhalten zu säubern!"

Kaum hatte Walsh geendet, brach ein Sturm von Fragen auf ihn herein.

„Warum hat es so lange gedauert, bis Sie ein Machtwort gesprochen haben?" „Seit wann sind Sie über die abscheulichen Vorfälle informiert?" „Was wußten Sie vorher?"

„Einer nach dem anderen!" Der Pressesprecher versuchte Ordnung in die Wortmeldungen zu bringen.

Walsh überlegte kurz, bevor er antwortete: „Zunächst geht es darum, wilde Spekulationen und Gerüchte, die irgendwo auftauchen, zu verifizieren. Das braucht Zeit. Wir dürfen nicht vorschnell urteilen. Wir müssen uns vergewissern, was an den Vorwürfen dran ist. Erst dann können wir konkret handeln. Das ist bisher so geschehen, und das wird auch künftig so geschehen. Von den neuen Vorfällen habe ich erst heute morgen aus der Presse erfahren."

„Werden Sie denn intern nicht informiert?" „Haben Sie Ihren Laden nicht im Griff?" „Was ist mit den Fällen, die bisher von der Kirche verheimlicht wurden?" prasselten weitere Fragen auf ihn herein.

„Bleiben Sie bitte fair, meine Damen und Herren! Als Oberhirte bin ich nicht eine Art Big Brother, der seine Geistlichen permanent überwacht. Sie sollten auch keine falschen Schlüsse ziehen: weder sind in meiner Amtszeit derartige Vorfälle unter den Teppich gekehrt worden, noch sind sie repräsentativ für den Klerus. Schwarze Schafe gibt es nun einmal überall; dafür darf man jedoch nicht die gesamte Herde verantwortlich machen."

Patrick Leary, der die Pressekonferenz bisher von der Tür aus verfolgt hatte, biß sich auf die Lippen. Walsh mußte aufpassen, daß seine Worte nicht als Verharmlosung ausgelegt wurden.

„Aber irgendwo muß doch eine Verantwortung liegen!" „Was geschieht mit den Priestern, die überführt worden sind?"

„Verantwortung gründet sich immer auf Wahrheit – und die gilt es herauszufinden. Das wird auch Aufgabe des Visitators sein. Priester, die juristisch überführt worden sind, werden von der Justiz strafrechtlich abgeurteilt werden. Nach Kirchenrecht werden sie von ihrem Amt suspendiert und zurück in den Laienstand versetzt. Die Kirche hat nach meiner festen Auffassung in ihren Reihen keinen Platz für sie. Aber auch das wird der Visitator zu entscheiden haben."

„Warum sind Sie nicht eher informiert worden, Herr Kardinal? Wer ist dafür verantwortlich?"

Walsh schnaubte. Er hatte jetzt genug von dem Zirkus. „Das kann ich Ihnen zur Stunde nicht beantworten. Auch das wird der Visitator untersuchen. Ich danke Ihnen!"

Er wandte sich ab und verließ mit wehenden Schößen seiner Soutane das Podium.

„War es arg furchtbar?" fragte er seinen Sekretär, als sie sich auf dem Weg zurück ins Büro befanden.

Leary seufzte. „Am Anfang lief es richtig gut. Ich fürchte nur, Sie haben dem Apostolischen Visitator coram publico eine riesige Machtfülle zugestanden. Gnade uns Gott, wenn uns Rom den falschen Mann schickt."

*

„Das ist in der Tat ein sehr ernster Vorgang. Wir müssen uns mit äußerster Umsicht und mit Takt an das Thema herantasten." Kardinalstaatssekretär Jean Raymond Lavalle, der am Kopf der Tafel saß, legte seine Stirn in Falten und blickte Monsignore Cooper skeptisch an. „Glauben Sie ernstlich, er wäre dieser delikaten Angelegenheit gewachsen?"

„Ich habe keinen Zweifel, Eminenz. Dieser Vorschlag hätte mehrere Vorteile auf einmal: Er ist ein Landsmann und kennt die Gegebenheiten vor Ort. Er wäre für die mediale Öffentlichkeit – die man hier nicht vernachlässigen sollte – ein Sympathieträger. Und er steht auf gutem Fuß mit Kardinal Walsh, weshalb seine Auswahl nicht als Düpierung verstanden würde. Wir sollten in dieser Situation sehr aufpassen, den Erzbischof nicht zu beschädigen."

„Si, veramente", pflichtete Tonio Amicelli bei. „Zumal man berücksichtigen muß, daß Seine Heiligkeit beabsichtigt, Walsh zum Generalsekretär der anstehenden Weltbischofsynode zu berufen."

Lavalle, der auch im Sitzen alle anderen überragte, spielte mit seinem goldenen Brustkreuz. „Das ist mir wohlbewußt, meine Herren, und dennoch: er scheint mir zu jung, es fehlt ihm an Autorität. Er ist nicht einmal Prälat."

Cooper kratzte sich am Kopf. „Nun ja, Eminenz. Das ließe sich ja ändern."

„Mon Dieu, Sie lassen aber auch nicht locker. Also gut: Ich werde dem Papst eben zwei Personalvorschläge unterbreiten, einer davon ist der Ihre – mag er entscheiden!"

*

„Seid Ihr alle verrückt geworden? Was tut Ihr mir da an? Eine derartige Mission ist das letzte, was ich mir zutrauen würde!" erregte sich David und sah den rundlichen Amicelli wütend an.

„Davide caro, das ist Deine Chance! Du wirst Monsignore, Du steigst zum Päpstlichen Diplomaten auf. Madonna, begreif doch!" rief Tonio theatralisch und schüttelte staunend den Kopf. „Wie kann man so etwas ablehnen?"

David stöhnte auf. Der Wein schmeckte ihm plötzlich nicht mehr in der kleinen Osteria im Borgo Pio, in die er öfters mit Kollegen zum Mittagessen ging. „Zum Glück wird sich der Heilige Vater nie auf so einen Schwachsinn einlassen, da bin ich mir sicher. Das ist wahrlich nicht der Anlaß, aus dem ich Monsignore werden möchte! Joseph Walsh ist mein Mentor, wie könnte ich da neutral sein? Ich finde es furchtbar, daß er in den Strudel dieser widerlichen Ereignisse gezogen worden ist. Und jetzt versuchen alle möglichen Leute aus den verschiedensten Interessenslagen heraus, ihm einen Strick zu drehen und seine Integrität zu untergraben. Das ist abscheulich!"

Tonio nahm in beschwörend am Arm. „*Ecco,* mein Freund, genau das ist der Punkt. Mit Deiner Ernennung wäre ihm am besten geholfen. Dann können wir die Situation unter Kontrolle behalten. Der Papst braucht Walsh!"

*

Die Oktobersonne wärmte die Marmorbänke auf der Piazza del Popolo, als David am darauffolgenden Samstag mit Alessandro durch die Stadt bummelte. Sie ließen sich am Brunnen unterhalb des Pincio nieder.

David erzählte seinem Freund von den Ereignissen der vergangenen Woche im Vatikan und sprach von seinen Ängsten und Gewissensnöten, falls es tatsächlich zu der im Raum stehenden Berufung käme.

„Ich verstehe Deine Sorgen, *mio carissimo!* Aber laß Dir nicht das Selbstvertrauen nehmen. Du stehst vor einer Herausforderung, die Du meistern kannst. Du schaffst das. Glaube an Dich selbst! Ich jedenfalls glaube fest an Dich." versuchte ihm Alessandro Mut zu machen.

David drückte fest seine Hand. „Ich danke Dir. Was würde ich nur ohne Deinen Rückhalt tun? Die Kurie ist so voller Fallstricke und Falschheiten; man muß achten, sich nicht darin zu verheddern. Es ist nicht einfach. Du wirst mir fehlen, sollte ich für längere Zeit in die Staaten müssen."

Alessandro überlegte. „Das muß nicht zwangsläufig so sein. Ich könnte Dich begleiten. Zumindest für zwei, drei Wochen."

„Das wäre großartig! Du könntest endlich meine Familie kennenlernen. Wir könnten herumreisen. Würdest Du das wirklich tun?"

„Warum sollte ich Dir gerade dann fern sein, wenn Du mich brauchst?"

Sie verbrachten dieses Wochenende in Annunziatas Villa auf

dem Aventin, und David war für den Abstand froh, den er dadurch von den anstehenden Entscheidungen gewann.

*

Am Montag in der Früh fand er auf seinem Schreibtisch im Apostolischen Palast die Aufforderung vor, sich mittags beim Kardinalstaatssekretär einzufinden. Er wußte, was dies zu bedeuten hatte.

„Machen Sie Ihre Sache gut, O'Connor!" raunte ihm Monsignore Cooper zu, bevor er der Ladung Folge leistete.

Kardinal Lavalle thronte hinter einem mächtigen Empire-Schreibtisch, den er sich aus Frankreich mitgebrachte hatte, über sich eine kunstvolle mittelalterliche Weltkarte, die fast von Wand zu Wand reichte. Er beugte sich vor und übergab David einen Umschlag mit dem päpstlichen Wappen.

„Pater O'Connor. Der Heilige Vater, Papst Paul VII. hat Sie für würdig und fähig befunden, Sie auf eine heikle Mission zu entsenden. Sie werden beauftragt, als Apostolischer Visitator jene Vorfälle zu untersuchen, die über die Erzdiözese von New York Schatten gebracht und das Zeugnis der Kirche verdunkelt haben. Die Kurie und Seine Heiligkeit selbst erwarten von Ihnen, mutig und unvoreingenommen die Beschuldigungen zu prüfen, die gegen einzelne Geistliche erhoben werden. Gleichzeitig werden Sie ermächtigt, gegen erwiesene Sünder das Kirchenrecht mit den dafür vorgesehen Sanktionen anzuwenden. Sie sind zudem aufgefordert, in einem Bericht zu erhellen, ob es in diesem Zusammenhang Versäumnisse und Unterlassungen innerhalb der Kirche gab und zu empfehlen, wie solche in Zukunft vermieden werden können." Der päpstliche Staatssekretär blickte ihn fragend an. „Sind Sie sich über die Tragweite Ihrer Aufgabe im Klaren?"

David nickte. „Ja, Eminenz. Wenngleich ich hervorheben möchte, daß ich mich nach dieser schwierigen Mission nicht dränge. Ich bin noch nicht sehr lange an der Kurie. Es gibt geeignetere und erfahrenere Personen als mich."

„Um ganz offen mit Ihnen zu sein: da bin ich ganz Ihrer Meinung. Ich halte Sie für zu jung und zu naiv für diese sensible Angelegenheit. Sie erfordert Fingerspitzengefühl, Entschlossenheit und Härte, wenn es sein muß. Es war Seine Heiligkeit persönlich, der so entschieden hat, und wir haben uns dieser Entscheidung in Demut zu beugen."

Lavalle machte es ihm wirklich nicht leicht. Er schien pikiert, daß der Papst seiner eigenen Empfehlung nicht gefolgt war.

„Das ist noch nicht alles", fuhr der Kardinal fort. „Damit Sie über die entsprechende Autorität verfügen, die einem Visitator zukommt, erhebt Sie der Heilige Vater gleichzeitig in den Rang eines Monsignore des Päpstlichen Hauses. Ich hoffe, Sie sind sich dieser Auszeichnung bewußt. Über alle weiteren Details Ihrer Tätigkeit, über ihre Rechte, Pflichten und Möglichkeiten wird Sie Monsignore Cooper instruieren. Und vergessen Sie eines nicht: Sie berichten über mich unmittelbar an den Papst!"

„Ich danke Ihnen, Eminenz. Ich weiß die Ehre zu schätzen, die mir der Heilige Vater erweist, und ich werde alles tun, um sein Vertrauen in mich zu rechtfertigen."

„Davon gehe ich selbstredend aus." bemerkte Lavalle trocken. Ohne von seinem Platz aufzustehen, reichte er ihm seine Hand über den Schreibtisch. „Gottes Segen, Monsignore. Sie werden ihn brauchen!"

XIV

Es war fast auf den Tag genau ein Jahr nach seiner Reise zur Beerdigung von Father Macy, als David wiederum auf dem Flughafen von Washington-Baltimore International der Alitalia-Maschine aus Rom entstieg. Anstelle von Schwester Carmen mit ihrem klapprigen Chevy, erwartete ihn diesmal eine schwarze Limousine der Apostolischen Nuntiatur mit der Kennzeichnung des Diplomatischen Corps. Der Chauffeur brachte ihn geradewegs in die Botschaft des Heiligen Stuhl nach Washington.

Als er vor mehr als anderthalb Jahren nach Rom aufgebrochen war, hätte er sich nicht träumen lassen, einmal als vatikanischer Diplomat wiederzukehren. Es hatte sich in dieser Zeitspanne so viel ereignet, daß es ihm wie zehn Jahre schien. Nun lag seine bisher schwierigste Aufgabe vor ihm; die Bürde drückte ihn. Ausgerechnet er sollte Recht sprechen in einem kirchlichen Skandal, der in den Medien längst zum Selbstläufer geworden war. Ausgerechnet an ihm hing es, die Reputation von Kardinal Walsh zu retten – es war ihm sonnenklar, daß der Papst genau dies von ihm erwartete.

Der Apostolische Nuntius in den Vereinigten Staaten, Bischof Maragall, ein gebürtiger Portugiese, war jünger, als sich David vorgestellt hatte. Eine hagere, fast asketische Erscheinung in den Vierzigern, mit stechenden schwarzen Augen und kurz geschorenem Haar, wirkte er eher wie ein Mönch denn wie ein Botschafter.

„Ich war schon sehr gespannt auf Sie, Monsignore O'Connor", begrüßte er ihn und führte ihn in den Empfangssalon. „Es ist schon, wenn Sie mir die Bemerkung gestatten, etwas ungewöhnlich, daß der Vatikan einen jungen Geistlichen wie Sie mit der Visitation einer so bedeutenden Diözese wie New York beauftragt. Aber was ist an diesem schlimmen Fall schon gewöhnlich, finden Sie nicht? Kaffee oder Tee?"

„Danke, ich nehme Kaffee. Stark, wenn es geht."

„Ich bevorzuge Tee. Das reinigt." Er läutete nach dem Butler. „Die Amerikaner trinken schrecklich viel Kaffee. Sie müssen noch unter dem Jetlag leiden."

David überlegte, woher er die näselnd hohe Stimme kannte. Dabei konnte er sich nicht erinnern, dem Nuntius schon einmal begegnet zu sein. Andererseits gingen im vatikanischen Staatssekretariat täglich so viele Besucher ein und aus, daß man sich gar nicht alle Gesichter merken konnte, denen man schon einmal flüchtig über den Weg gelaufen war.

„Danke, es geht so. Flüge von den Staaten nach Europa sind schlimmer."

„Da haben Sie recht. Wenn ich von hier zur Berichterstattung nach Rom fliege, ruhe ich mich stets einen Tag aus, bevor ich mein Arbeitsprogramm beginne."

Der Nuntius schien ein Meister des diplomatischen Smalltalk, dachte David.

„Sie wissen, daß ich ein einer schwierigen Mission hier bin", kam er zur Sache. „Sie würden mir helfen, wenn Sie mir die Unterlagen und Aufzeichnungen aushändigen würden, die hier in der Nuntiatur zur causa vorliegen."

„Selbstverständlich, Monsignore. Die *causa* ..., nun ja, wie sollte man sie bezeichnen? Es fehlen einem schlicht die Worte für den unaussprechlichen Vorfall. Ich werde dafür sorgen, daß Sie alle notwendigen Akten erhalten. Sagen Sie – ohne neugierig wirken zu wollen – wie wollen Sie die Untersuchung angehen?"

„Schritt für Schritt, logisch und strukturiert. Zunächst werde ich alle verfügbaren schriftlichen Materialien sichten und studieren, also die vorliegenden Aussagen, Protokolle, Aktennotizen, Schriftwechsel. Dann werde ich einzeln die Beschuldigten befragen, und – soweit möglich – die Opfer und Ankläger. Natürlich werde ich auch mit den Offiziellen der Erzdiözese und der New Yorker Staatsanwaltschaft sprechen. Anschließend ist es an mir, den Abschlußbericht fertigzustellen."

„Wie ich sehe, machen Sie sich die Sache nicht einfach. Wenn wir Sie irgendwie bei Ihrer heiklen Arbeit unterstützen können, stehen Ihnen die Päpstliche Nuntiatur und ihr Personal selbstverständlich voll zur Verfügung. Sie werden bei Ihrer Aufgabe sehr viel Geduld brauchen. Aber wie ich höre, sind Sie ein tugendhafter Mann." Über das Gesicht des Botschafters huschte ein seltsam ironischer Ausdruck. „Ich werde für Sie um ein gutes Gelingen Ihrer Arbeit beten."

„Haben Sie vielen Dank." David beendete das Gespräch und suchte den Gästetrakt auf. Der Nuntius war ihm trotz aller Freundlichkeit unangenehm.

*

Bevor er nach New York weiterreiste, legte David einen Zwischenstop in Silver Springs ein. Bei all den kraftzehrenden Tagen und Wochen, die ihm bevorstanden, tat es gut, seine Mutter und seine Brüder zu sehen und kurz aus dem Alltag abzutauchen. Madelaine freute sich über die Aussicht, daß ihr Sohn wohl zu Thanksgiving hier sein würde.

„Ich kann es nicht fassen, daß sie Dich zum Monsignore gemacht haben!" staunte sie. „Meistens sind die immer schon so alt; mir war gar nicht bekannt, daß man das auch in jüngeren Jahren werden kann."

David lachte. „Ja, das sieht vielleicht manchmal so aus. Aber im Vatikan laufen massenhaft Monsignori herum, und ich bin nicht mal der jüngste. Es hat meist mit der Aufgabe zu tun, die man erfüllt oder der Position, auf der man sitzt. Es gibt nicht wenige Funktionen in der Kurie, da sitzen junge Geistliche, vor denen gestandene Diözesanbischöfe stramm stehen müssen. Da muß man sie mit einem Minimum an Titelbrimborium ausstatten, um ihnen die nötige Autorität zu verleihen. Das ist bei mir nicht viel anders. Daneben gibt es noch den Monsignore als Ehrentitel für verdiente Geistliche am Ende ihrer Laufbahn."

„Ich bin jedenfalls sehr stolz auf Dich!"

„Das weiß ich Mum. Ich danke Dir."

*

Am nächsten Tag bestieg David den Pendlerzug von Washington DC nach New York. Als er an der Pennsylvania Station von Manhattan eintraf, erwartete ihn ein Empfangskomitee aus Generalvikar Novak, Bischofssekretär Patrick Leary und einem Chauffeur, der ihm für die Dauer seines Aufenthaltes zur Verfügung stand.

„Wie haben Sie absichtlich nicht in der erzbischöflichen Residenz untergebracht, sondern in einer Gästewohnung außerhalb, damit Sie nicht unter Dauerbelagerung der Medienvertreter stehen." erklärte Novak, nachdem sie sich durch das dichte Gedränge der Penn Station gekämpft und in der Limousine Platz genommen hatten. „Der Medienzirkus hat mittlerweile beträchtliche Ausmaße angenommen. Um Ihnen etwas Luft bei Ihrer Arbeit zu verschaffen schlage ich vor, daß Sie morgen vormittag selbst eine Pressekonferenz geben, um Ihr Vorgehen zu erläutern, Monsignore."

„Ich hatte eigentlich nicht vor, meine Arbeit so stark im Licht der Öffentlichkeit auszuführen", entgegnete David.

„Novak hat Recht", sekundierte Leary, „das würde den Druck aus dem Kessel nehmen. Walsh ist damit einverstanden."

„Also gut. Ich werde eine Erklärung abgeben, aber keine Fragen beantworten."

Mit dem Andrang am nächsten Morgen hatte David nicht gerechnet. In Rom war der Kirchenskandal von New York weit weg gewesen, doch hier befand er sich im Auge des Hurrikans. Er holte tief Luft, als er in der Bischofskanzlei vor die Mikrofone trat. Seitlich von ihm hatte sich Kardinal Walsh postiert.

„Meine Damen und Herren, ich bedanke mich für Ihr großes Interesse an meiner Arbeit als Apostolischer Visitator. Damit ich meine Mission, die mir der Heilige Vater übertragen hat, konzentriert, zügig und ungestört voranbringen kann, möchte ich Sie über das weitere Vorgehen unterrichten. Ich bitte um Verständnis, daß ich im weiteren Verlauf meiner Untersuchungen gegenüber der Presse keine weiteren Stellungnahmen abgeben werde. Über die Ergebnisse werden Sie natürlich abschließend informiert."

Er erläuterte knapp und präzise das vorgesehene Prozedere.

Dann erklärte Kardinal Walsh: „Wir sind sehr dankbar, daß der Papst unserem Ersuchen um eine Visitation stattgegeben hat und uns mit dem Monsignore eine Persönlichkeit entsandt hat, der die örtlichen Gegebenheiten und Gepflogenheiten in den Vereinigten Staaten vertraut sind. Wir erwarten, daß die Kirche von New York gereinigt und gestärkt aus den nächsten Wochen hervorgehen wird."

„Wie lange werden Sie brauchen?" „Wann rechnen Sie mit Ergebnissen?" schallte es durch den Raum.

David wehrte ab. „Ich werde mir so viel Zeit nehmen, wie es braucht, um Licht in die Vorgänge zu bringen. Ein konkretes Datum kann ich Ihnen nicht nennen."

„Werden Sie auch untersuchen, ob Erzbischof Walsh die Dinge zu lange hat treiben lassen?"

Die Frage peinigte David. Sie kam einer Desavouierung seines Mentors neben ihm gleich.

„Dazu gibt es keine Veranlassung!" antwortete er klar. „Weitere Fragen kann ich nicht entgegennehmen. Danke!"

Er nickte Walsh zu, und beide verließen unter Zurufen und Gemurmel den Sitzungssaal.

„Gut gemacht, David", lobte Walsh, als sie wieder in seinem

Büro waren. „Die Presse wird uns allerdings keine lange Ruhepause gönnen, sie will schnelle Resultate."

„Diesen Druck werden wir wohl aushalten müssen." David nahm sich einen Kaffee.

„Mir ist klar, daß ich Sie in keine leichte Situation gebracht habe, David."

„Warum, Eminenz? Warum haben Sie ausgerechnet mich vorgeschlagen? Es hätte genug andere, qualifiziertere Geistliche im Vatikan gegeben, die über mehr Erfahrung verfügen als ich."

„Tja, warum? Weil Sie der Einzige sind, dem ich vertraue!" Walsh ließ sich in einen Sessel fallen. „Fast jeder im Vatikan gehört zu irgendeiner Seilschaft, die ein ganz bestimmtes Interesse verfolgt. Das haben Sie mittlerweile selbst erfahren, David. Es ist mir ein Anliegen, daß hier ehrliche Aufarbeitung stattfindet, und keine verkappte Interessenspolitik. Dafür steht zuviel auf dem Spiel. Hier geht es nicht um Sandkastenspiele, sondern um Sünde, Sühne, Gerechtigkeit und Vergebung. Darum sind Sie hier."

David schüttelte den Kopf. Hoffentlich war das Joch, das er auf seinen Schultern verspürte, nicht zu schwer für ihn.

*

Er begann seine Arbeit mit dem ausführlichen Studium der Akten, wofür ihm der holzgetäfelte Lesesaal der Kanzlei zur Verfügung stand. Ein Sekretär hatte ihm alle verfügbaren Unterlagen thematisch geordnet und zusammengestellt. Was David lesen mußte, ließ ihn erschaudern. Menschliche Abgründe taten sich vor seinen Augen auf.

Da war von zwei Gemeindepfarrern die Rede, die Ministranten zum Einzelunterricht in ihr Pfarrhaus bestellten, um sich an ihnen zu vergehen. Zehn Jahre blieb der regelmäßige Mißbrauch unentdeckt, weil die Opfer, allesamt minderjährige Buben, vor Scham schwiegen oder ihre eigenen Familien entsprechende Aussagen als

Phantasien pubertierender Jugendlicher abtaten. In einem anderen Fall ging es um mehrere Ordensgeistliche, die in einem Internat Jahr für Jahr Schüler auf dem Dachboden quälten und mißbrauchten, wo sie eine regelrechte Sexkammer eingerichtet hatten. Auch aus anderen kirchlichen Internaten waren ähnliche Vorfälle gemeldet, aber noch nicht verifiziert worden.

Am tragischsten war der Fall eines schwarzen Teenagers aus der Bronx, der sich aus Scham erhängte; der Küster hatte ihn beim Geschlechtsakt mit dem Pfarrer in der Sakristei überrascht. Um ihm sein vermeintliches Schweigen zu erkaufen, zwang nun auch der Custodian den Jungen zum Sex. Sowohl der Priester als auch der Küster leugneten bis heute ihre Vergehen und beschuldigten den toten Halbwüchsigen, sich ihnen aufreizend genähert zu haben.

Einige der Fälle waren von der Generalstaatsanwaltschaft bereits untersucht und zur Anklage gebracht worden, bei anderen Vorgängen dauerten die polizeilichen Ermittlungen des NYPD an. Hier wurden Indizien gesammelt, Zeugen verhört und Tatvorgänge rekonstruiert, nicht immer mit einem befriedigenden Ergebnis. Manche Anschuldigungen erwiesen sich als Lüge von Trittbrettfahrern oder schnöden Erpressern; andere Fälle lagen bereits so weit in der Vergangenheit, daß eine juristische Aufarbeitung wegen Verjährung, ungenauer Angaben oder Ableben des Beschuldigten nicht mehr möglich war.

Nicht immer lagen die Tatsachen offen zu Tage, es gab auch Grauzonen: Priester, die verzweifelt um ihren Ruf kämpften; andere, denen nichts nachgewiesen werden konnte, obwohl der Schein gegen sie sprach. Vermeintliche Opfer, die aus Geltungsbedürfnis haarsträubende Geschichten in die Welt setzten. Und wahre Opfer, denen aus Mangel an stichfesten Beweisen niemand glauben wollte.

Hinzu kamen neben individueller Schuld die bohrenden Fragen nach der Verantwortlichkeit der Kirche. Es gab Fälle, die waren von den Oberen mit allen Mitteln der Kunst vertuscht worden. Andere, in denen unmittelbare Vorgesetzte – Internatsleiter, Dekane oder Ordensobere – tatenlos zugesehen hatten. Und es gab vereinzelt Geldzahlungen, mit denen das Schweigen der Opfer erkauft werden sollte.

So stellte sich der Sumpf dar, dem David im päpstlichen Auftrag auf den Grund gehen mußte. Am liebsten hätte er vor so viel Unrat und Schmutz kapituliert, doch er hatte eine Pflicht zu erfüllen, die ihm – über welche Umwege auch immer – vom Papst persönlich aufgetragen worden war.

„Du darfst Dir diese Dinge nicht zu sehr zu Herzen nehmen, David." warnte ihn Tonio Amicelli, mit dem er öfters telefonierte, um sich über die Nachrichten im Vatikan auf dem laufenden zu halten. „Du kannst mitfühlen, aber Du mußt auch im rechten Moment die Jalousie herunterlassen, damit Dir die Dinge nicht zu nahe gehen."

Das war leichter gesagt als getan, wenn man in den Verhören, zu denen er die Beschuldigten lud, einen *Kübel Mist auf den Tisch gekippt* bekam, wie er es Patrick Leary gegenüber formulierte. Auch die Schilderungen der Opfer über die vielfältigen Demütigungen, Praktiken und Repressionen, denen sie während ihrer Leidenszeit ausgesetzt waren, gingen nicht spurlos an David vorüber.

*

An einem grauen Spätnachmittag des November saß ihm ein Priester aus einem abgelegenen Teil der Diözese gegenüber. Er war Mitte Vierzig und sollte, falls die Angaben zutrafen, über Jahre regelmäßig männliche Mitglieder seiner Jugendgruppe nach dem Baseball in sein Badezimmer gelockt und unter der Dusche vergewaltigt haben. Die Sache war erst aufgeflogen, als sich ein kräftiger Teenager so stark gewehrt hatte, daß der Pfarrer bei seinem unappetitlichen Akt ausgerutscht war und sich die Nase gebrochen hatte. Im Ortskrankenhaus hatte man nach der Ursache gefragt, und als er sich mehrmals in Widersprüche verwickelt hatte, die Sache an den zuständigen Sheriff gemeldet. Doch der hatte, auf Druck von oben, die Sache bald wieder fallengelassen. Erst vor kurzem war die Geschichte wieder hochgekocht.

„Waren Sie sich über die Natur ihres Handelns nicht im Klaren?“ fragte David ernst.

„Sie meinen, daß es Sünde sei? Ist denn die Befriedigung von Lust Sünde?“

Der Mann ließ sich nicht so schnell in die Enge treiben.

„Father, es geht hier um keine Grundsatzbetrachtungen der menschlichen Sexualität. Es geht hier um eine offenkundige Straftat, nämlich um Vergewaltigung und die Verführung Minderjähriger.“

„Vergewaltigung Minderjähriger – Quatsch! Kennen Sie meine Pfarrei, Monsignore? Sie liegt in einem Viertel voller Minderheiten, Hispanics, Schwarze. Das sind keine wehrlosen Kinder, das sind mit vierzehn oder sechszehn erwachsene, kräftige Männer mit Muskeln wie Bodybuilder und einem Busch am Penis. Wenn sie es nicht auch gewollt hätten, aus purer Lust und Neugier, dann hätte ich keine Chance gehabt.“

David erstarrte. Das war eine Sprache, die er nicht erwartet hatte.

„Sie sollten Ihre Worte mit mehr Bedacht wählen, Father. Sie sind hier in der Kanzlei des Erzbischofs und nicht auf einem Hinterhof!“ mahnte er.

„Es ist mir egal, wo ich bin. Ich spreche von der harten Realität!“

„Sie wollen damit ausdrücken, die von Ihnen ausgeführten sexuellen Handlungen geschahen mit dem Einverständnis der Opfer? Haben Sie das auch so bei der Polizei gesagt?“

„Natürlich. Ich bin Pfarrer einer Kirche, durch deren Dach es regnet. Auf den Straßen liegen Glasscherben. Verwahrlosung überall. Bei den Jugendlichen regiert die nackte Gewalt. Die Polizei traut sich doch nur selten in das Viertel. Die einzige Institution, vor der sie halbwegs Respekt haben, ist die Kirche, bin ich. Ja, ich! Ich habe diese Streetball-Gruppe ins Leben gerufen, um die Jungens von der Straße zu holen. Wissen Sie eigentlich, wieviel Kraft das kostet, wieviel Überwindung und Anstrengung? Nein, Sie sitzen hinter ihrem Schreibtisch in Rom und haben nicht den geringsten Schimmer!"

David versuchte, das Gespräch, das offensichtlich aus dem Ruder lief, zu versachlichen.

„Sie reden sich um Kopf und Kragen. Was Sie vorbringen, rechtfertigt in keiner Weise ..."

Doch der Priester hatte sich in Rage geredet und unterbrach ihn: „Haben Sie eine Ahnung, wieviel Aggression, wieviel Frust und Enttäuschung sich aufbauen, wenn man unter solchen Umständen rackert? Ich mußte mich abreagieren! Jeden Tag diese muskulösen, schweißglänzenden nackten Oberkörper, die eindeutigen Bewegungen, die sexuellen Anspielungen, die Männlichkeitsrituale ...", er begann zu lechzen, „... das weckt die pure Geilheit in Dir! Das ist ein Rausch der Sexualität! Du willst daran teilhaben! Das bedeutet Lust!"

Davids Schläfen pochten.

„Schluß damit! Ich sage Schluß!" Er fuhr mit der Faust auf den Tisch. „Ich untersage Ihnen ausdrücklich, so zu sprechen!"

Das Tageslicht war geschwunden. Die Schreibtischlampe warf einen Lichtkegel und erhellte die Miene des Mannes. Er grinste.

„Sie ertragen es nicht, Monsignore, nicht? Sie ertragen es nicht, etwas von Lust und Geilheit zu hören. Und wissen Sie warum?" Er beugte sich über den Schreibtisch und begann zu flüstern. „Es gefällt Dir. Du stehst auch auf Männer, auf ganze Kerle. Ich wette, Dein Schwanz hat sich ganz schön gerührt, als ich Dir von meinen starken Jungs erzählt habe. Gib es schon zu, Monsignore! Du bist schwul. Schwul!"

„Genug!" David sprang auf. „Sofort aufhören!"

Der Geistliche lachte höhnisch. „Haha, ich habe es doch gleich gewußt! Du kannst die Wahrheit nicht ertragen!"

„Raus hier, sofort! Ich will Sie nie mehr sehen, raus!" brüllte David. Er stürzte hinaus.

Im Vorzimmer wies er einen verdutzten Mitarbeiter an: „Werfen Sie dieses verkommene Subjekt hinaus! Auf der Stelle."

David lief hinaus in den kleinen abgeschlossenen Garten, der die bischöfliche Kanzlei mit der Sankt Patrick's Cathedral verband. Er zündete sich, was selten genug vorkam, eine Zigarette an. Seine Hände zitterten.

Das Lachen des Mannes hallte in seinen Ohren nach.

Er hatte den Finger in seine Wunde gelegt. Er hatte ihn bloßgestellt. Verächtlich gemacht.

Oh mein Gott, warum tust Du mir das an? dachte er.

Ein Vorstadtpfarrer auf perversen Abwegen hatte es geschafft, ihn, den Visitator des Papstes, aus der Fassung zu bringen. Ihn austricksen. Ihn zu demütigen.

Wer bin ich, daß ich über Sünde und Schuld richten soll? Der Bibelvers kam ihm in den Sinn: *Wer ohne Schuld ist, der werfe den ersten Stein.*

Er trat seine Zigarette aus und betrat durch die Sakristei die neugotische Kathedrale. Vor dem Marienaltar ließ er sich ermattet auf eine Kniebank sinken und betete.

*

Von einer Verkaufsmesse für Wein und Gastronomieprodukte in Mailand flog Alessandro direkt in die Vereinigten Staaten. Vier lange Wochen hatte er David nicht mehr gesehen und von Tag zu Tag war die Sehnsucht nach ihm gewachsen. Zwar hatten sie mehrmals die Woche miteinander telefoniert und David hatte seinem Freund berichtet, wie unangenehm für ihn die Untersuchung war; doch gerade deshalb schmerzte die Distanz Alessandro um so stärker. David brauchte ihn in dieser Situation und er konnte nicht an seiner Seite sein. Stattdessen wuchs die Telefonrechnung in ungeahnte Höhen.

Doch bevor er nach Mailand fuhr, hatte ihn seine Schwester in ein Geheimnis eingeweiht.

Franco befand sich auf einem Ärztekongreß in Berlin, was Daniella nutzte, um ein paar Tage auf Santa Croce zu verbringen. Es war die traditionelle *Novello*-Feier, nach der sie im kleinen Kreis vor dem mächtigen Kamin im Salon saßen, Marco zu ihren Füßen. Sie genehmigten sich einen Amaro, und Daniella hatte sich in eine Decke gekuschelt, als sie unvermittelt sagte:

„Eigentlich wollte ich es ja erst Weihnachten verraten, wenn die Familie vollzählig ist; aber nachdem Du nun gar nicht da sein wirst, kann ich nicht länger warten. Du bist der erste, der es erfährt."

„Du machst mich neugierig, Schwesterherz. Worum geht es denn?"

Sie schmunzelte. „Du ahnst es nicht?"

„Nein, wieso, was?" Mit einem Ruck stellte er sein Glas ab. „Du willst doch nicht etwa sagen, daß Du …?

„Doch! Genau das, was Du denkst. Franco und ich bekommen ein Baby!"

„*Santa Madonna,* Du bist tatsächlich schwanger!"

Er umarmte und küßte sie. „Das ist eine großartige Neuigkeit, *tanti auguri!* Seit wann weißt Du es denn?"

„Schon seit ein paar Wochen. Aber wir wollten warten und sicher sein."

„Meine kleine Schwester. Ich bin stolz auf Dich! Dann werde ich also Onkel."

„Nicht nur Onkel, Patenonkel. Das haben Franco und ich schon beschlossen."

Alessandro war gerührt. „Ihr habt ja keine Ahnung, welche Freude ihr mir damit macht."

Daniella kraulte Marco hinterm Ohr. „Dann kommen endlich mal wieder Kinderstimmen in diese alten Mauern!"

„Die Vallescura sind eben doch keine aussterbende Spezies. Darf ich es David erzählen, wenn ich drüben bin?"

„Aber natürlich. Ihm ist ja auch eine tragende Rolle zugedacht – er muß die Taufe halten."

*

Mit einer glücklicheren Nachricht im Gepäck hätte Alessandro seinen Flug nach New York also gar nicht antreten können. Und so fühlte er sich behaglich und entspannt, als er wenige Tage später auf dem Kennedy Airport eintraf.

Da David zur Ankunftszeit unabkömmlich war, nahm er den Shuttlebus zum Air Terminal an der Grand Central Station und von dort ein Taxi zu dem kleinen Hotel nahe der Christopher Street in Greenwich Village, wo ihm David ein Zimmer reserviert hatte. Er packte aus, machte sich frisch und nahm an der Bar einen Drink, als David am frühen Abend eintraf. Sie lagen sich in den Armen.

„Es war furchtbar ohne Dich in den letzten Wochen. Ich bin so froh, daß Du gekommen bist!" sagte David und ließ sich neben ihm auf einen Barhocker gleiten. „Du ahnst nicht, wieviel Kraft das kostet, täglich in diese menschlichen Abgründe zu blicken. Es ist schwer, das innerlich zu verarbeiten."

Alessandro zwickte ihn ins Kinn. „Dann ist es ja höchste Zeit, daß Du etwas Ablenkung bekommst, *amore mio!*"

„Die habe ich bitter nötig. Noch eine Woche, dann ist Thanksgiving, dann fahren wir nach Maryland. Was bin ich froh, aus dieser Wahnsinnsstadt hinauszukommen. Ich kann gar nicht mehr verstehen, was ich früher mal am Leben in Manhattan gefunden habe ..."

„Das war eine völlig andere Situation, damals. Du hast hier im Village gelebt, warst frei und ungebunden, alles lag vor Dir."

„Ja. Und heute, ein gutes Dutzend Jahre später, bin ich Priester der römisch-katholischen Kirche und ein Werkzeug vatikanischer Intrigen." Er lachte bitter. „Diese Stadt ist mir fremd geworden, aber das soll Dich nicht dran hindern, ein tolle Woche hier zu verbringen!"

„Mach Dir keine Sorgen um mich. Ich habe eine riesige Liste mit Museen und Sehenswürdigkeiten, die ich abarbeiten werde. Und die Abende haben wir ja für uns."

„In der Regel ja. Übermorgen gehe ich mit ein paar Geistlichen, die ebenfalls in Rom studiert haben, zum Dinner."

Alessandro bestellte zwei Martinis. „Was meinst Du, wie lange wird Deine Arbeit hier noch dauern?"

„Tja, das ist zum gegenwärtigen Zeitpunkt noch schwer zu sagen. Auf keinen Fall werde ich sie noch in diesem Jahr beenden können; dafür liegen die Dinge zu kompliziert. Aber ich möchte die Visitation im neuen Jahr zügig abschließen. Den Bericht werde ich dann zuhause in Rom fertigstellen."

„Dann habe ich die richtige Idee für uns beide: „Wir fliegen über Weihnachten und Neujahr nach San Francisco und machen Ferien! Ich kenne aus meiner Studienzeit dort einen herrlichen Strand, außerdem will ich Dir Nappa und Sonoma Valley zeigen."

David strahlte. „Das wäre wundervoll; wir hätten uns wirklich zwei, drei Wochen ganz für uns allein verdient!"

*

Als er am nächsten Morgen etwas später als gewöhnlich in der bischöflichen Kanzlei eintraf, um mit den Anhörungen fortzufahren, fühlte sich David befreit und gestärkt. Die Nähe seines Freundes ließ ihn mit frischem Mut an die langwierigen und oftmals gefühlsbeladenen Gespräche herangehen, die er mit den Betroffenen zu führen hatte.

An diesem Vormittag saß ihm ein scheuer junger Mann Anfang zwanzig gegenüber, der ihm von seinem Martyrium in einem kirchlichen Knaben-Internat berichtete, das von einem gestrengen Männerorden geführt wurde. Sein Name war Pete. Der Rektor der Anstalt hatte ihn über Jahre hinweg mißbraucht.

„Ich war anfangs sein Lieblingsschüler. Das sagte er mir immer wieder. Und irgendwann ... irgendwann ...“, erzählte er stockend, „irgendwann ließ er mich abends zu sich kommen. Er wollte, daß ich auf seinem Schoß sitze. Dann griff er in meine Hose. Ich spürte, wie sein ... sein Ding unter mir hart wurde ...“ Seine Stimme brach. „Entschuldigen Sie, Monsignore, es ist so peinlich.“

David schob ihm ein Glas Wasser über den Schreibtisch. „Es ist nicht peinlich für Sie. Es ist peinlich für den Rektor. Es geht um die Wahrheit. Sprechen Sie in Ruhe weiter.“

„Danke.“ Der Mann nahm einen Schluck Wasser und strich sich das Haar aus der Stirn. „Bei den nächsten Malen wurde er immer zudringlicher. Er nahm mich mit in die Dusche, unter dem Vorwand, mir die richtige Körperhygiene beibringen zu wollen. Dabei kam es zum ersten ... zum ersten Akt. Er ... schob mir seinen Schwanz hinein, es tat schrecklich weh. Ich werde das nie vergessen, es tat einfach nur weh. Ich wäre am liebsten davongerannt, aber ich wagte es nicht.“

„Wie alt waren Sie zu diesem Zeitpunkt?“

„Dreizehn, vierzehn. Es wurde zur Gewohnheit, daß er mich zwei, dreimal die Woche zu sich bestellte. Er machte *es* vorzugsweise im Badezimmer.“

„Wie lange ging das, Pete?“

„Als sich sechzehn war, habe ich das Internat verlassen. Meine Eltern schickten mich aufs College nach Albany.“

„Haben sie sich in dieser Zeit niemandem offenbart?“

„Nein. Ich habe mich geschämt. Ich wollte um keinen Preis, daß meine Mitschüler davon erfahren. Sie hätten mich nur als *fagott* gehänselt.“

„Und auch Ihren Eltern haben Sie nichts von den nächtlichen Vorfällen erzählt?“

„Das hätte nichts gebracht. Sie sind gut katholisch und hätten mir ohnehin nicht geglaubt. Ein Priester ist für sie unantastbar."

David schüttelte den Kopf. Es war unfaßbar. Es war eine Schande.

„Noch eine Frage: Wann haben Sie sich entschlossen, zur Polizei zu gehen und die Sache zu melden?"

„Ich habe in der Presse von diesen Fällen gelesen. Da wußte ich, daß ich nicht länger allein bin, sondern daß es eine Chance gibt, daß man mir glaubt. Jetzt schäme ich mich für nichts mehr. Jetzt kann ich endlich offen darüber sprechen!"

David nickte. „Das ist gut so. Es gibt nichts, dessen Sie sich schämen müßten. Die Kirche – das kann ich Ihnen persönlich versichern – wird alles dafür tun, damit Ihnen späte Gerechtigkeit widerfährt."

„Danke, Monsignore." Pete stand auf und streckte ihm die Hand hin. „Ich hätte nie gedacht, daß ich diese Dinge mal einem Geistlichen schildern müßte. Ich wußte nicht, ob es richtig war, hierher zu kommen. Aber ich fühle, daß es die richtige Entscheidung war."

„Das ist gut. Sie haben diese Sache schon zu lange mit sich herumtragen müssen. Was haben Sie eigentlich studiert?"

„Kunst und Malerei, Monsignore. Zur Zeit arbeite ich in einer Galerie in Downtown."

David schüttelte ihm die Hand. „Geben Sie auf sich acht!"

Der junge Mann war kurz vor der Tür, als er sich noch mal umdrehte und fragte: „Was ist eigentlich mit der Entschädigung?"

„Der Entschädigung?" Er staunte.

„Ja. Die Kirche zahlt doch Wiedergutmachung. Stand in der Presse. Ich kann Kohle gut gebrauchen!"

„Ich bin sicher, Sie werden vom Erzbistum hören."

Pete lächelte zufrieden und ging.

*

Thanksgiving fiel in diesem Jahr auf einen Freitag, und so hatten Alessandro und David Zeit, übers lange Wochenende von New York mit dem Wagen nach Silver Springs, Maryland, zu fahren. Die gesamte Familie hatte sich dort versammelt; nicht nur, weil Erntedank traditionell *das* amerikanische Familienfest war, sondern auch, weil David angekündigt war, der Star der Verwandtschaft aus dem fernen Rom. Zudem brachte er einen geheimnisvollen Gast mit; einen Freund, von dem es hieß, er sei ein leibhaftiger italienischer Prinz.

An der langen Tafel im Wohnzimmer, für die mehrere Tische zusammengeschoben worden waren, hatte sich die ganze Familie eingefunden: Madelaine und Morris; Davids älterer Bruder Jack mit Frau Amy und deren Mädchen Rosy und Laura, die mittlerweile die Vorschule besuchten; sein jüngerer Bruder Brian; Morris' Tochter Janet, die kurz davor stand, sich mit einem Anwalt aus Richmond, Virginia, zu verloben; sowie Barbara Stern, die alte Freundin der Familie.

„*Mamma mia,* und ich dachte, italienische Familien seien die größten", raunte Alessandro seinem Freund zu, als ihm alle der Reihe nach vorgestellt wurden.

„Ihr Lieben, das also ist Alessandro di Vallescura, der mir Italien zur zweiten Heimat gemacht hat." stellte David den Gast vor.

„Hi! Stimmt es, daß Du ein Prinz bist?" krähte die kleine Rosy über den Tisch. Alle lachten.

Alessandro setzte sich zur Rechten der Hausherrin.

„Nein, nein. Da hat man Dir einen Bären aufgebunden. Ich bin nur ein armer Landgraf."

„Aber er wohnt auf einem Schloß!" ergänzte David.

„Was immer Sie sind, Alessandro, ob Prinz, Graf oder sonstwas, Sie scheinen ein netter Kerl zu sein und wir freuen uns, daß Sie hier sind!" stellte Barbara fest. Ihre Stimme war wieder eine Spur rauchiger geworden. „Aber ich warne Sie: Ich bin eine aufdringliche und neugierige Person, das können Ihnen alle am Tisch hier bestätigen. Sie müssen uns einfach alles erzählen, wir werden Sie mit Fragen löchern!"

„Nun laß ihn doch erstmal essen, Barbara!" mahnte Madelaine. „Morris, tranchierst Du bitte den Truthahn? Und David spricht das Tischgebet."

Es wurde ein unbeschwerter, heiterer Nachmittag und es folgte ein Abend, bei dem der Whiskey reichlich floß.

Am darauffolgenden Tag fuhren sie zum Sightseeing nach Washington. Auf dem Rückweg nach New York machten sie in Baltimore Halt, wo David seine alte Wirkungsstätte als Kaplan vorführte. Die Zeit in Saint John's erschien ihm meilenweit weg.

*

Die Fifth Avenue lag im grellen, vorweihnachtlichen Lichterglanz. Im Bischofshaus neben Saint Patrick gingen die Anhörungen weiter. Eines Spätnachmittags bat Kardinal Walsh David in sein Büro, um sich über den Fortgang der Untersuchung zu informieren.

„Hören Sie, David. Ohne mich unzulässig in Ihre Kompetenzen einmischen zu wollen – wie lange wird das alles noch dauern? Ich hatte gehofft, die leidige Angelegenheit könne noch in diesem Jahr abgeschlossen werden."

„Ich weiß, Eminenz. Das war ursprünglich auch meine Hoffnung", seufzte David. „Aber Sie ahnen nicht, wieviel Schmutz unter dem Teppich zum Vorschein kommt, wenn man ihn einmal angehoben hat. Da gibt es eine Menge aufzuarbeiten. Ich habe vor, die Anhörungen auf jeden Fall vor Weihnachten abzuschließen. Im neuen Jahr beginnt dann die Berichtsphase."

Walsh war neugierig. „Was wird in Ihrem Bericht stehen? Worauf muß sich die Diözese einstellen? Was haben wir versäumt?"

„Ich denke, es handelt sich um ein strukturelles Problem, um eine Kultur des Wegschauens, wie sie symptomatisch für unsere gesamte Gesellschaft geworden ist. Niemand fühlt sich mehr für irgend etwas unmittelbar verantwortlich. Da machen auch die Hierarchien in der Kirche keine Ausnahme."

Der Kardinal strich sich mit den Fingern über seine unbändigen Augenbrauen. „Ich hätte diesem Treiben nie tatenlos zugesehen, wenn ich auch nur einen Schimmer davon geahnt hätte. Das wissen Sie hoffentlich."

„Eminenz, daran hat niemand, den ich kenne, auch nur den geringsten Zweifel!"

„Natürlich. Aber es gibt Menschen, die bewußt Zweifel säen. Und ich sorge mich, daß diese üble Saat aufgehen könnte."

„Diese Saat wird mit Gottes Hilfe niemals aufgehen, darauf können Sie sich verlassen!" erklärte David energisch. „Ich werde in meinem Abschlußbericht keinen Zweifel daran aufkommen lassen, daß der Oberhirte von New York tadellos reagiert und alles in seiner Macht stehende getan hat, um diesen Augiasstall auszumisten."

„Das ist mir ganz klar, David. Ich möchte nur sichergehen, daß Sie auch ganz persönlich daran glauben, daß ich keine Schuld an diesem Schlamassel trage."

David blickte ihn erstaunt an. „Eminenz, Sie sind für mich eine Bastion der Integrität in der Kirche, ein Vorbild! Nie käme ich auf den Gedanken ... Sie haben mich nach Rom entsandt, mich gefördert, mir ein Beispiel gegeben. Es tut mir weh anzusehen, daß man Ihnen schaden will."

„Was meinen Sie? Ob die Weltbischofssynode jemals kommt?" wechselte Walsh unvermittelt das Thema. „Ist der Papst noch in der Lage, die große Agenda seines Pontifikats zu Ende zu bringen? Ich habe das unbestimmte Gefühl, in der Kurie wird alles nur noch verschleppt, nichts mehr entschieden."

Davids Stirn legte sich in Falten. „Naja, das Tempo ist nicht mehr so forsch wie am Anfang, der Gegenwind ist stärker, und das Lager der Reformer vorsichtiger geworden."

„Ich teile Ihren Eindruck. Die Zeit läuft uns davon ...“

*

Mit gemischten Gefühlen verließ David an jenem Abend die Bischöfliche Kanzlei und marschierte zu Fuß zu seiner Gästewohnung im nahegelegenen Seminar. Selten hatte er Walsh in so düsterer Stimmung erlebt. Wußte er mehr als er sagte? Waren die Nachrichten aus dem Vatikan so beunruhigend?

Er zog sich um und nahm ein Taxi hinunter nach Greenwich, wo Alessandro ihn erwartete.

„Ich brauche heute Abend dringend etwas Ablenkung. Laß uns einen Streifzug durchs Village machen.“ schlug er vor.

Sie bummelten durch die erleuchteten Straßen, streiften durch Galerien und Trödelläden, aßen bei *Tommaso's* zu Abend.

„Ich bin immer wieder überrascht, wie gnadenlos in Amerika eine Pasta zugerichtet wird.“ amüsierte sich Alessandro. „Offenbar kommen in jeden Sugo grundsätzlich Champignons, Zwiebelringe und Cheddar Cheese, egal ob es hineinpaßt oder nicht. Und am schlimmsten: alles und jedes wird im Ofen bis zur Unkenntlichkeit überbacken. Bitte sag mir, wie soll das ein vernünftiger Mensch essen?“ Er stocherte mit seiner Gabel demonstrativ in der undurchdringlichen braunen Käsekruste.

„Ja, die *cucina italiana* ist hier reichlich verfremdet. Besonders in New York.“

„Das Essen an der Westküste ist ohnehin besser. Viel Gemüse, viel Seafood, Wein ...“

„Noch ein paar Tage, und wir werden gemeinsam Kalifornien genießen. Die Flüge habe ich übrigens schon gebucht.“

Nach dem Dinner besuchten sie einen einschlägigen Club, den David noch aus seiner eigenen New Yorker Zeit kannte. Zehn Jahre später existierte er noch immer, was im schnellebigen Greenwich Village durchaus eine Leistung war. Das Publikum war gemischt, zumeist Pärchen, auch viele Heterosexuelle kamen gern hierher. Die Musik war loungig.

Sie machten es sich in tiefen modischen Lederpolstern bequem, bestellten Drinks und beobachteten die Leute. David ließ seinen Kopf an Alessandros Schulter sinken.

„Ich fühle mich ziemlich ausgepowert. Das kostet alles viel Energie. Wenn Du nicht hier wärst ..., ich bin Dir wahnsinnig dankbar."

Alessandro drückte ihm einen Kuß auf die Stirn. „Wozu ist ein Partner da, wenn er in solchen Situationen nicht an Deiner Seite ist? Ich habe gespürt, daß Du mich hier brauchen würdest, mein Stern."

Sie ließen sich von der Musik berieseln und genossen, sich nahe zu sein.

„Hey Monsignore ..., Sie sind es doch!" riß sie eine Stimme aus der entspannten Atmosphäre.

David zuckte zusammen und blickte nach oben. Vor ihrem Platz standen zwei junge Männer.

„Erkennen Sie mich denn nicht mehr?" fragte der eine.

Es handelte sich um Pete, jenen Mann, den er vor zwei Wochen in der Bischofskanzlei vernommen hatte. Er erschrak. Wie sollte er reagieren?

„Was ..., was tun Sie hier?"

Pete grinste. „Wahrscheinlich dasselbe wie Sie, Monsignore. Ich chille hier mit meinem Freund. Das ist Greg."

Er deutete auf den zweiten Burschen.

„Lassen Sie bloß den Titel weg!" zischte David. „Ich hatte nicht geahnt, daß Sie schwul sind!"

„Nein? Nach der ganzen Geschichte, die ich Ihnen erzählt habe, wundern Sie sich, daß ich schwul bin?" Er schüttelte den Kopf. „Ihr Priester seid doch alle gleich – naiv und verhuscht. Die meisten von euch stehen auf Männer, aber nach außen brandmarkt ihr es als Sünde. Keine Angst, ich werde Sie schon nicht verpfeifen."

Alessandro bemerkte Davids Unbehagen und schaltete sich ein.

„Jungs, wenn Ihr uns jetzt entschuldigt. Wir sind hier, um unserer Ruhe zu haben!"

„Schon gut, schon gut", gab Pete zurück. „Wir wollen nicht stören. Und Monsignore: vergessen Sie nicht meine Entschädigung!"

Die beiden jungen Leute drehten sich um und verschwanden.

David starrte ihnen fassungslos hinterher.

„*Porca,* was war das denn für eine Vorstellung?" schimpfte Alessandro.

„Das glaubt man nicht!" David rang um Beherrschung. „Der Kerl saß mir zwei Stunden lang gegenüber und berichtete mir die abscheulichsten Dinge; wie er im Internat mißbraucht worden war – wenn es denn wahr ist! Und, kannst Du es glauben, jetzt geht es ihm nur ums Geld?"

„Ist es gefährlich, daß uns dieser Kerl hier zusammen gesehen hat?"

„Keine Ahnung. Jedenfalls wäre diese Begegnung absolut verzichtbar gewesen." Er winkte der Bedienung. „Laß uns zahlen. Ich will hier raus."

Sie traten in die frostige Dezemberluft. Alessandro legte seinen Arm um Davids Schultern.

„Gib nichts drauf. Ein unbedarfter kleiner Wichtigtuer, weiter nichts."

„Wenn es so einfach wäre. Er hat seine eigene Glaubwürdigkeit soeben erheblich erschüttert – aber ich muß es komplett ignorieren, verstehst Du? Ich kann ja schlecht zu Protokoll geben, daß sich der Zeuge mir gegenüber in einem Schwulenclub als nicht vertrauenswürdig erwiesen hat."

Alessandro verzog die Mundwinkel. „Sei mir nicht böse, aber diese Situation ist so grotesk, daß sie fast schon wieder komisch wirkt."

„Ich wünschte, ich hätte Deinen Humor."

„Komm, *carissimo,* wir lassen uns davon nicht den Abend verderben. Kalifornien wartet."

XV

Rückblickend, so dachte David später einmal, waren es vielleicht die heitersten und unbefangensten Wochen ihres gemeinsamen Lebens. Die dunklen Wolken waren weit weg, die Temperaturen angenehm und die Sonne schien wohlwollend wärmend auf sie herab. Die Weihnachtstage verbrachten sie gemeinsam in einem kleinen Strandhaus in Half Moon Bay an der Pazifikküste, das ihnen einer von Alessandros ehemaligen Studienfreunden an der California State University zur Verfügung gestellt hatte.

In einer katholischen Kapelle in den Bergen über der Bucht, einer ehemaligen Missionsstation, zelebrierte David die Weihnachtsmesse für die verstreuten Mitglieder der kleinen Kirchengemeinde, die wegen ihrer stark geschrumpften Größe seit Jahren ohne eigenen Pfarrer auskommen mußte. Ansonsten hatte er sich aller geistlichen Pflichten entledigt und genoß mit Alessandro den feinkörnigen weißen Strand, die mächtigen Wellen und einsame Spaziergänge auf den Klippen. Sie kauften auf dem Wochenmarkt ein, bereiteten einen jungen Truthahn auf dem Barbecue zu und begossen ihr ganz privates Weihnachtsmahl mit kalifornischem Wein.

In San Francisco feierten sie mit ein paar alten Bekannten die Neujahrsnacht im Trendviertel Castro und machten ein paar Tage lang die Stadt am Golden Gate unsicher, bevor sie zu einer Tour durch die Weingüter von Nappa und Sonoma starteten. Sie besuchten die vornehmlich italienischen Kellereien wie Sebastiani, Gallo oder Mondavi, in denen Alessandro vor zehn Jahren verschiedene Praktika absolviert und zu deren Besitzer er weiterhin gute Kontakte gepflegt hatte. Meist bot man ihnen nach der Weinprobe ein Zimmer an oder lud sie – Weinkenner unter sich – zum Dinner ein.

Die letzten Tage in Kalifornien verbrachten sie in einer Lodge im Nationalpark von Bodega Bay, nachdem sie bei Fort Russian wieder auf die Küste gestoßen und die *Number One* nach Süden abgebogen waren. Bei knisterndem Kaminfeuer machten sie es sich abends im Blockhaus gemütlich, tauschten Gedanken aus, philosophierten über Gott und die Welt und liebten sich. Es waren Momente intensivster Nähe, ohne irgendwelche Ablenkungen durch Alltagsumstände, Konventionen oder Dritte. Nur sie beide allein.

An ihrem letzten Abend marschierten sie zu einem einsamen Aussichtspunkt über der Bucht, um den Sonnenuntergang im Pazifischen Ozean zu beobachten.

„Wenn es doch nur immer so bleiben könnte." seufzte David und drückte Alessandro an sich.

„*Si, veramente.* Bald wird uns die Realität wieder einholen. Unsere verschiedenen Welten ..."

„Ich hatte Dich ja gewarnt, daß es nicht leicht würde mit mir. Aber Du hast es Dir selbst so ausgesucht. Du hättest mir den Brief nicht schreiben, Du hättest nicht in den Vatikan kommen, Du hättest mich nicht um ein Treffen bitten dürfen. Bereust Du es schon?"

„Bereuen? Bist Du verrückt? *Per niente* – niemals!" Er ließ seinen Blick über die rötlich eingefärbte Küstenlinie gleiten. „Ich habe genau gewußt, was ich tue und die Realität gibt mir Recht. Immerhin stehen wir beide heute gemeinsam hier, nebeneinander. Zwei Seelen, die sich gefunden haben. Es ist die wahrscheinlich beste Zeit meines Lebens."

„Für mich auch. Seit dem Moment, in dem ich Dir vor die Füße gefallen bin. Ich hoffe, daß es immer so bleibt zwischen uns."

„Komm her, *carissimo!*" Alessandro nahm seine Hände. Er blickte ihm eindringlich in die Augen und sprach langsam, jedes

Wort einzeln betonend: „Ich, Alessandro di Vallescura, verspreche Dir hiermit feierlich, daß es so bleiben wird. Ich verspreche Dir mit Gottes Hilfe, Dich zu lieben, zu ehren und zu achten, Dir die Treue zu halten, in Freude und Leid, in guten und in schlechten Tagen, bis an unser Lebensende."

David fühlte einen wohligen Schauer über seinen Rücken rieseln. Es war wie eine Szene aus Hollywood. Sie beide allein auf einer Klippe, die Sonne, die im Pazifik versank, das Gefühl von Weite und Unendlichkeit, grenzenloser Freiheit. Alles schien möglich. Er drückte Alessandros Hand. „Ich, David O'Connor, verspreche Dir feierlich, Dich zu lieben, zu ehren und zu achten", seine Stimme zitterte, „in Freude und in Leid, in guten und in schlechten Zeiten, bis ans Ende unserer Tage. Das gelobe ich mit Gottes Hilfe!"

Sie schlangen die Arme umeinander und küßten sich. So verharrten sie, bis die Sonne in der See versunken und das letzte Licht des Tages verglommen war.

*

Die schwarze Gestalt duckte sich in die nächtlichen Schatten der Pinienreihen. Als die Luft rein war, und keine Stimmen mehr hinter den Mauern zu vernehmen, schlüpfte sie durch die Gärten der Villa Farnesina und bog in den unbeachteten Hinterhof des Wohngebäudes an der *Via della Penitenza,* der *Straße der Reue.* Der Schlüssel lag wie immer unter den dürren Ästchen des Buchsbaumes, der in einer Tonschale neben dem Dienstboteneingang vor sich hinvegetierte. Die Fenster im Haus waren dunkel. Der Transvestit kannte sich aus. Er drehte die Schlüssel und öffnete geräuschlos die Pforte. Von dem schmalen Gang führte eine weitere Tür zu einer engen Stiege. Vorsichtig tastete er sich im Finstern die Treppe hinunter, um in seinen hochhackigen Lederstiefeln nicht umzukippen. Das antike Steingewölbe war kalt und muffig, ein gemauertes Labyrinth wie so viele Katakomben, die seit vielen Jahrhunderten die Ewige Stadt wie ein Netz durchzogen. Ein schwacher Lichtschein fiel auf den unebenen Steinboden. Er kam durch einen Türschlitz in der Ferne und wies der ledernen Gestalt den Weg. Die Türangeln des Verschlags quietschten, als der Transvestit den Raum betrat. Kerzenlicht erhellte flackernd die Szenerie.

Sein Opfer wartete bereits in Demutshaltung.

Er holte die Handschellen aus seiner Tasche und fesselte dem alten nackten Mann wortlos die Arme auf den Rücken. Mit einem Karabiner befestigte er sie an einer Seilwinde und zog ihn in die Höhe. Dann griff er in seinen Stiefelschacht und ließ die Peitsche herausgleiten.

„Du willst es doch so, Du fetter alter Sack!“ zischte er und ließ sein Folterinstrument knallen.

Das Opfer wimmerte.

Er ließ die Peitsche durch die Luft sausen. „Nimm das! Und das!“

„Gnade ...“

„Du willst Gnade?“ Er schlich einmal um den gefesselten Körper des Mannes herum und ließ den Riemen genüßlich über Gemächt und Hintern gleiten. „Ich weiß, daß Dir das gefällt.“

Die Peitsche knallte von Neuem.

Dann hob er eine der brennenden Kerzen vom Boden auf und hielt sie dicht vor die Hakennase des alten Mannes. Der Kopf des Opfers wich zurück.

„Oh Gott!“ stöhnte er auf, als ihm die heißen Wachstropfen über die bleiche Brust hinab auf den Bauch rannen, bevor sie sich verfestigten.

„Na, wie fühlt sich das an? Mehr?“

Der Mann hechelte. „Ich bin Wachs in Deinen Händen ...“

Das Spiel wiederholte sich.

„Ja. Du bist in meinen Händen. Du bist mir voll und ganz ausgeliefert. Was versprichst Du mir, wenn ich Gnade walten lasse?“

„Was willst Du haben?“

Das hagere, grell geschminkte Gesicht der Dominagestalt näherte sich, bis die schwarzen Haare der Perücke das Gesicht des alten Mannes berührten. „Ich will Macht. Einfluß."

„Aber das hast Du doch. Ich habe Dir gegeben, was ich konnte."

„Nicht genug! Aber wie Du willst." Er zog ein neues Spielzeug aus seiner Tasche und hielt dem Alten einen überdimensionierten Dildo unter die Nase. „Dann bekommst Du eben das hier zu spüren!"

Er machte eine schnelle Wendung und schob seinem Gefangenen das mächtige Teil zwischen die Arschbacken, bis es fast darin versank. Der Mann schrie kurz auf, bevor er sich mit wonnig schmerzverzerrtem Gesichtsausdruck auf die Lippen biß.

„Bekomme ich vielleicht jetzt alles, was ich will?" fragte der Transvestit.

„Ja! Alles was Du willst." Er lechzte nach mehr. „Mach weiter, mach weiter!"

„Ich will den Posten, und Du weißt, was Du zu tun hast!" Er zog den Dildo abrupt heraus. Der Alte stöhnte auf. „Ich habe meine Hausaufgaben gemacht, jetzt bist Du dran."

„Was soll ich tun?"

„Du mußt ihm ein Ultimatum stellen."

Er lockerte die Seilwinde, und der Mann fiel wie ein nasser Kartoffelsack zu Boden. Er setzte eine Stiefelspitze auf seinen Penis.

„Haben wir denn etwas in der Hand?" japste das Opfer und wand sich am Boden.

Der Transvestit streichelte sein Kinn mit dem verknoteten Ende der Peitschenschnur. „Mehr als Du ahnst. Gott hat uns in die Hände gespielt."

*

Während Alessandro von San Francisco aus direkt nach Mailand zurückflog, kehrte David noch einmal nach New York zurück, um die Untersuchungen zum Abschluß zu bringen. Zu seinem Unmut zog sich sein Aufenthalt in den Staaten um weitere Wochen hin, da die Staatsanwaltschaft neue Erkenntnisse zu Tage gefördert und umgekehrt sehr an den Einschätzungen des Apostolischen Visitators interessiert war, besonders was die Glaubwürdigkeit der Zeugen betraf.

Dicke Schneeflocken tauchten Manhattan in ein weißes Kleid und David wünschte sich sehnlichst nach Italien zurück, als er in der erzbischöflichen Kanzlei mit dem stellvertretenden Generalstaatsanwalt Donald Fletcher konferierte.

„Sehen Sie Monsignore, ich habe in dem Fall keinerlei persönliche Interessen. Ich gehöre der katholischen Kirche nicht an und stehe ihr neutral gegenüber", bemerkte er. „Mir geht es allein darum, Licht in diese dunkle Angelegenheit zu bringen, die Täter zu überführen und sie vor Gericht zu stellen. Dafür brauche ich vertrauenswürdige Zeugen. Ein Opfer, dessen Aussagen sich im Zeugenstand als falsch oder auch nur als zweifelhaft herausstellten, würde den gesamten Prozeßausgang gefährden. Deshalb ist mir wichtig, was Sie persönlich über die ein oder andere Person denken."

David räusperte sich. „Nun, ich kann Ihr Anliegen gut nachvollziehen und Ihnen versichern, daß unser Interesse deckungsgleich ist – nämlich die Täter zur Verantwortung zu ziehen, ungeachtet ihres geistlichen Standes. Aber ich bitte um Verständnis, daß ich Ihnen nicht über Interna einer vatikanischen Untersuchung berichten kann. Inhalte und Ergebnisse sind vertraulich und allein für den Heiligen Vater bestimmt."

„Es liegt mir fern, Sie in Gewissensnöte zu bringen. Aber ich pflege meine Verfahren vor den Geschworenen zu gewinnen." Er kramte in seiner Aktentasche und legte David ein zerknittertes Foto auf den Tisch. „Kennen Sie diesen Burschen?"

David blickte elektrisiert auf das Fahndungsfoto. „Ja. Ich denke schon. Ich habe ihn vernommen. Sein Name ist Pete ..., Pete soundso."

„Pete Selenski, genau." Fletcher rückte vor. „Ich bin bei den Protokollen seiner Vernehmungen auf ein paar Widersprüche gestoßen. Sie ließen sich vielleicht durch Nervosität oder ungenaues Erinnerungsvermögen erklären; wäre normal bei der Belastung, der Zeugen unterliegen. Aber mein Instinkt", er faßte sich an die Nase, „mein Instinkt hat mich noch nie getrogen. Ich habe nachgeforscht."

„Was haben Sie entdeckt?"

„Der Junge hat mehrere polizeiliche Einträge wegen unerlaubter Prostitution. Er ist ein Stricher."

David nippte an einem Glas Wasser. Ihm wurde heiß. „Das ist ziemlich schwerwiegend, Herr Generalstaatsanwalt."

„Welchen Eindruck hat er auf Sie gemacht, Monsignore?"

„Tja, das ist schwer zu sagen." Er überlegte angestrengt und bemühte sich gleichzeitig, gelassen zu wirken. Ein falsches Wort, und er brachte sich selbst in Teufels Küche. Auch ihm war Pete von Anfang an nicht geheuer gewesen. Aber wenn er jetzt die Vermutung Fletchers stützte, könnte sich der Bursche in die Ecke gedrängt fühlen und alles erzählen. Zum Beispiel von jenem zufälligen Treffen in der Bar im Village: der Monsignore aus dem Vatikan in inniger Pose mit einem anderen Mann, in einem einschlägigen Club New Yorks – das wäre nicht nur ein Skandal erster Güte, das wäre sein Ende. Nein, er durfte dem Verdacht des Generalstaatsanwaltes keine zusätzliche Nahrung geben.

„Wissen Sie, auf mich machte er einen durchaus glaubwürdigen Eindruck. Seine Geschichte schien mir stimmig. Es ist natürlich bedauerlich, daß er auf die schiefe Bahn geraten ist, aber das ist aus meiner Sicht ein Fall für den Beichtstuhl."

„Natürlich Monsignore. Ich will das nicht werten. Er kann Fehler gemacht haben und trotzdem Opfer sein. Aber wir müssen sicher sein, daß es sich bei ihm nicht um einen Trittbrettfahrer handelt, der nur Geld erpressen will. Zumal der Beschuldigte die Tat nach wie vor bestreitet."

„Gewiß. Pete ist jedoch nicht der einzige Junge, der ihn belastet hat."

„Aber von den anderen Zeugen hat auch niemand seinen Körper für Geld verkauft, Monsignore. Wir in Justizkreisen nennen so etwas ein Verhaltensmuster."

David schüttelte den Kopf. „Ich fürchte, ich kann Ihnen nicht weiterhelfen. Was immer er getan hat, ich habe keinen Grund, an seiner Aussage mir gegenüber zu zweifeln. Wollen Sie meine Meinung hören? Er ist eine arme, verirrte Seele, kein Krimineller."

Fletcher blickte ihn ein paar lange Sekunden an, bevor er aufstand. „Ihr Wort in Gottes Ohr, Monsignore. Danke für Ihre Zeit."

Kaum hatte er die Tür hinter sich geschlossen, ließ sich David in den Sessel zurückfallen und schlug die Hände vors Gesicht. Worauf hatte er sich hier nur eingelassen?

*

Wenige Tage später gab er auf Drängen von Kardinal Walsh eine Pressekonferenz zum Abschluß seiner Untersuchungen. Die Reporter löcherten ihn zu einzelnen Fällen und versuchten mit allen Mitteln, ihm zu entlocken, was in seinem Abschlußbericht stehen würde. Er zog sich so gut es ging aus der Affaire, blieb bewußt vage und verwies immer wieder auf die Justiz. Es hätte sich nicht gehört, seine Einschätzung zuerst den Medien zu präsentieren, schließlich waren die Schlußfolgerungen für den Heiligen Vater bestimmt.

„Ich glaube, Sie haben hier sehr wertvolle Arbeit geleistet, David." bemerkte Walsh beim Abschied. „Ich bin Ihnen sehr dankbar. Schreiben Sie, was geschrieben werden muß. Sie haben mein volles Vertrauen."

„Danke, Eminenz. Es war, oder vielmehr *ist* sicherlich die schwerste Aufgabe, vor die ich je gestellt war. Ohne Ihr Wohlwollen und die Unterstützung Ihrer Mitarbeiter hätte ich es nicht geschafft."

„Wenn alles gut geht, haben wir zwei Ziele erreicht: Wir haben in diesem Saustall gründlich aufgeräumt und wir haben wieder Ruhe in den Laden gebracht."

David pflichtete ihm bei. Er hatte die klare Aussprache, die Walsh pflegte, immer als wohltuenden Gegensatz zur Salbaderei manch anderer Würdenträger empfunden.

Nun war er heilfroh, die aufreibenden Wochen hinter sich zu haben und bald nach Rom zurückkehren zu können. Mit einem befreiten Gefühl bestieg er Anfang Februar an Penn Station den Expreßzug nach Washington, um noch einmal in Silver Springs vorbeizuschauen und den Apostolischen Nuntius protokollgemäß über den Abschluß seiner Mission zu informieren.

Er empfand den hageren Portugiesen, ähnlich wie bei ihrer ersten Begegnung, befremdlich, ohne daß er genau hätte sagen können, warum. War es seine gekünstelt liebenswürdige Art, der unheimlich stechende Blick oder die eigenartig kalte Ausstrahlung des Kirchenmannes, der immerhin den Vatikan in einer der wichtigsten Hauptstädte der Welt repräsentierte? Wie war dieser Mann überhaupt in seine Position gelangt? Persönlichkeit und Funktion wollten einfach nicht recht zusammenpassen.

„Wie haben Sie sich zurechtgefunden?" fragte der Nuntius belanglos.

„Danke der Nachfrage. In Anbetracht dessen, daß ich hier aufgewachsen bin und den Großteil meines Lebens verbracht habe, gut!" antwortete David süffisant.

„Sie belieben zu scherzen, Monsignore. Humor ist eine schöne Gabe." Maragall erhob sich. „Es gibt jedoch Dinge, bei denen Humor nicht angebracht ist. Beispielsweise, wenn eine Diözese der Heiligen Mutter Kirche in den Ruf gerät, ein Hort für Kinderschänder zu sein. Nun sagen Sie mir, was haben Sie vor Ort herausgefunden? Wer trägt für diese Mißstände die Verantwortung?"

„Nun, Exzellenz, das Problem ist sehr tiefschichtig. Es gibt darauf keine einfachen Antworten. Ich habe sowohl Beschuldigte wie Opfer verhört, Zeugen befragt und die Umstände und Milieus untersucht, die zu den mutmaßlichen Taten führten oder sie erst möglich machten. Jeder Einzelfall liegt anders. Es gibt kein gemeingültiges Erklärungsmuster, das uns einen Schlüssel zur Erkenntnis liefern würde. Es geht ganz banal um Versuchung, Sünde, Schuld und kriminelle Energie. Der eine Fall ist eher für den Psychiater, der andere für den Staatsanwalt."

Der Nuntius faltete seine dürren Finger unter dem Kinn, während er David fixierte.

„Glauben Sie nicht, Ihr Erklärungsmuster ist etwas zu einfach, Monsignore? Jenseits von individueller Schuld und Sühne gibt es auch immer eine Verantwortung, ausgeübt im vorgegebenen Ordnungsrahmen; in diesem Fall im Ordnungsrahmen der Kirche. Dieser beinhaltet auch Kontrollmechanismen, um genau solche Vorkommnisse zu verhindern. Offensichtlich haben die Kontrollinstrumente jedoch versagt."

David begann zu ahnen, worauf Maragall hinauswollte. „Nach meiner Ansicht gibt es keine perfekten Kontrollmechanismen. Und dort, wo es sie vielleicht gibt, wie in totalitären Regimen, leugnen sie die Eigenverantwortung des Menschen. Und genau dann wird Kontrolle zu einem Teil des Problems, nicht der Lösung."

Der Blick des Nuntius verfinsterte sich. Er stellte sich in seiner ganzen Länge vor David auf, so daß die Schöße seiner Soutane Davids Knie berührten.

„Sie verbreiten gefährliche Lehren, Monsignore. Dort, wo die Kontrolle der Kirche versagt, regiert das Chaos. Und wo Chaos herrscht, verbreitet sich das Böse. Die Macht der Kirche ist das Einzige, was die Kräfte der Finsternis aufhalten kann. Deshalb muß die Macht ausgeübt werden! Man darf sie nicht aus intellektuellem Hochmut oder naiver Großzügigkeit links liegen lassen – man muß sie benutzen!" Er rückte so dicht an David heran, als wenn er ihn zum Oralverkehr zwingen wollte. Seine Stimme zischte wie ein Peitschenhieb. „Wo war die Macht der Kirche, als sich in New

York das Böse in den Tabernakel Gottes schlich? Warum wurde sie nicht angewandt? Warum ließ man es zu, daß sich das Gift der Sünde verbreitete? Und vor allem: *Wer* ließ es zu?"

Jetzt hast Du die Katze aus dem Sack gelassen! dachte David und verzog sich tief in die Sessellehne, um der unangenehmen körperlichen Nähe Maragalls zu entgehen.

„Darüber ließe sich in der Tat vortrefflich spekulieren – *wer* ließ es zu? Vielleicht das System an sich? Ein System, das die natürliche Sexualität des Menschen leugnet? Ein System, das menschliche Gefühle und Sehnsüchte verdammt? Ein System, das zu Heuchelei und Lüge verleitet? Ein System, das versucht, aus seinen Priestern geschlechtslose Eunuchen zu machen?"

„Genug!" Der Nuntius bebte.

David sprang auf. „Sie fragen, wie sich das Gift der Sünde verbreiten konnte? Ich sage es Ihnen: durch eben dieses System!"

„Silentium!" Maragall holte mit der Hand aus und für einen Moment dachte David tatsächlich, er würde es wagen, ihn zu schlagen. „Das ist Häresie!"

David blickte ihn unverwandt an. „Sie wollten von mir eine Theorie hören, ich habe Ihnen eine gegeben. Es ist, was es ist: nur eine Theorie."

Der Nuntius ließ seine Hand fallen. Seine Zornesfalten schwanden und wurden von einem sarkastischen Mienenspiel abgelöst.

„Ich habe Sie überschätzt, Monsignore. Ich hätte nicht gedacht, daß Sie es mir so einfach machen. Was hat man sich in Rom nur dabei gedacht, ausgerechnet Sie hierher zu schicken? So jung, so unerfahren, so impulsiv, so naiv ..." Er wandelte hinter den Schreibtisch zurück, öffnete eine Schublade und zog einen großen braunen Umschlag hervor. „Sie haben es uns weiß Gott leicht gemacht."

Er schob David den Umschlag über den Tisch. „Öffnen Sie!"

David nahm das Couvert und zog etwa ein halbes Dutzend schwarz-weiß Fotos hervor. Unbehagen stieg in ihm empor. Ihm war, als würde er am ganzen Körper von Tausenden von Nadeln gepeinigt. Er betrachtete wortlos die Aufnahmen, eine nach der anderen.

Nein, er war nicht überrascht. Jetzt nicht mehr; nicht mehr nach diesem vorangegangenen Dialog. Es war geschehen. All seine Befürchtungen waren mit einem Mal wahr geworden.

„Nun, Monsignore?" höhnte Maragall. „Ich weiß zwar nicht, wer Ihre heimliche kleine Liebschaft auf den Bildern ist, aber die Posen sind eindeutig. Rom hat, so scheint es, den Bock zum Gärtner gemacht!"

Unbändiger Zorn stieg in David auf. Er wollte aufspringen und den Nuntius am Kragen packen; doch er war wie gelähmt. Er starrte auf die Fotos. Alessandro und er, die große Liebe seines Lebens, enttarnt und benutzt in einem schmutzigen Spiel.

„Und nun? Was erwarten Sie von mir?" fragte er heiser.

„Kommen wir zurück auf meine Eingangsfrage, Monsignore O'Connor! Wo war das System? Wo war die Kontrolle? Und vor allem: Wer trägt dafür die Verantwortung?" Der Nuntius setzte sich und schlug die Beine übereinander wie bei einer harmlosen Plauderei. „Es liegt auf der Hand: Es ist der zuständige Erzbischof, der versagt hat. Kardinal Walsh ist offensichtlich seiner Sorgfaltspflicht nicht nachgekommen. Er kümmert sich zu wenig um die internen Vorgänge in seiner Diözese; das wurde mir schon mehrfach bestätigt. Die Zeit ist reif für seine Ablösung – und Sie werden das Ihre dazu beitragen!"

David schüttelte den Kopf. „Das ist nicht Ihr Ernst."

„Voll und ganz. Und falls Sie es nicht glauben wollen, dann werfen Sie nochmals einen Blick auf die Fotos!" Er wies auf die Bilder, die offen auf dem Schreibtisch lagen. „Immerhin, ein attraktiver Mann, Ihr Begleiter ..."

„Wie sind Sie an diese Aufnahmen gekommen?" fragte David; doch die Antwort lag auf der Hand. „Es war dieser Pete, nicht?"

„Sein Name ist mir nicht bekannt. Irgendein kleiner Stricher, den unsere Einrichtung von der Straße aufgelesen hat. Haben Sie sich gemerkt, was ich Ihnen eingangs über Macht erzählt habe? Man muß sie benutzen! Nichts anderes haben wir getan."

David stutzte. „*Unsere* Einrichtung? *Wir?*"

„Ihre Blauäugigkeit ist geradezu rührend, Monsignore. Meinen Sie etwa im Ernst, das ist allein mein Werk? Halten Sie mich für einen Einzelgänger?" Er ließ seinen Blick zur Decke wandern. „Ich bin nur ein Werkzeug in den Händen Höherer. Hier geht es um den ewigen Kampf zwischen Gut und Böse. Unser Auftrag ist es, die Kirche zu reinigen und zu befreien von den Schmutzschichten der modernen Zeit. Wir werden sie wieder in Reinheit und Glanz erstrahlen lassen, als Leuchtturm für alle Gläubigen! Unser Arm reicht weit."

„Und dafür sind Sie bereit, das Leben anderer Menschen zu zerstören? Was hat Kardinal Walsh damit zu tun? Er ist untadelig!"

„In Ihren Augen vielleicht. Aber er ist schwach. Und Schwachheit öffnet der Sünde die Tür. Er und andere hohe Geistliche bis hinauf in die Spitzen des Apostolischen Palastes haben vor dem Ungeist der Moderne kapituliert!" Der Nuntius redete sich in Rage und begann, wild mit den Händen zu gestikulieren. „Sie betrachten den Heilsweg Christi nur noch als einen unter vielen, leugnen den absoluten Wahrheitsanspruch der Kirche! Sie opfern das göttliche Geheimnis auf dem Altar der Beliebigkeit! Statt Diener Gottes sind sie Diener dieser Welt geworden, und deklarieren diesen Ausverkauf der Kirche als Öffnung zur Gesellschaft! Sie degradieren die Kirche zu einer x-beliebigen Wohlfahrtsorganisation! Sie wagen es nicht mehr, mit der Hölle zu drohen, aus Angst, sich damit unbeliebt zu machen! Sie verraten den Auftrag Gottes!"

David schwieg. Was sollte er dazu schon sagen?

„Hat es Ihnen die Sprache verschlagen, Monsignore? Können Sie die Wahrheit nicht ertragen?"

„Nicht, wenn sie vom falschen Zeugen kommt."

Maragall stampfte mit dem Fuß auf wie ein kleines Kind und keifte: „Sie werden jetzt das tun, was ich Ihnen sage, oder Ihr Name wird sich überall in den Morgenschlagzeilen der amerikanischen Presse finden! Und der braune Umschlag auf dem Schreibtisch des Präfekten der Kleruskongregation! Hören Sie mir also lieber aufmerksam zu: In Ihrem Abschlußbericht an den Papst werden Sie als Konsequenz aus den Untersuchungen empfehlen, Kardinal Joseph Walsh als Erzbischof von New York mit sofortiger Wirkung von seinen Amtspflichten zu entbinden und ihm einen Koadjutor zur Seite zu stellen, auf den die erzbischöflichen Vollmachten übergehen."

„Und wer soll das sein?"

„Darum werden wir uns kümmern. Sollten Sie Ihrer Pflicht nachkommen, werden diese Fotos sicher verwahrt bleiben. Falls nicht ...", ein Grinsen huschte über Maragalls Lippen, „werden Sie vom Strudel eines Skandals erfaßt, der Sie selbst und Ihre Förderer in den Abgrund ziehen wird. Bedenken Sie Ihre Entscheidung wohl, Monsignore O'Connor."

Die Worte hallten wie aus der Ferne an sein Ohr. Mit einem Mal erkannte er, woher er die Stimme des Nuntius kannte. Ja, er war sich ganz sicher: Es war jene Stimme aus der Umkleidekabine im Schneidergeschäft, die Walsh und er unfreiwillig belauscht hatten. Der unbekannte Dritte bei Gammarelli, der sich im Gespräch mit Kardinal Reyes so abschätzig über Silvanelli geäußert hatte. Maragall, Reyes, das Opus Dei – der Kreis schloß sich.

David stand auf. Seine Glieder waren taub. Er nahm seine Aktenmappe und taumelte zur Tür.

„Was werden Sie tun?"

„Was mein Gewissen mir befiehlt, Exzellenz."

*

David stieg in die bereitstehende Limousine.

„Fahren Sie mich bitte zum Nationalfriedhof von Arlington." wies er den Fahrer an. Er fühlte sich erschöpft und leer.

Es nieselte leicht. Als er ausstieg, stellte er den Mantelkragen auf.

„Möchten Sie einen Schirm, Monsignore?“ rief ihm der Fahrer hinterher, als er das steinerne Portal des Heldenfriedhofs passierte, der sich auf der drüberen Seite des Potomac einen Hügel hinaufzog. Er lehnte ab. Die Regentropfen in seinem Gesicht dienten als willkommene Tarnung für die Tränen, die nun ungehemmt über seine Wangen strömten.

Er lief ein Stück bergauf, unter alten Weiden hindurch, durchquerte die Wiesen mit den Grabmonumenten berühmter Generäle und Persönlichkeiten, bis er auf ein frisches Gräberfeld abbog. Nach einigem Umherirren zwischen den Grabsteinen fand er, was er suchte. Es war ein schlichtes weißes Marmorkreuz im grünen Rasen mit der Beschriftung:

Simon W. Prescott, US Envoy, gefolgt von den Jahreszahlen.

„Sie haben mich in der Hand, Simon“, murmelte er, „ich habe alles falsch gemacht. Ich habe mich selbst belogen.“

Er hielt sein Gesicht in den Regen. Seine nassen Haare klebten ihm in der Stirn.

Wie konnte er nur so dumm gewesen sein. Hatte er tatsächlich geglaubt, damit durchzukommen? Ein Doppelleben führen zu können, das auf der einen Seite aus einer vatikanischen Karriere, auf der anderen aus einer schwulen Liebesbeziehung bestand? Wie grenzenlos unbedarft mußte er gewesen sein! Jetzt sauste das Schwert auf ihn nieder. Er hatte es verdient. Ja, er hatte es verdient!

Wäre er je konsequent in seinem Leben gewesen, dann hätte er beizeiten das Priesteramt niederlegen müssen, ja hätte nie geweiht werden dürfen. Nicht um seiner selbst willen, sondern um derer willen, die er nun unfreiwillig mit sich in diesen Abgrund aus Intrige, Erpressung und Verrat riß. Er haßte sich selbst dafür.

Er haßte den Nuntius und seine miese, selbstgerechte Seilschaft, er haßte den Vatikan, die Kirche, New York.

„Du hast nie verstanden, warum ich Priester geworden bin, nicht wahr, Simon? Du hast mich für verrückt gehalten. Du wußtest genau, daß es nicht gutgehen konnte. Warum hast Du mich nicht davon abgehalten, damals, in New York?“ Er schluchzte. „Dann gäbe es jetzt keinen Monsignore O'Connor, keinen Maragall, keinen Pete, keinen Reyes, keinen Fletcher, keinen Kardinalstaatssekretär...“

Er stockte. Und auch keinen Alessandro di Vallescura. Der Gedanke schmerzte ihn. Auch Alessandro würde zerstört werden. Sein Ruf ruiniert, ihre Liebe in Scherben. Man würde sie beide zerbrechen. Die unsichtbaren Mächte, die in der Kirche ihre Fäden sponnen, würden sie beide in ihrer grausamen, archaischen Logik bestrafen: Ihn selbst, weil er ihrem Glauben nach gegen die heiligen Gesetze verstoßen und die priesterliche Würde beschmutzt habe. Alessandro, weil er es in ihren Augen gewagt hatte, sich einem Priester zu nähern und ihn zur Sünde zu verführen. Und Silvanelli, Walsh, Wendell, Cooper und der kleine Amicelli, sie alle würden dafür büßen müssen, ihn gefördert zu haben oder auch nur, mit ihm befreundet gewesen zu sein.

Durfte er das zulassen? Durfte er die absolute Reinheit seines Gewissens über das Schicksal der Menschen stellen, die ihm nahe waren? Konnte er verantworten, sie alle zu Mitgefangenen seiner Dummheit und Ignoranz zu machen?

Er sandte ein Stoßgebet zum Himmel. „Oh mein Herr und Gott, weshalb quälst Du mich so? Hilf mir. Ich brauche Dich. Bitte, hilf mir!“

Der Regen war stärker geworden. Die Tropfen rannen ihm von Stirn und Schläfen, durchnäßten seinen Mantel.

Was würdest Du an meiner Stelle tun, Simon? fragte er sich und betrachtete das Kreuz aus Stein. Du bist in Deinem Leben immer Pragmatiker, nie Prinzipienreiter gewesen. Würdest Du tun, was sie verlangen? Um das Unheil von den anderen abzuhalten? Um den Schaden zu begrenzen? Durfte man sich auf so einen Pakt überhaupt einlassen?

„Wenn Du mir nur antworten könntest. Ich habe niemanden, mit dem ich sonst darüber sprechen kann. Oder? Darf ich Alessandro damit überhaupt belasten? Was meinst Du?"

Er blieb noch eine Weile reglos stehen und beobachtete das einsame Kreuz im Februarregen. Erst mit der Zeit bemerkte er, daß es gar nicht allein stand. Es war Teil einer langen Reihe weißer Kreuze, die sich über die Grünfläche verteilten. Gefallen für das Vaterland. Helden der Nation.

Er sagte seinem alten Freund Adieu und machte das Segenszeichen.

Die Limousine der Nuntiatur brachte ihn zum Flughafen. Es war bereits Abend in Washington, als das Boarding für den Alitalia-Flug nach Rom begann. Sobald er in seinem Sitz Platz genommen hatte, schlief er erschöpft ein.

XVI

Alessandro merkte wohl, daß irgend etwas nicht stimmte, seit David an jenem Morgen vor zwei Wochen aus den Vereinigten Staaten zurückgekehrt war. Er kam ihm verschlossen und einsilbig vor, in sich gewandt und melancholisch. Von seiner Arbeit mochte er nicht erzählen und bei ihren Begegnungen mied er das Thema Kurie wie die Pest.

„Ich beginne, mir Sorgen zu machen, David", sagte er, als sie an einem Samstag vormittag in einem römischen Straßencafé frühstückten. „Du hast seit dem Aufstehen kaum gesprochen. Das geht nun schon seit Wochen. Was ist los mit Dir?"

„Ach", David zuckte mit den Schultern, „es ist nichts. Ich bin nur gestreßt. Die vielen Wochen in New York, der Bericht ..., ich bin ziemlich ausgelaugt."

Alessandro rührte in seinem Cappuccino. „*Ecco,* das kann ich ja verstehen. Aber es ist etwas anderes. Seit wir uns kennen, haben wir immer offen und vorbehaltlos alles einander erzählt und geteilt. Mir scheint, als enthältst Du mir etwas vor, das Dich stark bewegt."

„Es ist wirklich nichts."

„Muß ich fürchten, daß Du mich verlassen wirst?"

David blickte ihn verwirrt an. Alessandros dunkle Augen drückten Traurigkeit aus.

„Oh Gott nein, natürlich nicht! Was würde ich denn ohne Dich tun? Ohne Dich würde ich das alles gar nicht durchstehen. Du ahnst nicht, wie froh ich bin, wieder hier zu sein."

„Den Eindruck machst Du aber ganz und gar nicht. Also sag schon: Was bedrückt Dich, *carissimo?*"

„Also gut." Er holte tief Luft. „Alessandro, ich werde erpreßt. Ich werde in einer ganz furchtbar schmutzigen Art und Weise erpreßt. Und ich habe nicht die geringste Ahnung, was ich tun soll ..."

Er nahm seine ganze Überwindungskraft zusammen und berichtete seinem Freund die gesamte unappetitliche Geschichte, von dem zwielichtigen Pete über den verschlagenen Nuntius bis hin zum corpus delicti – jenen ominösen Fotos, die sie beide zusammen in inniger Umarmung und Zuneigung zeigten.

Alessandro wäre um ein Haar die Tasse entglitten.

„Und all das hast Du mir bis jetzt verschwiegen? Kein Wort darüber verloren?" Er rang um Fassung. „Wie lange hättest Du mir die Sache vorenthalten wollen? Bis ich davon aus der Presse erfahren hätte? Hast Du denn gar kein Vertrauen zu mir nach all der Zeit?"

Er sprang auf, zündete sich hastig eine Zigarette an und lief auf dem Trottoir auf und ab. Die Sache war ekelhaft und fast surreal, ein Stoff wie aus einem drittklassigen Kriminalroman. Aber daß ihn David derart lange im Unklaren gelassen hatte und weiterhin lassen würde, wenn er nicht insistiert hätte, empfand er als Kränkung. Es war gar nicht abzuschätzen, was das alles für sie bedeutete!

David war ihm nachgeeilt. Er griff ihn am Arm und sagte beschwörend: „Wende Dich jetzt nicht einfach ab! Ich weiß, daß ich Deinen Stolz verletzt habe, aber ich wollte die Sache von Dir abhalten. Ich wollte nicht, daß Du da mit reingezogen wirst! Ich ganz allein bin dafür verantwortlich und ich werde es ausbaden!"

Er warf die Zigarette fort. „Verstehst Du nicht? Das ist nicht *Deine* Sache, das ist *unsere* Sache!"

„Es wird weder meine, Deine, noch unsere Sache sein. Diesen Schuh ziehen wir uns nicht an. Es wird einzig und allein die Sache derer bleiben, die meinen, so die Kirche zu retten, in Wahrheit aber Handlanger des Teufels sind!" brach es aus David hervor. „Aber ihr Plan wird nicht gelingen, weil ich nicht gewillt bin, in diesem üblen Spiel mitzuspielen: Lieber werde ich die Kurie verlassen und mein Priesteramt niederlegen!“

Alessandro starrte ihn ungläubig an. „Bist Du verrückt geworden? Dein Priesteramt niederlegen und diesen Psychopathen das Feld überlassen?“

„Ich habe hin und her überlegt. Es ist der einzige Weg.“

Alessandro legte ihm beide Hände auf die Schultern und rüttelte ihn.

„Es ist genau der falsche Weg! Dann werden diese Bastarde triumphieren, dann haben sie gewonnen! Und uns werden sie trotzdem zerstört haben – weil Du es Dir nie wirst verzeihen können, Deiner Berufung untreu zu werden. Und mir auch nicht. Es würde immer zwischen uns stehen, unser gesamtes Leben lang.“ Seine Stimme war ganz leise geworden. „Nein. Dazu darfst Du es nicht kommen lassen, das mußt Du mir versprechen. Wir müssen jetzt stark bleiben und zusammenhalten.“

David schloß die Augen und nickte zögernd. Alessandros mahnende Worte hatten ihn wieder nüchtern gemacht. Dieser Mann war das Beste, das ihm im Leben passiert war. Das Läuten von Alessandros Handy holte ihn zurück.

„Si, pronto? Bitte was? Nochmal! Ja, ich komme sofort.“

David blickte Alessandro besorgt an. „Was ist passiert?“

„Es war Franco. Daniella ist im Spital. Sie hat das Kind verloren!“

*

Am Eingang des Ospedale Santo Spirito erwartete Franco Cassini seinen Schwager und David. Er wirkte müde und abgeschlagen und hatte die ganze vorangegangene Nacht nicht geschlafen. „Danke, daß Ihr so schnell gekommen seid. Margherita habe ich auch schon erreicht. Sie ist ebenfalls auf dem Weg hierher.“

„Wie geht es meiner Schwester?“ fragte Alessandro atemlos, als sie die Stufen zur gynäkologischen Station hinaufstürzten.

„Sie ist sehr mitgenommen und schwach. Die Infusionen werden bald wirken, sie wird wieder gesund werden. Aber es sieht so aus, als werde sie keine Kinder mehr bekommen können. *Dio mio!*" Franco rieb sich erschöpft die Augen.

„Wie ist das überhaupt passiert?"

„Es war auf Santa Croce. Sie ist in den Kellereien von der Leiter gestürzt. Vincenzo hörte sie schreien und hat sofort den *Pronto Soccorso* alarmiert. Doch bis der Rettungswagen endlich im Krankenhaus ankam, war es zu spät für das Baby."

David legte tröstend die Hand auf Francos Schulter. „Sag, war es ein Junge oder ein Mädchen?"

„Eine kleine *bambina.*"

„Sie ist jetzt bei Gott geborgen. Das müßt Ihr wissen!" Er wartete draußen, während Franco und Alessandro zu Daniella hineinschauten.

„*Cara mia,* was stellst Du denn nur an?" sagte Alessandro zärtlich und strich seiner Schwester über die Wange.

Daniella wirkte blaß und zerbrechlich.

„Es war allein meine Schuld ... Ich hätte nicht auf diese dumme Leiter steigen dürfen." flüsterte sie schwach.

Franco beugte sich über sie und schüttelte vehement den Kopf. „Es war ganz sicher nicht Deine Schuld. Solche Unglücke geschehen. Wir sind dagegen machtlos, Liebste."

„Warum nur? Warum uns?"

„Pssst!" Alessandro legte seinen Finger auf ihre Lippen. „Nicht jetzt. Du mußt schnell wieder gesund werden. Wir brauchen Dich alle."

Franco nickte und drückte seiner Frau einen Kuß auf die Stirn. „Er hat recht. Oberste Priorität hat jetzt Deine Genesung. Wir werden das gemeinsam durchstehen!"

Ihre Lippen deuteten ein Lächeln an, dann schlief sie wieder ein.

Als Franco das Krankenzimmer verließ, fragte er David: „Wirst

Du eine Messe für unser totes Kind lesen? Es würde uns viel bedeuten."

„Natürlich. Was ist mit dem Leib, mit dem Fötus geschehen?"

Franco runzelte die Stirn. „Ehrlich gesagt, ich weiß es nicht. Ich habe mich gar nicht darum gekümmert. Ich war bisher nur bei Daniella."

„Dann sollten wir uns rasch darum kümmern, daß die sterblichen Überreste Eueres Mädchens würdevoll zur Ruhe gebettet werden. Ich weiß nicht, wie es hier gehandhabt wird; ich bin jedoch bereit, Euere Tochter kirchlich zu bestatten."

„Das ist eine sehr noble Geste, David. Danke." antwortete Franco. „Ich werde alles notwendige veranlassen."

„Wie hätte sie denn heißen sollen? Hattet Ihr Euch schon für einen Namen entschieden?"

„Sandra", sagte Franco und biß sich auf die Lippen. „Sie hätte Sandra heißen sollen."

*

Kardinal Berninger hatte die Hände im Schoß verschränkt und hörte sich die Ausführungen seines Amtskollegen schweigend an. Dennoch schien er seltsam abwesend. Von seinem barocken Hochlehnsessel aus spähte er auf den Platz vor dem Palazzo del Santo Ufficio hinaus.

„... und deshalb sollten wir alles daran setzen, um Bischof Maragall als Silvanellis Nachfolger im Staatssekretariat zu etablieren." Kardinal Reyes stutzte. Warum reagierte sein Amtsbruder diesmal nicht so, wie er es erwartete? „Nun, Franz, was hältst Du von meinem Vorschlag?"

Der Chef der vatikanischen Glaubenskongregation sog tief die Luft ein. „Es ist der falsche Zeitpunkt für solche taktischen Spiele, Luis. Abgesehen davon, daß ich mir über die Qualität Deines Personalvorschlags kein abschließendes Urteil anmaßen möchte, sind solche Planungen im Moment nicht angesagt. Es gibt Zeiten, in denen die Kurie nicht zu entscheiden vermag. Eine solche Zeit ist angebrochen."

Berninger sprach in Rätseln. Reyes war sich nicht im Klaren darüber, worauf er hinauswollte und rieb sich mit dem Zeigefinger seine charakteristische Hakennase.

„Um ehrlich zu sein, bin ich mir nicht sicher, was Du damit meinst. Was gefällt Dir an Nuntius Maragall nicht? Oder was spricht sonst dagegen?"

Der Präfekt nippte an einem Glas Wasser. „Ich habe mich mit diesem Namen nicht beschäftigt und habe es derzeit auch nicht vor."

Reyes wurde ungeduldig, versuchte jedoch, sich keinen Unmut anmerken zu lassen. „Und warum nicht, wenn ich fragen darf?"

„Ich war heute morgen beim Heiligen Vater. Ich bin nicht befugt, näher darauf einzugehen, aber ich mußte leider feststellen: es geht ihm gar nicht gut. Wir müssen für ihn beten. Dahinter tritt alles zurück."

„Du meinst, die Sedisvakanz rückt näher?"

Berninger legte seine Stirn in Falten. „Das weiß nur der Herr. Auf jeden Fall ist jetzt die Zeit des Gebets für den Papst. Alle Ambitionen und Händel müssen jetzt verstummen!"

„Nun gut", brummte Kardinal Reyes, „dann sei es wohl so."

Er überquerte den Petersplatz und blickte hinauf zu den Fenstern des päpstlichen Appartements. Keinesfalls durfte er es sich mit Berninger verscherzen, schließlich hatte er gute Chancen, bei einem möglichen Konklave selbst in den Papstpalast einzuziehen. Und er, Reyes, wäre dann sicherlich erste Wahl für den Posten des Kardinalstaatssekretärs. Dann würde er aufräumen in diesen Hallen. Seine Zeit würde noch kommen.

*

In der kleinen romanischen Kapelle auf dem Hügel war es andächtig still. Die Principessa, Franco und Alessandro hatten um den steinernen Altartisch herum Platz genommen, zu dessen Füßen ein ebenhölzerner Kindersarg aufgebahrt war, nicht größer als eine Schuhschachtel, den ein goldenes Kruzifix zierte. Daniella fehlte, als David den Seelengottesdienst für die kleine Sandra zelebrierte; sie hätte dazu einfach noch nicht die seelische Kraft aufgebracht. Zudem hatte sie sich beim Sturz von der Leiter eine schwere Gehirnerschütterung zugezogen und brauchte auf ärztliches Anraten noch viel Ruhe.

„Vor ein paar Tagen, in der Klinik, da haben wir alle gefragt: Warum? Warum konnte dieses Unglück geschehen? Warum durfte dieses kleine Geschöpf, um das wir heute weinen, nie die Sonne sehen? Warum ist ihren Eltern verwehrt, sie jemals aufwachsen zu sehen? Warum war Sandra das Leben in seiner Fülle nicht vergönnt? Welchen Sinn hatte es, daß sie im Leib ihrer Mutter heranwuchs, wenn sie das Licht der Welt nie erblicken sollte?" David hielt in seiner Predigt inne. Er betrachtete die Gesichter dieser drei Menschen, die ihm so viel bedeuteten, ja die zu seiner italienischen Familie geworden waren; er verstand und er teilte ihre Trauer. „Wenn wir ein Leben daran messen, ob es bleibende Spuren hinterlassen hat, meine Lieben, dann war Sandras kurzes Leben nicht umsonst. Wie sehnlich wurde sie erwartet. Wieviel Liebe und Zuneigung hat sie empfangen. Welche Freude hat sie ausgelöst – bei ihren Eltern, bei ihrer Großmutter, bei ihrem Onkel, bei ihrer Familie. Und schließlich: wieviel Trauer, wieviele Fragen." Er betrachtete den winzigen, von roten Rosen umgebenen Sarg, neben dem die Osterkerze brannte. Tote zu beerdigen und Trauernde zu trösten – das war eine der wesentlichen Aufgaben eines Seelsorgers. „So viele Gefühle, so viele Spuren hat uns dieses kleine unschuldige Kind hinterlassen. Spuren, die bleiben, Gefühle, an die wir uns immer erinnern werden. Tief eingegraben in unserem Gedächtnis. Und wenn dem so ist, dann war auch dieses Leben, das wieder verloschen ist, kaum daß es begonnen hatte, doch erfüllt. Dann hatte auch dieses kurze Leben seinen Sinn. Die kleine Sandra war bei uns. Für einen kurzen Moment ist uns ihr Licht aufgeflackert und hat unsere Herzen erwärmt. Dafür sollten wir trotz aller Bestürzung, trotz aller Trauer, trotz allen Schmerzes heute dankbar sein. Amen."

Sie betteten den Sarg neben der Kapelle auf dem Hügel zur letzten Ruhe, umgeben von den Weinbergen, deren Erbin das Mädchen einmal gewesen wäre.

Daniellas und Francos Schicksalsschlag hatte für kurze Zeit die Ereignisse verdrängt, die sich wie eine dunkle Wolke über David zusammengezogen hatten. Auf seinem Rückweg nach Rom machte er Station in Assisi. Er fühlte sich leer und ausgebrannt. Die Stadt des heiligen Franziskus war der geeignete Ort, um innerlich zur Ruhe zu kommen.

*

Es war wahrlich nicht ihre Art, fremde Gespräche zu belauschen, befand Schwester Carmen, aber die halblaute Unterhaltung, die sich unter ihrem geöffneten Bürofenster im Garten des Amerikanischen Kollegs auf dem Gianicolo zutrug, enthielt einige Wörter mit Schlüsselreizen, die ihre natürliche Neugierde weckten. Sie spitzte hinter den halb geschlossenen Palisaden hervor. Direktor Wendell und Monsignore Amicelli schienen in einen äußerst ernsthaften Dialog vertieft.

„... das dürfen wir niemals zulassen, Tonio. Das hieße, sich eine Laus in den eigenen Pelz zu setzen!"

„*Si si,* eine Laus! Eine Wanze, mit der die Einrichtung das gesamte Staatssekretariat belauschen könnte. Damit hätten sie den innersten Kreis um den Papst praktisch unter Kontrolle!" erregte sich Amicelli. „Wir müssen etwas dagegen unternehmen."

„Sachte, sachte. Woher stammt diese Information eigentlich? Erst brauchen wir Gewißheit."

Tonio wurde verlegen und schaute durch seine runden Brillengläser wie ein Bub, der gerade beim Naschen im Marmeladentopf erwischt worden war. „Naja. *Ecco,* ich weiß es eben."

„Ich nehme an, Sie haben diese Information aus Ihrem ..., nun ja wie soll ich es ausdrücken, Ihrem kleinen geheimen Netzwerk bezogen?"

Der Monsignore nickte eifrig. „Genauso ist es."

„Und da ist jeglicher Irrtum ausgeschlossen?"

„*Ma certamente.* Auch höchste Geistliche sagen in unbedachten Momenten oft unbedachte Dinge."

Wendell verzog die Mundwinkel. „Ich kann es mir lebhaft vorstellen – oder besser lieber nicht. Immerhin könnte uns das einen Schlüssel in die Hand geben, wenn wir es geschickt genug anstellen. Haben Sie eine Idee?"

„Nicht nur eine Idee. Ich habe einen Plan. *Ascolta!*"

Sie begannen, in einem konspirativen Tonfall zu sprechen. Was Carmen zu hören bekam, ließ ihr die Haare unter der Haube zu Berge stehen.

*

Kurz nachdem David wieder in Rom zurück war, läutete das Telefon in seiner Wohnung. Carmen wollte ihn dringend sprechen. Sie verabredeten sich in einer Osteria in Prati, wo es ziemlich unwahrscheinlich war, andere Geistliche zu treffen.

„Ich habe eine Riesenneuigkeit für Dich!" sprudelte es aus ihr heraus. „Du ahnst nicht, was ich zufällig erfahren habe: Ein gewisser Bischof Maragall soll Nachfolger Silvanellis im Staatssekretariat werden. Und es kommt noch besser: Wendell und Don Antonio wollen das unbedingt verhindern."

David ließ entsetzt die Gabel mit seiner Pasta sinken. Allein der Name des Nuntius rief bei ihm Übelkeit hervor.

„Was sagst Du da? Bist Du sicher? Woher weißt Du das?"

Carmen wiegte den Kopf. „Auch so eine kleine dumme Schwester wie ich bekommt einiges an Klatsch und Tratsch mit. Aber das Beste kommt ja noch: Maragall ist der Protegé von Kardinal Reyes, und das nicht nur in professioneller Hinsicht. Denk Dir, die beiden haben ein sexuelles Techtelmechtel!"

Der Satz hin wie ein Sprengsatz im Raum. David war der Appetit endgültig vergangen. Daß der Präfekt der vatikanischen Kleruskongregation Maragalls Mentor war, ahnte er vage, seit er und Walsh unfreiwillig das Gespräch der beiden in Gammarellis Umkleidekabine belauscht hatten. Die Vorstellung jedoch, wie es der Kardinal und der Nuntius miteinander trieben, schlug dem Faß den Boden aus. Er wußte nicht, ob er lachen oder weinen sollte.

„David, Du siehst aus, als hättest Du einen Geist gesehen! Ist alles in Ordnung?"

„Ja, keine Sorge. Es tun sich eben täglich neue Abgründe auf."

Carmen nahm einen Schluck Wein. „Ich habe hier innerhalb nur eines Jahres so viele Abgründe erlebt, wie in meiner gesamten Schwesternzeit nicht! Ich wundere mich nur, daß Du von alledem nichts weißt."

„Ach weißt Du", gab er vor, „ich habe mich noch nie so für den vatikanischen Klatsch interessiert."

Sollte er Carmen einweihen? Sollte er ihr von dem Erpressungsversuch erzählen? Ihr den ganzen Zusammenhang erklären? Er zögerte.

Nein, besser nicht. Er wollte nicht auch noch seine treueste Freundin in diesen Schmutz hineinziehen. Zudem konnte es für ihn nur von Vorteil sein, wenn Wendell und Tonio offensichtlich ihre eigenen Gründe dafür hatten, Maragall zu verhindern.

„Und hast Du auch mitangehört, was sie unternehmen wollen?" fragte er.

„Sie planen eine richtige Verschwörung, um sowohl Maragall wie auch Kardinal Reyes zu kompromittieren. Don Antonio scheint mehr über die geheimen Sexspiele der beiden zu wissen. Sie wollen sie auf frischer Tat ertappen." Sie spitzte die Lippen. „Also, wenn Du mich fragst: sauber ist das natürlich nicht!"

Ein unmerkliches Lächeln huscht über Davids Gesicht. Es hörte sich ganz so an, als nahte unvermutete Hilfe. Er mußte nur einfach Zeit gewinnen. Vielleicht drehte sich dann das Blatt zu seinen Gunsten.

„Nein. Sauber ist das alles nicht." sagte er.

*

David war vorbreitet, als er wenige Tage später zum Kardinalstaatssekretär gerufen wurde.

„Also, Monsignore O'Connor, wo ist er? Wo ist Ihr Bericht?" bohrte Lavalle, ohne sich lange mit Eingangsfloskeln aufzuhalten.

Er schritt ungeduldig hinter dem Empire-Schreibtisch vor der mächtigen Weltkarte auf und ab.

„Ich bedaure, er ist noch in Arbeit, Eminenz."

„Wie lange soll der Heilige Vater denn noch warten? Es geht hier nicht um ein theologisches Traktat, sondern um harte Fakten. Es kann doch nicht so schwer sein, diese zusammenzutragen und daraus eine Bewertung abzuleiten. Was haben Sie eigentlich die ganze Zeit gemacht, seit Sie wieder in Rom zurück sind?"

„Ich habe daran gearbeitet, Eminenz. Ziel des Berichts für Seine Heiligkeit ist es doch, Gerechtigkeit herzustellen – gegenüber den Opfern, den Tätern und den Verantwortlichen. Wie kann ich es mir da einfach machen, wo Sie mir eine so schwere Verantwortung auferlegt haben?"

Lavalle tappte ungeduldig mit den Schuhsolen auf den Marmorboden. „Es liegt in aller Interesse, die Sache so bald als möglich abzuschließen. Nicht zuletzt in Ihrem eigenen. Sie ahnen gar nicht, wie sehr!"

„Ich fürchte, ich verstehe nicht recht. Mir ist die Wichtigkeit dieser Mission durchaus bewußt."

„Gar nichts verstehen Sie."

Der Kardinalstaatssekretär ließ seinen Blick aus dem Fenster über den Petersplatz gleiten. Es war seine Aufgabe, die Vorgänge in der Kurie zu koordinieren und dabei das Große und Ganze nicht aus den Augen zu verlieren. Was ahnte dieser junge Monsignore schon von den großen Kämpfen um Macht und Einfluß hinter den Kulissen? Von den Anstrengungen und Mühen, das Vermächtnis dieses Pontifikats zu retten? Vom Wettlauf mit der Zeit? Ja, es war die Zeit, die gegen sie lief. Er wußte, daß die geplante Weltbischofssynode nicht mehr stattfinden würde, genauso wenig wie die anderen großen Reformprojekte auf der päpstlichen Agenda. Nun wollte er wenigstens dafür sorgen, daß die Dinge einen geordneten Abschluß fanden.

„Gehen Sie, Monsignore, und stellen Sie Ihren Bericht fertig. Damit er nicht umsonst war."

Er machte David ein Zeichen mit der Hand, daß er entlassen war.

Als die Tür ins Schloß fiel, zog Lavalle unter den Akten auf seinem Schreibtisch ein braunes Kuvert hervor und öffnete es. Er entnahm die großformatigen Schwarzweiß-Aufnahmen und ließ sie langsam durch seine Hände gleiten. Er hatte von Anfang an gewußt, daß dem jungen amerikanischen Priester die professionelle Erfahrung und die sittliche Reife fehlten, um mit einer so heiklen Aufgabe betraut zu werden. Dummheit und Naivität! Er hatte wieder einmal Recht behalten, leider. Wie so oft, wenn der Papst entgegen seiner Empfehlung entschieden hatte.

Der Kardinalstaatssekretär nahm die Fotos und ließ sie einzeln Stück für Stück durch den Aktenschredder laufen, der auf dem Papierkorb unter seinem Schreibtisch montiert war. Er ahnte, daß die Aufnahmen, die ihm gestern anonym zugespielt worden waren und die zwei Männer in inniger Umarmung zeigten, nicht die einzigen Abzüge waren.

*

Es war in der Woche vor Palmsonntag, als eine Spezialeinheit der Carabinieri zu einem Einsatz in der Via della Penitenza ausrückte, um die mutmaßliche Werkstätte einer islamistischen Terrorzelle auszuheben. Der Anrufer hatte den Polizisten detaillierte Informationen gegeben, die den Schluß zuließen, daß es sich um einen authentischen Hinweis handelte, auch wenn der Informant aus Angst vor den Terroristen seine Identität nicht preisgeben wollte. So kurz vor den kirchlichen Osterfeierlichkeiten waren die römischen Sicherheitskräfte natürlich alarmiert und zum angegeben nächtlichen Zeitpunkt rings um die Seitenstraßen nahe der Villa Farnesina in Deckung gegangen. Sie beobachteten alle Zugänge zu dem fraglichen Gebäude und vor allem die spärlichen Passanten, die zu dieser späten Stunde auf der Straße unterwegs waren.

Dem Transvestiten in seiner Kluft aus schwarzem Latex war nicht bewußt, daß er auf seinem Schleichweg zum Haus in der Via della Penitenza unter Observation stand. Behende wie immer glitt er durch die Schatten, welche die Schirmpinien auf der anderen Seite der Mauer auf die Gasse warfen, um sich der Kellerpforte im Hof zu nähern, die ihn an den Ort der Verabredung führen würde. Heute hatte er seine langen schwarzen Haare unter einer furchteinflößenden, schwarzglänzenden Maske verborgen, die mit ihren Sehschlitzen und der Mundöffnung den Eindruck eines Tiefseetauchers auf Landspaziergang erweckte.

Die Beamten der Carabinieri verfolgten mit ihren Nachtsichtgeräten jeden Schritt der seltsamen Gestalt, die sich gerade verdächtig an einem Ziertrog zu schaffen machte und einen Schlüssel zutage förderte. Die vermummte Person verschwand im Inneren.

Die Sprechfunkgeräte der Polizisten rauschten: „*Attenzione per tutti, attenzione!* Zugriff erfolgt in fünf Minuten!"

Der Weg durch das modrige Gewölbe, das an die zweitausend Jahre alt sein mochte, war dunkel wie immer. Er schaltete die Taschenlampe ein, um nicht zu stolpern. In der Ferne erkannte er den vertrauten Lichtschein, der unter der Eingangstür zu ihrer Grotte schimmerte. Der alte Fettsack wartete also schon.

Der Transvestit öffnete die Pforte. An einem Pfosten vor ihm hing, mit Handschellen gefesselt, ein schwitzendes, blasses Stück Fleisch. Er staunte immer wieder, wie es der lustgierige alte Mann wohl schaffte, sich ganz allein in diese Stellung zu bringen.

Er ließ seine Peitsche knallen. „Du bist nicht brav gewesen!“ fauchte er.

„Jaja, ich habe Strafe verdient.“ Das Opfer wimmerte, als die Riemen über seinen Körper zuckten.

„Du hast Dein Versprechen gebrochen. Du wolltest mir Macht geben!“

„Ich habe doch alles versucht. Aber die Lage ist momentan schwierig.“ Er schrie auf, als die Peitsche auf seine Flanke traf und einen blutigen Striemen hinterließ. „Nicht so fest, nicht so fest!“

Der Maskierte griff ihn am Kinn. „Versuch nicht, mich zu hintergehen!“ zischte er. „Glaubst Du vielleicht, ich habe mich auf das Spiel mit Dir eingelassen, weil ich Dich irgendwie anziehend finde?“

Er trat einen Schritt zurück und ließ die Peitsche abermals auf den schlaffen Körper seines gefesselten Opfers niedersausen.

„Aufhören, bitte bitte aufhören! Das ist zu stark!“

Der Transvestit trat so nahe an den wimmernden alten Mann heran, daß seine Latexmaske dessen Hakennase berührte.

„Du bist schwach. Du meinst, Du seist eine große Nummer, ein Big Player. Aber in Wirklichkeit bist Du auf dem absteigenden Ast. Dein Einfluß schwindet. Du schaffst es nicht, mir den Posten zu besorgen, den ich haben will. Du bist eine Null. Ein Waschlappen, wie all die anderen!“

„Nein, nein. Ich werde Dir besorgen, was Du willst. Aber der Zeitpunkt ist ungünstig.“

„Ausreden!“ Er schlug erneut zu, nicht spielerisch, sondern mit voller Wucht.

„Nein! Aufhören!“ Der Alte krümmte sich vor Schmerz.

Ein leises Rumpeln drang in das Gewölbe.

„Nimm das, Du Schwächling!“

„Nein, nein, auweh, auweh …“

Noch während die Peitsche erneut durch die Luft surrte, sprang die Türe mit einem lauten Knall auf. Dichter Nebel füllte sekundenschnell den Raum. Schreie, laute Rufe.

„Waffen fallenlassen! *Subito!*“

Bevor sich der Maskierte versah, lag er bäuchlings auf dem Boden, die Arme auf den Rücken gedreht.

Das Bild, das sich der Sondereinheit der Carabinieri bot, war skurril. Ein offenbar wehrloser alter Mann, mit Handschellen über Kopf an die Wand gefesselt, von blutigen Striemen übersät. Ein Maskierter, nur mit Peitsche bewaffnet, in einer seltsamen Aufmachung. Sahen so islamistische Terroristen aus? Oder handelte es sich um eine Entführung? Oder ein Gewaltverbrechen? Blitzlicht erhellte die Szenerie. Ein Beamter machte Fotos.

„*Che cosa c'è* – was ist das hier?“ fragte ein erstaunter Carabiniere-Leutnant und steckte seine gezückte Waffe zurück in den Halfter.

„Tun Sie mir bitte nichts. Oh Gott oh Gott!“ jammerte der Alte, als man ihn aus seiner mißlichen Lage befreite.

Einer der Polizisten riß dem Peiniger die Maske vom Gesicht. Darunter kamen ein grellgeschminktes Gesicht und ein schwarzer Haarschopf zum Vorschein.

„Das wird ja immer besser, Leute!“ rief er.

Als er den Transvestiten am Haarschopf in die Höhe ziehen wollte, hatte er plötzlich eine Perücke in der Hand.

„Du dreckiges Schwein!“ giftete der Mann, dessen blasser kurzer Stoppelkopf einen eigenartigen Kontrast zu seinem bunt verschmierten Gesicht darstellte.

Die umstehenden Carabinieri begannen zu lachen. „*Ecco!* Das ist wohl eher ein Fall für die Sittenpolizei als für uns!“

„Laßt mich sofort los, Ihr Blödmänner! Ihr wißt wohl nicht, wen Ihr vor Euch habt! Das werdet Ihr bereuen!" kreischte der komische Vogel, als die Handschellen klickten.

Zwei Beamte stützten indessen den alten Mann und legten ihm eine Decke über die Schultern.

„Können Sie uns sagen, was hier passiert ist?"

Er schüttelte benommen den Kopf. Als er sich wieder gefaßt hatte, sprach er leise: „Ja, doch. Ich bin Kardinal Luis Fernandez Reyes. Dieser Wahnsinnige hier", er deutete mit schwachem Arm auf den Transvestiten, „hat mich entführt und eingesperrt. Er wollte mich erpressen. Bringen Sie mich nach oben. Ich kann Ihnen alles erklären."

Als die Carabinieri den Kirchenfürsten nach oben führten, funkelten ihn die Augen des Gefangenen haßerfüllt an.

„Das wirst Du mir büßen! Der Tag wird kommen, da wirst Du dafür büßen! Gott wird Dich bestrafen!" schrie er Reyes hinterher, daß es bis auf den langen Gewölbegang zu hören war.

*

Das Büro des *Comissario* im römischen Justizpalast war blendend hell erleuchtet, als Tonio Amicelli Platz nahm.

„Danke, daß Sie so schnell gekommen sind, Monsignore. Ich glaube, wir haben es mit einer äußerst delikaten Angelegenheit zu tun." sagte der Polizeibeamte, paffte an seiner Pfeife und gab einem Uniformierten den Wink, zwei Espressi zu holen. Hinter ihm schmückten ein Bild des amtierenden italienischen Staatspräsidenten und die grün-weiß-rote Trikolore die kahle Wand.

„Danke, daß Sie das Staatssekretariat umgehend informiert haben. Ich hoffe, wir können diese kleine Episode rasch und zufriedenstellen abschließen."

„Können Sie mir erklären, was da geschehen ist?"

„Ja wissen Sie", Amicelli seufzte, „auch in der Kurie arbeiten letztlich nur Menschen. Da gibt es Enttäuschungen über Vorgesetzte, ausgebliebene Beförderungen, falsche Hoffnungen. Ich nehme an, das wird in der italienischen Justizverwaltung nicht anders sein."

„Das kann man durchaus so sagen." Der Comissario schmunzelte und zog an seiner Pfeife. „Wie verhält es sich in diesem konkreten Fall?"

„Tja, Bischof Maragall hatte sich wohl Hoffnungen auf eine herausgehobene Position in der Kurie gemacht. Jedenfalls hat er sich für dieses Ziel hinter Kardinal Reyes geklemmt und sich von ihm Protektion erwartet, die er nicht bekommen hat. Ob diese Erwartungen irgendwie gerechtfertigt waren, vermag ich nicht zu sagen. Aus Enttäuschung und Frustration hat er dann wohl zu – wie soll ich es ausdrücken? – zu diesem drastischen Mittel gegriffen."

„Aber aus enttäuschten Karrierehoffnungen entführt und mißhandelt man doch nicht gleich seinen Vorgesetzten!"

„Da haben Sie vollkommen recht. Leider ist Bischof Maragall psychisch schwer krank. Dies ist auch der Grund, warum man ihn von der Kurie fernhalten wollte. Nach diesem Vorfall ist er natürlich auch als Nuntius nicht mehr tragbar. Er braucht professionelle Behandlung; wir werden ihn in einer kirchlichen Spezialklinik unterbringen."

„Wenn er nicht vorher im Gefängnis landet." brummte der Comissario.

„Dem Vatikan ist natürlich sehr daran gelegen, daß es zu keinem Skandal kommt."

„Das hängt davon ab, ob das Opfer Anzeige erstattet. Entführung, Körperverletzung – da kommt einiges zusammen."

Amicelli beugte sich vor. „Ich gehe fest davon aus, daß der Kardinal keine Anzeige erstatten wird. Glauben Sie mir."

Ein uniformierter Beamter trat ein und brachte die zwei Espressi. Als er sich wieder entfernt hatte, bemerkte der Comissario: „*Ascolta,* ich stelle amtlicherseits folgendes fest: wir sind in der heutigen Nacht einem Fehlalarm aufgesessen. Es handelte sich um eine private Auseinandersetzung. Dabei wurde eine Person fälschlicherweise verhaftet. Da nichts weiter vorliegt, kann sie entlassen werden. Für die Justiz ist der Fall damit erledigt."

„Vielen Dank für Ihr nachsichtiges Verhalten, Comissario. Der Heilige Stuhl ist Ihnen zu Dank verpflichtet."

„*Va bene cosi,* schon gut. An einem Skandal hat niemand Interesse." Der Kommissar winkte ab. Dann kratzte er sich an der Stirn. „Ich frage mich nur, woher dieser ominöse Anruf mit der Fehlinformation kam."

Amicelli trank seinen Espresso mit einem großen Schluck. „Kann ich den hochwürdigsten Herrn Kardinal gleich mitnehmen?"

„Natürlich. Und was ist mit dem anderen Burschen?"

„Behalten Sie ihn ruhig noch ein Weilchen hier in der Zelle. Wir werden ihn von einem Krankenwagen abholen lassen."

XVII

Der Papst war nicht am Fenster erschienen. Die zahlreichen Gläubigen, die sich auf dem Petersplatz versammelt hatten, um mit dem Heiligen Vater den Angelus zu beten und den Segen zu empfangen, warteten an diesem Sonntag vergeblich. Die Turmuhr von St. Peter hatte schon lange zwölf geschlagen, doch das berühmte Fenster im vierten Stock des Apostolischen Palastes blieb geschlossen. Unruhe breitete sich bei den wartenden Pilgern aus. Schon während der Osterfeierlichkeiten hatte der Pontifex angeschlagen und zerbrechlich gewirkt. Vorallem in den Medien war es nicht unbemerkt geblieben, daß sich der Tremulus, das unkontrollierte Zittern an Armen und Händen, deutlich verschlechtert hatte. Beim Segen Urbi et Orbi war dem Papst mehrmals die Stimme gebrochen und auf dem Weg zum Altar mußte er von Helfern gestützt werden. Gerüchte machten die Runde, daß sich die Parkinsonsche Krankheit, an der das Kirchenoberhaupt seit Jahren litt, in den letzten Wochen dramatisch verschlimmert hatte.

Dies alles war den Menschen im Rund der Kolonnaden sehr bewußt, als sie vergeblich auf den päpstlichen Segen warteten. Doch statt sich wieder zu zerstreuen, begann die Menge zu beten.

Am Nachmittag gab das vatikanische Presseamt eine Erklärung ab.

„Der gesundheitliche Zustand des Heiligen Vaters hat es ihm nicht gestattet, heute das traditionelle Angelusgebet abzuhalten." hieß es darin. Und: „Die Gläubigen sind aufgefordert, den Papst in ihre Gebete einzuschließen." Für vatikanische Verhältnisse war diese Wortwahl ein deutlicher Hinweis auf den Ernst der Lage.

Es bedeutete nichts anderes, als daß Papst Paul VII. im Sterben lag.

*

David hatte an diesem Morgen die Messe in englischer Sprache in der Basilika Santa Maria Maggiore gelesen, bevor er mit Alessandro ans Meer gefahren war. Es war der Sonntag nach Ostern. Wegen der Feierlichkeiten im Vatikan hatten sie sich in den vergangenen zwei Wochen nur kurz gesehen und gesprochen; nun hatten sie endlich mal wieder etwas Zeit für sich. Am Lido von Ostia machten sie einen ausgedehnten Spaziergang in der Frühlingssonne.

„Verrate mir endlich, was Du nun in Deinen Abschlußbericht geschrieben hast!" lenkte Alessandro die Unterhaltung auf das Thema, das sie in den vergangenen Monaten so lange dominiert hatte. „Du hast die Angelegenheit seit geraumer Zeit nicht mehr erwähnt und ich frage mich die ganze Zeit schon, was aus den Fotos und den Machenschaften geworden ist, die uns so in Atem gehalten haben."

David mußte nicht lang überlegen. „Ich habe Kardinal Walsh von allen falschen Anschuldigungen entlastet und sein hartes Durchgreifen in der Affaire als vorbildlich gelobt. Ich habe außerdem dem Papst vorgeschlagen, die amerikanische Bischofskonferenz zur Ausarbeitung eines Verhaltenskodex für solche Fälle zu verpflichten, und zwar unter der Federführung von Walsh."

Alessandro nickte anerkennend und legte seinen Arm um ihn.

„Ich sehe, Du hast Dich entschieden: Das ist klar und deutlich. Miesen Erpressern darf man niemals nachgeben. Woher kam Deine plötzliche Entschlossenheit? Vor ein paar Wochen warst Du noch voller Zweifel ..."

„Wie soll ich das erklären? Ostern macht eben alles neu." Er schmunzelte. „Die Auftraggeber dieser Erpressungsgeschichte haben sich selbst ein Bein gestellt. Damit sind zwar die Fotos nicht aus der Welt; aber sie haben keinen Nutzen mehr für diese Intriganten."

Alessandro sah ihn verwirrt an. „Du sprichst in Rätseln. Rück schon raus mit der Sprache: Was ist geschehen?"

„Du hast doch in der Zeitung vor drei Wochen sicher von dem vergeblichen Antiterroreinsatz in der Via della Penitenza gelesen. Die haben ein Gebäude gestürmt in der Meinung ein arabisches Terroristennetz auszuheben. Gefunden hat man aber nur eine Art Folterkeller, in dem sich ein paar Sadomaso-Fans vergnügten."

„Ja, ulkige Geschichte. Und was hat das alles mit dem Vatikan zu tun?"

David kicherte. „Die beiden Ledertrinen, die sie festgenommen haben, sind keine geringeren als Reyes und Maragall!"

„Du machst Witze!"

„Nein, es ist wahr! Die ganze Geschichte wurde natürlich von der Kurie vertuscht. Tonio Amicelli persönlich hat Kardinal Reyes bei den Carabinieri abgeholt. Den haben wir jetzt in der Tasche, das kannst Du Dir vorstellen."

„Und der Nuntius? Dieser unselige Maragall?"

„Unter psychiatrischer Obhut in einem kirchlichen Sanatorium. Seinen Latex-Fetisch kann er jetzt in der Gummizelle ausleben. Natürlich wird er niemals nach Washington zurückkehren."

„Die besten Geschichten schreibt das Leben eben selbst. Wie ist es denn überhaupt dazu gekommen?"

„Tja, die beiden haben in ihrer Machtgier den Bogen eben überspannt." David berichtete Alessandro alle Details, angefangen vom gescheiterten Plan, Maragall im Staatssekretariat zu etablieren, von den guten persönlichen Kontakten Amicellis zur römischen Polizei und der Falle, die man dem Präfekten und dem Nuntius bei ihrem pikanten nächtlichen Stelldichein gestellt hatte.

Alessandro pfiff durch die Zähne. „So wie es aussieht, sind die beiden nach allen Regeln der Kunst ausgeschaltet worden. Von kunstvollen Intrigen hat man hier in Rom schon immer was verstanden. Bist Du damit“, er korrigierte sich, „sind *wir* damit außer Gefahr?“

David zuckte mit den Schultern. „Vorerst schon, würde ich meinen. Allerdings habe ich keine Ahnung, wo diese Fotos noch zirkulieren. Eine Unsicherheit bleibt; angeschossene Raubtiere sollte man bekanntlich nicht unterschätzen.“

„Mmh. Für den Moment sind wir wenigstens aus dem Schneider. Und das Wichtigste: der hinterhältige Plan dieser Heuchler ist nicht aufgegangen. Alles weitere werden wir sehen. Sorge Dich nicht, *carissimo!*“

„Ich vertraue einfach auf den Herrn. Was bleibt mir anderes übrig?“

Das Summen von Davids Handy unterbrach sie.

„Wir müssen sofort gehen.“ sagte er ohne Umschweife, nachdem ihn Tonio Amicelli von den aktuellen Vorgängen in Rom unterrichtet hatte.

*

Innerhalb der Kurie hatte es schon seit Wochen Spekulationen um den Gesundheitszustand des Papstes gegeben. Man hatte sich auf eine quälend lange Phase der Agonie eingestellt, die das Tagesgeschäft lähmen und die Kirche verunsichern würde. Das lange öffentliche Leiden und Sterben von Johannes-Paul II., den sein Nachfolger heilig gesprochen hatte, steckte noch im Bewußtsein vieler und rief entsprechende Sorge hervor; viele Monate lang war damals im Vatikan nichts mehr entschieden worden, die Kommandobrücke der Weltkirche verwaist. Man hatte gehofft, daß eine solche Situation der Kirche für längere Zeit erspart bleiben möge. Als der Pontifex während der Osterzeremonien einen so schwachen Eindruck machte, von den Fernsehkameras gnadenlos in alle Welt übertragen, kamen jene Ängste im Vatikan wieder zum Vorschein. Und doch kam es überraschend, daß nun der schlimmste Fall einzutreten drohte.

Sie sprangen ins Auto; Alessandro raste unter Mißachtung jeglicher Geschwindigkeitsbegrenzungen nach Rom zurück und ließ David an der St. Anna Pforte des Vatikan aussteigen.

Im Staatssekretariat, das normalerweise an Sonntagen verwaist war, hatten sich fast alle Mitarbeiter eingefunden.

„Nun David, es scheint, als erleben Sie jetzt die aufregendste Zeit, die man hier an der Kurie miterleben kann." stellte Monsignore Cooper trocken fest. „Der Tod eines Papstes, die Sedisvakanz und die Wahl eines neuen Pontifex sind die Höhepunkte im Alltag des Vatikan. Es gibt nichts Vergleichbares auf der ganzen Welt."

Unten auf dem Platz versammelten sich zunehmend mehr Menschen. Sie zündeten Kerzen an, sangen, beteten, hielten gemeinsam Wache. Die Dunkelheit brach herein. In dem bewußten Fenster im obersten Stock des Apostolischen Palastes, in den Privatgemächern des Papstes, brannte ein Licht. Gebannt richteten sich die Blicke der Menschen und die Objektive der Kameras dorthin.

David und seine Kollegen gingen hinunter auf den Petersplatz. Die Nachrichten waren beunruhigend. Das Presseamt sprach in einem neuen Bulletin von einem „äußerst ernsten Zustand" des Papstes. Die großen Fernsehsender gingen live auf Sendung.

„Was geht dort oben jetzt vor sich?" erkundigte sich David bei Monsignore Wendell, der inzwischen zu ihnen gestoßen war.

„Ja. Die große Frage: Wie stirbt ein Papst? Bei ihm sind vermutlich die Mitglieder der sogenannten päpstlichen Familie. Die besteht in der Regel aus seinen beiden Privatsekretären, dem Präfekten des päpstlichen Haushalts, seinem Kammerdiener und den Ordensfrauen, die den Haushalt führen. Auch sein Leibarzt wird jetzt bei ihm sein. Vielleicht der Camerlengo und ein paar Kardinäle, die ihm besonders nahestehen. Sie werden an seinem Bett die Heilige Messe lesen und mit ihm beten. Mag sein, daß er ihnen noch letzte Verfügungen mitteilt. Aber was wissen wir schon? Vielleicht ist er auch schon gar nicht mehr bei Bewußtsein."

Die Scheinwerfer der Fernsehkameras tauchten den Petersplatz in ein fahles Licht.

Es war gegen halb zehn Uhr abends, als plötzlich alle Fenster des päpstlichen Appartements zur Überraschung der Beobachter hell erleuchtet waren, bevor nach und nach sämtliche Lichter erloschen. Schließlich war es dunkel. Viele Menschen sanken auf die Knie.

Doch dann geschah etwas Seltsames, was David zunächst verstörte. Viele der Gläubigen begannen zu applaudieren. Und es wurden immer mehr, bis ein donnernder Applaus den Petersplatz erfüllte.

„Was hat das zu bedeuten?" fragte David.

„Sie wollen damit ein letztes Mal den Heiligen Vater ehren", erläuterte Tonio Amicelli. Tränen kullerten über seine runden Bakken. „*Ecco,* das ist ein sehr römischer Brauch."

Aus dem Glockenstuhl der Basilika tönten tiefe, dumpfe Glokkenschläge über die Piazza. Dem Mittelportal des Petersdomes enttrat wenige Minuten später eine kleine Gruppe von Kardinälen und verharrte auf den Stufen. Es war Kardinalstaatssekretär Lavalle, der ans Mikrophon trat und mit bebender Stimme verkündete:

„Heute Abend, zur neunten Stunde, ist unser geliebter Heiliger Vater, unser verehrter Papst Paul VII., Bischof von Rom, Diener der Diener Gottes, heimgekehrt ins Hause des Vaters. Laßt uns gemeinsam für ihn beten!"

Er stimmte das Vater Unser an, dem sich die Menschen auf dem weiten Rund anschlossen.

Nun war es also offizielle Gewißheit: Papst Marini war tot.

Monsignore Wendell war der erste, der die Sprache wiederfand: „Tja, verehrte Mitbrüder, jetzt sind Sie alle arbeitslos."

„Warum arbeitslos?" fragte David verständnislos.

„Theoretisch, ja", bestätigte Cooper. „Wendell beliebt zu scherzen. Richtig ist: mit dem Tod des Papstes verlöschen automatisch alle Ämter an der Kurie. Ein neuer Pontifex kann die Mitglieder

der Kurie in ihren Funktionen bestätigen – was meistens bis auf ein paar Ausnahmen der Fall ist – oder eben nicht. Bis zur Wahl eines neuen Papstes jedenfalls sind wir alle, angefangen vom Kardinalstaatssekretär bis hinunter zu jedem Assessor, unsere Positionen los."

„Wer regiert in dieser Zeit die Kirche?"

„Die Kardinäle", stellte Amicelli fest. „Das Kardinalskollegium, das sich in den nächsten Tagen im Vatikan versammeln wird, berät alle anstehenden Fragen gemeinsam und trifft alle Entscheidungen einvernehmlich. Bischofsernennungen und andere Vorgänge, die der Zustimmung des Heiligen Vaters bedürfen, müssen warten, bis ein neuer Papst gewählt ist."

„Was geschieht jetzt weiter?" flüsterte David.

„Oben im vierten Stock vollzieht sich nun ein jahrhundertealtes Ritual. Sobald der Papst tot ist, tritt der Camerlengo im Beisein des Leibarztes und eines weiteren Arztes als Zeuge ans Bett des Toten und klopft ihm mit einem Hämmerchen aus Elfenbein dreimal auf die Stirn. Dabei ruft er den Verstorbene dreimal bei seinem Geburtsnamen – Giuseppe Marini. Danach erst können die Ärzte den Totenschein ausstellen, der dann veröffentlicht wird. Der Camerlengo informiert unterdessen den Dekan des Kardinalskollegiums, den Kardinalstaatssekretär und den Generalvikar von Rom. Und heute Nacht ...", Amicelli raunte in verschwörerischem Tonfall in Davids Ohr, „... heute Nacht werden sie den Leichnam einbalsamieren und für die Leichenschau präparieren. Ab morgen wird der tote Papst fünf Tage lang aufgebahrt und den Gläubigen gezeigt."

„Ja. Ich erinnere mich an die Millionen Menschen, die Tag und Nacht Abschied von Johannes-Paul II. genommen hatten. Der Pilgerstrom wollte kein Ende mehr nehmen. Ich hatte mir auch kurzfristig überlegt, nach Rom zu fliegen, um bei diesem historischen Ereignis dabei zu sein, aber sämtliche Flüge nach Italien waren natürlich längst ausgebucht."

„Es war die mächtigste Menschenmenge, die Rom je gesehen hatte." sagte Wendell. „Es war unfaßbar. Die ganze Stadt glich einem Feldlager. Alle wollten noch einmal Johannes-Paul sehen oder ihm wenigstens nahe sein. In Sprechchören forderten sie seine sofortige Heiligsprechung. Dies ist ja zwei Jahre später auch so geschehen. Aber Wojtyla war eine Ausnahmeerscheinung auf dem Stuhl Petri, die Weltgeschichte geschrieben hat. Diese Dimension werden wir diesmal wohl nicht erleben."

Amicelli schüttelte traurig den Kopf. „Nein, leider nicht. Papst Marini hatte zu wenig Zeit, um Geschichte zu schreiben. Trotzdem war er ein großherziger und weitsichtiger Mann. Wer weiß, was nach ihm kommt."

Wendell klopfte ihm aufmunternd auf die Schultern. „Es geht immer weiter. Wie sagt Ihr Römer doch: *Si more un Papa, si fà un'altro* – wenn ein Papst stirbt, macht man sich eben einen neuen!"

*

Über den Platz legte sich andächtige Stille, als das gemeinsame Totengebet beendet war und sich die Kardinäle wieder in die Basilika zurückzogen. Am folgenden Tag war im Staatssekretariat an Routine nicht mehr zu denken. Die normale Arbeit ruhte. Stattdessen fanden sich die Mitarbeiter in Gruppen zusammen, um von ihrem bisherigen Chef, dem Papst, Abschied zu nehmen. Cooper, Amicelli, David, Schwester Agata und weitere Kollegen der Sektion umrundeten die Loggien des Damasushofes, um in die Staatsräume zu gelangen. Der verstorbene Pontifex Maximus war seit dem frühen Vormittag in der Sala Clementina im dritten Stock des Apostolischen Palastes aufgebahrt worden, gehüllt in die liturgischen Gewänder der Märtyrerfarbe Rot sowie mit Pallium und weißer Damastmitra bekleidet. Seine gefalteten Hände umklammerten einen Rosenkranz, in einem Arm ruhte der charakteristische silberne Kreuzesstab seiner Vorgänger.

David war wie elektrisiert, als sie die marmorne Halle durch einen Seiteneingang betraten und sich unvermittelt vor der Bahre mit der sterblichen Hülle Papst Pauls VII. wiederfanden. Es herrschte zu seiner Verwunderung ein reges Kommen und Gehen, so ganz anders als zu Lebzeiten des Papstes, wenn der Zutritt zu den päpstlichen Gemächern auf das Strengste reglementiert und vom höfischen Zeremoniell bestimmt war. Er ließ seinen Blick über die eigentümlich bizarre und doch ehrfurchteinflößende Szene gleiten. Der Leichnam ruhte auf einem hohen stoffverhüllten Katafalk, flankiert von sechs Kerzenleuchtern und der Osterkerze; er wurde von Schweizer Gardisten bewacht. Das Haupt des Pontifex war auf einen kunstvoll arrangierten Berg von Samtkissen gebettet. Sein Gesicht schien wächsern, die Haut durchsichtig und blaß, während die Wangen offensichtlich geschminkt waren. Die Präparatoren hatten in der Nacht ganze Arbeit geleistet.

David erinnerte sich an die Fernsehbilder vom toten Karol Wojtyla; es sah hier fast alles genauso aus wie damals auf dem Bildschirm. Und nicht nur das: ebenso war es beim Tode dessen Vorgängers gewesen. Das Sterben der Päpste gehörte zum Leben im Apostolischen Palast genauso dazu wie deren Wahl und Wirken. Diese prachtvollen Säle atmeten tatsächlich den Geist der Jahrhunderte. Und er war diesmal mitten im Zentrum des Geschehens.

Durch das Mittelportal zog eine Prozession Geistlicher in Chormänteln ein, gefolgt von einem alten kleinen Mann in Kardinalsrock und Vespermantel. Er trat an den Katafalk heran und umschritt ihn zweimal: Das erste Mal, um den Leichnam mit Weihwasser zu besprengen, beim zweiten Mal, um ihn zu beweihräuchern. Ein Fernsehteam des Vatikansenders CTV filmte jeden Schritt.

„Das ist Kardinal Escriva, der Camerlengo", erklärte Tonio Amicelli und beugte sich zu David. „Er vollzieht die Riten."

„Das ist der Camerlengo? Ich hätte mir den mächtigsten Mann in der Sedisvakanz ganz anders vorgestellt."

Tonio kicherte leise. „Du hast wohl zu viel Dan Brown gelesen. Die Wirklichkeit ist ein wenig anders als bei *Illuminati.* Der Camerlengo ist mitnichten der mächtigste Mann in der papstlosen Zeit. Er hat nur sicherzustellen, daß die Heiligen Gesetze und Regularien eingehalten werden, mehr nicht. Die wichtigen Entscheidungen, wie die Vorbereitung des Konklave, fällt die Vollversammlung der Kardinäle unter dem Vorsitz des Kardinaldekans. Und das ist Kardinal Angelo Giordano, der ehemalige Staatssekretär von Johannes-Paul II. Er wäre wohl selbst gern Papst geworden damals; doch den Kardinälen war bewußt, daß Giordano mit seiner steifen, unnahbaren Art bei den Menschen nur schwer vermittelbar gewesen wäre, zumal verglichen mit dem Charisma seines Vorgängers. Trotzdem ist er nach wie vor sehr einflußreich, eine Art graue Eminenz."

Der Camerlengo verrichtete die Totengebete. Eine Gruppe von Ordensschwestern, vermutlich Angehörige des Päpstlichen Haushaltes, murmelten kniend den Rosenkranz.

Nach einer Weile der Stille brachen sie auf. Jeder von ihnen verbeugte sich ein letztes Mal vor dem Leichnam des Pontifex, um ihm noch einmal die Ehre zu erweisen.

Meinen Bericht wird er wohl nie mehr erhalten haben, dachte David. Er machte sich bewußt, daß dies die Lage völlig veränderte. Der Erpressungsversuch von Maragall und Reyes, seine Gewissensqualen, seine Entscheidung standzuhalten – all das war bedeutungslos. Der Papst war tot, alle Positionierungsversuche, Ränkespiele und Karriereplanungen hinfällig. In einem neuen Pontifikat würden die Karten neu gemischt. Und wie der Heilige Geist entscheiden würde, konnte zur Stunde niemand wissen.

*

Als Kardinal Silvanelli dem Expreßzug aus Florenz entstieg, ging unter dem geschwungenen Hallendach der Stazione Termini ein wahrhaftes Blitzlichtgewitter über ihn nieder. Die Journalisten und Fotografen witterten den nächsten Papst. Er winkte ein wenig abwehrend in den Pulk und verschwand kommentarlos in der dunklen Limousine mit dem Kennzeichen SCV. Drinnen erwartete ihn bereits Antonio Amicelli.

„Es ist furchtbar, ich weiß einfach nicht, wie ich sie abschütteln soll", stöhnte der Kardinal und ließ sich in die Lederpolster der Rückbank sinken. „Der Papst ist noch nicht mal unter der Erde, und die Presse interessiert sich nur noch für eins: Wer wird Nachfolger!"

„Papst-Toto: das war schon immer eine der Lieblingsbeschäftigungen der Römer. Und Sie Eminenz, mit allem Respekt, führen die Listen eben an. Ich fürchte, Sie werden sich in den kommenden Tagen daran gewöhnen müssen."

„Ich möchte mir darüber im Moment keine Gedanken machen. Die Beisetzungsfeierlichkeiten sollen in Würde vonstatten gehen und nicht mit Spekulationen befrachtet werden. Ich werde von meiner Seite aus alles tun, um den Spekulationen keine Nahrung zu geben."

Amicelli blickte besorgt durch die Gläser seiner runden Nickelbrille. „*Certo!* Ich hoffe nur, daß die anderen Eminenzen genauso denken. Was man aus dem Kardinalskollegium hört, bilden sich schon die ersten Allianzen."

„Und was hört man aus dem Kollegium, mein lieber Don Tonio?"

„Es gibt eine beträchtliche Anzahl von Stimmen, die wollen einen Lateinamerikaner. Sie meinen, die Zeit sei reif."

Silvanelli hielt sich am Seitengriff fest, als der Wagen mit hohem Tempo die Via Nazionale hinunterbrauste und an der Piazza Venezia in die Kurve ging.

„Objektiv haben die Befürworter recht, wenn sie das meinen. Natürlich wäre ein Südamerikaner ein schönes Zeichen für die Universalität der Kirche. Doch die Wahl eines neuen Pontifex erschöpft sich nicht in netten Symbolen. Zunächst müssen die Aufgaben definiert werden: Wohin soll das Schiff Kirche steuern? Was sind die großen Herausforderungen, vor denen wir stehen? Was erwarten die Menschen unserer Zeit von der Kirche? Und natürlich: Was will Gott von uns? Zunächst gilt es, auf diese grundsätzlichen Fragen eine einheitliche Antwort zu finden; erst dann kommen die Personen."

Amicelli wiegte seinen Kopf. „Dennoch möchte ich Sie davon informieren, daß erstaunlich oft der Name des Erzbischofs von San Salvador de Bahia, Kardinal Evaristo Aurigo Arias, ins Spiel gebracht wird. Meines Erachtens sind das keine Zufälligkeiten. Es scheint eine Gruppe zu geben, die im Hintergrund daran arbeitet, jenem hochwürdigen Herrn den Weg zu bereiten."

Der Erzbischof von Florenz lächelte. „Aber Tonio, derartige Manöver sollten wir nicht überbewerten. Sie kennen doch den weisen alten Spruch: Wer als Papst ins Konklave hineingeht, kommt als Kardinal wieder heraus."

Die Limousine raste die Via della Conciliazione dem Petersplatz entgegen.

„Trotzdem möchte ich Sie als meinen Sekretär für die Vorbereitungen des Konklaves benennen." fügte Silvanelli hinzu. „Halten Sie einfach in bewährter Weise die Ohren offen."

*

Kardinal Joseph Walsh kämpfte gegen den Schlaf; die Zeitverschiebung steckte ihm noch in den Knochen. Erst heute Morgen war er in Rom gelandet und dann schnurstracks in den Vatikan gefahren, um an der vormittäglichen Generalkongregation – der Versammlung sämtlicher Kardinäle, die bislang aus allen Erdteilen angereist waren – teilnehmen zu können. Bis zur Wahl eines neuen Papstes war es dieses Gremium, das die Geschicke der Weltkirche lenkte.

Er lehnte sich zurück und betrachtete die unterschiedlichen Gesichter und Mienen seiner Amtsbrüder. Es war eine seltene Gelegenheit, sich die Köpfe und Namen einzuprägen, denn auch die rund 200 Kardinäle aus den verschiedenen Weltregionen kannten sich bei weitem nicht alle untereinander. Von manchen Oberhirten hatte man nur nebenbei gehört und gelesen, der ein oder andere aus entlegenen Erdteilen war seinen Kollegen gar gänzlich unbekannt.

Anders verhielt es sich mit den Kurienkardinälen. Da sie der Kirchenregierung angehörten und vielfach durch Veröffentlichungen, Dekrete oder Interviews in den Medien von sich Reden machten, hatten sie in Sachen Bekanntheit einen klaren Vorsprung. Da waren der Kardinaldekan Angelo Giordano, ein korpulenter Piemonteser, viele Jahre an der Seite von Johannes-Paul II. und ein vatikanisches Schwergewicht; der bisherige Kardinalstaatssekretär Lavalle, der hochgewachsene Franzose und frühere Erzbischof von Lyon, den sich der verblichene Papst nach seiner Wahl als Regierungschef in den Vatikan geholt hatte; der deutsche Kardinal Franz Berninger, der weißhaarige Präfekt des Heiligen Offiziums, oberster Glaubenswächter der Kirche, ein streitbarer Intellektueller und vielleicht der bekannteste katholische Theologe weltweit; Kardinal Kennedy, der „Informationsminister“ des Vatikan, ein gewiefter Medientaktiker und Mann für heikle Aufgaben; Kardinal Reyes aus Spanien, der erzkonservative Chef der Bischofskongregation, gefürchtet als mächtiger Strippenzieher traditionalistischer Seilschaften.

Aber auch einige Purpurträger wichtiger Bischofssitze in der Welt waren Kennern durchaus ein Begriff: Etwa Kardinal Silvanelli, der Erzbischof von Florenz, ein Meister der kirchlichen Diplomatie; Kardinal Aurigo Aurias aus Brasilien, ein weltgewandter Kämpfer für soziale Gerechtigkeit; der Patriarch von Venedig, Giovanni Battista Pompedda, der sich durch zahlreiche Bücher zur Rolle der Kirche in der heutigen Welt einen Namen gemacht hatte; oder Kardinal Hu Zhen Zhao, der Erzbischof von Hong Kong und wortgewaltige Verfechter der Menschenrechte, vom kommunistischen Regime in Peking schon mehrmals unter Hausarrest gestellt; schließlich Kardinal Schöning, der Wiener Oberhirte, ein sanftmütiger Dominikaner, der vielen als Hoffnungsträger der europäischen Kirche galt.

Walsh blickte in ihre ernsten Gesichter. Wer von ihnen hätte das Zeug, als Nachfolger des Heiligen Petrus die Last zu tragen?

Nach Ende der Sitzung, in der die Einzelheiten für die bevorstehende Beisetzung des Papstes besprochen wurden, trat Silvanelli auf seinen alten Freund zu.

„Mein lieber Joseph, ich hätte mir gewünscht, wir hätten uns unter erfreulicheren Umständen wiedergesehen."

Walsh erinnerte sich an das private Abendessen vor gut einem Jahr in der Wohnung des damaligen Kurienbischofs. Was Silvanelli ihm damals dunkel angedeutet hatte, war nun schneller eingetreten als erwartet.

„Wie wird es weitergehen, Acchille?"

„Wir alle sind jetzt allein in Gottes Hand, mein lieber Freund."

*

Die schmale Trattoria in Trastevere war brechend voll, der Geräuschpegel entsprechend hoch. Seit dem Tod des Papstes waren die Besucherströme in der Ewigen Stadt noch einmal kräftig angeschwollen, und auch die Tausendschaften von Medienleuten, Fernsehteams, Beobachtern und Delegationen trugen dazu wesentlich bei. Es waren zwar keine Millionen wie damals, beim Begräbnis von Johannes-Paul dem Großen, aber in den weltweiten Medien waren die Ereignisse im Vatikan das beherrschende Topthema; schließlich war es weder religiös noch politisch gleichgültig, wer zum neuen Oberhaupt von über einer Milliarde Katholiken und darüber hinaus zum wichtigsten Repräsentanten der gesamten

Christenheit aufsteigen würde. Heute Nacht würden sich die Tore des Petersdomes, in dem der tote Pontifex drei Tage lang aufgebahrt gewesen war, schließen; morgen würde der Tag des feierlichen Abschieds sein.

Alessandro und David, Tonio Amicelli und Schwester Carmen hatten sich in eine Nische des Lokals zurückgezogen, um den Tag Revue passieren zu lassen und ihre Eindrücke auszutauschen. Nach all den zeremoniellen und protokollarischen Anlässen tat ein wenig freundschaftliche Vertrautheit gut.

„Also ich bin für einen Papst aus Südamerika, das ist längst überfällig!" konstatierte Carmen offenherzig. „Dann wird die satte Kirche in der ersten Welt endlich mal wachgerüttelt."

Tonio schmunzelte. „*Eccola,* das ist doch keine Frage der Herkunft. Wir alle wünschen uns, daß die Kirche wieder munter wird. Es ist die Frage, wer dieses Programm der Erneuerung am besten vertreten und durchsetzen kann. Da ist auch viel Diplomatie und Fingerspitzengefühl gefragt. Dafür haben Italiener nun mal ein natürliches Talent."

Die anderen lachten auf.

„*Piano piano,* Tonio! Überschätz uns mal nicht", mahnte Alessandro. „Auch italienische Kirchenfürsten haben schon viel Mist gebaut. Denk nur an die unsägliche Pillen-Enzyklika von Papst Montini Ende der 60er Jahre – die ganze Welt hat über ihn gespottet."

„Zu Unrecht, völlig zu Unrecht!" konterte Tonio.

„Stop, jetzt verbeißt Euch mal nicht!" schlichtete David. „Euer Nationalstolz in allen Ehren, aber hier geht es doch um etwas mehr als um ein Fußballpokalspiel. Die Trennlinie verläuft doch weniger entlang von Nationalitäten oder Weltregionen, sondern zwischen Traditionalisten und Reformern. Werden die vorsichtigen Öffnungen des verstorbenen Pontifex fortgeführt oder still und heimlich wieder beerdigt? Darum wird es in Wahrheit gehen."

„Genau. Deshalb ist Acchille Silvanelli der richtige Mann."

Alessandro stöhnte auf. „Tonio, Deine Loyalität in allen Ehren. Kardinal Silvanelli ist ein Freund meiner Familie. Trotzdem bin ich mir nicht sicher, ob er über das Charisma verfügt, das jetzt notwendig wäre. Das Konklave müßte revolutionär handeln, so wie damals mit der Wahl von Wojtyla – das wäre richtungsweisend."

„Alessandro hat recht", pflichtete Carmen bei. „Stillstand wäre das Schlimmste."

Der Kellner trug die Reste der Pasta ab und brachte eine Runde Amari.

Als er wieder verschwand, fragte Tonio: „David, was werden die amerikanischen Kardinäle tun? Einen Südamerikaner wählen?"

„Ich weiß nicht mal, ob sie sich darüber alle einig sind. Walsh würde aus alter Freundschaft sicher zunächst für Silvanelli stimmen. Aber die anderen? Die Kardinäle von Chicago und Los Angeles sind liberal und aufgeschlossen – ich würde ihnen schon zutrauen, für einen Kandidaten aus Lateinamerika zu stimmen. Der Kardinal von Boston wiederum ist so stockkonservativ, daß er wohl sogar Reyes wählen würde, wenn der eine Chance hätte."

Tonio kicherte. „Sollte der je eine Chance gehabt haben, dann haben wir sie ihm gründlich vermasselt. Der Arme lebt in Todesangst, daß seine Fotos irgendwo auftauchen könnten."

David und Alessandro warfen sich vielsagende Blicke zu.

„Tonio", bohrte Alessandro zögerlich, „Du würdest doch nicht von den Fotos irgendwelchen Gebrauch machen? Ich meine, einen Gebrauch, der sich moralisch verbieten würde? Etwa während der ... Papstwahl?"

„*Madonna mia,* niemals würde mir so etwas einfallen!" entrüstete er sich. „Was glaubst Du von mir? Ich bin Priester, kein Manipulateur!"

David legte ihm beruhigend die Hand auf den Arm. „Ich bin sicher, Alessandro hat das nur rhetorisch gemeint. Es war ein Spaß, weiter nichts."

Alessandro kippte seinen Amaro. „*Certo.* Es war nur ein Spaß."

Als sie sich vor dem Lokal verabschiedet hatten, spazierten David und Alessandro zu Fuß den Tiber in der frischen Nachtluft entlang.

„Was sollte Deine Frage an Tonio? Das muß für ihn wie eine Beleidigung geklungen haben, so wie er sich echauffiert hat." bemerkte David.

„Ich wollte ihm auf den Zahn fühlen. Begreifst Du es nicht? Er ist so absolut loyal zu Silvanelli, daß ich mir nicht sicher bin, zu welchen Mitteln er greifen würde, um dessen Wahl zu sichern."

„Wir sprechen hier vom Konklave, nicht von einer amerikanischen Präsidentenwahl."

„Eben. Wir sind hier in Rom, da hat man jahrtausendealte Übung, wie mit harten Bandagen gekämpft wird."

„Schon, aber daß sich Kardinäle mit kompromittierenden Fotos bekämpfen?"

„Nicht die Kardinäle, aber es finden sich immer Gefolgsleute, die aus vorauseilendem Gehorsam undenkbare Dinge tun."

„Dafür ist Antonio Amicelli zu intelligent."

Alessandro blieb stehen und faßte David eindringlich an den Schultern. „*Carissimo!* Dein Wort in Gottes Ohr, aber sollte Tonio die Fotos tatsächlich einsetzen, was wäre die Folge? Die Reaktion würde nicht lange auf sich warten lassen. Und was meinst Du, wie die aussehen würde? Na?"

David wurde bleich. „Die Fotos! Die Fotos von uns beiden in New York ... Silvanelli als Förderer eines schwulen Kurienmitglieds. Einer schwulen Seilschaft im Vatikan ..."

„... und als Pate eines schwulen Mannes, der in einer Beziehung mit einem Monsignore der römischen Kurie lebt. Silvanelli wäre damit erledigt. Verstehst Du nun meine Besorgnis?"

„Ja", antwortete David kleinlaut. „Absolut. Oh mein Gott, beten wir, daß Tonio auf keine dummen Ideen kommt."

XVIII

Es war der Tag nach der großen Beisetzung. Hunderttausende hatten den Petersplatz und die Umgebung bevölkert, um dem vorsichtigen Reformer auf dem Stuhl Petri die letzte Ehre zu erweisen – mehr, als man gerechnet hatte. War es ein Zeichen für die persönliche Beliebtheit von Papst Marini gewesen, der Zeit seines Pontifikats in den Medien meist als „Übergangspapst" bezeichnet worden war? War es die Respektsbezeugung vor einem Amt, das in den Zeiten von globaler Verunsicherung und blinder Fortschrittsgläubigkeit zum Anker der Stabilität geworden war? War es eine Manifestation des Glaubens gewesen oder gar eine Demonstration für den Kurs der Öffnung? Oder die bloße Faszination jahrhundertealter Riten? Niemand vermochte es mit Sicherheit zu sagen; und dennoch waren die Kommentatoren aus aller Welt von der spontanen Anteilnahme der Gläubigen am letzten Weg des verstorbenen Kirchenoberhauptes überrascht, dessen schlichter Sarg aus Zedernholz nach dem feierlichen Requiem unter freiem Himmel in den Katakomben des Petersdomes zur letzten Ruhe gebettet worden war.

Ein lauer Frühlingsregen ging über Rom nieder. Im Salon des nordamerikanischen Kollegs auf dem Gianicolo berieten die fünf Kardinäle aus den USA über das Vorgehen im Konklave und versuchten sich in Meinungsbildung.

„Wir brauchen jetzt etwas ganz Neues, einen Sturm des Heiligen Geistes!" stellte Kardinal Delany aus Los Angeles fest. Er gehörte zu jenen drei Purpurträgern, die bereits das letzte Konklave miterlebt hatten, während Walsh und sein Amtsbruder Vidalski aus Chicago zum ersten Mal an einer Papstwahl teilnehmen würden.

„Solange uns dieser Sturm nicht alle von den Füßen weht – was schlagen Sie vor, verehrter Mitbruder?" fragte Kardinal Armagh aus Boston süffisant.

„Damals, als unsere Vorgänger im Konklave mit einem gewissen Karol Wojtyla erstmals einen Polen zum Papst wählten, war das der Sprung in eine neue Universalität der Kirche. Über ein viertel Jahrhundert lang stand mit diesem Pontifex Maximus die katholische Kirche im Mittelpunkt der Weltbühne, erreichte so viele Menschen wie niemals zuvor. Natürlich waren seine Positionen auch heftig umstritten; aber letztlich hat er dafür gesorgt, daß die Kirche in der modernen Welt angekommen ist und sich nicht mehr ängstlich hinter hohen Mauern versteckt. Daß nach diesem Ausnahme-Pontifikat erst mal ein sanfter Übergang erfolgen mußte, haben die meisten von uns vor ein paar Jahren für richtig gehalten." führte Delany aus. „Und das war eine weise Entscheidung. Doch nun müssen wir uns vorsehen, verehrte Brüder, daß die Kirche nicht wieder einen Schritt hinter das Erreichte zurückfällt, sondern den nächsten Schritt vorwärts macht: Der nächste Papst sollte kein Italiener und auch kein Europäer sein. Er sollte aus dem Teil der Welt kommen, in dem inzwischen die meisten Katholiken leben – aus Lateinamerika!"

„Aus Lateinamerika?" Armagh schien entsetzt. „Wissen Sie eigentlich, was Sie da vorschlagen? Welche politischen Implikationen ein solcher Wahlausgang zur Folge hätte?"

Delany schien sich am Widerspruch des Kardinals aus Boston zu weiden. „Natürlich weiß ich das, Herr Kollege. Genau deshalb schlage ich es ja vor. Was haben Sie dagegen einzuwenden?"

„Südamerika – das ist der Kontinent der Befreiungsideologie, von Irrlehren und dunklen Kulten. Einen Südamerikaner würden weder die Gläubigen in Nordamerika noch in Europa akzeptieren. Lateinamerikaner sind meist immer auf ihren eigenen Kontinent fixiert und haben keine Ahnung von den Sensibilitäten in der übrigen Welt." schnappte Armagh. „Das würde nicht gutgehen!"

Walsh rieb sich verwundert die Augen. Die Debatte erschien ihm viel zu theoretisch und abstrakt. „Lieber Kardinal Delany, ohne daß ich Ihren Vorschlag grundsätzlich ablehne oder die Argumente des Kollegen Armagh teile – hier geht es doch nicht allein um Kategorien wie Politik oder Medienwirksamkeit, sondern um konkrete Personen! Verraten Sie uns freundlicherweise, auf welchen Kandidaten sich Ihr Plädoyer bezieht?"

Delany faltete die Hände vorm Gesicht. „Nun, es dürfte Ihnen nicht entgangen sein, daß sich ein Hirte aus Brasilien in den vergangenen Jahren durch seine gewinnende Art, seine Festigkeit im Glauben und seine deutlichen Aussagen zur sozialen Situation über seine Landesgrenzen hinweg Respekt verschafft hat: Ich spreche von Kardinal Evaristo Aurigo Aurias, Erzbischof von San Salvador de Bahia. Er ist in meinen Augen der geeignete Nachfolger auf dem Stuhl Petri."

Also dann, Delany ging für seinen Favoriten in die Offensive, stellte Walsh fest. Zugegeben, der Vorschlag hatte Charme. Dennoch war es wohl an der Zeit, dem etwas entgegenzusetzen.

Er räusperte sich. „Ihre Argumente, verehrter Mitbruder, sind durchaus bedenkenswert. Auch halte ich Kardinal Aurias für eine respektable und charismatische Persönlichkeit. Dennoch: die meisten Kardinäle wünschten sich vor einigen Jahren eine Phase des Übergangs, der Diplomatie, der vorsichtigen Öffnung. Sie wünschten sich einen Papst, der integriert und ausgleicht, aber gleichzeitig die notwendigen Veränderungen in der Kirche angeht. Was ist, so frage ich, seit dem viel zu frühen Tod unseres Heiligen Vaters an dieser ursprünglichen Intention falsch geworden? Gelten diese Prämissen plötzlich nicht mehr?" Er machte eine Pause und blickte in die Gesichter seiner Kollegen. „Meiner Ansicht nach haben sie ihre Gültigkeit nicht verloren. Ein sanfter Kurs der Modernisierung mit der notwendigen Sensibilität gegenüber allen Gruppen der Gläubigen – das braucht die Kirche nach wie vor. Keine Flucht zurück ins Gestern, aber auch keine Experimente."

„Und wer wäre Ihrer Ansicht nach der geeignete Kandidat?" fragte Kardinal Vidalski aus Chicago.

„Der ehrenwerte Erzbischof von Florenz, Achille Kardinal Silvanelli. Er wäre der geeignete Mann, um das unvollendete Pontifikat von Paul VII. fortzuführen."

Armagh wehrte verächtlich ab. „Pah, nur so ein weiterer Liberaler ohne echte Überzeugungen!"

„Ganz sicher ein nobler Mann von beträchtlichem diplomatischen Geschick, aber er verkörpert nicht unbedingt das Signal, das wir jetzt brauchen." bemerkte Delany.

Lediglich Vidalski stimmte zu. „Zugegeben, Silvanelli könnte ich mir gut in Weiß vorstellen. Er hätte das Zeug dazu."

Walsh erkannte, daß es kaum gelingen würde, die amerikanischen Kardinäle geschlossen hinter Silvanelli zu vereinen; zu unterschiedlich waren ihre Vorstellungen über die Aufgabenstellung für das kommende Pontifikat. Vermutlich würde zunächst jeder von ihnen einen anderen Kandidaten wählen.

Es klopfte an der Türe. Ohne eine Reaktion abzuwarten, betrat Monsignore Wendell den Beratungsraum.

„Verzeihen Sie die Störung, Eminenzen. Ein hoher Besucher würde Sie gerne sprechen."

Hinter ihm tauchte die hochgewachsene Gestalt des amerikanischen Botschafters auf.

*

Die Medien der Welt waren rings um den Petersplatz in Stellung gegangen. Keine Dachterrasse, kein Balkon, auf dem nicht ein Kamerateam positioniert war, um die Bilder von der Papstwahl live um den Globus zu senden. Die Objektive richteten sich auf ein kleines unscheinbares Kaminrohr, das am Rande eines Mauergiebels über das Dach der Sixtinischen Kapelle lugte. Hier würde der berühmte weiße oder schwarze Rauch anzeigen, wie der jeweilige Wahlgang im Konklave ausgegangen war.

David und seine Kollegen aus der Kurie waren in diesen Tagen bei den Medien sehr gefragt. Jeder Fernsehsender wollte seinen eigenen *Vaticanista* präsentieren, einen Experten, der den Kommentatoren als Gesprächspartner zur Verfügung stand und die geheimnisvollen Prozeduren erläuterte, die sich hinter den verschlossenen Türen vollzogen. So war der Vatikanstaat gestern hermetisch abgeriegelt worden, die Mitarbeiter und Bewohner hatten ihre Büros und Wohnungen verlassen, die vatikanischen *Vigilanti* durchsuchten mit Unterstützung von Spezialeinheiten der italienischen Polizei jeden Winkel des Kirchenstaates nach Wanzen, Spionen und Abhöranlagen. Das am Nachmittag beginnende Konklave unterlag striktester Geheimhaltung.

Bis zum Vorabend mußten alle Angehörigen der Kurie ihre Schreibtische im Vatikan geräumt haben. Allein die Kardinäle, die sie betreuenden Schwestern des vatikanischen Pilgerhospizes, einige wenige Geistliche mit besonderen Funktionen, zwei Techniker sowie ein medizinisches Team durften sich weiterhin im Apostolischen Palast aufhalten.

David, der wie seine Kollegen sein Büro für die nächsten Tage nicht mehr betreten durfte, hatte am Morgen einen Anruf vom stellvertretenden Direktor des Päpstlichen Presseamtes erhalten; er sollte dem amerikanischen Nachrichtenkanal Fox News als Experte zur Verfügung stehen. Aufgrund der großen Nachfrage hatte das Pressebüro schnell reagiert und aus den zumeist vielsprachigen Mitarbeitern des Staatssekretariates einen Expertenpool gebildet, auf den die großen Fernsehsender zurückgreifen konnten, wenn sie kompetente Gesprächspartner für ihre zahlreichen Live-Schaltungen brauchten.

So fand er sich, während sich die Kardinäle im Petersdom zu Heiligen Messe versammelten, mit der das Konklave eröffnet wurde, auf dem Dachgarten des Istituto Santo Spirito ein, auf dem ein provisorisches Studio eingerichtet war, von dem aus man wie von einer Proszeniumsloge den Petersplatz und die Sistina überblickte.

Der Moderator, Senior Correspondent Clark Woodward, ein

altgedienter Journalist und Anchorman mit silberner Föhnwelle, begrüßte ihn.

„Danke fürs Kommen, Monsignore. Ich muß sagen, die Jungs von Euerem Presseamt machen einen top Job, Hut ab!"

„Freut mich zu hören. Wir helfen, wo wir gebraucht werden." Die Maskenbildnerin tupfte sein Gesicht mit einer dicken Puderquaste ab. „Aber ich warne Sie – ich bin kein alter Hase. Auch für mich ist dies mein erstes Konklave, das ich hier in Rom verfolge."

Woodward lächelte gönnerhaft und rückte sich die Krawatte zurecht. „Das ist schon mehr als genug. Die meisten unserer Zuschauer haben allein das Wort *Konklave* mit Sicherheit noch nie im Leben gehört. Berichten Sie einfach, was Sie wissen."

Auf einem Monitor neben der Kamera liefen die Livebilder aus dem Inneren von Sankt Peter. In feierlicher Prozession zogen die Kardinäle in purpurfarbenen Meßgewändern zum Mittelaltar über dem Petrusgrab.

Über dem Kameraobjektiv blinkte das rote Licht. „Bei mir ist jetzt Monsignore O'Connor, ein Landsmann, der ein hohes Kurienamt bekleidet und im Vatikan zuhause ist. Er wird die Bilder, die Sie gerade sehen, mit uns kommentieren und erläutern." Woodward sprach mit wohlbetonter Akzentuierung und wandte sich an David. „Die Kardinäle rufen gerade beim Gottesdienst die Hilfe des Heiligen Geistes herab. Wie wird es danach weitergehen, David? Ist für heute schon weißer Rauch zu erwarten?"

„Nein, Clark, sicherlich nicht. Nach der Heiligen Messe werden die Kardinäle zunächst in feierlicher Prozession zur Sixtinischen Kapelle ziehen. Bevor dort endgültig die Tore geschlossen werden, gibt es erst mal eine Reihe von Formalien: die Überprüfung der Anwesenheit, den Eid zur absoluten Verschwiegenheit, den jeder Teilnehmer einzeln am Altar abzulegen hat, und schließlich die hermetische Abriegelung der Sistina nach außen. Das ist der Moment, an dem alle Nicht-Kardinäle den Raum verlassen müssen."

„Und dann wird gewählt?"

„In der Regel ja. Die Zahl der Wahlgänge, die an jedem Tag erfolgen, werden einvernehmlich festgelegt. Beim letzten Konklave waren es vier pro Tag, das wird auch wohl diesmal so sein. Das bedeutet, daß wir heute Nachmittag noch mindestens einmal Rauch sehen werden."

„Gibt es vorher heiße Debatten, wer der Richtige ist? Wie hat man sich das vorzustellen, David?"

„Es gibt vor den Wahlgängen schon Wortmeldungen und Diskussionen, aber nicht über Personen und Namen. Das findet draußen vor der Tür und während der Pausen statt. Gemeinsam diskutiert wird aber durchaus die Frage, welches Anforderungsprofil an einen neuen Pontifex besteht."

David kam ins Schwitzen. Die Scheinwerfer brannten auf seine Stirn. Hoffentlich wurden die Fragen nicht noch intensiver, denn viel mehr wußte er auch nicht beizusteuern.

„Dann lassen Sie uns jetzt ein wenig spekulieren. Werden wir zum ersten Mal einen Papst sehen, der nicht aus dem alten Kontinent, aus Europa kommt?"

„Nun, da bin ich nicht schlauer als Sie ..."

„Anders gefragt: Wer sind die Favoriten von Konservativen und Progressiven?"

„Ich persönlich meine, daß sich derartige Kategorien in der Kirche überlebt haben und bei diesem Konklave nicht die Hauptrolle spielen werden. Die tatsächliche Frage wird lauten: Kontinuität mit der Linie des verstorbenen Papstes? Dann böte sich am ehesten ein italienischer Kandidat an. Oder ein Sprung ins Unbekannte? Dann könnte beispielsweise ein Lateinamerikaner kommen."

„Sie sprechen also im Klartext von den beiden Namen, die in den letzten Tagen am häufigsten in den Schlagzeilen zu lesen waren: Kardinal Silvanelli von Florenz und Kardinal Aurigo Aurias aus Brasilien."

David zuckte unmerklich zusammen. Hatte er vielleicht zuviel gesagt? War es korrekt, so konkret zu werden?

„Sie haben diese Namen genannt, Clark!" versuchte er zu witzeln.

„Ich weiß, ich bin zu weit gegangen", lachte Woodward in die Kamera, „aber das interessiert unsere Zuschauer natürlich am meisten. Wer wird neues Oberhaupt der Katholischen Kirche? Die Wahl des neuen Papstes – bleiben Sie dran!"

Das Rotlicht auf der Kamera verlosch, die Werbepause setzte ein.

„Gratuliere, Monsignore. Das war richtig gut."

„Danke. Sie haben mich ganz hübsch ins Schwitzen gebracht. Es ist wohl angebracht, wenn ich mich als Kurienmitglied mit wilden Spekulationen zurückhalte."

„Wilde Spekulationen?" Woodward schüttelte den Kopf. „Sie liegen genau richtig. Nach unseren übereinstimmenden Informationen sind Silvanelli und Aurigo die beiden Kandidaten, zwischen denen die Sache laufen wird. Daran besteht kaum ein Zweifel."

Also doch! dachte David. Zum ersten Mal versuchte er sich vorzustellen, wie es wäre, wenn tatsächlich Silvanelli zum neuen Papst gewählt würde, sein bisheriger Chef und Mentor. Die sakrosankte Figur in Weiß schien plötzlich nicht mehr abstrakt und unnahbar, sondern wurde zu einem Menschen, der für ihn anfaßbar und ansprechbar war – eine völlig neue Erfahrung. Hatte er bislang dem Konklave eher als neutraler Beobachter gegenübergestanden, fasziniert aber persönlich unberührt, so drückte er jetzt fest alle Daumen für seinen persönlichen Favoriten Silvanelli.

„Bitte in Position, wir gehen gleich zurück auf Sendung!" ertönte eine Stimme aus der Regie.

„Ich muß wieder drauf", sagte Woodward eilig, „kommen Sie doch zum ersten Wahlgang wieder zu mir!"

*

Er wechselte in eine kleine Espressobar im Borgo Spirito. Hier traf er Wendell, Cooper, Amicelli und ein paar andere Kollegen aus dem Staatssekretariat, die gebannt auf den Fernsehmonitor über dem Bartresen starrten. Sie alle, ob Mitglied der Kurie oder nicht, waren jetzt nur noch Beobachter.

„Da kommt ja unser Fernsehstar!" begrüßte ihn Wendell ironisch und klopfte ihm anerkennend auf die Schulter. „Wen haben Sie bei Fox News zum nächsten Papst erklärt?"

„Ich habe mich zurückgehalten, so gut es ging. Bei den Journalisten scheinen Silvanelli und der Brasilianer hoch im Kurs zu stehen."

Cooper wirkte nachdenklich. „Jaja, das hören wir auch. Aurigo Aurias wäre nicht gut für uns, er hat vom Vatikan nicht die geringste Ahnung. Da wäre Ärger vorprogrammiert."

„Si, certamente!" bestätigte Amicelli. „Darauf wäre die Kurie nicht vorbereitet, alles würde aus dem Ruder laufen. Wir müssen Silvanelli unterstützen."

„Basta, Tonio!" Wendell schüttelte den Kopf. „Der Zug ist abgefahren. Die Kardinäle sind jetzt ganz allein. Allein mit dem Heiligen Geist."

„Na hoffen wir das mal. Mit dem Heiligen Geist, meine ich!" lachte Cooper.

Amicelli grinste breit. „Ihr Amerikaner habt keine Ahnung von Diplomatie. Seit jeher wurde das Konklave von außen beeinflußt. Früher von Fürsten und Königen, heute von den Medien. Ihr glaubt doch nicht allen Ernstes, die Herren Kardinäle bekämen dort drinnen nicht mit, was die Tageszeitungen schreiben. Es gibt geheime Verbindungen in die Außenwelt."

„Aber wie denn?" fragte David. „Alles ist hermetisch abgeriegelt. Und der Gebrauch von Mobiltelefonen ist bei Exkommunikation untersagt."

„Nicht mal ein Konklave kann heute ohne *telefoninos* funktionieren. Man darf sich natürlich nicht erwischen lassen. Und eine kleine SMS-Nachricht bekommt niemand mit ..."

David versuchte sich vorzustellen, wie Kardinäle heimlich unter ihren roten Roben simsten, um Nachrichten nach draußen zu schmuggeln.

„... und nichts ist von größerem Interesse, was die Zeitungen draußen schreiben. Umgekehrt bekommen die *Vaticanisti* der großen italienischen Zeitungen durchaus ihre Nachrichten aus dem Innern des Vatikan und wissen, wer gerade in Führung liegt. Willst du also an detaillierte Informationen aus dem Konklave gelangen oder solche loswerden, dann triff dich mit einem der bekannten *Vaticanisti.*"

„Tonio, Du bist ein ausgekochter Strolch!" stichelte Cooper und hatte die Lacher auf seiner Seite.

David blickte auf die Uhr und kippte seinen Espresso hinunter. Er hatte versprochen, beim ersten Wahlgang wieder bei Fox News zu sein. Auf dem Weg zurück zu Dachterrasse des Instituts gingen ihm Tonios Worte im Kopf herum. Wollte er sich nur wichtig machen oder war sein pummeliger kleiner Kollege wirklich in der Lage, bei italienischen Journalisten Informationen zugunsten eines Kandidaten zu streuen? Und falls er es tatsächlich konnte, konnten es dann auch andere?

*

Es stieg kein weißer Rauch aus dem berühmten Schornstein der Sixtinischen Kapelle, nachdem die wahlberechtigten Kardinäle unter Anrufung des Heiligen Geistes in langer Prozession vom Petersdom in ihr „Wahllokal" gezogen und die Türen hinter ihnen geschlossen worden waren. Auf den Fernsehbildern hatte man indes die Gesichter der Protagonisten betrachten können: Kardinaldekan Giordano, der dem Konklave vorstand, genoß mit jovialer Miene und erhobenen Hauptes sichtlich die große mediale Aufmerksamkeit. Kardinal Silvanelli lächelte still und sphinxartig. Kardinal Berninger wirkte unter seiner weißen Haarpracht noch ernster als sonst. Aurigo Aurias hielt seine Augen halb geschlossen und Walsh blickte grimmig unter seinen buschigen Augenbrauen hervor. Kardinal Lavalle, noch bis vor zwei Wochen Staatssekretär, der an Körpergröße mit Abstand alle überragte, wirkte schmallippig und verhalten. Reyes, unverwechselbar mit seiner Habichtnase, starrte stur auf den Marmorboden; Vidalski und Delany legten einen feierlich, erwartungsvollen Gesichtsausdruck an den Tag. Nur ein afrikanischer Kardinal winkte übermütig wie ein Kind in eine am Rande positionierte Kamera, als wolle er die Daheimgebliebenen grüßen. Ansonsten konnte man in den Mienen der Papstwähler überwiegend die Bürde ablesen, die nun auf ihnen lastete. Bis zum Erscheinen des neuen Papstes auf der Mittelloggia von Sankt Peter waren das die letzten Bilder, die man aus dem Inneren des Wahlortes zu sehen bekommen würde.

Auch beim zweiten Wahlgang am frühen Abend qualmten dikke schwarze Schwaden aus dem Ofenrohr und verbreiteten sich über das Ziegeldach der Sistina.

„Zweimal haben wir schwarzen Rauch gesehen, David. Worauf deutet das hin? Sind sich die Kardinäle so uneins?“ fragte Clark Woodward seinen Gesprächspartner.

„Eine Entscheidung gleich am ersten Tag war nicht im Ernst zu erwarten, Clark.“ antwortete David und blinzelte ins grelle Scheinwerferlicht. „Wir befinden uns sozusagen in der Orientierungsstufe: In den ersten Wahlgängen wird sondiert, welcher Kandidat auf welches Lager zählen kann, wie die internen Stimmverhältnisse aussehen. Erst dann kann die Suche nach einer Mehrheit überhaupt beginnen.“

„Welche Mehrheit benötigt ein gewählter Papst?“

„Der siegreiche Kandidat braucht gemäß dem kanonischen Recht eine Zweidrittelmehrheit plus einer Stimme. Und das bei 120 wahlberechtigten Kardinälen. Zur Erinnerung: Kardinäle über 80 Jahren dürfen an der Papstwahl nicht teilnehmen.“

Woodward nickte eifrig und begann mit der Abmoderation. „Das bedeutet, David, eine Mehrheitsfindung kann dauern. Für heute gibt es daher aus Rom nichts mehr zu vermelden, allerdings wird es eine Nacht voller Spekulationen. Wer wird neuer Papst? Wir sind morgen wieder live für Sie dabei!"

Die Scheinwerferlichter verloschen.

„Für heute sind wir fertig. Danke Monsignore."

Kaum hatte sich David verabschiedet, läutete sein Handy. Madelaine hatte den Auftritt ihres Sohnes voller Stolz live im amerikanischen Fernsehen verfolgt und erkundigte sich aufgeregt, wie es gewesen sei. Und Barbara Stern röhrte im Hintergrund: „David, Du warst großartig! Sie sollten Dich zum Papst wählen!"

Er lächelte in sich hinein. Es waren in der Tat großartige und aufregende Tage. Nur die leidige Sache mit den Fotos trübte seine Euphorie.

*

Alessandro verfolgte, wie so viele, gebannt alle Berichte aus Rom. Wegen geschäftlicher Termine hielt er sich in Florenz auf, als ihn Franco bat, sich mit ihm auf ein Glas im *Café Donatelli* zu treffen. Sie verabredeten sich für den gleichen Abend.

Natürlich waren das Konklave und die mutmaßlichen Chancen Silvanellis, zum nächsten Pontifex gewählt zu werden, Gesprächsthema Nummer eins.

„Stell Dir nur mal vor, er würde tatsächlich in Weiß auf den Balkon treten", grinste Alessandro, „unsere Mamma würde schier in Ohnmacht fallen! Sie wäre dann eine Jugendfreundin des amtierenden Papstes ..., *incredibile!*"

„Ob sie ihn dann je noch mal unter vier Augen zu Gesicht bekäme, wäre allerdings sehr fraglich. Das könnte gegen die Etikette sein."

Franco bestellte zwei Campari Soda.

„Also Dottore, sag schon, warum Du mit mir sprechen wolltest. Ich hoffe doch, es ist alles klar mit Dir und Daniella?"

„*Si si, certo.* Aber es geht in der Tat um uns und unsere Zukunft."

Er nahm einen Schluck. „Die tragische Fehlgeburt hat Deine Schwester ziemlich mitgenommen. Seelisch hat sie sich davon bis heute noch nicht richtig erholt; sie ist depressiv und niedergeschlagen. Was sie braucht ist eine Abwechslung, neue Impulse, neue Aufgaben. Der Alltag hier, gefangen zwischen den Verpflichtungen auf Santa Croce und unserem häuslichen Leben in Florenz, das ist in dieser Situation nicht gut für sie. Natürlich würde sich Daniella nie etwas anmerken lassen oder gar aussprechen, aber als Partner kann ich es fühlen. Und als Arzt ist mir nur allzu gut bekannt, daß Frauen nach einem solchen Ereignis traumatisiert sind."

Alessandro schaute ihn fragend an: „Und was wollt ihr dagegen tun?"

„Man hat mir einen Lehrauftrag in Deutschland angeboten, an der Universitätsklinik von München. Ich möchte die Offerte gern annehmen. Es täte uns sicher sehr gut, wenn wir für ein paar Jahre ins Ausland gingen."

Alessandro rührte eine Weile in seinem Bitter. Die Eiswürfel klimperten im Glas.

„Das heißt, Ihr geht fort? Nach *Monaco di Bavièra?*"

„So sieht es aus. München ist eine phantastische Stadt mit viel Lebensqualität. Ich kenne ein paar italienische Kollegen, die wollen gar nicht mehr zurück. Daniella wird sich dort schnell heimisch fühlen. Es ist eine wirklich gute Gelegenheit."

Franco fuhr sich durch das graumelierte Haar. Ihm war bewußt, wo das Hauptproblem bei dieser Entscheidung lag: Was würde künftig aus Santa Croce? Die Principessa zog es vor, ihren Lebensabend an der Riviera zu verbringen, und Alessandro verbrachte seine Zeit inzwischen aus verständlichen Gründen lieber in Rom als auf dem toskanischen Land. Wenn er und Daniella nun tatsächlich nach Deutschland zogen – und sei es auch nur für ein paar Jahre – wäre das Gut vollkommen verwaist. Aber er wollte das gemeinsame Glück mit Daniella nicht von einem Weinberg abhängig machen; sie hatten schließlich ein Anrecht auf ein eigenes Leben.

Alessandro war die Tragweite dieser Nachricht klar. Es ging hier auch um seine eigene künftige Lebensgestaltung.

„Das Weingut", sagte er nur, „was soll daraus werden?"

„Wir müssen auf Dauer einen guten Verwalter finden."

„Das kostet Geld. Aber es ist wohl die einzige Lösung. Euch ist klar, daß ich nicht auf Santa Croce bleiben werde. Ich trage mich ohnehin mit dem Gedanken, ganz nach Rom zu ziehen."

„Kann ich verstehen. Was sollen wir jetzt tun?"

„Tun?" Alessandro seufzte. „Jeder muß das tun, was er für richtig hält. München ist eine gute Idee. Nimm das Angebot an. Ich bin mir sicher, Daniella wird froh darüber sein. Und wegen Santa Croce müssen wir eben mit Mamma sprechen und versuchen, eine Lösung zu finden."

Franco leerte zufrieden sein Glas. „*Va bene cosi.* Dann sind wir uns ja einig."

„... und in Sachen Verwalter habe ich auch schon eine Idee!" Alessandro kramte aus der Sakkotasche sein *telefonino* hervor und drückte im Namensspeicher die Kurzwahlnummer von Carlo Lucchese.

„*Ciao bello,* hier ist Alessandro ..., wir brauchen Dich. Was meinst Du: kannst Du neben Deinem Lokal auch noch ein Weingut managen ...?"

XIX

Der Paukenschlag erfolgte am nächsten Tag. Italienische Tageszeitungen berichteten unter großer Aufmachung über einen heftigen Schlagabtausch im Konklave, bei dem die Grenzen von Fairneß und persönlichem Respekt nicht unbedingt eingehalten wurden. Die führenden *Vaticanisti* wollten von Zuträgern erfahren haben, daß eine erzkonservative Gruppe – die dem Opus Dei nahestand – dem italienischen Favoriten für die Papstnachfolge, Kardinal Acchille Silvanelli, unterstellte, während seiner Amtszeit im vatikanischen Staatssekretariat ein Netzwerk homosexueller Geistlicher bevorzugt oder gar gefördert zu haben. Wortführer dieser Vorwürfe sei der bisherige Chef der Kleruskongregation, Kardinal Luis Fernandez Reyes. Er und ein paar andere Purpurträger, so zitierten die Journalisten ungenannte Quellen, wollten Silvanelli um jeden Preis verhindern, da sie in seiner Person die nahtlose Fortsetzung des Reformpontifikats von Papst Marini sähen und sich vor einem neuen Konzil fürchteten. Angeblich existierten sogar Fotos von „Umtrieben", welche die Verdächtigungen untermauerten; zu Gesicht bekommen, so die Zeitungen, hätte allerdings bislang niemand diese sogenannten Beweise. In den Kommentaren war von einem höchst delikaten Vorgang die Rede; eine solch gezielte Desavouierung eines Kandidaten war in der jüngeren Geschichte der Konklave ziemlich einmalig, historisch, über Jahrhunderte hinweg betrachtet, jedoch nicht ungewöhnlich. Offen blieb, ob der unerhörte Vorgang nun dem lateinamerikanischen Kandidaten, Kardinal Evaristo Aurigo Aurias zugute kam oder aber eine völlig neue Situation schaffte.

Das Presseamt des Vatikan hatte seinen Geistlichen strikt untersagt, die Story in ihren Interviews und Liveschaltungen mit den Sendern zu bewerten oder dazu irgendwie Stellung zu nehmen.

David hatte in der Frühe auf dem Weg von seiner Wohnung am Tiberufer zum Pressebüro an der Via della Conciliazione von der Sache erfahren, als er an den Zeitungskiosken vorüberkam und sein Blick auf die Überschriften fiel. Es war ein Schock. Fast wäre ihm der Frühstückskaffee wieder hochgekommen und er hatte kurzzeitig überlegt zurückzugehen und sich krank zu melden. Nur mühsam riß er sich zusammen, kaufte den *Messagero* und die *Repubblica* und setzte sich am Lungotevere auf eine Parkbank.

Nun hatte also die andere Seite von den Fotos Gebrauch gemacht – nicht Amicelli, wie sie ursprünglich befürchtet hatten. Er starrte auf die Berichte. Wie sollte er sich verhalten?

Er griff nach seinem Handy und rief Alessandro an.

„... hast Du die Zeitungen gelesen? Jetzt sind wir dran!" sagte er düster.

„... noch sind das alles Gerüchte, nichts als böse Gerüchte", versuchte ihn Alessandro zu beruhigen." Kein Mensch hat bisher diese Fotos gesehen. Reyes und seine Wasserträger werden sie kaum in Umlauf bringen, weil sie genau wissen, was ihnen im Gegenzug blüht. Noch ist nichts zu befürchten."

„... mag ja sein. Aber hast Du überhaupt eine Vorstellung wie das ist, wenn Du gleich vor der Kamera stehen und irgendwelche wohlgesetzten Worte zu der Sache verlieren sollst? Es ist unerträglich!"

„... Du mußt jetzt ganz ruhig bleiben, *carissimo!* Du darfst Dir keinesfalls etwas anmerken lassen. Tu völlig überrascht und unbeteiligt. Ich steige in den nächsten Zug und fahre nach Rom. Ich werde Dich nicht allein lassen!"

David atmete tief durch. „... okay. Du fehlst mir. Ich bin froh, wenn Du kommst."

Er setzte seinen Weg durch die milde Frühlingsluft fort. Im

Pressebüro briefte man ihn zu den Ereignissen, bevor er sich, wie verabredet, wieder auf die Dachterrasse von Fox News begab, um den ersten Rauch des Tages abzuwarten.

„Was ist das denn für eine Räuberpistole, Monsignore?" begrüßte ihn Clark Woodward. „Benehmen sich die Kardinäle dort drinnen tatsächlich so schlecht?"

„Nun, man sollte nicht immer alles so ernst nehmen, was die Zeitungen schreiben, besonders nicht in Italien." David kniff die Augen zu, als die Maskenbildnerin mit der Puderquaste über sein Gesicht strich. „Da wollen sich vermutlich einige *Vaticanisti* wichtig machen und vor der Weltöffentlichkeit profilieren."

„Würde mich auch sehr wundern, wenn eine Papstwahl ähnlich abläuft wie eine US-Präsidentschaftswahl. Trotzdem eine komische Sache."

Sie gingen auf Sendung.

„Bei mir wieder unser Vatikanexperte, Monsignore O'Connor", säuselte Woodward in die Kamera. „David, hier überschlagen sich heute die Spekulationen. Die italienischen Zeitungen berichten von heftigen Geplänkeln hinter den Kulissen. Ist im Konklave ein veritabler Machtkampf im Gange?"

David versucht, so entspannt wie nur möglich dreinzuschauen. „Aber nein, Clark, ich glaube, davon kann keine Rede sein. Wir sind in Italien, da wird manchmal verbal stark zugespitzt. Im Konklave weht der Wind des Heiligen Geistes, nicht der politischen Intrige."

„Jedenfalls scheint es für Kardinal Silvanelli aus Florenz schwieriger als gedacht zu werden. Ist nach Ihren Erfahrungen etwas dran an den Behauptungen, die in der Presse kolportiert werden, Silvanelli dulde oder fördere eine Seilschaft homosexueller Priester? Das wäre eine völlige Abkehr von der bisherigen Politik des Vatikan ..."

Ein kalter Schauer rieselte David über den Rücken.

„Dazu kann ich beim besten Willen nichts sagen, ich habe keine Kenntnis davon." wiegelte er ab. „Solche Unterstellungen sind bösartig und gemein."

„Können Sie sich erklären, wie es zu solchen Behauptungen kommt?"

David schnappte nach Luft. Wie lange wollte Woodward noch auf diesem Thema herumreiten? Sein weißer Kragen drückte ihn, er sehnte die Werbepause herbei.

„Clark, das hier ist Rom. Die Stadt ist stets voller brodelnder Gerüchte. Vieles davon erweist sich hinterher als barer Unfug. Sie kennen das ja aus Washington ..."

Touché! Woodward lächelte verlegen.

„... was uns einiges erklärt. Nach der Werbung sind wir zurück aus Rom."

Er schaute auf die Uhr. Bald müßte der Rauch nach dem ersten Wahlgang aufsteigen.

Als sie wieder live auf Sendung waren, quollen undefinierbare Wolken aus dem kleinen Kamin, die sich aber rasch schwarz färbten. Die Menge auf dem Petersplatz, die für ein paar Sekunden den Atem angehalten hatte, verstreute sich wieder. Auch nach dem zweiten Wahlgang mittags blieb der Rauch schwarz – die Kardinäle hatten sich noch immer nicht auf einen neuen Pontifex einigen können. Die Spannung wuchs.

*

Am Nachmittag kam Alessandro in Rom an. Sie trafen sich in einem Café am Borgo Santo Spirito und machten einen ausgedehnten Spaziergang über den Gianicolo. David brauchte Abstand von dem Medienzirkus, der rund um Sankt Peter Stellung bezogen hatte. Der nächste Wahlgang war erst für den späten Nachmittag zu erwarten, die Kardinäle hatten jetzt Siestapause.

„Glaubst Du, die Sache wird Silvanelli ernsthaft schaden?" fragte Alessandro.

David zuckte die Schultern. „Kommt drauf an. Ich habe keine Ahnung, wie hermetisch die Abschottung des Konklave tatsächlich ist, und was die Kardinäle von den Vorgängen draußen mitbekommen. Das ist alles zu neu für mich. Ich hoffe inständig, daß die Sache nicht weiter eskaliert. Sonst ..., ach ich weiß auch nicht."

Alessandro machte Anstalten, David in den Arm zu nehmen, aber unterließ die Geste. David trug einen schwarzen Anzug mit Kollar. Es waren zwar nicht allzu viele Menschen unterwegs auf dem Gianicolo, aber sie waren auch nicht allein.

„Alles wird gut. Vertrau mir!" sagte er und wußte zugleich, daß es hilflos klang.

Sie machten sich auf den Rückweg. Unterwegs konnten sie beobachten, wie die Menschen unaufhörlich zum Petersplatz strömten. Es lag etwas in der Luft. Würde heute die Entscheidung fallen?

Zur gleichen Zeit saß Margherita di Vallescura in einem Taxi vom Flughafen Fiumicino zur Innenstadt und zog nervös an einer Zigarette. Sie hatte in Mailand das nächste Flugzeug nach Rom bestiegen, als sie am Morgen in den Nachrichten vernommen hatte, daß das Konklave in seine entscheidende Phase getreten war. Trotz der häßlichen Geschichten, die in den Medien kolportiert wurden und deren unheilvollen Zusammenhang sie leise erahnen konnte, war sie davon überzeugt, daß Acchille Silvanelli vor dem größten Moment seines Lebens stand. Sie wollte persönlich miterleben, wie ihr alter Jugendfreund zum Nachfolger des Apostelfürsten Petrus gewählt würde.

*

„Kommen sie schnell, Monsignore, wir haben erfahren, daß sich etwas tut!" rief ihm der Produktionsassistent schon auf der Treppe zu und bugsierte ihn im Eiltempo die engen Stufen zur Dachterrasse empor.

„Hallo Monsignore, scheint so weit zu sein!" begrüßte ihn Woodward. „Haben Sie eine Ahnung, in welche Richtung es geht?"

„Ich wünschte, ich wüßte es." Während er verkabelt und abgepudert wurde, vibrierte sein Handy. Es war Amicelli.

„... *aspetta, aspetta!* Habe gerade eine SMS bekommen. Sie haben gewählt. Es gibt eine Mehrheit ..." berichtete Tonio atemlos.

„... wer ist es? Kannst Du es in Erfahrung bringen?"

„... weiß nicht, muß auf weitere Sims warten. Melde mich!"

Also war es tatsächlich soweit. Die Würfel waren gefallen. Es gab einen neuen Papst. David wurde vor Aufregung flau im Magen.

Er machte Woodward, der gerade auf Sendung war, ein Zeichen. „Es scheint sich zu bestätigen. Nach meinen Informationen haben sie soeben einen Papst gewählt."

Die Regie unterbrach sofort das laufende Schaltgespräch.

„Wir erhalten soeben die Nachricht, daß sich etwas tut. Es könnte gut sein, daß der Rauch weiß sein wird." kommentierte Woodward.

Die Kameras schwenkten unisono auf das unscheinbare Rohr neben dem Giebel der Sistina. Wie der Auspuff eines Wagens, dessen Motor nicht richtig anspringen will, stieß es mehrere Minuten lang in unregelmäßigen Abständen undefinierbare graue Wölkchen aus. War er nun schwarz oder weiß?

„Alle rätseln hier, welche Farbe der Rauch hat. David, würden Sie es für schwarz oder weiß halten?" fragte Woodward.

„In der Tat schwer zu deuten, Clark. Aber es ist nicht die erste Papstwahl, bei der uns der Rauch Rätsel aufgibt."

„Wie kommen Rauch und Farbe eigentlich zustande?"

„Nach jedem Wahlgang werden die Stimmzettel verbrannt. Früher hat man wohl je nach Ausgang nasses oder trockenes Stroh beigemischt, um das gewünschte Resultat zu erzielen; heute macht man das mit Chemikalien."

„Und Kardinäle sind wohl auch keine ausgewiesenen Feuermeister." ergänzte Woodward ironisch. „Doch schauen Sie, verehrte Zuschauer, es wird klarer."

Ein feiner, weißgrauer Schleier legte sich über das rote Ziegeldach und verbreitete sich in Windrichtung über den Apostolischen Palast. Kein Zweifel mehr – der Rauch war weiß!

„E bianco, è bianco!" tönte es über den Petersplatz. Die Menschen, die eben noch angespannt nach oben gestarrt hatten, begannen zu kreischen und zu jubeln.

„Ja, kein Zweifel mehr, Clark. Die Sedisvakanz ist vorbei." erklärte David. „Es gibt einen neuen Papst."

Die Nachricht schien sich wie ein Lauffeuer in ganz Rom zu verbreiten. Als die tiefe Glocke von Sankt Peter zu läuten begann und nacheinander sämtliche übrige Glocken einstimmten, eilten die Menschen im Laufschritt zum Kolonnadenrund. Niemand wollte verpassen, wenn der Name des neuen Pontifex Maximus bekannt gegeben und der Erwählte auf der Mittelloggia der Basilika erscheinen würde, um seinen ersten Segen *urbi et orbi* zu spenden.

Davids Handy vibrierte unaufhörlich. Alessandro teilte ihm kurz mit, daß er sich zusammen mit der Principessa irgendwo in der Menge auf dem Platz befand, Madelaine rief an, sie verfolge alles live auf dem Bildschirm und Kollegen versuchten Informationen zu sammeln. Wer wußte etwas? Die Spannung war zum bersten.

„Monsignore, ich spendiere Ihnen eine Kiste edelsten Rotwein, wenn sie mir vorab sagen können, wer da gleich auf den Balkon treten wird!" raunte Woodward.

David versuchte, Amicelli zu erreichen, doch es war ständig belegt.

Der Petersplatz war inzwischen voll besetzt. Wer jetzt noch kam, mußte sich mit einem Blick von fern aus der Via della Conciliazione begnügen.

Auf dem Mittelbalkon über dem Portal des Petersdomes entrollten zwei Helfer einen roten Samtteppich mit aufgesticktem Wappen, die goldene Tiara über zwei gekreuzten Schlüsseln. Die Spannung stieg.

*

Auf der Dachterrasse des Istituto di Santo Spirito ging es zu wie in einem Hühnerstall. Alle Fernsehleute liefen durcheinander, brüllten sich Anweisungen zu, die Kameras versuchten jedes Detail live einzufangen. Die Senderegie lief heiß. Die Telefone glühten. Versprengte Reste des weißen Rauchs quollen noch immer aus dem Schornstein der Sistina.

David spürte den bekannten Vibrationsalarm in der Innentasche seines schwarzen Anzugs. Er zog sein Handy heraus und schielte verstohlen aufs Display. Es war eine SMS von Tonio, doch er konnte deren Sinn einfach nicht ausmachen. In Großbuchstaben stand dort nur ein Wort lesen: QERNINGER.

Was sollte das heißen? Einen solchen Namen gab es unter den Kardinälen nicht. Und daß sie ausgerechnet Kardinal Franz Berninger zum Papst gewählt hätten, glaubte doch wohl Tonio nicht allen Ernstes! Nein, mit diesem Geschreibsel konnte er nichts anfangen. Vergeblich versuchte er, zu Amicelli durchzukommen.

„Monsignore, schnell, es geht los!“ rief Woodward. Sie waren live auf Sendung.

Die Flügeltüren zur Mittelloggia öffneten sich, und auf den Balkon schritten mehrere Geistliche in Chorkleidung. In ihrer Mitte trat ein Kardinal an die Brüstung und wurde mit höflichem Applaus begrüßt.

„Es handelt sich um Kardinal Angelo Giordano, den Dekan des Kardinalskollegiums. Er wird der Welt gleich den Namen des neuen Papstes mitteilen. Nach alter Tradition in lateinischer Sprache.“ kommentierte David.

Die Mikrofonanlage rauschte. Giordano begann zu sprechen.

„Annuntio vobis gaudium magnum: Habemus Papam!“ Beifall brandete auf.

„Ich verkünde Euch große Freude – wir haben einen Papst.“ übersetzte David. „Jetzt folgt die Nennung des Namens.“

Er hielt den Atem an. Hochspannung legte sich über den Platz.

„Eminentissimum ac reverendissimum dominum“, er machte eine Kunstpause, *„dominum Franciscum, sanctae romanae ecclesiae Cardinalem* ... Berninger!“

Giordano wollte den Namen besonders korrekt aussprechen, doch sein italienischer Akzent schlug Purzelbaum, weshalb es erst einer Schrecksekunde bei den Gläubigen bedurfte, bis sich alle klar wurden, was soeben geschehen war: Die Kardinäle hatten einen Deutschen zum Papst gewählt!

„Das ist eine Bombe“, hörte David Woodward ins Mikrofon rufen, „es ist keiner der Favoriten! Nicht Silvanelli, nicht Aurias; es ist der langjährige Chef der Glaubenskongregation. Kardinal Franz Berninger, liebe Zuschauer, ist soeben zum neuen Oberhaupt der katholischen Kirche erwählt worden!“

Ein rotes Schriftband mit *breaking news* flimmerte über den Monitor. Auf dem Platz verdichtete sich der Applaus zu einem Sturmwind, daß die Lautsprecheranlagen übersteuerten und knallten. Der Ruf *„Viva il Papa!“* schallte tausendfach nach oben und wurde bis auf die Studioterrasse getragen.

David hatte Mühe, seine Gesichtszüge unter Kontrolle zu halten, als Woodward die Frage an ihn richtete: „Das hatte wohl niemand auf der Rechnung. Was bedeutet die Wahl Berningers für die Kirche?“

„Nun Clark ..., ja, es ist keiner der Favoriten.“ Es dauerte ein Weilchen, bis er seine Gedanken wieder geordnet hatte. Jetzt nur nicht schwächeln! „Offensichtlich haben sich die Kandidaten in den vorausgegangenen Wahlgängen gegenseitig blockiert. Es hat wohl weder für den italienischen, noch den lateinamerikanischen

Block gereicht. Also hat man nach einem neuen Kandidaten gesucht."

„Das bedeutet, Berninger ist ein Kompromißkandidat?"

„So würde ich das nicht ausdrücken. Er ist wohl die Persönlichkeit, auf die sich die überwiegende Mehrheit der Kardinäle einigen konnte."

Die Gedanken kreisten in seinem Kopf. Berninger – der gestrenge Chef des heiligen Offiziums, der deutsche Panzerkardinal, der erzkonservative Strippenzieher, die graue Eminenz der Kurie, Gegner jeglicher Reformen. Eine Sphinx, von der niemand ahnte, wie sie dachte, ein geachteter Theologe, über den man doch so wenig wußte. Das Gegenteil vom weltzugewandten, toleranten, liberalen Papst Marini.

„... für den künftigen Kurs der Kirche?" Woodwards Frage riß ihn zurück in die Gegenwart. Unten auf dem Platz herrschte unglaublicher Jubel.

„Wir brechen hier kurz ab und schauen uns den ersten Auftritt des neuen Papstes an!" kam die Anweisung aus der Senderegie.

Die Fensterflügel zur Mittelloggia öffneten sich erneut. Mehrere Kardinäle betraten, ein goldenes Vortragekreuz voran, den Balkon und machten eine Gasse frei. Zwischen ihnen hindurch schritt, nein, sprang Papst Berninger zur Balustrade, die Arme wie ein Fußballspieler über den Kopf gereckt, und winkte nach allen Seiten in die Menge. Über seiner schneeweißen Soutane – Gammarelli mußte in Windeseile ganze Arbeit geleistet haben – trug er die traditionelle scharlachfarbene Mozetta, einen Schulterumhang, das päpstliche Brustkreuz und die schwere Brokatstola, welche die Bildnisse der Apostel Petrus und Paulus zierten. Eine weiße Locke hatte sich unter dem weißen Scheitelkäppchen selbstständig gemacht und fiel ihm in die Stirn. Er wirkte fröhlich, ja geradezu aufgedreht und gelöst.

David betrachtete die Bilder auf dem Monitor. Sie wollten nicht so recht zu seinen Vorstellungen und Erfahrungen mit Berninger passen. Was wußte er von dem üblen Intrigenspiel rund um seine Wahl? Welche Konsequenzen würde die Geschichte für ihn persönlich haben? Und würde Reyes vielleicht Kardinalstaatssekretär? Eine grauenvolle Vorstellung! In einer Naheinstellung der Kamera konnte er auf einem der Seitenbalkone, auf denen sich die Kardinäle drängten, Joseph Walsh ausfindig machen; er blickte ausgesprochen sauertöpfisch drein. Silvanelli entdeckte er nicht.

„Konservativ wie er ist, nennt er sich bestimmt Pius – der Fromme." versuchte David zu scherzen.

Der neue Pontifex ergriff das Mikrofon.

„Geliebte Brüder und Schwestern im Herrn! Nach dem glaubensstarken Papst Paul VII., der leider viel zu früh von uns gegangen ist und dessen wir uns dankbar erinnern, haben die Herren Kardinäle mir die Nachfolge des Heiligen Petrus anvertraut. In Gehorsam gegenüber unserem Herrn Jesus Christus und im Vertrauen auf den Schutz der Gottesmutter Maria habe ich die Wahl angenommen. Aber ich bin nur ein demütiger, schwacher Diener der Kirche, der nicht weiß, ob er diese Last wird tragen können. Daher benötige ich Euer Gebet und Euere Hilfe." Seine hohe, akzentuierte Stimme in lupenreinem Italienisch schwebte über dem Platz. Es war mucksmäuschenstill. „Ich habe mich entschieden, als Papst den Namen Clemens XV. anzunehmen. Dieser Name steht in der lateinischen Kirchensprache für Güte, Barmherzigkeit und Milde. Dies sollen auch die Leitlinien meines Pontifikats sein. Es sind jene Werte, derer unsere heutige Welt am meisten bedarf."

David horchte auf. Das waren nicht die Worte, die er von Berninger erwartet hätte.

„Euch alle bitte ich inständig um Euer Gebet und Euere Treue zu unserem Heiland und Erlöser Jesus Christus und zu seinem Stellvertreter."

Offenkundig verlegen, da er nicht wußte, wie das Zeremoniell weitergehen würde, stimmte er das *Pater Noster* und ein *Ave Maria* an. Es schien in der Tat schwer zu glauben, daß Berninger irgendwie vorbereitet war; anscheinend hatte auch ihn seine Wahl wie der Blitz aus heiterem Himmel getroffen.

Oben auf dem Balkon öffnete der Zeremonienmeister das Gebetbuch und deutete dezent auf die Textstelle für den Segen *urbi et orbi,* der Stadt und dem Erdkreis. Noch ein wenig unbeholfen in Gestik und Tonlage, erteilte Clemens XV. der Menge auf dem Petersplatz seinen ersten päpstlichen Segen.

*

Unten auf dem Platz verfolgte die Principessa die Zeremonie auf der Loggia mit sichtlicher Enttäuschung.

„Acchille hätte es verdient gehabt!" sagte sie grimmig, als sich der neue Papst winkend und lächelnd verabschiedete und sich mit seiner Begleitung vom Balkon ins Innere der Basilika zurückzog.

„Wer kann das sagen?" seufzte Alessandro. „Es wird schon irgendwie seinen Sinn haben."

Er versuchte, zu David durchzukommen, aber es antwortete nur die Mailbox.

„Das war ein charmanter Auftritt von Papst Clemens. Ganz anders, als man sich ihn vorgestellt hätte", resümierte Woodward in die Kameras. „Lassen sie uns das Geschehen analysieren: David, glauben Sie, dieser Mann kann uns überraschen?"

David zog die Mundwinkel nach unten. „Schwer zu sagen, Clark. Auf jeden Fall wird er als Papst völlig anders agieren müssen, als in seiner bisherigen Rolle. Das schien er mit seiner kurzen Ansprache ja auch andeuten zu wollen. Welche Rückschlüsse das jedoch auf seinen künftigen kirchenpolitischen Kurs zuläßt, ist dadurch noch lange nicht klar."

„Bedeutet diese Wahl ein Ende der Reformen von Papst Marini? Ein Zurück zu Tradition und Strenge?"

„Nun, ein Signal des Aufbruchs ist es wohl sicher nicht. Aber ich glaube nicht, daß man hinter das schon Erreichte wieder zurück kann. Das Rad der Geschichte läßt sich nicht zurückdrehen."

„Sind denn die Kardinäle davor zurückgescheut, einen großen Sprung nach vorne zu wagen, wie es beispielsweise die Wahl des ersten nichteuropäischen Papstes gewesen wäre?"

David war ratlos. Die Frage hätte er intuitiv mit einem klaren Ja beantwortet, aber er durfte sich hier nicht den Anschein geben, die Kardinäle zu kritisieren.

„Sie werden dafür ihre Gründe gehabt haben", sagte er lahm, „niemand von uns weiß, was dort drinnen vor sich gegangen ist."

„Das Konklave in Rom wählt einen Deutschen zum Papst – gleich dazu mehr, bleiben Sie dran!" rief Woodward in die Kamera, dann folgte Werbung.

David war heilfroh, damit für heute fertig zu sein; er mußte erst mal selbst verdauen, was da gerade auf dem Platz geschehen war, statt eilfertig kluge Antworten geben zu müssen. Er war auf dem Weg hinunter auf die Gasse, als Amicelli anrief.

„*Porcamadonna* – was für eine Schweinerei!" hörte er ihn ohne jegliche Hemmungen schimpfen. „Diesen Kriminellen ist es tatsächlich gelungen, Silvanelli eiskalt abzuservieren. Gnade uns Gott, was uns allen mit diesem asketischen Deutschen blüht – jetzt macht er Reyes, die widerliche fette Ledertrine, zum Staatssekretär!"

„Zumindest letzteres kannst Du ja zu verhindern suchen", warf David leichthin ein.

Tonio schien begeistert. „Das ist *die* Idee! David, Du bist einfach ein schlauer Mann. Den machen wir fertig!"

David erschrak. Das letzte, was er gebrauchen konnte, war eine Schlammschlacht in der Presse mit kompromittierenden Fotos. „Das war ein Witz, Tonio, so habe ich das nicht gemeint!"

„Wir treffen uns später, muß jetzt weiter. Ciao!"

Mißmutig bahnte sich David einen Weg zwischen den enthusiasmierten Massen, die vom Petersplatz abzogen, zum Mittelteil der Kolonnaden, wo Alessandro auf ihn wartete. Es dämmerte bereits.

Die Principessa, mit Cousine Anna zu einer Modenschau verabredet, verabschiedete sich rasch und verschwand in einem herbeigewunkenen Taxi.

„Bitte laß uns irgendwohin zum Essen gehen, wo man garantiert niemandem aus dem Vatikan begegnet," sagte David matt. „Und dann will ich nur nach Hause."

*

Tags darauf winkte Papst Clemens XV. ausnahmslos von sämtlichen Titelblättern der Weltpresse. Nun war unübersehbar, daß im Vatikan eine neue Ära begonnen hatte. Die Medien berichteten weiter live über die ersten Schritte des neuen Mannes an der Spitze der katholischen Kirche, der gemeinsam mit den Kardinälen eine Messe zum Abschluß des Konklaves in der Sixtinischen Kapelle zelebrierte, ausgewählte Würdenträger in Audienz empfing und von seiner künftigen Wohnung im vierten Stock des Apostolischen Palastes Besitz ergriff, die seit dem Tode Marinis versiegelt gewesen war. Jetzt zerstörte der Camerlengo das Siegel und führte den neuen Hausherrn durch seine Gemächer. In einem ersten Dekret bestätigte Clemens alle hochrangigen Würdenträger „vorläufig und auf Widerruf" in ihren Ämtern – ein Schritt, der üblich war, um die täglichen Funktionen aufrechtzuerhalten und dem neuen Dienstherrn die Möglichkeit gab, in Ruhe seine eigene Personalpolitik zu entwerfen.

So konnten die Mitarbeiter der Kongregationen und des Staatssekretariates zum ersten Mal seit Tagen wieder an ihre Schreibtische im Vatikan, wo die Telefone heißliefen. Es galt, Glückwünsche von Staats- und Regierungschefs, Diplomaten und hochrangigen Persönlichkeiten aller Herren Länder entgegenzunehmen, Audienzen festzulegen und vorallem, die Inthronisation des neuen Papstes zu organisieren.

In der Abteilung I des Staatssekretariates ging es zu wie in einem Taubenschlag. Das Nordamerika-Büro sollte die große amerikanische Delegation aus Kardinälen, Bischöfen, Ordensleuten, Ministern, Kongreßabgeordneten und Angehörigen betreuen, die entweder schon in der Stadt waren oder zur Amtseinführung erwartet wurden. Trotz des Berges an Arbeit redete man sich intern die Köpfe heiß.

„Die Leute von Berninger werden Euch grillen, sobald die tollen Tage hier vorbei sind, darauf könnt Ihr Euch alle verlassen. Personell wird kein Stein auf dem anderen bleiben." prophezeite Stephen Wendell düster. „Möchte nicht in Euerer Haut stekken!"

„Danke für diese großartige moralische Unterstützung, Herr Direktor." bemerkte George Pell süffisant.

„Leute, wir dürfen uns keinesfalls etwas anmerken lassen!" warnte Monsignore Cooper. „Die Kurie dient dem Nachfolger Petri, unabhängig von dessen Person. Darauf haben wir alle einen Eid abgelegt. Ich erwarte, daß alle hier unter dem neuen Pontifikat genauso ihr Bestes geben wie bisher. Wir werden abwarten und sehen, was kommt. Auf keinen Fall will ich erleben, daß unser Büro die Rolle der Rebellenfraktion übernimmt!"

David hielt sich zurück. Cooper hatte Recht; sie alle hatten Treue und Gehorsam gegenüber dem Papst geschworen. Das galt selbstverständlich nicht nur für Marini, sondern – wenn vielleicht zähneknirschend – auch für Berninger. Und für ihn persönlich war es momentan ohnehin am besten, so unauffällig wie möglich zu bleiben, bis die unsägliche Geschichte mit den Fotos und den angeblichen Seilschaften ausgestanden war.

Die Tür flog auf. „Wir sollen alle nach draußen in die Loggien kommen – der Papst!" rief Amicelli außer Atem.

Sie sprangen auf, zupften ihre Soutanen und Kollare zurecht und versammelten sich im langen, verglasten Wandelgang, der den Damasushof umschloß. Das gesamte Staatssekretariat – Bischöfe, Monsignori, Ordensschwestern, Laienmitarbeiter – war auf den

Beinen und reckte die Hälse nach einem Mann, der ihnen eigentlich allzu bekannt war. Doch das Weiß veränderte alles.

Begleitet von Kardinalstaatssekretär Lavalle, Camerlengo Escriva, Kardinaldekan Giordano, seinem deutschen Sekretär, einigen weiteren Purpurträgern, den Zeremonienmeistern sowie einigen Schweizergardisten, schritt der neue Pontifex Maximus leichten Fußes die Reihen entlang. Wie am Vortag wirkte er aufgeräumt und beinahe aufgekratzt, reichte seine Hand zum Kuß, segnete, sprach hie und da ein paar Worte in verschiedenen Sprachen und winkte in die Objektive der Kameras und Fotoapparate.

Es war ein Unterschied wie Tag und Nacht, als er ihn an jenem Ostersonntag vor zwei Jahren zum ersten Mal im Ristorante Gallo Nero erlebt hatte, dachte David; damals war ihm Berninger kühl und schneidend erschienen, und während seiner bisherigen Zeit in Rom war nichts geschehen, das ihm den Präfekten der Glaubenskongregation in einem milderen Licht hätte erscheinen lassen. Doch nun wirkte er wie verwandelt.

Lavalle übernahm die Aufgabe, ihm die leitenden Mitarbeiter der verschiedenen Büros vorzustellen. Cooper ging auf die Knie und küßte den Fischerring.

„Ah, Nordamerika!" sprach ihn Papst Clemens auf Englisch an. „Ich danke Ihnen allen für Ihren wertvollen Einsatz."

„Es ist uns allen eine Freude und Ehre, Euere Heiligkeit."

Der Pontifex war im Weitergehen begriffen, als sein waches Auge auf David fiel, der sich so weit wie möglich im Hintergrund gehalten hatte.

„Sie waren der Visitator für New York, wenn ich nicht irre." fügte er in einem Ton hinzu, der schwer zu deuten war. „Ich habe Sie beobachtet."

Noch bevor David reagieren konnte, hatte sich die Gestalt in Weiß samt Gefolge weiterbewegt und wandte sich der nächsten Gruppe zu.

„Schau an, Monsignore O'Connor hat es in seiner kurzen Zeit

im Vatikan zu beachtlicher Prominenz gebracht!" grinste Wendell, als sich die impromptu Versammlung wieder verlief.

„Ja, fragt sich nur, ob das gut oder schlecht für ihn ist." stellte Cooper spöttisch fest und klopfte David auf die Schulter.

*

In der Trattoria *Tra'dei Monti* herrschte reges Treiben; der Ort war ein beliebter Treffpunkt für Kardinäle, Geistliche und Journalisten. Selbst amtierende Päpste hatten die bekannte gute Küche des Hauses schon genossen. Wer sich hier verabredete, mußte immer damit rechnen, auf prominente Kirchenfürsten oder Kollegen aus der Kurie zu treffen. Daher war es kein Zufall, daß Kardinal Acchille Silvanelli eine Gruppe ihm nahestehender Menschen und treuer Mitarbeiter ausgerechnet hierher zu einem Abendessen eingeladen hatte, um ihnen für ihre Unterstützung in den vergangenen zwei aufregenden Wochen zu danken. Wer es wissen wollte, sollte es sehen: Der Erzbischof von Florenz, der – wie manche spotteten – „als Papst ins Konklave hineingegangen und als Kardinal wieder herausgekommen war", ließ sich nicht in die Rolle des Verlierers drängen. Demonstrativ fröhlich präsidierte er einem länglichen Tisch am Rande des Lokals und wirkte wie von einer Last befreit.

„Es ist der Heilige Geist, der entscheidet, nicht die armseligen Menschen." antwortete er stets aufs neue auf die Fragen der ziemlich familiären Tafelrunde, was er von der Papstwahl und ihrem Ergebnis halte.

„Ich bleibe dabei: Du wärst die bessere Wahl gewesen!" widersprach die Principessa vehement. „Und das Allerschlimmste ist, daß wir jetzt diesen Deutschen haben. Da wäre mir ein Lateinamerikaner noch lieber gewesen. Aber die Deutschen? Die lieben nur unsere Strände und unsere Weine. Aber uns Italiener verachten sie."

„Nun muß ich aber diesen falschen Eindruck korrigieren." Silvanelli lächelte nachsichtig. „Seine Heiligkeit lebt bereits seit über 20 Jahren in Rom; er spricht perfekt italienisch und hat viel von der römischen Lebensart angenommen. Zudem stammt er aus Bayern, wo man lebensfroh, barock und katholisch ist; dort würde man sich mit Händen und Füßen dagegen wehren, als *Tedesci* bezeichnet zu werden. Wir dürfen ihm seine Nationalität wahrlich nicht zum Vorwurf machen."

„Heiliger Geist, das ist schön und gut. Wie ist es denn überhaupt zu einer Mehrheit für ihn gekommen?" fragte Alessandro.

„Die Frage ist nicht fair", warf David ein und stieß Alessandro mit dem Fuß an. „Du weißt doch, daß er darüber nicht sprechen darf."

„*Santo Spirito,* Heiliger Geist!" Tonio Amicelli wackelt mit dem Kopf und verdrehte die Augen. „Es war wohl kaum der Heilige Geist, der in den Medien die schädlichen Gerüchte in Umlauf gebracht hat! Das war eher Teufelswerk und des Menschen Beitrag!"

Er hatte noch immer nicht verwunden, daß sein Mentor Silvanelli um die Wahl zum Pontifex Maximus betrogen worden war, jedenfalls nach seiner persönlichen Lesart. Und er war fest entschlossen, zurückzuschlagen.

„Hat man denn im Konklave von der Medienberichterstattung etwas mitbekommen?" fragte Don Francesco Tommasi; der hagere Palottinerpater war der Privatsekretär Silvanellis seit dessen Wechsel nach Florenz.

Der Kardinal machte eine vielsagende Geste. „Auch in einem Konklave weiß man, was man wissen muß. Nur wirken die Dinge oft anders, als man denkt."

„Das mußt Du uns genauer erklären", bat die Principessa.

Silvanelli wollte ansetzen, doch die Kellner servierten den ersten Gang, fritierte Zucchiniblüten mit einer Creme aus Mascarpone und Sardellen gefüllt.

Nach den ersten Bissen räusperte er sich. „Ohne zuviel verraten zu dürfen, kann ich Euch eines sagen: Wer immer diesen Schmutz an die Presse lanciert hat – sie haben damit genau das Gegenteil von dem erreicht, was beabsichtigt war."

Für einen Moment aßen alle schweigend weiter und überlegten, was er damit gemeint haben könnte. Die wahre Bedeutung konnte zu diesem Zeitpunkt keiner erfassen.

David räusperte sich. „Dennoch wirken Sie so gefaßt und ganz in Ihrer Mitte, Eminenz. Sind Sie froh, der Bürde entronnen zu sein?"

Silvanelli stellte sein Weinglas ab und blinzelte über den Rand seiner goldenen Brille. „Ich darf sagen, daß ich vollständig mit mir im Reinen bin. In der Tat war ich mir nicht sicher, ob ich nach diesen aufreibenden Tagen nach Florenz zurückkehren würde, ob nicht das große Fallbeil auf mich herabsausen würde. Aber der Herr hat ein Einsehen mit mir gehabt. Man strebt nicht an, Papst zu werden. Wenn, dann wird man von Gott gerufen. Mag sein, daß es uns verborgen ist, warum er diesmal so und nicht anders entschieden hat; dennoch hat alles seinen Sinn und wir sollten soviel Vertrauen haben, daß der Heilige Geist schon weiß, was er tut."

David beneidete den Kirchenmann um seine gelassene Heiterkeit. Daß er sie gemeinsam hierher zum Essen eingeladen hatte, war seine Art, sich von den häßlichen Vorwürfen in den Medien zu distanzieren. Wenn er sich umblickte, erkannte er eine ganze handvoll Gesichter aus der Kurie und aus Vatikankreisen. Natürlich war ihnen die Tischrunde des Kardinals, der bis kurzem als höchst *papabile* galt, nicht verborgen geblieben; es wurde getuschelt und getratscht. Durch seine bloße Anwesenheit bekannte sich Silvanelli demonstrativ zu seinem engsten Umfeld, das man als „homosexuelle Seilschaft" zu diffamieren versucht hatte, und stärkte ihnen allen auf diese Weise den Rücken. Der geschmeidige Diplomat hatte das richtige Zeichen gesetzt.

XX

Es war wieder die Zeit der Mohnblumenfelder, der blühenden Ginstersträucher und der saftigen Wiesen. An den Straßenrändern fanden sich oft aus dem Nichts heraus klapprige Standtische mit Bergen von erntefrischen *fave,* langen farbigen Eßbohnen, deren weiche Kerne man zu dieser Jahreszeit, typischerweise kombiniert mit ein paar Würfeln *pecorino* und einem frischen Weißwein, gern als Imbiß zwischendurch oder als Vorspeise genoß.

„Oft werden wir ja dann hier nicht mehr zusammenkommen", seufzte die Principessa und griff sich aus dem geflochtenen Korb in der Mitte des gescheuerten Holztischs eine Handvoll zartgrüner Bohnen. „Aber ich sehe ein, daß es nur eine Frage der Zeit war, bis es soweit kommen würde."

Die Runde, die sich im Küchengewölbe von Santa Croce zusammengefunden hatte, blickte trotz der Sonnenstrahlen, die von draußen durch die halb geöffneten Fenster und Türen drangen, leicht betreten. Der Familienrat tagte.

„Mamma, das bedeutet nicht, daß wir das Gut aufgeben werden. Es ist und bleibt unsere Heimat!" stellte Daniella fest. „Aber niemand von uns wohnt noch richtig hier. Du bist meist bei Maurizio in Mailand – was wir Dir alle von Herzen gönnen! – oder im Haus an der Riviera. Alessandro pendelt zwischen hier und Rom, und Franco und ich haben uns gemeinsam entschieden, nach München zu ziehen."

Margherita di Vallescura bedeutete ihrem Schwiegersohn, ihr eine Zigarette zu reichen.

„Ich mache das niemandem meiner Kinder zum Vorwurf. Ich habe das Gut erhalten, damit Ihr später selbst entscheiden könnt, was mit Santa Croce geschehen soll. Dabei war mir immer klar, daß ich weder von Alessandro noch von Daniella erwarten konnte, auf immer hier zu bleiben und ihre Zukunft als Weinbauern zu verbringen. Es hat mich sogar erstaunt, daß Ihr beide solange hier ausgeharrt und soviel Interesse am Weinbau und an der Landwirtschaft gezeigt habt." Sie zog an ihrer Zigarette. „Aber nun ist es an der Zeit, zu neuen Ufern aufzubrechen, ohne Gewissensbisse, ohne Reue. Alles hat bekanntlich seine Zeit. Daniella wird das Ausland ohne Zweifel guttun; es ist eine weise Entscheidung, die Ihr da getroffen habt. Und Alessandro muß der Stimme seines Herzens folgen; und die ruft ihn nach Rom. Alles ist gut, so wie es ist."

„Ich danke Dir, Mamma." Daniella legte ihre Hand auf die ihrer Mutter. „Du hast immer Verständnis für uns gehabt, uns viele Freiheiten gelassen, uns nie eingeengt. Das ist sehr, sehr viel."

„Was hätte es gebracht, Euch irgendwas aufzuzwingen? Schließlich wollte ich Euch zu eigenverantwortlichen jungen Menschen erziehen. Aber nun müssen wir uns ernsthaft der Frage zuwenden, was mit dem Gut geschehen soll. Sollen wir es verpachten? Ein Hotel draus machen? Verkaufen?"

Alessandro schüttelte vehement den Kopf. „Natürlich nichts von alledem! Ich habe mit Carlo gesprochen; er ist bereit, die Verwaltung von Santa Croce gegen eine entsprechende Umsatzbeteiligung zu übernehmen. Als Gastronom kennt er sich mit Weinen aus, er ist mit dem Gut seit Jahren vertraut und kann mit Geld umgehen. Und das Wichtigste: wir wissen, daß wir ihm vertrauen können. Außerdem bin ich nicht aus der Welt – schließlich werde ich mich weiterhin um das Marketing unserer Weine kümmern. Zum Beispiel werde ich eine Internetplattform in Angriff nehmen, um unsere Vertriebswege zu erweitern. Was hältst Du von der Lösung?"

Die Principessa nahm einen tiefen Zug. „Ich habe rein gar nichts dagegen einzuwenden. Mich interessiert nur, daß alles in guten Händen ist und wir keine Scherereien haben. Ich würde Carlo das zutrauen. Wenn er will, kann er ja hier auch ein Ristorante einrichten – das Nebengebäude würde sich ideal eignen."

„Soweit hatte ich noch gar nicht gedacht …", Alessandro blickte fragend zu seiner Schwester. „Was meinst Du dazu?"

„Anbieten können wir es ihm auf jeden Fall. Wenn sich die Dependence dazu eignet, warum nicht?"

„*Va bene,* ich werde das mit ihm besprechen."

„Alles ist besser, als daß Santa Croce den größten Teil des Jahres leersteht." stellte Margherita fest. „Ich will hier kein Geisterhaus, wie so viele andere alte Adelssitze. Das sind wir der Familientradition schuldig."

„Das klingt, als sind wir uns einig!" Alessandro schenkte allen einen frischen Refosco ein. Er war heilfroh, daß die Familie offenbar mit seinen Plänen einverstanden war. Nun wäre er nicht mehr örtlich gebunden und könnte David endlich näher sein. *„Salute, alla famiglia!"*

*

Kardinal Walsh legte seine Stola ab und küßte sie, bevor ihm der Sakristan die weiße Albe über die Schultern zog. Er rückte sein vergoldetes Brustkreuz zurecht und setzte das rote Käppchen auf. Gemeinsam mit den Seminaristen des nordamerikanischen Kollegs hatte er in der Kirche San Pietro in Montorio – die der Überlieferung nach jene Stelle markierte, an welcher der Apostel Petrus gekreuzigt worden war – auf dem Gianicolohügel die Morgenmesse gefeiert. David und Wendell waren seine Konzelebranten.

„David, lassen Sie uns ein Stück zu Fuß laufen, ich möchte mit Ihnen sprechen." bemerkte der New Yorker Erzbischof beiläufig, nachdem er die Meßgewänder abgelegt hatte.

„Gerne. Machen wir einen Morgenspaziergang."

Sie verließen die Sakristei; Walsh schickte den Chauffeur weg und bedeutete seiner Begleitung, vorauszufahren. Morgendlicher Dunst lag in der Luft und dämpfte das Dröhnen und Hupen des römischen Berufsverkehrs, der unterhalb der grünen Anhöhe an den Tiberufern entlang kroch.

„Es fällt mir nicht leicht, was ich Ihnen zu sagen habe“, brummte der Kardinal. „Ich habe Sie seinerzeit nach Rom geschickt, weil ich Sie für einen fähigen jungen Priester gehalten habe – was ich noch immer tue. Sie haben es weit gebracht in der kurzen Zeit. Und Sie haben mir persönlich durch Ihre Arbeit als Apostolischer Visitator in einer höchst unerfreulichen Situation sehr geholfen.“

David verschränkte die Arme auf dem Rücken und paßte seinen schnellen Schritt den bedächtigen Bewegungen des knorrigen alten Kirchenmannes an. Irgendetwas im Ton des Kardinals irritierte ihn. „Ich habe nur meine Pflicht getan, Eminenz.“

„Jaja, ihre dienstliche Pflicht haben Sie wohl erfüllt. Wie steht es jedoch mit den göttlichen Anforderungen an einen Priester? Beispielsweise dem Versprechen des Gehorsams, das Sie in Ihrem Weihegelübde abgelegt haben?“

„Ich fürchte, ich kann Ihnen nicht ganz folgen.“

Walsh hielt an und zog seine Augenbrauen zusammen.

„Antworten Sie mir ehrlich, Monsignore: Haben Sie sich sittlicher Verfehlungen schuldig gemacht?“

Das grimmige Gesicht des Kardinals verschwamm vor Davids Augen. Ihm schwindelte. Worauf wollte er hinaus? Was war geschehen? Was sollte er erwidern?

Er schluckte, bevor er leise sagte: „Falls ich mich schuldig gemacht habe, dann nicht vor meinem Gewissen. Schuldig gemacht habe ich mich nach den Gesetzen der Kirche. Wenn es das ist, was Sie von mir hören wollen: Ja, Eminenz.“

Walsh schwieg eisig.

„Es tut mir leid, wenn ich Sie enttäuscht habe.“ fügte David hilflos hinzu.

„Ihre Entschuldigungen helfen uns jetzt nicht weiter!“ rief Walsh in einer plötzlichen Aufwallung von Zorn und ballte die Faust. „Ihre Dummheit, ja Ihre Arroganz hat uns in eine peinliche

Lage gebracht! Den Medien sind Fotos zugespielt worden – Fotos, die Sie in einer ziemlich verfänglichen Situation zeigen. Ich habe sie gesehen. Der Apostolische Visitator für die Mißbrauchsfälle in einem New Yorker Homosexuellenclub zusammen mit einem anderen Mann! Haben Sie auch nur einen blassen Schimmer, was das bedeutet? Unsere Kritiker triumphieren. Ich habe Ihnen mein volles Vertrauen geschenkt, Sie Idiot!“

Wie Hammerschläge sausten die Worte auf David nieder. Sein Schädel dröhnte. Seine schlimmsten Befürchtungen waren unvermittelt wahr geworden.

Walsh fing sich wieder und setzte den Gang fort.

Er schüttelte den Kopf. „Vielleicht ist es meine Schuld. Ich hätte Sie nicht für diese Aufgabe vorschlagen dürfen. Der Anspruch war einfach zu hoch. Sie haben hier im Vatikan viel zu schnell Karriere gemacht, das macht hochmütig und leichtsinnig. Es ist wahr: Rom verdirbt den Charakter!“

David folgte ihm wie ein begossener Pudel. Was hätte er noch dazu sagen sollen? Walsh hatte Recht. Ja, er war ein Idiot. Ein Idiot aus Liebe. Einer Liebe, die mit den Geboten der Kirche nicht in Einklang stand. Er hatte durch sein achtloses Verhalten seinen Mentor bloßgestellt und war gerade dabei, einen Skandal heraufzubeschwören. Er hatte sein heiliges Gelübde gebrochen und dem Ansehen des Priesterstandes Schaden zugefügt. Und trotzdem: Was hätte er tun sollen? Gegen die wahre Liebe ist man wehrlos.

„Wie soll es jetzt weitergehen?“ fragte er leise.

„Mag sein, daß wir Glück im Unglück haben“, schnaubte Walsh. „Die betreffenden Fotos wurden anonym einem Reporter zugespielt, den Sie gut kennen: Clark Woodward. Er ist damit gestern Abend zu mir gekommen. Er sagte, er wolle mit derartigen Machenschaften nichts zu tun haben. Gehen Sie zu ihm – Sie können die Aufnahmen bei ihm abholen.“

Hinter den Wipfeln der Pinien und Palmen des Gianicolo tauchten die Gebäude des Nordamerikanischen Kollegs auf.

„Und was, wenn die Fotos noch an andere Medien gegangen sind?"

„Dann sind wir ausgeliefert. Wir haben keine Ahnung, wie weit sie gestreut wurden." Der Kardinal stoppte abermals. „Gehen Sie, David. Und treten Sie mir erst wieder unter die Augen, wenn Sie diese Sache bereinigt haben!"

*

Wie in Trance lief David den gewundenen Weg hinab zum Petersplatz und hinüber zum Bronzetor. Mit einer automatischen Handbewegung zeigte er seinen Vatikanausweis vor. Walshs Ausbruch klang ihm noch in den Ohren. Er erschrak, als die wachhabenden Schweizergardisten wie immer die Hacken zusammenschlugen. Ohne jemandem Beachtung zu schenken, eilte er hinauf ins Staatssekretariat und ins Büro von Antonio Amicelli.

Atemlos schloß er die Türe hinter sich.

„Tonio, Du sagst mir jetzt, was Du getan hast!"

„*Eccolo,* David, was ist passiert? Du wirkst ja richtig verstört."

„Ich will wissen, was Du getan hast! Hast Du irgend jemanden die Fotos von Reyes und Maragall geschickt? Vielleicht ein paar Reportern?" Seine Stimme wurde scharf.

„Pssst David, *silenzio!* Diese Räume haben Ohren!" Erschrokken sprang Amicelli von seinem Schreibtisch auf, eilte auf David zu und legte ihm zwei Finger auf die Lippen. „Das ist nicht der richtige Ort für solche Fragen."

„Dann laß uns woanders hingehen. Ich muß es sofort wissen!"

Sie nahmen die Treppe, die zu den Vatikanischen Gärten führte.

Als sie sich außer jeglicher Hörweite befanden, insistierte David: „Was um Gottes willen hast Du mit den Fotos gemacht?"

„Warum willst Du das unbedingt wissen?" druckste Amicelli. „Manchmal ist es besser, wenn man nicht alles weiß."

„Ja, nur dafür ist es jetzt zu spät. Du hast die Bombe platzen lassen, oder?"

Tonio seufzte. „*Va bene.* Ich habe die Fotos aus dem Folterkeller anonym an Reyes selbst geschickt. Außerdem an Lavalle und ...", er zögerte, „... und an den neuen Fischer."

„An den neuen *Fischer?*"

„*Si si,* Du weißt schon, an wen ..." flüsterte Amicelli.

David blieb der Mund offen stehen. „Du hast die Aufnahmen tatsächlich *dem Papst* geschickt?"

„Nun, nicht direkt. Seinem neuen Privatsekretär, diesem gutaussehenden Prälaten."

„Aber warum nur? Um Rache zu nehmen, daß Silvanelli nicht Papst wurde? Das kann doch nicht Dein Ernst sein!"

„Aber nein, Du siehst das ganz falsch David. Wir müssen jetzt verhindern, daß Papst Clemens Reyes zu seinem neuen Kardinalstaatssekretär macht! Reyes ist der Frontmann und ranghöchste Kleriker *des Werks* im Vatikan; die Traditionalisten hätten damit Zugriff auf den innersten Apparat der Kurie. Alle Reformen, für die wir uns im vergangenen Pontifikat eingesetzt haben, würden revidiert, das Rad zurückgedreht. Das wäre fatal für uns alle und eine Katastrophe für die Kirche, begreif doch!"

David ließ sich wortlos auf eine Bank sinken. Ihm fiel auf, daß es dieselbe Bank in den Vatikanischen Gärten war, auf der ihn Acchille Silvanelli vor etwa einem Jahr gewarnt hatte, vorsichtiger zu sein. Er hatte den guten Rat des Kirchenmannes nicht beherzigt. Jetzt mußte er dafür büßen.

„Warum willst Du das alles wissen, David?" fragte Tonio und setzte sich zu ihm. „Du hast damit nichts zu tun. *Niente.*"

„Da täuschst Du Dich gewaltig, mein Freund. Unsere Gegner haben nämlich reagiert. Und ich bin ihr Opfer."

Nolens volens erzählte er Amicelli die ganze Geschichte von Anfang an.

„*Madonna mia!*" entfuhr es Tonio immer wieder.

Als David fertig war, schlug er die Hände vors Gesicht. „Was habe ich da nur angestellt? Ich schwöre Dir, David *caro,* ich hatte keine Ahnung, daß Reyes und Maragall im Besitz von Bildern mit Dir und Alessandro waren. Ich wußte doch nicht, wohin das alles führt! *Madonna!*" jammerte er.

„Tja. Es ist ein Kreislauf aus Lüge, Intrige und Erpressung. Und wir befinden uns mitten drin. Da haben wir uns nicht mit Ruhm bekleckert."

„Was sollen wir jetzt tun?"

David richtete seinen Blick auf die Kuppel Michelangelos. „Tun? Wir können nichts tun. Falls mir Woodward die Fotos aushändigt, können wir nur den Kopf einziehen, uns wegducken und hoffen, daß der Sturm vorüberzieht. Falls nicht ..., dann werde ich wohl die Konsequenzen meines Handelns tragen müssen."

*

Und wieder stand er auf der Dachterrasse des Istituto di Santo Spirito. Der Petersplatz lag ihnen zu Füßen. Bis hinunter zur Engelsburg standen die Gläubigen dicht gedrängt. Sie alle wollten die feierliche Amtseinführung von Clemens XV. miterleben. Auf den Stufen vor der Fassade der Basilika war der Altar aufgebaut, auf dem der neue Papst sogleich seine erste öffentliche Messe zelebrieren und die Huldigung der Kardinäle und Bischöfe entgegennehmen würde.

David fühlte sich nicht sonderlich wohl in seiner Haut, als er neben Clark Woodward mit dem Rücken zum prunkvollen Geschehen vor der Kamera stand, um den Ablauf der Zeremonie für die amerikanischen Fernsehzuschauer zu kommentieren. Der Moderator hatte bislang kein Wort zu ihm über den Vorgang fallen lassen, der ihm mehr als alles andere durch den Kopf ging. Er benahm sich höflich und professionell wie immer und schien momentan mehr mit dem richtigen Sitz seiner silbernen Haartolle beschäftigt, als mit seinem Gastkommentator.

Die Glocken von Sankt Peter verstummten, als der Chor den Hymnus *Tu es Petrus* anstimmte, während in einer unendlich langen, farbigen Prozession Ministranten, Kleriker, Bischöfe und Kardinäle in festlicher Gewandung aus dem Mittelportal des Doms strömten, um ihre Plätze links und rechts vom päpstlichen Thronsessel einzunehmen. Zuletzt erschien, flankiert von Schweizern und begleitet vom Applaus der Menschen, Papst Clemens XV. in goldenem Ornat auf der Freitreppe und winkte beschwingt in die Menge.

„Und hier ist er, das neue Oberhaupt der katholischen Kirche", kommentierte Woodward in die laufenden Bilder, „wie bei seinem ersten Auftritt auf dem Balkon vor einer Woche wirkt er gelöst und fast freudig erregt. Wir haben als Gast heute wieder Monsignore O'Connor bei uns. David – was bedeutet dieser heutige Tag für Papst Berninger?"

„Nun, sicherlich kann man sagen, daß es für ihn der größte Tag seines Lebens ist. Damit meine ich nicht nur die Krönung seiner bisherigen Kirchenlaufbahn. Es muß schon ein Erlebnis von besonderer geistiger Dimension sein, als 266. Nachfolger des heiligen Petrus die Insignien der päpstlichen Würde zu erhalten. Immerhin ist dieser Mann nach unserem katholischen Verständnis von nun an Stellvertreter Christi auf Erden."

„Sie sagen zurecht nach *katholischem Verständnis.* Aber auch für Andersgläubige ist er immerhin der Repräsentant der größten Religionsgemeinschaft der Erde. Das sichert ihm Respekt, sein Wort wird in der Weltöffentlichkeit gehört. Was wird jetzt passieren, David? Erklären Sie uns den Ablauf."

„Im Grunde genommen ist es eine Heilige Messe wie jede andere auch, Clark. Allerdings mit ein paar besonderen Elementen. Nach der Verkündigung des Evangeliums von der Beauftragung Petri durch Jesus Christus, wird dem neuen Pontifex als Symbol seiner künftigen Würde das Pallium umgelegt. Es ist eine weiße Stola aus Lammwolle, die mit roten Kreuzzeichen zur Erinnerung an die Wundmale Christi bestickt ist. Alle Päpste bis in die Frühzeit haben das Pallium getragen. Außerdem erhält er den goldenen Fischerring, der extra für jeden Papst angefertigt wird sowie den Kreuzesstab, den wir alle von seinen Vorgängern her kennen. Danach wird der Heilige Vater die Huldigung der Kardinäle entgegennehmen, die ihm traditionsgemäß der Reihe nach kniend ihre Treue schwören werden."

„Danke für die Erläuterungen. Wir schalten uns nun in die Feierlichkeiten hinein – genießen Sie die farbenfrohen Bilder aus Rom, liebe Zuschauer!"

David atmete hörbar aus. Die erste Hürde war genommen. Eine Assistentin nahm Woodward und ihm die Ansteckmikros vom Revers.

„Sie sind ein guter Kommentator, Monsignore. Notfalls könnten Sie auch beim Fernsehen Karriere machen. Schonmal dran gedacht?"

Die ironische Anspielung war David nicht entgangen. Er schüttelte den Kopf.

„Ich bin Priester. Ich habe ein Gelübde abgelegt. Aber es ist immer gut zu wissen, daß man auch woanders Chancen hätte."

Woodward nahm ihn am Arm und führte ihn in eine entlegene Ecke der Dachterrasse. Die feierlichen Gesänge und Gebete vom Platz schallten gedämpft zu ihnen hinauf.

„Vielleicht haben Sie ja mal eines Tages die Nase voll und wollen sich verändern."

„Selbst wenn ich das einmal wollen sollte – es wäre nicht so einfach wie Sie vielleicht denken."

„Ich bin nicht katholisch, ich weiß davon nichts. Was ich hingegen gut weiß: ich verabscheue jegliche Art von Machenschaften, die dazu dienen, einen Menschen zu Fall zu bringen oder ihn seiner Existenz zu berauben. Ich finde die Kirche eine faszinierende Organisation; aber sie ist auch voller Abgründe. So wie alles Menschliche eben. Ich bin nicht daran interessiert, in diesen Abgründen zu forschen."

Woodward zog ein zerknittertes Couvert aus seinem Jackett und reichte es verstohlen an David weiter. „Nehmen Sie es. Von mir aus soll jeder nach seiner Façon selig werden. Ich hoffe, die Sache geht gut für Sie aus."

David nahm den Umschlag an sich und verstaute ihn hastig unter seiner Soutane.

„Warum tun Sie das?" fragte er erstaunt.

„Sehen Sie, Monsignore, ich bin nicht verheiratet. Im Sender halten sie mich alle für einen großen Weiberhelden. Immer wieder hat er eine Neue, munkeln sie. Mit diesem Image kann ich gut leben. Fox News ist ein sehr konservativer Sender. Würde man dort die *andere Seite* meines Lebens kennen – ich hätte keine Chance." Er blinzelte David zu. „Sie haben verstanden, was ich meine?"

Langsam begann er zu begreifen. Es war ein seltener Moment der versteckten Solidarität, der ihm soeben begegnete. Zwei völlig verschiedene Männer in zwei völlig verschiedenen Berufen; geeint durch die gleiche Erfahrung.

„Ja. Ich habe Sie verstanden, Clark. Ist das alles nicht seltsam?"

„Ich habe schon vor langer Zeit aufgehört, diese Dinge seltsam zu finden. Je eher man die Realitäten, die einen umgeben, akzeptiert, um so leichter läßt es sich leben. Glauben Sie mir."

David schaute ihn lange an. Lag Woodward damit wirklich richtig? Er hatte keine Antwort darauf. Sein Blick fiel auf die singenden und betenden Massen auf dem Platz, auf diese Atmosphäre der religiösen Inbrunst und Freude. Dies war seine Welt. Oder doch nicht?

„Kommen Sie, wir müssen zurück auf Posten!" mahnte der Journalist und brachte seine Haartolle in Position. „Das nächste Schaltgespräch wartet."

*

Hektik und Hochdruck bestimmten auch in den Wochen unmittelbar nach der Amtseinführung den Arbeitsalltag im Vatikanischen Staatssekretariat. Unablässig galt es, Audienzen und Besuche vorzubereiten, Dankschreiben zu verfassen, Anfragen zu beantworten und die ersten Auslandreisen des Papstes zu planen. Die Kurie wurde in diesen Tagen regelrecht überflutet von Briefen, Telegrammen, Emails, Anrufen und Vorsprachen. Die spannendste Beschäftigung für die Mitarbeiter jedoch war das Personalkarussell, das allmählich in Bewegung geriet und genug Stoff für den täglichen Klatsch auf den Korridoren des Apostolischen Palastes bot.

Für die Abteilung I des Staatssekretariates begann der Tag mit einer guten Nachricht: Der Papst hatte endlich einen Nachfolger für Erzbischof Silvanelli bestimmt, nachdem Kardinal Lavalle fast ein dreiviertel Jahr lang die Position des Substituten mitverwaltet hatte. Zu aller Erleichterung war die Personalentscheidung unumstritten; mit Bischof Massimo Cappabianca, einem weltoffenen Dominikaner, der unter dem verstorbenen Pontifex bereits mehrere päpstliche Kommissionen geleitet hatte, erhielten die Mitarbeiter einen kompetenten und umgänglichen Chef.

„Eine angenehme Überraschung", bemerkte Monsignore Cooper bei der morgendlichen Lagebesprechung. „Ich kenne Cappabianca aus verschiedenen Gremien. Er ist gescheit, undogmatisch und kollegial. Wir werden sicher gut mit ihm zusammenarbeiten können."

Wirkliche Erleichterung machte sich am gleichen Nachmittag in den Büros breit, als durchsickerte, daß Papst Clemens den bisherigen Kardinalstaatssekretär Jean Raymond Lavalle in seinem Amt bestätigt hatte. Die Befürchtungen, die Schaltzentrale der Kirche könnte etwa mit Kardinal Reyes in die Hände reaktionärer Seilschaften fallen, hatten sich damit vorerst nicht bestätigt.

„Da sind wir noch mal davongekommen." raunte Amicelli David zu, nachdem er ihm am Espressoautomaten von der Nachricht in Kenntnis gesetzt hatte und wippte zufrieden auf den Zehenspitzen.

„Du hast ja auch das Deine dazu getan, alter Strippenzieher! Ich hoffe wirklich, daß wir damit endlich aus dem Schneider sind."

Tags drauf sollten sich Davids Hoffnungen zerschlagen.

*

Am Morgen, als er sein Büro betrat, fand er auf seinem Schreibtisch eine Notiz vor, er solle sich umgehend beim Privatsekretär des Papstes, Prälat Robert Gellert, melden. David las den dürren Satz mehrmals; seine Finger zitterten. Zwar wußte er nicht, was diese Vorladung bedeuten sollte, doch ahnte er, daß es wohl nichts Gutes sein konnte. War dies jener Tag X, vor dem er sich gefürchtet hatte seit jener Nacht in New York?

Er versuchte Alessandro zu erreichen, der auf einer Verkaufsausstellung in Genf weilte, doch es meldete sich nur die Mailbox. In seiner Verängstigung rief er Schwester Carmen an.

„Ich soll beim Privatsekretär Seiner Heiligkeit vorsprechen, was soll ich tun?"

Carmen spürte die Verzweiflung in seiner Stimme.

„Bleib ganz ruhig, David. Erstens weißt Du noch gar nicht, was der Grund für die Vorladung ist; vielleicht wollen Sie Dich nur wegen Deiner Arbeit als Visitator sprechen, vielleicht wirst Du sogar befördert. Rom ist derzeit voll von Gerüchten, wer was wird unter dem neuen Papst."

„Befördern? Niemals wird er das tun. Der Papst haßt mich. Ich bin ihm in meinem Leben zweimal hautnah begegnet, zweimal hat er mir in die Augen gesehen. Da war kein Funken Wohlwollen."

„Das mußt Du Dir einbilden! Der Heilige Vater kann doch niemanden hassen – doch nicht *Er!*"

„Ich habe Angst. Ich habe schlichtweg Angst, Carmen, daß alles zerbricht."

„Aber wovor denn", sagte sie sanft. „Angst, es könnte Dich jemand verurteilen? Dafür, daß Du ein menschliches Wesen bist? Mit allen Konflikten und Widersprüchlichkeiten, die ein Leben nun einmal ausmachen? Gütiger Himmel – als wenn die Kirche nur aus heiligen Asketen bestünde!"

„Wenn das so einfach wäre. Ich fürchte, das dürfte man im Vorzimmer des Stellvertreters Christi auf Erden anders sehen."

„Steh zu Dir. Sei Du selbst. Gott weiß alles, er weiß, wie Du bist. Was also solltest Du fürchten? Böse Worte? Sanktionen?"

„Zum Beispiel. Sie könnten mich aus dem Priesterstand werfen, mich exkommunizieren!"

„Hab doch Vertrauen, David. Vertrau auf die Güte der Gottesmutter. Erinnere Dich an das Bild, das ich Dir damals am Flughafen mitgegeben habe, als Du nach Rom aufgebrochen bist. Sie will, daß unser Leben gelingt! Sie wird Dich beschützen."

David schluckte. „Ich danke Dir."

Carmen hatte Recht. Jetzt mußte er fest auf den Schutz von oben vertrauen.

„Ruf mich anschließend unbedingt an. Du weißt ja, daß ich eine penetrant neugierige Person bin." versuchte sie ihn aufzuheitern.

Nachdem er aufgelegt hatte, zog David jenes Abbild der Madonna, die sich in der Marienkapelle von Saint John's befand, aus der Schublade seines Schreibtischs. Es war angestaubt, er hatte es lange schon nicht mehr hervorgeholt. Dann betete er.

*

Der Weg vom Staatssekretariat zum päpstlichen Appartement auf der anderen Seite des Cortile di San Damaso erschien ihm quälend lang. Er stieg die Treppe zum vierten Stock des Apostolischen Palastes empor, umrundete die Loggien und hielt auf die doppelflügelige Türe aus Ebenholz am Ende des reich geschmückten Korridors zu. Zwei Schweizer in Habacht-Stellung standen Spalier, während ein Offizier und ein befrackter Kammerherr nach dem Namen fragten, den Ausweis kontrollierten und telefonierten, um die Authentizität des Besuchers zu verifizieren.

Schweißperlen bildeten sich auf Davids Stirn.

Sogleich öffnete sich die Türe und ein zweiter Kammerherr in schwarzem Gehrock führte ihn hinein in einen weiteren Korridor. Ihre Schuhabsätze klackten auf dem polierten Marmorboden. Ansonsten herrschte – im Gegensatz zur anderen Hofseite, in dem das Staatssekretariat untergebracht war – andächtige Stille. Sie betraten einen Salon, von dessen Fenstern man einen weiten Blick über die ewige Stadt genoß. Außer einigen hochlehnigen, weiß gepolsterten Sesseln, die an den Wänden entlang gruppiert waren, wirkte der Raum seltsam leer. Am anderen Ende, vor einer weiteren Flügeltüre, saß eine Nonne an einem kleinen Schreibtisch.

Der Kammerherr flüsterte ihr etwas zu und sie nickte.

„Bitte warten Sie hier, Monsignore O'Connor!" beschied sie freundlich, aber knapp.

Nach schier endlosen zehn Minuten des Wartens und einem kurzen Telefonat, das in gedämpfter Tonlage geführt wurde, stand sie auf und bedeutete David, ihr zu folgen.

Sie durchquerten einen weiteren Salon, der dank dicker Teppiche, Sofas und schwerer Ölgemälde an den Wänden schon etwas wohnlicher wirkte. Dann schob ihn die Schwester durch eine unauffällige Tapetentüre. Ehe sich David versah, stand er im Büro von Prälat Robert Gellert, dem Privatsekretär des Papstes.

„Willkommen, Monsignore, nehmen Sie Platz."

Der Kirchenmann im Zentrum der Macht bot ihm einen Stuhl rechts vom Schreibtisch an. Das also war er, der blonde Hüne aus Deutschland, wie ihn die italienischen Kollegen zu bezeichnen pflegten. Er war eine hochgewachsene Erscheinung in den Vierzigern, von athletischer Figur und mit dem unwiderstehlichen Lächeln eines Filmschauspielers. Wann immer er hinter seinem Chef auftauchte, überragte er ihn um zwei Köpfe und zog unwillkürlich die Blicke der Frauen auf sich. Zudem war er als regelmäßiger Nutzer des vatikanischen Tenniscourts bekannt.

„Sie sind zum ersten Mal hier in den Privatgemächern?“ fragte Gellert unbefangen.

„Ja. Ich hatte bislang nicht die Ehre.“

„Nun, ich bin auch noch nicht lange hier, wie Sie wissen. Man muß sich an vieles erst noch gewöhnen.“

„Das ist verständlich.“

Gellerts Gesicht wurde ernster. „Ich bedaure, daß Ihr erster Besuch in diesen Räumen nicht rein erfreulicher Natur ist.“

David bemühte sich, Ruhe zu bewahren und knetete nervös seine Finger. Gleich würde das Fallbeil auf ihn herabsausen.

„Zunächst möchte ich Ihnen versichern, daß der Heilige Vater ihre Arbeit als Apostolischer Visitator für New York, zu dem Sie sein geschätzter Vorgänger berufen hat, mit Interesse und Wohlwollen verfolgt hat.“ fuhr der Sekretär fort. „Ja, er befindet die Schlußfolgerungen, die Sie in Ihrem Bericht gezogen haben, für gut und beispielhaft. Die Empfehlungen sollten konsequenterweise in allen amerikanischen Diözesen angewandt werden. Seine Heiligkeit plant, die Bischöfe in einem Hirtenbrief sogar darauf zu verpflichten.“

David horchte auf. Lob hatte er am allerwenigsten erwartet.

„Allerdings, Monsignore O'Connor, liegt ein dunkler Schatten über der ansonsten erfolgreichen Arbeit, die Sie geleistet haben.“ Gellert runzelte die Stirn. „Ich gestehe, daß es mir nicht leicht fällt, über solche höchst persönlichen Belange zu sprechen, doch bedauerlicherweise gehören auch die unangenehmen Dinge zu meinen Pflichten. Ich spreche von dem Erpressungsversuch mit jenen ominösen Fotos.“

Jetzt würde die Hinrichtung folgen.

„Sie sollen zunächst wissen, daß Seine Heiligkeit derartige widerliche Machenschaften nicht duldet, egal wer dafür verantwortlich ist und was damit bezweckt wird. Sie sind zum Opfer eines Komplotts geworden, was der Heilige Vater sehr bedauert. Aber das wird er Ihnen ja noch selber sagen." Gellert unterbrach und räusperte sich.

Davids Augen weiteten sich. Hatte er eben richtig verstanden?

Der Prälat fuhr fort: „Allerdings hat die unrühmliche Angelegenheit gezeigt, daß Sie, Monsignore, nicht im Reinen mit den Geboten der Kirche leben. Sie werden verstehen, daß auch diese Tatsache nicht ignoriert werden kann. Von den Mitarbeitern des Papstes wird ein Höchstmaß an Disziplin, Gehorsam und Untadeligkeit erwartet. Tja, was soll man sagen? Sie sind in diese mißliche Situation geraten, weil Sie diesen Erwartungen nicht in dem Umfang entsprochen haben, wie es wünschenswert wäre. So schmerzlich es ist – das kann natürlich nicht ohne Konsequenzen bleiben."

Sie näherten sich also dem Punkt, hinter den es kein Zurück mehr geben würde.

„Monsignore O'Connor, ich komme leider nicht umhin, Ihnen folgende Frage zu stellen: Führen Sie eine fortgesetzte homosexuelle Beziehung?"

Stille. Nur das Ticken einer antiken Uhr erfüllte den Raum.

David atmete tief ein. „Ja. So ist es."

„Mit einem italienischen Mann namens ...", Gellert blätterte kurz in seiner Akte, „namens Alessandro di Vallescura?"

Er nickte. „Das ist richtig."

Der Sekretär schlug den Aktendeckel zu und musterte David. „Es ist gut, daß Sie aufrichtig sind. Es ist Ihnen doch klar, daß Sie unter diesen Umständen nicht mehr an der Kurie bleiben können?"

„Das ist mir bewußt", antwortete David resigniert.

„Also gut. Der Heilige Vater wird selbst entscheiden, was mit Ihnen zu geschehen hat." Er erhob sich. „Warten Sie bitte."

Der Sekretär öffnete eine weitere unsichtbare Tapetentüre auf der anderen Seite des Zimmers und steckte den Kopf hindurch. Dann bedeutete er David, ihm zu folgen. „Kommen Sie mit."

David trat durch einen schmalen Durchgang, als sich vor ihm jener Raum öffnete, von dem aus die römisch-katholische Weltkirche gelenkt wurde: Sie standen in der Privatbibliothek des Papstes.

Der lange Weg, den er über den riesenhaften Teppich zum Schreibtisch des Kirchenoberhauptes am entgegengesetzten Ende des Saales zurücklegen mußte, kam ihm als der längste Weg seines Lebens vor. Hoch über ihm jubelten himmlische Heerscharen auf farbenfrohen Fresken, wölbten sich Heilige und Kirchenlehrer. An die Wände reihten sich antike Büchervitrinen von der durchschnittlichen Höhe eines amerikanischen Einfamilienhauses. In die seidenen Fensterdraperien und sogar in die Tapeten eingewoben schimmerte das päpstliche Wappen mit der Tiara und den gekreuzten Schlüsseln Petri. Vier bodentiefe Fenster ließen die Sonne des Frühsommers ein. David bemerkte das doppelte Panzerglas am vorletzten Fenster; es war unverkennbar jenes, von dem aus der Papst allsonntäglich das Angelusgebet sprach und die Gläubigen auf dem Platz segnete.

Er versuchte tief durchzuatmen, doch seine Knie wurden weicher, je näher er dem wuchtigen antiken Schreibtisch kam, der wie eine Barriere zwischen dem Pontifex und dem übrigen Raum wirkte.

Gellert war ihm mit ausgreifenden Schritten vorausgeeilt, legte eine Mappe vor den Papst, nahm ihm eine andere vom Tisch und sagte: „Monsignore O'Connor aus dem Staatssekretariat, Sektion eins, Heiligkeit."

Papst Clemens XV. winkte ihn mit einer sparsamen Geste heran. „Treten Sie näher."

David umrundete den Schreibtisch, der bis auf ein goldenes Kruzifix und ein reich verziertes Tintenfaß penibel aufgeräumt wirkte, und küßte die dargebotene Hand mit dem Fischerring.

„Gelobt sei Jesus Christus." sagte er leise.

Das Mienenspiel des Pontifex war entspannt, aber ließ sich keine Regung entlocken. Der Sekretär deutete eine Verneigung an und entfernte sich.

„Nun, Monsignore, Prälat Gellert hat Ihnen mitgeteilt, weshalb ich Sie habe rufen lassen." begann der Papst und erhob sich geschmeidig. „Lassen Sie uns hinüber zum Fenster gehen, ich mag das Sonnenlicht."

Er nahm in einem thronartigen Sessel in der Nähe des Fensters Platz. Über ihm prangte Raffaels berühmtes Gemälde der Auferstehung Christi, darunter lag auf einem Pult das aufgeschlagene Evangelienbuch. David kannte die Szenerie aus den Nachrichten, wenn Fernsehbilder das Kirchenoberhaupt bei Begegnungen mit fremden Staatsoberhäuptern und Politikern zeigte. Unsicher ließ er sich auf einen Stuhl sinken.

„Die Kirche hat viel Licht nötig", führte Papst Clemens das Gespräch fort. „Jesus Christus hat mir armseligem Diener die Leitung seiner Kirche anvertraut, in einer Zeit, in der das Zeugnis der Wahrheit immer mehr vom Ungeist dieser Welt verdunkelt wird. Wir müssen die Läden aufstoßen und das Licht hereinströmen lassen, die Fenster aufreißen und den Wind des Heiligen Geistes wehen lassen."

Er unterstrich die Melodie seiner Sätze mit präzisen Handbewegungen.

Es klang zunächst wie die typischen Worte des früheren Glaubenswächters Kardinal Berninger; doch David spürte bei dem Mann in Weiß eine merkwürdige Art Verklärung. Er schwieg und lauschte den Ausführungen.

„Mein Vorgänger hat dies sehr wohl erkannt, wenngleich ich nicht jede seiner Schlußfolgerungen geteilt habe. Wie kann die Kirche eine glaubhafte Hüterin der Wahrheit sein, wenn sie selbst so befleckt ist von Schmutz, Lüge und Sünde? Nicht institutionelle und organisatorische Veränderungen sind das Gebot der Stunde, sondern die Selbstreinigung. Die Kirche Gottes muß zuerst wieder eine Stätte der Gnade werden, sonst verrät sie ihren eigentlichen Auftrag: nämlich die Menschen zur Liebe Christi zu führen." Der Papst faltete die Hände unterm Kinn. „Was meinen Sie, Monsignore: Was soll der Heilige Vater mit Priestern Gottes machen, die das Zeugnis des Glaubens beschmutzen?"

Wie eine Drohung stand die Frage im Raum. David wußte nicht, ob der Papst von ihm eine Antwort erwartete. Als ihn der forschende Blick des Stellvertreters traf, schlug er die Augen nieder. Was sollte er dazu sagen?

„Wir haben Priester in unseren Reihen, die ihnen anvertraute Kinder ausbeuten und mißbrauchen; wir haben Priester, die nur an ihre Karriere denken und dafür vor nichts zurückscheuen; wir haben Priester, die sich von Netzwerken blenden lassen, deren Gier nach Macht und Einfluß die Menschen zerstört; wir haben Priester, die sich um die göttlichen Gebote nicht scheren und der Welt nach dem Mund reden; wir haben sogar Priester, die nicht an die Auferstehung unseres Herrn und Erlösers glauben. Jetzt frage ich Sie nochmals: Kann der Papst solchem Treiben tatenlos zusehen ohne täglich den Schmerz zu verspüren, den unser Herr Jesus über seine Kirche empfindet?"

David nahm seinen Mut zusammen. „Ich verstehe, was Eure Heiligkeit bewegt. Aber wer von uns gewöhnlichen Priestern ist schon frei von jeder Sünde?"

Die Lippen des Papstes schürzten sich zum Anflug eines ironischen Lächelns.

„Nun, mein junger Mitbruder, es geht hier nicht um die Läßlichkeiten im alltäglichen Dasein, um die Eitelkeiten und Eigentümlichkeiten, von denen keiner von uns frei ist, und es auch die Heiligen nicht waren. Es geht um Betrug, Schändung, Intrige und Erpressung; es geht um die Zerstörung von Menschen. Es ist meine von Christus auferlegte Pflicht, damit Schluß zu machen. Ich will der Kirche wieder ihre ursprüngliche Reinheit zurückgeben, sie befreien von all dem üblen Schmutz und Bösen. Das ganze

Volk Gottes hat einen Anspruch auf das Licht der Wahrheit, der Klarheit und der Reinheit. Nur so können wir glaubhaft die Liebe und die Barmherzigkeit Gottes zu den Menschen bringen! Dafür möchte ich mit meinen bescheidenen Mitteln beitragen."

Clemens Worte klangen fast schwärmerisch, aber auch ehrlich und authentisch. Dieser Pontifex schien wirklich so zu denken. Es wäre eine faszinierende Lehrstunde in päpstlichen Tugenden gewesen, wenn David nicht geahnt hätte, daß dies nur die Ouvertüre zu seiner Schicksalsstunde war.

Der Papst stand auf und begann, an den Fenstern auf- und abzugehen, während er mit seiner Philippika fortfuhr: „Aber auch ich bin nur ein schwaches Wesen, das ohne die Hilfe und Unterstützung anderer nichts vermag. Leider komme ich nicht umhin festzustellen, daß der Schmutz, von dem ich sprach, bis in die engste Umgebung des Papstes reicht. Wissen Sie eigentlich, weshalb ich Kardinalstaatssekretär Lavalle in seinem Amt bestätigt habe?"

„Nein, Eure Heiligkeit."

„Ich mußte zu meiner großen Betrübnis feststellen, daß auch langgediente Kardinäle nicht vor den großen Versuchungen des Teufels gefeit sind. Eigentlich hatte ich meinen alten Weggefährten Luiz Fernandez Reyes dafür vorgesehen, diese herausragende Aufgabe wahrzunehmen. Doch in den aufreibenden vergangenen Wochen mußte ich schmerzerfüllt feststellen, daß der Kardinal Protagonist und Marionette der schändlichen Intrige war, mit der gewisse einflußreiche Kreise innerhalb der Kirche versuchten, Personalpolitik zu betreiben und sogar das Konklave zu beeinflussen!" Ein Schatten der Betrübnis huschte über das Gesicht des Papstes. Er spitzte seine Finger aufeinander. „Ich habe Kardinal Reyes von seinen Kurienämtern mit sofortiger Wirkung entbunden; genauso seinen Sekretär und einen anderen Bischof, der an den Machenschaften dieses Zirkels beteiligt war. Den ehemaligen Nuntius in den Vereinigten Staaten, der auch Ihnen bekannt sein dürfte, habe ich aus dem Priesterstand entlassen und ihn dauerhafter medizinischer Betreuung übergeben. Zudem lasse ich prüfen, welche Personen noch zu den Verschwörern gehörten, die das Böse in den Apostolischen Palast einließen."

David traute seinen Ohren nicht. Hatten er, Amicelli, Cooper und die anderen Berninger stets falsch eingeschätzt? Unruhig rutschte er auf seinem Stuhl hin und her. Sein bisheriges Bild geriet ins Wanken.

„Und nun zu Ihnen, Monsignore. Was soll ich nur mit Ihnen machen? Sie sind zu meinem aufrichtigen Bedauern einerseits Opfer dieser Geheimkreise geworden. Andererseits haben Sie sich durch Ihren Ungehorsam und Ihren Verstoß gegen die Lehre der Kirche erpreßbar gemacht. Es ist mir von oben nicht erlaubt, das zu tolerieren."

David faßte all seinen verbliebenen Mut zusammen und räusperte sich. „Heiligkeit! Mir ist sehr wohl klar, daß ich gegen die Lehre der Kirche verstoßen habe. Mir ist auch bewußt, daß ich dafür sanktioniert werde. Aber was auch immer man mir vorwerfen kann, ich habe es lauteren Herzens getan. Ich bin dem Auftrag der Kirche immer treu gewesen."

„Sie sprechen von Treue?" Das weiße Haar des Papstes schimmerte in der Sonne. „Wie mir berichtet wurde, waren Sie einem anderen Herrn offenbar treuer als Ihrem Herrgott!"

David sprang auf. „Aber das beeinflußt in keinster Weise meine Liebe zur Kirche und zum priesterlichen Dienst, Heiligkeit!"

„Sie scheinen nicht zu begreifen, junger Freund. Der Zölibat gilt ausnahmslos. Es interessiert mich dabei nicht, ob Sie ein Anhänger der griechischen Liebe sind. Sie haben ein Weihegelübde abgelegt. Sie haben sich zur Ehelosigkeit und zur Enthaltsamkeit verpflichtet. Der Papst hat keine Vollmacht, in seiner eigenen Umgebung eine Ausnahme zu dulden."

„Ich bin kein schlechter Priester, Heiligkeit!" David war verzweifelt. „Es ist meine Berufung! Doch wie soll ich meine Berufung erfüllen, wenn ich auf die Liebe verzichten muß?"

Mochten Sie ihn auch aus dem Vatikan entfernen, so wollte er doch unbedingt weiter Geistlicher bleiben.

„Es gibt eine Liebe, die größer ist, als alles Menschliche – das ist die göttliche Liebe. Ich halte Sie nicht für einen schlechten Priester, Monsignore. Und doch kommen Sie nicht umhin, eine Entscheidung zu treffen: entweder für Ihren Dienst als Priester in der Nachfolge unseres Herrn Jesu Christi oder für ein anderes Leben außerhalb des geistlichen Standes. Beides ist nicht miteinander vereinbar." Der Papst kehrte an seinen Schreibtisch zurück. „Pater O'Connor, ich entbinde Sie ab sofort von Ihrem Dienst in der römischen Kurie. Im Geiste der Barmherzigkeit und der brüderlichen Liebe, die uns der Erlöser aufgetragen hat, gebe ich Ihnen die Zeit, die Sie brauchen, um für sich und Ihre Zukunft eine Entscheidung zu fällen. Bis dahin sind Sie, es sei denn in Notfällen, von der Erteilung der heiligen Sakramente suspendiert. Alles weitere wird Prälat Gellert mit Ihnen regeln."

David nahm das Urteil des Papstes mit gesenktem Haupt entgegen. Die Worte klangen wie aus weiter Ferne an sein Ohr. Es gab nichts mehr zu sagen.

„Ich empfehle Ihnen zudem, Trost und Kraft in der Heiligen Beichte zu suchen. Wir alle bedürfen der Versöhnung mit Gott stets aufs Neue."

Clemens XV. erteilte ihm den Segen. Die hintere Tapetentüre öffnete sich wie von Geisterhand. Die Audienz war beendet.

„Treffen Sie Ihre Entscheidung klug, Pater." mahnte der Pontifex zum Abschied.

„Gelobt sei Jesus Christus." murmelte David. Er küßte den Fischerring, wandte sich um und entfernte sich.

Es war soeben der Höhepunkt seiner vatikanischen Karriere gewesen; und zugleich der Schlußpunkt.

XXI

Über dem Genfersee hingen dicke Regenwolken und versperrten den Blick auf das Alpenpanorama. Der Anruf, den er soeben von David erhalten hatte, bedrückte Alessandro zutiefst. Die ganze Sache schien mehr als gründlich schiefgelaufen zu sein. Er hatte sofort auf die nächste Maschine nach Rom umgebucht. Oben in der Luft betrachtete er das Spiel der Wolken im frühabendlichen Sonnenlicht. War es Zufall, daß gerade in jenem Moment, in dem er seine Angelegenheiten so geordnet hatte, um seinem Freund künftig näher sein zu können, das Gewitter über sie hereinbrach?

Der Stewart reichte ihm einen Orangensaft und blinzelte ihn, von seiner attraktiven Erscheinung angezogen, an. Doch Alessandro bemerkte es gar nicht. Seine Gedanken galten David. Zwar hatten sie am Telefon nur kurz sprechen können, doch Davids bebender Stimme hatte er angemerkt, wie tief ihn das Gespräch mit dem Papst und seine Relegation aus dem Vatikan getroffen haben mußte.

Er fühlte sich elend. Elend und schuldig. Er konnte seine Verantwortung nicht länger leugnen. Wegen ihm war David in all diese schrecklichen Schwierigkeiten geraten, wegen ihm hatte er die Gesetze der Kirche gebrochen, wegen ihm hatte er seine Laufbahn aufs Spiel gesetzt. Wegen ihm hatte der Papst ihn schließlich aus der Kurie geworfen. Warum war er auch so egoistisch gewesen, sich in einen Priester zu verlieben, gar mit ihm zusammensein zu wollen? Hätte er nicht wissen müssen, daß so etwas nicht gut ausgehen konnte?

Gedankenverloren nippte er an seinem Saft. Ja, er hatte Davids Karriere auf dem Gewissen, vielleicht sogar seine berufliche

Existenz. Wie konnte er das je wieder gut machen? Gab es dafür überhaupt eine Wiedergutmachung? Alessandro schien klar, daß sie so nicht einfach weitermachen konnten. Es war eine Zäsur in ihrer Beziehung. Wenn David nicht auch noch aus dem Priesterstand ausscheiden wollte, dann gab es realistisch gesehen wohl nur eine einzige Möglichkeit: Er mußte ihn freigeben. Er mußte ihn, die große Liebe seines Lebens, ziehen lassen. Der Gedanke schmerzte ihn geradezu körperlich. Seine rechte Hand zerknüllte die kleine Papierserviette auf seinem Tablett, bis sich seine Finger weiß färbten. Er vermochte sich seine Welt ohne David nicht mehr vorzustellen. Und doch: es war ein Gebot der Fairneß, seinem Geliebten die Wahlmöglichkeit zu geben, ihn frei und ohne Zwang eine Entscheidung treffen zu lassen. Selbst, wenn es das Ende bedeuten mochte.

*

David meinte auf Watte zu laufen, so taub fühlten sich seine Gelenke an. Nach der Audienz und einem weiteren Gespräch mit Prälat Gellert hatte er das Päpstliche Appartement wie in Trance verlassen und war in sein Büro auf der anderen Seite des Palastes zurückgekehrt. Zum Glück war Mittagszeit, so daß er auf seinem Weg ins Staatssekretariat fast niemandem begegnete. Nur mit Mühe bewahrte er Fassung, als er Alessandro anrief und ihm vom Geschehen dieses verhängnisvollen Vormittags berichtete. Mit dem letzten Funken Geistesgegenwart, zu dem er fähig war, brach er dann auf, um Amicelli zu suchen; er ortete ihn via Handy in einem Café im Borgo Pio.

Er zog ihn von seinem Espresso weg und schleppte ihn zu den Tiberterrassen zwischen Engelsburg und Lungotevere. Dort, zwischen den Touristen, fielen sie weniger auf.

„An wen hast Du die Aufnahmen von Reyes und Maragall gegeben, Tonio?“ drang er auf ihn ein.

„An Salvatore Labbadia von *Il Messagero,* aber das darfst Du keinem verraten!“ flüsterte Tonio und blickte David konspirativ durch die Gläser seiner Nickelbrille an, wobei er seinen rechten Zeigefinger an die Lippen legte.

„Das muß ich auch niemandem verraten. Das hat dieser Labbadia anscheinend schon selbst besorgt.“

„*Scusi?* Ich verstehe nicht ...“

David wußte nicht, ob er über Tonios Naivität lachen oder weinen sollte.

„Na, was meinst Du?“ fragte er lakonisch. „Ich werde Dir auf die Sprünge helfen. Dein Kontaktmann ist mit den Fotos schnurstracks zu Kardinal Reyes gelaufen. Das heißt, entweder gehört er höchstselbst zum Netzwerk, oder aber Reyes hat ihn gut bezahlt. Auf jeden Fall war das der Startschuß für die Schlammschlacht, die mich soeben meinen Job gekostet hat. Toll gemacht, perfekt! Gratuliere, *Monsignore Macchiavelli!*“

Der kleine Amicelli schien wie vom Donner gerührt. Der schelmische Blick aus seinen Augen verschwand. Er nahm umständlich seine Brille ab und wischte sich übers Gesicht.

„... ich kann es kaum fassen. *Porca miseria! Porca miseria!*“ murmelte er. „Aber was bedeutet das eigentlich – Du hast Deinen Job verloren?“

„Wie ich gesagt habe: Ich hatte soeben eine Audienz beim Heiligen Vater. Er hat mich aus der Kurie entlassen.“

Jetzt fielen Amicelli fast die Augen aus dem Kopf. „Der Papst? Aber, das kann er doch nicht tun!“

David lachte bitter. „Oh doch, er kann. Er ist schließlich der Stellvertreter. Und es kommt alles noch dicker: Gellert sagte, daß sie nach dem Urheber der Geschichte mit den Fotos fahnden.“

„Das bedeutet ..., das bedeutet nach *mir!*“

„So scheint es, ja. Ich bin hier, um Dich zu warnen.“

Dicke Schweißperlen kullerten über Amicellis Stirn. „Sie werden alles herausfinden. Sie werden mich relegieren. Relegieren und aus dem Priesterstand entfernen. Sie werden mir alles nehmen, was mir etwas bedeutet, David."

„Du kannst immer noch den Dienst an der Kurie von Dir aus quittieren und um Versetzung nachsuchen. Laß Dich nach Florenz versetzen; Silvanelli wird das sicher unterstützen."

„*Bene, bene.* Das ist gut. Nach Florenz. Eine gute Idee." Er wiegte den Kopf. „Es tut mir so leid, was ich getan habe. Es war nicht richtig. Aber weißt Du, was ungerecht ist? Ich muß gehen, und Reyes, der Schweinehund, triumphiert."

„Nein, Du irrst Dich. Er triumphiert nicht. Der Heilige Vater hat ihn zum Rücktritt gezwungen. Reyes wird den Vatikan verlassen."

„Das ist vermutlich die einzig gute Nachricht!" seufzte Amicelli schwer. „Warum ist alles nur so schiefgelaufen?"

„Ich weiß es nicht, Tonio. Vielleicht haben wir einfach zuviel gewollt."

*

Annunziatas Villa oben auf dem Aventin war für sie beide in den vergangenen zwei Jahren wie eine Fluchtburg gewesen. Eine Oase der Harmonie, in welcher der Alltag mit seinen vielen Zwiespältigkeiten keine Rolle spielte, allein ihre Liebe zueinander von Bedeutung war. In der Gästewohnung hatten sie viele Abende und Nächte verbracht, sie war für sie zu einem zweiten Zuhause geworden. Es war wie so oft zuvor, als Alessandro hereinkam, seine Anzugjacke über den nächsten Stuhl warf, und David in die Arme schloß. Als sie sich küßten, wurde deutlich, daß ihre Liebe nichts an Intensität eingebüßt hatte. Und doch war diesmal alles anders.

„Ich bin so schnell gekommen wie ich konnte, *carissimo!*" flüsterte Alessandro.

„Ohne die Gewißheit, Dich heute Abend zu sehen, hätte ich diesen Tag nicht durchgestanden. Nur der Gedanke an Dich hat mich aufrecht gehalten."

„Wenn Du nur wüßtest, was Du mir bedeutest! Und wie sehr es mich schmerzt, was ich Dir zugefügt habe."

„Was Du mir zugefügt hast?"

Alessandro löste sich aus ihrer Umarmung und lief im Salon auf und ab.

„Ja. Es ist doch meine Schuld, was sich zugetragen hat. Ohne mich wärst Du doch gar nicht in diesen Bockmist hineingeraten. Wäre ich nicht nach New York nachgekommen, wären diese unsäglichen Fotos von uns nie entstanden, hätte es diese ganze Erpressungsgeschichte nie gegeben. Und Du würdest Deine Karriere im Vatikan unverändert fortsetzen, alle Türen würden Dir offenstehen." Er ließ sich in einen Sessel sinken. „Und so? Ich habe Dir alles zerstört."

„Das ist doch Unsinn!" rief David. „Blanker Unsinn, was Du da redest! Ich hatte Dich dazu animiert, mich in New York zu treffen; ich wollte, daß Du kommst, weil ich es ohne Dich gar nicht länger ausgehalten hätte. Diese Verantwortung liegt ganz allein bei mir. Was dann geschehen ist, wäre auf die ein oder andere Weise ohnehin passiert. Es war eine Frage der Zeit, bis ich meinen Gegnern vor die Flinte geraten würde. Und ich habe eine treffliche Zielscheibe abgegeben mit meinem Doppelleben."

„*Ecco,* das ist es. Du sprichst selbst von Deinem *Doppelleben.* Und dieses Doppelleben führst Du meinetwegen. Weil ich alles getan habe, um Dich zu bekommen. Obwohl ich wußte, daß es nicht richtig war, einen Priester zu lieben. Ich habe in meinem Egoismus alle Warnungen ignoriert, sogar meine eigene innere Stimme. Und das Schlimmste ist: statt daß ich selbst dafür einstehen muß, habe ich damit den Mann zerstört, den ich über alles liebe. Ist das nicht Ironie?"

„So darfst Du nicht denken!" David ging vor Alessandro in die Hocke und umfaßte seine Hände. „Es gehören bekanntlich immer zwei dazu. Ich habe es zugelassen. Es war meine freie Entscheidung und mein Wille. Ich wollte Dich ebenso sehr wie Du mich. Es gibt nichts, das wir uns vorzuwerfen hätten."

Alessandro beugte sich vor. „Ich habe lange nachgedacht, *carissimo.* Es geht jetzt darum, zu retten, was noch zu retten ist. Wenn Du wirklich Priester bleiben willst, dann können wir so nicht weitermachen. Dein Privatleben, unser gemeinsames Leben – es würde Dich immer wieder aufs Neue einholen. Du wirst unter verschärfter Beobachtung stehen; jedes kleinste Indiz wird man gegen Dich werten. Die Kirche wird uns niemals in Ruhe lassen." Seine dunklen Augen blickten unendlich traurig auf David. Dann rang er sich jenen grausamen Satz ab, vor dem es kein Entrinnen mehr gab. „Es wäre für Dich das Beste, wenn Du Dich von mir trennst. Wenn Du zu mir das sagst, wozu ich selbst nicht imstande bin: *Geh fort!*"

David ließ sich auf den Boden sinken. „Das meinst Du nicht im Ernst."

Für einen Moment herrschte qualvolle Stille, bis Alessandro leise sagte: „Glaube mir, es wird mir das Herz brechen. Ich werde mich dafür selbst hassen. Aber es ist der einzige Weg, um Deine Berufung zu retten."

Tränen stürzten David in die Augen. Zugleich kochte unbändige Wut in ihm empor. Der Druck der vergangenen Tage und Wochen explodierte.

„Du willst es Dir einfach machen, stimmt's? Das alles hier ist Dir zu schwierig geworden, zu kompliziert, zu gefährlich! Der Graf hat sich die Finger verbrannt und deshalb keine Lust mehr, gib es zu!" brüllte er ihn an und sprang auf. „Jetzt, wo das Desaster eingetreten ist, da machst Du Dich feige aus dem Staub! Ich hatte Dir nie gesagt, daß es einfach werden würde, ich hatte Dir nie etwas vorgemacht, ich hatte Dich sogar gewarnt – Du hast Dich aus freien Stücken so entschieden und ich habe Dir vertraut!"

Alessandro legte die Hände vors Gesicht. Jedes Wort traf ihn wie ein Hieb. Er hätte ahnen müssen, welche Wirkung seine Gedanken entfalteten.

„Und just in diesem Moment", fuhr David erregt fort, „in dem ich Dich brauche wie vielleicht niemals zuvor, läßt Du mich fallen wie eine heiße Kartoffel? Ich bin für uns in den letzten Monaten durchs Fegefeuer gegangen, ein Damoklesschwert permanent über meinem Kopf. Aber ich habe durchgehalten, weil unsere Liebe mich getragen hat! Bitte sag mir jetzt nicht, ich hätte mich in Dir getäuscht."

„*Merda!* Wie kannst Du nur so von mir denken! Kennst Du mich tatsächlich nicht besser? Ich versuche nur, weiteren Schaden von Dir abzuwenden!"

„Dafür dürfte es zu spät sein."

Alessandro packte David an den Schultern. „*Cuore mio!* Dein Leben ist das Priestertum. Ich werde Dir dabei nur im Weg stehen, begreif doch!"

„Du scheinst nicht zu begreifen, daß es für mich kein Leben ohne Dich gibt!"

„Sag mir, daß ich gehen soll. *Subito!* Verdammt, sag es!"

„Nein!" rief David. „Wenn ich wählen muß zwischen Dir und dem Priesteramt, dann ist meine Liebe zu Dir größer!"

Alessandro hielt inne. Sein Widerstand brach zusammen.

„Du wirst es eines Tages bereuen."

„Warum sollte ich bereuen, meinem Herz zu folgen?"

„Vielleicht, weil es nicht vernünftig ist."

„Warst Du denn vernünftig, damals, als Du in den Vatikan gekommen bist, um mich zu sehen?"

„Ich wollte nur Silvanelli besuchen ..."

„Lügner ..."

Noch bevor David weitersprechen konnte, zog ihn Alessandro an sich. Sie küßten sich, als ob es das erste Mal wäre. Sie begehrten sich, als ob es kein Morgen gäbe. Sie liebten sich wie in jener ersten Nacht in der Villa, nachdem sie sich wiedergefunden hatten. All die widerstreitenden Gefühle, aufgestauten Ängste und Enttäuschungen, die Wechselbäder der vergangenen Wochen brachen sich Bahn; nur die Urkraft des ungestümen, leidenschaftlichen, heißen Sex war dazu imstande, ihre Hochspannung zu lösen und ihre Körper wieder ins Gleichgewicht zu bringen.

*

Als sie sich später im Bett voneinander lösten und ermattet in die Kissen fielen, war es wie nach einem reinigenden Gewitter: Man konnte klarer sehen.

David stützte sein Kinn auf die Hand und beugte sich zu Alessandro.

„Ich denke sehr ernsthaft darüber nach, den Priesterstand zu verlassen. Und wie mein Leben dann aussehen würde."

„Ich werde nie von Dir verlangen, Dich meinetwegen von Deiner Berufung zu lösen." sagte Alessandro und strich ihm über die Schläfen. „Aber falls Du es tun solltest, dann stehe ich voll und ganz hinter Dir."

„Ich müßte mir zunächst einen Job suchen. Ich habe gute Kontakte zur US-Botschaft hier in Rom. Vielleicht kann ich an der amerikanischen Universität dozieren; dort suchen sie immer zweisprachige Lehrkräfte."

„Oder wir machen einen toskanischen Weinvertrieb für die Staaten."

„Oder beides."

„Wir hätten endlich mehr Zeit füreinander."

„Das wäre himmlisch." David rollte sich zur Seite. „Aber mir schwirrt so vieles durch den Kopf. Ich brauche Zeit, um meine Gedanken und meine Emotionen zu ordnen."

„*Certamente.* Du solltest auf keinen Fall übereilte Entscheidungen treffen, die Du hinterher bereust."

„Ich brauche einfach Abstand von Rom; hier kann ich nicht klar denken. Vielleicht sollte ich für ein paar Tage nach Assisi fahren, das hat mir immer gut getan. So wie damals, bevor wir uns kennenlernten."

Alessandro griff zum Nachttisch und zündete sich eine Zigarette an. „Ich glaube, nach all dem Zirkus mußt Du erst mal gründlich ausspannen. Wie wäre es, wenn wir anschließend ins Haus an die Riviera fahren? Es steht ohnehin leer, Mamma ist mit Maurizio für mehrere Wochen auf Asienreise."

„Das wäre großartig. Morgen werde ich meinen Schreibtisch räumen. Dann weiß ich mehr."

*

Monsignore Cooper wunderte sich sehr, als er frühmorgens zur allwöchentlichen Lagebesprechung im Büro von Erzbischof Massimo Cappabianca erschien. Die Plätze von Antonio Amicelli und David O'Connor blieben heute leer. Und das, obwohl wichtige Themen, wie die erste Auslandsreise von Papst Clemens auf der Tagesordnung standen. Die Erklärung ließ nicht lange auf sich warten.

„Gelobt sei Jesus Christus. Zu Beginn möchte ich Ihnen eine wichtige Mitteilung über zwei Personalwechsel machen." eröffnete der Substitut die Sitzung. In den Händen hielt er ein Blatt Papier mit dem Wappen des Kardinalstaatssekretärs. „Mit Bedauern muß ich Ihnen verkünden, daß Monsignore O'Connor auf eigenen Wunsch aus den Diensten der Kurie ausscheidet, um sich anderen Aufgaben zuzuwenden. Monsignore Amicelli hat um Versetzung aus dem Vatikan und Transferierung an den Klerus der Erzdiözese Florenz gebeten. Beiden Gesuchen hat Staatssekretär Lavalle mit sofortiger Wirkung entsprochen. Persönlich darf ich sagen, daß ich den Weggang von zwei kompetenten Mitarbeitern – auch wenn ich sie noch nicht lange kannte – bedaure, aber natürlich respektiere. Und damit zu unserem Arbeitsprogramm ..."

Cooper war sich bei den dürren Worten Cappabiancas sofort im Klaren, daß dies kein harmloser Personalwechsel war. Niemand schied einfach aus der Kurie, dem Machtzentrum der römisch-katholischen Kirche aus, um irgendwo Landpfarrer zu werden. Was mochte vorgefallen sein? Natürlich hatten beide zum Dunstkreis des eher liberalen Silvanelli gehört; aber war das Grund genug, um beide aus dem Vatikan hinauszukomplimentieren? Vielleicht würde Wendell mehr wissen. Auf jeden Fall war das ein Warnschuß und ließ Cooper zu dem Schluß gelangen, künftig lieber den Kopf einzuziehen. Die gemütlichen Zeiten des vergangenen Pontifikats waren zweifellos vorbei.

*

Ein letztes Mal betrat David gegen Abend sein altes Büro, um seinen Schreibtisch zu räumen. Er war so spät erschienen, um möglichst wenigen Kollegen zu begegnen; er hätte es nicht ertragen, fortlaufend erklären zu müssen, weshalb er den Vatikan verließ und wohin er ging. So packte er ein paar Bilderrahmen mit Familienfotos – wie sollte er das, was geschehen war, je zuhause erklären? – sowie Büroutensilien und seine alte Kaffeetasse in die Aktentasche. Es war erstaunlich wenig, wenn er es recht bedachte. Zum Schluß holte er das Madonnenbild von Saint John's aus der Schublade und betrachtete es. Ob wohl die Kaplansjahre in Baltimore die beste Zeit seines Lebens gewesen war? Es war wie in der antiken Sage von Daedalus und Ikarus: Wer zu hoch hinauswollte, dem verbrannte die Sonne die Flügel. Wie es sich darstellte, hatte er sich ziemlich gründlich verbrannt.

Bedächtig schritt er über das Pflaster des Damasushofes und den hallenartigen Korridor zur Portone di Bronzo hinunter; ein letztes Mal nahm er jedes Detail in sich auf, um es wie eine Fotografie für später im Gedächtnis zu behalten. Als am Portal die Hacken der Schweizergardisten mit einem Knall zusammenschlugen, dessen Hall von Berninis Kolonnaden dutzendfach als Echo zurückgeworfen wurde, holte er tief Luft. Dann stieg er die

Stufen hinunter und überquerte im Dämmerlicht den Petersplatz. Er fühlte sich frei.

*

Oben, im nordamerikanischen Kolleg, wartete Steven Wendell auf ihn. Der Direktor hatte, sobald er von der Nachricht erfahren hatte, zum Hörer gegriffen und ihn eingeladen, auf ein Glas Wein vorbeizuschauen. O'Connor war schließlich Student seiner Einrichtung gewesen und er fühlte sich nach wie vor verantwortlich. Als David eintrat, wurde er sofort von Schwester Carmen abgefangen.

Sie umarmte ihn, wobei ihr Häubchen nur bis an seine Nasenspitze reichte. „Sei nicht traurig. Gott hat mit uns allen seinen Plan. Offensichtlich war die Kurie darin nicht enthalten."

„Ja, da ist wohl etwas durcheinandergelaufen."

„Rückblickend wird sich erweisen, warum es so sein sollte."

„Wenn ich diese Hoffnung nicht hätte, dann wäre ich jetzt wirklich am Ende."

„Wie soll es jetzt weitergehen?"

„Das kann ich noch nicht sagen. Ich werde erstmal nach Assisi fahren, dann sehe ich weiter."

„Du sollst eines wissen, David." Carmen machte ein ernstes Gesicht. „Du hast mir geholfen, als ich in einer Sackgasse war. Du hast mir geholfen, nach Rom zu kommen. Das habe ich nicht vergessen. Wenn Du mich brauchst, dann werde ich für Dich da sein."

„Danke. Es tut gut, das zu hören."

„Und selbst wenn sie Dich auf eine Missionsstation im afrikanischen Busch versetzen: Dann werde ich Dich begleiten und Deine Socken stopfen!" versuchte sie ihn aufzumuntern.

David schmunzelte, als er sich Carmen sockenstopfend vor einer Bambushütte am Kongo vorstellte und seine Laune besserte sich.

„Du hast wohl zu oft *Geschichte einer Nonne* mit Audrey Hepburn gesehen!“ scherzte er und kniff sie in die Wange. „Es muß ja nicht gleich der Dschungel sein.“

Monsignore Wendell erwartete ihn in seinem Arbeitszimmer. Ohne viel Worte zu machen, schenkte er David ein Glas Montepulciano ein und bat ihn in die schwere lederne Sitzecke.

„Sie brauchen mir nichts zu erklären, ich bin im Bilde“, sagte er. „Es ist ein Jammer.“

David nahm einen kräftigen Schluck. „Es ist nicht nur ein Jammer, es ist einfach nicht gerecht.“

„Sie erwarten zuviel. Haben Sie allen Ernstes den Glauben gehegt, in der Kirche ginge es gerecht zu?“ fragte Wendell süffisant.

„Ja, ich denke schon. Wenigstens dachte ich es anfangs als junger Priester.“

„Na dann willkommen in der Wirklichkeit. Anscheinend haben Sie sich über das Wesen der Kirche einige Illusionen gemacht. Innerhalb der Kirche geht es nicht gerechter und nicht besser zu als in der übrigen Welt. Seit sechs Jahren bin ich Leiter dieses Instituts, davor war ich Regens des Priesterseminars meiner Heimatdiözese Boston. Ich habe viele junge Seminaristen kommen und gehen sehen. Gekommen sind sie meist mit hehren Vorstellungen und Idealen; gegangen sind sie entweder völlig ans System angepaßt oder aber bitter desillusioniert. Denn sie mußten begreifen, daß das Wesen der Kirche ganz anders ist, als sie es erwartet hatten.“

„Und wie ist Ihrer Meinung nach das Wesen der Kirche?“

Wendell betrachtete sein Weinglas, bevor er antwortete: „Das Wesen der Kirche ist weibisch. Ja, Sie haben richtig gehört. Es ist nicht weiblich, wie vielleicht mancher denkt, schon gar nicht männlich – es ist weibisch! Sehen Sie sich nur an, wie sich selbst höchste Würdenträger im Fegefeuer der Eitelkeit wälzen, sich in ihren Pikiertheiten ergehen und miteinander zanken wie die Waschweiber. Da zählen Menschlichkeit, Frömmigkeit, ja selbst theologische Kompetenz wenig. Was zählt, sind Schmeicheleien, gegenseitiges Gefallen, Kratzfuß vor denen, die einem vermeintlich auf der Karriereleiter weiterhelfen. Das ganze Getändel wird dann als Demut und Gehorsam ausgegeben. Und wer sich an dieser Heischerei um Aufmerksamkeit nicht beteiligen will, wer sich einen Rest an Charakter bewahrt, bleibt entweder sein Leben lang einfacher Landpfarrer oder erleidet irgendwann Schiffbruch. Bah!"

Er schnitt eine verächtliche Grimasse und drehte das Glas in seinen Händen.

David machte große Augen. Noch nie hatte er einen Kirchenmann so reden hören. „Ich muß zugeben, von dieser Seite habe ich es noch nie betrachtet."

„Was Ihnen widerfahren ist, sollten Sie als Auszeichnung verstehen. Es zeigt, daß Sie sich noch einen Rest Anstand und Sensibilität bewahrt haben; das ist im Vatikan nicht selbstverständlich. Allerdings hat mich nicht überrascht, daß Sie unter die Räder gekommen sind, David. Hier überleben nur die Hartgesottenen."

„Und wie ist es Ihnen gelungen, Steven?"

„Ich habe eine der seltenen Nischen gefunden, in denen es sich leben läßt. Das Kolleg ist eine unabhängige Einrichtung der amerikanischen Bischofskonferenz und hat nichts mit dem Vatikan zu tun. Das erlaubt mir eine gewisse Unabhängigkeit. Faktisch werde ich von niemandem kontrolliert." Er kicherte in sein Glas. „Ich habe hier wohl den einzigen Posten in Rom gefunden, auf dem man nicht täglich vor einem Kirchenfürsten Hofknicks machen muß."

David prustete los vor Lachen. Die Bemerkung setzte dem heutigen Tag die Krone auf. Er konnte sich kaum mehr einkriegen. Auch Wendell begann aus vollem Halse zu lachen und klopfte sich auf die Schenkel.

„Also ehrlich – ganz sooo schlimm, wie Sie es darstellen, war es dann doch nicht."

„Na, dann sollten Sie mal den guten Amicelli fragen!" feixte Wendell.

Sie prosteten sich erheitert zu.

„Aber im Ernst, ich habe nichts gegen Amicelli, im Gegenteil. Er läßt sich nur so leicht instrumentalisieren. Es war ein Kinderspiel, ihn zu dieser Aktion gegen Reyes zu überreden. Er hat mir fast leid getan, denn er war ja fest davon überzeugt, damit Silvanelli einen Gefallen zu tun und diesen widerlichen Maragall als dessen Nachfolger zu verhindern."

„Was ja letztlich zum Ziel geführt hat, auch wenn die Sache später außer Kontrolle geraten ist."

Wendell schenkte Rotwein nach. „Maragall wäre ohnehin niemals ins Staatssekretariat gekommen. Man wußte um seine irren Eskapaden und betrachtete ihn als tickende Zeitbombe. Seine Tage in Washington waren gezählt, seine Abberufung stand kurz bevor. Nein, darum ging es gar nicht. Kardinal Reyes war Dank seiner bizarren Neigungen eine ideale Zielscheibe für eine ganz andere Operation. Eine Operation im nationalen Interesse quasi."

David fühlte, daß ihn der schwere Wein leicht benebelt hatte. Irgendwie verstand er nicht, worauf der Direktor hinaus wollte und blickte ihn fragend an.

„Sehen Sie David, wir wußten ja, wie krank Papst Paul VII. war und daß sein Tod unausweichlich bevorstand. Das amerikanische Außenministerium war sehr besorgt, daß ein Konklave erstmals einen Lateinamerikaner zum Oberhaupt der katholischen Kirche wählen könnte. Dieser Umstand, so glaubte man, würde die Außenpolitik der USA, besonders in Südamerika ziemlich erschweren. Also suchte man Mittel und Wege, das zu verhindern."

„Aber wir sprechen hier von der Papstwahl! Wie wollte man das anstellen?"

„Indem man zwei wichtige Würdenträger der Kirche kompromittiert und diese Intrige seinem gefährlichsten Gegner in die Schuhe schiebt."

David war vollends verwirrt. „Wem sollte das in die Schuhe geschoben werden?"

„Kardinal Aurigo Aurias und seinen Unterstützern. Das Kalkül lautete, viele Kardinäle wären nicht nur von den Fotos angeekelt, sondern gleichzeitig ebenso vom vermeintlichen Versuch der Südamerikaner, damit das Konklave zu ihren Gunsten zu drehen."

„Aber ich verstehe nicht: Warum hätte es Kardinal Aurias als einem der Papabile genutzt, wenn Reyes durch die ominösen Fotos öffentlich hingerichtet worden wäre? Der Vorfall hätte die gesamte Kirche besudelt."

„Eben. Und alle hätten nach einem völligen Neuanfang gerufen, denn die alte europäische Kirchenelite wäre damit ja vollständig diskreditiert gewesen. Nur: hätte man die Südamerikaner als Drahtzieher dieses Komplotts ausgemacht, wäre es mit der Kandidatur von Aurigo Aurias vorbei gewesen."

David war mit einem Schlag wieder hellwach. „Steven, Sie wollen damit allen Ernstes andeuten, unsere Regierung in Washington hätte sich derartiger Methoden bedient, um das Konklave zu ihren Gunsten zu beeinflussen?"

„Wundert Sie das vielleicht?"

Er überlegte kurz. „Wenn ich's recht bedenke, nein. Und Sie? Sie waren derjenige, der den Plan ausgeführt hätte?"

„Hätte?" Wendell leerte sein Glas in einem Zug. „Der Plan ist aufgegangen. Die Kardinäle haben nicht den Südamerikaner gewählt – und damit bleiben die US-Interessen gewahrt."

„Interessen gewahrt?" David wurde wütend. „Mein Freund Simon Prescott ist für die verdammten amerikanischen Interessen gestorben! Eine Bombe hat ihn zerfetzt, weil man in Washington meinte, in Pakistan seien die US-Interessen berührt und man müßte intervenieren. Sie sind ein Mann Gottes, Steven, aber Sie sprechen wie ein Politiker!"

„Sie müssen sich den Realitäten stellen, David! Glauben Sie etwa, andere Länder verfolgen keine eigenen Interessen? Rom ist voll von Schwanzlutschern, die antichambrieren und Intrigen spinnen, um die Ziele ihrer Auftraggeber durchzusetzen."

Was hat das eigentlich alles mit mir zu tun? fragte sich David in diesem Moment. Das war nicht sein Spiel, nicht seine Liga. Wendell, der Direktor des nordamerikanischen Kolleg, ein Strippenzieher der US-Regierung? War das die Nische, von der er anfangs gesprochen hatte? Nach den Erlebnissen der letzten Wochen vermochte ihn nichts mehr zu überraschen. Es war höchste Zeit zu gehen.

„Was werden Sie jetzt tun, David?"

Er stand auf. „Wissen Sie, wovon der Papst gestern zu mir gesprochen hat? Von der Notwendigkeit, die Kirche von all dem Schmutz und Dreck zu befreien, der sich angesammelt hat. Ich denke, er hat Recht."

XXII

Ein kräftiges Sommergewitter hatte den Vorplatz der Stazione Termini in eine Seenlandschaft verwandelt. Unter der ausladenden, weitgeschwungenen Dachkonstruktion drängelten sich die Menschen, um dem Regen zu entgehen. Geschäftsreisende, Pilgergruppen, Touristen, Pendler und Taschendiebe mischten sich in der Menge, die teils zu den Gleisen, teils zum Ausgang strebte. Sie sprangen aus dem Taxi und flüchteten unter das Vordach. David zog sich am Automaten eine Fahrkarte, während Alessandro seine Reisetasche bewachte.

Auf der Anzeigetafel leuchtete hinter den meisten Zügen die Bezeichnung für Verspätung auf; so auch für den Expreß, den David nach Perugia nehmen wollte, um von dort nach Assisi zu gelangen. Das lag wohl weniger an dem kräftigen Wolkenbruch, als am ganz normalen italienischen Eisenbahnwahnsinn.

Sie steuerten eine dicht umlagerte Bar an und erkämpften sich einen Espresso. Dann bahnten sie sich einen Weg in Richtung Bahnsteige.

„Nimm Dir so viel Zeit wie Du brauchst." sagte Alessandro. „Niemand drängt Dich zu irgend etwas. Du weißt, daß ich auf Dich warten werde."

„Wenn Du in den letzten Wochen nicht an meiner Seite gewesen wärst, mir Mut und Halt gegeben hättest, dann weiß ich nicht, ob ich das alles durchgestanden hätte."

„Erinnere Dich, was ich Dir Anfang des Jahres versprochen habe, in Kalifornien, in Bodega Bay. Daß ich Dir die Treue halten werde, in guten wie in schlechten Zeiten. Dieses Versprechen gilt, *carissimo,* ich habe davon nichts zurückzunehmen."

„Das gleiche gilt auch für mich. Ob ich Priester bleibe oder nicht, wie auch immer es weitergehen wird: Mein Versprechen bleibt bestehen. Wir haben einander gefunden; das war kein Zufall, sondern Fügung. Und wenn alles, was in den letzten zwei Jahren geschehen ist, keinen Sinn machen würde, dann wäre mein Glauben nichts wert."

Sie hakten sich unter. Regen prasselte auf die Bahnhofshalle.

„Ich liebe Dich so, wie Du bist. Ich hatte mich damals in einen Studenten namens David aus Amerika verliebt, ohne zu wissen, daß Du Geistlicher bist. Auch wenn es mir anfangs schwer fiel, die Dinge richtig einzuordnen: Meiner Liebe zu Dir tat es keinen Abbruch, daß Du in Wirklichkeit Pater O'Connor warst und später zu Monsignore O'Connor wurdest. Ich werde Dich ganz genauso lieben, wenn Du wieder David bist, einfach nur David. *Il mio Davide.*"

Der Zug fuhr ein. Die Bremsen kreischten.

„Ich bin nach Italien gekommen, um in Rom zu studieren. Davon hatte ich immer geträumt. Ich dachte: fein, jetzt habe ich zwei, wenn's gut läuft drei schöne Jahre, bevor ich daheim wieder in die Pflicht genommen werde. An eine Tätigkeit im Vatikan hatte ich keinen Gedanken verschwendet, genauso wenig wie an den Titel Monsignore. Am allerwenigsten hatte ich damit gerechnet, daß sich hier mein Schicksal erfüllen würde, daß ich erfahren durfte, was wahre Liebe ist. Du hast mir etwas geschenkt, von dem ich glaubte, auf immer darauf verzichten zu müssen. Du hast mein Leben hell gemacht!"

Das Signal zum Einsteigen ertönte. Sie blickten sich in die Augen. Zwei, drei kurze Momente, in denen sie sich einmal mehr die ganze Liebe schenkten, die ihre Herzen bereithielt. Sie umarmten sich lang und fest. Und zum ersten Mal, seit sie sich kannten, legten sie ihre Hemmungen ab und küßten sich in der Öffentlichkeit. Und plötzlich war da keine Furcht mehr, keine Vorsicht, keine Peinlichkeit. In dem kurzen Augenblick, da sich ihre Lippen berührten, gab es nur noch unendlich viel Zärtlichkeit und Hingabe. Es war wohl nicht der leidenschaftlichste, aber auf seine spezielle Weise der intensivste Kuß ihres Lebens.

„*Adio amore!* Wir sehen uns an der Riviera!“ flüsterte Alessandro.

David nahm seine Tasche und stieg in die geöffnete Tür.

„Worauf Du Dich verlassen kannst!“ rief er.

Der Signalpfiff ertönte, die Türen schlossen sich.

Sie winkten sich ein letztes Mal zu. Dann setzte sich der Zug in Bewegung. Alessandro blickte ihm nach, bis die Rücklichter des letzten Waggons draußen im Regen verschwunden waren.

*

Die alten Häuser aus Kalkstein, dessen rötlicher Ton dem ganzen Städtchen eine warme Färbung gab, leuchteten in der Morgensonne. David, ganz in Zivil, kam von der Frühmesse in der Unterkirche, am Grab des Heiligen Franziskus. Zum ersten Mal seit vielen Wochen hatte er das Gefühl, wieder frei und unbeschwert atmen zu können, als sei eine Last von ihm abgefallen. Hier war er weit weg von Kirchenpolitik, Hierarchien und Machtspielen. An diesem Ort in den umbrischen Bergen zählte allein die Heiterkeit des Glaubens.

Die Heilige Einfalt, von der einst Franziskus gesprochen hatte – David spukte der Begriff im Kopf herum. Er dachte zurück an seinen ersten Besuch in Assisi, wenige Tage, bevor er in jener Nacht in Florenz Alessandro begegnet war. Sein Aufenthalt in der Pilgerstadt war wie der Auftakt zu einer Verwandlung gewesen. Der Verwandlung seines Lebens. Zuerst die schicksalhafte Begegnung mit seiner großen Liebe, fast zeitgleich seine Berufung an die Kurie. Zwei völlig unterschiedliche, ja miteinander unvereinbare Ereignisse, die fortan sein Leben bestimmt hatten. Nein, das konnte kein Zufall gewesen sein. Wenn – wie der Heilige Franz es lehrte

– die Einfalt die Geisteshaltung war, die allein zur Wahrheit und zur Gnade führte, dann konnte sein Weg so falsch nicht gewesen sein. Er erinnerte sich an sein Gespräch mit dem alten Franziskanermönch, der den Besuchern die Bedeutung von Giottos Fresken in der Basilika zu erläutern pflegte.

Heilige Einfalt – ja, er bekannte sich dazu. Er bekannte sich dazu, voller Illusionen zu sein, über die Menschen, über die Kirche, vielleicht gar über das Wesen Gottes. Von Einfalt getrieben, das Unvereinbare miteinander vereinbaren zu wollen, das Unversöhnliche miteinander versöhnen zu wollen, das Undenkbare denkbar zu machen. Die menschliche Liebe und den geistlichen Dienst miteinander zu verbinden. Fast hätte es funktioniert. Fast.

Was sollte er nun tun? Wie sollte er sich entscheiden? Das Priesteramt aufgeben?

„Natürlich würden wir es akzeptieren, wenn Sie sich entschlössen, das geistliche Amt aufzugeben und sich in den Laienstand zurückversetzen zu lassen", hatte ihm Prälat Gellert nach seiner Audienz beim Papst mit auf den Weg gegeben. „Aber der Heilige Vater würde es sicher bedauern. Es ist nie gut, einen Priester zu verlieren."

Er saugte die klare morgendliche Luft in sich ein. Drunten im weiten Flußtal waberten Nebelschwaden durch die Landschaft.

Wenn er sich entschlösse, Geistlicher zu bleiben, so hatte man ihm signalisiert, werde man über seine *zeitweilige Verirrung* hinwegsehen; man werde sogar eine geeignete Verwendung für ihn finden, die seinen Fähigkeiten entspreche. Eine Verlockung? Eine jener Einflüsterungen, denen sich Franziskus bewußt entzogen hatte? Er würde unter verschärfter Beobachtung stehen. Es wäre unter diesen Umständen schier unmöglich, mit Alessandro zusammenzubleiben. Es würde das Aus für ihr gemeinsames Leben bedeuten.

Nein. Er dachte an ihren Kuß auf dem Bahnsteig, bevor er in den Zug gestiegen war. Dieses neue, ungekannte Gefühl der Freiheit würde er nicht mehr aufgeben wollen. Kein Versteckspiel mehr, keine falschen Fassaden, keine Heimlichtuerei, keine Heuchelei! Ja, dieser Gedanke war *einfältig.* Aber er konnte nicht anders.

Jeder geht seinen Weg – er mußte nun lernen, seinen eigenen zu gehen.

*

Der Vibrationsalarm seines Handys riß ihn aus seinen Gedanken. Er griff in seine Hemdtasche. Die Nummer auf dem Display war ihm nicht geläufig.

„David? Bist Du es? Hier ist Daniella."

Beinahe hätte er sie nicht erkannt. Ihre Stimme hörte sich völlig verändert an.

„Ciao Daniella cara! Schön von Dir zu hören. Habt Ihr schon für Deutschland gepackt?" fragte er.

„David, ich rufe an ..., ich wollte Dir mitteilen ..." Sie schluchzte.

Ein ungutes Gefühl bemächtigte sich David. Das alte Pflaster unter seinen Füßen fühlte sich plötzlich eigenartig weich an.

„Daniella, was ist los mit Dir? Ist etwas geschehen?"

Das Sprechen schien ihr schwerzufallen.

Es war eher ein Flüstern, als sie die Worte aus sich herauspreßte:

„David. Es geht um Alessandro ..."

„Ja ...?"

„*... Er ist tot!*"

„Wie bitte?!"

„Alessandro ist tot."

„Was redest Du da?!"

„Es hat einen Unfall gegeben. Er war auf dem Weg nach Santa Croce. Sein Wagen wurde aus der Kurve getragen. Er ist doch immer zu schnell gefahren!" Sie stockte. „Man hat versucht, ihn mit einem Schneidbrenner aus dem Wrack zu befreien. Aber es war zu spät ... Der Notarzt hat alles versucht ... Er konnte nichts mehr für ihn tun."

Ihre Stimme erstarb.

Die Erde bebte.

Alles drehte sich. Er taumelte.

Vor David tat sich der Abgrund auf, um ihn zu verschlingen.

Er kämpfte dagegen an, ohnmächtig zu werden.

„David? David?" hörte er Daniella aus weiter Ferne.

Er krampfte sich mit der freien Hand an einem Mauervorsprung fest, um nicht zu fallen.

„War er noch bei Bewußtsein, bevor er starb?" fragte er heiser.

„*Si.* In den ersten Minuten, als der Notarztwagen eintraf."

Daniella bot all ihre verbliebenen Kräfte auf, um den folgenden Satz auszusprechen. „Seine letzten Worte waren: *Ti aspettero* – Ich werde auf Dich warten."

Das Handy fiel ihm aus der Hand und landete krachend auf dem Pflasterboden. Dann wurde David schwarz vor Augen.

Epilog

Als der Journalist des Time Magazins an diesem Morgen seinen Mietwagen wieder die steilen Serpentinen zur Villa hinauflenkte, spürte er ein erwartungsvolles Kribbeln in der Magengegend. Es würde heute ihre letzte Sitzung sein. Die vergangenen acht Tage hatten sie sich meistens am Vormittag und am späten Nachmittag, nach der Siesta, getroffen. Die Fülle der Informationen, die Dichte der Emotionen, die langen Gespräche über Gott und die Welt – all das hatte ihn, den berufsmäßigen Skeptiker, am Anfang fast erschlagen. Doch nach und nach fügte es sich zu einem großen Bild; einem Bild wie ein Gemälde, auf dem die gesamte Farbpalette von strahlendem weiß über himmelblau, gold und blutrot bis zu tiefem nachtschwarz ineinandergelaufen war. Denkt sich Gott diese Farbenspiele aus?

Der Himmel über der Bucht war einmal mehr tiefblau, gereinigt von einem kurzen, aber kräftigen Gewitter, das in der Nacht die Dunstschicht weggewaschen hatte. Ratternd öffnete sich das schwere Tor aus geschmiedetem Eisen, nachdem das Auto die unsichtbare Lichtschranke passiert hatte.

Der Hausherr wartete schon auf der Terrasse und schaute aufs Meer hinaus.

„Das ist unser letzter Tag heute, nicht?“ sagte er ohne sich umzuwenden, als sich sein Besucher der Sitzgruppe näherte. „Man hätte keinen schöneren dafür finden können.“

Der Reporter legte sein kleines silbernes Aufnahmegerät auf den Tisch und richtete es aus.

„Ja. Es ist der passende Tag, um noch einmal das Gesamtbild zu erhellen, das sich aus unserer Konversation gebildet hat.“

Der Geistliche drehte sich zu ihm um. Er trug heute einen weißen Anzug über dem schwarzen Hemd mit dem weißen Priesterkragen. Ein heller Panamahut auf seinem Kopf spendete ihm Schatten. Er hatte ihn hier noch kein einziges Mal mit Soutane und roter Schärpe gesehen.

„Das Gesamtbild? Wie sieht es denn Ihrer Meinung nach aus?"

„Schwer zu sagen. Es hat sehr viele Farbschichten. Sie überlagern sich teilweise. Kräftige Pinselstriche, starke Kontrastfarben. Sie scheinen die Leinwand fast zu sprengen."

David Kardinal O'Connor lächelte. „Was kann ich Ihnen erzählen, um Ihren treffenden Eindruck noch zu verstärken?"

„Da gibt es noch ein paar Punkte. Ihre Karriere in der Kirche schien beendet. Die Indizien sprachen gegen Sie. Ihre Gegner hatten fast schon gewonnen. Berninger wurde Papst. Weshalb hat er Ihnen damals nicht den finalen Stoß versetzt? Er hätte Sie ein für allemal kaltstellen können, und Ihre Freunde in der Kirche hätten nichts, aber auch gar nichts dagegen tun können. Haben Sie dafür eine Erklärung?"

„Berninger, also Clemens XV., er hätte mich in der Tat zerstören können. Nicht nur als Priester, auch als Mensch. Er hätte es in der Hand gehabt, mich zu brechen. Es wäre nicht schwer gewesen, ich lag ohnehin am Boden. Ein plötzlicher Anflug von Barmherzigkeit? Oder kirchenpolitisches Kalkül?" Er öffnete seine Handflächen. „Vielleicht von beidem etwas. Er hat sich bekanntlich als Überraschung erwiesen. In seinem Pontifikat war er ja alles andere als der knochenharte Konservative, wie anfangs von vielen, auch von mir, befürchtet. Seine Politik der kleinen Schritte, die Lokkerungen beim Zölibat oder beim Kondomverbot etwa, hat die späteren Reformen erst möglich gemacht. Ich denke, er mochte schlichtweg keine Intrigen, sie widerten ihn an. Klarheit und Reinheit waren ihm wichtig, Verrat und Unrat ein Greuel. Hätte er mich nicht nur aus der Kurie entfernt, sondern mich aus dem

Priesterstand geworfen und meiner Gelübde entbunden, dann hätte er damit zwar ein Exempel statuiert; aber gleichzeitig die Mittel, nämlich Lüge, Erpressung, Kompromittierung, gebilligt. Das konnte nicht sein Anliegen sein, es lief seiner Agenda, die Kirche vom Schmutz zu befreien, zuwider. Also wählte er ein salomonisches Urteil: Ich wurde aus den Diensten des Vatikan entlassen und so für meine angebliche Verfehlung bestraft. Ich durfte jedoch als einfacher Priester in der Kirche bleiben."

„Meinen Sie nicht", unterbrach der Reporter, „daß auch die Angst vor dem eventuellen Medienrummel eine Rolle bei seiner Entscheidung gespielt hat?"

„Das mag sein, aber von mir war zu jenem Zeitpunkt nichts zu befürchten. Ich hätte nicht die Kraft gehabt, meinen Fall in die Presse zu bringen. Vergessen Sie nicht: damals, kurz nach dem Unfall, war ich tot."

„Wie sind Sie wieder ins Leben zurückgekehrt?"

Er schüttelte langsam den Kopf. „Ich weiß es nicht. Gott muß mich getragen haben, denn selbst hatte ich keine Kraft mehr. Die Zeit in Assisi hat mir sicher geholfen, mit den schrecklichen Dingen, die über mich hereingebrochen waren, fertig zu werden. Ich meditierte, versuchte mich zu besinnen und meine Gefühle unter Kontrolle zu bringen. Sie müssen verstehen, daß mich Trauer über meinen Verlust, Wut auf die Kirche und Enttäuschung über mein eigenes Leben schier verzehrten. Wie hätte ich als Priester die Sakramente spenden können, wenn ich selbst mit Gott unversöhnt war? Die Gelassenheit, die Einfachheit und Fröhlichkeit der franziskanischen Lehre halfen mir sehr, irgendwann mein Gleichgewicht und schließlich meinen inneren Frieden wiederzufinden. Assisi war die Quelle, die meine verwundete Seele heilte."

„Assisi, die Stadt des Friedens. Ich glaube, ich muß einmal dorthin fahren." sinnierte der Journalist. „Eines finde ich doch sehr erstaunlich: Wie kam es, daß Sie in den nachfolgenden Jahren schließlich doch noch Karriere in der Kirche machten, ja gar in den Vatikan zurückkehrten und kürzlich sogar zum Kardinal erhoben wurden?"

David O'Connor nippte an einem Glas Wasser. Seine Gesichtszüge hellten sich auf.

„Die Kirche bewegt sich bekanntlich wie eine Schnecke – aber immerhin, sie bewegt sich. In den Jahren, die ich in Assisi verbrachte, wurde ich zunächst Betreuer der amerikanischen Pilgergruppen, später Leiter des Medien- und Organisationsbüros im Pilgerzentrum. Ich war mit unzähligen Besuchern in Kontakt – Bischöfen, Journalisten, einflußreichen Laien. Ich gab Interviews und hielt Vorträge. Nachdem unser heutiger Papst als erster Südamerikaner und Nichteuropäer auf den Stuhl Petri gewählt worden war, führte er die gemeinsamen Friedensgebete aller Weltreligionen am Grab des Heiligen Franziskus wieder ein; diese große Tradition, die der Heilige Papst Johannes-Paul II. begründet hatte, war unter seinen Nachfolgern in Vergessenheit geraten. Ich wurde zum Cheforganisator und Leiter dieser internationalen Treffen berufen. Der alte Kardinal Silvanelli hatte mich dafür vorgeschlagen – Gott hab ihn selig. Wieder ein paar Jahre später holte mich der Heilige Vater zurück an den Vatikan: als Direktor des Päpstlichen Rates für Kommunikation. So war ich also wieder dort, wo ein Vierteljahrhundert zuvor alles begonnen hatte."

„Was ist mit ihren Wegbegleitern von damals geschehen, den Kardinälen, Kollegen, Freunden ... Haben sie einige von Ihnen wiedergesehen?"

„Ja und Nein. Silvanelli ist, wie erwähnt, tot. Er blieb, nachdem er im Konklave gegen Berninger unterlegen war, Erzbischof von Florenz. Bei der darauffolgenden Papstwahl war er zwar zu alt, um selbst noch den Thron Petri zu besteigen, aber er spielte eine wichtige Rolle als Papstmacher im Hintergrund und sorgte dafür, daß der Reformer Kardinal Evaristo Aurigo Aurias aus San Salvador de Bahia zum Pontifex Maximus gewählt wurde. Das letzte Mal sah ich ihn auf der Beerdigung der Principessa in Santa Croce. Walsh demissionierte wenige Jahre nach dem Skandal. Wir hatten nie mehr Gelegenheit, miteinander zu sprechen; ich glaube, er blieb zeitlebens enttäuscht von mir. Mein früherer Studienkollege Patrick Leary ist heute Erzbischof von New York. Reyes starb bald nach der Sache an einem Herzinfarkt; man munkelt, unter skurrilen Umständen in einem Keller. Nuntius Maragall wurde abberufen und endete in einer geschlossenen Anstalt. Und daß mein alter Freund Antonio Amicelli heute Kardinalstaatssekretär ist, dürfte Ihnen ja bekannt sein. Er hatte den ganzen Stein ins Rollen gebracht; doch ich habe ihm vergeben, denn er tat es nicht aus Bosheit."

„Wie sind Sie in den Besitz dieses wunderbaren Anwesens gekommen?"

„Die Principessa war eine große Persönlichkeit. Sie liebte ihren Sohn über alles; so sehr, daß sie mich als seinen Partner akzeptiert und in der Familie willkommen geheißen hatte. Alessandros Tod brach ihr das Herz. So seltsam es klingen mag – aber sie betrachtete mich in den Jahren danach als eine Art Verbindung zu ihrem toten Sohn. Ich war noch oft zu Gast auf Santa Croce und hier im Haus an der Riviera verbrachte ich dank Margheritas Großzügigkeit auch weiterhin meine Sommerferien. An diesem Ort spürte ich Alessandros Anwesenheit wie nirgendwo sonst. Vielleicht, weil dies der Ort war, an dem wir uns wiedersehen wollten, nach unserem letzten Abschied in der Stazione Termini an jenem gewittrigen Sommertag." Er seufzte vernehmlich und hielt für einen Moment gedankenschwer inne. „Nun, in ihrem Testament jedenfalls vermachte mir die Principessa zu meiner eigenen Überraschung dieses Haus. Ich wollte es nicht annehmen, doch Daniella und Franco bestanden darauf. Sie meinten, diese Verfügung hätte ihre Mutter ganz in Alessandros Sinn getroffen. Es ist ein großes Glück für mich, hier zu sein."

Eine leichte Brise wehte vom Meer herüber und ließ die Krempe des Panamahutes flattern. Der Gast nickte stumm und machte ein paar handschriftliche Notizen.

„Möchten Sie einen Cappuccino?" fragte der Gastgeber und winkte, ohne auf Antwort zu warten, zur geöffneten Terrassentür.

„Gerne, Eminenz. Nun, und vor einem halben Jahr schließlich hat Sie der Papst zum Kardinal ernannt ..."

„Ja. Sehen Sie, ist das nicht eine Ironie der Geschichte?"

„Man könnte es als ausgleichende Gerechtigkeit bezeichnen."

„Es ist vor allem eine Chance. Es ist die Gelegenheit, daß ein Kardinal der römisch-katholischen Kirche Zeugnis ablegt für die Schönheit, die Reinheit und Unantastbarkeit der Liebe – das größte Geschenk, daß Gott uns Menschen macht. Und sich erhebt wider die Heuchelei, die Furcht und die Diffamierung. Als Kardinal habe ich die Gelegenheit, zu sprechen und gehört zu werden. Das will ich nutzen, um *meiner Kirche* zu sagen: Habt keine Angst, wenn sich zwei Menschen in verantwortungsbewußter und bedingungsloser Liebe zusammenfinden. Unabhängig, ob es sich um Mann und Frau, Frau und Frau, Mann und Mann, ob es sich um Menschen unterschiedlicher Klassen, Rassen oder Hautfarben handelt. Denn wenn Gott universell ist, dann ist auch die Liebe universell." Er blickte dem Reporter in den Block. „Das ist die Botschaft, wegen der ich alle Höhen und Tiefen überwunden habe, um sie jetzt offen verkünden zu können."

„Sie wissen, daß Ihr Buch in der Kirche einen Sturm auslösen wird?"

„Ja. Ich habe nichts zu verlieren."

Eine ältere Frau mit einem Tablett auf dem Arm näherte sich. Sie trug einen dunkelblauen Rock und eine helle Bluse. Ein weißes Häubchen, das auf ihrem Hinterkopf hin und her wippte, wies sie als Ordensfrau aus.

„Schade, daß Sie heute den letzten Tag bei uns sind", sagte sie und lächelte den Besucher an.

„Lassen Sie nur, ich helfe Ihnen." Er sprang auf und nahm Cappuccino und Zuckerdose vom Tablett. „Sie haben mich stets so freundlich bewirtet in der vergangenen Woche. Vielen Dank, Schwester."

„Ja, Carmen ist eine Perle. Ich weiß gar nicht, wie mein Leben ohne sie verlaufen wäre." sagte der Kardinal und tätschelte liebevoll ihre abgearbeitete Hand. „Als ich in Assisi ins Leben zurückfand, kam sie zu mir und blieb bis zum heutigen Tag an meiner Seite."

„Bist Du überrascht? Ich habe Dir immer gesagt, wir sind seelenverwandt, David." Sie sprach mit erstaunlich jugendlicher Stimme. „Jeder hat irgend jemanden, der auf ihn aufpaßt. Warum sollte es bei uns Zweien anders sein?"

Sie rührten in ihrem Milchschaum, als der Journalist den Gesprächsfaden wiederaufnahm.

„Ich möchte auf einen letzten, sehr persönlichen Punkt kommen, wenn Sie gestatten."

„Ich weiß. Haben Sie keine Angst, reden Sie."

„Alessandro di Vallescura ist, wie mir scheint, bis heute die zentrale Figur ihres Lebens. Dabei waren Sie nur wenige Jahre zusammen. Wie kann eine so kurze Zeitspanne eine so lange Wirkung entfalten?"

David O'Connor richtete sich in seinem Sessel auf und warf einen sehnsüchtigen Blick hinaus aufs Meer. Er seufzte.

„Das Geschenk der Liebe wird uns auf ganz unterschiedliche Art und Weise zuteil. Ich durfte dieses Glück in jenen zwei Jahren so intensiv erfahren, daß es für ein ganzes Leben reichte. Ja, es ist wahr: Die Begegnung mit Alessandro di Vallescura hat mein Leben verändert. Er ist die große Liebe meines Lebens. Ich träume von ihm bis zum heutigen Tage derart real, als seien wir erst gestern auseinander gegangen. Wir sprechen miteinander. Wir berühren uns. Er ist mit seiner ganzen Seele bei mir. Er hat mich auch in den dunkelsten Stunden nicht verlassen." Seine Stimme brach. Eine verstohlene Träne rann über seine Wange. Er brauchte eine kleine Weile, um sich wieder zu fangen, bevor er weitersprach. „Je näher ich an mein Lebensende gelange, um so stärker fühle ich seine Gegenwart. Er wartet auf mich. Weshalb sollte mir noch vor irgendetwas auf dieser Welt bange sein, verstehen Sie?"

Der Reporter schwieg lange, bevor er sein kleines Diktiergerät abschaltete und zusammen mit seinen Notizzetteln in die Sakkotasche steckte.

„Danke, Eminenz. Danke. Ich glaube, Sie müssen der glücklichste Mensch auf Erden sein."

Schwester Carmen trat zusammen mit einer weiblichen Gestalt auf die Terrasse.

„David, sieh nur, wer gerade gekommen ist!" rief sie.

Die junge Frau winkte ihnen zu. David O'Connors Miene hellte sich auf.

„Sandra, welch wunderbare Überraschung!" Er wandte sich an den Journalisten. „Darf ich Ihnen vorstellen, das ist meine Patentochter Sandra. Sie ist Daniellas Tochter, Alessandros Nichte. Ein spätes Geschenk des Himmels."

Sandra Cassini begrüßte ihren Patenonkel mit einem kräftigen Kuß auf die Wange. „Ich bin einen Tag früher gekommen, ich hatte Sehnsucht nach Euch, nach diesem Haus und nach dem Meer."

Der Reporter betrachtete die beiden und lächelte.

„Tja, Eminenz, dann werde ich mich zurückziehen. Wir sehen uns wieder, wenn ich den ersten Andruck des Manuskriptes habe." verabschiedete er sich höflich. „Danke für alle Eindrücke und Einblicke, die ich von hier mitnehmen durfte."

Er fühlte, daß er bei der überraschenden Familienzusammenführung nur stören konnte.

„Ich gehe ins Haus und mach mich frisch!" verkündete Sandra. „Wir sehen uns ja dann zum Essen."

David O'Connor begleitete den Reporter noch ein paar Schritte zu den Stufen, die hinunter zum Vorplatz führten. Als er zurückkehrte, waren Sandra und Carmen im Haus verschwunden. Die Stille der Siesta hatte sich über die Bucht gelegt.

Er spazierte bis zur äußersten Balustrade der Terrasse und ließ seine Augen über die gleißende Küste wandern.

„Ach Alessandro *carissimo*“, flüsterte er, „*cuore mio,* bald werde ich bei Dir sein. Bald.“

Sein Blick haftete sich an der Weite des Horizonts fest.

Es war, als winkte ihm ein Engel zu.

Ende

Nachwort des Autors:

Bei diesem Buch handelt es sich um einen Roman. Sämtliche handelnden Personen, Ereignisse und Situationen sind fiktiv und von mir frei erfunden. Etwaige Ähnlichkeiten mit lebenden oder verstorbenen Persönlichkeiten sind unbeabsichtigt und rein zufällig. Die Namen meiner Personen sind aus vergnüglichen Assonanzen heraus entstanden, ohne daß irgendeine Böswilligkeit oder Anspielung dahintersteckt.

Mein Dank gilt an dieser Stelle meinen beiden Lektorinnen Elke Frisch und Ulrike Meier-Robisch, die Ihre freie Zeit investierten; ohne ihre tatkräftige Unterstützung wäre aus dem Manuskript kein Buch geworden. Danken möchte ich abschließend auch meinen Freunden aus dem geistlichen Stand für Ihre Informationen und Anregungen; ich verzichte darauf, sie namentlich zu nennen, um sie nicht in Schwierigkeiten zu bringen.

Zum Autor:

Der gelernte Journalist, Jahrgang 1966, war als Reporter beim Bayerischen Fernsehen tätig, wo er vor allem aus der deutschen und europäischen Politik berichtete. Noch während seiner Schulzeit begann er für Zeitungen und Magazine zu schreiben. Als Pressesprecher einer großen christlichen Volkspartei sammelte er in den neunziger Jahren Erfahrungen in der Bundespolitik. Der Autor, der als junger Mann selbst Priester werden wollte und viele Jahre in verschiedenen ehrenamtlichen Funktionen in der katholischen Kirche engagiert war, ist heute Inhaber einer Beratungsagentur für Kommunikation. Er lebt zusammen mit seinem Lebensgefährten in München.